EL QUETZAL AZUL

- El Mundo Desde El Cielo -

Por

Dennis Avelar

Traducción de

Maria del Carmen Sedano

Título original: *The Blue Q: The World As I See It*
Traducción: Maria del Carmen Sedano

Copyright © 2021, Dennis Avelar
Copyright de la edición en español © Dennis Avelar, 2021
1ª edición, Mayo de 2021

ISBN 978-1-7356647-2-9

Illustración y tipografía de la cubierta: Jennifer Bruce

Dedico esta historia a las mujeres que marcaron una diferencia en mi vida. Desde la mujer que soñó conmigo antes de que yo viniera al mundo, hasta las mujeres que me han dado oportunidades que, aunque tuviera miles de años para hacerlo, me sería imposible retribuirles.

No sería la persona que soy sin ustedes y las palabras escritas nunca serán suficientes para expresar toda mi gratitud por lo que cada una ha hecho por mí.

A ustedes que rieron conmigo, lloraron conmigo, me educaron, me ayudaron a alcanzar mayores éxitos y, a la vez, fueron testigos de mis fracasos, les dedico, solemnemente, estas palabras.

Con amor, ahora y siempre,

- Dennis

Capítulo Uno

En lo alto de las montañas de Canadá, vivieron una vez un par de águilas reales. Eran águilas jóvenes y les encantaba volar alto sobre la tierra y explorar juntas las laderas; eran tan inseparables como las águilas reales podían ser. Estas dos aves, aunque de aspecto feroz y superiores a casi todas las demás, eran más mansas y dulces de lo que parecían. Se consideraban aves del mismo plumaje; nunca muy lejos la una de la otra, pero con suficiente distancia para mantener un aire de misterio. Para las demás aves de las montañas, ellas eran las soberanas del cielo y volaban alto como ninguna otra.

Como suele pasar con las familias jóvenes que se forman a partir de dos individuos, a las jóvenes águilas reales les había llegado el momento de formar su propio hogar. Encontraron un lugar perfecto en un peñasco escarpado; uno desde el que se veía la belleza de la naturaleza canadiense y que estaba lo suficientemente lejos de los cazadores con licencia y de los furtivos. Trabajaron incansablemente por días, descendiendo de la altitud usual desde la que solían volar para recolectar cualquier ramita, rama, piedra y otros materiales resistentes que pudieran encontrar. Subieron su colección de artículos para crear un nido en una peña alta desde la cual se veía el Parque Nacional Banff. La vista de la naturaleza era más grandiosa que la de los sueños más hermosos.

A medida que se aproximaba el verdor de la primavera, y que los días se hacían un poco más largos y las noches un poco más cortas, las águilas pasaban más tiempo de lo usual separadas. El macho cazaba sin cesar para encontrar la comida perfecta para su pareja, y luego volvía al nido para entregársela. La hembra pasaba la mayoría de los días sentada pacientemente en el nido, que contenía los regalos más preciados.

Un día en particular, el macho regresó al nido más emocionado de lo normal. Comportándose como un polluelo impaciente, hizo un ademán para que su pareja le mostrara la sorpresa que ella tenía para él. Le mostró un pez grande, y ella, al levantarse para comerlo, reveló aquello que protegía de la intemperie: cuatro huevos perfectos. El macho vio los huevos con admiración, contándolos varias veces, y luego revisó sus curvas y su textura, incapaz de ocultar la emoción de saber que pronto sería padre.

Los días eran largos y las noches frías, pero las águilas sabían que debían enfrentarse a los desafíos de la naturaleza y el medio ambiente para cubrir las necesidades de sus polluelos por nacer. Como era usual en los días de primavera, las tormentas llegaron y obligaron a las águilas a apiñarse y protegerse entre sí y cuidar los valiosos huevos en su nido. Les encantaba estar así, a pesar del frío, el viento y la lluvia, porque eso los unía aún más.

Sin embargo, un día llegó un aguacero más fuerte que las otras tormentas que había traído esa primavera. Las águilas se apiñaron y se protegieron del viento y la lluvia, pero a pesar de su fuerza y habilidad natural, no pudieron hacerle frente a la furia de la naturaleza. El viento era frío y penetrante, y golpeaba con fuerza a las dos aves. Se sujetaron tan fuerte como pudieron, abrazándose con desesperación y deseando que la tormenta se calmara y pasara lo más pronto posible.

Un rayo cayó peligrosamente cerca de donde se balanceaba su nido y rajó la pared del peñasco. Por si esto fuera poco, el trueno que acompañó al rayo los asustó e hizo que cambiaran la posición de sus cuerpos, lo cual abrió una pequeña grieta en la base del nido. Por cosas del destino, el huevo más pequeño, zarandeado por el movimiento, se deslizó cuidadosamente por la ranura, y se encontró fuera del nido.

Debido a las fuerzas del viento y de la gravedad, el huevo cayó de lo alto y fue lanzado hacia el suelo cubierto de rocas, a cientos de metros del nido. El viento y la lluvia lo condujeron hacia los árboles, casi como si la naturaleza supiera que este huevo era valioso y mereciera ser protegido por los mismos elementos que causaron su caída.

El huevo apenas evitó el desastre, desplazándose de una rama de árbol a otra, cada una cargándolo de manera similar a la que una madre mecería a su recién nacido. El huevo rodó, pero no se rompió, ya que fue empujado cada vez más cerca del suelo. Así, llegó a un pino enorme cuyas ramas y agujas ralentizaron su impulso y con delicadeza lo guiaron a un lugar donde el árbol sabía que el huevo estaría seguro.

En la base del enorme pino se encontraba una pareja, un hombre y una mujer, que de forma desesperada intentaba mantener viva una fogata. Era su única fuente de calor, por lo que usaban sus cuerpos para proteger el fuego de las fuerzas naturales alrededor. La luz de la llama titiló, creando un baile de sombras que distrajo a los jóvenes al punto en el que no se fijaron en el huevo que se había caído de dos ramas cercanas. Como un par de brazos, las ramas cuidadosamente guiaron al huevo hacia el suelo, donde rodó hacia la joven pareja y se detuvo en la base del fuego agonizante.

La mujer fue la primera en verlo. Confundidos en cuanto a cómo había llegado el huevo hasta ellos, el hombre y la mujer se miraron brevemente antes de que el hombre reaccionara. Cubriéndose la cabeza con sus brazos, corrió a un lugar justo afuera de la sombra de los árboles donde se encontraba una pequeña y muy mal erguida carpa. Entró rápidamente en la carpa azotada por el viento, agarró una bolsa pequeña y luego corrió de vuelta al fuego, ignorando las frías gotas de agua que lo golpeaban desde toda dirección. Tomó cuidadosamente el pequeño huevo y lo puso en la bolsa para protegerlo del frío. El hombre y la mujer se miraron, se encogieron de hombros y luego echaron un vistazo al interior de la bolsa.

La tormenta duró toda la noche para luego dar paso a una perfecta mañana de primavera. El huevo rebotaba ligeramente dentro de la bolsa mientras era llevado por un vehículo aún más lejos del nido. Las carreteras estaban despejadas; el hombre sostenía la pequeña bolsa mientras la mujer conducía por una carretera larga y llena de curvas. Al salir de la carretera principal, el vehículo se dirigió hacia un camino de tierra que llevaba a una granja grande y se detuvo a la distancia. La mujer se bajó primero; en seguida bajó el hombre, sujetando la bolsa como quien sostiene una valiosa reliquia familiar.

Con delicado paso, el hombre y la mujer lentamente llegaron a una pequeña área entre su casa y el lateral del granero. Entraron al gallinero, donde docenas de gallinas esperaban su comida del día. En vez de alimentarlas, el hombre caminó hacia la gallina más grande en el gallinero. Al tiempo que la gallina se sentaba sobre el nido, el hombre colocó el huevo debajo de ella. El huevo que colocó era más grande que lo que reconocía la gallina, pero el ave sabía que el huevo contenía vida, y no puso objeción a cuidar de él como si fuera uno de los suyos.

Pasaron unas semanas. El huevo de águila estaba en compañía de otros huevos. Se veía diferente que los demás, pero la gallina lo cuidaba alegremente como si fuera propio. Cada día, el hombre entraba e inspeccionaba los huevos, preguntándose en qué se convertiría el huevo que era diferente a los demás.

Al poco tiempo, finalmente llegó el día que el hombre, la mujer, la gran gallina, y toda ave en el gallinero había esperado pacientemente. Uno por uno, los jóvenes polluelos rompieron sus barreras protectoras y vieron la luz del día por primera vez. El gallinero celebraba cada salida del cascarón, aunque todos querían ver qué saldría del huevo ligeramente más grande dentro del nido.

Finalmente, después de mucha expectativa por parte de cada ave del gallinero y cada animal de la granja, el huevo grande se rompió. A medida que el polluelo iba saliendo gradualmente del cascarón hacia la luz, cada ser vivo de la granja lo contemplaba con admiración. No hubo aullidos, ni cloqueos, ni ruido de algún tipo, mientras todos veían lo que ahora se encontraba entre ellos: un águila real bebé —una hija del cielo que de alguna manera había llegado a la granja.

El tiempo transcurrió. El águila joven, al no tener otra familia, era protegida y querida por cada gallina en el gallinero. Como sólo sabían una forma de criar a su prole, la joven águila fue tratada igual que los demás, y pronto, nadie notó la diferencia entre las demás aves del gallinero. La joven águila consideraba a todas las aves como su familia, y a los otros animales como sus amigos. Comía con sus hermanos y hermanas, jugaba con ellos en los campos, imitaba cada uno de sus movimientos, y en el verano, iba con ellos al colegio — una pequeña esquina en el gran granero donde las demás aves iban y venían a su antojo.

El día en que a uno de los gallos de mayor edad le tocaba impartir la lección, los polluelos se juntaban para aprender sobre las otras aves del mundo. Aprendían sobre las aves del ártico, las cuales no pueden volar, pero nadan con mucha gracia en las aguas más frías de la tierra; sobre aves de todos tamaños y colores, desde los mirlos y buitres hasta las aves de colores del trópico; y más importante aún, aprendían sobre la escurridiza águila, que es la reina del cielo y, por tanto, la que gobierna sobre todas las aves.

De vez en cuando, un cuervo solitario aparecía en la granja. El cuervo mantenía su distancia, casi como con la intención de observar cómo el águila vivía entre las gallinas. El cuervo solamente se quedaba unos minutos, y ninguna otra ave o animal de la granja se enteraba de que el cuervo había llegado de visita.

Los años pasaron; la joven águila había crecido. Era un ave magnífica, sin duda un pariente de linaje real, pero vivía de acuerdo a lo que veía y había aprendido. El águila estaba fuera de su elemento, aunque era la única realidad que entendía. A medida que iba transcurriendo el tiempo y las estaciones cambiaban de cálidas a frías y congeladas para luego volver a ser cálidas, el águila empezó a notar que muchos de sus hermanos y hermanas - los que salieron del cascarón el mismo día que él - ya no estaban en la granja.

Pasó más tiempo y ninguna de las otras gallinas que vivía en el gallinero sabía sobre el día en que el águila había nacido entre ellas. La que en un tiempo fue escurridiza y bellísima águila real era ya anciana y sus inmaculadas plumas caían de su frágil cuerpo. Se la respetaba como uno de los mayores entre las aves y animales de la granja. Aunque era poca la alegría que le quedaba en sus últimos años, al águila le gustaba ver a los nuevos polluelos en primavera.

En un día de primavera inusualmente cálido, se les permitió a los polluelos más jóvenes salir al jardín y disfrutar de los rayos del sol. Les encantaba estar libres; corrían por el pequeño lote de tierra y se deleitaban con la brisa. Mientras los polluelos jugaban, un cuervo bajó desde el cielo y se posó en una cerca próxima, para tomar un descanso y observar la escena. Ninguna de las otras aves vio ni oyó al cuervo.

Los pequeños polluelos corrieron, saltaron y se movieron por el corral, riendo y disfrutando el día de la misma forma que lo disfrutan los jóvenes de todas las especies en la Tierra. Uno de los polluelos miró hacia arriba y le llamó la atención el extraño objeto que vio en el cielo.

–¿Qué es eso? –preguntó el pequeño polluelo. Apuntó con su ala al objeto allá lejos de la tierra y miró a sus hermanos y hermanas buscando ayuda para identificarlo. El águila anciana miró hacia arriba.

–¿Eso? –preguntó el águila anciana, su voz tan vieja y ronca como su cuerpo–. Es un águila. Esa ave gobierna el cielo. No existe otra ave como ella.

Los polluelos jóvenes se alborotaron de la emoción. –¡Yo quiero ser un águila! ¡Yo quiero ser un águila! –exclamaron todos mientras corrían por el jardín con sus pequeñas alas extendidas, imitando al ave en el cielo.

–Nosotros no, –dijo el águila anciana–. Somos gallinas. Nuestro lugar es en el suelo, donde es seguro. Nunca seremos águilas.

Los polluelos mostraron verbalmente su decepción, pero continuaron su juego de fingir ser aves que vuelan. El águila anciana miró hacia arriba un momento para observar a la magnífica ave en el cielo. Luego se alejó cojeando y picoteó el suelo buscando comida.

El cuervo observó brevemente los actos del águila, luego voló y desapareció en la distancia.

Capítulo Dos

«Ocultos en el bosque tropical del norte de Guatemala, como si no tuvieran por qué estar allí, se encuentran los restos de lo que alguna vez fue una grandiosa y antigua ciudad. Las personas de esta ciudad eran los gobernantes del reino e hicieron increíbles avances en infraestructura, tecnología e ingeniería. Sus logros fueron incomparables a cualquiera en otra población indígena y sus ideas todavía son relevantes hoy en día».

Un hombre joven de quince años, si mucho, y con acento español ligeramente notorio al hablar en inglés, sonrió mientras caminaba dentro de un pequeño autobús turístico en movimiento. Su pelo era de color oscuro con rayos de un tono café más claro producidos por su prolongada exposición al sol. Su piel bronceada hacía juego con sus ojos color avellana, los cuales emanaban un brillo inocente que capturaba la atención.

«Los mayas gobernaban su mundo de forma muy diferente a cualquier otra civilización y la evidencia nos dice que en la metrópolis de Tikal una vez vivieron más de un millón de personas. Los mayas fueron los mejores arquitectos, constructores, astrónomos, matemáticos e ingenieros de su tiempo. Y para todos ustedes a quienes les gustan los dulces, también fueron los que hacían el mejor chocolate del mundo, una tradición de la que se sienten orgullosos todos los guatemaltecos».

—El mejor chocolate en el mundo está en Bélgica, no en Guatemala —dijo un caballero de mayor edad.

—Veo que hoy tenemos a un *european* con nosotros hoy —respondió el joven.

—Sí señor, en Bélgica, o incluso en Suiza, puede que se encuentre uno de los chocolates más finos en el mundo, pero el mejor chocolate del universo fue hecho por los mayas, utilizando los granos de cacao que les entregaron directamente los dioses.

El joven hizo una pausa para estudiar a su público. Con la excepción de un pasajero mucho más joven, el interés en el chocolate era secundario con relación a la importancia de la historia de la sociedad antigua.

—Desafortunadamente —continuó el joven—, lo único que se conserva de lo que una vez fue su magnífica ciudad son las estructuras que dejaron, que son la razón por la cual están ustedes hoy aquí—. Caminó hasta la parte delantera del autobús y luego se volteó para plantarse frente a su público.

—Bienvenidos a *ToursTikal* y gracias por escogernos como sus guías turísticos del mundo maya —le dijo al grupo—. Una vez más, mi nombre es Dionisio, y ya que ahora todos son amigos míos, me pueden decir Dioni. Yo sé que les suena como si estuviese diciendo «*The Only*», pero se dice Di o Ni. ¿Alguien tiene preguntas antes de que nos dirijamos al parque?

Los pasajeros se miraron unos a otros entusiasmados por visitar uno de los sitios más majestuosos del mundo. Para algunos, esta era una oportunidad de vivir un sueño de toda la vida; otros querían ser testigos de una experiencia inolvidable. El resto lo consideraba como otro viaje más.

Salvo por los empleados de *ToursTikal* - el joven guía y el conductor del autobús - ninguno de los del grupo de 14 turistas estaba familiarizado con su entorno. Entre ellos viajaba una familia de tres - la madre, el padre y un hijo de aproximadamente 8 años de edad - que estaba de visita desde España; un hombre y una mujer, sentados juntos, aunque viajaban por separado, ambos originarios del continente europeo - el primero viajaba con su hijo a Guatemala desde el Reino Unido (mencionó Liverpool más de una vez al presentarse), y la segunda pasó por el Reino Unido en su viaje hacía Guatemala desde su hogar, situado justo en las afueras de Berlín; los mayores del grupo eran norteamericanos - cuatro eran de la ciudad de Nueva York y expresaban su orgullo de ser neoyorkinos; una pareja más discreta procedente de Chicago; y los últimos dos viajeros, uno de California y otro de Arizona. Era la primera vez que visitaban esta parte del mundo, pero ninguno estaba más emocionado de estar ahí que Dioni.

—Si no tienen ninguna pregunta —dijo Dioni—, quiero que recuerden que la caminata desde la entrada del parque a la ciudad maya es de aproximadamente cuatro horas, así que por favor descansen sus piernas ahora porque estaremos caminando durante el resto del día.

El conductor del autobús hizo una parada rápida en una tienda pequeña de un pueblo diminuto para que cada pasajero tuviera la oportunidad de salir, estirarse y comprar lo que necesitara. Mientras que la pareja de Chicago se abastecía de bloqueador solar y repelente para mosquitos, otros llenaron sus botellas con agua o se tomaron fotos con sus celulares o examinaban la extraña mezcla de artículos que se encontraba dentro de la pequeña tienda. Después de unos minutos, Dioni pidió a los pasajeros que regresaran al autobús, cuyo destino final era la entrada al Parque Nacional de Tikal.

Cuando el autobús atravesó las puertas del reino maya, los ojos de Dioni se abrieron tanto como la primera vez que había fungido como guía. Perdió la cuenta del número de veces que había atravesado esas puertas de entrada y su gran expectativa por ver lo que, hasta entonces, sólo había sido un mito. Se recordó de las historias del mundo maya que le contaba Alma, su mejor amiga, y de cómo él rara vez le había creído, hasta que visitó Tikal y lo vio todo con sus propios ojos.

El grupo salió del autobús. Empezaron su caminata hacia la gran plaza: la atracción principal para todos aquellos que visitan Tikal. A los turistas se les pedía que se reunieran frente a la escurridiza ceiba, un árbol situado a pocos metros del camino.

—La ceiba —dijo Dioni, dirigiéndose al grupo—, no es como los demás árboles en la jungla. Es el árbol nacional de Guatemala y es único para nosotros por su forma, su edad, su altura y el tamaño de sus ramas—. Hizo una breve pausa para dar oportunidad a los turistas de asimilar el momento.

—No sé cuántos años tiene este árbol —continuó Dioni—, pero la ceiba más antigua de Guatemala tiene más de 400 años. Este árbol, y las otras ceibas, están protegidas por el gobierno, igual que el ave nacio...

—¿Es seguro para escalar? —interrumpió el hombre de Chicago.

—Puede ser —respondió Dioni—. Pero yo no intentaría escalarlo si fuera usted. A este árbol no solamente lo protege el gobierno.

–¿Qué quieres decir? –preguntó el caballero de Inglaterra–. Dioni sonrió.

–El legendario mito dice que la ceiba es la entrada a otro mundo. Algunos dicen que es a un reino maya escondido; uno que no podemos ver porque la entrada está bien cuidada y protegida. Otros dicen que las ceibas son tan grandes porque esconden algo incluso mayor…algo que no podemos entender porque nuestra sabiduría es insuficiente.

–¿Y qué nos dice la ciencia? –preguntó el hombre de Nueva York.

–Que es un árbol grande con raíces grandes –respondió Dioni–. Esa explicación no es muy interesante, así que cambiamos un poco la historia para los turistas. Otra historia que nos gusta contar es sobre el quetzal resplandeciente; el pájaro más bonito de toda la naturaleza.

–¡Oh, oh, oh! –gritó el joven español entusiasmado–. ¿Podremos ver algún quetzal mientras estemos aquí?

–Oh no, amigo mío –respondió Dioni–. Cuando los mayas abandonaron la ciudad, los quetzales también se fueron. Ahora viven en las montañas y prefieren estar en lugares donde no los molesten los humanos u otros pájaros. Podrán ver otros pájaros tropicales aquí en la jungla, como los tucanes y quizá un halcón.

Dioni se volvió para dirigirse al grupo de viajeros. Amigos míos, en el tiempo que nos queda puedo contarles sobre las aves y los árboles o puedo ser su guía por este bosque y llevarlos a la antigua gran ciudad. Síganme, por favor.

El grupo siguió de cerca al guía y al poco tiempo habían recorrido un buen trecho del camino que corría a través de hileras e hileras de árboles. El camino no era fácil de escalar y requería que los miembros del grupo permanecieran juntos y con frecuencia se ayudaran entre si, al tiempo que su cansancio aumentaba por el calor del bosque guatemalteco. Sin embargo, el viaje era más que caminar a través de inacabables hileras de árboles. Dioni se detenía con frecuencia para contarles a los turistas sobre algún artefacto antiguo convenientemente situado en puntos clave, a lo largo del camino; sabía que el grupo no tenía el mismo vigor que él para caminar en terreno escarpado. De vez en cuando, los sonidos de la vida silvestre local hacían eco en el bosque, aunque los pájaros tenían cuidado para no ser vistos por los turistas.

Desde luego, la primera pirámide que veían los visitantes era grande pero no tanto como los turistas esperaban. Dioni explicó que estas pirámides externas eran solamente algunas de las que habían sido descubiertas recientemente por los arqueólogos y mencionó al equipo de investigadores extranjeros que visitaron el área con la esperanza de descubrir más de la ciudad antigua. Dioni lideró el camino y casi corrió al pico de la pirámide plana y más pequeña. El intenso calor del sol calentaba el techo de la estructura de piedra increíblemente; a medida que los turistas, sólo algunos valientes, se abrían camino a la cima, Dioni empezaba el descenso con facilidad hasta el nivel del suelo, esperando pacientemente el regreso de los otros.

Al mediodía, a pesar del calor y la difícil y agotadora topografía de la región, Dioni condujo al grupo a una gran pared que estaba convenientemente situada cerca de un área de descanso, bajo la sombra.

—Esta es la base del templo más grande de Tikal —dijo, describiendo con orgullo la antigua estructura detrás de él—. No olvidarán su primera experiencia acá, así que prepárense para esta vivencia.

A pesar de estar exhaustos, los turistas se emocionaron de haber alcanzado, finalmente, su destino.

—Detrás de mi está la entrada, sobre el nivel de la calle, al templo *Star Wars* —continuó Dioni.

—Ese no es su nombre ¿verdad? —preguntó la alemana.

—No —dijo Dioni—, en realidad es el templo cuatro. Le llamamos el templo de *Star Wars* porque apareció en la película *Star Wars*. Yo no he visto esta película pero, por lo que entiendo, tiene que ver con una guerra en el espacio, con robots.

—Tiene que ver con muchas más cosas que eso, amigo, —respondió el inglés.

—Mi amigo Óscar dijo lo mismo —continuó Dioni—. Tal vez algún día logre saber de qué trata esta película sobre la guerra en el espacio y finalmente entienda por qué tantas personas aman este templo. Yo lo amo porque desde la cima se puede ver el bosque completo. ¿Todos quieren verlo?

Los visitantes miraron hacia arriba para contemplar la auténtica magnitud de la estructura de piedra. Aunque les faltaba energía, no se amilanaron ante la escalada y ninguno de ellos se opuso mientras seguían a Dioni hacia la cima del Templo IV.

La vista desde el pico de la estructura fue inolvidable. A la distancia, vieron la parte alta de los templos de la plaza principal y el follaje que los rodea; algo que, sin duda, disfrutó la antigua civilización maya. Los árboles, muchos de los cuales habían estado ahí durante siglos, guardaban historias y secretos que ningún hombre o mujer vivo escucharía o comprendería. Los únicos seres que comprendían el lugar en el que residían – sobre la historia de las personas que habitaban esa tierra antes de los muchos turistas y científicos visitantes – eran las miles de aves y animales que nunca se habían apartado del único hogar que conocían.

A Dioni le encantaba esta parte del viaje. Se imaginaba lo que sería vivir sin límites y no tener ataduras a la tierra. Cada vez que regresaba a este lugar, caminando hasta llegar a la parte más alta del templo, se tomaba unos minutos para recordar algo que una vez vio, con la esperanza de revivir el momento cuando visitó el lugar preciso en el que ahora se encontraba, por primera vez.

Dioni, el más joven de los guías de turista de la empresa *ToursTikal*, aprendió a trabajar a una edad inusualmente joven. No tenía un solo recuerdo de su propio padre o madre. Su familia era, según sus primeros recuerdos, el grupo de niños que llevaban al orfanato. Algunos, como Dionisio, se quedaban a vivir allí por años y se iban después de que ya eran demasiado mayores para permanecer allí. Otros se quedaban por algún tiempo, y luego eran adoptados y retirados de allí por extranjeros cuyos corazones estaba deseosos por ayudar a estos niños pobres, sin padres.

El orfanato se encontraba situado en las afueras de la ciudad guatemalteca de Flores, a la orilla del lago Petén Itzá, donde los habitantes de la zona se ocupaban de sus asuntos. Con el paso del tiempo, Dionisio asimiló la ciudad de Flores como su hogar y asumió la responsabilidad de ser el embajador del orfanato. Cuando llegaba un niño nuevo, con frecuencia asustado e inseguro de qué hacer o en quién confiar, Dionisio rápidamente lo hacía sentir como parte de la familia. Debido a su comportamiento, era el estudiante más conocido en el hogar; hacía amigos fácilmente, sin importar si eran niños o adultos, y a lo largo de sus quince años de vida, no había conocido a alguien con quien no pudiera llevarse bien.

Alma, sin embargo, era especial. Ella y Dionisio eran tan jóvenes cuando se conocieron por primera vez que ella no podía pronunciar su nombre, murmurando «Dioni», de la mejor manera que puede una niña pequeña; así le quedó el nombre. Alma conocía a Dioni desde hacía más tiempo que nadie y todos los niños del orfanato envidiaban su estrecha relación. Ella era su mejor amiga; mucho más que la persona en la que él más confiaba. Ella era su mayor fuente de motivación e inspiración. Incluso cuando eran pequeños, siempre se sentaban juntos, hablaban entre ellos y eran casi inseparables. Dioni le enseñó a correr velozmente y a saltar alto, y Alma le enseñó a él a leer y escribir. Dioni la ayudaba a limpiar el hogar y a cocinar para los otros huérfanos; Alma le enseñó matemáticas y literatura. Tenían una relación tan estrecha como podían tener dos amigos, y aunque él pasaba muchos días fuera, ella esperaba su regreso con la mayor ilusión.

Fue Alma la que animó a Dioni a tratar de comunicarse con la gran cantidad de visitantes extranjeros y él nunca olvidó la primera vez que oyó la palabra gringo.

—¿Qué significa esa palabra? ¿Gringo? —le preguntó Dioni, entonces un niño inocente, claramente desconocedor de los caminos del mundo.

—Es la palabra que utilizamos para referirnos a ellos —respondió Alma al tiempo que señalaba a los visitantes norteamericanos—. ¿Ves sus ojos verdes?

—Sí, —respondió Dioni.

—Bueno, verde en inglés es *green*.

—Ah, ya entiendo. ¿Y el *go*?

—*Go* significa vete. Como, ¡véte de aquí, fuera! Nuestra gente quería que los verdes se fueran, por eso les llaman gringos. El nombre se quedó así.

Dioni no se había reído con tantas ganas en toda su vida. La historia podía o no ser cierta, pero el hecho de que Alma era quien le había contado la historia lo hizo apreciarla aún después de que aprendió el idioma que hablaban los gringos.

Cuando los extranjeros llegaban de visita, algunos de iglesias o grupos religiosos y otros sólo con la esperanza de servir en el orfanato, Dioni mantenía su posición de embajador y era el primero en hacer que los invitados se sintieran bienvenidos. Sacaba partido a su juventud y aprendió inglés mientras escuchaba a los visitantes hablar entre si, momento en el que, en ocasiones, participaba en la conversación. Con el tiempo, Dioni no sólo pudo comunicarse con sus nuevos amigos, sino que también fue elegido como el traductor oficial tanto para el orfanato como para la iglesia cercana.

La mejor parte de aprender este nuevo idioma era que le daba a Dioni la oportunidad de estudiar otras culturas, y de oír historias nuevas sobre tierras extrañas. Aprendió que había lugares donde los edificios eran tan altos que sobrepasaban las nubes. Aprendió que existían lugares tan fríos que la tierra cambiaba de verde a blanco y que los lagos y ríos se convertían de agua en hielo. Trató de recordar la mayor cantidad de historias posible; luego regresaba con Alma y le contaba sobre los lugares que algún día la llevaría a conocer.

Cuando los niños más pequeños se iban del orfanato, año tras año, para nunca volver a Guatemala, era Dionisio quien hablaba con los nuevos padres de los niños adoptados; él era la última persona a quien los niños veían después de subirse al carro e irse a su nuevo hogar en una tierra nueva.

La mayoría de aquellas personas de otros países que visitaban el orfanato eran, por un amplio margen, mayores en edad o lo suficientemente establecidos como para que sus visitas fueran temporales y estrictamente relacionadas a una causa o una actividad de negocios. En un día no muy diferente de cualquier otro, una pareja de recién casados visitó el orfanato en su camino hacia la ciudad maya de Tikal, para sorpresa tanto de los adultos como de los niños. A pesar de vivir cerca, Dioni solamente había oído historias y leyendas sobre la ciudad, pero en realidad nunca la había visitado. Como era su costumbre, Dioni se presentó y habló en inglés a los sorprendidos recién casados. Como no conocían la zona o la forma de comunicarse con los habitantes locales, le preguntaron a Dioni si él estaría dispuesto a acompañarlos y servir de intérprete mientras visitaban los antiguos templos. Dioni aceptó antes de que ellos terminaran de formular la pregunta.

Aunque no sabía qué esperar, además de un montón de bichos y árboles, Dioni estaba emocionado por visitar un lugar nuevo. Los caminos eran largos y el calor del sol en el bosque era tan aplastante como en Flores, pero nada podía impedir que Dioni quisiera verlo todo. Se quedó con los recién casados y sirvió de intérprete, comunicando en inglés aquello que narraba el guía turístico sobre la ciudad maya. Si no sabía la expresión correcta de la palabra, Dioni se inventaba una y así la historia difería de la narrada por el guía, lo que mantenía en la ignorancia a la feliz pareja.

Cada paso que daba Dioni hacia delante era más inspirador que muchos de los que había dado para llegar a donde estaba ahora, aunque ningún paso le había dejado sin palabras hasta que llegó a la cima del templo más alto en la tierra. Se llamaba el Templo Cuatro y le ofreció a Dioni una vista como ninguna otra. Por un breve momento, Dioni se paró en el mismísimo pico del mundo, más alto que las copas de los árboles y más alto que cualquier ser en el planeta. Estaba asombrado y no se fijó que el guía turístico había llevado al grupo de regreso a la base del templo.

–¡Dioni! –gritó el recién casado, despertando a Dioni de su estado de trance debido al asombro-. ¿Vienes?

Dioni miró hacia abajo y vio cómo su grupo se marchaba. –¡Sí! ¡Lo siento! No sabía que se iban de aquí –respondió en inglés, con un fuerte acento.

–Bueno pues baja. Creo que vamos a la siguiente plaza después –gritó la joven recién casada.

Dioni se volteó una vez más para ver el magnífico esplendor de lo que una vez fue el hogar de su gente. Una última mirada, sólo por un segundo, ya que posiblemente sería la última vez que sería testigo de algo tan hermoso.

En la distancia, Dioni se fijó en una extraña criatura en el cielo. Era un pájaro y su patrón de vuelo era como ningún otro que hubiera visto. Se deslizaba en el aire como cuando las olas se desenredan del mar; parecía que llevaba dos objetos largos y angostos que se movían en el mismo patrón aéreo. Dioni solamente vio la silueta del pájaro al pasar directamente frente a la luz del sol; notó que el pájaro era completamente azul, y que sus alas absorbían la luz.

–¡Dioni! ¿Vienes? –gritó el hombre.

Los otros turistas estaban más lejos.

Dioni volteó la cabeza para responder. –Sí, ahora bajo.

Rápidamente se volteó para echar una última mirada al pájaro resplandeciente, el cual desapareció sin dejar rastro. Dioni no tuvo más opción que regresar al trabajo, aunque sabía quién era la persona perfecta a la que le preguntaría sobre el misterioso objeto que vio en el cielo maya.

Cuando terminó el viaje, los miembros del grupo estaban exhaustos tras la larga escalada en tan caluroso día. Dioni sólo quería regresar al orfanato y contarle a Alma todo lo que había visto esa tarde, inclusive sobre el avistamiento del pájaro misterioso. Los visitantes se subieron al bus que los llevaba de vuelta al punto de inicio de su gira, cerca del límite de la ciudad de Flores. Dioni permaneció sentado con impaciencia durante todo el viaje.

Después de que el bus dejó a los pasajeros y los visitantes se despidieron unos de otros, el guía turístico - un hombre mayor originario de Belice - le preguntó a Dioni si estaría dispuesto a regresar al día siguiente para ayudar a interpretar para otros turistas de países de habla inglesa. Dioni aceptó de inmediato. Para él, nada podía ser tan magnífico como Tikal y la oportunidad de regresar era una oferta que simplemente no podía rechazar.

Dioni no esperó a que el vehículo de los recién casados parara para abrir la puerta, saltar del mismo y preguntar a gritos por Alma. Era mucho más tarde en el día, lo que quería decir que Alma estaba haciendo una de dos cosas: ayudando a los adultos a cocinar la cena para todos los alumnos, o rezando en la iglesia cercana. Dioni corrió a toda velocidad a la cocina del orfanato.

—¡Alma! —gritó, asustando a algunos de los niños.

—¡Shhhh! —respondió una monja joven—. Está en la iglesia, ¡donde tú deberías estar!

—¡Perdón hermana! —respondió Dioni, y luego corrió hacia la puerta.

Dioni corrió a toda velocidad hacia la iglesia, saltando sobre cualquier niño u objeto en su camino como un corredor de vallas experto. Abrió las grandes puertas de la entrada de la iglesia y entró corriendo. Casi de inmediato, lo detuvieron dos de los niños del orfanato, quienes estaban vestidos con unas batas extra grandes y cada uno sujetaba una vela enorme y blanca.

—¡Oye Dioni! —dijo Óscar, un niño de la misma edad que Dioni, pero unos centímetros más bajito–. Llegas tarde… de nuevo.

–Lo sé –respondió Dioni–. ¿Dónde está Alma?

–Querrás decir, ¿mi novia? –dijo el otro niño, con sorna.

–¡No es mi novia!

–Como sea –respondieron los dos niños al mismo tiempo.

Óscar sonrió. –Está al frente, junto a las velas de oración. No corr… –fue todo lo que pudo decir antes de que Dioni se apurara a llegar hasta el atrio de la iglesia.

Vio a Alma que estaba de rodillas ante un montón de velas.

–¡Alma! ¡Alma! –susurró fuertemente.

–Ahora no, Dioni –le susurró ella enfáticamente, con la cabeza inclinada, los ojos cerrados y las manos apretadas. –Estoy ocupada en algo.

–No vas a creer lo que vi hoy –respondió Dioni. Hizo una pausa para respirar.

–¡SHHHH! –exclamó una monja de más edad, que rezaba a unos pasos de distancia y estaba visiblemente molesta con los dos jóvenes por el ruido que hacían en vez de rezar.

–Te lanzará la chancla si no dejas de hablar –susurró Alma.

–No me puede ver. Está demasiado oscuro aquí –respondió Dioni.

–Te puede oír Dioni… ahora su oído es como el de un lobo. No importa. Estoy ocupada en algo. ¿Puedes esperar unos min…

–¡Los templos mayas son tan grandes! –interrumpió Dioni, incapaz de contener su emoción–. Había árboles por todas partes y había este camino que debíamos seguir y el guía turístico hablaba y hablaba sobre las personas de la antigüedad que solían vivir ahí pero tuvieron que irse porque hubo una gran sequía hace mucho tiempo pero muchas personas piensan que la gente simplemente abandonó la ciudad repentinamente pero eso no es cierto porque hay más templos que no han descubierto y uno de los templos era tan alto que salía por encima de los árboles y yo pude ver el bosque completo y era...

–¡Dioni! –se interpuso Alma. Lo detuvo antes de que se quedara completamente sin aire–. Más despacio.

–¡No puedo ir más despacio! Fue tan…tan---

¡ZAS!

Como si la hubiera tirado un experto samurái, la chancla golpeó a Dioni en la frente, haciéndole caer hacia atrás sobre el duro suelo. Alma miró hacia la dirección desde la cual había llegado, asombrada por la velocidad, el sigilo y la precisión del tiro. La monja anciana, todavía de rodillas, sujetaba y zarandeaba otra chancla en la mano, en ademán de tiro, como si estuviera esperando a que la volvieran la retar.

–Sigue hablando y verás lo que te pasará después, –dijo la monja con voz ronca.

–De acuerdo, tú ganas, –respondió Alma, con las manos levantadas en señal de derrota.

Alma se puso de pie y caminó hacia las grandes puertas en la parte trasera de la iglesia. Dioni, medio aturdido a causa del inesperado y contundente golpe en la cabeza, la seguía. Al principio caminó despacio y, luego de algunos pasos, pudo recuperar la compostura. Alma ni siquiera había puesto un pie fuera de la iglesia cuando Dioni continuó.

–Entonces los mayas construyeron estos templos y había dos grandes que estaban uno frente a otro. El guía de turista dijo que no podía escalar esos porque eran demasiado antiguos, pero que había algunos otros cerca que podía escalar así que lo hice. ¡Ah! Y uno de los templos, el templo cuatro, apareció en una película sobre guerras en el espacio. ¡AH! Y en la parte más alta del templo vi un pájaro de lo más extraño.

–¡Un pájaro, Dioni? –preguntó Alma. Caminaron juntos hacia el orfanato.

–Sí, un pájaro azul, –respondió Dioni–. Creo que era azul. Voló más o menos así. –Dioni hizo movimientos de oleaje con el brazo para imitar el patrón de vuelo del escurridizo pájaro–. Y llevaba algo largo en su espalda o cargaba algo largo en las patas porque en el aire se veía como si tuviese una larga cola. Los pájaros no suelen tener colas demasiado largas, ¿o sí?

–Alma se detuvo y miró con recelo a Dioni. –Un momento, ¿cómo volaba? –preguntó.

–Así. –respondió él. Repitió el mismo movimiento de oleaje.

–¿Y tenía una cola larga?

—Se veía como una sola cola larga que estaba partida en dos.

Alma sonrió. —Esas eran las plumas de la cola, tonto —le dijo, luego continuó hacia el orfanato—. ¿Y dices que el pájaro era azul?

—Se veía azul. No lo vi bien porque voló a contraluz, pero se veía azul. Tú sabes, como cuando las montañas se ven azules por la mañana.

—Entonces, ¿como una sombra?

—Sí, la sombra de un pájaro azul —respondió Dioni.

—No, esa no era la sombra del pájaro, —dijo Alma. Lo miró mientras caminaba—. Te pareció que era azul por el ángulo de la luz. En realidad, el pájaro es verde.

—¿Qué…verde? ¿Cómo lo sabes? ¿También lo has visto? —preguntó Dioni-, estupefacto, pero sin sorprenderse de que ella conociera sobre algo así.

—Dioni, ¿sabes lo que viste? —preguntó Alma—. ¿Sabes qué tipo de pájaro era?

—¿Un pájaro maya de la selva?

Alma se detuvo, volteó la cabeza hacia el cielo de la noche y luego suspiró. Lo miró y sonrió, de la única forma en la que el amor juvenil puede sonreír ante la inocencia del otro.

—¡Era un quetzal!

…

—Tierra a Dioni…¡hola! Contesta, Dioni, —dijo el hombre originario de Chicago, en un intento por recuperar la atención de Dioni. Dioni se dio cuenta rápidamente de que su mente estaba en otro sitio y se avergonzó ligeramente.

—¡Sí!, lo siento, —respondió Dioni. Volvió su atención al presente. —Sólo estaba buscando algo.

—Buscando a Wally ¿verdad? —dijo con sorna el inglés.

—Ehhh, no —respondió, ignorando la llamada de atención. Volvió su atención para dirigirse al grupo. —¿Quisieran visitar la plaza de la ciudad maya?

El cansancio de los turistas se transformó en entusiasmo a medida que bajaban por las escaleras que los llevaban de regreso al camino por el que habían viajado todo el día. Mientras caminaban, a uno de los visitantes le dio curiosidad.

—¿Dioni? —preguntó—. Vamos a la plaza ¿correcto? ¿Dónde se encuentra el Templo del Jaguar?

—Sí, es correcto —respondió Dioni.

—Bueno, tengo una pregunta —continuó la mujer—. Leí que hay otra ciudad bajo la plaza, que está enterrada y a la que no se puede acceder porque es un sistema de túneles que los mayas construyeron para protegerse de los ataques. ¿Es cierto eso?

Dioni soltó una risita. Inclinó la cabeza de forma juguetona mientras guiaba al grupo a lo largo del camino.

—Eso es un mito, amiga mía —respondió Dioni—. Los científicos y los investigadores han descubierto tanto como se ha podido de lo que existe en la plaza y todo lo que está bajo los templos es más de la Tierra. Los mayas fueron valientes e intrépidos y preferían construir hacia el cielo en vez de hacia la tierra. Pero es una muy buena pregunta.

El grupo continuó, y al poco tiempo entraron en la plaza que una vez fue el corazón de una próspera ciudad. Era más pequeña de lo que parecía en las fotos, pero más grande de lo que muchos visitantes se imaginaban. La plaza era un lugar de asombro y misterio, y a Dioni le encantaba más y más cada vez que regresaba a ese lugar.

—*Ladies and gentlemen*, damas y caballeros, este es el Mundo Maya, —dijo Dioni mientras reunía y se dirigía a los miembros del grupo, que estaban en la Gran Plaza—. Detrás de mi está el gran Templo uno, conocido como el Templo del Gran Jaguar. Se construyó hace más de 1,500 años. El Templo dos está detrás de ustedes. El Templo dos mide 38 metros de alto y también tiene más de 1,500 años. Les daré tiempo para que puedan explorar esta área por sí solos. Siéntanse libres de tomar todas las fotos que deseen, pero por favor no se alejen mucho de la Plaza. Pueden escalar y explorar las estructuras más pequeñas alrededor de la plaza pero, por favor, no suban las escaleras de ninguno de los templos grandes.

—¿Qué pasa si lo hacemos? —preguntó el inglés.

—El recinto está protegido por el gobierno de Guatemala —respondió Dioni—. Sin embargo, los Templos están protegidos por los espíritus de los que vivieron aquí hace miles de años. Les aconsejo encarecidamente que no hagan enojar a ninguno de los dos.

—¿Pero por qué no podemos subir las gradas? —preguntó el neoyorquino.

—Estos templos son muy antiguos y frágiles, —dijo Dioni— y al gobierno guatemalteco le gustaría preservarlos el mayor tiempo posible para que más personas puedan ver la belleza de lo que nuestra gente creó hace tantos años.

Por más de una hora, los turistas escalaron las estructuras antiguas, tomaron cientos de fotos de sí mismos y de la plaza, se maravillaron por la magnificencia arquitectónica de los templos principales y disfrutaron del esplendor de la antigua ciudad. El sol, aunque en lo alto del cielo y, la mayoría de los días, aplastante, ahora estaba aplacado, lo que era una sorpresa agradable. Para Dioni, este era el momento en que podía descansar. Estaba acostumbrado a trabajar en las giras casi todos los días de la semana, a menudo sin descanso entre un grupo y otro, y le encantaba hacer su trabajo. Estaba rodeado por la naturaleza y la cultura, sin embargo, había un cierto misterio que envolvía a la ciudad, que él sentía pero no sabía cómo describir a los demás.

Dioni encontró un lugar libre bajo un árbol cercano, donde se sentó y observó cómo el gran número de grupos de turistas circulaba dentro y fuera de la plaza. Lo que más le gustaba de su tiempo de descanso, cuando se sentaba en la sombra y escudriñaba el cielo mientras ingería una merienda de frutas variadas o chucherías, era la oportunidad de poder ver de nuevo al pájaro escurridizo que vio algunos años antes. Dioni sabía que los quetzales habían migrado de Tikal cientos de años atrás, pero, secretamente, siempre deseaba volver a ver al pájaro que había causado tal impresión en él, con la esperanza de que pudiera decirle a Alma y que ella dejara, de una vez por todas, de burlarse de él incesantemente.

—¿Qué estás comiendo? —preguntó el niño español mientras observaba a Dioni sentado solo y merendando lo que parecía ser unos frijoles pequeños.

—Cacao. Chocolate —respondió Dioni. Le ofreció un pedazo al niño, que tomó un solo grano y lo puso en su boca. El niño inmediatamente lo escupió.

—¡Esto no es chocolate! —gritó el niño, intentando desesperadamente quitarse el sabor de la lengua.

Dioni se rio. —Es cacao, chocolate puro. Es amargo, pero vamos a ver, te voy a enseñar algo. —Metió la mano en su mochila y sacó un pequeño plato hondo de piedra—. Esto es algo que te quise enseñar antes. Esta es la piedra que los mayas usaban para hacer su bebida favorita. ¿Quieres ver cómo lo hacían?

El niño asintió. Dioni se puso de pie con rapidez y buscó una planta cercana, justo un poco más allá de la protección del camino marcado. El niño lo siguió, pero Dioni le cortó el paso después de encontrar lo que buscaba y regresó a su lugar de descanso. En su mano, Dioni tenía dos piedras grandes.

—Esto es un criollo —continuó Dioni—. Es la semilla de cacao más rara de toda Guatemala. Debemos romperla para abrirla y quitarle las semillas. ¿Puedes ayudarme?

El niño estaba emocionado de poder ayudar. A pesar de que no había mostrado interés hacía unos momentos, la tarea de romper semillas grandes captó su atención. Dioni le dio al niño una de las cáscaras e inmediatamente el niño la lanzó contra un árbol y se perdió en el bosque maya.

—Bueno, esa es una forma de hacerlo —dijo Dioni—. ¿Qué te parece esto? Yo la abriré y tú puedes ayudarme a moler las semillas.

El niño asintió, a sabiendas de que en algún momento recibiría una sorpresa de chocolate para compensarlo por todo su trabajo. Dioni metió la mano en su mochila y sacó un cuchillo, que usó para abrir la fuerte y sólida cáscara. Separó dos de las piezas y mostró un pequeño tesoro de granos de cacao.

—Ahora vamos a tomar estos y los vamos a poner a cocer —instruyó Dioni—. Luego, debemos usar una piedra de moler para convertirlos en una pasta.

—¿Cuándo nos los comeremos? —preguntó el niño, que deseaba el chocolate más de lo que lo había deseado en cualquier momento de su corta vida.

—Llevaré estos de regreso al autobús, y antes de que te vayas a tu hotel, te mostraré cómo mis amigos convierten estos granos en polvo y luego usan ese polvo para hacer la cocoa más deliciosa que jamás hayas probado.

Bajo circunstancias normales, el niño no habría tenido la paciencia necesaria para una propuesta tan absurda. Sin embargo, le daba mucha curiosidad, y estaba más que dispuesto a esperar por la oportunidad de probar el extraordinariamente delicioso chocolate.

El grupo de turistas de Dioni tuvo bastante tiempo para descubrir la antigua plaza y ellos aprovecharon cada segundo de la experiencia. Después de que había pasado suficiente tiempo, Dioni reunió al grupo y lo guio de regreso por el camino hacia la entrada del Parque Nacional, donde el autobús y el conductor del mismo esperaban muy contentos su regreso triunfal.

Exhaustos por los acontecimientos del día, los miembros del grupo no querían otra cosa más que regresar a su hotel, y luego buscar el restaurante más cercano para comer tanto como hubiera disponible. Sin embargo, el niño deseaba el tan ansiado chocolate, a lo que Dioni accedió muy contento.

En un pueblo situado en el camino de regreso, Dioni acompañó al grupo a una pequeña tienda, donde una anciana indígena calentaba los granos que Dioni traía de la plaza maya. Ella les enseñó a los turistas el proceso completo de hacer cocoa, desde calentar los granos y molerlos, hasta hacer la pasta y, finalmente, disfrutarlos de la misma forma como lo hizo el pueblo antiguo que una vez gobernó la tierra – como la mejor bebida de chocolate de todos los tiempos, la bebida de los dioses.

Habiendo satisfecho el antojo del niño, el viaje continuó hacia Tikal Libre, un restaurante local que servía la mejor comida típica de Flores. Al llegar, los turistas se sentaron y les pusieron sobre la mesa más comida de la que creían podía caber. Mientras disfrutaban de su festín, Dioni hizo sonar su vaso para llamar la atención de todos.

–Amigos míos –dijo Dioni dirigiéndose al grupo–, gracias por un día hermoso. Por ahora, debo irme a mi casa, pero Mario, el mejor conductor de *ToursTikal,* los llevará de regreso a su hotel. Mañana nos reuniremos todos de nuevo y viajaremos al pueblo de Ipala, donde les mostraré una laguna que está situado en la cima de un volcán inactivo.

–Suena estupendo –dijo el inglés–. Tengo mucha ilusión de verlo.

–Les encantará –respondió Dioni–. Por favor recuerdan traer ropa por si acaso llueve porque el clima en Ipala puede cambiar muy rápidamente y sin aviso. ¿De acuerdo? ¿Suena bien? Muy bien, amigos. Buenas noches.

—Buenas noches —respondió el grupo al unísono.

La caminata desde el restaurante al orfanato fue el momento más tranquilo del día de Dioni. Con frecuencia usaba el tiempo para inventar historias para contarle a Alma a su regreso o sólo repasaba una melodía en su cabeza y bailaba de forma juguetona de camino a su casa. Sin embargo, lo que no hizo Dioni en su corta caminata fue cruzar una sola palabra con alguien en su pueblo. La energía para hablar estaba reservada para la persona a la que deseaba ver más en el mundo, quien usualmente se sentaba sobre un banco en la entrada principal del orfanato.

Este era el momento favorito del día para Alma. Amaba a Dioni, de la única forma que una joven de su edad era capaz de amar con inocencia a otra persona. Ella y Dioni se habían conocido desde siempre y ella soñaba con el día en el que él finalmente pudiera vivir la vida que siempre quiso. A ella le gustaba mucho ayudar a los niños del orfanato y al ser una de las ocupantes de mayor edad, su trabajo era muy apreciado por las monjas que iban envejeciendo y quienes habían invertido toda una vida en la crianza de docenas de niños sin padres. A Alma le encantaba apartarse un momento y mirar el cielo nocturno, esperaba descubrir el misterio infinito de las estrellas, aunque una parte de su ser siempre luchaba contra su aventurero interior.

—¿Cuántos turistas atendiste hoy? —preguntó Alma. Sonrió mientras Dioni se acercaba.

—Catorce —respondió él; luego se sentó junto a ella—. Uno de ellos era un niño al que realmente le gustaba el chocolate. De verdad que nada le parecía suficiente. Traté de darle cacao puro y también se lo comió.

Alma sonrió. Había oído toda clase de historias sobre todos los tipos de turistas y le encantaba cómo Dioni tenía la habilidad única de traer alegría a todos los que se encontraban con él.

—Ah… y al final ¿lo volviste a ver? —preguntó ella, burlándose de él.

—Nunca dejarás de referirte a ese tema ¿verdad? —preguntó Dioni, haciéndose el enfadado—. Te digo que era ¡un pájaro azul con una cola!

—Te creo, Dioni, —contestó ella. Trató con desesperación de contener un ataque de risa–. La leyenda del quetzal azul.

Él suspiró; sabía lo que seguiría. Incapaz de contenerse más, Alma soltó una carcajada. Dioni estaba visiblemente molesto por su reacción, ya que su actuación sucedía con más frecuencia de la que él hubiera querido admitir. Se sentó y esperó a que pasara… otra vez.

–Ay Dioni –continuó ella. Su risa se calmó poco a poco–. Bueno… bueno… no es tan chistoso.

–Sí lo es.

–¡SÍ LO ES! –respondió ella, y de nuevo estalló en una carcajada.

–Un día voy a encontrar a ese pájaro y te lo voy a mostrar y finalmente me creerás–. Su risa eclipsó las palabras de Dioni.

–Bueno…bueno. Ya…ya…calmada, calmada. Ay, me duele el estómago –dijo Alma. Miró a Dioni, calmándose y agarrándose el abdomen. A él le encantaba ver y oír su risa y con gusto volvería a iniciar la conversación si eso significaba que la oiría reír sin control.

–Bueno, a mí me pareció que era azul –dijo Dioni.

Otra vez, Alma estalló en risa, aún con más fuerza que antes. Ese momento, a diferencia de los grandes templos, las estrellas más brillantes o las montañas más azules, era el favorito de Dioni. Se puso de pie y quedó frente a ella.

–Y sus alas estaban hechas de chorizo –dijo Dioni. Cada oración aumentaba la fuerza de su regocijo–. Y también volaba al revés y sonaba así: ¡Packau! ¡Packau! ¡Yyyyyy-po!

Dioni levantó los brazos y trotó en un pequeño patrón infinito, que imitaba muy mal el vuelo del pájaro, aunque preocupaba a los mirones que estaban allí cerca.

–¡Cállate, Dioni! ¡No más! –fueron las únicas palabras que Alma pudo decir. Su cuerpo se sacudía descontrolado por tanta risa.

Todo lo que existía en el momento inocente eran ellos dos; ella con lágrimas de alegría y él haciendo una ridícula imitación de un pájaro resplandeciente.

Capítulo Tres

El mayor beneficio de levantarse temprano era la oportunidad de ver la luz matutina caer en cascada sobre el paisaje guatemalteco. Dioni lo había visto infinitas veces, sin embargo, siempre se encontraba completamente asombrado ante el esplendor de su belleza natural. Las montañas realmente se veían azules, en cada amanecer de cada día, hasta que la altura del sol mostraba el color natural del altiplano.

Los turistas, quienes habían reservado un viaje de dos días para ver el lugar tan admirado por Dioni, no estaban tan entusiasmados de ser testigos del amanecer. La experiencia le había enseñado a Dioni que temprano por la mañana era el peor momento para llegar a conocer mejor a los visitantes o para tener una conversación inteligente; y pedirle al grupo que se tomase una foto era impensable. Hasta Mario, el conductor más enigmático de *ToursTikal*, parecía necesitar unas cuantas horas más de sueño.

—Buenos días, amigos —saludó Dioni a cada pasajero a medida que iban subiendo al pequeño autobús. Luego que cada pasajero se había subido y no faltaba nadie, Dioni hizo un último anuncio para informarles a todos de que el viaje tendría una duración de aproximadamente 2 horas y que cualquier parada durante el camino se haría a solicitud del que lo pidiera.

El segundo día del viaje normalmente era menos emocionante, lo que también reducía la posibilidad de que algo saliera mal. Casi siempre el segundo día era muy predecible. Muchos de los pasajeros dormirían durante gran parte del trayecto, lo que significaba que la primera parada sería para ir al baño. El autobús se detendría en un café local, justo en las afueras del pueblo de Ipala, donde Dioni informaría a los turistas que Guatemala tiene el mejor café del mundo - un tema que a menudo era controversial y debatido de forma apasionada. Después del café y de un desayuno ligero, los turistas escalarían a la base del Volcán Ipala, donde se encontrarían con un o una nueva guía turística a quien seguirían a la laguna en la cima del volcán. A pesar de que no se lo pedían, Dioni a veces seguía al grupo de turistas a la cima y luego se tomaba una siesta al pie de un árbol, lejos de los demás. Esto le permitía descansar aproximadamente una hora y cargarse de energía para el resto del día. Después de disfrutar del lugar, los turistas caminarían por un camino secundario de regreso a la base del volcán, tomarían el bus de *ToursTikal*, y luego viajarían a Antigua para visitar las tradicionales tiendas de regalo y el famoso Choco Museo - una parada predilecta de los amantes del chocolate. El plan era tanto sencillo como fácil de recordar.

Los miembros del grupo, ahora con las energías cargadas, se dirigieron a la entrada de la única atracción turística de Ipala, donde les dio la bienvenida Gabriella, la escaladora más conocida de Ipala. Gabriella, o Gabi, como prefería que la llamaran, era justo diez años mayor que Dioni. Su pelo largo y rubio acentuaba su piel bronceada y sus ojos claros, que atraían las miradas de casi todos los visitantes masculinos que llegaban a Ipala. Su personalidad entusiasta era tan hermosa como sus rasgos externos y era muy consciente del efecto que tenía en los demás. Para Dioni, Gabi era más como una hermana mayor que una compañera de trabajo. Habían trabajado juntos por años, lo que les permitió cultivar una gran amistad y la admiración mutua. Gabi subió al bus para saludar a los turistas.

—Bienvenidos al Volcán de Ipala —empezó—. Mi nombre es Gabriella, pero me pueden decir Gabi. Seré su escaladora guía en la excursión al volcán. ¡Buenos días, amigos!

—Buenos días, ¡Gabi! —respondió con entusiasmo el español. Esperó infructuosamente que otro miembro del grupo la saludara con el mismo fervor. Su saludo emocionado molestó a su esposa. Gabi sonrió por el cumplido.

—La escalada a la cima del volcán tomará aproximadamente cuarenta minutos —continuó Gabi—, y puede ponerse muy caluroso porque vamos a estar bajo el sol todo el tiempo. Si necesitan protector solar o repelente para mosquitos, por favor agárrenlo ahora, o pueden comprarlo en la tienda antes de que empecemos a recorrer el camino.

Los turistas se dirigieron a la tienda a comprar suministros mientras Mario movía el autobús a una pequeña área de parqueo. Estaría a la sombra durante las siguientes horas, para dedicarse a leer el periódico, hablar con los otros conductores o simplemente disfrutar de la tranquilidad de la naturaleza a su alrededor. Sin embargo, en este día, Mario disfrutaría de hacer lo que más le gustaba: la siesta.

Dioni se acercó a Gabi. Le gustaba trabajar con ella más que con cualquiera de los otros guías turísticos, pero no por la misma razón que los otros guías turísticos masculinos mayores, quienes escogían sus turnos de acuerdo a los horarios de Gabi. Ella y Dioni eran confidentes y se tenían mucha confianza; eran dos de los empleados más queridos de *ToursTikal*. Fuera del trabajo, eran amigos cercanos y vecinos. Dioni conocía a los padres de Gabi, a su abuela, a dos de sus tías y a un tío. Ella, por su parte, había entablado amistad entre los niños y las monjas que vivían en el orfanato. Aunque a las monjas no les gustaba mucho el sentido de la moda de Gabi, Alma quería parecerse a ella cuando fuera mayor. Además, aunque Dioni no lo supiera, Gabi era la consejera de Alma.

–Hola Dioni, –dijo Gabi.

–Buenos días, Gabi, –respondió él.

–¿Te unirás al grupo hoy?

–Sí. Estoy un poco cansado así que estaré en mi árbol de siempre. ¿Puedes venir a buscarme y asegurarte de que esté despierto antes de que bajes al grupo?

–Sí, claro –respondió Gabi–. Si estás tan cansado, ¿por qué no te quedas aquí y duermes en el autobús? Podrás dormir más y estarás en la sombra.

–¿Has oído roncar a Mario? –dijo Dioni–. Es como un motor de lancha. ¡Hace temblar todo el autobús!

Gabi se rio. –De acuerdo, ven con nosotros si quieres. Pero ¿puedes quedarte detrás del grupo? Hoy hay un niño en el grupo y no quisiera que nadie se quede atrás.

–Está bien.

Unos minutos después, los turistas se agruparon, listos para irse. Sin saber muy bien qué esperar del viaje, unos cuantos visitantes se echaron tanto protector solar que su piel parecía tener un reflejo semejante a la cera.

–Un grupo brillante –dijo Gabi. Sonrió a Dioni–. ¡Vámonos!

La subida a la cima del Volcán de Ipala no era tan difícil como la que el grupo había experimentado el día anterior. Era un camino sencillo que subía lentamente y dirigía a los visitantes desde una zona a ras de suelo llena de árboles y follaje a una serie de áreas abiertas donde el sol brillaba de forma implacable. El problema no era tanto la luz del sol, sino la larga caminata en un sendero sin asfaltar. Más adelante, el calor emitido desde el cielo hacía que la caminata fuera cada vez más difícil tanto para los escaladores novatos como para los experimentados.

Para la suerte de Gabi, nadie en el grupo quería perderse la vista de una laguna en el cráter de la cima de un volcán inactivo. Dioni escaló el sendero junto a los turistas, pero se quedó detrás del grupo, como Gabi le había solicitado. Se mantuvo a distancia y se aseguró de que nadie se saliera de la ruta. Aún cansado por el viaje del día anterior, Dioni arrastraba los pies en cada paso que daba. Tenía muchas ganas de encontrar su árbol, descansar los ojos y disfrutar de la tranquilidad de la naturaleza. Más de sesenta minutos después, su deseo se cumplió.

Gabi fue la primera en ver la parte de arriba del volcán, en cuya cima había una laguna que aparentemente no tenía ninguna razón terrenal de estar en ese lugar. Dioni escaló y se quedó en la cola del grupo mientras Gabi empezaba su discurso de –...en la parte de arriba del volcán...–, que Doni había escuchado demasiadas veces para contar. Con gestos de mano, Dioni le indicó que se separaría del grupo para ir a su lugar habitual de descanso. Gabi asintió, indicando que ella sabía dónde encontrarlo.

Dioni caminó a un árbol cercano que estaba convenientemente situado lejos del agua. Al inicio, Dioni podía oír el sonido de la voz de Gabi con claridad, pero unos segundos después de que pusiera su mochila en el suelo y se acomodara, se quedó dormido.

Los grupos de turistas llegaban al Volcán de Ipala para ver un lado completamente nuevo del paisaje guatemalteco. Esta tierra no le pertenecía a nadie; era más bien una creación de la Tierra y debía ser protegida y preservada. El agua en la laguna era caliente y no tenía olas o corrientes, sin embargo, guardaba mayores secretos de lo que su apariencia apacible reflejaba.

Durante el corto tiempo en el que *ToursTikal* había estado operando, se reportaron pocos accidentes o quejas, especialmente en los grupos de Gabi. Para los turistas, nadar en la laguna era parecido a nadar en las aguas de los antiguos dioses mayas. Muchos sentían que se purificaban y refrescaban, casi como si trascendieran dentro de un espacio en el que no hay tiempo, para luego volver a salir. La laguna representaba mucho más que un fenómeno natural, era un canal por medio del cual todos - los humanos, animales y pájaros - encontraban un lugar pacífico escondido entre las nubes.

El grupo de turistas que le había tocado a Gabi estaba sorprendentemente pasivo durante su visita a la cima. Casi todas las mujeres holgazaneaban cerca de la orilla, sin acercarse al agua mientras se asoleaban con los rayos de un sol poderoso. Los hombres, en su mayoría, se apiñaban en el agua, donde los norteamericanos hacían su mejor esfuerzo para enseñarles a sus compañeros extranjeros su propia versión del fútbol. Sin embargo, a medida que avanzaba el día, el viento cambió de cálido y en calma a frío y cada vez más fuerte. Una cierta brisa particular no muy fuerte dio lugar a una repentina caída de la temperatura. Casi todos los turistas eran de lugares con climas más fríos y no les importó la ligera diferencia pero Gabi sabía muy bien lo rápido que el viento podía cambiar en Ipala.

Dioni sintió frío. Metió una mano en la mochila y agarró su suéter, luego se cubrió del viento más frío. Vio que el sol continuaba brillando con fuerza sobre la ladera, entonces no encontró razón para alarmarse. En segundos volvió a dormitar.

Lo que comenzó como un cambio repentino del viento, rápidamente se convirtió en una masa de nubes negras que oscurecieron completamente al sol. No parecían nubes de una tormenta normal, a pesar de que dieron paso a un viento enérgico que Gabi sabía que no debía ignorar. No obstante, tampoco podía ignorar al soltero inglés que afectuosamente cautivaba y mantenía su atención. Los galanteos distrajeron a Gabi de sus responsabilidades.

En minutos el viento se volvió más fuerte. Los turistas cambiaron su actitud de relajada y contentísima a ligeramente preocupada; estaban conscientes de que el viaje de regreso a la base era largo y extenuante. El más joven del grupo apenas había salido del agua cuando la lluvia empezó a caer, obligándolos a todos a correr hacia la pequeña área donde habían dejado sus pertenencias.

—¡Lo siento amigos! —dijo Gabi al grupo—. Hoy debemos interrumpir esta parte del viaje. Hay una forma más rápida de llegar a la base del volcán, pero es mucho más empinada y peligrosa. Las tormentas en Ipala llegan con rapidez y sin aviso, así que debemos darnos prisa. Yo estaré al frente y los guiaré, pero por favor no se apresuren por llegar a la parte de abajo. Permanezcan juntos.

Gabi apenas había terminado de hablar cuando su predicción se cumplió. El viento meneaba las hojas de los árboles, pero ni una gota de lluvia cayó sobre Dioni ya que el árbol que había escogido lo protegía de los elementos. Gabi y el grupo de turistas, sin embargo, no estaban tan bien protegidos de la lluvia. Con cada minuto que pasaba el diluvio era mayor y el cielo, antes brillante y soleado, se volvió cada vez más oscuro. Era más que una tormenta pasajera y Gabi sabía que tenía poco tiempo para regresar de forma segura a la base del volcán.

Gabi guio al grupo por un camino secundario. La ruta expuso al grupo a más agua de la lluvia, aunque redujo el tiempo a una fracción de lo que había tomado llegar a la cima. A medida que se acercaban al nivel del suelo, la tormenta se volvió más fuerte y empapó hasta la médula a los desprevenidos turistas. Estaban aproximadamente a mitad del camino de bajada cuando en la distancia vieron un relámpago. El grupo se congeló al darse cuenta de que al estar tan cerca de la fuente del relámpago se produciría un despiadado estallido que sin duda alguna sacudiría la tierra, pero, al final de cuentas, no hubo trueno.

—¡Ya casi llegamos! —gritó Gabi, su voz apenas se escuchaba entre los aullidos del viento—. ¡Todos permanezcan juntos y lleguen al autobús!

Mario se encontraba en un sueño profundo y no se percataba de nada a su alrededor. Si no lo hubiera sorprendido un golpe fuerte en la puerta del autobús, seguramente no hubiera notado que el día perfecto que vio antes de su siesta ahora era todo lo contrario. Se despertó en pánico y casi se cayó del asiento. Abrió la puerta del autobús y dejó entrar a un hombre.

–Viene una terrible tormenta, –dijo el hombre, un conductor de otra empresa de viajes–. Tenemos que irnos. Se está poniendo feo.

–¿Ya regresaron todos? –preguntó Mario mientras recobraba la compostura.

–Mi grupo está en la tienda, y creo que tu grupo es el que viene bajando por el camino secundario –respondió el hombre mientras señalaba al grupo de turistas cerca de la base del volcán. Mario se sintió aliviado al ver a Gabi.

–Son ellos –dijo Mario–. Gracias hermano.

El hombre bajó del autobús de Mario y regresó al suyo.

Mario se asomó por la puerta y vio a su grupo a cincuenta metros más o menos de la base del volcán. Todos estaban empapados de la cabeza a los pies y Mario supo que debía encender la calefacción del autobús para prevenir que se enfriaran demasiado. Arrancó el motor de inmediato y condujo el autobús lo más cerca posible de la base.

La tormenta se transformó de miles de gotas de lluvia, que caían del cielo, a una de gran escala; era como si las nubes, de un solo, descargaran años de agua acumulada. Gabi lideraba el camino mientras los turistas corrían hacia el autobús, donde Mario los interceptaba, les habría la puerta y los dejaba entrar.

–No puedo quedarme aquí –le dijo Mario a Gabi–, hay demasiada lluvia. Debo mover el autobús o nos quedaremos atascados.

–Vamos al pueblo –respondió Gabi–. Debemos conseguir toallas para todos o se congelarán.

Gabi se dio la vuelta y miró a su grupo. Muchos temblaban sentados en sus asientos, aunque agradecidos por no estar bajo la lluvia. Mario movió el autobús y se retiró del lugar con rapidez. La tormenta cambió de mal a peor.

–¿Están todos en el bus? –preguntó Mario. Hizo un esfuerzo por intentar ver a través del parabrisas por el diluvio.

Gabi se volvió y vio a los pasajeros apiñados para darse calor.

–Sí, todos están aquí. ¿Puedes aumentar la temperatura del autobús? Se están congelando.

Mario giró un botón para aumentar el aire caliente que circulaba por el autobús. Condujo a la carretera principal y se alejó de la entrada al parque.

El árbol de Dioni lo protegía tanto como podía, pero al final cedió ante la tormenta. Lo que al principio eran gotas pequeñas y molestas, rápidamente se convirtió en una serie de goteos cada vez mayor que aguijoneaban su cuerpo. Dioni estaba más exhausto que preocupado. Cambió de posición para alejarse del agua en un intento de conseguir unos pocos y preciados minutos más de sueño. Lo despertó, sin aviso, el golpe del trueno más fuerte que jamás había oído; uno tan fuerte y tan implacable que hizo temblar la tierra, asustando a Dioni y obligándolo a ponerse de pie de inmediato.

Hizo un valiente intento por levantarse bajo la protección del árbol, pero la fuerza del viento lo empujó de regreso a su lugar. Hacía frío y la tormenta era despiadada, pero sabía que no podía quedarse en lo alto del volcán esperando a que pasara la tormenta. Dioni metió la mano en su mochila y sacó una linterna, con la esperanza de que el rayo de luz perforara la oscuridad y la lluvia que caía. Esperó por un breve instante en el que el viento sopló a su favor y luego, valientemente, salió corriendo del árbol. Usó su mochila a modo de sombrilla, su brazo libre sujetaba la mochila sobre su cabeza como un escudo contra el enfurecido aguacero.

—¡Gabi! —gritó.

Dioni agitó la linterna en todas las direcciones. La única respuesta que recibió fue otro golpe de trueno, que lo hizo caer sobre una rodilla y lo hizo aflojar su agarre sobre la única protección que tenía para su cabeza. La mochila cayó al suelo, reclamada por la tormenta. Dioni no la necesitaba y la dejó atrás mientras avanzaba a través de las sábanas de lluvia para encontrar el camino más rápido hacia la base, donde con seguridad se encontaría el grupo, preocupado por él.

La tormenta se volvió más fuerte, casi como si supiera que ningún ser vivo ayudaría a Dioni. El viento empujaba la lluvia en todas las direcciones. Casi no podía mantener los ojos abiertos. El rayo de luz pasó sobre la imagen de un objeto en el cielo, que escapó a la atención de Dioni. A pesar de que tenía años de experiencia orientándose y estaba muy bien familiarizado con los muchos senderos y caminos del volcán, la enorme fuerza de la tormenta lo desorientó y lo llevó hacia un camino que se cortaba de forma repentina ante una caída muy fuerte. Dioni intentó moverse más rápido y no se dio cuenta de que a pocos pasos se encontraría con la muerte segura.

Un relámpago iluminó el cielo por un instante. La luz fue suficiente para que Dioni pudiera mirar hacia abajo y ver que no había suelo bajo su siguiente paso. Hizo un intento desesperado por retroceder, pero fue muy tarde. El fuerte viento empujó a Dioni hacia adelante a un acantilado pronunciado donde en el fondo le esperaba una cama de rocas afiladas, ansiosas por conocer a su próxima víctima. La tormenta cantó victoria.

El descenso de Dioni hacia las piedras del fondo se sintió como una eternidad. Gritó y levantó los brazos para cubrirse la cara, en un último intento de preparación para un repentino impacto. Dioni sintió una fuerza poderosa y veloz que lo sujetaba de los hombros, luego sintió una abrupta sacudida que lo jaló y lo alzó lejos del suelo que se aproximaba a gran velocidad. Gritó de susto y terror al encontrarse repentinamente en el aire; agitó la linterna sin rumbo fijo e hizo esfuerzos por liberarse del agarre del misterioso ser.

El viento y la lluvia empeoraron a medida que remontaba el vuelo por el cielo. Dioni no sólo no podía ver a dónde lo llevaban, sino que no podía determinar quién lo había pescado y salvado a mitad de la caída. Si no hubiera sido por otro relámpago que había iluminado el paisaje tormentoso, Dioni no hubiera visto una pequeña abertura debajo de una serie de rocas cuidadosamente colocadas a un lado del volcán. El ser misterioso se lanzó hacia las rocas y lo empujó a la fuerza hacia la abertura. Dioni cerró los ojos y se preparó para recibir el golpe.

El objeto soltó a Dioni, haciéndolo aterrizar precipitadamente en lo que parecía ser una pequeña cueva. A pesar de su gran conocimiento del volcán, Dioni no sabía de la existencia de una cueva en Ipala. La linterna de alguna forma sobrevivió toda la experiencia, aunque encontró refugio a una distancia más allá de su alcance.

Dioni oyó los sonidos estrepitosos de la tormenta, aunque menos intensos. No podía ver más allá de lo que le permitía la única fuente de luz cerca de la entrada de la cueva. Gateó hacia su linterna y la agarró, las gotas que caían sobre su cara le nublaron la vista. Rápidamente retrajo su mano cuando una sombra atravesó la luz.

Dioni se cayó hacia atrás aterrorizado. ¿Qué era eso?

Estiró su mano hacia la linterna, la agarró y dirigió el rayo de luz en todas direcciones. La luz sólo mostraba más rocas y la parte interior de la cueva, que era justo lo suficientemente grande para que él se pusiera de pie. Se calmó, a pesar de que respiraba de forma agitada, e intentó entender lo que había ocurrido.

Cerca de la entrada de la pequeña cueva vio la silueta de un objeto, como si estuviera camuflado por la cueva e iluminado por la tormenta en el fondo. Dioni apuntó la luz hacia el objeto y vio un misterioso… ¿pájaro?

Dioni no estaba seguro de qué era, a pesar de que la criatura era como nada que jamás había visto - completamente sin color y con las plumas gravemente dañadas. Fuera lo que fuera, la criatura sin duda estaba adolorida.

A Dioni le dio curiosidad. Se armó de valor para acercarse a la criatura tan silenciosamente como pudo. La luz parpadeó, encendiéndose y apagándose. La golpeó contra su mano libre y la luz brilló de nuevo. Apuntó la luz en la misma dirección de antes, pero la criatura ya no estaba allí.

Dioni se quedó petrificado. ¿A dónde se había ido?

Un golpe fuerte de trueno hizo temblar la cueva. La valentía de Dioni se esfumó, al igual que su curiosidad. Caminó hacia atrás, alejándose de la entrada de la cueva. Puso su espalda contra la pared, lo que significaba que si la criatura lo atacaba, sería de frente.

La linterna titiló y se apagó. La golpeó de nuevo, pero se rehusó a volver a alumbrar. Dioni la golpeó con fuerza contra la pared de piedra detrás de él, y milagrosamente logró que la descolorida luz reviviera una vez más.

Una poderosa fuerza jaló las piernas de Dioni. Inmediatamente cayó de espaldas. Gritó y apuntó con la linterna hacia sus pies. ¡La vio!

Los ojos de la criatura lo miraban de la forma en que un feroz depredador observa a su presa con intensidad. El avistamiento duró una fracción de segundo antes de que la criatura se lanzara hacia la cara de Dioni y emitiera un sonido chirriante que atravesó el cuerpo de Dioni. En un último esfuerzo, Dioni lanzó los brazos hacia arriba para escudarse e intentó protegerse, desesperadamente, del inminente ataque.

La linterna se le resbaló de las manos cuando levantó los brazos. La luz golpeó contra la pared de piedra e inmediatamente se apagó conforme rebotaba, hasta que quedó tirada sobre el suelo.

El grito estridente que emitió la criatura hizo eco dentro de la cueva; el sonido de la implacable tormenta atenuó el grito.

Capítulo Cuatro

Las mañanas que prosiguen a las grandes tormentas normalmente se presentan con el cielo despejado; así fue también esta mañana. Dioni escuchó a los pájaros en los alrededores, los cuales piaban y cantaban como siempre. Para él, casi sonaba como un diálogo; en vez de llamadas, silbidos y sonidos al azar, cada pájaro hablaba. Escuchó más de una voz, pero no lograba oír el diálogo con claridad.

La mayor parte de la cueva estaba oscura, excepto por un único rayo de luz solar que se colaba por una pequeña abertura y caía directamente sobre la cara de Dioni. No podía ver mucho, inclusive lo poco que veía era de forma borrosa y fuera de foco. Miró su entorno para intentar entender dónde estaba y qué había ocurrido la noche anterior. Era incapaz de distinguir cosa alguna, salvo por la luz que provenía de la entrada de la pequeña cueva. Se puso de pie con mucho esfuerzo, como si cada hueso de su cuerpo crujiera al colocarse en su lugar. Dioni se tambaleó a medida que avanzaba hacia la luz. Su cuerpo entero se sentía extraño -no adolorido, sino más bien como completamente desproporcionado- lo que le hacía caminar fuera de balance y con una extraña dificultad.

Mientras se tambaleaba hacia la salida de la cueva, Dioni se sintió aliviado de encontrarse en un lugar familiar. Reconoció el entorno circundante de Ipala y por la cantidad de años que llevaba viajando por el área, sabía que la laguna estaba a pocos metros detrás de donde se encontraba. Caminó un poco más hacia afuera; luego se volvió para inspeccionar la entrada de la cueva desde el exterior. Dioni había escalado por el lugar incontables veces a lo largo de los años y ni una sola vez se fijó que hubiera entrada alguna a una cueva. Bajo diferentes circunstancias hubiera hecho un mejor esfuerzo para volver a visitar la cueva y quizá tomarse el tiempo de crear un pequeño lugar de refugio para sí mismo. Lo único que se le cruzaba por la mente era caminar hacia la laguna.

El corto y descubierto camino hacia el agua era significativamente más largo que de costumbre. Todavía mareado y tratando de entender por qué no veía con claridad, Dioni agachó la cabeza mientras caminaba por el sendero. La luz del sol cayó sobre su espalda y le ayudó a entrar en calor. Era aún demasiado temprano en el día para que los turistas o los escaladores estuvieran en el área, así que no encontraría ayuda para descender del lago del cráter. Si pudiera llegar al agua, seguramente podría reunir las fuerzas requeridas para caminar hacia la base.

En la misma dirección de la que procedía la luz del sol, Dioni notó las sombras de dos pájaros que volaban a una gran altitud. Miró hacia arriba y entrecerró los ojos para protegerlos de la luminosidad.

—Hmm —dijo Dioni—. Halcones murecielagueros. Qué bonito. Hoy vuelan más alto de lo normal.

Dioni continuó su camino. La pareja de aves en el cielo emitió llamadas y sonidos, lo cual le pareció raro a Dioni; incluso desde una gran distancia, se preguntó por qué los halcones se oían como si hablaran entre sí en vez de emitir sonidos de ave al azar. Su sentido de asombro no era lo suficientemente fuerte como para convertirse en curiosidad y, por lo tanto, insuficiente para atraer la atención de Dioni.

En la distancia, Dioni pudo ver el reflejo del sol que rebotaba sobre la superficie del agua. Nunca había sentido tanta sed en su vida y, siguiendo esa lógica, la laguna de tamaño extraordinario nunca le había parecido tan hermosa. Dioni corrió a la orilla tan rápido como sus pequeñas patas lo podían transportar, sus ojos convalecientes se enfocaron en el agua. Tenía demasiada sed como para preocuparse de nada ni nadie en ese momento; cuando sintió que estaba lo suficientemente cerca, metió la mitad de su cuerpo superior en la laguna sin pensarlo. El agua sabía mejor que cualquier forma de hidratación en la Tierra y tener la cara limpia le permitió recuperar más su vista. De repente, Dioni se dio cuenta de su ubicación y su entorno.

En el cielo, los dos halcones murcielagueros planeaban en un patrón circular, que parecían hacer a una menor altitud. Dioni vio a los dos halcones porque oyó cuando hablaban entre sí -no en la manera en que uno oye un objeto en la distancia - sino como si oyera una conversación secreta pronunciada en un lenguaje extraño.

De nuevo Dioni metió la cabeza en el agua. Abrió la boca y tomó un sorbo enorme antes de salir por aire. La suave corriente de agua que fluía de su cabeza y que corría por su columna se sentía increíble. Unas pocas gotas de agua cayeron de su cuerpo, creando una serie de pequeñas ondas que lentamente se alejaban del punto en el que habían salpicado la superficie de la laguna. A medida que las olas se borraban, Dioni notó un reflejo extraño en el agua. Su vista mejoró aunque seguía menos enfocada de lo que él estaba acostumbrado. El sonido de los halcones murcielagueros se oía más cerca y parecía más como voces que ruidos al azar, aunque no podía comprender qué era lo que hablaban entre sí. Dioni miró hacia arriba para verlos de nuevo. Se dio cuenta que sus rutas de vuelo se hacían cada vez más cortas y más cerca del suelo.

Dioni nuevamente bajó su cabeza hacia del agua. Su nariz apenas había entrado en contacto con la superficie cuando miró hacia abajo y notó un extraño objeto reflejado en el agua. Inmediatamente levantó todo su cuerpo y retrocedió.

¿Qué rayos era eso?

Dioni levantó la cabeza y miró hacia todas las direcciones, esperando contra todo pronóstico encontrar un testigo fiable para confirmar lo que había visto. Estaba solo. Miró a la laguna, luego inhaló y exhaló, profunda y lentamente. Dio un paso hacia adelante y se abrió camino hacia la orilla. Sintió el agua cálida sobre su pie, luego cerró los ojos y se dobló por la cintura para inclinar su cuerpo hacia adelante. Abrió los ojos y vio una imagen reflejada; el agua no mostraba la cara y el cuerpo de un niño de quince años, sino la de un ser místico.

—¡AH! —gritó Dioni.

Saltó hacia atrás, inseguro de lo que reflejaba la laguna. Volteó la cabeza y observó sus extremidades; sus manos y brazos habían desaparecido y habían sido reemplazados por una perfecta colección de plumas de color azul.

–¡AHH!! –gritó Dioni una vez más–.

Se volteó hacia el agua para ver el reflejo claro y completo de lo que no podía ser cierto. Miró hacia abajo y confirmó lo que temía: el agua reflejaba cada movimiento suyo. Donde antes tenía brazos, ahora tenía alas. Sus manos habían desaparecido, y habían sido sustituidas por plumas, que ahora cubrían todo su cuerpo. Dioni se examinó. Buscó cualquier señal que le quedara de humanidad, preguntándose a dónde se había ido. Miró hacia la izquierda y hacia la derecha, su respiración era cada vez más rápida e intensa. Con desesperación trató de buscar a alguien que pudiera ayudarle, pero sólo el sol, los árboles y el agua de la laguna eran testigos de su estado actual.

Dioni respiró con dificultad. No tenía la menor idea de qué hacer. Metió el cuerpo por completo en la laguna, con la esperanza de que el agua, mágicamente, lavaría su nuevo ser. Las olas se hicieron cada vez más grandes y más separadas y el agua le devolvió el mismo reflejo. Con la cara hacia abajo, Dioni abrió los brazos y desplegó las alas perfectamente. Las encogió con rapidez. Repitió la misma acción, aunque más despacio, para confirmar si la imagen reflejada en la superficie del agua imitaba sus movimientos. Su aspecto y sus acciones se reflejaban de forma impecable.

–¿Qué me está pasando? –gritó Dioni.

Levantó las alas por encima de sus hombros. El agua reflejaba cada movimiento. Se sintió enfermo, tal vez tomar tanta agua no había sido tan buena idea.

Dioni bajó las alas a los lados de su cuerpo. Trascendió su reflejo con su mirada y se percató de otro objeto debajo de la superficie, que se aproximaba. Parecía que era un pez extraño y pequeñito, pero su cuerpo no estaba en el agua. Dioni bajó su cabeza para acercarse más a la superficie y poder identificar mejor lo que veía. Se enderezó, lo justo para darse cuenta de que el pequeño punto en el agua poco a poco se hacía más grande. Parecía una sombra, pero a medida que crecía, el agua reflejaba más detalles de su cuerpo. Tenía una forma alargada, un objeto raro que Dioni nunca había visto. Se acercaba de forma rápida y ágil; sin emitir ningún sonido.

Casi de inmediato, el agua reflejó precisamente lo que veía, las garras estiradas de un halcón murcielaguero que venía directo hacia Dioni. No tenía ni un segundo para pensar. Dioni se agachó y metió la cabeza en el agua; apenas logró escapar de las garras afiladas del depredador que lo apetecía para su desayuno.

El halcón murcielaguero no dio en el blanco. Tan rápido como atacó, se elevó para regresar al cielo. Gritó en protesta por haber perdido la presa. Dioni volvió a posicionarse lentamente y miró en todas las direcciones antes de hacer cualquier movimiento repentino. Dioni se dio cuenta que si el halcón regresaba, él sería un blanco fácil, sin protección contra la vista perfecta del depredador.

Dioni se alejó cuidadosaamente de la orilla del agua y caminó sobre la grama, que conducía de regreso al camino hacia la base. El cielo estaba despejado; Dioni no vio ni oyó ninguna amenaza inmediata. Caminó con largas y extrañas zancadas. Intentó desesperadamente pasar desapercibido con cada paso hacia adelante que daba. Un paso. Dos pasos. Tres pasos. Nada…ningún peligro de ningún tipo.

A medida que sentía más confianza, Dioni se enderezó y caminó erguido, como antes lo había hecho a diario. Con cada paso miraba hacia arriba y volteaba la cabeza en todas las direcciones, pero no se dio cuenta de un crucial elemento de prueba. A pesar de que, indudablemente, el cielo estaba arriba, su posición actual estaba más elevada que el nivel del suelo; un depredador podía permanecer en el aire aunque estuviera fuera de la vista. De la misma forma en que un avión de caza puede aparecer sobre una cadena de montañas, un halcón murcielaguero se materializó en la distancia, detrás de Dioni. El cazador tenía una misión y tenía a su presa en la mira.

Dioni se sintió sobrecogido por una sensación extraña. Vaciló tan solo por un instante; lo suficiente para ser empujado hacia adelante y contra el suelo por una energía invisible que lo obligó a tirarse de cabeza justo fuera del alcance de las implacables garras del halcón murcielaguero. El segundo intento por capturar su comida había fracasado y eliminó lo que quedaba de la paciencia del depredador. Dioni levantó la cabeza y vio el panorama completo del paisaje de Ipala, inclusive al halcón furioso que daba una gran vuelta en el cielo y volvía al ataque.

Dioni se levantó y corrió tan rápido como sus pequeñas patas de ave lo podían transportar. Corrió velozmente, como lo haría un adolescente, usando los brazos para balancearse y moviendo sus piernas tan rápido como su cuerpo le permitía. Dioni volteó la cabeza para ver por encima de su hombro; las implacables garras del halcón se aproximaban a increíble velocidad. Dioni gritó.

Incapaz de mantener su equilibrio, Dioni tropezó con un objeto que venía en la dirección contraria a la que miraba. Cayó, escapándosele de nuevo al halcón murcielaguero. El depredador continuó el impulso hacia adelante mientras Dioni, incapaz de detenerse, cayó rodando cuesta bajo por el volcán. Su cuerpo rebotaba mientras caía más abajo, por una parte empinada del volcán que se aplanaba conforme se acercaba a la base. El objeto que hizo que Dioni tropezara estaba en el lugar perfecto, en el momento preciso.

Los dos halcones murcielagueros - uno que atacaba y el otro que sólo observaba - miraban cómo su comida caía sobre la orilla del volcán. Relentizaron su velocidad y por un momento planearon sobre el suelo. Concluyeron que no había razón para gastar más energía cuando era igualmente fácil esperar a que la gravedad les sirviera su desayuno.

La grama más espesa que había a un lado del volcán detuvo el impulso de Dioni. Tenía la adrenalina demasiado alta como para que pudiera sentir la gravedad de sus heridas, a pesar de que no tenía un solo rasguño en su cuerpo. No se detuvo siquiera un instante antes de levantarse y correr de nuevo hacia un lugar seguro. Los halcones se dieron cuenta de los movimientos de Dioni. Observaron cómo corría a un paso más lento y en un patrón predecible. Se miraron, sonrieron, volvieron a extender sus alas y bajaron la cabeza para volver al ataque.

Dioni corrió más rápido de lo que creyó que sus patas pudieran correr; sabía muy bien que le iba a costar su vida si no encontraba un lugar seguro en los siguientes segundos. En pánico, Dioni vio una ceiba a corta distancia. Nunca antes se había fijado en ese árbol, pero en ese momento Dioni no tenía tiempo para pensar por qué esa ceiba apareció de la nada. Los halcones murcielagueros se fijaron en su blanco. Hicieron una competencia para ver cuál de los dos cantaría victoria y por ende reclamaría una porción más grande de la recompensa.

A medida que corría cuesta abajo y los árboles cerca de la base se acercaban a la altura de sus ojos, Dioni vio una grieta en la tierra directamente frente a él. Por instinto, supo que debía saltar, lo que le permitió continuar con su velocidad y movimiento. Sus pequeñas patas estaban a milímetros del suelo, cuando sintió una poderosa fuerza que lo halaba hacia atrás, de los hombros, e hizo que de inmediato extendiera sus brazos. Dioni descubrió una forma para levantarse del suelo.

Los halcones murcielagueros se miraron y luego enfocaron su atención en lo que ocurría frente a ellos. El pájaro que perseguían volaba, sólo unos centímetros sobre del suelo, aunque sus patas seguían en movimiento mientras luchaba por correr mientras volaba. Los halcones habían presenciado muchos acontecimientos extraños en sus vidas, pero esto era nuevo.

Dioni se deslizó por la ceiba. Sus pequeñas patas corrieron tan rápido como pudieron mientras mantenía sus brazos tan extendidos como le era posible. Flotó más cerca del árbol y notó una pequeña abertura entre tres enormes ramas. Dioni sintió una fuerte ráfaga de viento que lo empujó más cerca del antiguo árbol y que obligó a los halcones murcielagueros a retroceder. Para los aviadores con experiencia de toda una vida, una ráfaga de viento no era más que un contratiempo insignificante que le daba a su presa unos valiosos segundos de tiempo.

Los dos depredadores chillaron, un sonido ensordecedor para Dioni. La pequeña abertura en la ceiba estaba a tan solo unos metros de distancia. Podía llegar, sólo tenía que hacerlo antes de que los halcones murcielagueros lo agarraran. Dioni se deslizó y movió sus alas en todas las direcciones, en un intento salvaje por llegar hasta el árbol por sí mismo. Su velocidad aumentó, como si el viento mismo lo estuviera empujando. Si no daba en el blanco, el choque fuerte contra la ceiba podría ser mortal.

Los halcones murcielagueros estaban por alcanzarlo. Ya estaban saboreando el desayuno. Dioni sintió las garras de los halcones en sus largas plumas de la cola. A tan solo unos centímetros de la entrada a la ceiba, Dioni cerró los ojos, gritó, cubrió su cara con sus alas para prepararse para el golpe, y esperó contra todo pronóstico que el antiguo árbol lo refugiara.

A la misma velocidad en la que volaba, Dioni desapareció completamente entre el árbol. Se esfumó en el acto y lo mismo pasó con la entrada de tamaño perfecto del árbol. Toda la terrible experiencia ocurrió tan rápido que los halcones murcielagueros estaban completamente desconcertados por la forma como se había escabullido el ave. Los dos depredadores escaparon por muy poco de un brutal choque contra el árbol. El lugar exacto donde su comida se había escapado se transformó de inmediato en corteza sólida; su desayuno desapareció por completo.

—*Pharomacrus* identificado, *mocinno*. Ingreso aprobado —dijo una extraña voz femenina.

Dioni levantó la cabeza y lentamente abrió los ojos. No tenía consciencia de haber extendido las alas en ningún momento; sin embargo, volaba y además en formación perfecta - no como un humano intentando recrear una habilidad extraña con el uso de alas ficticias, sino con el método con el que las aves míticas se supone que deben volar. Una fuerza desconocida para Dioni rebasó su cuerpo de ave y lo guio de forma parecida a la tecnología automática. Voló sin esfuerzo, suspendido por un sistema que con suavidad lo llevó por un túnel.

El túnel en el que Dioni se quedó planeando era mucho más grande de lo que parecía desde el exterior. La ceiba actuó como un portal, lo que explicaba por qué Dioni nunca había visto ese árbol en ese lugar. El túnel de por sí estaba iluminado uniformemente, aunque por una fuente de luz orgánica. A lo largo de las paredes había una serie de esferas redondas, interconectadas, que irradiaban luz; no había focos ni linternas, pero sí una serie de rayos de luz solar. La iluminación de cada esfera seguía cada movimiento de Dioni, que alumbraba el camino delante de él y se debilitaba a medida que él pasaba.

Las paredes del túnel estaban decoradas con dibujos hechos por seres de una era antigua. Eran jeroglíficos mayas que se movían al mismo tiempo que Dioni, como un zoótropo vivo, al tiempo que el sistema lo dirigía a través del túnel. No había viento, sino más bien una energía que llevaba y sostenía a Dioni mientras, simultáneamente, lo conducía y le iluminaba el camino.

Al mirar hacia arriba, Dioni se topó con una vista translúcida de plano contrapicado de la Tierra. Viajaba en un área completamente sellada, aunque la vista semitransparente de arriba reflejaba una imagen de la vida sobre el suelo. Se movía en la Tierra, aunque bajo la superficie, mientras el nivel del suelo afuera del túnel era claramente visible para él. A pesar de que Dioni podía ver el exterior - el paisaje de Ipala que tan bien conocía - ninguna criatura en el exterior lo podía ver a él.

Dioni se deslizó sobre una serie de luces en movimiento, todas organizadas por color: verde, rojo y azul. Las luces marcaban un camino que proveía una dirección para viajar. Sin mover más que los ojos y la cabeza, Dioni fue guiado suavemente a un área de aterrizaje. El área de aterrizaje no era ni tierra ni grava, sino un escudo translúcido y protector que creaba una iluminada aura de color azul alrededor de Dioni.

Una vez asentado firmemente sobre sus patas, Dioni caminó en la dirección en que lo guiaba la serie de luces que veía mientras se deslizaba. Con cada paso, un círculo debajo de él se movía a su ritmo y creaba un brillo con cada movimiento. Dioni siguió las luces de colores hasta que llegaron al final, cerca de lo que parecía ser una gran entrada. Vio que había un pequeño círculo gravado en la tierra directamente frente a la entrada, que era del mismo tamaño que el círculo azul que lo seguía. Se metió en el aro gravado, que iluminaba una serie de círculos más grandes por debajo.

A Dioni lo rodeó rápidamente un velo transparente y cilíndrico que surgió debajo de él como una fuerza translúcida. Los círculos que rodeaban a Dioni titilaron despacio, luego rápido y más rápido, hasta que destellaron de forma tan veloz y brillante que todo elemento visible desapareció en una energía de luz cegadora.

...

Gaby sabía más del Volcán de Ipala que todos los guías de turismo, visitantes y residentes combinados. Había explorado la tierra y sus alrededores cientos de veces. Conocía cada camino, cada sendero y cada entrada de memoria. Le encantaba la vista increíble del paisaje guatemalteco. También estaba consciente de la potencial gravedad de las tormentas, de la auténtica oscuridad que caía sobre Ipala cada noche y sobre las desventajas de quedarse atrás sin poder orientarse.

En el transcurso de varios años, el trabajo de Gaby había consistido en llevar a innumerables turistas desde la base a la laguna, y nunca había dejado a alguno olvidado. En su mente repetía las acciones del día anterior, una y otra vez. Con desesperación buscaba una justificación para descubrir un posible rastro de lo que pudo haberla hecho olvidar a su querido amigo.

Mario condujo el autobús hacia la base del volcán, con Gabi como única pasajera. Ninguno de los dos pronunció una sola palabra. Estaban ansiosos por llegar a donde estaba su amigo y esperaban contra todo pronóstico que lo encontrarían a salvo, aunque asustado. El autobús ni siquiera se había detenido del todo cuando Gabi abrió la puerta y corrió rápidamente hacia el centro de visitantes. Todas las puertas estaban cerradas con llave. Golpeó las ventanas de alrededor con sus puños y gritó el nombre de Dioni, por si acaso él hubiera podido encontrar la forma de entrar. No hubo respuesta. Ni un sonido. Sólo silencio.

Mario parqueó el autobús cerca y se acercó a Gabi. Estaba consciente de los sentimientos de Gabi, pues él mismo también sentía la misma culpa, vergüenza y dolor asociado con la incertidumbre de buscar a una persona perdida. No dijo ni una palabra; empezó a buscar en los alrededores del área. A pesar de que la tormenta de la noche anterior había sido feroz, tanto Mario como Gabi sabían que Dioni era lo suficientemente inteligente para salvarse en caso de una emergencia. Lo único que tenían que hacer era encontrarlo.

La policía municipal de Ipala llegó a la escena. Mario vio a la primera pareja de oficiales en el lugar del suceso y luego se dirigió a su vehículo. Gabi corrió a la entrada principal del parque cerca de la senda principal, que sirve como el último punto de parada antes de llevar a los turistas por el camino que conduce a la laguna. Estaba cerrada con llave, y no había señales de Dioni por ninguna parte. Si aún estaba con vida, solamente había otro lugar donde Dioni podía estar.

Sin esperar a Mario o a los oficiales de policía, Gabi corrió al sendero. Tenía años de experiencia recorriendo el mismo camino hacia arriba y hacia abajo, con frecuencia, varias veces al día, pero nunca había intentado correr todo el camino desde la base a la laguna con tanta velocidad. No le importó cuán cansado se sentía su cuerpo, como resultado de una noche sin descanso. No le importó si sus zapatos gastados tenían tracción suficiente para llevarla a su destino de forma segura. Lo único en lo que pensaba era en encontrar a Dioni. ¿Qué pasaría si se había golpeado? ¿Qué pasaría si el viento lo había empujado abajo por el otro lado? ¿Qué si ella lo encontraba y él estaba demasiado débil para caminar? ¿Qué…?

…

Dioni tenía la mala costumbre de repetir acciones que ponían nerviosa a Alma. Ella odiaba las alturas, así que él intencionalmente se subía a los árboles o caminaba por el borde de un edificio alto, sólo para ver la reacción de ella. A ella no le gustaba que él condujera su bicicleta de forma temeraria por el pueblo, así que él extravagantemente mostraba la forma en que controlaba su bicicleta sin usar sus manos. Ella odiaba los días cuando él regresaba tarde por la noche, a causa de una llanta pinchada del autobús, de un turista que había bebido demasiado o de una serie de otros escenarios. Sucediera lo que sucediera, Dioni siempre regresaba al orfanato. Siempre regresaba a casa.

Sin embargo, la noche anterior fue diferente. Ella sintió algo, como una vibra misteriosa que le despertaba la sensación de que algo extraño ocurría. Descansaba en su cama, mirando al techo y de vez cuando echaba una mirada a un reloj cercano. Tic… tac… tic … tac.

Salió el sol y parecía como si sólo ella se diera cuenta de la ausencia de Dioni. Los niños mayores habían presenciado este comportamiento anteriormente; era lo que hacían quienes habían llegado al punto en el que no consideraban necesario regresar y desaparecían de la noche a la mañana, para nunca volver a ser vistos. Ya sabían que era mejor no formar relaciones muy estrechas entre ellos, ya que situaciones como esas eran muy frecuentes en el orfanato.

Para Alma, esta era una experiencia completamente nueva. Sabía, sin lugar a duda, que Dioni nunca la abandonaría. Incluso, si alguna vez hubiera tenido la intención de dejar el orfanato, no existía fuerza alguna sobre la Tierra que impediría que Dioni se despidiera.

…

Gabi corrió desde el sendero hasta la orilla más lejana del volcán, un punto desde el que podía tener la mejor vista de todo el paisaje. Miró en todas las direcciones, muchas veces, gritando el nombre de Dioni. No hubo respuesta, ni movimiento alguno. Recordó el último lugar donde lo vio: al final del sendero mientras se dirigía a su lugar favorito para hacer la siesta. Gabi corrió de inmediato a ese lugar y buscó alguna pista en el camino.

No encontró nada…no había pista alguna. Debería estar cerca de ahí. No había forma de que hubiera podido llegar muy lejos.

Gabi caminó más cerca del agua. En silencio rezó para no encontrar a Dioni bajo la superficie. Oyó algo cerca de ahí y se quedó congelada. Volteó la cabeza para ponerse de cara al cielo y dos halcones murcielagueros, uno de los cuales pasó con rapidez desde arriba y atacó algo sobre el suelo. Los halcones murcielagueros no atacan a los humanos y el blanco de sus ataques tampoco era lo suficientemente grande para que se confundiera con una persona. Lo que sea que fuese, los halcones seguro lo agarrarían.

Llegó a la orilla del agua y lo único que vio fue su propio reflejo. Gabi gritó el nombre de Dioni una vez más. No hubo respuesta. Sin detenerse a pensar antes de actuar, se adentró en la laguna. El agua era más fría durante la mañana, algo que la tuvo sin cuidado. Gabi se adentró más, el agua casi le llegaba a la altura de su barbilla; no había señales de Dioni por ninguna parte.

Gabi se apartó de la orilla nadando hacia el centro de la laguna. Gritó por Dioni mientras buscaba en todas las direcciones por alguna señal de vida. En la distancia vio un objeto familiar brillando en el sol, su superficie reflejaba la luz. Estaba en la hierba justo afuera del agua; parecía que estaba hecho de vidrio o metal. A pesar de que no era una nadadora veloz, Gabi nadó desde el centro de la laguna a la orilla en tiempo récord. Su nado se convirtió en una carrera cuando salió del agua y corrió hacia el objeto.

Confirmó sus temores. Era la mochila de Dioni, todavía mojada por la lluvia de la noche anterior. Jamás iba a ninguna parte sin ella, así que supo que él no estaría muy lejos. Gritó su nombre. No hubo respuesta. Gabi buscó dentro de la mochila, que contenía diversos objetos, unos dulces y una foto de Alma.

El día avanzó. Mario, acompañado de un equipo de oficiales de la policía y de empleados del parque, se unió a la búsqueda. Gritaron el nombre de Dioni, revisaron cada árbol, cada mata de hierba, cada centímetro posible del volcán e incluso buscaron debajo de la superficie de la laguna. No había señales de Dioni por ninguna parte, excepto por la mochila que contenía diversos objetos y una sola fotografía.

…

El día transcurría con normalidad en el orfanato. Se preparó el desayuno, los niños fueron conducidos a la escuela cercana y Alma era la responsable de cuidar de los habitantes más pequeños. Había una rutina diaria que seguir y nadie rompió el protocolo. Sin embargo, era evidente que Alma estaba distraída; un millón de pensamientos corrían por su mente. Tal vez Dioni había conocido a alguien mientras guiaba algún grupo turístico. No, ¡él nunca hubiera hecho eso! Tal vez él había estado ahí todo el tiempo y ella no lo había visto. Tampoco.

Alma caminó por el corredor principal muchas veces. Inspeccionó cada habitación y cada espacio lo suficientemente grande para que Dioni se escondiera de alguna forma. Si se tratara de una broma minuciosamente preparada, Dioni seguro se esforzaría por encontrar el lugar más recóndito para esconderse. Cada gabinete que ella abría, cada clóset que ella revisaba, o cada espacio cerrado al que ella se asomaba daba el mismo resultado: nada.

—¡El techo! —dijo Alma en voz alta. Recordó cómo, de vez en cuando, a Dioni le gustaba escalar al techo sólo para tener una oportunidad de estar a solas—. Sí, ¡debe estar en el techo!

Alma corrió afuera. Encontró una escalera larga y la colocó contra la pared exterior. Odiaba escalarla, pero si eso significaba que podría ver a Dioni y dejar de preocuparse, entonces valía la pena el riesgo. Con cada paso que daba hacia arriba, Alma sentía el peso del mundo empujándola hacia abajo. Se hizo cada vez más pesado hasta que llegó hasta arriba, donde su temor pasó a segundo plano en comparación con su preocupación. Buscó en cada esquina del techo plano mientras gritaba el nombre de Dioni. Su miedo le había ganado la partida a su sospecha: no había señal alguna de Dioni.

...

Gabi no podía ser consolada y ninguna fuerza de la Tierra podía arrancar la mochila de su mano. Los policías tomaron el control de la investigación y la obligaron a abandonar el volcán, acompañándola a ella y a Mario de regreso a la base. Ambos se sentían impotentes; su descuido había determinado el destino de Dioni. Su sentido de culpa era más pesado que su tristeza, aunque los dos sabían que faltaba concluir una tarea descorazonadora.

La conciencia de Gabi la corroía. Mientras Mario conducía el autobús al pueblo, ella se mecía hacia adelante y hacia atrás. Su cuerpo buscaba la manera de sentirse cómodo mientras ella abrazaba la única evidencia de su querido amigo. Mario no necesitaba que le dijeran a dónde ir, sabía muy bien que quedaba una persona que necesitaba oír la noticia. Ni él ni Gabi cruzaron una sola palabra; lo único que se oía era el tenue sonido de los sollozos de Gabi. ¿Cómo habían dejado que esto ocurriera?

El traqueteo del bus de *ToursTikal* era inconfundible para Alma. Lo oyó mientras barría el corredor. Inmediatamente dejó caer la escoba y corrió a la entrada principal del orfanato al tiempo que el autobús se detenía.

–¡Llegó a casa! –exclamó su mente–. ¡Llegó a casa! ¡Oh, por favor, que sea que llegó a casa!

Mario detuvo el autobús a unos metros de distancia. Sabía que ésta muy probablemente sería la caminata más larga que tendría que hacer. Abrió la puerta del lado de los pasajeros y miró hacia la parte de atrás del autobús, donde estaba Gabi. Ella intentó arreglarse, pero no sirvió de nada. Mario salió del autobús por la puerta de los pasajeros; Alma notó su cara sin expresión en el instante en que lo vio. Detuvo sus pasos. Su mente quedó totalmente en blanco, mientras se preparaba para lo que ocurriría.

Gabi encontró fuerzas para levantarse; la mochila la llevaba agarrada fuertemente entre sus brazos. Salió del autobús e hizo caso omiso de la luz cegadora del sol guatemalteco. Lentamente levantó la cabeza y vio la imagen que quedaría grabada en su mente durante el resto de su vida. Era Alma, petrificada en su desesperación.

Las lágrimas rodaron de los ojos de Gabi mientras caminaba lentamente hacia Alma, cada paso a una distancia eterna del anterior. Alma puso sus manos sobre su boca; trató desesperadamente de contener sus emociones. Sus ojos se llenaron de lágrimas y sus piernas flaquearon. Alma cayó de rodillas. Movió sus manos de su boca a sus ojos.

Gabi se acercó a Alma e inmediatamente se sintió sobrecogida. Sin decir palabra alguna, Gabi le ofreció la mochila a Alma, quien era incapaz de sostenerla mientras la tocaba con sus propias manos. Gabi se agachó y se arrodilló frente a Alma, la abrazó, para darle cualquier tipo de consuelo posible y compartir su pena.

Mario regresó al autobús y cerró la puerta. Se sentó en el asiento del conductor y cerró los ojos. Hizo una pausa, suspiró, miró a un punto indeterminado en el cielo, luego dejó rodar las lágrimas que había guardado desde el momento en que se dio cuenta de que nunca volvería a ver a su joven amigo.

Capítulo Cinco

El sonido creado por alas que se agitan y planean a alta velocidad; los trinos y silbidos emitidos por criaturas desconocidas de una naturaleza distante pero reconocible; el ruido de un área de trabajo inmensa, junto con un número aparentemente infinito de pequeñas patas que caminan sobre tierra firme; y el sonido relajante de una marimba en la distancia, todo ello fue lo que absorbió Dioni mientras lo que antes era un resplandor borroso se transformaba en una luz visible.

Dioni no se había quedado ciego; sin embargo, su visibilidad estaba obstaculizada por una pared alta. Un escudo de material similar al vidrio se disolvió ante él, dejando caer una translúcida cortina eléctrica que empezaba desde su cabeza y se extendía más allá de sus pies. Sus ojos seguían el escudo mientras caía. El mismo círculo azul irradiaba luz a su alrededor y a través del espacio cerrado.

Dioni levantó sus alas despacio y las empujó hacia adelante como si estuviera empujando una barrera invisible. Sintió una ligera y sutil brisa fresca en el momento en que sus plumas tocaron el aire frío fuera de la cápsula en la que se encontraba. Como un niño estirándose con cuidado para probar la temperatura del agua en una piscina, movió sus alas hacia atrás, modificó su postura y estiró su pata fuera de la cápsula, lo más lejos que pudo. El círculo debajo de Dioni seguía sus movimientos, ofreciéndole la ventaja añadida de tener más luz a su alcance.

Dioni dio un golpecito firme, con la punta de su pata, sobre la tierra sólida. Como no sintió dolor, ni había razón para reaccionar de alguna forma, inmediatamente se sintió aliviado. Siguiendo el impulso, movió su pata y la extendió tan lejos como pudo hasta asentarla por completo y de forma segura sobre el suelo. Con la mitad de su cuerpo fuera de la cápsula, los sonidos emitidos por las criaturas que estaban al otro lado de la pared de piedra se oían más intensos. Sintió curiosidad; con un poco más de confianza, Dioni lentamente sacó su pata trasera de la cápsula y la colocó sobre el suelo. Se puso de pie; sus dos patas firmes sobre la sólida superficie, fuera de la cápsula, la cual se cerró detrás de él tan rápidamente como se había abierto. Se dio la vuelta y entró en pánico.

—¡Espera, espera, espera! —rogó Dioni al sistema automático que estaba diseñado para apagarse después de haber servido su propósito.

Su solicitud fue ignorada.

La cápsula se oscureció; el círculo azul debajo de él era la única fuente de luz que le quedaba. Ya no estaba confinado a la cápsula sino a un espacio cerrado, diseñado a su medida. Se quedó parado en silencio y asustado. Dioni se volteó en todas las direcciones, con la esperanza de ver alguna señalización que lo guiara hacia la salida. No encontró señal alguna excepto por un reflejo de luz azul que emanaba del suelo. Un triángulo casi invisible de material reflector devolvía la luz que brillaba debajo de Dioni, cada paso adelante más iluminado que el anterior. A unos pocos pasos había otro triángulo que reflejaba luz, seguido de otro y otro, creando un camino semiiluminado para que él siguiera.

Dioni miró al suelo y vio que la luz del círculo azul se volvía menos intensa a medida que seguía los triángulos reflectores. Hizo una pausa. Dio dos pasos atrás; el círculo incrementó su brillo en respuesta. Lo mismo ocurrió cuando Dioni se movió medio paso hacia cada lado - el círculo se movía con sus movimientos, aunque su luminosidad no cambiaba hasta que caminaba hacia adelante.

Dioni siguió el camino creado por los triángulos reflectores. La luz debajo de él se volvió tenue a medida que caminaba por un pasadizo estrecho - uno que estaba hecho exactamente a su medida. Con cada paso, las sólidas paredes y la fuente de sonidos se hacían más fuertes, oyó las voces de individuos conversando, aunque no en un idioma que entendiera.

La sólida estructura de roca se movió permitiéndole a Dioni ver lo que parecía ser luz natural. Los triángulos reflectores se alejaron unos de otros, su efecto se redujo a medida que la luz debajo de Dioni se hacía más tenue con cada paso y la intensidad de la luz natural aumentaba. Continuó avanzando hacia la luz del día, aunque se angustiaba pensando en lo que habría al otro lado de la pared. Con cada paso hacia adelante, la luz de la pared brillaba más conforme la entrada del otro lado se hacía más grande. La luz reveló que caminaba por una ruta dentro de una cueva cuyas paredes se movían con él. Con la entrada de la cueva completamente abierta, la luz natural se volvía cegadora y el sonido, casi ensordecedor. Ya no podía esperar; Dioni necesitaba saber qué le esperaba justo al otro lado del recinto.

Dioni caminó al final de la cueva y vio la grandeza de una ciudad completamente desarrollada, una que todo hombre, mujer y niño en la Tierra envidiaría en comparación con las mejores ciudades sobre la superficie. A pesar de que le tomó un momento absorberlo todo, fue plenamente consciente de lo que causaba el ruido que había oído antes. Los colores que vio se extendían más allá de la gama de colores que le había permitido percibir su forma anterior, y convertía a la metrópolis inmensa de luz en un santuario de aves como ningún otro. Esto excedía los límites de lo que Dioni entendía por realidad; se detuvo en asombro mientras su mente absorbía la vastedad de un descubrimiento tan divino.

No había rascacielos sino un sistema de árboles, enredaderas y raíces que fungían como vivienda y como canales de transporte. En el epicentro de la mega-metrópolis se encontraba un árbol inmenso - uno parecido a la imponente ceiba, aunque diferente en su exterior. En vez de un tronco alto con ramas largas y extendidas con hojas interconectadas, el árbol parecía más bien una creación híbrida, formada por las secuoyas, los sauces, los arces y los árboles de flores de cerezo más maravillosos del mundo. No había ninguna razón terrenal para que el árbol estuviera en ese entorno, a excepción de que era la fuente de luz que bañaba la ciudad con un elegante brillo.

Con sus patas firmemente asentadas sobre el suelo, Dioni miró hacia arriba. Su mente no podía comprender la historia que sus ojos intentaban narrarle. Sabía con certeza que estaba bajo el nivel del suelo, pero el cielo sobre la ciudad permitía la entrada de luz natural; no era un cielo hecho de vidrio o de luz artificial, sino una superficie transparente a cientos de metros debajo de la tierra, aunque iluminada de forma tan natural como un día despejado.

Dioni miró hacia los dos lados. Vio un saliente a lo largo de una inmensa pared, un camino que había sido colocado para salvarlo de experimentar una gran caída. Cambió su peso sobre un lado mientras cuidadosamente colocaba una pata frente a la otra y caminaba a lo largo del saliente. Ningún otro pájaro en la ciudad lo vio ni se dio cuenta de su presencia.

Al rozar la pared con sus plumas, Dioni sintió un patrón extraño esculpido en ella. Con prudencia cambió su peso para pararse derecho y volteó su cuerpo para quedar frente a la pared, dejando su espalda completamente expuesta. Ahí, vio una serie de tallas elaboradas meticulosamente y unos jeroglíficos que se extendían tan lejos como sus ojos alcanzaban a ver, en ambas direcciones. La mirada de Dioni siguió las miles y miles de marcas hechas siglos atrás, cada una perfectamente creada para representar la vida de una civilización desaparecida mucho tiempo atrás.

Dioni vio hacia arriba y siguió los diseños en la pared; así pudo ver lo que parecía la base del Templo del Gran Jaguar de Tikal. La corona del templo se erigía a una altura y distancia tan grande que era inconcebible que la estructura hubiera sido construida por los residentes anteriores de la ciudad antigua. A pesar de no tener conocimientos de ingeniería civil o arquitectura, Dioni reconoció que la pared donde se encontraba era más que sólo un lienzo de proporciones épicas; era, además, el fundamento de una creación más grande de lo que jamás fue concebida o creada por hombre o máquina. La vista era gloriosa.

Dioni se volteó y miró hacia la majestuosa ciudad subterránea. Más allá del árbol situado en el epicentro se encontraba una segunda pared de tamaño asombrosamente enorme. Siguió la luz que se reflejaba de la superficie dorada de la pared. Al otro lado estaba la base del Templo de las Máscaras de Tikal, que era tan magnífico debajo como sobre la tierra. Toda la estructura - que era una utopía mega-metropolitana interconectada para las aves - estaba justo debajo de la Gran Plaza del Parque Nacional de Tikal.

En ninguna de sus cientos de visitas al parque, había tenido Dioni la más mínima pista de que algo de tal esplendor existiera bajo la tierra sagrada de los mayas. La luz del día era claramente visible - lo que significaba que los turistas estaban en el parque – sin embargo, ninguna sombra se proyectaba desde la superficie hacia el interior de la ciudad. El sol penetraba a través de los árboles, a través de la gente, las plantas, los animales y de cualquier máquina que normalmente se usaba para el mantenimiento del lugar. Era como si la luz, de forma natural, se moviera con los sonidos de esta metrópolis, en sintonía con el ritmo de la marimba. Esta era una ciudad de luz futurista, envuelta en una tecnología más avanzada que pudiera ser comprendida por la mente humana, pero colocada dentro de los confines de una civilización antigua.

Con la vista recuperada, la mente de Dioni absorbió la grandeza que tenía frente a él. Esta extraordinaria ciudad servía como la capital para miles de quetzales, los cuales se deslizaban sin esfuerzo a través de los cielos sin viento. Las aves no aleteaban al volar sino eran, en cambio, guiadas de un lugar a otro por una fuente de luz que llevaba y seguía de cerca a cada quetzal en vuelo y luego se disolvía a medida que pasaban. Su vuelo era impecable.

Dioni continuó su caminata a lo largo de la senda hasta que llegó a un puente construido por completo con las raíces de una planta grande. Debajo del puente había un río de un líquido color aguamarina, parecido al agua de las playas más vírgenes del mundo. El líquido fluía suavemente desde el centro de la metrópolis; parecía que el origen de la fuente era el árbol místico en el centro de la ciudad.

Dioni hizo una pausa para observar mejor el líquido que fluía. Al observarlo más de cerca vio un río de docenas de diminutas esferas semitransparentes. Le recordaron las canicas de vidrio, aunque las esferas eran mucho más sofisticadas. Flotaban en la superficie del líquido y cada esfera emitía un minúsculo destello de luz; un reflejo de la luz del sol capturado en un ángulo perfecto.

Dioni se agachó para agarrar una esfera, pero se detuvo al darse cuenta de que ya no tenía manos o pulgares. Sólo vio la punta de sus alas, que observó con mayor detalle a medida que cambió su enfoque de la superficie del líquido aguamarina a su reflejo. De nuevo se vio a sí mismo – un niño que de alguna forma estaba atrapado en el cuerpo de un ave. Se puso de pie y continuó su caminata al centro de la ciudad mientras observaba el espectáculo de luz y el sonido creado por los quetzales en vuelo. Se encontraba entre su propia especie, de alguna extraña manera, y, sin embargo, pasaba completamente desapercibido por cualquier ave en toda la ciudad. A lo mejor ellos también eran todos seres humanos atrapados en cuerpos de aves y eso les parecía tan normal como las mareas producidas por la luna.

Con la tierra firme bajo sus patas, Dioni observó más de cerca el tráfico en movimiento. Los quetzales en el aire viajaban a diferentes puntos a lo largo del perímetro de la gran plaza. Sabían detenerse justo antes de chocar contra una de las enormes paredes y luego eran guiados hacia un portal perfectamente tallado, donde luego desaparecían. Miles de portales similares se alineaban en las paredes de la ciudad; se abrían y cerraban como puertas místicas de cuevas portentosas.

Dioni continuó. Capturó cada momento con el mismo sentido de asombro que experimentó la primera vez que visitó los templos situados sobre la superficie. En su estado de asombro, Dioni no puso atención a sus alrededores inmediatos; lo asustó un quetzal macho que aterrizó unos pasos delante de él. Con la espalda hacia Dioni, el quetzal dio unos pasos hacia adelante para poner sus patas en el río poco profundo, luego bajó su cabeza, extendió las alas e hizo una reverencia.

Dioni se congeló. Era un extraño dentro de una tierra extraña y no quería dar una mala impresión a la primera ave que se le acercaba. Sin embargo, la imponente ave frente a él era un quetzal y la oportunidad de ver un ave así - en su hábitat sobrenatural, sin miedo y tan cerca - era una oportunidad que simplemente no podía dejar pasar. Dioni lentamente se hizo hacia atrás, cuidando de no emitir el menor sonido y luego se alejó de la orilla del río. Observó al ave resplandeciente en todo su esplendor, una visión que nunca en su vida pensó que vería.

Con su torso inclinado, el quetzal extendió sus alas - una vista perfecta de la que quizá era el ave más hermosa en el mundo natural. Despacio y con cuidado, el ave levantó la parte superior de su cuerpo y movió sus alas de un costado hacia el frente. Desde el agua, justo debajo de las alas extendidas del quetzal, surgió una esfera. El quetzal de alguna manera controlaba la esfera telepáticamente, con un método que hacía que la esfera respondiera a cada movimiento del ave. El quetzal estaba erguido, sus alas colocadas directamente frente a su cuerpo y separadas la una de la otra por una pequeña esfera de energía resplandeciente.

El quetzal movió suavemente sus alas para cubrir la esfera, de forma parecida a la forma en que Dioni usaría sus brazos y manos para guardar y abrazar un objeto delicado. Dioni notó cada movimiento del ave y puso especial atención a cómo el quetzal examinaba y estudiaba cada detalle de la esfera suspendida.

El quetzal retrajo sus alas. La esfera no respondió a esta acción regresando al agua sino, en cambio, se adaptó para estar a centímetros de la cara del quetzal. El quetzal se inclinó hacia adelante y tomó la esfera con su pico, lo que creó un aura de luz verde alrededor del ave. De nuevo extendió completamente sus alas hacia los lados, luego movió la cabeza para mirar hacia la superficie; se quedó parado en la postura más perfecta que una criatura aviar pudiera mantener. Con la esfera asegurada, el quetzal se elevó desde el líquido color aguamarina. La misma luz verde que Dioni había visto antes siguió el vuelo del quetzal, como si una fuerza que llegaba hasta el cielo lo cargara desde el río.

El quetzal planeó en forma vertical por un momento, luego fue dirigido con elegancia al centro de la pared más lejana - la base del Templo de Máscaras. Después, el quetzal se dejó llevar a un portal abierto, diseñado perfectamente a su tamaño exacto, que atravesó rápidamente y desapareció.

Asombrado, Dioni observó los caminos de los otros cientos de quetzales que volaban por el cielo interno sin viento. Observó cuántas aves copiaban el mismo comportamiento: los quetzales se colocaban cuidadosamente a lo largo del río, donde caminaban dentro del líquido y hacían una reverencia; luego levantaban la esfera de la superficie, la examinaban, colocaban la esfera en su pico; luego eran guiados hacia arriba y desaparecían en un portal en los puntos clave de las enormes paredes de piedra.

Todo el sistema no era ni orquestado ni sincronizado. Esto le dio a Dioni la impresión de que los quetzales, de forma instintiva, sabían qué hacer y cómo hacerlo y que se comportaban así por una razón que todavía no entendía. Aun así, no sabía por qué todo le resultaba familiar, como si él hubiera visitado el lugar antes y hubiera observado a las aves resplandecientes en toda su gloria.

Dioni continuó caminando aturdido y sin dirección. Se preguntó cómo existía todo el hábitat y cómo los innumerables quetzales macho y hembra volaban, caminaban o, de lo contrario, eran transportados en lo que de seguro era el secreto mejor guardado del mundo. Era un lugar donde estaban lejos del peligro, de la envidia y de la cacería. Esta era una utopía y, por alguna razón, Dioni se había tropezado con ella.

–Tengo que contarle a Alma sobre esto –pensó Dioni. Por un momento olvidó su lugar entre los verdaderos habitantes de la ciudad.

En su continuo estado de distracción, Dioni accidentalmente tocó la punta del ala de un quetzal hembra justo en el momento en que estaba por elevarse del río. Dioni se detuvo, ni una sola pluma en su cuerpo hizo un solo movimiento. Con una esfera en su pico, el quetzal hembra se volteó hacia él y protestó por la grosera interrupción. Su cara expresó más confusión que enojo; miró a Dioni preguntándose por la razón de su existencia. Éste abrió su pico como si fuera a hablar pero no pudo emitir sonido.

El quetzal hembra hizo una breve pausa. Lo examinó visualmente desde las patas hasta el pico, luego enderezó la cabeza antes de elevarse de la superficie del río aguamarina. A pesar de su confusión por lo que acababa de suceder, los de Dioni la siguieron hasta que lo distrajo algo que se elevaba en la distancia. Era una serie de pantallas electrónicas - parecidas a una pared horizontal de televisores - que proyectaba imágenes y palabras con letras legibles.

Tranquilamente, Dioni se acercó caminando al área donde había visto las pantallas, situada a una altura mayor que el nivel del suelo donde se encontraba. Las pantallas estaban protegidas por un toldo natural, encajonado como si hubiera sido esculpido intencionalmente en una de las enormes paredes interiores. El área se había construido recientemente y no se había hecho de acuerdo a la antigua arquitectura maya, como todas las demás partes de la ciudad.

Fiel a su comportamiento humano, la curiosidad se apoderó de Dioni. Quería saber qué era lo que se proyectaba en las pantallas de televisión. Caminó de un lado a otro, lo suficientemente cerca como para ver la emisión de luz, pero su línea de visión estaba bloqueada por una pequeña pared que tendría que escalar si su curiosidad lo llegara a dominar. Sin manos y sin la habilidad para levantarse del suelo, escalar una pared sería algo más difícil de lo que pensaba.

Dioni luchó para sujetarse. Usó las pequeñas garras de sus patas para buscar agujeros en la pared mientras empleaba su pico como un medio para balancearse. Ninguno de entre los miles de quetzales notó las acciones de Dioni, aunque su comportamiento fuera lo más anormal de toda la ciudad. Descubrió un método poco práctico para escalar la pared y, centímetro a centímetro, se halaba para acercarse a las pantallas brillantes.

De joven, Dioni no había sido especialmente fuerte, algo muy parecido a su estado actual. Dioni batalló. Aunque constantemente se soltaba y se resbalaba hacia abajo, estaba empeñado en continuar su escalada. Cada paso era más cansado que el anterior. A cada poco separaba la cabeza de la pared para revisar si las imágenes de las pantallas ya le eran visibles. A pesar del progreso de su escalada, a tan solo unos cuantos centímetros desde donde había iniciado, Dioni aceptó el hecho de que no llegaría mucho más lejos. Aseguró una pata sobre la pared, seguida de la otra, y luego sujetó su mandíbula en una pequeña abertura.

Las pantallas de televisión cambiaron de despliegues blancos a luz de color verde, que se volvía más brillante por cada segundo. Dioni extendió con cuidado sus alas y las usó para empujar su cabeza hacia arriba, donde vio a cinco quetzales que planeaban en perfecta formación. Ninguno notó que uno de su especie estaba desplegado en la pared, como si inesperadamente se hubiera chocado contra una enorme pieza de vidrio.

Dioni no vio aterrizar a los quetzales, aunque se dio cuenta de que lo hacían sobre una plataforma que estaba al mismo nivel que las pantallas grandes. Los cinco quetzales emitieron sonidos atípicos de las aves; hablaban entre sí en un lenguaje extraño que sonaba familiar aunque era completamente ininteligible. La curiosidad le dio a Dioni la fuerza que necesitaba para continuar su escalada. Incapaz de coordinar el uso de sus alas, sólo podía levantarse lo suficiente para asomar sus ojos sobre el borde de una pared inesperadamente alta. A pesar de no ser lo ideal, esto le daba una vista clara de las pantallas, así como un ángulo incómodo de los cinco quetzales.

Los cinco pájaros verdes - en perfecta sincronización - extendieron sus alas con absoluta facilidad, dejando sólo milímetros de espacio vacío entre cada una de sus plumas. Las imágenes en la gran pantalla no cambiaron. Al verlo más de cerca, Dioni se dio cuenta de que no era un televisor largo, sino una serie de proyecciones interconectadas. Los cinco quetzales hicieron una reverencia ante las pantallas, lo que le permitió a Dioni ver lo que estaba escrito en la extendida imagen proyectada: Departamento de Control del Clima Global. Dioni sabía leer, escribir y hablar en español, sin embargo, a pesar de su conocimiento y entendimiento del lenguaje, no pudo comprender lo que se proyectaba en las pantallas.

Los cinco pájaros levantaron sus cabezas para quedarse parados en postura perfecta. Al unísono, despacio, empezaron a realizar un complejo baile. El pájaro del centro guiaba el baile y la pareja de quetzales a cada uno de sus lados se movía en perfecta armonía con los movimientos del pájaro central. Al realizar su espectáculo, el misterio de su conducta se volvió más grande; el eco de sus voces se oía por toda la ciudad mientras sus cuerpos daban vueltas y se movían hacia los lados.

Dioni vio cómo el quetzal central dio pasos hacia atrás, alejándose de la pantalla, luego se volteó para quedar viendo en la otra dirección. Siguiendo al líder, los demás quetzales hicieron lo mismo, de forma que ahora tenían una clara visión de la mega-metrópolis completa. Como si realizaran un baile perfectamente practicado y coreografiado para una audiencia de millones, los cinco pájaros miraron hacia arriba, extendieron sus alas, luego miraron hacia abajo, todo el tiempo moviendo sus caderas y manteniendo una perfecta armonía. Al mirar hacia abajo, el quetzal central notó un par de ojos que se asomaban sobre el borde de la pared más baja.

El baile se detuvo inmediatamente, poniéndole fin al estado de trance de los pájaros. El pájaro central miró hacia abajo con fuerza y discrepancia. Los cuatro pájaros acompañantes siguieron los ojos del quetzal y vieron al extranjero que los observaba desde abajo – un pájaro que no tenía ninguna razón de estar entre ellos.

Los cinco quetzales se miraron unos a otros, hablaron entre ellos, luego se acercaron a la cornisa de la pared. Mientras se posaban arriba de él, Dioni sólo logró sonreírles. Tenía esperanza de que la mirada de enojo fuera más una mirada natural y no una postura de ataque. En pánico, Dioni se soltó y cayó más lejos de lo que había escalado. Se sumergió dentro del río de aguamarina.

Dioni quedó cegado temporalmente por el líquido, que era tan transparente como el agua. Conmocionado y asustado, no podía calmarse lo suficiente como para volverse a parar. Forcejeó y atrajo la atención no deseada hacia sí mismo, mientras aleteaba hacia atrás y hacia adelante, causando un alboroto que fácilmente se pudo haber prevenido si sencillamente hubiera subido la cabeza. El ruido captó el interés de la gran cantidad de habitantes de la ciudad, que volvieron su atención hacia el pájaro en el río.

Dioni, en pánico, movía su cabeza en todas las direcciones intentando respirar. Esperaba, contra todo pronóstico, que su vista pronto volviera. Era inútil. El líquido aguamarina lo tenía atrapado y rodeado y en unos momentos, reclamaría el alma del intruso que había osado entrar en el antiguo reino.

Dioni se sintió sujetado por la gran fuerza de un ser desconocido, que lo agarró por los hombros y levantó su cuerpo del río. Tosió con fuerza, regando gotitas de líquido en todas las direcciones. Cuando sus patas estuvieron firmemente plantadas sobre el suelo, finalmente pudo inhalar aire fresco.

Dioni respiró fuertemente. Sacudió su cuerpo instintivamente, con lo que las gotitas de líquido que cubrían sus ojos cayeron y la barrera entre la visión borrosa y la vista perfecta cayó. A medida que recuperaba la vista, notó que miles de quetzales resplandecientes lo miraban. Sus miradas le confirmaron sus sospechas: cada uno de ellos sabía que él no pertenecía en la ciudad mítica. Dioni se irguió y lentamente retrocedió sus pasos hasta que su espalda pegó contra una superficie sólida.

El quetzal dominante rompió la formación de los otros cuatro y se acercó a Dioni. Le habló en un dialecto que Dioni no comprendió. La postura y el lenguaje corporal del pájaro le dieron a Dioni la impresión de que intentaba comunicarse, como si formulara una pregunta. Incapaz de responder, Dioni buscó ayuda.

La intrigada comunidad de quetzales conversó entre sí; unos cuantos de ellos se acercaron lentamente a Dioni quien, aunque no podía comprender lo que decían, pudo identificar que el lenguaje de los quetzales era similar al de los guatemaltecos nativos. Era un dialecto extraño que sonaba extrañamente familiar.

—Blu —dijo un quetzal, en respuesta a la pregunta del otro—. *Ne che le ma te pe-que,* Blu.

El quetzal que estaba más cerca de Dioni caminó lentamente a su alrededor.

—Blu-go —dijo el quetzal. El pájaro levantó el pecho, que robustecía su posición dominante sobre Dioni.

—¿Qué? —respondió Dioni, sin tener pista alguna sobre cómo descifrar la instrucción que le habían dado.

—Blu-go —repitió el quetzal, indicándole a los otros que hicieran lo mismo.

—Blu-go, blu-go, blu-go —le dijeron los pájaros a Dioni. Cantaron palabras que Dioni era incapaz de entender.

Los quetzales se movían cada vez más cerca y sus cantos se oían cada vez más fuertes. Crearon un círculo alrededor de Dioni y levantaban sus voces con cada paso. Dioni bajó su cuerpo y cubrió su cara con sus alas; esperaba que lo que vendría seria a la vez doloroso y mortal.

Antes de que cualquiera de los cientos de quetzales, listos y ansiosos por eliminarlo, diera un paso definitivo y avasallador, un ave grande aterrizó repentinamente enfrente de Dioni. Los cantos y el avance de los quetzales se detuvieron de inmediato cuando la gran ave lo protegió de una muerte inminente.

El ave era físicamente más grande que cualquiera de los quetzales en el reino - sin contar las plumas de su cola - y estaba claro que era tan poderosa como para soportar un ataque por varios de ellos. Dioni espió a través de sus alas y vio la espalda de la gran ave, que no tenía color alguno. La gran ave volteó su cabeza e hizo contacto visual con Dioni, quien notó que su pico era puntiagudo y sus ojos eran tan oscuros como las plumas que delineaban todo su cuerpo.

—*Che me-que ple mo deple* —dijo la gran ave, una cuerva. Su voz era claramente fuerte y autoritaria, aunque calmantemente femenina, a la vez. Se paró defensivamente frente a Dioni, como para proteger al ave más valiosa en el planeta.

—*Te mete dela-pe que se me-que* —replicó un quetzal cercano, visiblemente molesto por el intruso que había entre ellos.

La cuerva volteó su cabeza una vez más y miró a Dioni, quien estaba a la vez intrigado y fascinado. Esto era demasiado increíble para cualquier persona, aun para una persona atrapada en el cuerpo de un pájaro. Dioni notó la oscuridad de las plumas del cuervo. Simplemente no podía comprender cómo un ave de ese calibre existía en el bosque guatemalteco; no obstante, estaba agradecido con ella por encontrarse entre él y los quetzales furiosos. La atención de la cuerva volvió a enfocarse en la multitud reunida.

–*Este ele epe neve*, Omega –dijo la cuerva. En ese momento, la actitud de los quetzales cambió por completo; movieron sus cuerpos alejándose de Dioni, por miedo a la represalia.

–*Nope pede sepe* –replicó el quetzal–. *Ele epe azel*. Blu.

La cuerva miró a Dioni, quien permaneció resguardado.

–De entre un millón de diferentes tipos de aves, tú vas y escoges un quetzal –dijo la cuerva–. Y además, uno azul.

Dioni se quedó congelado. Entendió cada palabra pronunciada por la cuerva. Subió su mirada hacia ella y abrió el pico, pero fue incapaz de articular sonido.

–¿Así es como le hablas a cada chica que te habla? –preguntó ella–. Porque si es así, entonces esas plumas de tu cola tienen poca utilidad.

Los ojos de Dioni escudriñaron la habitación, no pudo mover el resto de su cuerpo. Tal vez ella le hablaba a alguien más.

–Sí, te estoy hablando, azul –continuó la cuerva–. Ponte de pie y actúa como si pertenecieras a este lugar.

Dioni bajó la guardia, poco a poco. Bajó las alas y se paró con una mejor postura.

–*Epe este ele*, Omega –dijo la cuerva a los quetzales. Señaló a Dioni al hablarle al grupo.

Cada ave en la imponente metrópolis de repente estaba intrigada; sus caras cambiaron de feroces a perplejas mientras miraban a Dioni maravilladas. En sus mentes no cabía absolutamente ninguna posibilidad de que fuera real. Los quetzales se voltearon unos hacia otros y empezaron a difundir rumores de algo extraño que simplemente no entendían.

–¿Quién eres? –preguntó nervioso Dioni a la cuerva–. ¿Qué está pasando?

–Nada todavía, azul –respondió la cuerva. Ella mantuvo su atención en los pájaros que estaban alrededor–. Ellos no creen que tú eres quien dices ser.

—¿Qué? ¡No he dicho que sea nada!

—Bueno, uno de los dos tenía que decirles. Eres un intruso en su tierra sagrada, chico. A estos pájaros no les gustan los extraños.

—¿Qué harán? —preguntó Dioni. Su voz subió de tono. La cuerva volteó su cuerpo para quedar directamente frente a Dioni.

—Mira, azul, vas a tener que hacer lo que sea que yo diga si no quieres que estos pájaros te sacrifiquen.

Los quetzales eran demasiado listos para caer en una trampa. Eran descendientes de guerreros, cuyos orígenes tenían miles de años de tradición - guerreros que ayudaron a construir la civilización más avanzada de los tiempos antiguos - y lo dicho por la cuerva no tenía suficiente peso para que los quetzales pensaran lo contrario.

—*Este epe no-pe pede sepe du* Omega —dijo un quetzal, que estaba alejado—. *Epe blu.*

Los ojos de todos los pájaros se posaron sobre Dioni.

—¿Qué están diciendo? —preguntó Dioni, preocupado.

—Están disgustados de que hayas escogido ser uno de ellos y de que tus plumas sean azules —respondió el cuervo.

—¡Yo no escogí esto! ¡Yo no soy uno de ellos! Yo soy… Yo soy… un… momento… ¿soy azul?

—Bueno, la mayor parte azul —dijo la cuerva. Miró las patas de Dioni y levantó la cabeza hasta que sus ojos estuvieron al mismo nivel que los de él—. Y te ves ridículo.

Los quetzales perdieron la paciencia. Sus susurros se tornaron una vez más en un canto sincronizado.

—Blu-go, blu-go, blu-go —cantaban al unísono.

La cuerva miró en todas las direcciones a los miles de quetzales que estaban empeñados en sacar al intruso de su ciudad, con la que osaba protegerlo. La cuerva se volteó hacia Dioni. —Tenemos que irnos.

—¿Qué están diciendo? —preguntó Dioni.

—¡Eres azul y tenemos que irnos! —exclamó ella.

Los cantos se hicieron más fuertes. Los machos de la tribu levantaron sus cuerpos y sacaron el pecho, mientras las hembras bajaron sus cabezas y extendieron sus alas. Cada par de ojos estaba enfocado en Dioni.

—¿Cómo salimos? —preguntó Dioni, casi en pánico.

—Haz una reverencia —dijo la cuerva.

—¿Qué?

—Debes hacerles una reverencia. Es una señal de respeto. Sólo imita lo que yo hago.

La cuerva extendió sus alas y bajó la cabeza para que quedara más abajo que la masa de aves que se acercaba despacio y furiosa. Dioni imitaba cada movimiento que ella hacía. El volumen de los cantos se elevó.

La cuerva levantó la cabeza y miró hacia arriba, acción que alineaba su cuerpo en una postura perfecta. Con sus alas extendidas, la cuerva se empujó del suelo. Su cuerpo se elevó en forma vertical y el mismo efecto de luz y sombras la seguía de cerca.

De acuerdo a las instrucciones recibidas, Dioni imitó sus movimientos. Levantó la cabeza, aunque ligeramente ladeada ya que le asustaba sufrir un ataque de los quetzales. Levantó sus alas y en silencio rezó para que pudiera imitar las acciones de la cuerva.

Dioni se empujó del suelo con sus patas, sólo para levantarse unos pocos centímetros y regresar al punto exacto donde había empezado. Trató una y otra vez y obtenía el mismo resultado con cada intento.

—¡Ey! —le gritó Dioni a la cuerva—. ¡No funciona! ¡Creo que estoy roto!

La luz de esperanza en los ojos de Dioni se apagó a medida que vio la estela de la cuerva moverse cada vez más lejos de donde él estaba. Los quetzales se dieron cuenta inmediatamente de la incapacidad de Dioni para levantarse del suelo. Se acercaron a él y usaron sus voces para amedrentarlo.

—Blu-go, blu-go, blu-go…

Los quetzales más cercanos a Dioni levantaron y extendieron sus alas, en una señal de intimidación que resultó ser muy efectiva. Dioni observó mientras se acercaban y se hacían más grandes. El miedo estaba reflejado en sus ojos. Desesperado, los cerró y gritó. Saltó y agitó sus brazos repetidamente, rezando que el mecanismo de despegue funcionara milagrosamente antes de que los pájaros lo agarraran.

En un instante, Dioni sintió un fuerte jalón en los hombros. Sintió que sus patas se levantaban del suelo. Abrió los ojos y vio un mar de pájaros verdes debajo de él, que se hacían más pequeños y más lejanos a cada momento. Dioni vio hacia arriba.

La cuerva planeaba suavemente en el cielo interno. Usaba su cuerpo para dirigir su posición mientras volaba, sin hacer ningún otro movimiento. En sus garras sujetaba al escurridizo quetzal, que había estado a pocos segundos de convertirse en un sacrificio a los dioses mayas.

Dioni no forcejeó ni realizó movimiento alguno. Aunque su cuerpo estaba firmemente sujetado en posición, sus ojos podían perderse y asombrarse libremente. Desde la posición estratégica en el aire, Dioni vio la magnificencia de lo no descubierto por aquellos que se encontraban sobre la superficie; tenía mejor capacidad para ver más de la metrópolis, que era mucho más grande desde el aire que desde el suelo. El árbol dominante - la pieza más inmensa que servía como eje de la ciudad - era más grande que la secuoya más grande del mundo, aunque con el tronco y la estructura de una ceiba. Dioni vio cómo el líquido aguamarina que brotaba bajo el enorme árbol fluía hacia afuera en todas las direcciones. Dentro del río discurría una inagotable cantidad de esferas miniatura que, desde tan elevada posición, parecía destellos de iluminación que reflejaban la luz del sol.

Dentro de la estructura de piedra perimetral, las paredes de la ciudad estaban decoradas en turquesa, jade y oro - los remanentes de una civilización que fue orgullosa y prominente. Mientras los dos pájaros planeaban con gracia en el cielo subterráneo, Dioni miró hacia arriba y vio la luz que el sol que emanaba, casi cegadoramente, a través del cielo transparente. La luz alimentaba la ciudad, que era más grande de lo que había creído al principio. Sin importar la dirección a la que volteara a ver, el sistema interconectado de túneles, senderos y cielo abierto se extendía por lo que parecían cientos de kilómetros. La ansiedad de Dioni se transformó en asombro y admiración; en su mente no había una explicación lógica para la existencia de todo aquello.

—A Alma le encantaría esto —pensó.

La cuerva sujetó los hombros de Dioni firmemente mientras volaba más alto sobre la superficie de la ciudad. Planeaba hacia una luz roja que parpadeaba en la distancia, seguramente colocada lejos del tráfico aéreo de entrada.

—Sujétate —le dijo la cuerva a Dioni—. Vamos a agarrar velocidad.

El patrón de vuelo que llevaba la cuerva permaneció invariable en el sentido de que sólo empleó el impulso para quedarse en el aire, aunque misteriosamente ganó velocidad y altitud. Sin manos o cualquier cosa de que agarrarse, Dioni encogió sus piernas hacia su pecho. Las plumas de su cola aletearon en todas las direcciones. La luz intermitente sirvió de guía a la cuerva, que empujaba sus alas hacia abajo con toda su fuerza mientras tiraba de Dioni. Voló hacia un vórtice construido en una pared, que se abrió despacio como el lente de una cámara para revelar la salida. El túnel se iluminaba con cada golpe de sus alas, como si la fuerza la transmitiera ella con su movimiento. Los ojos de Dioni permanecieron muy abiertos todo el tiempo.

En la pared adyacente, Dioni notó cómo los jeroglíficos se movían a medida que el impulso de la cuerva aumentaba. Era un zoótropo real de tallas y pinturas prehistóricas, que daba la ilusión de movimiento. Cuadro por cuadro, la pared mostraba la fábula de un hombre que sembraba semillas; en las imágenes móviles Dioni veía a un hombre parado en un campo que lanzaba semillas en la distancia. Las semillas crecían y se transformaban en plantas y las plantas creaban más semillas. La cuerva incrementó su velocidad.

Otras imágenes que parecían humanas aparecieron en las paredes animadas. Los seres extraían las semillas de las plantas. Luego presionaban las semillas y utilizaban una piedra para aplastarlas hasta convertirlas en un polvo fino, que luego colocaban en el fuego. Allí, las semillas se hacían líquidas y goteaban dentro de una copa dorada, donde otras figuras humanas tomaban la copa y bebían su contenido. Las imágenes en movimiento se detenían de repente al final de esta escena, lo que no tenía mucho sentido para Dioni.

La cuerva extendió sus alas con absoluta perfección. El ritmo oscilante de su movimiento se detuvo. Dioni sintió la fuerza de un estallido repentino de energía empujarlo; las dos aves fueron lanzadas hacia una sólida pared de piedra. Los ojos de Dioni se llenaron de agua por la velocidad del viento que le pegaba en la cara. Sacudió su cabeza para quitarse las lágrimas y luego reparó en la estructura sólida en la que, sin duda alguna, su destino acabaría. Por una fracción de segundo, Dioni deseó estar de nuevo con los quetzales Blu-go.

Sujetando a Dioni, la cuerva se elevó a una velocidad inimaginable. Casi instantáneamente, el sistema de túneles - que se asemejaba a un pasadizo donde Dioni había entrado al reino del quetzal - cambió de horizontal a vertical. Las dos aves se vieron obligadas a dirigirse hacia arriba, hacia la superficie del suelo, donde la luz natural del sol irradiaba en todo el cielo despejado.

Dioni miró hacia arriba. La luz del sol nunca se había visto tan hermosa como en ese momento. Las dos aves atravesaron por una serie de luces de colores, cuya fuente, por alguna razón, estaba oculta dentro de las paredes del túnel vertical. A medida que la luz al final del túnel se hizo más grande y más brillante, Dioni oyó la misma voz que escuchó al entrar a la ciudad subterránea.

—*Pharomacrus* identificado, *mocinno*. Salida aprobada —dijo la voz—. Adiós.

El sonido creado por la voz automática fue lo único que Dioni oyó antes de que él y la cuerva salieran y se alejaran del sistema de túneles. Ascendieron a una altitud a la que ningún pájaro vivo debería llegar. Desde varios kilómetros sobre la superficie, Dioni miró hacia abajo y vio las ruinas antiguas del Parque Nacional de Tikal — una ciudad que alguna vez pensó que conocía bien. Miró en todas las direcciones y vio las nubes debajo de él y las olas relajantes tanto del océano Atlántico como del Pacífico en la distancia. Ninguna otra criatura era lo suficientemente digna como para ver tal magnificencia natural, para sentir el aire atmosférico a una gran distancia por encima de la tierra y la brisa de los vientos, reservada para los seres más valiosos del mundo.

Capítulo Seis

«Por primera vez desde que fueron abiertos al público como parques nacionales, Tikal, junto con el sitio turístico del volcán de Ipala, estarán cerrados durante las próximas 24 horas».

«Las autoridades locales coordinan un gran esfuerzo para encontrar a un adolescente que se perdió en la gran tormenta de anoche».

«Las autoridades dicen que existen pocas probabilidades de encontrar al joven con vida, pero creen en los milagros y solamente desean que aparezca a salvo».

«Como pueden ver en su pantalla, esta es una foto reciente de Dionisio Sedano, el joven de 15 años que misteriosamente desapareció sin rastro durante la gran tormenta de anoche. La última vez que fue visto fue aquí, en Ipala, cuando guiaba a los turistas a la cumbre para que disfrutaran del lago del cráter. Tristemente, aunque el grupo de turistas que guiaba bajó del cráter, él no iba con ellos».

«Pedimos a todos los residentes del área que estén atentos en caso vean a un joven de 15 años, de altura aproximada de 1.60 metros, tono de piel clara, y que notifiquen a las autoridades si lo ven en el área».

«En un área de búsqueda de más de 528 kilómetros cuadrados, la esperanza de encontrar a Dionisio se desvanece con el transcurso de cada hora».

Alma estaba harta del mar de reporteros de noticias, quienes por alguna razón habían logrado llegar de forma simultánea a la base del volcán. En cuestión de minutos, colocaron sus cámaras, junto con las pequeñas luces y micrófonos. Había carros y camionetas desplegadas por la entrada del parque, que normalmente estaba reservada a los autobuses de turistas y visitantes locales.

Estaba enojada. Alma sabía que la oportunidad de encontrar a Dioni era mínima, pero su enojo provenía de saber que todo el espectáculo se había montado como entretenimiento. Aparte de un puñado de voluntarios – inclusive algunos de los niños mayores del orfanato – a ninguno le importaba realmente si encontraban o no a Dioni. No les había importado antes; entonces ¿por qué de repente les importaba ahora? Algunos de ellos probablemente esperaban hallar a Dioni muerto o que nunca apareciese. Desde luego, eso sería mucho más jugoso para llenar un ciclo noticioso interminable.

Cada camarógrafo y su correspondiente reportero de noticias eran más repugnantes que el anterior. Alma caminaba entre ellos. Escuchaba atentamente cada una de sus palabras y esperaba la oportunidad para poder dar su opinión al respecto.

–¡Alma! –gritó Óscar desde la distancia, lejos del caos del improvisado centro mediático–. Otro grupo se está formando. Si quieres ir con este, tenemos que irnos ya.

Se detuvo por un momento para considerar sus opciones. Lo que más quería era ver a Dioni, abrazarlo y no perderlo de vista nunca más. Le aterrorizaba el pensamiento de lo que pudiera encontrar en la cima, ver pistas de su existencia desvanecida y que le quedara impreso el recuerdo de ver al amor de su vida boca abajo, flotando en el agua. La imagen se repetía una y otra vez en su cabeza.

–¡No! –se dijo–. ¡Él está bien! ¡No se ha ido! ¡Deja de pensar eso!

–¡Alma, vámonos! ¡Se van ahora! –gritó Óscar. Su voz expresaba urgencia.

Alma se armó de valor para ir con Óscar y con un pequeño grupo de locales, a la entrada del sendero que llevaba al lago del cráter, en la parte más alta del volcán.

–Señores y señoras, soy el guardia Francisco Herida –dijo un hombre con uniforme. Estaba parado cerca del inicio del sendero y sostenía una fotografía de Dioni, que mostraba al grupo.

–Este es el niño que estamos buscando –continuó–. Y creemos que está vivo y cerca de esta área. No queremos perder a más personas mientras buscamos a otra, así que es muy importante que este grupo permanezca unido. Yo soy el líder del grupo 2, uno de sólo dos grupos que buscarán a lo largo de las áreas designadas cerca de la parte alta del volcán. Es muy importante que siempre permanezcamos agrupados y nos responsabilicemos los unos por los otros en todo momento. Todavía tenemos aproximadamente 8 horas de luz del día y usaremos cada segundo de esa luz para encontrar a este joven.

Alma casi no puso atención al hombre uniformado. Quería iniciar la caminata por el sendero y buscar a Dioni sin más demora. Un millón de escenarios le vinieron a la mente; sus pensamientos corrían en toda dirección posible, en busca de pistas de cómo podía haber ocurrido. Una parte de ella culpaba a Gabi; si no hubiera tenido tanta prisa, Gabi se hubiese recordado de Dioni antes de que ella y su grupo huyeran de la tormenta. Una parte de ella culpaba a Mario; si no hubiera estado dormido, se podría haber dado cuenta de que faltaba alguien. En su mente, todos tenían la culpa del papel que habían desempeñado en la pérdida de la vida inocente de un joven que estaba por convertirse en adulto.

Miró en todas las direcciones mientras caminaba, sin poner atención a los otros buscadores que gritaban el nombre de Dioni. Óscar sentía el enojo de Alma. La sostenía del brazo mientras caminaban juntos por el sendero; no con mala intención, sino más bien para confortar a su hermana porque estaba a punto de prender en llamas.

El sol bañaba a Ipala con su calor, de forma muy parecida a como la lluvia había hecho la noche anterior. Las gotas de sudor chorreaban de la frente de Alma, su cara inexpresiva mostraba a todos en el grupo que no había prioridad más grande en el planeta que encontrar a Dioni. Lo amaba, pero también lo odiaba por hacerle esto. Cada paso que daba estaba tanto de miedo como de agonía.

Llevaba puesta la mochila de Dioni, la misma que lo había acompañado en ese preciso camino tan solo unas horas antes. Sus piernas empezaron a dolerle, aunque se rehusaba a mostrarlo. Sus manos agarraban las cuerdas de la mochila, de cada lado. Después de caminar un tiempo por el sendero, sus emociones sobrepasaron el límite, no pudieron permanecer escondidas más, y llegaron a la superficie.

—¡Él está bien! —se dijo una vez más a sí misma—. ¡Lo veré de nuevo!

Cerca del pico del volcán, en un pequeño muelle de madera hecho a mano, se encontraba un hombre más alto vestido con uniforme. Parecía estar sobre aviso y mantenía los ojos en cada persona a su alrededor. El guardia Herida caminaba delante de su grupo y hacia el hombre alto.

—Somos el segundo grupo —Herida dijo al hombre más alto—. ¿Dónde nos quieres?

—Tenemos 5 personas desplegadas de aquí hasta la ribera a lo largo del otro lado —replicó el hombre más alto—, y los rescatistas acuáticos llegaron hace unos minutos. Tu equipo de búsqueda puede rastrear a lo largo de la base, sobre el lado soleado del volcán.

Herida regresó al grupo. Compartió las instrucciones respecto a dónde debería realizarse la búsqueda y le recordó al equipo que debían permanecer juntos. Más importante aún, les dio instrucciones de que avisaran si encontraban cualquier cosa que pudiera ser identificada como pertenencia de Dioni. Los miembros del grupo siguieron las instrucciones, con la excepción de Alma, quien miró atentamente el agua. No pudo enfocar su atención en el guardia Herida, porque estaba atenta a los dos hombres que se habían colocado el equipo de buceo.

—¿Por qué están ahí? —le preguntó Alma a Herida.

—Debemos agotar todas las posibilidades, señorita —le contestó. Ella entendió lo que eso significaba.

—Ven —le dijo Óscar mientras tiraba del brazo de Alma—. Empecemos a buscar allá. Esos buceadores no van a encontrar nada.

Óscar guio a Alma a lo largo de la ribera de la laguna, cerca de un grupo de árboles alineados hacia el sol. Cualquier otro día, Alma hubiera estado feliz ante una vista tan extraordinaria. Una gran parte de Guatemala se veía desde esa altura y era tan hermosa como a Dioni le encantaba describírsela.

Ella sólo había estado ahí unas pocas veces antes — casi siempre por insistencia de Dioni — aunque era la primera vez que ella finalmente reconocía por qué a él le gustaba tanto. Dioni era un soñador — el chico huérfano autodidacta que quería ver el mundo entero y llevarla a ella para atestiguarlo todo. Él no necesitaba mucho para ser feliz; lo único que había querido era remontar el vuelo. No le interesaba el dinero ni la fama o los lujos. Quería las experiencias de vivir una vida plena. Más que cualquier deseo o sueño que pudo haber tenido, nada le daba más alegría a Dioni que hacer reír o sonreír a Alma.

A medida que el tiempo pasaba, otros dos grupos llegaron a la cima, cada uno traía diferentes suministros, comida y equipo. Uno de los grupos trajo un perro grande que estaba entrenado para detectar el paradero de individuos específicos.

Después de horas de búsqueda a lo largo del territorio, el segundo grupo tuvo que tomar un descanso. Cada miembro del equipo, por un momento, se alejó del calor para recuperarse antes de continuar la búsqueda. Alma no tenía sed ni hambre; sus ojos expresaban emociones que su voz no osaba decir. Gabi se encontraba cerca; valientemente se acercó a Alma.

—El calor puede enfermarte –le dijo Gabi a Alma. Le ofreció una botella de agua a su debilitada amiga; algo más como una ofrenda de paz–. Por favor tómala –Gabi sintió el enojo de Alma por su fría expresión.

—Gracias Gabi –replicó Óscar. Tomó la botella–. ¿Puedes darme otra por favor?

—Si, por supuesto. Aquí la tienes –respondió Gabi. Puso una segunda botella en su mano libre.

Alma se mantuvo firme. Gabi, cortésmente, se obligó a sonreír, asintió con la cabeza, luego se volteó y se alejó. Después hizo una pausa y se volteó para quedar frente a Alma.

—Sé que no quieres hablar conmigo –empezó Gabi–, y eso está bien. Entiendo por qué estás tan enfadada y lo siento –su voz tembló ligeramente–. Pasó tan rápido que lo perdí de vista completamente. No había manera de que yo hubiera podido saber que la tormenta iba a ser tan fuerte.

Aparte de parpadear, Alma no se movió. Su mente estaba en otro lugar completamente. La mujer frente a ella era sólo un espejismo, casi una silueta de un ser humano que no se podía ver u oír. Los ojos de Gabi se llenaron de lágrimas por el profundo dolor y arrepentimiento, sentimientos a los que Alma respondió de forma contraria: fría, firme y sin emoción.

—¡Ey! — se escuchó la voz de un hombre en la distancia—. ¡Creo que encontré algo!

Todos en el grupo voltearon a ver en la dirección hacia dónde venía la voz del hombre. Era uno de los rescatistas acuáticos.

—Ay, Dios mío, hoy sí. —dijo Gabi. Se tapó la boca con las manos. Respiró hondo.

Todos corrieron a la orilla del agua. Alma caminaba hasta atrás de los demás. Cada paso le parecía una eternidad; lo que estaba por ocurrir se convertiría en un recuerdo para siempre, una escena que nunca podría olvidar y una agonía que jamás volvería a permitirse sentir.

Los grupos de búsqueda se juntaron y formaron una pequeña multitud a lo largo de la ribera de la laguna. Con paciencia esperaron a que el buceador de rescate regresara de la parte más profunda. No se veía con claridad qué era lo que el buceador llevaba en la mano mientras se acercaba despacio hacia la orilla. La multitud reunida era lo suficientemente alta para obstaculizar la vista de Alma. No vio cuando el buceador salió del agua, ni vio qué era lo que sostenía en sus brazos cuando subió a la superficie.

—¡Alma! —gritó Óscar. Se volteó a buscar a su hermana—. ¡Alma!

La multitud se apartó. Alma logró ver el traje del buceador de rescate ya que el agua solamente cubría sus tobillos. En su mano, el hombre sostenía un zapato muy gastado.

—¿Es de Dioni? —preguntó Óscar.

Alma supo la respuesta de inmediato. Óscar agarró el zapato que sostenía el buceador y luego corrió para enseñárselo a Alma. El primer detalle que ella notó fue una marca de bolígrafo; al verla, regresó al día en que Dioni tomó un bolígrafo azul y creó un borde a lo largo de las orillas del zapato. Ella se recordaba.

Dioni estaba feliz mientras cuidadosamente guiaba el bolígrafo de la misma forma en que un artista aplica brochazos meticulosamente sobre un lienzo. Alma le preguntó qué estaba haciendo y él respondió que quería probar algo. Ella le dijo que estaba arruinando sus zapatos nuevos, un comentario que Dioni decidió ignorar. Óscar entró al cuarto y vio a Dioni tan atentamente enfocado en bordear el zapato con el bolígrafo, que decidió interrumpir el progreso al chocar con el brazo de Dioni, lo que causó que éste hiciera un garabato sobre lo que antes había sido un zapato perfectamente blanco. Dioni miró hacia arriba, el enojo en sus ojos, dirigido enteramente a Óscar. Presintiendo lo que iba a pasar, Óscar corrió. Dioni dejó caer el zapato y lo persiguió; le iba a enseñar a Óscar una lección. Alma levantó el zapato del suelo y examinó la extraña marca de bolígrafo creada por Dioni. Sólo él podía querer hacer algo tan…tan…

La misma marca se podía distinguir en el zapato que Óscar le mostró, aunque en su estado actual estaba muy gastado por los kilómetros y kilómetros recorridos a través del bosque maya. Se tomó el tiempo para examinarlo; además del degaste normal por el uso, el zapato no estaba manchado. La suela estaba intacta, así como las cuerdas gastadas. Se veía casi como si el zapato hubiera sido lanzado al agua a propósito, escondido a la vista, sin embargo colocado intencionalmente para que alguien lo encontrara.

Alma lo sostuvo, luego miró a Óscar. El breve lapso de tiempo que le tomó a su respiración viajar desde sus pulmones hasta su laringe fue lo suficientemente largo para ser interrumpido por el aullido de un perro. Esto distrajo inmediatamente la atención de las personas que se agolpaban alrededor de Alma, inclusive la del rescatista acuático.

El perro estaba a una corta distancia, cerca de la orilla del pico del volcán. Un paso atrás del perro estaba su dueño, que agitó los brazos en el aire – la señal universal para indicar que había encontrado algo. Óscar extendió su brazo para agarrar el zapato que estaba en la mano de Alma; soltó el zapato cuando se dio cuenta de que tendría que arrancarlo de las manos de Alma con más fuerza de la que posiblemente podría generar.

La multitud de buscadores caminó hacia el perro, curiosa de lo que se había descubierto a sólo unos cuantos metros. El perro, habiendo completado con éxito su tarea, regresó a la fuente de su descubrimiento. Alma y Óscar iban a la cola del grupo. Si el zapato había sido una pista del destino de Dioni o de dónde se hallaba, entonces ¿qué era lo que el perro había encontrado justo más allá del pico del volcán? ¿Dioni se había caído? ¿Se había lastimado? ¿Estaba ahí? ¡Tal vez el perro lo encontró! ¡Por favor que sea él!

La multitud se acercó más a la orilla del volcán, un lugar a lo largo del perímetro con una caída en ángulo que solamente los más experimentados escaladores podían escalar para ascender o descender. A pocos metros, lo suficientemente cerca para encontrarse en un lugar seguro, pero más abajo de lo que la mayoría de las personas consideraba cómodo, estaba la evidencia que el perro había descubierto.

Con el zapato en la mano, Alma se abrió camino hasta el frente del grupo, si había algo que ver, ella lo vería por sí misma y no iba a esperar a que su hermano lo recuperara para ella.

El perro estaba sentado junto a un objeto oscuro, que parecía ser una prenda de ropa. El dueño del perro caminó hacia la prenda, se agachó y la tomó del suelo, luego la extendió para mostrar su descubrimiento a la multitud reunida. En sus manos sostenía una camisa – de color oscuro, con el logo de *ToursTikal* bordado en un lado, el nombre «Dioni» en el otro – con los hombros y mangas rasgadas, aunque sin manchas visibles.

Alma y Óscar se congelaron. Ahí estaba…la camisa de trabajo de Dioni.

Óscar encontró las fuerzas para moverse. Con cautela caminó hacia adelante, bajando ligeramente por la ladera del volcán. Luego tomó la camisa de las manos del amo del perro. El perro no emitió sonido alguno, percibiendo la pena que emanaba del joven.

No se escuchó otro sonido más que el del viento peinando la grama y moviendo los árboles del paisaje de Ipala. El agua estaba en calma, así como los muchos pájaros y animales que vivían entre la flora del impresionante sitio. En cualquier otro momento, o cualquier otro día, el momento habría sido envidiado por todo artista, vivo o muerto. Era la sensación eufórica de estar conectado con la naturaleza – como un solo ser en el que las emociones tanto de la inmensa alegría como de inmensa tristeza se podían sentir pero no describir mediante la palabra escrita o hablada.

Óscar se acercó a su hermana, que se encontraba ante la multitud reunida. Él era demasiado joven para entender la magnitud de lo que había sucedido, aunque lo suficientemente mayor para saber sobre el sentimiento agonizante de una pérdida trágica. Las lágrimas fluyeron de los ojos de Óscar, rodando desde su rostro hasta su ropa. Alma agarró el zapato gastado en su mano, con mayor fuerza con cada paso que su hermano daba al acercarse a ella. Él no tenía necesidad de articular una sola palabra; sus actos eran mucho más valientes que cualquier cosa que pudiera haber dicho.

Óscar se paró frente a Alma y levantó la camisa, para mostrar los restos de lo que pertenecía a la persona que ella más quería. Puso la camisa en su mano vacía, y ella examinó el daño. La prenda hecha trizas se envolvía en sus dedos, guiada por la brisa volcánica.

Alma empuñó la mano, como con la intención de arrancar cualquier señal de vida que restara de la camisa. Levantó su mano hacia su rostro, cerró sus ojos e inhaló la última esencia remanente de Dioni que quedaba en la tela desarrapada. Con la parte inferior de su rostro cubierta por la camisa, Alma abrió sus ojos y miró hacia el horizonte. En ese momento, hasta el sol se hizo menos intenso; también sentía la pérdida que ningún amor juvenil debería sufrir.

Las lágrimas brotaron de los ojos de Alma. Estrujó la camisa con mayor fuerza. Inhaló profundamente. Sintió como si Dioni estuviera a su lado. Soltó la camisa, que se deslizó suavemente con la brisa antes de asentarse sobre la grama volcánica.

Alma cayó de rodillas, sus lágrimas rodaron mientras sujetaba lo único que quedaba de todo lo que para ella era valioso. Se inclinó hacia adelante. Su cabeza cayó hacia el suelo y apoyó su cara en la camisa de Dioni. Sus gritos de dolor ahogados por la prenda desgarrada.

...

Dioni nunca había visto ninguna parte del paisaje desde una altura más elevada que el pico del volcán de Ipala, lo cual, después de una experiencia tal, parecía insignificante en comparación. Tampoco comprendió la vastedad del océano, como si fuera un retrato de la Tierra creado por el mejor artista de la galaxia. Flotaba impresionado entre las nubes. El gran pájaro negro sujetaba a Dioni por los hombros.

El vuelo duró solamente unos segundos antes de que la cuerva descendiera hacia el nivel del suelo del Parque Nacional de Tikal. Ella siempre disfrutaba al visitar esta parte del mundo y la experiencia única de la reciente aventura era como ninguna otra en la Tierra. La cuerva descendió lentamente, permitiéndole a Dioni tocar tierra primero y posar sus garras cómodamente sobre la parte alta de un templo plano, lejos del camino usual y restringido de las visitas turísticas.

—¿Quién eres? —preguntó Dioni al pájaro negro, que se tomó un momento para expulsar la energía que le quedaba.

—Soy el pájaro que salvó tu vida. Dos veces —respondió la cuerva—. Los quetzales son muy territoriales. Que seas azul no ayudó para nada.

—De acuerdo, espera. ¿Qué está pasando? —preguntó Dioni, con impaciencia—. ¿Tienes idea de por qué soy un pájaro, porque no era uno ayer y hoy tengo estas plumas y este pico y todos quieren comerme y—

—Una pregunta a la vez, chico. Más despa…

—¿Por qué soy un pájaro azul? —interrumpió Dioni—. Todo lo que recuerdo es una gran tormenta y por alguna razón yo estaba en una cueva ¡y algo me atacó! —el comportamiento de Dioni cambió por completo en ese momento—. Ay Dios mío, ¿estoy muerto? —preguntó con la voz quebrada.

—Primero empecemos por el principio de la historia ¿sí? —respondió la cuerva, menos entusiasmada de recordarle a Dioni lo que realmente había ocurrido—. Te quedaste dormido en un volcán, uno con su propia laguna en el cráter, en el día en que cayó la peor tormenta de la temporada. En vez de haber hecho lo lógico y regresar a la base, tú decidiste caminar por ahí como… eh… ehhh…

—¿Un turista?

—Sí, como un turista perdido. Uno con un malísimo sentido de dirección y que, por alguna razón desconocida, sólo calzaba un zapato. ¿Por qué solamente tenías puesto un zapato?

—No pude encontrar el otro cuando me desper… Un momento… para. ¿Me viste en Ipala?

—Querrás decir, te salvé en Ipala —respondió el pájaro negro.

—¿Eh?

—Mira, chico. No hay una forma fácil de decir esto. Tú te ibas a ahogar. Era o la lluvia o el viento, de una forma u otra, ibas a caerte a la laguna.

—¿Así que me salvaste? — preguntó Dioni, la mirada de confusión grabada en su cara de quetzal.

—¿Qué tal si cambiamos el orden de las preguntas? —dijo la cuerva mientras caminaba hacia Dioni—. Contéstame esto: ¿cómo te llamas, chico?

—Dioni.

—¿*The Only*? El… único, ¿qué?

—No, no *the only*. Di O Ni.

—Ohhhh de acuerdo. Diferente —respondió el pájaro negro, pensando en voz alta—. No es el nombre más original que he oído pero ciertamente aceptable para un pájaro Omega.

—¿Por qué soy un pájaro? —preguntó Dioni.

—Pienso en una forma sencilla de explicártelo, *the only*.

—¡Di o ni!

—¡Di o ni! No había terminado —respondió la cuerva.

Se volteó y se alejó para considerar su próxima movida. Miró a Dioni, abrió su pico por un momento, luego se volteó, alejándose de nuevo, incapaz de pensar en cómo explicarle todo. Volvió a retirarse unos pocos pasos más y de nuevo miró a Dioni. Empezó despacio.

—No sé por qué eres azul.

—Ah, me alegra que menciones eso —respondió Dioni con sarcasmo—. No sé por qué ¡soy un pájaro!

—Dioni, escúchame por un segundo. Yo… Yo no sé cómo decirte esto.

—¿Decir qué? ¿Por qué soy azul? Porque han pasado muchas cosas desde anoche y ¡tú no me has dicho nada que tenga sentido!

—Yo sé, yo sé —respondió la cuerva con nerviosismo—. Es solo que… creo que esta es la primera vez que esto pasa.

—¿Que una persona se convierta en un ave? ¡Eso espero! —exclamó Dioni.

—No, eso no. Es sólo que…olvida por un momento que eres azul.

—Eso no quita que no soy la misma persona que era ayer.

—Dioni, no es tan sencillo de explicar —dijo el pájaro negro. Caminó unos cortos pasos hacia él—. Quiero que entiendas que esto te pasó a ti, específicamente a ti, por una razón.

–¿Y cuál sería esa razón? –preguntó Dioni–.

–No estoy completamente segura de cómo explicarlo –respondió la cuerva. Una vez más miró hacia otro lado. Algo, evidentemente, no era como se supone que debía ser–. ¿Qué sabes de las aves?

–Vuelan y comen semillas y las aves macho son coloridos y las aves hembra no lo son –dijo Dioni, irritado por las respuestas inconclusas de la cuerva.

–De acuerdo, empecemos ahí –dijo el pájaro negro–. Las aves no sólo son cosas que vuelan, Dioni. Hacen mucho trabajo.

–Igual que todo lo demás en este planeta.

–Sí, cierto, pero las aves son especiales. Las aves tienen responsabilidades que otros animales y especies no tienen.

–Bueno eso es genial. Es maravilloso saber que las aves son a la vez coloridas y responsables –respondió Dioni–. ¿Y eso qué explica?

–Yo tenía una determinada responsabilidad ¿de acuerdo? Y durante la tormenta, le pasé esa responsabilidad… a… ti…

–¿Qué estás diciendo?

Dioni se sorprendió. Sus palabras no le hacían sentido. La cuerva lo miró y suspiró fuerte.

–Pudiste haber muerto en la tormenta –dijo la cuerva–. Tomé una decisión porque era la única forma de salvarte. Tenía que seguir la cadena.

–¿Así que tomaste una decisión y ahora soy un ave? –preguntó Dioni.

–No, eso no… –el pájaro negro miró hacia el cielo buscando respuestas. Sé que nada te hace sentido en este momento, pero la única cosa que te puedo decir es que me sentí igual cuando me pasó a mí.

–Entoncesssss… ¿tú no siempre has sido un ave? –Dioni inclinó su cabeza.

–No, no siempre he sido un ave, –respondió la cuerva–. Era una responsabilidad que me dieron y que yo te di a ti. ¿Eso tiene sentido?

–No, realmente no –dijo Dioni.

El pájaro negro se frustró, incapaz de comunicar sus pensamientos al joven quetzal. Se dio la vuelta y se alejó de él y caminó hacia la orilla del templo. Dioni la siguió de cerca, desesperado por entender qué le había pasado.

—No moriste anoche, Dioni —empezó el pájaro negro—, pero tu cuerpo humano ya no está realmente vivo. Está en otro lugar.

—¿Dónde? ¿Dónde está?

—En algún lugar donde ni tú ni yo podemos ir.

—¿Por qué no? —preguntó Dioni—. ¿Por qué no agarramos una camioneta o algo? Si pudiéramos enviarle un mensaje a Mario, él podría llevarnos a cualquier lugar que quis—

—No es un lugar real. Es más como un pensamiento. Como una idea.

—¿Entonces puedo pensar y volver a ser yo mismo? —preguntó Dioni, ingenuamente. El pájaro negro sonrió discretamente. Se sentó y descansó sus fatigadas patas.

—No —respondió la cuerva—. Ahora eres parte de algo más grande, Dioni.

Dioni se sentó junto a ella. —No quiero ser parte de nada —dijo—. Sólo quiero regresar a ser yo mismo y luego ir a casa.

—¿A ver a Alma? —preguntó la cuerva—. Lo miró directamente.

—Sí, para ver a Alm-- —Dioni hizo una pausa—. ¿Cómo… sabes de Alma?

—Desearía poder explicártelo de una forma que pudieras entender.

Dioni saltó y se puso de pie. Nada de lo que ella decía tenía sentido alguno.

—Cuando tenía más o menos tu edad —continuó el pájaro negro—, vivía cerca de un gran campo donde veía y oía a los pájaros locales todos los días. Recuerdo haber oído el canto de un pájaro en especial, una y otra vez, pero no podía ver de verdad al pájaro que hacía el sonido. Y cada vez que volteaba en dirección al sonido, éste se detenía, y no podía encontrar la fuente. Luego, un día, estaba caminando cerca del océano, por unos árboles que me gustaba visitar y era como si ese pájaro fuera invisible, pero… pero de alguna manera me estuviera provocando, ¿sabes?

Dioni permanecía sentado. No tenía idea adónde iba con su historia.

—Y yo buscaba y buscaba por todas partes y nada —continuó la cuerva—. Yo sabía que no era que estuviera oyendo cosas. Y luego pareció como si el viento simplemente se hubiera detenido. Yo estaba justo en la playa, oí el romper de las olas sobre la orilla, pero era la primera vez que había estado cerca del agua cuando no había nada de viento. Probablemente esa fue la sensación más rara que había experimentado hasta ese punto…el viento se había ido por completo. Entonces empecé a caminar hacia el agua, cuando de repente un pájaro misterioso aterrizó justo a unos pocos pasos delante de mí.

—¿Qué tipo de pájaro era? —preguntó Dioni.

—Pues justo es eso. No es que fuera cualquier pájaro. Era todos los pájaros. No tenía ningún color, ¿puedes creer eso? No era negro, ni blanco…de color alguno ni de tipo alguno, pero yo sabía que era un pájaro. ¿Eso te hace sentido?

—Es difícil de entender. ¿Cómo sabías que era un pájaro si no era de color alguno?

—Sólo lo supe —respondió la cuerva—. Así que estaba viendo a este pájaro cuando me dio la espalda. Los dos estábamos frente al agua y yo me detuve porque no quería espantarlo o ponerle el pie encima o algo. Luego giró su cuerpo y me miró. Este pájaro no tenía color por ninguna parte, excepto por unos ojos que parecían atravesarme. Me miró de una forma extraña, como si hubiera cometido un error y luego se hubiese dado cuenta de que yo estaba ahí. ¿Alguna vez has sentido eso?

—Es difícil de decir —respondió Dioni—. Una vez tomé una siesta durante una tormenta y cuando me desperté, yo era un ave.

—Entonces este pájaro sin color se volteó y miró hacia el agua y extendió sus alas. Unos segundos después, la Tierra empezó a moverse, a temblar incontrolablemente y luego el agua se retiró de la orilla rápidamente, lejos y más lejos hacia dentro del océano.

—¿El pájaro hizo que la playa temblara? ¿Cómo un terremoto?

—¡Sí, exacto! —respondió la cuerva, emocionada—. El terremoto se detuvo y el pájaro no estaba a la vista. Lo busqué por todas partes y no había rastro de él. De repente, de no se sabe dónde, ese mismo pájaro ¡me atacó! Yo traté de hacer de todo para defenderme, pegarle o darle una patada, para protegerme de esa cosa loca. Y luego creo que le pegué o algo, porque voló a los árboles de la playa. Lo vi desaparecer completamente en el bosque. Después, como si cada ave del bosque oyera al mismo tiempo una especie de ruido que les causó un pánico masivo, todas huyeron. Cada una de ellas, precisamente al mismo tiempo. Debió haber miles de aves en el cielo en ese momento. Fue bellísimo.

—Parece más aterrador que bello —comentó Dioni—. ¿Por qué no te volteaste y corriste?

—No sé —respondió la cuerva—. Estaba paralizada por esta bandada de pájaros. Luego sentí que algo me halaba; me halaba como si me quisiera elevar del suelo. Yo peleé, pero no había nada ahí. Forcejeé y de repente sentí que me elevaba de la arena, entonces empecé a gritar y a agitar los brazos y piernas en todas las direcciones…¡Estaba enloquecida! Luego, lo que sea que me levantó, me dio la vuelta en dirección hacia el océano. Dejé de sentir pánico y mi cuerpo se paralizó. Todo lo que recuerdo es haber visto una pared enorme de agua que venía muy rápido hacia mí. Era tan grande que bloqueaba el sol. De pronto, todo se oscureció. Cuando me desperté, era lo que ves ahora.

—¿Que es…qué, exactamente?

—Un ave, Dioni. Una cuerva hawaiana. En el país de donde vengo, es un pájaro mítico.

—¿De qué color es? —preguntó Dioni.

El pájaro negro sonrió.

—Todo negro, desde el pico hasta las patas y las nalg… las mejillas.

Dioni miró la vista delante de él. El sol descendía lentamente y pronto la única fuente de luz en la jungla sería la luna.

—Siento mucho que te pasara a ti —dijo Dioni—, pero yo tengo que ser yo mismo otra vez e irme a casa. No puedo quedarme así. Alma probablemente estará muy preocupada por mí.

—Todos los que conoces están preocupados por ti —respondió la cuerva hawaiana—. Probablemente están fuera buscándote, ahora, preguntándose a dónde habrás desaparecido. Ahora no lo saben, pero nunca te encontrarán.

—¿Por qué no? ¡Estoy aquí!

—Una parte de ti está aquí. El resto de ti se fue.

—Entonces sí morí durante esa tormenta —dijo Dioni.

—No, Dioni. Te salvaron, pero tuviste que perder tu antigua forma para poder seguir con vida. Alguien más tomó esa decisión por ti. Así es como los dos estamos aquí ahora.

Dioni miró para otro lado, aunque permaneció sentado junto al pájaro negro. Lo único que recibía era una serie de respuestas vagas.

—¿Puedes llevarme a verla? —preguntó Dioni, con un poco de optimismo.

—Es demasiado tarde —respondió la cuerva—. El sol se esconderá en unos minutos. Es mejor si no estás fuera cuando no hay luz.

—Mañana, entonces. ¿Puedes llevarme con ella mañana?

El pájaro negro sacudió la cabeza. Miró a Dioni, que estaba desesperado por una respuesta honesta, y suspiró.

—Sí, Dioni, te llevaré —le dijo.

—¡Genial! ¡Gracias! ¡En cuanto salga el sol iremos a Flores! Sé exactamente cómo llegar allá desde acá… creo.

—Suena bien, chico —respondió el pájaro negro, con obvia tristeza en su voz.

Bajó la cabeza. Sabía demasiado bien que la visita al pueblo sería un terrible error. Dioni, ya que había oído la respuesta que deseaba, se paró y se alejó caminando.

La voz de Dioni hacía eco más allá del templo a medida que caminaba y recitaba paso a paso lo que le diría a Alma cuando la viera al día siguiente. Se detuvo cuando vio el lenguaje corporal del pájaro negro. Ella estaba en silencio, como si se estuviera absteniendo de decir algo que quería expresar desesperadamente, pero era incapaz de hacerlo. Dioni se movió para pararse junto a ella.

—¿Cuál es tu nombre? —preguntó Dioni, en un tono mucho más suave.

La cuerva hawaiana se volvió para quedar frente a Dioni. Él era realmente un ave resplandeciente, incluso aunque no supiera reconocerlo.

—Alalá—respondió el pájaro negro—. Mi madre me dio ese nombre. Era su ave favorita —Forzó una sonrisa, que pareció pintada sobre su rostro—. Me puedes llamar Ally.

Capítulo Siete

Las noches de insomnio no eran algo nuevo para Alma. Hubo una Navidad en que ella, Óscar y Dioni se quedaron despiertos toda la noche esperando que Santa Claus llegara al orfanato a repartir los regalos. Santa nunca llegó. En vez de eso, fue la señora anciana de la iglesia, quien, en esa noche especial del año, hizo de ayudante y trabajó en nombre de Santa. También hubo una noche en la que Óscar se enfermó y lo tuvieron que llevar al hospital. Alma pensó en él durante toda la noche. Rezó como lo haría cualquier niño y con la esperanza, contra todo pronóstico, de que su hermano sobreviviría.

Ella estaba en su cama, quieta, cuando el cielo oscuro de la noche se tornó azul profundo. El sol naciente trajo consigo el sonido de los cantos de los pájaros del vecindario, que Alma no oyó. Sentía dolor; un dolor tan profundo que no se manifestaba físicamente. Hizo un puño con una mano, que se volvió pálida tras permanecer en la misma posición durante horas. El otro brazo, junto a su cara, estaba cubierto por la camisa hecha jirones de Dioni. Alma se aferró a ella durante toda la noche, captando cualquier aroma de Dioni que quedaba en la prenda.

La camisa estaba empapada por las lágrimas de Alma. A Dioni le encantaba esta camisa. La vestía con orgullo mientras guiaba a los turistas por su lugar favorito sobre la Tierra. La prenda andrajosa estuvo ahí durante los momentos finales de Dioni, y al tenerla cerca casi podía sentir el miedo de Dioni mientras se aferraba a la vida durante la tormenta.

Su mente corría en millones de diferentes direcciones, que le impedían descansar. Para Alma, era una maldición. En su mente declaraba su odio por aquellos que habían permitido que esto ocurriera. Dioni merecía una vida mejor o, al menos, como mínimo una mejor muerte y la enfurecía llegar a comprender que la vida continuaría sin él. Nunca más vería su sonrisa y él nunca más la haría sentir como la chica más valiosa del mundo entero.

Alma oyó un camión justo afuera de la entrada principal del orfanato. Una puerta se abrió y alguien salió del vehículo. Alma oyó que un hombre daba unos pasos y luego abría la puerta trasera del camión. Sacaba algo, un objeto grande y pesado, posiblemente hecho de madera. El hombre se movió para llevar el objeto del camión a la entrada principal. Se oyó un ruido fuerte en el suelo cuando bajó el objeto y luego lo arrastró para apoyarlo contra la pared cerca de la puerta principal. El hombre regresó al camión y se fue tan rápido como había llegado.

Las aves parecían más ocupadas de lo normal. Sonaban diferente, más fuerte y más intensas de lo usual. ¿Sabían que Dioni se había ido? ¿Esto las hacía felices? Tal vez estaban tristes. Tal vez las aves sabían algo que ella no. Tal vez a ella nunca le habían importado o, en todo caso, no les había puesto mucha atención a las aves.

El tiempo continuó su paso. Cada hora se sentía como si sólo hubiesen transcurrido unos minutos. Unos segundos después oyó que un adulto se movía en otra habitación. Debe ser Martita. Siempre se levantaba cuando Penélope lloraba. Una puerta se abrió. Una mujer caminó rápidamente en dirección hacia los sollozos. Otra puerta se abrió, los sollozos se hicieron más fuertes por un momento, luego la puerta se cerró. Alguien levantó a la cría de la cuna.

—Sh sh sh sh sh… —oyó Alma.

Era Martita, que acunaba suavemente a Penélope con la esperanza de que se volviera a quedar dormida. Casi nunca funcionaba; ni siquiera hacía sentido que Martita lo intentara. Los sollozos de Penélope se fueron calmando lentamente hasta que se detuvieron.

Martita salió de la habitación con Penélope en brazos. Caminó hacia la puerta abierta de Alma. Sus chanclas emitieron el familiar sonido al ser arrastradas perezosamente sobre el piso de cemento. Los pasos se detuvieron. El ruido de los pies arrastrados volvió. Martita se detuvo en la entrada. Sostenía a Penélope y se dio cuenta de que Alma estaba totalmente despierta.

—Se despertó —susurró Martita.

—Oí —respondió Alma, irritada.

—No quería que te tocara a ti hoy, así que yo me levanté.

—Gracias.

—Tenía la esperanza de que estuvieses dormida. Perdona si te desperté.

—No estaba dormida. No me despertaste.

—De acuerdo —Martita acunó a la cría en sus brazos mientras estaba parada en la entrada.

—¿Necesitas algo más? —preguntó Alma, su tono evidenciaba su frustración.

—N…no. No te quería molestar. Yo… yo sé que con Dioni… debes estar…

Alma volteó la cabeza. Miró a Martita con la mirada más fría que Martita jamás había visto; luego volteó la cabeza a la posición exacta de antes.

—Perdí a mi esposo hace unos años —susurró Martita—. Fue un accidente de vehículo. Le pedí que fuera a la tienda a comprar algo para mí y nunca más lo volví a ver después de eso.

—Lo sé —replicó Alma—. He estado aquí más tiempo que tú.

—Claro… claro. Yo sólo… Yo todavía lo extraño y pienso en él todo el tiempo. El dolor nunca se va, pero uno se va sintiendo mejor.

Alma exhaló, profundo y despacio. No le importaba la viuda ni su historia, ni la criatura que sostenía en los brazos. Hoy, el mundo era más oscuro, a pesar de que el sol cubría toda la ciudad de Flores con su luz. Alma cambió de posición para ver hacia afuera. Las montañas en la distancia eran azules, una vista panorámica que le era tan familiar como la voz que tanto extrañaba.

—¿ Por qué las montañas son azules aquí? —se preguntaba mientras absorbía los vívidos detalles del inicio de un nuevo día.

. . .

Ally le tenía cariño a las montañas azules de Guatemala. Había visto el amanecer desde casi todas las vistas alrededor del mundo. Tantos recuerdos grandiosos. Aprendió el deporte de la caída libre mientras visitaba las Cataratas Victoria donde ella y un par de turacos de Schalow muy curiosos practicaban el bello arte de un vuelo elegante entre las salpicaduras de las caídas de agua. Visitó el hábitat de los pingüinos barbijos, que le enseñaron a deslizarse con elegancia en el agua al igual que lo hacía en el cielo. Presenció el amanecer y el atardecer mientras estaba parada sobre el pico del Monte Everest, donde ella y un pequeño grupo de chovas de pico amarillo se pasaban horas viendo y riéndose de la gran cantidad de turistas que intentaban escalar la montaña más alta del mundo.

Guatemala era especial. No sólo era el hogar de la mística ciudad maya – establecida por las aves cuya tecnología era muy superior incluso a la de las sociedades humanas más avanzadas- también le daba un sentido de pertenencia. Las aves de Guatemala eran indudablemente territoriales, en especial los quetzales, aunque siempre la trataron con el mayor respeto, como una invitada que pertenecía entre ellos.

Posada en lo alto, lejos del suelo, sobre una rama de una imponente ceiba, Ally observaba el amanecer. No pensaba en su esplendor mientras su luz salpicaba la antigua jungla maya, sino en lo que le diría a Dioni cuando despertara. Dioni dormía profundamente, acunado dentro de un agujero en el tallo de la ceiba y protegido de cualquier depredador que tuviera la intención de comérselo para el desayuno.

Ally se preguntaba si había escogido correctamente y si Dioni sería capaz de continuar una tradición que inició antes de que se tuviera registro del tiempo. Era un legado a la vez que una responsabilidad y era la hora de pasarlo a la siguiente ave adecuada. No había proceso de solicitud, no había manera de saber si había elegido bien o no. Era un riesgo que tenía que correr.

El sol brillaba alto sobre las montañas cuando Dioni despertó. La transición y la angustia del día anterior lo habían cansado; si esto era en verdad la pesadilla que creía que era, entonces tal vez unas pocas horas de sueño le servirían para volver a ser el de antes. Quince horas eran demasiadas, incluso para un adolescente.

Dioni casi no hizo ningún ruido al tambalearse desde el hoyo donde se había refugiado. Ally notó el andar de pato de Dioni mientras caminaba hacia una de las ramas a plena vista de todos los seres vivos de Tikal. Las plumas de su cabeza estaban despeinadas y estaba hecho un desastre; una imagen extraña de una de las aves más hermosas del mundo.

–Buenos días –dijo Ally. Se preguntaba si Dioni recordaba lo que había ocurrido el día anterior.

Dioni gruñó. Después de todo, no había sido una pesadilla.

–¿Tienes hambre? –preguntó Ally.

Dioni solamente movió los ojos. No le importaba si esa mañana le servían el desayuno.

–Debo decirte algo –continuó Ally–. Algo importante.

Dioni no se movió. Sus ojos se congelaron y permanecieron clavados en el mismo punto.

–Las aves son especiales –empezó ella. Ally se alejó de él y caminó despacio hacia el final de la rama en la que ella y Dioni se encontraban–. Tenemos una cierta responsabilidad en este planeta que nos fue dada hace millones de años. Pero no todas las aves son iguales. Algunas tienen responsabilidades diferentes, como ayudar a limpiar las ciudades o proteger ciertas plantas y luego todos compartimos una responsabilidad con todas las demás aves. Considéralo como si fuera una parte de un barco grande… algunos miembros de la tripulación son responsables de la cubierta, otros lo son de las velas y así sucesivamente, pero no importa quién haga qué, el barco debe mantenerse a flote. ¿Te hace algún sentido eso?

Miró a Dioni. Él parpadeó. Ninguna otra parte de su cuerpo se movió en lo absoluto.

–De acuerdo –continuó ella, caminando de nuevo–. Sin embargo, de vez en cuando te encuentras con un ave que no logró su objetivo. Es algo así como que estaba destinada a mucho más pero nunca tuvo la oportunidad de alcanzar su potencial.

Miró a Dioni, cuya expresión se transformó en un profundo ceño fruncido.

–Bueno. Todavía no hemos llegado a ese punto –dijo ella.

Dioni no estaba interesado en nada de lo que ella decía; su lenguaje corporal lo delataba.

–Una vez visité una granja donde un águila creía que era una gallina – continuó Ally–. No como… no como una gallina que estuviera asustada ni nada por el estilo. No, quiero decir que era una enorme águila macho que estaba totalmente convencida de que era una gallina completamente desarrollada, comedora de semillas y criada por un granjero. Me enteré de que el águila había sido criada como una gallina desde el momento de romper el cascarón. Todo lo que sabía era ser una gallina. Cloqueaba como ellas, se movía como ellas y solamente saltaba unos metros para despegar del suelo, justo como cualquier otra gallina en la granja. No le di mayor importancia, más que pensar que era extraño que un águila se comportara de esa forma, así que lo dejé así y seguí mi camino.

–Luego pasó un tiempo y tuve la oportunidad de visitar de nuevo esta granja. Entonces regresé y vi a esta águila-gallina – que recordaba de mi última visita y me daba curiosidad ver cómo le había ido – y se veía enferma, como si fuera realmente anciana. Estaba afuera y por su cuenta mientras veía a un pequeño grupo de polluelos jugando en la tierra. Todos estaban a lo suyo, cuando en el cielo voló el águila más feroz que he visto. Te digo, simplemente era ver un pájaro perfecto, verdaderamente el rey del cielo.

La cara de Dioni seguía inexpresiva. Ally lo miró y continuó.

–Uno de los polluelos miró al cielo y vio al águila y luego preguntó, ¿qué es eso? Cada polluelo en el gallinero miró hacia arriba y vio al águila volando alto. El águila-gallina era la más anciana ahí, así que miró hacia arriba también y dijo: «es un águila».

–Entonces los pequeños polluelos estaban todos emocionados porque ellos nunca habían visto un águila y uno de ellos alzó sus pequeñas alas sin plumas y dijo: «Yo quiero ser un águila», y empezó a pretender volar como un águila. No volar en el sentido literal, pero corrió alrededor con las alas extendidas. Luego el resto de los pequeños polluelos empezaron a pretender ser águilas también y a decir que querían ser águilas.

Dioni puso los ojos en blanco. La historia era ya demasiado larga para ese momento del día. Ally continuó.

–Luego, la anciana águila-gallina se levantó y los detuvo y les dijo: «Somos gallinas. Pertenecemos al suelo. Nunca seremos águilas».

Hizo una pausa y se volteó a ver a Dioni de frente. Se preguntó si algo de lo que había dicho le había hecho mella. Una suave brisa sopló; el sonido de las hojas susurrantes se oía a través de la jungla.

—Esa era un águila muy estúpida —dijo Dioni, la única noción de movimiento que sirvió de evidencia de que no estaba en un estado totalmente fosilizado.

—De acuerdo, no importa —respondió Ally—. No fue una buena forma de empezar el día.

—Las gallinas son estúpidas —dijo Dioni. Parecía más un niño al que hubieran despertado recientemente, en vez de un adolescente maduro y de buenos modales.

—De acuerdo —respondió Ally—. Ya fue suficiente. Ya terminó. Probablemente tengas hambre.

—Estoy cansado.

—Sé que lo estás.

—Tengo hambre —dijo Dioni. Enderezó su postura y estiró su cuello; las dos acciones eran prueba de actividad cerebral.

—¡Eso es bueno! Sí, vamos a buscar algo para que comas —respondió Ally. Miró en todas las direcciones para buscar algún alimento cercano que pudiera darle.

—Bananos.

—Aquí no tenemos bananos, amiguito —respondió Ally, hablándole como si fuera un niño en vez de un adolescente.

—¡Ba-na-nos!

—¿Qué tal bayas? ¿Te gustarían unas bayas, amiguito?

Dioni miró hacia abajo. —Estoy cansado.

—Sé que lo estás.

—Quiero bayas —respondió Dioni, en un tono sombrío.

—¡Genial! Déjame que vaya a traer algunas bayas, ¿de acuerdo? Tú espera en tu cuarto y regresaré con algunas bayas.

—¡Y un banano!

Ally suspiró. —Intentaré conseguirte un banano.

Dioni miró a Ally con la expresión más malvada que pudo. Exhaló fuertemente y luego caminó como pato de regreso a su agujero. Su nivel de madurez era evidente, y Ally tenía que recordarse de y respetar que solamente era la segunda mañana de Dioni como un ave.

Dioni asomó su cabeza por el agujero en el árbol. Miró a Ally, cuyos ojos se clavaron en él, mostrando preocupación por cada movimiento suyo. Irritado, Dioni pronunció lentamente la palabra «ba-na-no». Usó sus alas para enfatizar la importancia de lo que exigía.

Ally inmediatamente se volteó y escudriñó el suelo en busca de la fuente de alimento más cercana.

...

Justo al frente de la iglesia, por el altar, había una pequeña caja de madera, que descansaba sobre una mesa de madera y estaba rodeada de una serie de pequeñas candelas blancas. A un lado de la caja de madera y encima de la mesa había unas fotos de Dioni, que lo mostraban en diversos momentos de su corta vida.

A Alma le gustaba la foto en la que ella y Dioni sonreían. La imagen los mostraba comiendo más helado de lo que cualquier niño de siete años debiera comer. Estaban sentados sobre la acera, Alma se reía mientras sujetaba una cuchara y Dioni, cubierto en lo que todo el mundo esperaba que fuera helado de chocolate derretido, tan contento como cualquier niño puede estar. Le encantaba el chocolate. Incluso le encantaba en su forma más pura, como granos de cacao. Era capaz de comerlos sin que siquiera estuvieran horneados. Qué muchacho tan extraño.

Sobre el otro lado de la mesa había una foto grupal de todos los niños del orfanato, la cual había sido tomada unos años atrás. Óscar estaba en esa foto, junto con Pedro, César, Elba, Noel, Rafael, las gemelas Corina y Cindy, Diego, María, Ximena, un jovencísimo Luis, y Alma y Dioni. Casi todos los niños en esa fotografía habían dejado el orfanato hacía mucho tiempo. Alma sonrió cuando vio la pelota de fútbol y la pelota de forma oblonga en la foto. La pelota oblonga la había traído un visitante norteamericano que pese a sus mejores intentos no logró enseñarles a los niños la versión norteamericana del fútbol. Él fue el que tomó la foto de los niños y se las envió por correo unas semanas después. Todavía estaba en el marco original. Dioni se veía tan feliz.

Alma había visto suficiente. La caja estaba a una altura lo suficientemente alta para que todos la pudieran ver y todos los que estaban presentes en la iglesia sabían qué había dentro. Alma metió la mano en la mochila que llevaba consigo, la mochila de Dioni, y sacó las dos cosas que encontró en Ipala: una camisa hecha jirones y un zapato gastado. Abrió la caja de madera en la que había diversos artículos pequeños puestos ahí, cuidadosamente, por aquellos que recordaban con cariño al niño que se había ido demasiado pronto.

Dentro de la caja había otras fotografías, unas cuantas pinturas hechas por los niños más pequeños, la camisa favorita de fútbol de Dioni, un peluche de animal muy viejo, un crucifijo, un pin de *ToursTikal*, una bandera de Guatemala cuidadosamente colocada y una miniatura en piedra del Templo del Gran Jaguar. Le encantaba Tikal, en especial el Templo del Gran Jaguar…era apropiado que una pequeña parte del templo estuviera enterrada junto a él.

Óscar se acercó a la caja y permaneció allí junto a su hermana. Metió la mano en su bolsillo y sacó una pequeña figurita de vidrio. El objeto esculpido mostraba el símbolo nacional de los guatemaltecos, el imponente quetzal. La figurita parecía haber sido una maravilla en colores verde, rojo y blanco cuando se hizo originalmente, pero en su estado actual, era una representación casi transparente y decolorada por el sol de un pájaro resplandeciente de la jungla. Alma miró a su hermano, confundida en cuanto al motivo que tendría para incluir ese objeto en especial con los otros artículos en la caja de madera.

–Le gustaba –le dijo Óscar–. Le gustaba cómo los colores cambiaban al sostenerlo contra algo.

Óscar colocó la figurita de vidrio en la mano de Alma. Ella la levantó e inmediatamente entendió lo que su hermano quería decir. El quetzal era completamente blanco al sostenerlo contra el techo; era completamente amarillo al sostenerlo contra las paredes de alrededor y era misteriosamente azul al ser sostenido contra la luz que entraba por la gran ventana de vidrio.

Lo mantuvo así por un momento más.

Óscar interrumpió sus pensamientos. Retiró la figurita cuidadosamente de la mano de Alma y la colocó en la caja; luego caminó unos pasos hacia atrás para no bloquear a su hermana. Alma imitó a su hermano y puso los artículos seleccionados en el ataúd de madera. Se negó a dejar que los demás niños fueran testigos de su tristeza. Retrocedió. No podía irse. Con los objetos colocados dentro del ataúd, Alma fijó su mirada en lo que quedaba dentro. No mostraba ninguna expresión excepto por una mirada de profunda tristeza.

Óscar notó que Alma se resistía a dejar sus pertenencias. Se acercó a la mesa, se colocó junto a su hermana, y luego, lentamente, cerró la tapadera del ataúd. No sabía qué hacer o decirle, pero sabía que ella no podía mantenerse de pie. La guio lejos de la caja de madera y hacia las bancas cercanas, donde se sentaron juntos y observaron a las demás personas que se acercaban al altar.

. . .

Dioni mostró más señales de vida que las que había mostrado antes de comer algunas de las bayas. El instinto maternal no era uno de los rasgos fuertes de la personalidad de Ally, pero entendía lo que significaba tener quince años y verse obligada a atravesar una experiencia muy traumática. Si lo único que hacía falta para hacer feliz a Dioni era que ella juntara unos cuantos pedazos de fruta de los alrededores, era lo menos que podía hacer por él.

Había más bayas en la cara y el cuerpo de Dioni que en cualquier otra parte. Comió y recuperó sus fuerzas de forma parecida a la manera en que lo haría un ave, lo cual evidenciaba progreso.

—¿Cuál es la manera más rápida de llegar a Flores? —preguntó Dioni, con la boca llena de más bayas de las que le cabían.

—Puedo cargarte de nuevo, a menos que quieras caminar —replicó Ally—. Con tus patitas esas nos tomará mucho tiempo.

—¿Puedes volar tan rápido como lo hiciste en la cueva?

—No. Así no. Aquí no.

—¿Por qué no? —preguntó Dioni. Tragó todas las bayas que tenía en el pico. Ally respiró profundo y exhaló despacio.

—Es parte de algo que hacemos, algo que debes aprender. No puedo enseñártelo. Es algo que debes averiguar por ti mismo.

—Está bien —respondió Dioni—. De todas formas, no voy a ser un pájaro por mucho tiempo. Sólo quiero que Alma sepa que estoy bien y luego ya puedo volver a ser yo.

Ally suspiró. Quería contarle más, pero sabía que él era demasiado joven para entenderlo.

—Dioni… escucha, no sé cómo decirte esto —empezó Ally.

—¿Decirme qué?

—Lo que pasa es…

¡¡Whoosh!!

Un tucán macho interrumpió a Ally, al aterrizar groseramente entre ella y Dioni. El pájaro era casi totalmente negro con un colorido pico excepcionalmente largo. El tucán emitió salvajes sonidos al azar dirigidos a Dioni, por razones que él era incapaz de identificar.

—¡Ahhh —gritó Dioni. El tucán usó su largo pico para empujar a Dioni—. ¡Fuera, vete pájaro! ¡Aléjate!

Dioni cayó de espaldas. El tucán se le acercó y mostró claras señales de intimidación. El pájaro, para su tamaño, era increíblemente territorial.

—¡Oiga! —gritó Ally. El tucán se detuvo inmediatamente—. No de un solo paso más hacia adelante. ¿Me entiende?

El tucán movió su cabeza en todas las direcciones para buscar el origen de la voz que le hablaba.

—¿Quién habla? —preguntó el tucán, nervioso.

—¿No sabe usted quién es ese pájaro? —preguntó Ally. El tucán miró a Dioni, que estaba confundido por lo que estaba pasando.

—¿Hablas tucán? —le preguntó Dioni a Ally.

El tucán miró a Dioni con ojos llenos de enojo.

–Un pájaro extraño que se está comiendo mis bayas, –dijo el tucán. Levantó su pecho y caminó hacia adelante. Usó su tamaño para intimidar a Dioni.

–Un paso más y se arrepentirá por el resto de su vida –le amenazó Ally. El pájaro se detuvo una vez más y miró en todas las direcciones–. Sólo un pasito más y caminará durante el resto de su vida reconocido por toda la selva como el pájaro que le faltó el respeto al Omega.

Al oír la palabra Omega, el tucán levantó la cabeza y cambió su actitud completamente. El tucán parecía preocupado, como si no entendiera totalmente la magnitud de sus acciones.

–Disculpe… señor. Discúlpeme, no… n… no sabía, –dijo el tucán. Sus gestos se volvieron más extraños a medida que hablaba en un lenguaje de tucán que Dioni no podía entender.

Dioni estaba confundido. ¿Qué le habría dicho Ally? ¿Todas las álalas hablan tucán?

–Disculpe, señor Omega. Lo que es mío es suyo –continuó el tucán. Se alejó lentamente de Dioni, su cabeza ligeramente inclinada–. Perdone mi insolencia.

El tucán caminó un poco más hacia atrás, saltó de la rama alta y voló lejos, tan rápido como sus alas le permitían. Dioni y Ally lo observaron hasta que desapareció en la jungla.

–¿Qué pasó? –preguntó Dioni.

–Estaba perdido –respondió Ally–. Pensó que eras alguien más.

–¿Sabes hablar tucán? ¿O todos los pájaros tienen un lenguaje especial?

–¿Entendiste algo de lo que dijo el tucán? –preguntó Ally.

–Abrió su enorme pico y habló –respondió Dioni–. No como un pájaro emitiendo sonidos, sino como si realmente dijera palabras.

–¡Sí! ¡Sí! ¡Muy bien, Dioni! ¿Qué más? ¿Entendiste alguna otra palabra de las que dijo?

–No sé…no, no lo creo. ¿Y por qué se fue volando tan rápido? ¿Y por qué de repente se veía tan asustado?

Ally suspiró. –Bueno, al menos le oíste hablar y no eran sonidos al azar para ti. Eso es un comienzo.

—¿Un comienzo de qué? —preguntó Dioni mientras intentaba limpiar el exceso de jugo de baya de su pico.

—Si quieres ir a Flores, deberíamos irnos pronto —dijo Ally.

Ella dirigió su atención a la jungla totalmente despierta que estaba debajo. Sabía que Dioni sería persistente en cuanto a su deseo de volver a casa.

—¡Ah, sí! —dijo Dioni—. ¡Claro! ¡Flores! ¡Vamos!

—Vamos —respondió Ally.

Ally cerró los ojos, levantó sus alas y se inclinó hacia adelante. Se dejó caer de la rama e inmediatamente se elevó hacia el cielo. Dio una vuelta amplia para ponerse en posición para agarrar a Dioni por los hombros. Al verla aproximarse desde arriba, Dioni se quitó y esquivó su agarre.

¡Espera! —gritó Dioni. Irritada, Ally hizo un círculo y volvió a la rama—. ¿Cómo me veo?

—Como un pájaro azul raro que intentó luchar, pero perdió contra un arbusto de bayas —respondió Ally.

Dioni inmediatamente levantó sus alas hacia su pico para limpiarse. Al hacerlo, notó que en otras áreas de su cuerpo se podían distinguir con claridad las manchas de baya. Dioni entró en pánico y giró en círculos a medida que intentaba localizar cada mancha de su cuerpo emplumado.

Ally puso los ojos en blanco. Claramente no era el pájaro azul más inteligente de la selva, en varios niveles, pero tenía la capacidad de aprender. Se levantó de la rama una vez más, realizó un círculo alrededor y agarró a Dioni de los hombros, esta vez con éxito. Lo arrastró lejos de la rama y voló hacia arriba en dirección al cielo guatemalteco.

—¡Espera! ¡Espera! ¡No he terminado! —exclamó Dioni—. ¡Es tan pegajoso!

...

Tradicionalmente, las procesiones funerarias en Flores eran de pocas personas. El sacerdote de la iglesia local decía algunas palabras y un grupo de personas caminaba detrás del féretro, que era cargado por algunos de los hombres más fuertes del pueblo, que solían ser amigos o familiares de la persona fallecida, seguidos por un pequeño grupo de dolientes. Todo el asunto se asemejaba a un triste desfile, donde algunas personas lloraban, otras simplemente caminaban con la mirada inexpresiva clavada en el suelo de grava y piedra y, por último, algunos rezaban mientras seguían la procesión.

Este funeral era diferente. Primero, no había féretro, sino más bien una pequeña caja de madera que representaba lo mismo que el fallecimiento de un ser querido. Era lo suficientemente pequeña para que cuatro personas la cargaran sin esfuerzo. Óscar se ofreció como voluntario entre los cuatro, a su edad era suficientemente fuerte para caminar junto a los demás.

Alma no quería tomar parte en la procesión; asistió por pura obligación y presión de los demás huérfanos. Si le hubieran dado a elegir, personalmente hubiera preferido buscar cada centímetro de Tikal para encontrar vivo a Dioni. En su opinión, la búsqueda se había suspendido muy pronto. Sabía que existía la posibilidad de que él todavía estuviera allá fuera. Estaría asustado, pero todavía vivo. Nunca se escaparía sin ella ni la hubiera dejado sin despedirse primero. Simplemente no podía haber desaparecido.

La procesión continuó a lo largo de la calle principal que llevaba a la plaza central. Alma mantuvo su distancia de los demás; mientras caminaba junto a los otros dolientes, miró a quienes sólo estaban de espectadores sin importarles quién o qué se encontraba en la caja de madera. No era alguien a quien conocían, así que ¿por qué tendría que importarles? Nunca habían conocido a Dioni. Nunca supieron lo buena persona que él era ni cómo iba a crecer y convertirse en el mejor originario de Flores. Algún día iba a ser un líder y construiría una escuela para el pueblo. Un día asfaltaría cada calle en Flores y no sólo las que estaban cerca de la plaza del pueblo. Quería que el pueblo tuviera un restaurante y el restaurante se llamaría *Almita*. Serviría la mejor comida de toda Guatemala y siempre tendría cacao fresco. Dioni y sus granos de cacao…

Todo lo que quedaba de Dioni estaba en una caja grande de madera. Algunos artículos eran de él, algunos eran solamente recuerdos de él, y algunos eran artículos diversos que los niños habían puesto ahí para poder decir que habían participado. Todo el asunto le parecía un fraude a Alma, quien empleaba todas sus fuerzas para contener sus lágrimas y su enojo.

Dioni nunca había visto Flores desde el cielo, desde una vista de pájaro, literalmente. No podía esperar para ver a Alma y que ella supiera que él estaba perfectamente a salvo, aunque en una forma diferente. En su mente, a ella no le importaría si él se veía diferente o no.

Ally sabía qué esperar. Podía ver el inocente optimismo de Dioni. Aleteó y lo arrastró por el cielo. Pensó en cómo reaccionaría ante lo que le iba a tocar vivir. Dioni señaló el pequeño edificio situado a unos metros de distancia de la iglesia.

—¡Ahí! —dijo—. Probablemente todos están ya de vuelta en casa. Ponme ahí.

Ally hizo lo que él le indicó y aterrizó en el pequeño patio del orfanato. Al no más sentir el suelo bajo sus pies, Dioni corrió hacia la habitación de Alma. Estaba tan emocionado por verla. Sus piernas y patas eran pequeñas, lo que, unido a sus largas plumas de la cola, hacía mucho más difícil correr a su velocidad habitual. Sin embargo, Dioni tenía una misión. Entró por la cocina abierta, que sorprendentemente estaba vacía. Dio vuelta en la esquina y vio el área común, que también estaba extrañamente vacía. Regresó por la izquierda y corrió por el comedor que estaba inquietantemente limpio y silencioso. Pasó el baño, el clóset principal y la habitación de la monja, luego corrió a toda velocidad hacia la puerta abierta de Alma. Si habría de encontrarse en algún lugar, lo más seguro es que sería en su habitación.

Ally, posada sobre la rama de un pequeño árbol en el patio, observaba de lejos a Dioni mientras corría de habitación en habitación. Sabía a dónde se dirigía y decidió dejar que lo descubriera por sí mismo. Voló a la ventana de la habitación de Alma y esperó un momento a que llegara Dioni.

—¡Alma! ¡Alma! —gritó Dioni mientras entraba corriendo a la habitación.

Todo estaba donde él recordaba. Estaba muy abajo sobre el suelo para ver la parte de arriba de la cama de Alma, así que hizo lo que le pareció lo mejor.

Saltó. —¡Alma! —saltó de nuevo—. ¡Alma!

No hubo respuesta. Repitió el gesto, sus brazos se agitaron mientras intentaba desesperadamente permanecer en el aire un poco más de tiempo.

No hubo respuesta; nadie estaba en la habitación excepto por Ally, que fue testigo de las acciones de Dioni desde el alféizar de la ventana. Exhausto, Dioni se detuvo. Miró a Ally.

–¿Dónde están todos? –preguntó. Ally planeó hacia abajo para estar a su nivel.

–Están en el jardín, Dioni –dijo ella–. Te puedo llevar si quieres.

–¡Sí! ¡Vamos, vamos, vamos! –respondió con entusiasmo Dioni.

Ally se levantó del suelo y circuló alrededor de la pequeña habitación. Dioni levantó sus alas. De nuevo lo levantó por los hombros, luego volaron juntos hacia la ventana abierta.

La procesión entró al jardín público cercano, que era lo más parecido que el pueblo de Flores tenía a un cementerio. Había arbustos y árboles y a pesar de no estar muy bien cuidado, había una sensación de paz en el pequeño trozo de tierra a poca distancia de la calle asfaltada.

En el centro del jardín había un hoyo en el suelo, sin duda hecho por el hombre que estaba a un lado y que tenía una pala y sudaba mucho. El sacerdote guiaba la procesión al jardín y se colocó frente al hoyo. Unos pasos detrás de él estaban las cuatro personas que cargaban la caja de madera. Aquellos que seguían a la procesión se reunieron alrededor del sacerdote e hicieron un círculo, con la caja de madera en medio.

Alma fue la última que entró al jardín. Miró la caja de madera y se quedó atrás, casi como para que no la vieran ni la tomaran en cuenta. El sacerdote habló; hizo una serie de gestos y recitó unas oraciones que leyó de su libro. Nada de eso captó la atención de Alma ya que estaba más interesada en el extraño silencio del jardín. No había viento, ni brisa, ni pájaros emitiendo sonidos de ningún tipo.

Desde el cielo, Dioni podía ver a todos los que conocía: a todos los niños, a las monjas, a algunas personas del pueblo y al sacerdote. A Dioni le pareció extraño ver al sacerdote en el jardín, especialmente porque no era domingo.

Ally aterrizó en un árbol cercano que era lo suficientemente alto para que Dioni y ella pasaran desapercibidos de los que estaban en el jardín. Deseaba lo mejor pero esperaba lo peor.

—¿Por qué estamos acá arriba? —preguntó Dioni—. Llévame allá abajo para que pueda…

—Todavía no puedes ir allá abajo, Dioni —lo interrumpió Ally, susurrando—. Están en medio de una ceremonia.

—Ah, bueno —Dioni hizo una pausa. Miró por un breve momento en todas las direcciones.

¡ALMA, ALMA, ALM—gritó Dioni. En su mente él era un niño que estaba intentando captar la atención de su mejor amiga.

Ally le cubrió el pico de inmediato y se trasladó con él rápidamente hacia el tronco del árbol, con la esperanza de que no los hubieran visto. Una pluma azul cayó del ala de Dioni.

Alma oyó el canto de un pájaro; era extraño, pero era el único sonido que se oía, además de la voz del sacerdote. Se volvió hacia la dirección de la que procedía el sonido, pero no vio nada. Era como si de repente hubieran silenciado al pájaro.

—¿Qué estás haciendo? —le gritó en un susurro Ally a Dioni—. Eres un pájaro, ¿recuerdas? ¡Actúa como tal!

—¿Coo, eequeee, aaatan poorrr aroos? —respondió Dioni, su voz apagada por el ala de Ally.

—¿Qué? —preguntó Ally. Retiró sus plumas de la boca de Dioni.

—¿Cómo actúan los pájaros? —preguntó Dioni.

—Callados y asustados, ¡especialmente cuando hay personas! No podemos dejar que nos vean.

—¿Por qué no? ¡Alma está justo ahí!

—Dioni, tendrás que esperar ¿me entiendes?

—De acuerdo…bien. Tan enojona… —dijo Dioni, en un tono amargo.

Alma miró en todas las direcciones encima de ella, pero fue incapaz de localizar la fuente del ruido. Definitivamente oyó algo, pero ¿de dónde venía?

Una pequeña pluma cayó muy lentamente. Era de color azul y pertenecía a un pájaro que se encontraba cerca. Alma no se percató mientras la pluma cayó sobre su hombro.

El sacerdote terminó las oraciones e indicó a los cuatro portadores del féretro que colocaran la caja sobre el suelo, despacio y con cuidado. Óscar trató con desesperación de contener sus emociones, pero no le fue posible. Una lágrima cayó sobre la caja de madera cuando ayudaba a ponerla sobre el suelo. Ahora era el lugar de descanso final de Dioni. Los portadores del féretro soltaron la caja y la dejaron allí; luego se voltearon y se alejaron.

El sacerdote indicó al hombre con la pala que volviera al hoyo en medio del jardín. El hombre se limpió el sudor de la frente, levantó la pala, luego caminó unos cuantos pasos hacia el hoyo. Hundió la cabeza de la pala en una montañita de tierra junto al hoyo y todos vieron cómo tiraba la tierra sobre la caja de madera.

La emoción del momento le pegó a Alma como un golpe en el pecho. El ruido de la tierra golpeando la caja de madera la dejó impotente, como si cada sentimiento y cada memoria de ella y Dioni se le presentaran al instante.

—¿Qué están enterrando? —preguntó Dioni.

Asomó la cabeza sobre la orilla de la rama para ver hacia abajo. Ally le dio la espalda; él debía ser lo suficientemente fuerte para descubrir esto por sí mismo.

Echaron una segunda palada de tierra sobre la caja, lo cual fue demasiado para que Alma. Cada palada de tierra era peor que la última. Los segundos se sentían como horas y la caja, rápidamente, había sido enterrada por completo.

Alma corrió desde donde estaba y se tiró sobre la tierra donde estaba la tumba de Dioni. La tierra que tiraba el hombre de la pala cayó sobre sus brazos, completamente ignorada por ella. Con desesperación quitó la tierra de la parte de arriba de la caja.

—¿Qué está haciendo? —preguntó Dioni. Fue testigo de toda la escena desde donde estaba posado. Ally cerró los ojos y se encogió.

Alma abrió la tapadera de la caja, como si necesitara comprobar una vez más que la caja iba a guardar para siempre los restos del amor de su vida.

Quitó la tapadera, dejando que todos los que estaban en el jardín vieran el contenido de la caja.

—Esas son mis cosas —dijo Dioni—. Todas esas son mis cosas. ¿Por qué están…?

Silencio.

Alma rebuscó entre los artículos. Quería tener una última oportunidad para verlo todo, grabarlo en su mente y nunca olvidarlo. Todos la miraron estupefactos mientras ella empujaba a un lado los muchos artículos de la historia de Dioni. Encontró y jaló la mochila del fondo de la caja de madera.

—¡Esto no! —dijo Alma—. Esto no… —repitió, su voz con un tono ligeramente más alto la segunda vez. Agarró con fuerza la mochila. A sus ojos asomaron las lágrimas.

Óscar la ayudó a levantarse del suelo y se la llevó lejos. Ella sostuvo la bolsa cerca de su cuerpo mientras caminaba con su hermano hacia la orilla del pequeño jardín. Dioni oyó su agonía y desesperación. Para él, era el peor sonido jamás creado.

El sacerdote se agachó y volvió a cerrar la caja y luego le indicó al hombre que continuara echando la tierra. En segundos había llenado el hoyo; la caja de madera había sido reclamada por la Tierra.

Alma y Óscar estaban parados juntos. Él trataba de consolar a su hermana de la mejor manera que podía, pero era imposible. Ella sostenía la mochila como había hecho cuando Gabi se la había dado, cerca de su corazón.

El sacerdote y los que formaban la procesión se alejaron caminando del jardín, dejando solos a Alma y Óscar. Ella se negaba a irse, a pesar del dolor que le causaba estar ahí. Ahora que Dioni no estaba, Óscar era la mejor persona para acompañarla en ese momento.

Dioni se volvió para ver a Ally, que estaba de espaldas a él. Se puso furioso. No sólo le habían arrebatado su vida, también había tenido que ser testigo de su propio funeral. Esto era cruel, incluso para estándares sobrenaturales. Ningún ser vivo debería tener que sufrir este dolor.

Los ojos de Dioni se llenaron de lágrimas. Ally sintió que ella estaba en peligro. Volteó la cabeza para mirarlo a los ojos mientras él se acercaba.

Para ella, esto era predecible; lo había visualizado desde el momento en que aceptó traerlo de regreso a Flores.

Incapaz de hablar, Dioni respiraba con fuerza mientras las lágrimas le rodaban por su rostro resplandeciente. Se detuvo junto a ella. Sin poder transmitir ningún otro sentimiento, levantó su ala como para pegarle a Ally con toda la fuerza y rabia que su pequeño brazo podía producir. Emitió el grito de mil pájaros, un dolor que ningún otro pájaro podía entender. Antes de que pudiera dar el golpe, su mente se bloqueó por la emoción.

Dioni se desmayó sobre la larga rama. Su cuerpo rodó hacia un lado, sobre la orilla de la rama, a un instante de caer al suelo. Ally entró en acción de inmediato; lo agarró y lo sujetó contra la rama. Dioni estaba totalmente inconsciente.

Óscar sostuvo a su hermana mientras ella temblaba de dolor. Estaba débil, aunque lo suficientemente fuerte para sostenerse de pie. Óscar puso su brazo alrededor de sus hombros y luego la guio fuera del jardín. A pesar de que no era mayor ni más grande que ella, era el único con la fuerza suficiente para apoyarla parcialmente. Alma se alejó despacio, con los ojos cerrados.

Ally haló a Dioni para levantar su cuerpo lejos de la orilla de la rama. Era un pájaro pesado, incluso para los estándares de Álala. Ally esperó un momento para recuperar sus fuerzas y luego agarró a Dioni por los hombros y lo levantó para llevárselo del jardín hacia las montañas. Con Dioni incapaz de ayudarla o balancearse, Ally luchó para mantener su altitud y velocidad.

Alma abrió los ojos brevemente. A través de la borrosidad creada por sus lágrimas y la luz del sol de la mañana, Alma vio las dos largas plumas de cola de un ave que planeaba con elegancia en la distancia. Con los ojos hinchados – por la pena y el profundo resentimiento – las largas plumas de la cola del pájaro parecían tan azules como un cielo despejado.

Capítulo Ocho

Escondida en lo profundo de un espacio de la Tierra, donde no debería existir vida de ningún tipo, enterrada bajo siglos de estructuras hechas por el hombre y de civilizaciones que han llegado y se han ido, estaba la mística ciudad perdida tan buscada por las mentes arqueológicas más brillantes. Su magnitud la definición de la vastedad y dentro de su estructura yacía la tecnología más sofisticada jamás concebida por todos los seres vivos.

Las paredes de la inmensa estructura, de diseño innegablemente avanzado, permitían que el sol penetrara y ofreciera luz natural, mientras una serie de túneles cuidadosamente construidos y acueductos cuidadosamente construidos ofrecían una fuente constante de agua fresca y de oxígeno. La misma construcción tenía dos secciones claramente distinguibles bajo un techo gigantesco. A pesar de que no había una sola entrada o salida, el atrio albergaba estructuras metálicas creadas por una serie de luces de colores, casi como representaciones de árboles artificiales.

La existencia de esta fortaleza escondida sobrepasaba el entendimiento de lo que era físicamente posible en cualquier planeta de subsistencia humana. Se había sostenido, fuerte y firme, mucho antes de que las personas inventaran los conceptos de la historia y el tiempo. Era a la vez visible e invisible, escondida a plena vista pero accesible sólo para aquellos que sabían cómo encontrarla. Para el ojo inexperto, era el santuario de aves más grande de la Tierra —no era ni un santuario ni un lugar estrictamente ubicado dentro de los límites del planeta azul. En su capacidad infinita de albergar adecuadamente a diversas formas de vida, sólo a una especie se le permitía acceso a y desde este lugar de asombro: aquellos que gobernaban el cielo.

Toda especie de ave que había vivido jamás, ya sea que tuviera el don de volar o que fuera talentosa de varias formas, había encontrado en algún momento determinado la representación adecuada en las innumerables generaciones de aves que habían ido y venido en el transcurso de miles de millones de años. Esta estructura no estaba prevista para ofrecer refugio o vivienda, sino más bien para permitir a cientos de miles de aves trabajar en un ambiente propicio para asegurar la mejor calidad de productividad.

En este espacio, todas las aves vivían en paz entre ellas. No había depredadores, presas, o carroñeros entre ellos. El tamaño, la edad, las habilidades, el color o el sexo no influían en su habilidad para coexistir; mientras todos estuvieran dentro de este lugar, sus diferencias físicas no tenían ninguna importancia. La característica más importante de cualquier ave que trabajara en el reino aviar era la habilidad para negociar bien y trabajar rápido y eficientemente contra una serie interminable de competidores que luchaban sin descanso por todo recurso restante. Las segundas oportunidades eran escasas y poco frecuentes.

Como una orquesta de movimiento rápido impecablemente sincronizada, cientos de pájaros volaban, planeaban, se agitaban, saltaban, caminaban, zumbaban, corrían o se balanceaban en un ciclo infinito, en todas las direcciones. Viajaban de acá para allá, muchas volaban de un área hacia otra, sin necesidad de navegación alguna. No había patrones lógicos de vuelo, ni jaulas y ninguna restricción que limitara sus movimientos. Mientras cientos de aves se movían independientemente o en pequeños equipos, otras se apiñaban en grupos o hablaban en voz alta con los demás, en tonos, voces y ruidos que solamente ellas entendían.

El sonido creado por la inmensa cantidad de aves era a la vez tan mítico como ensordecedor, ya que sus voces y movimientos emanaban una resonancia que excedía lo que los oídos humanos podía tolerar. Aún así, había control dentro del caos; estas aves estaban ahí para trabajar y era por mucho el espacio de trabajo más eficiente jamás concebido. No era un terreno o lugar de refugio para aves, sino un lugar donde se realizaban los negocios más importantes de la Tierra. Todo el hábitat había sido construido con el único propósito de proveer un medio ambiente sofisticado de tecnología para incontables generaciones de aves; era una oficina central global que cualquier gran corporación envidiaría.

En el atrio flotaba una serie de salas de conferencia, a las que los trabajadores tenían acceso para realizar reuniones sin ser vistos por los demás. Cada par de minutos, una veintena de colibríes volaba de un lugar al siguiente, como pequeños carteros entregando mensajes importantes de un lugar a otro.

A lo largo de la gran pared había una pantalla gigante que proyectaba un mapa multidimensional y holográfico de cualquier punto en el mundo entero. No había detalle que se le escapara a este mapa, que proyectaba en tiempo real o de acuerdo a lo programado, para simular una serie de condiciones precalculadas. Frente a esta pantalla y a nivel del suelo, había cientos de pequeñas estaciones de trabajo, a la vista de todos. Cada estación de trabajo estaba diseñada y construida específicamente para el ave que trabajaría en ese espacio, que correspondía a una designación específica en el gran mapa. Casi todas las aves asignadas a las estaciones de trabajo personalizaban sus espacios, lo que beneficiaba a los recién llegados, quienes podían identificar fácilmente la especie del ave, su oficina local, su principal objetivo, así como su área de responsabilidad en la pantalla colosal.

No había ningún tipo de computadoras, tableros o dispositivos controlados por alas. En vez de eso, las aves, en sus estaciones de trabajo respectivas, formaban parte de la red de monitores conectados similares al vidrio, cada uno de los cuales respondía a las instrucciones recibidas por medio del movimiento de los ojos y el cuerpo de la estación de trabajo de cada ave. El sistema estaba tan impecablemente programado, que reconocía inclusive el más sutil de los movimientos, que traducía, de forma automática, a varios comandos. Todo el sistema era de una magnitud y escala que sobrepasaba la ciencia moderna y estaba totalmente controlado por una serie de movimientos cuidadosamente calculados, de grabación de voz y sensores de movimiento en cada monitor.

Toda ave que trabajaba de este lado de la gran pared llevaba un identificador único en un lado de su cabeza. Las unidades eran claramente visibles, no sólo por su forma y posición en la cabeza de cada ave, sino también por la fila de pequeñas luces que brillaban de acuerdo al movimiento o la expresión oral. Todos los identificadores variaban en tamaño, pero los pequeños, como de cristal, ofrecían la ventaja del rastreo de movimiento, así como de la traducción instantánea. El pequeño dispositivo servía como una herramienta de comunicación poderosa, además de un sistema de posicionamiento global para las miles de aves que tenían acceso a este dominio.

De vez en cuando, una serie de imágenes aparentemente aleatorias se mostraba en la pantalla gigante. Esto señalaba el momento en que se realizaba una negociación o donde se veía una acción determinada en la Tierra. Billones de cálculos matemáticos eran realizados en nanosegundos por un sistema que controlaba la fuerza más poderosa de todo el planeta.

En su totalidad y magnitud, el país de las maravillas aviar servía como el lugar principal para el comercio, la negociación y el intercambio de acciones. Sin embargo, estas acciones no tenían absolutamente ningún valor monetario; con cada transacción exitosa, ocurría una acción en la pantalla, que le daba el mérito al ave que la había producido exitosamente. Ningún ave estaba desinformada, confundida o carecía de todos los detalles de cada transacción en momento alguno. Tal como estaba, las aves habían perfeccionado la noción de comunicaciones internas.

Grabada a lo largo de los contrafuertes de lo que parecía ser una estructura preciosa, metálico-vidriosa y fuera de este mundo, que acogía a todo el ecosistema bajo un solo techo, estaba la marca y el logo de esta avanzada e inconcebible sociedad: Departamento de Control del Clima Global.

En la parte más alta de la estructura en forma de domo había una oficina ejecutiva de súper lujo de forma triangular. Contenía versiones más pequeñas de la pantalla gigante que estaba en el atrio principal y estaba conectada a la misma red que la de los que trabajaban en las estaciones de trabajo abiertas. La oficina lujosa tenía un escritorio que estaba hecho de la madera más preciosa de la Tierra – los únicos restos que quedaban de una especie de árbol extinto hace muchos años – que estaba esculpida con el pico por pájaros carpinteros antiguos, los pájaros carpinteros más habilidosos de todos los tiempos. Un único elemento decorativo estaba sobre el escritorio: una placa sobre la orilla de enfrente.

La única pared que no estaba abierta, ni proveía una fuente de luz, era la pared detrás del escritorio. En ella estaba pintado el retrato de un orgulloso y valiente buitre encapuchado, un pájaro cuya belleza física se podría resumir como inexistente. En la parte de abajo del marco se podía leer un solo nombre, que hacía juego con la placa sobre el escritorio: ALFA.

La oficina lujosa era en sí aburrida y sin color, como si hubiera sido diseñada con el propósito de quitarle la esperanza al visitante. La luz natural añadía el color y los elementos decorativos a lo largo del perímetro de la habitación. Obras de arte sofisticadas rondaban cerca de los pedestales de cristal; los trabajos de arte no eran pinturas ni esculturas de ningún tipo, sino una colección de imágenes holográficas que encapsulaban un momento congelado en el tiempo; cada momento repetido en un ciclo interminable. Las paredes abiertas permitían el acceso a todas las aves - todos sabían bien que no debían llegar sin previa aprobación - pero, sobre todo, le permitían al ocupante principal de la habitación tener acceso irrestricto a cada centímetro de su imperio.

Con prisa repentina, un ruiseñor voló a través de la apertura grande que quedaba frente al atrio. En su pico llevaba pequeñas hojas de varios colores, cada una desplegaba su propia aura y destellaba iluminaciones de muchos colores alrededor del ruiseñor. El pájaro, con desesperación, puso cada hoja sobre la mesa de la oficina ejecutiva, organizándolas a la perfección. La luz que emanaba de las hojas creaba una serie de imágenes que se movían y que contenían un mensaje específico, sólo entendible para el receptor al que iba dirigido; no contenían nada escrito, sino una serie de íconos animados que tenían un código invisible.

El ruiseñor voló hacia otra abertura, que conducía a un corredor. El pájaro se detuvo y se quedó parado cerca de un vidrio grande y brillante. Luego, levantó las alas y empezó a realizar una serie de movimientos, que hicieron que el vidrio se activara. Las palabras «Departamento de Control del Clima Global» se proyectaron desde el centro del vidrio brillante.

—Buenos días, Mimidae —dijo una voz extraña. El sonido provenía de un sistema de audio oculto dentro de la oficina ejecutiva. Por favor especifica las instrucciones de operación.

—Protocolo de montaje de apertura y procedimientos de arranque —respondió el ruiseñor.

Mimidae se movió alrededor de la oficina, realizando sus procedimientos de apertura diarios como lo haría cualquier pájaro con su grado de experiencia. Dado que los ruiseñores eran conocidos y reconocidos como los mejores para realizar tareas múltiples, Mimidae establecía la norma en este estereotipo específico.

–Orden confirmada. Elección de comida preferida, por favor – respondió la voz.

–Beta 4-7-8-7, carroña. No sé cómo va a tomar el informe de hoy, de modo que es mejor que no empecemos con mal ala hoy.

–Confirmado.

El sonido del dispensador de comida ejecutivo comenzó en el momento en que Mimidae oyó un ruido inusual a poca distancia.

–Localizar a Alfa –dijo Mimidae en voz alta. Continuó con su rutina diaria.

El ave que ocupaba la oficina ejecutiva disfrutaba de vez en cuando de una sorpresa, aunque no era propio de él darla en un día en el que había grandes noticias en el horizonte. Antes de que el sistema pudiera responder, un gran buitre encapuchado entró a la oficina ejecutiva. Junto a la oficina había una bandeja flotante con comida, que contenía animales recién atropellados. La comida en sí era tan atroz a la vista como el propio buitre.

El buitre se quedó parado de forma orgullosa, con una constitución parecida a la de un águila, a pesar de que la cara blanca y rosada del pájaro le daban una apariencia amenazadora. Su espalda estaba jorobada, como si los siglos de estar posado viendo todo lo que había debajo de él le hubieran ajustado la espina dorsal automáticamente. Los ojos del buitre tenían un color profundo, y producían miradas frías y sin alma sin importar qué expresión facial hiciera la gran ave. Sus plumas se parecían a los colores y patrones del hierro oxidado, que seguramente imitaba lo que empujaba hacia fuera desde dentro.

–¡Muy bien! ¡Justo a tiempo Mim! –dijo el buitre, que no había prestado la menor atención al cenzontle–. Los pájaros están trabajando, las negociaciones se están dando, voy en camino hacia otra temporada alta y el desayuno llega justo cuando llego a la oficina. ¿Qué voy a comer esta mañana?

–Carroña, señor –respondió Mimidae–. Fresco, importado de Kalahari.

Dejó de moverse y le dio toda su atención al buitre.

–¡Excelente! ¡Me encanta la carroña! –dijo el buitre–. Mim, parece que supieras todo de m…espera. ¿Es suricata? Me enfermé cuando comí suricata la última vez. Creo que tengo algún tipo de sensibilidad de mangosta.

–No, señor –respondió Mimidae–. Este espécimen ha sido sometido a un examen estricto para evitar que le ocurra de nuevo lo mismo.

–Bien –dijo el buitre.

Movió su cuerpo a su escritorio ejecutivo como si hubiera sido entrenado por los pingüinos sobre la mejor manera para cargar su peso corporal. La bandeja con comida fresca lo siguió y se colocó directamente frente a él, sobre el escritorio.

–Entonces, ¿cuál es la situación para hoy, Mim? ¿Qué está pasando en mi planeta? –preguntó el buitre mientras doblaba su cuerpo y metía comida en su anciano pico.

–Todos los sistemas se reportan como normales, señor –empezó Mimidae. Ella estaba frente al escritorio, la parte de arriba de su cabeza era lo único visible para el buitre. Ella hablaba mientras él comía su asquerosa comida–. La calidad del aire se reporta como normal a lo largo de los sectores; la polución es más alta en algunas áreas que en otras. El sistema de ruta aérea no tiene atrasos y las órdenes se están moviendo conforme a lo planificado. No hay grandes desastres planificados para esta semana.

–Eso es una pena –respondió el buitre, con la boca llena de carne descompuesta recién arrancada.

–Tenemos una anomalía pequeña en la corriente en chorro occidental, que podría causar unos cuantos problemas.

–¿Lo podemos manejar?

–Sí, señor. Sólo es pequeña y temporal.

–Bien. ¿Qué más?

–Los correcaminos están presionando con fuerza por una tormenta de arena en Arizona. Quieren planificarla para algún día de la otra semana, a la espera de su aprobación.

—A-pooobajo —respondió el buitre.

—¿Qué dijo, señor? —preguntó Mimidae. El buitre tosió y luego tragó lo que tenía en el pico.

—Aprobado.

—De acuerdo. Los faisanes tibetanos de nuevo piden ayuda, señor. Parece que es en serio.

—Denegado. Estarán bien.

—De acuerdo —respondió Mimidae—. Esperamos que las negociaciones para que llueva la otra semana sean exitosas, especialmente en las montañas altas.

—Entendido —dijo el buitre, de forma grosera.

—Se escogió a un nuevo pájaro Omega.

—Bueno saberlo.

—Donna solicitó tiempo de descanso para ver un torneo de basquetbol de la universidad a finales de este mes.

—Está bien —el buitre hizo una pausa a mitad de un bocado y levantó la vista—. Espera, ¿dijiste que hay un nuevo pájaro Omega?

Mimidae encogió la cabeza ligeramente entre sus hombros.

—Sí…señor —respondió, en un tono ligeramente más agudo.

—Bueno, ¿por qué no lo dijiste Mim? —preguntó el buitre, con alegría—. Un nuevo Omega, ¿eh? ¿Se fue Ally? ¡Eso es perfecto! ¡Esa es la mejor forma de empezar mi día! Una cuerva tan inservible… Supongo que eso es lo que pasa cuando te escoge un búho.

El buitre corrigió su postura y pareció extrañamente optimista.

—¿Entonces ahora qué pasa? Algo me dice que es algo grande. Oh, ¡espero que sea un cóndor! Un Omega con chido nos vendría bien.

—¿*Chido*, señor? — preguntó Mimidae.

—Energía, carácter, personalidad, actitud… lo que sea como lo quieras llamar —dijo el buitre—. Siempre que no sea como ella… idealista y de esas cosas. Estos pájaros de la nueva era me van a dar un infarto.

—Es un pájaro azul, señor.

—¿Una urraca azul? ¡Ese es de Norte América! Oh, oh, que bien… ¡Eso es perfecto! Con esos pájaros es fácil negociar. ¡Por fin podremos empezar con la fase dos!

El buitre miró la bandeja de comida ante él. Estaba demasiado emocionado para seguir comiendo.

—Ya terminé —dijo, a lo cual la bandeja respondió guardándose en el escritorio ejecutivo.

—Es un pájaro azul, señor, pero no es una urraca azul —dijo Mimidae.

—¿Qué? ¿No es una urraca? Mmm. Asumí que un pájaro hawaiano escogería a un sucesor de América del Norte, especialmente después de… el mmm —El buitre se detuvo a pensar. Miró a Mimidae, que tomó nota—. Oh, por favor no me digas que es otro pájaro tropical. ¿Es un perico? Ay no, hablan demasiado. Es como intentar negociar con Alexander Hamilton.

—No, señor, no exactamente.

—Bueno, eso es bueno —respondió el buitre—. Si no es una urraca azul, entonces… ¿con que nos enfrentamos aquí, Mim?

Mimidae hizo una pausa y respiró hondo.

—Un quetzal, señor —dijo con timidez.

—¿Perdón? — preguntó el buitre—. Creí que te había oído decir algo loco. Habla fuerte, Mim.

—Un quetzal, señor —dijo ella, más fuerte.

—¿Un quetzal?

—Sí, señor.

—¿Un quetzal… azul?

—Sí, señor.

Mimidae dio un pequeño paso hacia atrás. Esperaba lo peor. El buitre levantó su torso prehistórico y suspiró con fuerza.

—¡ESO sí es cómico! — respondió el buitre antes de empezar a reír a carcajadas.

—¿Señor?

—¡Ese tiene que ser uno de los pájaros más raros jamás visto! —continuó entre carcajadas–. Y eso que yo estuve una vez en una compañía de comedia ¡con un grupo de picozapatos!

La risa del buitre se hizo más fuerte. Mimidae dio un paso al frente de forma cautelosa, con el máximo cuidado.

–¿Tenemos confirmación de avistamiento? – preguntó el buitre.

–Sí, señor –respondió Mimidae–. Fue visto por primera vez por dos halcones murcielagueros, luego un tucán lo confirmó como el Omega. Recibimos noticias del mundo maya de que un ave azul había entrado sin autorización, aunque no sabían que era el Omega, señor. Se negaron a decir si era o no un quetzal.

La risa del buitre se calmó lentamente. Era el inicio perfecto para este día, lo cual era una sorpresa para Mimidae.

–Bueno, Mim –dijo el buitre–. Supongo que sólo hay una forma de averiguarlo. Volteó su cabeza como si fuera a dirigirse a algún pájaro desde lejos. ¡Donna! –gritó.

Cuatro colibríes aparecieron al instante desde la abertura del atrio. Se detuvieron justo antes de chocar contra el escritorio ejecutivo.

–Sólo necesito una –dijo el buitre.

Tres de las cuatro colibríes se dieron la vuelta y se fueron tan rápidamente como habían llegado; la colibrí que quedó volaba a la altura de los ojos del buitre, aunque respetuosamente a distancia.

–Donna –empezó el buitre–. Manda una orden a los frailecillos para que redacten un memo global para un nuevo Omega.

La colibrí asintió y luego voló de vuelta en la dirección de donde había llegado.

–Mim –continuó el buitre–, esta vez necesitamos dar una buena impresión.

–¿Señor?

–Una positiva. En verdad nunca me importó Ally. Chocamos desde el primer día, y no necesito eso esta vez. No hay necesidad de alargar lo inevitable ¿verdad?

–Como usted desee, señor –respondió Mimidea.

Mimidae salió de la habitación y caminó hacia el largo corredor en la entrada del fondo cerca de la estación donde se posaba.

El buitre levantó sus alas oxidadas y estiró su cuerpo mientras inhalaba profundamente. Se movió de detrás de su escritorio ejecutivo y caminó a la gran abertura desde donde se veía el atrio. Desde su lugar estratégico era capaz de ver la enormidad de su imperio.

Sus ojos se abrieron ampliamente mientras sus repulsivas mejillas se llenaban del aire que venía de sus pulmones. De nuevo estalló en carcajadas.

—¡Un quetzal azul!

Capítulo Nueve

Dioni caminaba de un lado a otro sobre la orilla de una gran masa de agua. En la distancia estaba el inmaculado paisaje del altiplano guatemalteco. Aunque todavía estaba en su país natal, el lugar le era completamente desconocido. Los volcanes se veían prístinos; su reflejo brillaba en el agua. Desde este lugar no había muchos indicios de que hubiera personas cerca, con la excepción de pequeños objetos que habían sido arrastrados por el agua sobre la orilla.

Los dos pájaros estaban a plena vista, no había árboles que les dieran sombra o protección contra los depredadores potenciales. A Dioni no le importaba lo más mínimo; estaba furioso y lo expresaba claramente con su comportamiento. Cada poco, se detenía y miraba hacia arriba, como si intentara expresar lo que estaba pensando, sólo para regresar su mirada hacia abajo y continuar caminando de un lado a otro. Con este ir y venir, Dioni trazó un pequeño sendero para seguir por sí mismo.

—Explícamelo de nuevo —dijo Dioni, con enfado evidente en su tono de voz mientras miraba hacia el suelo bajo de sus pasos.

—Dioni, ya te dije como 12 veces —respondió Ally.

Ella estaba con agua hasta los tobillos. Miró hacia las montañas; era un día soleado. Disfrutaba de la belleza de la naturaleza.

—Entonces explícame de nuevo —dijo Dioni.

Ally sacudió su cabeza y miró abajo, hacia el agua. Vio sus garras. En su estado actual sus ojos tenían la habilidad de atravesar el agua. La falta de reflejo no le importaba.

—No es que fuera completamente una cuestión de que estuvieras en el lugar incorrecto a la hora incorrecta –empezó–. Hay algo de ti que…

—Que escogió esto –interrumpió Dioni–. Sí, eso ya lo entendí. Entonces soy una especie de «elegido» para ser una mega ave.

—No, Dioni. No funciona así.

—¿Cómo funciona qué cosa? –preguntó Dioni enfadado–. Yo era una persona de 15 años hace dos días y ahora soy un pájaro.

—Por cómo, me refiero a que no fuiste elegido –Ally hizo una pausa. Miró hacia arriba y volteó su cuerpo para ver la cara de Dioni–. Espera, ¿tienes 15?

—Sí, ¿por qué? –preguntó Dioni–.

—Bueno, eso explica las plumas de la cola. Algún día me agradecerás por tenerlas.

—¿Qué?

—Dioni –continuó Ally–, es difícil de explicar y es aún más difícil de entender, yo sé, pero esto es algo que *tú* escogiste.

—¿Cómo pude haber escogido esto? –replicó Dioni, era evidente que en su respuesta se reflejaban sus emociones.

—En alguna parte en el fondo de ese cerebro tuyo de 15 años de edad hay un deseo de hacer algo especial. Ya sea que lo sepas o no.

—Yo sólo quería visitar todos los lugares de los que Alma me hablaba en los libros que leía –dijo Dioni, con evidente frustración–. Y ahora soy un pájaro y ella piensa que estoy muerto. ¿Cómo es *esto* algo que *yo quería* que pasara?

—No lo sé, Dioni. Cada pájaro Omega es diferente. Simplemente es algo que vas a tener que apren…

—Aprender. Lo entiendo.

Dioni suspiró. Incluso después de tanta repetición, no lograba entender cómo y por qué había ocurrido esto. Le dio la espalda a Ally y continuó con su caminar a lo largo del sendero. Ally salió del agua.

—Este mundo tiene un delicado ecosistema que requiere de un estricto equilibrio.

—¿Y eso por qué es mi problema? —respondió Dioni con brusquedad.

—Si no hay equilibrio, entonces todo el ecosistema colapsará.

—Y las aves son responsables de mantener el equilibrio.

—No, Dioni —respondió Ally—. Las aves controlan solamente una parte del ecosistema. Cada tipo de ave tiene ciertas responsabilidades, pero cada ave tiene una responsabilidad compartida.

¡Aggg! —gruñó Dioni—. ¡Nada de lo que dices tiene sentido!

¡Los quetzales! —respondió Ally. Elevó su tono de voz para igualarlo al de Dioni—. ¿Recuerdas lo que estaban haciendo?

—Sí. Una especie de baile raro frente a un televisor gigante.

—Sí, claro. ¿Y qué más? —preguntó Ally—. ¿Los viste jalar pequeñas esferas fuera del agua? Parecen canicas brillantes.

Dioni le prestó atención.

—No las estaban jalando —respondió él—. Las elevaban con su mente o algo. Era tan extraño.

—¡Sí! Esa es su responsabilidad principal como sociedad.

—¿Agarrar canicas brillantes del agua?

—No, eso no —respondió Ally con optimismo—. Esas pequeñas esferas son semillas místicas. Han sido cultivadas por los quetzales desde hace miles de años.

—¿Entonces los quetzales son granjeros? —preguntó Dioni.

Caminó despacio hacia Ally.

—No exactamente… son más como protectores —respondió ella—. Son una cultura indígena. Su responsabilidad es proteger y suministrar las semillas criollas de energía de vida.

La confusión de Dioni era desmesurada.

¿Semillas criollas? —hizo una pausa—. Entonces ¿es una fábrica de chocolate ahí abajo?

Ally puso los ojos en blanco. El niño nunca lo entendería.

—No, no hacen chocolate —le dijo—. Es como… ¿cómo te lo puedo explicar?

Ally miró hacia el agua. Vio una pequeña fuerza de agua formada por el río, que creaba un patrón que hacía círculos alrededor de sus patas. Para todos era invisible excepto para ella.

—¿Qué tal esto? —continuó Ally—. Conoces sobre los mayas, quienes construyeron Tikal ¿cierto?

—Sí, -respondió Dioni.

—Pues bien. Para las personas, según la leyenda, el cacao lo suministraban los dioses.

—Ya sé eso.

—Pero tenía que venir de alguna parte ¿correcto? A medida que el cacao se desarrolló y después de que se estableciera la importancia del cacao para el equilibrio del ecosistema, a los quetzales se les asignó la responsabilidad y lo han estado haciendo desde entonces, por miles añ…

—¿Quién se los asignó? —interrumpió Dioni.

Ally se congeló por un momento; era posible que al fin el entendiera.

—El pájaro Alfa —dijo ella.

Esto sobrepasaba la comprensión de Dioni. Puso su ala izquierda sobre su cara y sacudió su cabeza.

—¿Y quién o qué es el pájaro Alfa? —preguntó, irritado por las vagas respuestas de Ally.

—El pájaro Alfa es el encargado de asignar las responsabilidades a cada pájaro en la Tierra.

—Pues son muchos pájaros.

—¡Claro! ¡Eso es! Entonces, en vez de asignar un trabajo a cada uno de los pájaros, el sistema está separado por tipos de aves. Los quetzales son los responsables de las semillas criollas y de las ceibas y se gobiernan solos. Pero tiene que haber alguien que se asegure de que lo hagan correctamente y de que no estén tomando recursos de las demás aves. Alguien tiene que controlar el balance. ¿Eso te hace sentido?

—Sí —respondió Dioni—. En otras palabras, los quetzales no pueden tomar lo que los tucanes puedan necesitar para hacer su trabajo.

—¡Sí! ¡Correcto! ¡Excelente! —gritó Ally, victoriosamente.

—¿Y entonces qué hacen los tucanes? —preguntó Dioni.

—Llegaremos a eso, pero primero asegurémonos de que lo entiendas. Entonces si el pájaro Alfa crea las responsabilidades para establecer el equilibrio, debería haber otro pájaro que se asegure de que todos los pájaros están haciendo lo que les asignaron.

—Y ese es el mega pájaro.

—El pájaro O-mega.

—Claro, el pájaro O-mega —dijo Dioni de una forma burlona.

Dioni se volteó y de nuevo se alejó de Ally. No quería tener nada que ver con lo que ella le había explicado.

—Dioni, —continuó ella—, es parte del delicado equilibrio. Eso es todo lo que te puedo decir.

—¿Y entonces qué hago yo ahora? —preguntó Dioni—. ¿Hablo con alguien, o cómo hago para decirle a la persona encargada que no quiero hacer esto? ¿Cómo funciona?

—No es así, Dioni —dijo Ally. Miró hacia arriba y cerró los ojos—. Hay una forma de que regreses.

—¿De que regrese a ser yo? —Dioni cambió de tono. De repente pareció interesado en lo que Ally decía—. ¿Cómo? ¿Qué tengo que hacer? ¿Podemos hacerlo ahora?

—Es parte de una decisión que debes tomar, si sólo escuch…

—¡AHHH! ¡Ya vas con eso otra vez! —Dioni caminó directo hacia ella, ya sin una pizca de paciencia—. Si puedo ser yo mismo de nuevo y no este… este…pájaro, entonces ¡hazlo!

—No puedo.

—¿Por qué no?

—Sólo el Alfa puede hacer eso. Es algo que vas a tener que negociar con él.

—¿Negociar? ¿Con un pájaro? —preguntó Dioni.

Sólo de pensarlo le parecía ridículo.

—Así es como funciona el sistema, Dioni —le respondió ella, manteniendo la compostura—. Siempre debe haber un Alfa y un Omega. Todo es una negociación con el pájaro Alfa. Si necesitas ser tú mismo otra vez, esa es la única forma.

Dioni se alejó de ella.

—De acuerdo… ¿qué tan difícil puede ser negociar con un pájaro? —preguntó—. ¿Qué tengo que hacer o a dónde tengo que ir?

—Debes cruzar el portal —respondió Ally.

Dioni le lanzó una mirada confundida.

—¿Portal? ¿No podemos enviarle un mensaje o algo?

—Las aves dejaron de usar sistemas de mensajes hace décadas —respondió Ally—. Los portales están escondidos pero pueden estar en cualquier lugar. Solamente ciertas aves tienen acceso.

Dioni levantó sus alas en señal de capitulación.

—¿Necesitaré que un par de halcones me persigan? Porque parece que funcionó la última vez —dijo, recordando por un momento el encuentro que lo llevó al reino maya.

—No, no lo necesitarás. Tienes el permiso que necesitas. Pero hay un problema.

—¿Y *cuál* es, exactamente? —preguntó Dioni.

—No sabes volar —respondió Ally.

—¿Y? ¿Los pájaros que no vuelan no pueden entrar?

—Todos los pájaros vuelan, Dioni. Puede que no se eleven, pero todos pueden volar. Algunos simplemente tienen que caer.

—¿Caer? ¿Eso es? —preguntó Dioni—. ¡Yo puedo hacer eso! Podíamos haber estado ahí hace horas.

Saltó y cayó de lado, haciendo como si se hubiera caído. No pasó nada, nada cambió. Hizo varios intentos iguales pero sin éxito. Ally lo miró medio divertida. Luego Dioni cambió su estrategia; se alejó y se tropezó con sus propias patas, casi cayendo de cara.

–No funciona esta tu idea de caer –dijo enfadado Dioni, con el pico en el suelo.

Ally llegó a su límite. Dioni era sólo un niño y nunca entendería a menos que lo obligaran a hacerlo. Con la espalda hacia ella y el pico en el suelo, Ally se levantó y voló un poco sobre la superficie. Dioni no se dio cuenta de lo que ella hacía y con el mismo silencio y velocidad que ella usaba para elevarse del suelo, agarró a Dioni por las patas y lo elevó hacia el cielo.

Dioni no pudo decir una sola palabra. En un instante, estaba boca abajo, a cientos de metros sobre el suelo. Desde la distancia, la escena parecía surrealista: un cuervo volando hacia el cielo, sujetando a un quetzal azul de las patas y elevándose a alturas majestuosas.

–¿Qué estás haciendo? –gritó Dioni.

Usó sus alas para luchar contra las plumas de la cola que se agitaban en su cara.

–¡Debes caer, Dioni! –respondió ella.

Ella habló con fuerza y claridad encima del sonido del viento.

–¿ESTÁS LOCA?

Ally voló más y más lejos sobre la superficie. Los dos pájaros estaban más alto que cualquier altitud a la que pudiera sobrevivir un ser natural. Había paz en la solidaridad; era la ventaja que tenía el Omega sobre todos los demás.

Esta era la peor pesadilla hecha realidad de Dioni. Motivado por un miedo profundo y con más adrenalina de la que su joven cuerpo había producido jamás, luchó e intentó refugiarse en cualquier dirección. Destapó sus ojos y miró hacia arriba y vio una superficie donde un colosal árbol parecía tan pequeño como las hojas de la hierba.

Cuando llegó a la altitud necesaria, la escalada de Ally se detuvo abruptamente. No se oía ningún sonido. Agitó sus alas para mantener su distancia en el aire sobre las nubes.

Ally, ¿qué estás haciendo? –preguntó Dioni. Se dio cuenta de lo que iba a ocurrir a continuación.

—Sólo mantén tus ojos abiertos y mira hacia el suelo, ¿de acuerdo? —le respondió ella—. Si el suelo parece estar demasiado cerca, sólo abre tus alas y jala tu cabeza hacia atrás.

—Jala mi quéeee… —fueron las únicas palabras que pudo pronunciar cuando Ally lo soltó, haciendo que la gravedad inmediatamente lo jalara hacia el suelo.

¡Ay!, por un precioso momento, hubo un silencio relajante. Ally sacudió sus alas y miró hacia abajo. Vio cómo el pájaro azul caía cada vez más rápido hacia la Tierra.

—Eso le callará el pico.

El sonido que hace el quetzal al gritar aterrorizado mientras cae desde una inconmensurable altitud es muy diferente a los cantos que emite normalmente. Dioni aprendió la lección por las malas. A medida que caía a una velocidad más alta de la que era naturalmente posible, Dioni se zambulló de cabeza hacia el suelo.

Empezó a desesperarse. Luchó y batalló con los elementos que trabajaban en su contra e hizo todo lo que sabía para disminuir la velocidad. La gravedad y el viento trabajaban juntos, jalando su cuerpo hacia abajo mientras empujaban sus plumas en todas direcciones. Descubrió que era capaz de dejar de dar vueltas en el aire si mantenía su pico apuntando en la misma dirección en la que viajaba. Esto hacía que cayera cada vez más rápido, como un pequeñito misil de plumas azules en el cielo. Dioni se dirigía a su muerte con el pico por delante.

El viento feroz raspaba y hacía llorar sus ojos. Mientras las lágrimas le rodaban por la cara, Dioni vio lo que parecía ser otro quetzal azul, que voló directamente hacia él desde abajo. La velocidad del extraño quetzal era igual a la suya y aunque físicamente parecía un pájaro, era como ningún otro en el universo. Para Dioni —cuya inclinación natural era, a la vez, de pánico y supervivencia— el extraño quetzal parecía como si estuviera hecho completamente de luz. Era una prístina imagen de un quetzal, una réplica exacta de él mismo, aunque sin color.

Por un brevísimo momento, Dioni vio al otro quetzal y temporalmente olvidó que se aproximaba a su muerte. No se dio cuenta de la distancia a la que se encontraba del suelo mientras sus ojos estaban atentos a cada movimiento del misterioso pájaro. Copiaba cada movimiento de Dioni y voló directamente hacia él a la misma velocidad en la que él mismo caía; ninguno de los dos pájaros tenía algún mecanismo para detener al otro.

Dioni llegó rápido a la conclusión de que solamente tenía unos pocos momentos para vivir. Moriría al chocar contra el suelo o contra el misterioso quetzal. Con la muerte segura a pocos segundos, Dioni extendió sus alas. El pájaro de luz imitó la acción de Dioni y luego ganó altitud y velocidad; una colisión a mitad de camino era inevitable. Un instante antes del impacto, Dioni amplió la envergadura de sus alas, volteó su cabeza y cerró los ojos, el comportamiento exacto de un pájaro que se prepara para un repentino impacto.

Los dos pájaros colisionaron de una forma dramática. Dioni absorbió la luz del misterioso quetzal que, en el momento exacto del impacto, creó un estruendoso sonido que resonó por kilómetros. La colisión emitió una ola de luz azul y un sonido que fue absorbido por la luz del sol. Dioni desapareció instantáneamente del cielo y fue transportado a una dimensión alterna.

No había sonido; el viento no aullaba, no se escuchaban plumas sacudiéndose, no se oían los gritos de un quetzal azul. Dioni estaba aquí y allá, en cualquier y en todos los lugares a la misma vez, rodeado por la nada que estaba escondida al alcance de la vista de la Tierra natural.

Dioni abrió los ojos. Se deslizó por un túnel transparente donde podía ver una visión de la naturaleza como ninguna otra. El túnel no era gobernado por las leyes de la física, sino por ríos de energía en forma de luz. Como si viera un cielo despejado plagado de estrellas, Dioni vio la representación visual de la abrumadora fuerza de la naturaleza. Cada semilla plantada en la tierra; cada raíz, rama y hoja de cada árbol; cada planta, cada animal, cada pez, cada ave y cada fuente de vida natural de cada ser vivo en la Tierra proporcionaba una fuente de energía. La variedad de espacios trascendía el color, el tiempo y cualquier lógica por la que la vida misma fuera posible.

Dioni no hizo ningún esfuerzo en moverse. Con sus alas extendidas, se deslizó por el portal y vio hacia todos lados. La luz envolvió cada uno de sus movimientos, creando un aura alrededor de su cuerpo. En este espacio no estaba ni muerto ni vivo, ni despierto ni en un sueño, sino más bien en un estado de energía viviente. Tan pronto como Dioni trascendió a esta forma de existencia, las partículas de su aura rápidamente se dispersaron, dejando un camino de globos azules como prueba de su movimiento. No voló, tampoco flotó, no se deslizó ni fue cargado. Él era la energía que siempre existió y a través de esta misma energía trascendía de una dimensión a la siguiente.

De entre la vastedad del portal apareció otro pájaro. El aura del pájaro estaba hecha en su totalidad de un rayo de luz amarillo oro, acentuado en color rojo. Claramente era un pájaro, aunque uno que Dioni nunca había visto. Los ojos del pájaro eran totalmente invisibles y tenía un pico pequeño y puntiagudo. El pájaro trascendió sin esfuerzo a medida que se deslizaba para equiparar la velocidad y ubicación de Dioni. Los nervios de Dioni aumentaban a medida que el pájaro se le acercaba.

—Bienvenido al Departamento de Control del Clima Global, —dijo el extraño pájaro.

—¿El *qué?* —preguntó Dioni.

—Por favor espere mientras nos preparamos para su llegada inicial —respondió el pájaro.

—¿Qué me estás diciendo?

El extraño pájaro aumentó su velocidad. Se colocó frente a Dioni, luego desapareció al estallar en una serie de luces y partículas que fluían alrededor de Dioni pero que no lo tocaron. Dioni se cubrió los ojos mientras se deslizaba en medio del polvillo. Con su ala bloqueando su visión frontal, miró hacia un lado y notó otros rayos de luz. Cada rayo era otro pájaro y miles de ellos viajaban en todas direcciones. Juntos, la bandada de pájaros que trascendían creó una visualización la cual no podía ser contenida por ninguna gama de color.

Cada pájaro, en forma de rayo de luz, descendía lentamente a una plataforma invisible, donde se detenía y caminaba o saltaba por el resto de la distancia hasta su destino. La energía emitida por cada pájaro se disipaba lentamente conforme se movían hacia delante, como si pasaran a través de unas puertas automáticas invisibles. A Dioni le parecía como si cada pájaro caminara a través de un campo de fuerza y luego desaparecía por completo de la existencia.

El pájaro rojo, que hacía unos momentos se había convertido en una serie de partículas, regresó como un ser físico. Esto sobresaltó a Dioni, que no entendió nada de lo que había pasado. El pájaro rojo redujo su velocidad y se deslizó para colocarse junto a Dioni. Los dos pájaros se miraron.

—Sus coordenadas de aterrizaje están autorizadas —dijo el pájaro rojo.

—¿Eso qué quiere decir? — preguntó Dioni.

—Cuidado —respondió el pájaro rojo—. Su velocidad es más alta de la requerida para una entrada exitosa.

—¿Mi qué?

—Cuidado. Su velocidad es más alta de la requerida para una entrada exitosa.

—¿Qué me estás diciendo?

La dimensión en la que Dioni se deslizaba, junto con el pájaro rojo que viajaba junto a él, desapareció instantáneamente en el momento en que pasó por una barrera automática. Antes de que pudiera entender lo que ocurría, Dioni se encontró de nuevo a una gran altura en el cielo. Sin embargo, debajo de él, había una rotonda —un complejo gigantesco donde miles de aves se deslizaban en todas las direcciones posibles. Dioni vagó sin rumbo fijo en el cielo artificial, asombrado por lo que veía.

Si esto era una especie de zoológico aviar, era por mucho el refugio de aves más tecnológicamente sofisticado y avanzado jamás concebido. Dioni vio paredes y paredes de imágenes proyectadas en pantallas sofisticadas, algunas mostraban tablas, números y figuras, mientras otras servían como mecanismos de comunicación. Entre las pantallas había una serie de espacios abiertos y oficinas privadas de varios tamaños, cada una con una decoración que la diferenciaba.

El reino aviar estaba ocupado en su totalidad por aves, cientos y miles de ellas de todos los tamaños y tonos de color posibles, cada una portando un sofisticado auricular. Las antenas receptoras tenían forma circular, los llevaban en cualquier lado de la cabeza y contenían una pequeña luz que destellaba con cada palabra hablada o con cualquier movimiento realizado por el ave que la portaba. Eran más que herramientas de comunicación, eran una combinación de tecnología de escaneo corporal que entendía comandos de voz, lo que les permitía a todas las aves comunicarse por voz además de mediante su lenguaje corporal. Sólo un tipo de ave no tenía una antena receptora: la multitud de colibríes que volaba en todas direcciones - la mayoría en pequeños grupos, muy pocos solos.

Todo tipo de ave concebible existía en este hábitat. Aunque imposible de comprender por las limitaciones estándar de la ciencia humana, era más que un centro de comunicación súper sofisticado. También era un lugar de negocios. En el pico más alto del gigantesco domo - y esparcido en puntos clave a lo largo de las muchas paredes, en cada pantalla y con letras muy grandes en el piso del ámbito - estaban las palabras que definían el ecosistema supernatural: Departamento de Control del Clima Global.

Sin saber cómo navegar o reducir su velocidad, Dioni se deslizó hacia el tráfico aéreo que venía hacia él. Estuvo a punto de chocar con múltiples aves, cada una advirtiéndole que se detuviera o volara más despacio o le gritaba por volar en la dirección contraria. Las mismas leyes físicas y de vuelo que gobernaban en la Tierra también prevalecían en este espacio, que dejó a Dioni sin un sistema automático que guiara su camino. Dejó sus alas extendidas tanto como pudo y navegó al cambiar su cuerpo de un lado a otro. Desafortunadamente, cambiar su peso fue una solución temporal; la gravedad había perfeccionado lo que le iba a suceder después. Movió las puntas de sus alas hacia abajo, lo que lo obligó a zambullirse de picada. Dioni cerró los ojos y se preparó para el golpe.

Un pájaro alto de color rosado, con patas largas y delgadas, estaba ocupada en lo suyo y veía una serie de números que se mostraban en una pantalla de video alargada. Estaba calmada y esperaba con paciencia para grabar e informar sobre los datos que eran importantes para su región particular. Era una entre quizá cuatro docenas de diferentes aves que hacían más o menos lo mismo, aunque esparcidas a lo largo de un área mucho mayor. Mientras esperaba a que los números aparecieran en la pantalla la sorprendió, inesperadamente, un objeto que le pegó en la espalda.

—¡Ay! —exclamó el pájaro rosado.

Una pequeña nube de plumas rosadas vagaba sin rumbo fijo detrás de ella. Se dio la vuelta y no vio nada fuera de lo normal; ni un solo pájaro notó o le importó lo que había ocurrido. Luego, miró hacia abajo y vio una pelota azul de plumas sobre la superficie. Se agachó para mirarla más de cerca y luego se fijó en Dioni, quien se puso de espaldas y parecía como si hubiera chocado contra una pared.

—Pues chico, hay que tener cuidado a la entrada ¿no crees? —dijo el pájaro rosado, con un fuerte acento puertorriqueño. Su tono era cortés y amigable, casi como si se sintiera mal por el quetzal azul.

Poco a poco, Dioni volvió a enfocar su mirada. Todavía tumbado sobre su espalda, miró hacia delante y se quedó congelado al ver el gran tamaño del pájaro. Era casi todo rosado, con dos largas y delgadas patas de color carne y con un cuello larguísimo que fácilmente la convertía en la más alta entre casi todas las demás aves. Su pico apuntaba hacia abajo y sus ojos eran de un suave color amarillo con una expresión distante. Tenía la elegancia que se podía esperar de todos los flamencos caribeños.

—¿Alfa? —balbuceó Dioni cuando sus pulmones recobraron aire lentamente.

—¿Tú buscas al Alfa? —respondió el flamenco—. A ver.

Dioni no fue capaz de entender lo que le decía.

—¡Ah! ¡Ya sé! — se levantó y miró hacia el domo abierto—. ¡Donna!

Tres colibríes aparecieron casi de inmediato.

—Solamente una —le dijo el flamenco a los colibríes, dos de los cuales se fueron tan rápido como habían llegado—. Este hombre busca al Alfa. ¿Lo puede llevar a la oficina ejecutiva?

La colibrí respondió con una serie de gestos que realizaba con su pequeño cuerpo. Tanto ella como el flamenco voltearon sus cabezas hacia abajo y miraron a Dioni, quien no se movió.

La colibrí asintió y luego voló para colocarse al nivel de los ojos de Dioni. La colibrí, con señas, le indicó a Dioni que la siguiera; luego voló al espacio aéreo. Dioni se quedó quieto sobre la superficie. La colibrí regresó, repitió los mismos gestos y luego se fue volando de nuevo. Dioni no se movió.

La colibrí volvió una vez más, repitió los mismos movimientos, luego esperó un momento a que Dioni lo siguiera. Dioni no entendió el lenguaje corporal del pequeño pájaro. Irritada, la colibrí voló para colocarse a la altura de los ojos del flamenco. Mientras el pequeño pájaro hacía una serie de rápidos movimientos a su contraparte alta, Dioni notó cómo la luz en la antena receptora del flamenco cambiaba de color y parpadeaba con cada uno de los movimientos del colibrí.

Ey, azulín —dijo el flamenco mientras miraba hacia abajo a Dioni—. Donna quiere que la sigas.

La mirada de Dioni evidenciaba que estaba más confundido que asustado.

—Míralo —dijo el pájaro alto al colibrí—. Pobrecito azulín no sabe ni dónde está, ni qué le está pasando.

El pájaro alto se agachó para colocarse a nivel de Dioni. Usó su cabeza y pico para dirigir a Dioni con órdenes no verbales. Mientras le indicaba con señas, le hablaba muy despacio.

—Síguela a ella para ver al Alfa. El… Alfa… Alfa.

El flamenco enderezó su cabeza mientras Dioni se ponía de pie. La colibrí le hizo señas para que la siguiera y luego se fue volando rápidamente. Los ojos de Dioni siguieron al pequeño pájaro mientras desaparecía por un momento en un mar de caos aviar, luego regresaba, más irritada de lo que había estado antes. Se quedó volando en el mismo lugar con los ojos muy abiertos. Dioni miró a ambos pájaros.

—No sé volar —dijo Dioni.

La luz en la antena receptora del flamenco parpadeó una vez más y cambió de color. La colibrí y el flamenco se miraron. Entendieron a cabalidad lo que dijo, aunque estaban confundidos sobre por qué un quetzal adulto no podía volar.

—El elevador entonces, ¿pues qué otra, chica? —dijo el pájaro alto a la colibrí.

Los dos pájaros se encogieron de hombros y la colibrí de nuevo hizo señas a Dioni para que la siguiera. Sin embargo, esta vez, la colibrí se quedó cerca y esperó a que Dioni caminara en la misma dirección. El flamenco señaló con su gran ala hacia la dirección en la que ella y la colibrí querían que él siguiera. Con reticencia, él hizo lo que le decían, como un niño nervioso que no estaba seguro si todo el asunto solo sería una broma pesada.

Dioni siguió a la colibrí que sobrevolaba cerca de él. Caminaba y miraba hacia todos lados con asombro, distraído por las innumerables aves que llenaban el espacio. Delante de él, la colibrí se detuvo y se mantuvo en el aire esperando a que Dioni la alcanzara. Repitió el mismo proceso varias veces.

Llevó más tiempo de lo que la colibrí hubiera deseado, pero por fin ella y Dioni se abrieron paso hacia el área del elevador. Los elevadores estaban diseñados para aves que no podían volar y que tenían tamaños pequeños y grandes y aunque contaban con puertas de entrada y salida, todo el sistema de elevadores estaba completamente vacío. La colibrí usó su largo pico para presionar un botón que activaba uno de los elevadores pequeños. Mientras esperaba que se abrieran las puertas, la colibrí se colocó al nivel de los ojos de Dioni. Evadió el contacto visual, que era un comportamiento bastante conocido de los colibríes a quienes les atemorizaba la idea de sostener una conversación forzada con otras aves.

Detrás de ellos se escuchó un sonido, seguido por el de una puerta de vidrio que se deslizaba. Dioni se volteó hacia la dirección del sonido. Vio a dos enormes avestruces saliendo del elevador, seguidas muy de cerca por un emú. Se reían y hablaban entre ellas en dos idiomas diferentes. Las avestruces hablaban en inglés, aunque con acento sudafricano, mientras que el emú hablaba en un dialecto australiano. Las tres aves se comunicaban perfectamente.

Se oyó un segundo sonido y la puerta del elevador pequeño se abrió. Dentro del elevador había tres pingüinos emperador y cuatro pingüinos juanito, ninguno de los cuales dijo una palabra pero que miraron de forma juzgona a Dioni al salir del elevador y se alejaron de él y la colibrí que volaba a su alrededor. La colibrí voló hacia dentro, seguida de cerca por Dioni, y luego usó su pico para presionar un botón en la parte más alta de la botonera, lanzando así a las dos aves hacia un piso más alto.

La colibrí flotaba a la altura de los ojos de Dioni; aleteaba a una velocidad increíble. Ambas aves miraban hacia delante mientras esperaban que la puerta del elevador se abriera. La colibrí volteó su cabeza y miró a Dioni. Con su vista escudriñó su cuerpo entero, desde arriba hasta abajo, y se dio cuenta de lo extraño que era ver a un pájaro tan raro. En el reflejo de la puerta de vidrio, Dioni notó cómo el pequeño pájaro lo examinaba. Volteó su cabeza para ver al pájaro que revoloteaba a su alrededor, el cual inmediatamente movió su cuerpo y se volteó hacia el frente antes de que lo descubrieran.

El elevador se detuvo. Las puertas de vidrio se abrieron y se encontraron ante el vestíbulo ejecutivo del Departamento de Control del Clima Global. A unos pocos pasos de la entrada al elevador, había un escritorio hecho todo de vidrio, que cambiaba de color al verlo desde diferentes ángulos.

Mimidae estaba posada detrás del escritorio; con sus alas, hizo complicadas señas dirigidas a una pantalla de proyección. Además de algunos artículos decorativos colocados cuidadosamente al alcance de la mano, el único objeto que se podía ver en su espacio de trabajo era un retrato autografiado de un pájaro y vaso que contenía un líquido de color rubí. Más allá de la estación de trabajo de Mimidae había dos grandes puertas iridiscentes, que servían de barrera entre el vestíbulo y la oficina ejecutiva.

Dioni siguió a la colibrí que salía del elevador. La colibrí voló al escritorio e hizo una serie de señas directamente frente a Mimidae, luego detuvo sus movimientos rápidos y se mantuvo en el aire; tanto ella como Mimidae se volvieron para ver a Dioni. La colibrí soltó una risita y se fue, inmediatamente después.

—¡Hola! Bienvenido al Departamento de Control del Clima Global -dijo Mimidae a Dioni, quien se encontraba de pie y atento directamente frente al escritorio—. Me informaron que te gustaría ¿ver al Alfa?

—Ehh… —Dioni respondió con reticencia—. S..sí..por…favor.

—Un momentito.

Mimidae hizo un movimiento con el cual se cerró la imagen proyectada en su pantalla. Luego saltó de donde estaba posada y caminó hacia la oficina ejecutiva.

Dioni oyó un murmullo. Era Mimidae. Hablaba en un tono de voz inaudible, casi un susurro.

—Señor, aquí hay un pájaro azul que quiere verle —apenas logró escuchar Dioni.

—¿Qué pájaro azul? —respondió la voz más alta y no tan sutil de un pájaro más grande e importante—. Conozco a muchos pájaros azules, Mim. Vas a tener que especificar.

Pausa. Dioni no pudo oír la respuesta de ella. Se oyó un golpetazo fuerte.

—¿Está aquí? Es decir, ¿*aquí*, aquí?

Pausa. Dioni se inclinó hacia delante en un intento por oír la conversación.

Eh…sí, seguro —continuó la voz más fuerte—. Que… mm… que pase. Que pase.

Dioni oyó a Mimidae caminar de vuelta a su estación de trabajo. Apareció en el campo visual de Dioni cuando la voz fuerte susurró en alto, —¡Espera! ¿Cómo se lla…?

—Claro, por aquí —le dijo Mimidae a Dioni.

Ella ignoró completamente la pregunta del buitre y señaló con su ala en dirección hacia la oficina ejecutiva. Cautelosamente, Dioni se adentró más en el vestíbulo, atravesó la puerta iridiscente y luego entró a la espléndida oficina. Mimidae se quedó a una distancia prudente.

La oficina ejecutiva normalmente estaba fría. Aunque la luz natural entraba a la habitación desde cualquier dirección, las sombras eran lo que a Dioni le parecía que más destacaban. Realmente no había color, algo que Dioni no entendió hasta que posó su mirada sobre el propietario del lujoso establecimiento. El pájaro que se erguía de forma prominente y con una sonrisa que se equiparaba con el frío y el vacío de sus dominios, era espeluznante, como de pesadilla.

—¿Así que tú eres el nuevo Omega? —dijo el pájaro Alfa.

Aunque no realizó ningún gesto que acompañara a su sentimiento, era el ave más feo que Dioni jamás había visto.

—S…Sí, señor —respondió Dioni, con nerviosismo.

Antes de ese momento, Dinio sólo había oído de los buitres y en algún momento tal vez había visto alguno en foto o en la televisión. Lo que vio ante él no era el ave que se había imaginado.

—¿Señor? —dijo el buitre—. ¿Oíste eso, Mim? Es respetuoso.

Mimidae suspiró, puso los ojos en blanco, luego caminó hacia su escritorio.

—Por favor —continuó el buitre—, soy el Alfa. Señor es una formalidad innecesaria.

—Hola, señor el Alfa —respondió Dioni.

Extendió su ala para saludar formalmente al Alfa, como si los dos fueran humanos.

—Ah, eso tampoco es necesario —respondió el buitre—. No hay manos. Con eso basta.

Dioni bajó el ala.

—Entonces…¿cuál dijiste que era tu nombre?

—Dioni, señor.

—¿*The Only*? ¿El único qué?

—No no, no *the only*. Di o ni. Dioni.

—¿Dioni? Eh…ese es un nombre singular para un ave singular —dijo el Alfa—. De acuerdo, lo entiendo. Me gusta. Entonces, Di o ni, ¿tienes hambre? —Caminó hacia una torre de carne asquerosa puesta cerca de una gran ventana que daba hacia el atrio—. Esto mandé a traerlo desde Madagascar. Es tuyo si lo quieres.

Dioni le echó una ojeada a la repugnante oferta. Tuvo que hacer su mayor esfuerzo para no vomitar ahí mismo.

—No…no, no tengo mucha hambre, señor —respondió Dioni, respetuosamente.

—Por favor, no me digas señor.

—Pero gracias por la oferta.

—¿Estás seguro? —preguntó el Alfa—. Bueno, más para mi entonces.

El buitre hizo un movimiento, después de lo cual la pila de carne asquerosa desapareció a través del suelo, detrás de un pedazo de vidrio de colores. Usó su ala para señalar dos elegantes piezas de madera, ligeramente elevadas del suelo.

—Siéntate, Dioni. Quédate un rato.

—Gracias —respondió Dioni. Las dos aves caminaron hacia las dos piezas de madera para posarse sobre ellas.

—Entonces, ¿qué te trae a la oficina principal hoy? —preguntó el buitre.

Aunque estaba sentado, la percha del Alfa estaba estratégicamente colocada para estar, de forma amenazante, a una mayor altura que Dioni, quien se veía forzado a ver al buitre hacia arriba.

—Usted es el pájaro Alfa, ¿verdad? —preguntó Dioni.

–Lo soy.

–Me dijeron que puede convertirme de vuelta en quien soy. Para que no sea un ave.

–¿Ah sí? ¿Quién te dijo eso?

–Ally… el pájaro negro.

El buitre suspiró.

–Ah. Sí. Ally. El pájaro negro. La conozco. Es una cuerva hawaiana. ¿Alguna vez has estado en Hawai, Dioni?

–No.

– Es una pena. Deberías visitarlo si puedes. Es un lugar hermoso. Las personas son buenas. Hay muchas cosas que ver y hacer.

–Tal vez cuando sea mayor…

–Entonces quieres cambiar para ser tú, ¿eh? –preguntó el Alfa–. ¿Por qué la prisa?

–Soy un ave.

–Ya veo.

–Y no debería serlo –dijo Dioni–. O…No quiero ser un ave. Quiero ser yo.

El Alfa se puso de pie y le dio la espalda a Dioni. Respiró hondo, simulando como que estuviera pensando.

–Bueno, ¿alguna vez has intentado ser un ave? –preguntó el Alfa.

–N…no, esto es nuevo para mí –respondió Dioni, confundido por la pregunta.

–Bueno entonces ¿cómo sabes que *no* quieres ser un ave si nunca lo *has sido*?

Dioni no pudo responder. El buitre volteó su cuerpo decrépito para quedar de nuevo frente a él.

–Chico –continuó–, no puedes descartar la oportunidad de algo diferente en tu vida. De otra forma solamente vas a perderte de un montón de cosas.

–¿Eso quiere decir que usted no puede convertirme de vuelta en mí mismo? —preguntó Dioni.

—¿Qué? No, por supuesto que puedo. Soy el Alfa, puedo hacer prácticamente cualquier cosa. Lo que digo es, por qué no intentas ser un ave por unos días…y ver si te gusta.

—Pero… —caviló Dioni—. No sé nada sobre ser un ave.

—¿Y? Tampoco yo cuando tenía tu edad y mírame ahora. Esta podría ser tu oficina en unos años si prestas atención.

Dioni miró alrededor de la habitación. Absolutamente nada de lo que había allí le impresionó.

—No se supone que deba ser un ave —dijo Dioni.

—¿Por qué no?

—No sé. Las aves me miran de una forma extraña. Algunas me atacaron.

—Eso fue un malentendido —respondió el Alfa—. Ningún ave va a intentar comerte. Pero estoy de acuerdo en que eres un tipo de aspecto extraño… incluso para ser un ave tropical.

Dioni no estaba contento con la respuesta del Alfa. No escogió ser un ave, no tenía deseos de ser un ave y el peso de ser ridiculizado por algo que no había decidido él mismo no era un método que lo animara a pensar lo contrario.

—De acuerdo, chico —continuó el Alfa—. No estás convencido, lo entiendo. Pero antes de que regreses a ser tú, permíteme enseñarte lo que vas a perder. Lo menos que podemos hacer es educarte sobre la cultura aviar.

El Alfa caminó hacia el recibidor ejecutivo y le hizo señas a Dioni para que lo siguiera. Dioni estaba indeciso pero decidió seguir al buitre, que salía por la oficina cruzando las puertas translúcidas.

—Voy a enseñarle a nuestro Omega las oficinas —le dijo el Alfa a Mimidae, que estaba en su escritorio comiendo semillas—. Contesta mis llamadas mientras regreso.

Con el pico lleno, Mimidae asintió con la cabeza al oír la solicitud del Alfa. Sacudió el ala frente a un sensor, que desplegó una muestra digital de la oficina ejecutiva. Luego tocó un botón en una pantalla, que cambió un pequeño ícono de un buitre de verde a rojo.

–Gracias, Mim –dijo el Alfa.

Dioni siguió de cerca al buitre cuando éste dobló la esquina y salió del vestíbulo.

Mimidae esperó un momento a que el Alfa estuviera fuera de vista. Sin moros en la costa, levantó la cabeza hacia la misma dirección en la que Dioni y el Alfa habían salido. Habiéndose asegurado de que se habían ido, regresó su atención a la pantalla proyectada en su estación de trabajo y sacudió el ala, cambiando de forma instantánea la imagen en la pantalla. Mimidae comió de su plato de semillas mientras veía su película favorita.

Capítulo Diez

«La cosa más importante que necesitas saber sobre las aves es que somos más que plumas bonitas que hacen mucho ruido –dijo el Alfa–. Bueno, casi todas las aves, diría yo, son más que solamente canciones y plumas».

El pájaro de mayor edad caminaba junto al quetzal azul mientras recorrían un corredor complejo que desplegaba una serie de obras de arte increíblemente realistas. En las paredes había retratos enormes y extravagantes de diversas escenas de la naturaleza en diferentes partes del mundo. Como si estuvieran pintadas y elaboradas por los mejores artistas de la historia, los rectángulos gigantes mostraban imágenes en movimiento que eran tan realistas que Dioni no podía diferenciar si estaban o no hechos a mano.

–¿Qué es tan bueno de ser un ave? –preguntó de golpe Dioni.

–¿Estás bromeando? –respondió el Alfa–. Las aves lo ven todo. Sólo pregúntale a cualquier ave, ¿qué es lo más loco que has visto? Y todos te lo dirán con mucho gusto.

El alfa se detuvo ante uno de los grandes retratos. Levantó sus alas alrededor del cuadro, luego hizo una forma rectangular sólo con las puntas de sus plumas. El movimiento creó una pantalla blanca dentro del retrato, luego detuvo el movimiento después de que la forma alcanzó el tamaño que él deseaba.

–Aquí, échale un vistazo a esto –continuó el Alfa. Inclinó la parte de arriba de su cuerpo hacia la pequeña forma rectangular que había creado—. Corre el carrete eee…uno uno cero ocho.

La pantalla blanca mostró los números 1-1-0-8. Dioni miró atentamente a la pequeña pantalla conforme la luz irradiaba de los enormes retratos atenuados para este propósito. La pantalla titiló y un ave apareció dentro del rectángulo.

Una urraca euroasiática común descansaba en la cornisa de un edificio alto. La grababan a través de la transmisión de una cámara y hablaba directamente a un lente invisible. En el fondo se veía la ciudad de París en todo su esplendor.

—Normalmente visitamos tantos restaurantes que los olvidamos. Después de todo, ¡esto es París! —dijo la urraca. Hablaba en español aunque con un fuerte acento francés—. Pero este era muy diferente. ¡El cocinero era una rata! ¿Te lo imaginas? Yo no tengo que imaginarlo, ¡lo vi con mis propios ojos! ¡Una rata cocinaba la comida para todo el restaurante! Y la comida… —La urraca acercó la punta de su ala al pico e hizo un sonido de beso—. ¡*Tres magnifique*!

La imagen en el rectángulo cambió de nuevo convirtiéndose en una pantalla blanca y brillante. Aparecieron los números 1-1-0-9. La pantalla titiló, luego otra ave apareció dentro del rectángulo.

Un macho carbonero cabecinegro estaba posado sobre el borde de una banca, a unos pasos de distancia de un sauce cerca de una pequeña masa de agua. Era un día de verano perfecto. Detrás del carbonero cabecinegro, ligeramente fuera de foco, estaba el hotel Boston Common. El ave hablaba directamente al lente que lo grababa.

—No no no, no me estás escuchando —dijo el carbonero, discutiendo con un fuerte acento que evidenciaba que era originario de Boston—. Era un cisne trompetero ¿verdad? Un cisne trompetero frente a esos barcos de cisne justo aquí en el *Common*. Y había largas colas de gente esperando para verlo tocar. Nunca lo olvidaré… un cisne trompetero sin voz tocando la trompeta frente a un barco con forma de cisne.

La imagen en el rectángulo cambió una vez más a una pantalla blanca y brillante. Aparecieron los números 1-1-1-0. La pantalla titiló. Ally – mucho más joven y físicamente más fuerte – apareció en el rectángulo. Dioni ladeó su cabeza ligeramente; inmediatamente reconoció a la cuerva que mostraba la pantalla.

Ally estaba en la oficina ejecutiva del Alfa. Miraba hacia fuera desde una gran ventana desde donde se veía el Departamento de Control del Clima Global. Suspiró, luego dirigió su atención directamente hacia el Alfa.

–Estaba en Rishikesh, en la India, iba de camino a hablarle a Deepa y Lakshmi –empezó Ally, concentrada en sus pensamientos–. Tenía un poco de tiempo así que descansé en un árbol, a unos pasos del Ganges, cerca de un caminito próximo a un ashram. Quería informarles a las aves de esa región que estaba en su área, así que hablé lo más fuerte que pude para hacer un anuncio. Mientras hablaba, miré hacia abajo del árbol y vi a un hombre, que me miraba. Tenía pelo oscuro y estaba vestido con la camisa más colorida que he visto. En su mano izquierda tenía una guitarra. Lo miré y recuerdo lo tristes que se veían sus ojos. Era tan profundo, ¿sabes? Nos miramos por unos segundos solamente… él no me quitaba los ojos de encima. Luego empezó a silbar… imitaba los sonidos que había oído de mi anuncio. Eso nunca me había pasado antes. Entonces yo… me fui. Me alejé volando y él me siguió con la mirada hasta que me perdí de vista. ¿Pero sabes cuál es la parte más loca? Poco tiempo después, tal vez unas semanas o meses…no recuerdo… yo estaba en el área de trabajo del piquituerto en Escocia, y estaba descansando en un árbol más bajo, cuando vi al mismo hombre, con la misma guitarra, pero ahora vestido con una camisa más bonita. Notó que yo lo había visto y los dos nos quedamos congelados. Me miró por unos segundos solamente, luego empezó a silbar la misma melodía que había oído de mi anuncio en la India, ¡como si supiera que yo era el mismo pájaro! Yo no… yo no sabía qué hacer, así que me alejé volando de ahí tan rápido como pude. No sé qué fue de ese hombre, pero era tan extraño.

La imagen en el rectángulo cambió de nuevo a una pantalla blanca y brillante. Aparecieron los números 1-1-1-1.

—La lección aquí es que nosotras las aves lo hemos visto todo, Dioni –dijo el buitre–. Eso es algo importante que debes recordar.

El buitre movió su ala sobre el rectángulo que había creado, borrándolo. Lo brillante del espacio se disipó cuando los retratos volvieron a su estado original. Dioni puso más atención a las imágenes en las pantallas que a las palabras sabias compartidas por el Alfa.

—¿Todas estas son pinturas? –preguntó Dioni, admirando las obras de arte en las paredes.

El Alfa suspiró. Claramente, la atención de Dioni estaba en otra parte.

—No, estas realmente son cámaras en directo.

—¿Cámaras en directo? –preguntó Dioni.

—La perspectiva de cualquier ave. De cada ave –dijo el Alfa.

—¿De qué? ¿Cada ave es una cámara?

—De la naturaleza. De la Tierra. En cualquier momento tenemos una transmisión en directo de cualquier lugar sobre el planeta.

—Entonces ¿esto es video? ¿Está grabado? –preguntó Dioni.

—¿Video? ¿Qué? No, esa es una tecnología arcaica, niño. Dejamos de usar el video alrededor del mismo tiempo en que el imperio Rom ... espera. –El inmenso buitre trajo la punta de su ala hacia su pico. Por un momento se quedó en estado de profunda meditación–. Sabes, no puedo recordar cuándo fue la última vez que usamos video. Le tendré que decir a Mim que lo averigüe.

Dioni hizo una pausa para examinar una pantalla que mostraba una vista completa de la Tierra desde el espacio.

—¿Cómo puede ser esto una transmisión en vivo? –preguntó Dioni–. No hay aves en el espacio.

—¿Quieres ver cómo funciona? –preguntó el Alfa–. A ver, permíteme enseñarte. –El Alfa se volteó hacia la pantalla–. Enséñame Chicago, Estados Unidos, transmisión 21579 del *Navy Pier*.

La imagen de la pantalla titiló.

—¿Cuántas transmisiones en directo existen? –preguntó Dioni.

—No sé…millones de millones, creo. Tal vez más. Es difícil saber un número exacto.

—¿Y las conoces todas de memoria?

—¡Ja! Ojalá, chico. No soy el mejor en lo que hago porque sea el Alfa. Es porque he estado aquí el tiempo suficiente para haberlo visto todo. Es la experiencia.

La imagen en la pantalla cambió inmediatamente para mostrar una transmisión en directo de Chicago, vista desde el lago Michigan. Por primera vez en su joven vida, Dioni vio a *The Windy City* tan claramente y tan brillante como si estuviera descansando sobre una percha con vista a la gran ciudad, desde la distancia. Era un hermoso día de primavera, sin ningún atisbo de nubes en el cielo. Los árboles estaban pelados, el agua del lago reflejaba el color del cielo y la silueta de la ciudad brillaba en toda su gloria arquitectónica.

La transmisión mostraba la fecha actual, la hora local y una serie de otras estadísticas relacionadas con el clima y el estado del tiempo programado para Chicago: la temperatura del aire, la humedad, la velocidad del viento, la humedad, la presión barométrica, la hora del amanecer y atardecer y mucho más. Un círculo pequeño en la parte de abajo tenía escrito el número 21579, junto con un ícono de un pájaro pequeño.

—Ha —continuó el Alfa—, parece que será un día bonito en *The Windy City*. Veamos otro lugar. Muestra Londres, Inglaterra, transmisión 014912.

La imagen titiló brevemente, luego cambió de inmediato para mostrar Londres de noche. Dioni vio la luz de una lámpara alta que estaba sobre la orilla entre un camino hecho de grandes piedras, y un gran río. Al otro lado del río se encontraba una enorme estructura; hacia el lado derecho de la estructura vio una torre de reloj. El destello de un rayo iluminó temporalmente el cielo. Dioni notó que se mostraba la misma serie de estadísticas, pero adaptadas a la nueva ubicación, inclusive del ícono de un pájaro diferente.

—Allá es un poco pasada la medianoche, así que hace sentido —dijo el Alfa. Se volteó hacia Dioni—. ¿Has ido a Londres? Este es uno de mis lugares favoritos, la rivera sur cerca del puente de Westminster. El museo de Florence Nightingale está justo a la vuelta. Deberías visitarlo alguna vez.

El Alfa se inclinó para ver más de cerca la pantalla. Buscó estadísticas detalladas.

—Parece que van a tener un bonito día mañana. Eso hará que el tráfico de la mañana no sea tan pesado para la gente.

—¿Por qué tiene esto? —preguntó Dioni. Estaba intrigado por la tecnología tan extraordinaria.

—No soy el dueño de Londres, Dioni. Es una ciudad importante en Inglaterra, parte del Reino Unid…

—No, no la ciudad. Todo esto —dijo Dioni. Levantó sus alas. El Alfa sonrió.

—Es parte de ser un ave, chico —replicó el Alfa—. Son gajes del oficio… entre otras cosas.

Dioni bajó sus alas. Vio con asombro la vastedad y detalle del misterioso corredor en el que se encontraba. El Alfa sacudió la cabeza y juntos continuaron la caminata. El Alfa caminó misteriosamente unos pasos detrás de Dioni.

—Ally dijo que todas las aves tienen responsabilidades —empezó Dioni—. ¿Eso es cierto?

—¡Sí, por supuesto! —respondió el Alfa—. Todas las aves tienen su propio trabajo, además todas tienen una responsabilidad compartida.

—Como los quetzales que son responsables de las semillas criollas.

—Ah, bien, ya sabes eso. Bien. Entonces nos podemos saltar la presentación de orientación —respondió el Alfa. Se colocó frente a Dioni—. Exacto. Los quetzales son chocolateros, los pájaros carpinteros son leñadores, los flamencos son bailarines… —Volteó ligeramente la cabeza hacia otro lado—. Los sharas son engreídos —murmuró.

Dioni continuó. Cada aspecto del medio ambiente era irreal — desde el espacio inmenso en el que estaban contenidas todas las aves, hasta la inmaculada oficina ejecutiva, y la maravilla tecnológica que eran las transmisiones en vivo de cada centímetro de la Tierra — y con cada paso, él deseaba saber más. El Alfa estaba muy consciente de la impresión que la habitación había tenido en el joven pájaro.

Los dos pájaros caminaron hasta que llegaron al final del inmenso corredor. Ante ellos, como si hubiese sido creado por el artesano más detallista de todos los tiempos, estaba una puerta colosal. Estaba hecha de la misma madera exótica que el escritorio de la oficina del Alfa, aunque la puerta era mucho más sofisticada. El tallado en la estructura contaba una historia de miles y miles de siglos, mostrando el origen de la especie aviar, desde el inicio de la especie hasta las aves de origen desconocido. El tallado era tan real que era imposible creer que había sido hecho por seres del mundo natural.

Un rótulo con forma de ala que se encontraba cerca de la puerta, decía: Puente del Centro de Mando.

El buitre se colocó frente a Dioni.

—Dioni —empezó el Alfa—, detrás de esta puerta está la respuesta a esa pregunta y a miles de otras preguntas que tienes sobre las aves. Sin embargo, antes de que entremos ahí, debes hacer algo por mí.

—¿Qué?

—Borra todo lo que sabes sobre ser algo, excepto ser un ave. Debes saber que siempre has existido como un ave, aunque no te hubieras convertido en uno hasta ahora.

—No sé nada sobre ser un ave. No sé volar, o… o…

Ah, es cierto —respondió el Alfa—. Gracias por el recordatorio, chico —el buitre volteó la cabeza en la dirección en la que habían caminado él y Dioni—. ¡Donna!

Cuatro colibríes aparecieron de forma casi instantánea; dos desde el corredor y dos desde una pequeña abertura construida con ese propósito en la maravillosa puerta de madera. Se quedaron volando en el mismo lugar mientras esperaban la orden del Alfa.

—Sólo necesito a una —respondió el Alfa.

Todas las colibríes menos una se fueron volando en la dirección de donde habían entrado a la habitación.

—Donna —continuó el Alfa—, encuentra una clase disponible en la Academia de vuelo para mi amigo Omega. Sólo encuentra la primera que vaya a empezar e inscríbelo en esa.

La colibrí atendió a la solicitud y se fue volando tan rápido como había llegado.

El Alfa volvió a dirigir su atención a Dioni–. ¿De qué estaba hablando?

–Borrar todo lo que sé de…

–Lo que sabes de todo lo que sabes excepto por ser un ave. Sí, claro. Porque una vez que veas lo que está al otro lado de esta puerta, ya no hay vuelta atrás. ¿Entiendes?

–¿Esto es una puerta? – preguntó Dioni, maravillado.

–¿Dioni?

–Ah, claro. Perdón.

–Es un sí o un no, chico –dijo el Alfa. Levantó el ala para apoyarse en la alta estructura–. O estás listo para hacer esto o no lo estás. Una o la otra. ¿Qué será?

Dioni hizo una pausa. No había pasado más de una hora desde que caminó a lo largo del lago de Atitlán, donde se aseguró de que no le importaba nada más que ser un joven huérfano. Mientras miraba los elementos a su alrededor - la inmensa obra de arte, las pantallas de tecnología en vivo a los que ningún ser en la Tierra tenía acceso, un medio ambiente antinatural que acogía a más vida de las que jamás había visto - olvidó por completo todo lo que le habían quitado.

–Sí –respondió Dioni con nerviosismo.

–Muy bien –dijo el Alfa, una sonrisa siniestra atravesó su cara.

El Alfa se retiró de la puerta, dio un paso hacia atrás, luego levantó sus alas hacia delante. Extendió sus alas despacio hacia los lados para estirarlas completamente. Mientras hacía esto, la inmensa puerta se abrió, obedeciendo la orden del Alfa.

Dioni se movió para colocarse junto al Alfa. Mientras las puertas se separaban, oyó el rugido inmenso de un ecosistema tan fuera del entendimiento de la comprensión de la humanidad que su existencia no podía ser explicada por palabra escrita ni hablada.

Capítulo Once

Alma corrió las cortinas del closet en la habitación de Dioni. Recogió los artículos que quedaban y que pertenecían a su mejor amigo: unas cuantas camisas usadas, envoltorios de dulce y unas pocas monedas que seguramente encontró, guardó y olvidó que las tenía. Alma reunió todos los artículos y los colocó en una bolsa negra, que luego llevó a un lugar de almacenaje mucho más grande y más alejado de cualquiera de las áreas comunes.

El orfanato estaba más tranquilo, en especial al atardecer. Era la hora en la que Alma iba al cementerio; pasaba horas conversando sin decir una sola palabra. Se imaginaba una serie de escenarios, todos llegaban a la misma conclusión final: su querido amigo - quien quizá era el gran amor de su vida - no regresaría nunca. Esta era una dura y fría realidad para Alma. Todo lo que quedaba de Dioni era un féretro vacío, fotos antiguas y memorias que seguramente se desvanecerían con el tiempo.

Para Alma, el tiempo pasaba a un ritmo muy lento comparado a antes. Todavía hacía todas sus tareas - ayudaba a los estudiantes más jóvenes, era consejera de los mayores y aún ayudaba en la cocina - pero su motivación para hacer todo eso ahora era muy diferente. No deseaba que llegara la noche, nadie sabía a ciencia cierta si realmente dormía o no. Visitaba la iglesia local, como siempre, aunque sus oraciones estaban sin significado, pero sus oraciones eran vacías, como una serie de movimientos memorizados sin sentimiento alguno.

En la mañana, Alma se despertaba antes que los demás. Se levantaba y veía por la ventana. No estaba totalmente segura de lo que buscaba, ni tampoco tenía certeza de lo que podría ver, aunque por alguna razón, el advenimiento de una expectativa desconocida para ese día la calmaba.

Alma ponía especial atención a los sonidos emitidos por las aves del vecindario. Parecía que mantenían la misma rutina cada día. Tenía la esperanza de al menos por un día pudiera oír algo diferente, algo nuevo; tal vez un canto diferente o algo que sonara fuera de lo común. Esta esperanza en nuevos descubrimientos la llenaba de fe en que tal vez la vida mejoraría, aunque tomara tiempo que eso ocurriera. Tal vez una vida sin Dioni era posible. Tal vez todo había ocurrido por alguna razón, aunque ella no entendiera por qué.

Se quedó mirando inexpresivamente dentro de su abismo. Las aves emitían sus sonidos, la naturaleza despertaba una vez más y por un momento espontáneo en el tiempo, Alma sintió paz al ver cómo la luz del sol coloreaba las montañas guatemaltecas de un singular tono de azul.

...

El piso más alto del Departamento de Control del Clima Global tenía poco más que un puente especial, del tipo que incluso el ingeniero civil más grande de todos los tiempos no sería capaz de replicar. Estaba construido en su totalidad de luz y color y tenía una personalidad propia. El puente se movía, no por la ubicación física, sino para adaptarse a cualquier ave que caminara sobre su superficie; sabía el tamaño, forma, peso y paso de cada uno de sus visitantes y se modificaba de la forma correspondiente.

Desde su posición elevada, el puente no conectaba dos puntos, ni permitía el traslado fácil de un lado y el otro. En cambio, servía como barrera entre dos lados del inmenso espacio. En un lado estaba el Patio de Negociaciones, donde cientos de aves se apresuraban de aquí para allá, recibiendo infinitas solicitudes de servicios y órdenes de trabajo de un lugar para el otro. En ese lado se realizaban los intercambios y toda ave se mantenía en continuo movimiento o se atendría a las consecuencias de no hacerlo.

Dioni miró sobre la orilla del puente para ver los movimientos del Patio de Negociaciones. No podía creer lo que veía.

—¿Qué están haciendo? —preguntó Dioni.

—Intercambios, negocios, haciendo tratos… como lo quieras llamar —respondió el Alfa—. Son negocios, en vivo y a todo color.

Dioni no podía concentrarse sólo en un punto. Había tanta acción que le resultó imposible verlo todo.

—¿Qué están comerciando? —preguntó Dioni. Su cabeza se movió rápidamente mientras intentaba organizar el caos con la vista.

—El clima… los patrones del estado del tiempo… la lluvia de hoy, la nieve de mañana y probablemente más lluvia en Londres.

—¿Qué quieres decir? ¿Cómo pueden negociar eso? —preguntó Dioni. La pregunta hizo sonreír al buitre.

—Es un sistema muy complejo, chico. Cada ave se comunica con su base y luego determina qué es esencial para su respectiva área. En otras palabras, ellos tienen que negociar por aquello que necesitan en su parte del mundo. Los recursos que se necesitan para uno no siempre son los recursos que son mejores para todos, así que tienen que negociar sobre la base de sus necesidades.

Dioni se había perdido completamente con la explicación del Alfa. No le hacía ningún sentido que las aves invirtieran tanto tiempo y esfuerzo para controlar la fuerza superior del clima global. Era un evento incontrolable que ocurría de forma natural y como tal, era imposible predecir sus patrones con certeza absoluta.

—Ven, mira esto —dijo el Alfa—. Dirigió la atención de Dioni al lado opuesto del puente.

El segundo lado del puente era tan indescriptible como el primero. Lo que vio Dioni desde su posición ventajosa era el mapa proyectado más grande que jamás había visto. El mapa estaba creado por millones de luces y cristales que proyectaban una imagen sobre una pantalla; la misma imagen también se muestra en varias pantallas más pequeñas dispersadas esporádicamente por todo el espacio ecológico. La pantalla gigante del segundo lado del puente divisorio era fácilmente la pieza más grande de tecnología visual jamás creada.

La pantalla intrínsecamente mostraba información de patrones climáticos mundiales. Con precisión absoluta, medía con exactitud millones de puntos de datos estadísticos, de forma simultánea. Frente a la pantalla gigante había un sofisticado anfiteatro, donde muchas estaciones de trabajo estaban construidas para las miles de aves que trabajaban en el área.

—¿Qué están haciendo? —preguntó Dioni, probablemente más escandalizado de lo que estuvo antes.

—Así es cómo controlamos el clima de la Tierra —respondió el Alfa, casi como si lo hubiera leído de un guión—. Todas las negociaciones sobre lo que ciertas regiones quieren o necesitan se hacen de un lado, y cuando llegan a un acuerdo, las órdenes se pasan a este lado.

Dioni se quedó inmóvil y boquiabierto por un momento. Reconoció que esto no era un sueño y rápidamente volvió a sus sentidos.

—¿Cómo controlan las aves el clima de la Tierra? —preguntó Dioni.

—Oh, no… no no, no controlamos el clima —respondió el Alfa—. Somos responsables por el equilibrio de la Tierra. Nos gusta decir que controlamos el clima mundial, no sólo el estado del tiempo.

La atención de Dioni se quedó en la pantalla enorme.

—Pero… ¡es imposible! —le dijo al Alfa—. Nadie puede controlar el clima.

—¡Ha! —se burló el Alfa—. Ninguna *persona* puede controlar el clima. Es correcto. Pero no somos personas, ¿verdad, chico? Somos más que eso, Dioni, y ahora *tú* eres parte de ello.

Lentamente, Dioni volteó la cabeza para hacer contacto visual con el buitre. —Esto no puede ser real. ¿Cómo pueden las aves controlar esto?

—Un poco más despacio, chico —respondió el Alfa—. Somos mucho más inteligentes de lo que tú crees… excepto por los dodos, esos pájaros feos recibieron lo que merecían.

Dioni parecía confundido. La explicación no tenía el menor sentido.

—Mira —continuó el Alfa—. Somos responsables de mantener el equilibrio del mundo y lo hacemos al controlar el clima. No iniciamos guerras, no podemos controlar el tiempo, cumplimos las mismas leyes de la física y vivimos, respiramos y morimos igual que todas las criaturas vivientes. No estamos aquí para interferir con la vida, sino para corregirla dependiendo del caso. Entonces, si tenemos demasiada lluvia en un lugar de la Tierra mientras hay sequía en otra, debemos determinar cómo compartir los recursos. El planeta solo puede aguantar tanto, y nosotros controlamos esos límites.

—¿Y cómo hacen eso? —preguntó Dioni.

—Comunicación. No es un concepto muy difícil. Hay millones de estaciones instaladas alrededor de la Tierra y cada una tiene acceso para dar retroalimentación continua a sus respectivos representantes aquí. Entonces – hablando hipotéticamente- cuando tú… por ejemplo… tienes un intruso en el reino maya que interrumpe a los quetzales en su registro diario, a nosotros nos notifican de inmediato.

—Sólo quería saber lo que estaban haciendo —respondió Dioni.

Dioni buscó por toda la sala de control. Buscó un ave familiar entre los miles en el anfiteatro. En la distancia vio un quetzal verde que estaba junto a un pato real, y prestó mucha atención a lo que ocurrió entre ellos. Un colibrí voló hacia el quetzal y le entregó un pequeño folleto. Luego el colibrí se fue y el quetzal leyó la nota, abrió sus alas y creó una imagen proyectada frente a él. En la pantalla del quetzal aparecía un mapa aéreo de una región de la Tierra. La pantalla estaba muy lejos para que Dioni pudiera ver cualquier detalle significativo, aunque notó cómo la imagen en la pantalla estaba controlada por los movimientos del quetzal y no por un teclado o el tacto.

—Puedo quedarme aquí e intentar explicártelo todo el día —dijo el Alfa—, pero no vas a poder entenderlo bien a menos que estés ahí. ¿Qué te parece si tú y yo bajamos y te enseño bien el lugar?

—¡Absolutamente! —respondió Dioni, absorbiendo la magnificencia de lo que había visto.

El buitre se levantó del puente con sus alas extendidas ampliamente en un intento odioso por mostrar su gran tamaño frente a Dioni. Se deslizó hacia abajo y llegó al nivel del suelo en segundos. Aterrizó de forma brusca sobre la superficie fría del Patio de Negociaciones y de forma grosera despreció a las aves que estaban cerca, las cuales sabían que era mejor no protestar por la interrupción del buitre.

—Entonces, lo que tenemos aquí es el Patio de Negociaciones —continuó el Alfa, como si Dioni estuviese junto a él—. Casi todas las negoci… ¿chico? ¿A dónde se fue? —Miró alrededor y no vio a Dioni; miró hacia arriba y vio que Dioni lo saludaba con el ala—. Ah… claro. La escuela de vuelo.

Dioni y el Alfa salieron del elevador gigante; la sonrisa en la cara de Dioni era demasiado grande como para ser nublaba por lo disgustado que se encontraba el Alfa por el asunto. Como si ser un quetzal azul no fuera lo suficientemente poco respetable, existir como uno que no podía volar sobrepasaba toda comprensión. Era un punto más contra Ally, pero el Alfa no quería preocuparse por eso ahora.

Desde el nivel del suelo, el Patio de Negociaciones era la definición sonora de la eficiencia. Como una metrópolis de un caos sinfónico en constante movimiento, los montones de aves que trabajaban en este departamento corrían, saltaban, volaban, se deslizaban o resbalaban en casi cualquier dirección. A ningún ave le importaba el color, forma o las habilidades - o la falta de habilidades - de sus adversarios. Lo único que importaba era su inteligencia, nada más.

—El propósito del Patio de Negociaciones es que cada región pueda negociar lo que quiera o necesite —dijo el Alfa, seguro de que Dioni estaba a su lado.

Dioni caminaba como en un trance. Todo el espacio ecológico era irreal y ensordecedor. Cada ave emitía un sonido único, sin embargo, todos se comunicaban con facilidad.

—¿Cómo se entienden entre ellos? —preguntó Dioni.

El buitre señaló un aparato que parecía un chip y que estaba colocado a un lado de su cabeza.

—No todos hablamos el mismo idioma, así que tenemos instalados estos traductores que nos permiten comunicarnos.

—¿Puedo tener uno?

—Ah… discúlpame, chico —respondió el Alfa, deteniéndose. ¡Donna!

Cuatro colibríes aparecieron de forma casi inmediata.

—Sólo necesito a una —les dijo el Alfa. Todas, menos una, se alejaron volando.

—Donna, consigamos un traductor universal para nuestro amigo cerúleo.

La colibrí miró hacia abajo a Dioni. Hizo una serie de gestos con una de sus alas.

—Sí, sí, ya sé —respondió el Alfa—, incluso para un ave centroamericano. Lo entiendo. Sin embargo, todavía va a necesitar comunicarse.

La colibrí se fue volando tan rápido como había llegado.

—Espera —dijo Dioni—. No tengo uno de esos. ¿Por qué entiendo lo que *usted* dice?

—Cuando has hecho el trabajo durante tanto tiempo como yo, aprendes los idiomas antiguos —respondió el Alfa—. No necesito esto para hablarte; lo necesito más que todo para las aves más jóvenes. Sinceramente no tengo idea de lo que están diciendo la mayor parte del tiempo.

—Entonces ¿cada ave puede comunicarse con las demás? —preguntó Dioni.

—Todas las aves están conectadas, chico. Incluso las aves que se comen a otras aves. Hay un respeto mutuo entre nosotros. Podemos comunicarnos de muchas formas, con o sin estos sistemas de traducción.

La colibrí regresó con una guacamaya de color oro y azul, un ave caribeña grande que tal vez había pasado demasiado tiempo bajo el sol. Se movía de forma extraña, inclusive cuando estaba de pie.

—¿Eres tú el pájaro Omega? —preguntó la guacamaya, con un ojo ligeramente más abierto que el otro. Su acento era de un tosco inglés con influencia caribeña.

—S… sí —respondió Dioni, intimidado por la guacamaya tan grande y tan extraña.

—Donna, mis cosas - le dijo la guacamaya a la colibrí.

Donna se fue volando y regresó al poco tiempo, seguida de otras tres colibríes que llevaban un cinturón de herramientas. La colibrí principal les dio instrucciones a las demás para dejar caer el cinturón, a lo cual ellas accedieron y luego se fueron volando. La guacamaya buscó entre los artículos del cinturón y localizó un sensor negro.

—Muy bien —dijo la guacamaya—. ¿Un *Pathfinder* universal para el nuevo pájaro Omega, entiendes? —Miró a Dioni—. Quédate quieto.

La guacamaya tomó el sensor y lo colocó cuidadosamente del lado derecho de la cabeza de Dioni, sobre su oreja. Hizo un poco de presión en su intento por apretarlo, ante lo cual Dioni expresó su molestia. El aparato no se quedaba sujeto en la cabeza de Dioni, aun después de varios intentos.

—¿Dónde conseguiste esta cabeza, chico? —preguntó la guacamaya.

—¿Hay algún problema? —preguntó el Alfa.

La guacamaya se volteó hacia el Alfa.

—Lo que tenemos aquí es un Omega con un cráneo de forma inusual —respondió la guacamaya—. En realidad, parece lógico. Existe una posibilidad de no conformidad con este. No es todos los días que uno ve un quetzal azul, ¿eh?

—Arréglalo, Jack —dijo el Alfa a la guacamaya—. Necesita comunicarse.

—No te preocupes, chico —respondió Jack—. Te doy mi palabra, el quetzal azul tendrá el regalo de la comunicación universal.

—Procede —suspiró el Alfa.

Jack se volteó hacia Dioni. —Te ves chistoso.

La guacamaya buscó el mismo lugar en la cabeza de Dioni e intentó colocar el aparato. Se sujetó un momento antes de caer de nuevo. Jack dio un paso atrás para ver mejor la forma de la cabeza de Dioni; no había nada inusual en ella. Repitió la acción, aunque en este intento, sujetó el aparato con ambas alas y luego le hizo señas a Donna para que lo ayudara. La guacamaya sujetó la unidad en su lugar mientras el colibrí volaba hacia el aparato. Donna extendió una de sus alas en rápido movimiento y luego usó toda su fuerza para darle un golpe a Dioni en el lateral de la cabeza.

—¡Ay! —exclamó Dioni, sorprendido por la increíble fuerza en un ave tan pequeña.

El aparato se quedó en su lugar como resultado de la acción correctiva.

—¿Funcionó? — preguntó el Alfa.

—¿Funcionó qué? —preguntó Jack. El Alfa puso los ojos en blanco y levantó las alas—. Sí, la instalación fue un éxito —Jack se volvió a Dioni—. Danos una prueba, ¿quieres?

Dioni se volteó hacia el Alfa. —¿Puedes entenderme?

El Alfa abrió mucho los ojos.

—Ya te entendía antes de que te lo pusieras, chico. Prueba con otro pájaro.

Dioni miró alrededor de la habitación y vio un gorrión cerca que leía en una Tablet de vidrio. Caminó hacia el gorrión, con nerviosismo.

—Eh… perdona —dijo Dioni—. ¿Puedes entenderme?

El gorrión se volteó hacia Dioni, abrió su boca, luego hizo una pausa antes de hacer un sonido.

—Qué ave tan extraña —respondió el gorrión, que luego volvió su atención a su Tablet.

—¿Entendiste lo que te dijo, chico? —preguntó Jack.

—Me dijo que me veía raro —respondió Dioni.

¡Perfecto! Terminé mi trabajo —dijo la guacamaya. Se volvió hacia el Alfa—. La verdad que es un pájaro raro, este. Me recuerda a mi primo.

—Gracias, Jack —respondió el Alfa.

La guacamaya agarró su cinturón de herramientas y luego se fue volando. Donna lo siguió.

Dioni no podía creer lo que oía. Como humano, los únicos sonidos de ave que entendía eran una serie de píos y silbidos, con el ocasional y fuerte - e irritante - canto del gallo. A lo largo de su vida, sólo pensó en los sonidos como ruidos emitidos por todas las aves; nunca se imaginó el concepto de que hablaran en varios idiomas.

Como un ave, Dioni aprendió que las formas de comunicación podían ser varios cantos, sonidos e inclusive movimientos. Los que hablaban lo hacían en el idioma nativo de su respectiva área de trabajo. Para él, el sonido conglomerado de idiomas sobrepasaba todo entendimiento. Tenía la habilidad para comunicarse con cada ave, de cada lugar, de cada color y tipo, con la ayuda de un pequeño aparato; sólo le costó un golpe en el lateral de su cabeza.

El Patio de Negociaciones se transformó de forma instantánea de un coro de movimientos y cantos al azar de aves, en una plena repetición de miles de aves que hablaban simultáneamente. Dioni recordó los sonidos emitidos cuando miles de personas se congregaban en el estadio de Mazatenango para ver un partido de fútbol.

—¿Cuál es el propósito de todo esto? —preguntó Dioni, maravillado por las transacciones que ocurrían a su alrededor.

El Alfa se alejó y le hizo señas a Dioni para que le siguiera mientras caminaba por el Patio de Negociaciones.

—¿Alguna vez has visto un ave que parece como si no perteneciera al lugar en donde está? —preguntó el Alfa—. No me refiero a un loro en Antártida o a un pingüino en el Sahara. Lo que quiero decir es algo como el canario más brillante que hayas visto en tu vida - el único canario que has visto, en realidad - simplemente sentado en una rama de cualquier árbol, en un camino que recorres cada día. Debes haber caminado por ese lugar miles de veces y nunca haberte fijado en un pájaro de colores tan brillantes. Como si estuviese completamente fuera de su elemento.

Dioni se detuvo a pensar.

—No era un canario. No era amarillo, era anaranjado. Estaba sobre el techo de la iglesia, vio a su alrededor y luego voló. Nunca lo volví a ver.

—Ese pájaro era especial —dijo el Alfa—. Estaba ahí por una razón.

—¿Y qué razón es esa? —preguntó Dioni.

—Para servir un propósito común. El pájaro anaranjado que viste reunía información y la enviaba aquí.

—¿Por qué?

—Porque usamos esa información para determinar los patrones del clima alrededor de la Tierra.

Mientras él y el Alfa caminaban adentrándose más en el Patio de Negociaciones, Dioni se maravillaba de todo lo que ocurría alrededor de él. El caos estaba controlado, como una sinfonía de movimiento y sonido. La estructura de su lado del Departamento de Control del Clima Global era absolutamente enorme. Aves de todo tipo se movían de un lado para otro entre las oficinas de conferencias, el Patio de Negociaciones, la cafetería, los baños e inclusive desde un sistema de tubos interconectados para facilitar el transporte.

—¿Cómo es posible todo esto? —preguntó Dioni.

Miró hacia el techo y siguió los patrones de movimiento que vio arriba.

—Te voy a compartir unas palabras sabias, chico —dijo el Alfa. Se detuvo y miró hacia abajo a Dioni—. Si no te llevas nada más de lo que aprendas hoy aquí, recuerda siempre esto: Las aves. Lo ven. Todo. Gritamos en las calles y rogamos a la gente que limpie, pero ellos nos lanzan botellas o rocas, o nos ignoran o nos persiguen. Ofrecemos a la humanidad todo lo que posiblemente pueda necesitar: alimento, buenas cosechas, transporte aéreo, el mar… lo que sea, se lo damos. En vez de escucharnos, los humanos nos encierran en jaulas. A algunos nos cazan por deporte. Nos pinchan las alas o nos convierten en trofeos. Y aún peor, precisamente destruyen la naturaleza que se supone que debe mantener vivos tanto a ellos como a nosotros. Jamás podremos competir con ellos, así que encontramos una forma de recobrar el equilibrio.

Dioni reflexionó sobre lo que había oído. Le parecía imposible absorber la sabiduría que le había compartido el ave más anciana de todas. Sabía de primera mano las consecuencias de las acciones humanas en la Tierra. El aire estaba contaminado por el humo; la basura y los plásticos estaban por todos lados en la tierra y en el agua, y mucho de lo que había tomado siglos crear había sido talado, quemado o destruido en cuestión de días. Pensó en Tikal.

—¿Qué quiere decir? —preguntó Dioni—. ¿Está diciendo que las aves luchan para castigar a las personas? ¿Todo esto es una venganza por lo que las personas le están haciendo a la Tierra?

—¿Qué? ¡No! —respondió el Alfa—. ¡Nosotros no controlamos eso! Somos responsables por el equilibrio natural del planeta, Dioni. No somos criaturas malas. Para eso están las lagartijas.

—¿Qué? —preguntó Dioni, incapaz de entender el último comentario del buitre.

El Alfa continuó caminando hacia una salida en la pared más alejada. Dioni le seguía de cerca.

—Nuestra responsabilidad más grande es mantener el equilibrio natural —continuó el Alfa—. Debemos hacer lo que es mejor para nosotros *así como* lo que sea mejor para ellos. Y no sólo los humanos, estamos hablando de todos los seres vivos.

—¿Y hacen eso controlando el clima? —preguntó Dioni.

—Eso es parte de ello.

Los dos pájaros llegaron a la salida que estaba en la pared. El Alfa abrió y sostuvo la puerta para Dioni, luego ambos procedieron a un corredor mucho más silencioso. El espacio estaba diseñado como un punto de conexión entre ambos lados del Departamento de Control del Clima Global. En las paredes había múltiples pantallas que mostraban una serie de números, así como otras pantallas que mostraban los patrones del clima global. En la parte más lejana de la pared había una serie de paneles de vidrio, cada uno de los cuales exponía un despliegue de oficinas de conferencia muy decoradas, en varias de las cuales se celebraban reuniones.

—Considéralo como si las aves protegieran a aquellos que son incapaces de protegerse —continuó el Alfa—. Un delfín es tan importante como un canguro y un humano es tan importante como un ave. Toda vida es valiosa, Dioni, así que debemos mantener un equilibrio para preservarla.

Los dos pájaros caminaban despacio hacia los paneles de vidrio. Cuanto más aprendía, más difícil se volvía para Dioni entenderlo todo.

—Entonces… todas las aves tienen una responsabilidad, ¿correcto? —preguntó Dioni.

—Es correcto —respondió el Alfa.

—Y todos tienen sus propios trabajos y responsabilidades donde viven, pero ¿también controlan el clima?

—¡Ah! Lo estabas haciendo bien y luego te perdiste al final. Las aves de cada región tienen unos cuantos representantes que le reportan al DCCG.

—¿El *qué*?

—El DCCG, Departamento de Control del Clima Global. Debes estar atento, chico.

—Perdón.

—Una vez las órdenes del campo se dan al DCCG, las aves que están aquí trabajan unas con otras para negociar lo que cada uno necesita. Recuerda, lo que es mejor para ellos *así como* lo que es mejor para otras regiones.

¿Y *todas* las aves hacen esto? —preguntó Dioni.

—Sí —el Alfa respondió después de una breve pausa—. Todas las aves hacen esto. Nosotros equilibramos al mundo.

Los dos pájaros continuaron su caminata a lo largo del corredor.

—Las aves en el campo registran lo que pasa en sus respectivas regiones y luego nos informan —continuó el Alfa—. Así tenemos datos brutos para cientos de miles de puntos de control regionales alrededor de la Tierra, y luego usamos esa información para determinar el clima de todo el planeta.

—Pero —empezó Dioni mientras apuraba el paso para caminar junto al Alfa—, no hace ningún sentido. El clima de la Tierra es natural. No puede ser controlado.

El Alfa sonrió. Había oído decir la misma frase muchas veces, así que no había razón para enfadarse por la ignorancia de otro Omega más. Miró a través de los paneles de vidrio de una sala de conferencias y observó una reunión.

—Aquí, chico. Mira esto —le dijo a Dioni mientras caminaban hacia una gran ventana.

Dentro de la sala de conferencias había dos grupos de palomas, tres de cada grupo, que estaban sentadas en lados opuestos de una mesa con forma de huevo. Estaban en medio de un acalorado debate, lo cual se hizo evidente cuando una de las palomas se puso de pie y caminó por la sala, evidentemente frustrada.

—No, no, ¡no! —dijo la paloma frustrada que estaba de pie. Hablaba con un fuerte acento neoyorquino—. Simplemente no tenemos la infraestructura necesaria para una tormenta de nieve de esa magnitud.

—Lo siento, Frank —respondió una paloma desde el lado opuesto de la mesa. Hablaba con marcado acento bostoniano—. No sé qué más decirte.

—Bueno, piensa en algo, porque no voy a dar mi aprobación a una orden que va a afectar a 8 millones de personas. No vamos a cerrar todo Manhattan sólo porque tu equipo no puede manejarlo.

—Mira, lo entiendo —respondió la paloma bostoniana—, pero Boston está recibiendo una paliza con otra estación de «inusualmente alta acumulación de nieve», ¿me entiendes? Y está causando todo tipo de problemas.

—¿Has probado otras áreas? —preguntó la paloma de Nueva York.

—Minneapolis se rio en nuestra cara y Chicago ya no nos dirige la palabra —respondió una segunda paloma del lado bostoniano.

—No es sorprendente que ustedes no puedan venderle una brisa a la *Windy City* —dijo una paloma que estaba sentada del lado de Nueva York.

—Aquí tengo tu corriente de aire, patética excusa de aparato mensajero —dijo una paloma de Boston.

Las seis palomas inmediatamente se sumergieron en una discusión acalorada.

—¡A ver, a ver, a ver! —gritó la paloma que estaba de pie, calmando a las demás poco a poco—. Esperen. —Presionó un botón en el centro de la mesa, el cual abrió una pequeña pantalla—. ¡Oye Donna!

Casi de inmediato, tres colibríes entraron volando a la sala a través de pequeñas aberturas con forma de tubo, que estaban en el techo.

—Sólo necesito a una —dijo la paloma. Dos de las colibríes se fueron—. Donna, ¿puedes ponerte en contacto con el representante de San Luis y decirle que venga?

La colibrí aceptó la solicitud y salió inmediatamente de la sala a través de uno de los tubos en el techo.

—Conozco a este tipo. Es un buen tipo —dijo la paloma neoyorquina.

En segundos, la colibrí regresó a la sala de conferencias por la puerta principal, acompañado de un cardenal macho que vestía una corbata temática de beisbol.

—¡Jimmyyyy! -dijo la paloma neoyorquina cuando el cardenal entró a la sala de conferencias—. Gracias por venir aquí. Oye, aquí hay unas palomas que te quiero presentar.

Las palomas de ambos lados de la mesa se pusieron de pie y saludaron a Jimmy, lo cual era la señal para que Donna se retirara. Dioni siguió al colibrí con la mirada mientras salía de la sala a través del tubo por donde había entrado la primera vez.

—¿Ves? —le dijo el Alfa a Dioni mientras observaban a través de la ventana—. Es una negociación. Todos somos amigos aquí, Dioni. Sólo estamos intentando trabajar juntos por el bien común. Vamos.

El buitre le hizo señas a Dioni para que lo siguiera mientras continuaba por el corredor.

Dioni estaba asombrado por el poder de todo aquello. Nunca imaginó que las aves fueran más que criaturas voladoras. Las respetaba por comer gusanos y por ser tan coloridas, pero también era culpable de haber asustado a las gaviotas y haberles tirado piedras a algunas palomas de vez en cuando. En ese momento, finalmente entendió por qué siempre llovía el día de su cumpleaños.

Los dos pájaros llegaron a otro grupo de puertas dobles transparentes, donde un rótulo en lo alto decía: Centro de Control. Dioni miró a través de las puertas y vio algunos indicios del espacio de trabajo ultra sofisticado que había en el otro lado.

—¿ Usted es responsable de todo esto? —preguntó Dioni. Lentamente empezó a entender el gran poder del DCCG.

—¡Yo! ¡No! Pero aprecio que pienses tan bien de mí —respondió el Alfa— . No…ningún ave debería ser el responsable de tanto poder.

El Alfa abrió la puerta y dejó que Dioni entrara primero. El buitre era un hombre de espectáculo a la vez que caballeroso - o tan caballeroso como un buitre puede ser - y esta era su parte favorita de la gira de las instalaciones. Aquí eran donde presentaba su argumento, donde vendía y donde sus siglos de experiencia en negociaciones fructificaban.

—Por eso lo dividimos en dos —dijo el Alfa.

El espectáculo de lo que Dioni vio al momento de entrar al piso del Centro de Control marcó aún otro momento de su vida que seguro no olvidaría. Si el Patio de Negociaciones era un imperio aviar diseñado con el propósito de los negocios y negociaciones, entonces el Centro de Control de la DCCG era a la vez el cerebro y el sistema nervioso central de todo el espacio ecológico.

La pared principal, que actuaba como división entre las dos diferentes áreas, tenía un papel secundario del lado del Centro de Control. Como si hubiera sido tallada, erigida y armada por fuerzas que sobrepasaban el entendimiento de las posibilidades físicas, la estructura en sí era una culminación colosal y digitalizada de la estética, la maravilla natural y el avance tecnológico. La pared contenía millones y millones de flores exóticas colocadas de forma compleja en una formación precisa, para permitir la reproducción de cada color encontrado en la Tierra. Sin embargo, las flores tenían un segundo propósito; además de proveer de aire limpio a toda la DCCG, cada flor brillaba, se expandía, se retractaba y emitía una fuente de luz, que - cuando estaba interconectada con billones de otras - creaba una pantalla viva a lo largo de la superficie de la estructura colosal. La pared estaba literalmente viva, con cada flor programada automáticamente para reaccionar como una orquesta de energía impecablemente sincronizada.

Mientras entraba al Centro de Control, Dioni vio la majestuosidad de cómo las aves hacían tablas y registraban cada segmento de todo el planeta. Miró incrédulo lo que estaba frente a él. El Alfa permanecía unos pasos atrás.

En la pantalla había un mapa detallado de la Tierra, que mostraba áreas de día, de noche, al anochecer y en posición lunar, y además ofrecía información planetaria completa: miles de números y estadísticas que mostraban el clima relevante y los cálculos climáticos para las principales ciudades y áreas con patrones de clima inusuales. La parte inferior de la pantalla contenía un rotulito largo, que continuamente mostraba información sobre las transacciones y negociaciones realizadas en la parte opuesta de la pared. Cada pocos segundos, aparecían diferentes mensajes en puntos al azar en el mapa, que eran confirmaciones de los registros de las aves en el mundo.

La pantalla gigante era operada por cientos de aves que estaban de pie o sentados ante una serie de perchas multinivel, cada una diseñada como espacios de trabajo. En cada estación de trabajo se encontraba un pájaro diferente que servía como intermediario entre su base, el Centro de Control, y el Patio de Negociaciones. Aunque estos pájaros eran mucho menos activos que sus contrapartes del otro lado, eran igual de gritones.

En términos de grado de dificultad, los pájaros del Centro de Control tenían las responsabilidades más demandantes. Ellos supervisaban la administración de lo que se negociaba y actuaban como comunicadores y auditores para asegurar que las negociaciones, de hecho, se completaran. Eran responsables por la implementación de lo que se había acordado, pero no tenían poder alguno para cambiar cualquier decisión hecha por las aves en el Patio de Negociaciones.

Cada estación de trabajo estaba decorada según el deseo de su correspondiente ave; algunas eran más sofisticadas que otras. Había pantallas pequeñas que proyectaban imágenes en cada percha, y cada pantalla contaba con un sensor que leía los movimientos del ave en cada estación.

Los voladores primarios en el Centro de Control eran los colibríes, que entraban y salían del área a grandes velocidades, desde y hacia cada dirección. Su trabajo era entregar los términos negociados y las conformaciones de las órdenes de trabajo - escritas en pequeños folletos - del Patio de Negociaciones al Centro de Control, y asistir en otras tareas según lo solicitado por las aves en ambos lados de la pared.

Dioni estaba estupefacto. Un millón de preguntas le pasaron por la cabeza, ninguna de las cuales se atrevía a formular en voz alta. El Alfa estaba de pie, sin expresión, con las alas a los costados. Se paraba orgulloso, completamente consciente de su mayor logro. Sabía el efecto que tenía el Centro de Control en todos los pájaros Omega nuevos, así que la reacción de Dioni no le sorprendió.

—Ven, chico —dijo el buitre—. Vamos a ver qué hay por ahí.

El Alfa lideraba el camino mientras guiaba a Dioni a través del área de trabajo; no le puso atención a lo que se mostraba en la inmensa pantalla. Otras aves notaron cuando Dioni y el Alfa caminaron cerca de ellas, pero estaban demasiado ocupadas con su trabajo para hacer cualquier tipo de presentación.

—Aquí es donde las negociaciones adquieren sentido —dijo el Alfa mientras se abría camino a través de las hileras de estaciones de trabajo—. Estas aves se comunican con su base para asegurarse que la orden de trabajo correcta llegó al otro lado.

—¿Cómo hacen eso? —preguntó Dioni. Miró boquiabierto en todas las direcciones.

—Se comunican con sus regiones. A las aves del Centro de Control se les asigna a una región que corresponde a su base. Cada región - y hay miles - requiere que se comuniquen tanto con el Patio de Negociaciones como con el Centro de Control, y ninguna división es más poderosa que la otra.

Es un sistema triangular.

Dioni prestó mucha atención a una cigüeña que se movió rápidamente frente a una pantalla de la estación de trabajo. Parecía como si la cigüeña hiciera gestos al monitor usando sus alas y cuerpo para comunicarse. Sus movimientos eran extraños, como un baile robótico.

—¿Por qué se está moviendo así? —preguntó Dioni. Él y el Alfa se detuvieron cerca de la cigüeña.

—Es parte del sistema de comunicaciones —respondió el Alfa—. El correo electrónico y el texto se volvieron más irritantes que útiles, así que los eliminamos hace décadas y creamos un sistema en el que el lenguaje corporal es la principal forma de comunicación. Cada tipo de ave tiene su propia forma de lenguaje corporal, así que este sistema previene contra el fraude o el hackeo.

—Y al usar esto… ¿ellos controlan el clima alrededor del mundo?

—Nosotros… —respondió el Alfa—. *Nosotros* controlamos el clima global y los patrones del estado del tiempo.

—Pero…¿cómo? ¿Cómo puede una computadora controlar el clima? —preguntó Dioni.

—Dioni, no es tan simple como una computadora. Es una infraestructura altamente compleja que hará que tu cabeza explote.

Dioni se llevó las manos a la cabeza inmediatamente; inclusive si fuera una forma de expresión, no valía la pena el riesgo.

—No literalmente, niño. Relájate —dijo el Alfa. Dioni bajó las alas lentamente—. La mejor forma en que puedo explicártelo es diciendo esto: las aves siempre están vigilando. Controlamos el cielo, vemos todo, y siempre estamos haciendo nuestro trabajo.

Dioni se volteó y miró la pantalla gigante. Un patrón circular particular le llamó la atención. En la esquina del sudeste de los Estados Unidos de América, al norte de Florida, había una formación grande de torbellino que lentamente avanzaba hacia el oeste desde el océano Atlántico. El patrón del clima mostraba la pantalla en rojo.

—¿Qué está pasando ahí? —preguntó Dioni. Usó su ala para señalar el torbellino. El Alfa dirigió su atención a la pantalla.

—Parece una gran tormenta en la costa de Georgia —respondió el Alfa—. Los halcones usualmente transmiten mientras están en el interior, así que estarán bien.

El Alfa miró alrededor de la gigantesca oficina. Levantó su cabeza buscando una estación de trabajo específica. A unos metros de distancia vio a un halcón esmerejón que se movía ansiosamente en su percha, casi bailando a un ritmo rápido. El Alfa le hizo señas a Dioni para que lo siguiera.

La estación de trabajo del halcón esmerejón estaba decorada completamente con cosas de fútbol americano; cada artículo era rojo o blanco. Cerca de la percha donde el halcón esmerejón bailaba había una camiseta grande que portaba el nombre Henrietta, sobre el número 35.

¡Henrietta! —le dijo el Alfa al halcón esmerejón.

Ella de inmediato prestó atención y miró al Alfa.

¡Oye, jefe! —respondió Henrietta, con un fuerte acento de Georgia. Estaba emocionada de ver al buitre fuera de su oficina y cerca de su estación de trabajo—. ¿Qué lo sacó de su jaula? —preguntó ella, bromeando.

—Le estoy enseñando las oficinas al nuevo —respondió el Alfa, señalando a Dioni.

Henrietta miró hacia donde señalaba el Alfa.

—Qué tipo tan raro —le dijo a Dioni, luego extendió su ala derecha para saludarlo—. ¿Cómo te llamas?

—Dioni.

—¿*The Only*? ¿El único qué? —preguntó Henrietta.

—No no, no *the only*. Di o ni.

—Ah —respondió Henrietta—, Di o ni. Bueno bienvenido al DCCG, Di o ni. ¿Te gusta el fútbol americ…

—Sí, le encanta —interrumpió bruscamente el Alfa—. Escucha, Henrietta, ¿qué está pasando en la costa de Georgia?

Henrietta volteó hacia su pantalla.

—Es una tormenta, jefe. Parece que tenemos una categoría 2, que está bien porque todavía faltan cinco semanas para el día de reclutamiento —dijo

Henrietta mientras volvía su atención hacia el Alfa–. No podemos tener ninguna tormenta que nos distraiga. Nuestros chicos tienen oportunidad de llegar a la final si logramos reclutar al jugador de ataque de Oregon. ¡Que chido! ¡Voy a hacerme de un anillo del *Super Bowl!*

–¿De qué está hablando? –preguntó Dioni.

–Fútbol americano, chico –respondió el Alfa–. En serio, intenta ponerte al día –miró a Henrietta, que continuaba con su baile–. ¿Autoricé esto? No recuerdo haberlo hecho.

–Asumo que sí, jefe –dijo Henrietta–. De otra forma no la hubiéramos podido aprobar.

–Ahhh… Yo realmente no recuerd… ¡Donna! –gritó el Alfa.

Ocho colibríes aparecieron casi de inmediato. Una novena apareció poco tiempo después, sosteniendo un folleto en su pico. Las colibríes se quedaron suspendidas en su lugar y miraron con frialdad a la rezagada.

–Sólo necesito a una –dijo el Alfa. Las ocho colibríes originales se fueron volando.

–Donna, puedes revi…

–Espere –intervino Dioni–. ¿Todas se llaman Donna?

–Dio…

El Alfa hizo una pausa. Tanto él como la colibrí suspendida en el aire miraron a Dioni, luego se miraron entre sí. Se encogieron de hombros.

–Siempre ha sido así –dijo el Alfa–. Tú… en realidad tú eres el primero en preguntar eso. Qué pregunta tan rara –el Alfa volvió su atención a la colibrí–. Donna, ¿autoricé una tormenta de categoría 2 en la costa del Atlántico de los Estados Unidos? Específicamente en Georgia. Para algún día de esta semana.

La colibrí voló a la pantalla de Henrietta. Con el folleto todavía en el pico, se quedó suspendida frente al sensor de movimiento e hizo una serie de movimientos rápidos con sus alas y su cuerpo. El diminuto pájaro usó su cabeza para señalar la pantalla principal.

Dioni y el buitre se volvieron hacia la pantalla gigante, que desplegaba una imagen de una orden de trabajo procesada. Con gran detalle, la orden de trabajo indicaba el patrón del clima que se había negociado, los términos de la negociación y cada ave involucrada en la transacción.

—Desplázate a la parte de abajo —ordenó el Alfa a Donna.

La pantalla se movió hacia abajo y a plena vista vieron un garabato escrito sobre una pequeña línea diseñada para la firma del Alfa.

—Ah, supongo que lo autoricé —dijo el Alfa—. No recuerdo haberlo hecho —se volteó hacia Dioni—. Estoy envejeciendo, Dioni. Tal vez he hecho este trabajo durante demasiado tiempo.

—¿Cuánto tiempo ha estado aquí? —preguntó Dioni.

—No son los años, chico. Es el kilometraje. ¿Verdad, Donna?

El Alfa miró a la colibrí, que hizo caso omiso de la pregunta.

—Gracias, Donna —dijo el Alfa.

La colibrí hizo un pequeño gesto y luego se alejó volando.

—Mucho tiempo, Dioni —continuó el Alfa—. Muchísimo tiempo.

El Alfa se alejó caminando de la estación de trabajo de Henrietta. Dioni le siguió de cerca. Continuaron por el camino principal del piso del Centro de Control.

—¿Puede jubilarse? —preguntó Dioni.

—¿Y volver a ser humano? Ah no. No puedo hacer eso.

—¿Por qué no?

—Para empezar, me gusta mi trabajo —respondió el Alfa—. Sobre todo, porque todavía hay mucho trabajo que hacer. ¿Recuerdas cuando te dije que somos responsables por mantener el equilibrio del mundo?

—Sí —respondió Dioni.

—Bueno, el mundo todavía no está en equilibrio. ¿Cómo voy a jubilarme cuando mi trabajo no ha terminado? Tal vez un día cuando todo esté caminando bien y mi trabajo se haga prácticamente por sí solo, tal vez me jubile. Tal vez puedo abrir un negocio o algo. Vender yogur, solo unas cuantas horas a la semana.

—¿Cómo sabrá que el mundo está en equilibrio?

—Cuando todos podamos coexistir. Cuando todo esté tan equilibrado que nuestro trabajo sea simple y lo único que nos preocupe sea la vigilancia global. Poner todo el sistema en piloto automático y los pájaros regionales puedan solamente monitorear cada área. ¿Ocurrirá eso algún día? Quién sabe. Así que hasta entonces me quedaré donde estoy. Me gusta ser el jefe de este lugar.

Los dos pájaros llegaron a otro grupo de puertas de vidrio que llevaban hacia abajo, a otro largo y complejo corredor. El Alfa guio a Dioni por el corredor, hacia la hilera de elevadores.

—¿Entonces qué hace el pájaro Omega? —preguntó Dioni.

—¿Ally no te dijo? —respondió el Alfa, de forma sarcástica—. Guau… realmente es difícil encontrar buenos ayudantes en estos días.

—Ella dijo que el pájaro Omega se asegura de que los otros pájaros hagan su trabajo.

—Eso es parcialmente cierto.

—A ha…

—¿Te acuerdas cómo siempre estoy hablando del equilibrio? —preguntó el Alfa.

—Si.

—Para cada subida hay una bajada, para cada izquierda hay una derecha y así. ¿Me sigues?

—Si.

—Entonces por cada Alfa, debe existir un Omega. Pueden existir sin el otro, pero entonces perdemos el equilibrio.

—¿Y quién les asigna su trabajo? —preguntó Dioni.

—Sólo un Alfa puede designar a otro Alfa. Igual que sólo un Omega puede designar a otro Omega.

Los dos pájaros llegaron a la hilera de elevadores. El buitre presionó el botón para llamar un ascensor para regresar a su oficina ejecutiva.

—Te lo explicaré de una manera que es sencilla de entender —continuó el buitre—. Como Alfa, soy responsable de administrar todo el DCCG. Todas estas aves reportan a mí, y yo tengo que autorizar todas las negociaciones importantes y las órdenes de trabajo. Si algo extraordinario ocurriera, primero debe pasar por mí.

—Eso tiene sentido —respondió Dioni.

La campana del elevador sonó y dos grandes puertas se abrieron frente a ellos.

—El trabajo del pájaro Omega es asegurar que lo que fue negociado, entregado y aprobado como orden de trabajo aquí, realmente se lleve a cabo en la Tierra —continuó el Alfa mientras él y Dioni entraban al elevador. Las puertas se cerraron detrás de ellos y el elevador empezó a moverse—. Así que si hay una orden para una tormenta de nieve en Paris y ocurre en Bruselas, sabremos que algo falló. Es tu responsabilidad reportar eso a la oficina central. Lo siento, la responsabilidad del Omega.

—Entonces ¿todo lo que hago es revisar que las órdenes de trabajo estén correctas?

—Ah no, chico, eso sólo es una pequeña parte. Yo superviso todas las operaciones administrativas y ejecutivas y tú… perdón, lo hice otra vez… el Omega supervisa las operaciones de campo y las auditorías. Si uno de nosotros no está haciendo nuestro trabajo, el mundo empezará a sentirlo. Si yo tengo que mantener el equilibrio aquí, es tu… el trabajo del Omega mantener el equilibrio allá afuera.

—¿Y cómo hago eso?

—Primero debes empezar por conocer a tu gente.

—¿Mi gente? —preguntó Dioni.

—En serio, chico, debes ponerte al día —respondió el Alfa, evidentemente irritado.

El elevador se detuvo y las grandes puertas se abrieron. Los dos pájaros avanzaron por el mismo camino que conducía a la oficina ejecutiva del Alfa.

—No espero que conozcas a cada pájaro de la Tierra, pero al menos conoce a algunos —continuó el Alfa—. Ve a India y conoce a un pavo real o habla con una grulla en Japón o algo. ¿Hay algún lugar que siempre quisiste visitar?

—Los Estados Unidos de América —dijo Dioni.

—¿Los Estados Unidos? —preguntó el Alfa mientras se detenía y miraba hacia abajo a Dioni—. No hubiera sido mi primera opción, pero ¿quién soy yo para juzgar? —continuó caminando—. Hablaría con un águila calva si tuviera oportunidad. Son algo complicadas, algo orgullosas, pero tienen una mente abierta si les hablas con respeto.

Mimidae, dos colibríes y una paloma blanca tenían la mirada fija en la acción en la pantalla de Mimidae. Desde la distancia y fuera del vestíbulo ejecutivo, Mimidae oyó la voz de su jefe mientras se aproximaba. De inmediato hizo un gesto a los pájaros visitantes para que se trasladaran a la oficina ejecutiva. Apagó la película que se proyectaba en la pantalla, luego fingió estar ocupada en el trabajo.

—¿Quién más? —se preguntó el Alfa. La conversación continuaba mientras él y Dioni entraban al vestíbulo ejecutivo—. Los pingüinos siempre son divertidos, si no te importa el frío. Las avestruces tratarán de competir contigo. Nunca tendrás la última palabra si conversas con un pato. Los búhos árticos de los Países Bajos te presentarán algo que se llama sroopwafel; no te contaré sobre eso para no arruinártelo —miró a Mimidae—. Hola, Mim.

—Bienvenido de vuelta, señor —respondió Mimidae en su voz más complaciente.

—Tú eliges, Dioni —declaró el Alfa. Se detuvo en la estación de trabajo de Mimidae y se apoyó en su mesa mientras continuaba la conversación—. Es tu departamento, así que adminístralo como consideres conveniente.

Dioni miró al piso. Vio sus pequeñas garras.

—¿Y qué hay de volver a ser yo mismo? —preguntó Dioni—. Ally dijo que usted…

—Dioni, te voy a detener justo ahí —interrumpió el Alfa—. Sí, es posible transformarte de vuelta. Solo tienes que encontrar a alguien que ocupe tu lugar. Sólo un Omega puede designar a otro Omega. Debemos mantener el equilibrio ¿recuerdas?

Dioni hizo una pausa. Se tomó un momento para absorber lo que le acababan de decir.

—Entonces, si logro encontrar a otro pájaro que ocupe mi lugar, ¿puedo ser yo de nuevo? —preguntó Dioni.

—¡Ah, sí, claro! ¡Absolutamente! —respondió el Alfa—. Te diré algo; dame diez días. Te vas, actúa como el Omega, habla con otros pájaros y encuentra uno para que ocupe tu lugar. Si regresas en diez días con otro pájaro que quiera tu trabajo, entonces serás libre.

—Diez días…

—Eso no es pedir demasiado, ¿o si? —preguntó el Alfa. Dioni hizo otra pausa—. Piénsalo así: volverás a ser tú y serás el niño más famoso del mundo. Todos querrán saber cómo desapareciste y apareciste sano y salvo diez días después. Ya puedo ver los titulares.

—Sólo diez días y regreso…

—A tu antigua, aburrida vida. Si. Diez días.

Dioni miró a Mimidae, que lo miraba boquiabierta como si fuera un objeto completamente extraño. Notó que él la miraba y rápidamente dirigió su atención a su pantalla. Presionó un botón que llamaba a los pájaros que estaban esperando en la oficina ejecutiva.

—De acuerdo —dijo Dioni—. Diez días.

—Pero sólo si encuentras quien te reemplace —respondió el Alfa. El buitre estiró su ala derecha, el gesto universal para sellar los términos de su acuerdo.

—Correcto. De acuerdo. Diez días. Encontrar un reemplazo —respondió Dioni. Estrechó el ala del buitre con la suya.

—¡Genial! ¡Creo que te encantará! —dijo el Alfa, emocionado—. Si yo fuera tú, empezaría a pensar en las historias que contarás cuando regreses a casa.

Dos colibríes entraron a la habitación, seguidas por una paloma blanca que llevaba un pequeño casco de color azul oscuro. Mimidae dirigió la atención del Alfa a los invitados en la habitación.

—Ah, la escuela de vuelo —dijo el Alfa. Miró a la paloma—. Aviador. Un placer como siempre.

La paloma llevó su ala derecha a su frente para saludar al Alfa.

—Señor —dijo la paloma.

El buitre se volteó hacia Dioni. —¿Dónde me había quedado?

—Diez días, - dijo Mimidae.

—Correcto, diez días. Pasarán más rápido de lo que crees. Disfrútalos. Cuando regreses, estaré aquí esperándote —el Alfa miró a la paloma—. Aviador, escolte al nuevo pájaro Omega a la Academia de Vuelo. Recibirá el trato V.I.P.

—Sí señor —dijo la paloma. De nuevo saludó al Alfa, que respondió de la misma forma—. Señor Omega, señor, sígame por favor —le dijo la paloma a Dioni.

Dioni siguió a la paloma y las dos colibríes lo escoltaron fuera del vestíbulo ejecutivo. Al principio estaba renuente, aunque aceptó el trato que hizo con el Alfa. Mientras caminaba fuera de la oficina, pensó en su tarea. El trabajo era sencillo: encontrar un reemplazo en diez días o menos - de preferencia menos. Dioni volteó a ver al buitre.

—Vuela con cuidado, chico —le dijo el Alfa mientras agitaba el ala.

—Debe haber más de un billón de aves en la tierra —pensó Dioni—. ¿Qué tan difícil será convencer sólo a una?

El Alfa y Mimidae esperaron el sonido del elevador en marcha. Una vez que lo oyeron, siguieron con sus cosas, como siempre. Mimidae regresó a su pantalla, que estaba llena de órdenes de trabajo.

—Mim, no me pases más llamadas en lo que queda del día —dijo el Alfa mientras caminaba hacia su oficina ejecutiva.

—Sí, señor.

El Alfa cerró la puerta detrás de él. Caminó a la gran ventana donde observaba su reino entero. Sonrió y por un momento absorbió el poder que tenía sobre todas las aves.

Caminó a su percha, detrás de su escritorio y descansó. De inmediato, la percha se transformó en una silla de sala ejecutiva. El Alfa puso sus garras sobre su escritorio y sus alas detrás de su cabeza. Suspiró, alegremente.

—Un quetzal azul —dijo—. Qué pájaro tan ridículo.

Capítulo Doce

Ally descansaba sobre la rama de un árbol, encima de la tumba sin nombre que acogía los restos de Dioni. Flores no era un pueblo grande y desde donde estaba, lo podía ver casi en su totalidad.

De vez en cuando, una mujer joven caminaba del orfanato a la iglesia. Se quedaba en la iglesia por un tiempo y luego regresaba al orfanato. Casi todas las veces, la joven caminaba con la cabeza baja. Ally la observaba y no se movía ni emitía sonido alguno mientras la mujer caminaba de un lugar al otro. Estaba triste, en duelo e incapaz de sentir felicidad.

A Ally le recordaba a su madre. Ella amaba a sus padres y era impensable creer que había tomado la decisión equivocada. Daría lo que fuera por regresar y tener una última conversación; la oportunidad de un último abrazo, de sentirse amada y ver de nuevo la hermosa sonrisa de su madre.

Había hecho un trato - pensó que era uno fácil de cumplir. Diez días… todo lo que necesitaba hacer era encontrar a alguien que la reemplazara en diez días y eso le hubiera ahorrado a su madre décadas de tiempo perdido buscando a su hija desaparecida.

Ally era joven y quería ver el mundo. Aunque le destrozaba el corazón dejar su hogar, quería ver más. La oferta era demasiado buena para dejarla pasar, hasta que se dio cuenta de lo que dejaba atrás. Y para entonces era demasiado tarde… el trato estaba hecho y ella había acordado servir con lealtad por muchos años.

El tiempo voló, literalmente.

Él la atrapó amenazándola con destruir a aquellos a los que ella amaba. Después de que los miembros de su familia murieran y sus recuerdos hubieran desaparecido, no había razón alguna para regresar a su forma terrenal. Sin embargo, no repetiría el mismo error. Si estaba en su poder encontrar su propio reemplazo, entonces sería más cuidadosa que el ave que le había otorgado el mismo destino a ella. Cuando llegara el momento oportuno, ella encontraría a la persona perfecta para ser el siguiente pájaro Omega. Por décadas, Ally buscó incansablemente a su sucesor.

—Alguien que no tuviera familia ni alguno que lo extrañara… eso sería un Omega perfecto —pensó Ally—. Él no podrá hacer un trato con alguien que no tenga nada que perder.

Quizá fue el destino - aunque uno que tomó décadas para cumplirse - que ella estuviese cerca de Ipala el día de la fatídica tormenta. Quizá fue cuestión de suerte que, en la parte alta del pico, en el lago del cráter, hubiera un joven que pudo haber muerto de no ser por su intervención. Quizá fue el destino que ese joven estuviese solo, en muchos sentidos.

Ally no tomó en cuenta a la única persona que amaba a Dioni. Los dos eran tan jóvenes, y aunque no podían entender la magnitud de sus sentimientos, ciertamente los tenían el uno hacia el otro. Era amor - una conexión profunda que trascendía el tiempo y la distancia. Ally hizo un mal cálculo en su elección; ella pensó que nadie extrañaría a un huérfano. Su propio sentido de culpa le enseñaba cuán fácil era que se repitiera la historia. Dioni tenía algo que perder y el Alfa seguramente había descubierto la gran debilidad de Dioni. Ella esperaba, contra todo pronóstico, que Alma olvidaría a Dioni y aprendería a vivir sin él.

Mientras Alma salía de la iglesia una tarde apacible a la hora de la puesta del sol, Ally mantuvo su distancia. Alma se detuvo de golpe y miró hacia arriba. Su rostro daba la bienvenida al sol que se ponía. Sus ojos eran oscuros y feroces y su mirada hacia la luz del sol le recordó a Ally de su propia madre, quien solía hacer lo mismo.

Alma se quedó parada un momento y luego volteó la cabeza. Miró directamente a Ally.

—Imposible —pensó Ally—. ¿Cómo puede saber que estoy aquí?

Ally no hizo movimiento alguno; se negaba a arriesgarse a que la viera una joven que podía sospechar de la razón por la que un cuervo estaría en ese lugar preciso en ese momento específico.

Alma observó por un momento y luego regresó a su postura normal. Suspiró, luego continuó su caminata hacia el orfanato, de nuevo cabizbaja.

Ally esperó a que Alma entrara en el edificio antes de moverse. Ally sabía que no podía quedarse más tiempo en Flores, ya que no era productivo que lo hiciera. Miró alrededor, inclinó la cabeza, levantó las alas y luego voló lejos del árbol. Estaba en el aire, donde se sentía más a gusto. Mientras el sol se ponía de nuevo en Flores, Ally entendió por qué Alma había visto hacia el árbol.

Las montañas azules rodeaban el pueblo. Toda la actividad del día había concluido y se hacían los preparativos para el día siguiente. El turno de la noche despertó mientras el turno del día volvía a su nido.

El pueblo estaba tranquilo esa noche. Había paz en el cielo y las aves descansaban. Sólo un pedazo de listón azul, atrapado en una rama, se movía.

...

La reputación de éxito y excelencia de la Academia de Vuelo Aviar era incomparable a las fuerzas militares inmaculadamente disciplinadas y avanzadas del pasado, presente o futuro. Los aviadores que llegaban desde todas partes del mundo estaban en paz, ya que no existían los depredadores o las presas entre los que compartían el cielo. Cada volador que entrenaba en la Academia estaba ahí por un solo motivo: para dominar el arte y la habilidad de volar, con los métodos más efectivos permitidos por la naturaleza.

La Academia en sí era una inmensa cueva sin árboles, ubicada en una parte de la Tierra donde ningún hombre o mujer ponía pie jamás. El lugar garantizaba la seguridad y proveía a la Academia con la habilidad única de recrear cada escenario climático posible en el que pudieran entrenar todos los aviadores. Una sección de la cueva se mantenía deliberadamente en oscuridad - donde corría el río, que fluía dentro de un gran lago. Aunque se encontraba en el interior y debajo de cientos de metros de roca sólida, la Academia tenía abundante luz solar y vegetación, pero nada más alto que pequeños arbustos dispersos por todos lados.

De los cientos de aves que estaban destinadas a entrenamientos simultáneos, sólo se escogía a un selecto grupo como los aviadores campeones, que eran suficientemente dignos como para ser enviados a los simuladores. Los aviadores más nuevos eran levantados sobre sofisticadas máquinas parecidas a grúas, que transportaban a los cadetes desde el suelo a una distancia tan alta que no se les podía ver ni a través de las nubes artificiales.

Dioni se encontraba en formación como parte de una línea recta de cadetes. Escudriñó la enorme cueva y notó un grupo inusual de estudiantes destinados a la escuela de vuelo. Para su sorpresa, hasta aves que no volaban y otras criaturas entrenaban en la Academia de Vuelo Aviar. La clase D-513 tenía lémures voladores. La clase F-606 tenía peces voladores. Cada cadete era más o menos único en cuanto a su físico, pero no en cuanto a su necesidad de dominar el vuelo. La Academia no estaba hecha para competir, pero todos los aviadores estaban plenamente conscientes de por qué habían sido seleccionados para someterse a un entrenamiento tan intenso.

Dioni fue asignado a la clase B-112, designada para 26 de los aviadores naturales más talentosos de la Tierra. Junto con Dioni - el único quetzal resplandeciente del grupo - había 2 ardillas voladoras, 3 gorriones, un búho ártico, un avestruz, un emú, 2 halcones, 5 zorzales petirrojos pequeños, 2 sharas azules, 3 correcaminos, 2 aves saltapared 2 oropéndolas y un zorro volador. Las aves de la clase B-112 eran jóvenes, mientras que los cadetes de las otras unidades eran mayores.

Todos los estudiantes de la Academia de Vuelo Aviar tenían uniformes y un equipo de detección visual especial, conocido como *Pathfinder*, que funcionaba tanto como mecanismo de rastreo, como herramienta de comunicación visual entre las diversas especies. Dioni era afortunado en el sentido de que no necesitaba repetir el proceso de la instalación del *Pathfinder*.

El comandante Ballo era el entrenador más respetado de la Academia de Vuelo Aviar. Aunque era un pájaro más pequeño, la presencia de

Ballo imponía respeto. Era una gaviota ártica - el único entrenador de este tipo en la Academia - y era uno de los aviadores más condecorados en la historia de la escuela, con más de 5 millones de kilómetros aéreos recorridos en todos sus años de servicio. Se graduó entre la élite de la élite y los otros entrenadores lo respetaban por eso. Su método de liderazgo era predicar con el ejemplo y establecer vínculos con sus cadetes. Al final del entrenamiento, cada uno de los graduados de Ballo entendía que la habilidad para volar era más que un derecho; era más bien un privilegio que la naturaleza le daba a aquellos que lo merecían.

Un playero rojizo joven seguía de cerca al comandante Ballo. Aunque no tenía credencial alguna o uniforme especial, cada paso del playero rojizo imitaba cuidadosamente los pasos dados por el comandante Ballo. La joven ave sostenía un aparato que estaba conectado a su ala izquierda y flotaba junto a él, como una Tablet sofisticada que no tenía una fuente de energía pero estaba sincronizada con el ave a la que estaba conectaba.

–Clase B-112 –dijo la gaviota ártica, su pequeño pecho levantado y su cabeza en alto–. Mi nombre es comandante Ballo. Para aquellos de ustedes que fueron asignados a este grupo especial, me gustaría darles la bienvenida personalmente a la clase de vuelo más selecta de nuestra academia.

Los dos halcones se miraron con emoción; sabían que eran los mejores, sólo querían oírlo de él.

–Si por cualquier motivo sienten que fueron escogidos para esta clase especial por cualquier cosa que hayan o no hayan logrado antes de llegar a esta escuela, déjenme que les diga: no fue así –continuó Ballo.

A los halcones no les entusiasmó este comentario. Ballo caminó despacio desde el inicio de la fila de cadetes hasta el final.

–Están aquí porque sobrevivieron su primera gran caída. Algunos de ustedes se cayeron de un árbol, otros de una montaña y otros… –Ballo hizo una pausa frente a Dioni–. Otros entre ustedes acaban de ganarse sus alas –continuó–. Si creen que estoy aquí para felicitarlos o hacerlos sentir mejor por haber sobrevivido hasta ahora, permítanme corregirles sus percepciones ahora: no lo haré.

El playero rojizo se distanció del comandante Ballo e inició su auditoría. Usó el aparato adjunto a su ala para escanear a cada uno de los cadetes de la clase B-112, el cual le presentaba todos los detalles de cada aviador en el grupo: especie, clasificación, lugar de origen, habilidades de vuelo conocidas, además de otras cosas.

—Estoy aquí para enseñarles habilidades que no podrán aprender por su propia cuenta —continuó la gaviota ártica—. Y sólo tengo dos días para hacerlo.

Mientras el comandante Ballo hablaba, el playero rojizo continuó con su auditoría, un cadete a la vez.

—Ahora, antes de que crean tener algún conocimiento de vuelo superior al mío… ya sea por su tamaño, por su envergadura o por alguna razón biológica conocida o no… aclaremos las cosas ahora mismo: no lo tienen. Puedo superarlos en cualquier maniobra. Puedo volar más rápido a altitudes menores y seré invisible para ustedes a altitudes mayores. En mi peor día, seré dos veces mejor piloto que en el mejor día de ustedes, así que por favor no se les ocurra retarme o poner en duda mis métodos.

A medida que continuaba el monólogo del comandante, el playero rojizo escaneaba y verificaba a cada cadete en la unidad. Cuando llegó a Dioni, un misterioso error de clasificación apareció en su pantalla.

—Mi copiloto es el piloto Crownhauer —continuó Ballo—. A pesar de tener la palabra «crow» (cuervo) en su nombre, por favor no lo confundan con nada menos que un aviador superior. Este piloto y yo hemos trabajado juntos por años y ni uno solo de nuestros cadetes jamás ha…

—¿Señor? —interrumpió Crownhauer—. Hay una anomalía con este cadete.

Ballo caminó hacia Crownhauer y tomó el aparato. Miró la pantalla.

—¿Cuál es el problema? —preguntó Ballo.

—Este no está clasificado —respondió Crownhauer—. No hay lugar de origen, ni unidad de base, ni área de trabajo asignada, ni detalle de algún tipo…sin embargo dice que tiene autorización infinita.

Sip, ya sé qué es esto —respondió Ballo, en voz baja.

—Le devolvió el aparato a Crownhauer, que estaba más confundido que cuando había visto el error por primera vez en la pantalla. Ballo miró a Dioni.

—Nunca antes habías entrenado a un Omega, ¿verdad Crownhauer? —preguntó Ballo.

—¿Un Omega? ¡No señor! —respondió Crownhauer, emocionado. Incrédulos, los otros reclutas se salieron de la formación para mirar a Dioni.

—Bueno, esta será tu primera vez y seguramente la última, piloto, —dijo Ballo. Se dirigió a Dioni—. ¿Cómo te llamas, cadete?

—Dioni, señor.

—¿*The Only*? ¿El único qué? —respondieron Ballo y Crownhauer a la vez.

—No *the only*. Di o ni. Dioni.

—Ah, Di o ni, —respondió Ballo—. Bienvenido a la escuela de vuelo, Señor Omega.

—Señor —interrumpió Crownhauer—, hay algo más. Mi escáner indica que es un quetzal, pero está claro que no lo es.

—¿De qué estás hablando? Míralo, claro que lo es —respondió Ballo—. Di o ni, ¿tienes plumas largas en la cola?

Sin saber cómo probar que tenía plumas largas en la cola, Dioni hizo la única acción que le pareció lógica: se volteó y meneó el trasero a los dos pájaros. Los otros cadetes se rieron ante tal ocurrencia.

—¿Ves, Crownhauer? —respondió Ballo—. Es un quetzal.

Dioni se volteó para quedar de frente, habiendo probado el punto.

—Pero es azul, señor —dijo Crownhauer—. No hay clasificación para él.

—Entonces, invéntate una —Ballo miró cuidadosamente a Dioni—. Eres un Omega extraño, sin embargo, eres un Omega.

Crownhauer elevó su pantalla.

—¿Qué pongo bajo clasificación?

—No seas complicado, piloto —respondió Ballo—. Sólo escribe, «El quetzal azul».

—¿El quetzal azul?

—Sip, corto y simple —le dijo Ballo a Crownhauer—. De esa forma todos sabemos de quién estamos hablando.

Ballo se acercó a Dioni, casi pico con pico.

–Si estás aquí en la Academia, eso quiere decir dos cosas. Una: que esta no es tu primera parada. Y dos: ya has volado, sólo que no tienes idea de cómo.

–Yo… yo… s…sí… –respondió Dioni con nerviosismo.

–La cuerva hawaiana, Ally… también estuvo en la clase B-112 –continuó Ballo–. Cuando acepté el trabajo me dijeron que iba a ser muy raro que me tocara entrenar a un Omega. Así que imagínate mi sorpresa cuando ya me han tocado dos.

–¿Señor? –dijo Crownhauer. Bajó el aparato y miró a Ballo.

Ballo retrocedió e inclinó ligeramente la cabeza. Se paraba orgulloso, aunque la presencia de Dioni en su unidad de entrenamiento lo desconcertaba. Por un breve momento, Ballo clavó su mirada inexpresiva en el quetzal azul, para ver más allá de su ser físico.

–¿Señor? –dijo Crownhauer.

Ballo retrocedió aún más y notó que los otros reclutas estaban fuera de la formación.

–¡Regresen a la formación, cadetes! –ordenó Ballo–. Sólo porque tenemos a un Omega no quiere decir que vamos a hacer las cosas de forma diferente.

Los aprendices inmediatamente se colocaron de nuevo en posición.

–¿Señor, sigo? –preguntó Crownhauer.

–Regresemos después –respondió Ballo–. Colócalos en pares mientras llamo a la oficina central.

–Sí, señor –respondió Crownhauer.

La gaviota ártica caminó a una pantalla lejana, ubicada fuera de la vista de las otras aves. Crownhauer, intranquilo por toda la situación, miró con nerviosismo su aparato mientras lo distraían las acciones de su comandante. Ballo se veía sorprendido, casi preocupado, lo que era un comportamiento extremadamente inusual para un instructor de su calibre.

–Mmm –dijo Crownhauer en voz alta–. Vamos… a… emparejarlos. Hay ehh… veinti sss … eh, veinte …un número par de ustedes… de acuerdo – hizo una pausa y sacudió la cabeza–. Voy a leer en voz alta sus números de identificación en parejas, así que un paso adelante cuando oigan el suyo. Esa será su pareja de entrenamiento.

Crownhauer vio a Ballo haciendo gestos frente a una pantalla. Era incapaz de saber lo que Ballo comunicaba, o a quién.

—708 estás con 630 —continuó Crownhauer. No estaba prestando atención a su tarea—. 847 con 773. 224 con 815. 518 con… —miró hacia otro lado—. Eh 401.

Ballo leyó una serie larga de anotaciones en la pantalla. El comandante respondía con su movimiento a lo que se mostraba en la pantalla. Se detuvo cuando vio lo que parecía una versión más pequeña del mismo mapa gigante del Centro de Control. Movió su ala a la izquierda, buscando desesperadamente patrones antiguos del estado del tiempo. Con cada movimiento vio décadas de información del clima para todo el planeta.

—Vamos, vamos… no puede ser sólo esto —dijo Ballo en voz alta.

Movió el ala hacia la derecha para ver los mismos datos del clima de forma progresiva. Llegó al presente e hizo una nueva pausa.

—Es demasiado tarde —le dijo Ballo a la pantalla—. Otros diez años más y no podremos detenerlo.

Ballo apagó la pantalla. Respiró hondo, se calmó y caminó hacia los cadetes. Crownhauer rápidamente volvió su atención a su aparato.

—¿Cómo se ve todo, piloto? —preguntó Ballo mientras caminaba hacia su copiloto.

—Bien, señor —respondió Crownhauer—. Están en parejas.

—¡Muy bien! Empecemos.

—¿Señor? —dijo una voz nerviosa en la distancia. Tanto Ballo como Crownhauer se voltearon en la dirección de donde venía la voz.

—¿Hay algún problema? —preguntó Ballo. Caminó y se detuvo para quedar frente al zorro volador.

—¿Podría cambiar de pareja? —preguntó el zorro volador—. Miró hacia un pequeño mirlo que estaba a su lado—. Sin ofender, pequeñín.

—¡No me ofendes! —respondió el mirlo.

—¿Cuál es el problema? —preguntó Crownhauer, unos pasos detrás de él.

Ballo tomó el escáner de las manos de Crownhauer.

—Revisa las parejas, piloto.

—No veo el problema, señor —respondió Crownahuer.

Miró a los dos cadetes. El zorro volador le lanzó una mirada incómoda al playero rojizo.

—¡Ya sé! —dijo Crownhauer después de un chispazo de claridad—. Lo siento mucho, señor.

Es un murciélago, piloto —dijo Ballo—. Todos sabemos que prefieren trabajar solos.

Capítulo Trece

El primer día del entrenamiento de vuelo empezó al amanecer. Un grupo pequeño de cadetes se encontraba en una viga que una grúa levantaba de forma lenta y estable. Para Dioni, se sentía como si le enseñaran a saltar desde un elevador sin puertas, y que elevaban a una mayor altura, después de cada salto. El propósito de cada estilo de entrenamiento era introducir a los estudiantes a la sensación de caer desde alturas razonables antes de colocarlos en una situación en la que no tuvieran otra salida. El proceso se repetía una y otra vez. Con cada salto, los cadetes aprendían la postura correcta para el vuelo, el uso de las plumas de cola y los principios de planear.

Aunque tomaba tiempo aprender cada lección, Dioni encontró que el conocimiento que adquiría era fácil de reproducir una vez que hubiera observado sus compañeros realizar la misma tarea. Desde menor altura, aprendió a usar sus alas para planear suavemente hacia abajo y usar el viento que él creaba para suavizar su aterrizaje. También descubrió que la fuerza de sus alas era menor que la de los otros cadetes en su unidad.

El avestruz y el emú, aunque no eran aves de vuelo aéreo, usaban su conocimiento adquirido para entender cómo los aviadores navegaban y se comunicaban en el cielo; también descubrieron cómo podían usar sus cuerpos, de forma ventajosa, sobre el suelo.

Al zorro volador - que prefería trabajar lejos de sus compañeros - le habían dado unos lentes especiales que simulaban diferentes estados de luz. Debido a que no tenía plumas en la cola, al zorro volador le enseñaron a usar la fuerza del viento, la velocidad y la agilidad para crear la fuerza de sustentación y arrastre. Su ventaja sobre los demás aviadores eran los pequeños, aunque útiles, dedos que tenía en sus manos y pies, que le permitían tener un mayor control de cada una de sus alas. Aunque era uno de los aviadores más talentosos de la clase, el zorro volador se sentía más a gusto cuando encontraba una rama de la cual colgarse boca abajo.

A las ardillas voladoras las habían colocado en unos tanques de simulación especiales desde donde las lanzaban al aire. Sus módulos de aprendizaje principal no estaban destinados a enseñarles el vuelo, sino más bien a entender las mejores técnicas para la navegación y coordinación aérea. No tenían alas y por lo tanto no se consideraban aviadores, sin embargo se les exigía dominar el uso de sus cuerpos al estar en el aire. Era especialmente importante para ellas aprender los atributos físicos de los despagues veloces y los aterrizajes rápidos y seguros.

Para Dioni, el aspecto favorito de la escuela de vuelo era el componente educativo sobre cómo realmente funcionaban sus alas. Desde alturas menores, aprendió por sí mismo sobre cómo los movimientos sutiles tenían variaciones diferentes sobre su habilidad para planear. Aunque sus primeros saltos fueron bajos y desde una posición vertical, rápidamente aprendió a planear con sus alas ampliamente extendidas. Luego aprendió cómo mover sus alas y bajar las patas para aterrizar en un blanco específico.

Aparte de la singularidad obvia de Dioni, también tenía una característica física que lo diferenciaba de sus compañeros: sus largas plumas de cola. A medida que los saltos desde la viga se realizaban desde alturas cada vez mayores, Dioni empleaba su mejor esfuerzo por imitar las acciones y movimientos que observaba que hacían los demás. Los mirlos eran excelentes aviadores; hacían que todo pareciera tan fácil. Los halcones eran, sin duda, los mejores pilotos de la clase, o de toda la escuela. Dioni entendió por qué los halcones eran una clase aparte.

A medida que Dioni aprendía la técnica de vuelo adecuada y era capaz de sostenerse en el aire durante distancias cada vez mayores, encontró que su patrón de vuelo era naturalmente único. Esto no era una desventaja, sino más bien una habilidad singular que todos los quetzales poseían. En vez de volar en una dirección continua hacia delante, Dioni era capaz de alterar los movimientos hacia arriba o hacia abajo, en una especie de patrón como el de las ondas, que le permitía ganar velocidad sin usar la fuerza adicional de las alas. A pesar de que el quetzal no era veloz - Dioni no estaba ni cerca de ser tan rápido como los halcones - tenía la habilidad de hacer giros increíblemente cerrados, bajar en picada o escalar rápidamente en el aire, todo sin reducir la velocidad.

El comandante Ballo trabajó más de cerca con Dioni que con cualquiera de los otros cadetes. Se tomó el tiempo para explicarle cada complejo detalle de un vuelo perfecto, inclusive el arte de las acrobacias y de zambullirse en picada. Los compañeros de Dioni no tenían ni envidia ni celos de las instrucciones personalizadas que él recibía. En cambio, lo animaban y esperaban que la atención extra le permitiera aprender más en menos tiempo.

Para seguir con la evaluación de sus habilidades aéreas, llevaron a los cadetes a una cámara de simulación de viento donde aprendieron a usar el poder del viento a su favor. Sorpresivamente, ningún cadete disfrutaba de este entrenamiento tanto como el avestruz, que sentía como si se levantara del suelo a medida que el viento lo empujaba a alcanzar nuevas velocidades.

Mientras estaba en la cámara de viento, Dioni mostró que tenía pleno control sobre su habilidad para volar. Sin importar la dirección o la velocidad en la que fluía, Dioni era capaz de maniobrar el viento por sí mismo y continuar con su patrón de vuelo, inclusive en escenarios peligrosos.

—¿Cómo eres capaz de elevarte y moverte así? —le preguntó uno de los sharas jóvenes a Dioni, asombrado de cómo otra ave azul navegaba con patrones tan singulares.

—No sé —respondió Dioni—. Sólo… puedo.

—Son sus plumas de cola —dijo el comandante Ballo, que oyó la conversación desde la distancia—. Esas largas plumas de cola le dan una ventaja en el aire.

—¿De verdad? —preguntó Dioni, emocionado.

—No se confíe pensando que es mejor que cualquiera de los otros pilotos, Dioni —dijo el comandante—. Heredó las plumas de cola, pero hay otras características importantes del quetzal que todavía necesita aprender.

—¿Ah sí? —respondió Dioni. Sonrió mientras Ballo caminaba junto a él y al joven shara—. ¿Cómo qué?

—Esto es la escuela de vuelo, Señor Omega —dijo Ballo—. Mi única responsabilidad es enseñarle cómo estar en el aire. Todo lo demás lo tiene que hacer usted.

El vuelo nocturno era el reto final de entrenamiento del primer día de vuelo en la escuela. Bajo este módulo de entrenamiento, les enseñaban a los cadetes a usar sus habilidades de comunicación, junto con el sentido del sonido, para calcular la velocidad y aprender a identificar y esquivar los objetos que estaban colocados al azar ante ellos. El zorro volador tenía una clara ventaja en este escenario, más que todo por su talento natural en entornos oscuros.

Bajo la cubierta de la oscuridad total, todas las aves eran invisibles. Finalmente llegó el momento de empezar a usar los *Pathfinders* que les habían dado - que combinaban la tecnología de detección sonora, de radar y de movimiento - ya que los aparatos les permitían a los cadetes ver y detectar objetos en movimiento. Veían a todo color en completa oscuridad y con facilidad veían las distancias entre ellos y los demás objetos. Los cadetes detectaban inmediatamente los patrones de tráfico aéreo y las condiciones del clima con tan solo mantener los ojos abiertos mientras volaban.

Dioni disfrutaba particularmente de la clase de vuelo nocturno. Por primera vez desde que llegó a la Academia de Vuelo, pensó en su hogar… y en Alma.

Aunque la oscuridad no la asustaba - y nunca lo habría admitido - a Alma no le gustaban los murciélagos. «Ingratos murciélagos», decía cada vez que oía su aleteo en la oscuridad. Dioni, que era su mejor amigo, hacía lo posible por convencerla de dos cosas: primero, que el sonido probablemente era de un pájaro y no de un murciélago; y segundo, que si el sonido era de un murciélago, seguramente no la atacaría. La intención de Dioni no surtía efecto. Para Alma, los murciélagos eran el equivalente a los ratones voladores. Como tales, hubiera encontrado que el zorro volador era el más inquietante, una rata voladora gigante creada por la naturaleza. En su mente, Dioni sabía que esto era una parte de esta experiencia que se saltaría cuando le contara a Alma sobre la escuela de vuelo.

—¿Cómo funciona tu sonido de eco? —preguntó Dioni al zorro volador mientras dos cadetes hacían una serie de descensos en picada.

—¿La ecolocación? —respondió el zorro volador—. Es sencillo, pero tengo que usar mi *Pathfinder*. No puedo hacerlo sin él. Tienes que pensar en cómo viaja el sonido y no qué tan ruidoso eres. No tengo que ver las cosas para saber dónde están. Escucho cuando el sonido me regresa y calculo la distancia, y luego lo repito eso una y otra vez.

—¿Todos los murciélagos pueden hacer eso?

—Los pequeños pueden. Los grandes no lo necesitan.

Dioni sintió la necesidad de desafiarse. Decidió ignorar las órdenes y su propio buen juicio en un intento por probar que era biológicamente capaz de superar al zorro volador. Dioni desactivó su *Pathfinder*, cerró los ojos a mitad de vuelo y emitió un sonido agudo que lo oyó la unidad entera. Escuchó atento a que el sonido regresara, después abrió inmediatamente los ojos y de nuevo colocó su *Pathfinder* en posición.

—¡Muy bien! —dijo el zorro volador—. ¡Esto estuvo realmente bien!

—¿Y ahora qué hago? —preguntó Dioni.

—Pon atención a los detalles de cómo el sonido regresa. Cuanto más rápido y alto te regrese el sonido, más cerca y más grande es el objeto. Es como oír la distancia de un eco.

—De acuerdo.

Una vez más, Dioni deshabilitó el *Pathfinder*, cerró los ojos y repitió el proceso. Los demás cadetes notaron sus acciones y empezaron a observar. Él era el pájaro Omega, así que tal vez tenía alguna habilidad que a ellos les faltaba. El suspenso y la curiosidad eran demasiado fuertes para ignorarlas.

Mientras el patrón aleatorio de objetos cambiaba en la oscuridad, Dioni no se dio cuenta que había una turbina de aire simulada, que era difícil de ver inclusive con lentes especiales. Las largas hojas de la turbina se movían casi sin emitir sonido. Aunque era perfectamente seguro cuando se seguían las instrucciones, esta parte del entrenamiento de vuelo nocturno desconcertó a todos los cadetes, inclusive a los halcones.

A cierta altitud y velocidad, un golpe fuerte de la hoja de turbina simulada podría causar daño permanente a cualquier aviador. Aunque ser el pájaro Omega le permitía sobrevivir el golpe, Dioni quedaría inservible al mundo si perdía su habilidad para volar, a causa de un accidente en la Academia de Vuelo.

El zorro volador oyó las variaciones sutiles en el sonido de eco que regresaba. Vio las inmensas hojas. Bajó la velocidad y se desplazó hacia la derecha, colocándose a una distancia segura de una posible lesión. El zorro volador esperaba que Dioni lo siguiera e hiciera la misma maniobra; no se dio cuenta de que el quetzal azul se dirigía a una muerte segura. Por un breve momento, cada ave de la clase, inclusive las aves que no volaban y seguían todo desde el suelo, respiraron hondo y se prepararon para lo peor.

Un rayo de luz en forma de gaviota ártica destelló instantáneamente en el cielo. Era el comandante Ballo. No aleteó o hizo sonido alguno, sin embargo voló más rápido de lo que los cadetes habían visto jamás. El rayo de luz creado por el comandante le seguía y lentamente se desvanecía a medida que se movía por la oscuridad a una velocidad increíble. Planeó a través del cielo con elegancia; su luz emanaba un resplandor brillante que alteraba su apariencia.

Un instante antes de ser arrebatado del cielo, Dioni vio el reflejo de una luz en la inmensa hoja de la turbina. En un instante, el comandante Ballo empujó a Dioni hacia atrás, luego lo agarró por los hombros y lo elevó lejos de la turbina. Si cualquiera de los cadetes hubiese parpadeado o si Ballo hubiese dudado por una fracción de segundo, todos hubieran sido testigos de una tragedia.

A una altitud y distancia segura, el comandante Ballo soltó a Dioni, quien sabía usar sus propias alas para planear y llegar al suelo. Los cadetes formaron un círculo alrededor de Dioni para asegurarse de que estuviera a salvo; miraron al cielo y presenciaron cómo la luz del comandante Ballo se desvanecía lentamente.

—¿Qué hiciste? —preguntó una oropéndola.

—Sólo estaba probando algo —respondió Dioni—. Deshabilité mi *Pathfinder* y estaba...

—A dos aletazos de matarse —interrumpió el comandante Ballo. Aterrizó justo fuera del círculo—. ¿Qué estaba pensando al hacer eso?

—Quería usar el sonido para ver, igual que...

—¡No es un murciélago! —exclamó Ballo. Los cadetes se alejaron de su

camino al ver que rompía el círculo y marchaba directamente hacia Dioni–
¡No tiene la habilidad para hacer lo que hacen los murciélagos, así que los *Pathfinders* lo hacen por usted! ¡Le explicamos esto!

Dioni se asustó por la respuesta de Ballo. Ballo le había explicado que todo el ejercicio de entrenamiento era simulado, entonces ¿qué era lo peor que podía pasar?

–Pensé que todo era simulado –respondió Dioni. Su voz se quebró y su cuerpo empezó a temblar–. Pude haberlo atravesado ¿verdad? ¿Ese ventilador gigante?

–No, ¡no lo hubiera podido hacer! –respondió Ballo de forma intimidante–. Es una turbina de viento. Simulada o no, lo hubiera golpeado más fuerte que cualquier cosa que ha sentido en toda su vida. Estuvo a punto de morir ahí, ¿me entiende? ¡Dígame que entendió!

–¿Señor? –preguntó un joven mirlo, con timidez. ¿Cómo hizo eso?

–¿Cómo hice qué? –respondió Ballo. Mantenía su mirada en Dioni.

–Usted se veía como un rayo de luz, señor. Estaba en el aire sin aletear y la luz lo seguía.

El comandante Ballo hizo una pausa. No parpadeó ni apartó su mirada de Dioni.

–No es asunto suyo –respondió Ballo.

–¿Señor?

–No es algo que les pueda enseñar ni que puedan aprender –dijo Ballo. Volvió su atención a los demás cadetes–. Terminamos por hoy. Todos tienen dos segundos para ir a los cuarteles aviares o les juro que no van a volver a sentir la corriente de una brisa fría debajo de sus alas.

Cada miembro de la clase B-112 se fue inmediatamente, sólo el comandante Ballo y el piloto Crownhauer se quedaron. Ballo siguió a Dioni con su mirada mientras se alejaba con el resto de sus compañeros. Crownhauer abrió su Tablet.

–Comandante –dijo Crownhauer–. Señor, ¿puede explicar qué pasó? –Ballo se dio la vuelta–. Tengo que llenar un informe sobre incidentes.

–Él es el Omega, Crownhauer –respondió Ballo–. Esto no se hubiera tratado de otro pájaro enviado a la enfermería. Lo hubiera matado.

Crownhauer se movió para colocarse en la línea visual del comandante Ballo.

—Tenemos accidentes todo el tiempo, señor. El simulador no es lo suficientemente fuert...

—¡Ya lo sé! —interrumpió Ballo—. Sé exactamente lo de las simulaciones. Pero igual se habría hecho daño y mucho. Accidentes como esos pueden afectar tanto al ave, que luego le de miedo volar.

Crownhauer inhaló profundamente y exhaló despacio.

—No todas las aves están destinadas a volar, señor.

Ballo miró a Crownhauer.

—Este sí, piloto. Si ese pájaro no está en el aire, entonces el resto de nosotros no tendremos la oportunidad de... de...

Crownhauer bajó su aparato.

—No hay nada que reportar, ¿verdad señor?

—No... nada.

El cuartel aviar era poco más que una serie de pequeñas estructuras de vivienda diseñadas para que cada cadete se quedara dos noches; a todos los cadetes se les asignaba el mismo cuartel que al resto de su clase. Esa noche, B-112 era el más silencioso entre las docenas de cuarteles de la Academia.

Los cadetes descansaban en formación. Estaban con la cabeza baja y con las garras sobre el suelo o sobre una percha elevada.

—¿Por qué desconectaste tu *Pathfinder*? —preguntó el halcón, el primero en romper el silencio. Formulaba la pregunta a la cual todo cadete quería oír la respuesta.

—Yo estaba... —respondió Dioni, enfadado—. Déjame en paz.

—Quiero decir que sé lo que intentabas hacer —continuó el halcón—, pero hasta los pájaros míticos no pueden usar la ecolocalización.

Dioni le dio la espalda al halcón.

—Tiene razón, sabes —dijo el emú, que Dioni tenía a la altura de los ojos—

. Eso fue realmente peligroso. Tienes suerte de que el comandante Ballo te detuviera.

Dioni saltó de la percha al suelo.

—¿Estás seguro de que eres el pájaro Omega? —preguntó una ardilla voladora.

La pregunta era irrelevante, aunque tenía el derecho a formularla.

—¡No lo sé! —respondió Dioni—. Yo era yo un día y al día siguiente, ¡era esto! ¡Yo no pedí ser un ave! Sólo quiero irme a casa y ser yo mismo de nuevo, pero tengo que esperar 10 días y pasar por esta estúpida escuela antes de que pueda regresar.

—Entonces ¿no quieres ser el pájaro Omega? —preguntó la ardilla voladora.

—¡No! ¡Ni siquiera sé lo que significa eso! —los ojos de Dioni se humedecieron—. Sólo quiero irme a casa.

Los cadetes inclinaron la cabeza y miraron hacia abajo.

Ey…amigo —susurró el halcón—. ¿Viste qué enfadado estaba? ¿El comandante? —unos cuantos compañeros sonrieron—. Se veía como uno de esos zopilotes de cara colorada.

Los pájaros más grandes levantaron la vista. Algunos de los pequeños contuvieron la risa.

—Su cabeza estaba toda inflada y su pecho se veía como si se hubiera tragado un globo —dijo la otra ardilla voladora.

Dioni sofocó la risa pero mantuvo su cabeza baja.

—Te hubiera golpeado más fuerte y te hubiera noqueado más que cualquier cosa que hubieras sentido en tu vida —dijo el correcaminos, burlándose del comandante.

A todos los cadetes les pareció graciosísimo. Otro de los correcaminos se unió a la diversión; se burló del discurso del comandante y exageró sus movimientos.

—¡Todos ustedes tienen dos segundos para irse al cuartel aviar o les juro que nunca volverán a sentir una corriente de aire fresco! Yo soy el comandante Ballo y ¡nadie en esta Academia se pedorrea tan fuerte, tan alto o con más fuerza que yo!

El cuartel B-112 estalló en carcajadas. El segundo correcaminos, más comedido, continuó con su actuación, aunque ninguno de sus compañeros la oyó por el ruido producido por tanta risa. Dioni levantó la vista. Se secó las lágrimas y gimoteó mientras reía por lo bajo. Hizo amigos en el grupo; el primer beneficio inesperado de su acuerdo de diez días. Los cadetes notaron el cambio de actitud en Dioni y le prestaron atención.

—¡Ey! «Di-o-ni» —empezó el zorro volador. Sonrió mientras miraba a Dioni—. Si necesitas volar de noche sin un *Pathfinder*, puedes venir a buscarme, ¿de acuerdo?

Dioni se rio conforme una lágrima rodó sobre su pequeño rostro.

—Lo haré —dijo con una sonrisa.

—Hola, mi nombre es «Di-o-ni» —empezó el tercer correcaminos. Se burló de Dioni para completar la actuación del trio cómico—. Y soy el pájaro Omega. Ayer no era un pájaro, pero hoy sí, así que ahora que ya sé volar, voy a ir a toda velocidad a estrellarme contra la hoja de una turbina de aire. ¿Alguien puede sostener mi *Pathfinder*?

El correcaminos corrió hacia el avestruz, que con rapidez improvisó y usó su cabeza para tirarlo juguetonamente hacia el aire. El transporte aéreo exitoso del correcaminos lo empujó entre las dos ardillas, que inmediatamente levantaron sus pequeños brazos en señal de un gol perfecto.

Todos los pájaros hicieron una pausa mientras el correcaminos aterrizaba bruscamente y frenaba con la caída. Lentamente se levantó y se sacudió.

—Bueno, supongo que ahora soy un alebrije —dijo el correcaminos.

Las estrepitosas carcajadas del cuartel B-112 se oyeron en toda la Academia de Vuelo. Dioni rio junto a sus compañeros. Recuperó la confianza y se unió al resto de los pájaros sobre la percha.

—Son unos tontos ustedes.

Capítulo Catorce

El segundo día de la escuela de vuelo fue menos intenso que el primero. Los cadetes de la clase B-112 estaban nerviosos por lo que había ocurrido la noche anterior. Sin embargo, como resultado de la experiencia, formaron un fuerte vínculo. Se encontraban justo fuera de la sala de simulación.

Con su *Pathfinder* en su lugar - y sin ningún deseo de quitárselo o deshabilitarlo - a Dioni le asignaron un curso especial que ningún otro cadete en el grupo debía tomar.

—Dioni —empezó el comandante Ballo—, este conocimiento puede serle útil o no, pero es importante que lo aprenda. Podría salvarle la vida.

—Sí, señor —respondió Dioni.

—Debe dejarse puesto el *Pathfinder*. ¿Entiende?

—¡Sí, señor! ¡Claro que sí, señor!

—Bien. Ahora, ¿sabe lo que es una murmuración de ave?

—No… ¿es algo doloroso?

—¿Qué? No, no, no. Es una formación que usamos para escapar de los depredadores. A veces la usamos como una distracción.

—¿Una distracción de qué?

—No lo sabrá hasta que la necesite.

—De acuerdo.

—Básicamente, lo que hace es aprender a volar como parte de un gran enjambre, sin un líder. Todos se cuidan, unos a otros. Debe navegar de acuerdo a su patrón de vuelo calculando hasta el menor movimiento hecho por las aves alrededor suyo.

—Entiendo —respondió Dioni—. ¿Cómo hago eso?

—Primero, no debe desconectar su *Pathfinder* —dijo Ballo—. Le ayudará a ver exactamente qué aves alrededor suyo se mueven y cómo se mueven. Todo lo que tiene que hacer es imitar su patrón de vuelo y ellos imitarán el suyo.

—¿Entonces es un juego de sigue-al-líder?

—N… sí y no. Es mucho más sofisticado que eso. Si cualquier ave está fuera de la formación, toda la murmuración fracasa. Es más como un juego de sigue-el-patrón-de-vuelo con aproximadamente cien aves.

—Eh…de acuerdo. Entiendo —respondió Dioni, nervioso, pero emocionado por el nuevo entrenamiento.

—Algunos de los mejores aviadores que hacen murmuraciones son los estorninos, así que vamos a simular un medio ambiente de estornino. No se quite el *Pathfinder*, ¿me oye?

—¡No lo haré!

—Bien. Entre e iniciaremos el programa.

El simulador de vuelo de murmuración estaba diseñado de forma similar al túnel de aire donde los cadetes aprendían a navegar y usar el poder del viento a su favor. El simulador era, por comparación, casi del tamaño de la antigua habitación de Dioni. No tenía esquinas y el forro de la superficie interior tenía una pantalla parecida a una malla con miles de pequeños agujeros. La puerta del simulador se cerró detrás de Dioni y él quedó en una habitación circular iluminada por rayos de luz que atravesaban los pequeños hoyos en la malla.

—Párese en el centro, Dioni —dijo una voz desde el sistema de altavoz. Dioni obedeció de inmediato—. Formación de vuelo.

Dioni inclinó la cabeza, miró hacia delante y extendió las alas. Sintió el empuje de la brisa desde abajo, que lo elevó de la superficie. Al principio, la sensación era sensación era extraña e hizo que Dioni perdiera el equilibrio.

A pesar de sus acciones, la brisa cambió de forma automática para mantenerlo en el aire y en el centro de la habitación. El simulador detectaba el menor movimiento del aviador que estaba entrenando, haciéndolo uno de los programas más seguros de la Academia de Vuelo.

A medida que estabilizaba su vuelo, Dioni vio un punto pequeño de luz directamente frente a él.

–Mire al frente –ordenó la voz–. La simulación empieza como un túnel. La luz frente a usted se volverá cada vez más brillante y grande a medida que se acerque al final.

–¡Entendido! – respondió Dioni.

–No deshabilite el *Pathfinder*, Dioni.

–Lo entiendo.

Dioni enfocó su atención en la luz que se intensificaba.

–Y tenga cuidado con las turbinas de viento –dijo la voz.

Si no se hubiera enfocado solamente en la tarea frente a él, Dioni se habría dado cuenta de que la voz que le daba órdenes era la de uno de sus compañeros. Ballo quería que Dioni aprendiera la lección.

Dioni se concentró en su objetivo. Cerca de él oyó los cantos de un gran grupo de aves. No las veía, pero el sonido se hizo más fuerte a medida que la luz se hacía más intensa.

El simulador mostraba un hermoso cielo azul desde el momento en que salía del túnel virtual. La habitación completa cubierta de malla mostraba los nuevos alrededores; Dioni vio la réplica de un lugar real, hecha por el simulador.

A medida que vagaba por el cielo simulado, notó un grupo de estorninos detrás de él. Los estorninos no eran reales, aunque si no le hubieran dicho que esto era una simulación, Dioni no habría notado la diferencia. Mientras volteaba su cuerpo, el simulador calculó los movimientos y mostró un cambio en la escena. Sin importar la dirección en la que se moviera, el aire que soplaba de los agujeros en el simulador sostenía a Dioni de forma segura en el centro.

El grupo de aves detrás de él era un enjambre de aproximadamente 50 estorninos. Mientras volaban en formación, la mitad de los estorninos se posicionaron frente a Dioni mientras los demás lo rodeaban a ambos lados; sólo unos pocos quedaron detrás de él. Su *Pathfinder* identificaba con facilidad a cada estornino, justo como Ballo había dicho que lo haría.

Al mirar a través del *Pathfinder*, Dioni vio en un instante los movimientos de cada ave cerca de él. Todo lo que tenía que hacer era quedarse en la formación con los que estaban más cerca y poner especial atención a los movimientos repentinos que hicieran los estorninos a su alrededor. Al principio, cada ave voló hacia delante, sin variación o cambio de dirección.

—Muy bien, Dioni —dijo el comandante Ballo a través del sistema de altoparlante—. Quédese en el mismo rumbo que tenga el pájaro que esté más cerca de usted. Su *Pathfinder* detectará el movimiento, así que sólo siga la guía del *Pathfinder*. ¿Entendió?

—Entendido —respondió Dioni.

—Muy bien… aquí vamos.

Los estorninos simulados que estaban junto a Dioni lentamente movieron sus cuerpos y su patrón de vuelo hacia la derecha. Como había dicho Ballo, el *Pathfinder* determinó exitosamente la distancia y el movimiento de cada pájaro a su alrededor, lo que le proporcionaba a Dioni una guía sencilla a seguir. Los estorninos repitieron el mismo movimiento hacia la izquierda. De nuevo, Dioni pudo quedarse en formación sin dificultad.

Dentro de la sala de control, el comandante Ballo dirigía la simulación. Ballo se encontraba detrás de tres estorninos reales, que operaban el programa de simulación. Los cuerpos de los tres estorninos estaban suspendidos por un sistema de levitación magnética, que los sostenía en perfecta formación de vuelo, mientras daban órdenes a sus pantallas; sus movimientos se traducían en órdenes para el simulador.

—Estamos manteniendo los movimientos sencillos, señor —dijo uno de los estorninos—. Estamos esperando la sacudida.

—Esperen mi orden —respondió Ballo, su atención enfocada en los movimientos de Dioni.

A los cadetes de la clase B-112 les permitieron observar desde la distancia y sólo dentro del observatorio. Aunque Dioni no podía ver u oírlos, sus compañeros observaban cada uno de sus movimientos y le animaban por sus logros.

—Sacudida —ordenó Ballo.

—Sacudiendo —respondieron los estorninos a la vez.

En el simulador, las maniobras sencillas de Dioni fueron interrumpidas cuando los estorninos se elevaron para ganar altura. Como fue un movimiento inesperado, Dioni no se dio cuenta de la advertencia que le dio su *Pathfinder*. Los pájaros que estaban debajo de él se elevaron y se chocaron contra Dioni y entre ellos, razón por la que el simulador produjo la escena de un accidente de murmuración. Docenas de aves se cayeron del cielo mientras Dioni luchaba por mantener su equilibrio. La brisa interna lo bajó lentamente al suelo hasta que fue capaz de colocar sus patas sobre la tierra firme. La habitación se oscureció.

—¿Qué pasó Dioni? —preguntó Ballo por el altoparlante.

—No esperaba que se elevaran —respondió Dioni—. Me pegaron desde abajo.

—Si está en el centro, tiene que tener en cuenta que hay aves en todas las direcciones. Un solo pájaro fuera de la alineación es suficiente para que todo se destruya.

—Sí, señor.

—Probemos de nuevo.

Dioni se reintegró y sacudió todo su cuerpo. Se preparó mentalmente para otro intento.

—Formación de vuelo —dijo la voz de un estornino.

Dioni extendió las alas de nuevo y se elevó del suelo. En instantes estaba de nuevo en el cielo; el simulador recreaba el mismo escenario anterior.

Los compañeros de Dioni miraban atentos desde el observatorio. Ninguno de ellos estaba obligado a realizar ese entrenamiento, pero seguían y observaban la simulación de Dioni en una pantalla. Movían sus cuerpos coordinadamente con Dioni, casi como si lo entrenaran de forma telepática para que realizara los movimientos adecuados. También contribuían las aves que no volaban.

—Probemos esto de nuevo, sargento —dirigió Ballo—. En tres… dos… uno… sacudida.

Como antes, las aves debajo de Dioni se elevaron, el *Pathfinder* emitió la misma alarma. En este intento, Dioni se levantó y se quedó en formación. Los cadetes aplaudieron.

El *Pathfinder* de Dioni funcionó impecablemente; sabía que Dioni estaba en una formación de murmuración y por medio de la matemática y la física, hacía millones de cálculos instantáneos y precisos. Para Dioni, parecía como si su *Pathfinder* estuviese conectado y sincronizado al de cada estornino simulado.

—Bien, Dioni… bien —se dijo Ballo mientras veía cómo Dioni mantenía la formación—. Sigamos adelante y cambiemos el patrón —indicó.

—Cuando usted diga, señor —respondió uno de los estorninos.

—Zambullida —ordenó Ballo.

Los estorninos se movieron al unísono a la perfección. Levantaron sus cabezas y bajaron sus cuerpos; el simulador respondió al instante a sus movimientos coreografiados.

En el simulador, Dioni notó un movimiento repentino en el brillo de la habitación. El *Pathfinder* detectó inmediatamente el cambio. Dioni vio docenas de estorninos simulados zambullirse hacia el suelo. No pudo imitar el patrón a tiempo, lo que resultó en un choque desde arriba. De nuevo, Dioni provocó un fallo en la murmuración. El simulador se detuvo mientras Dioni recobraba la compostura.

—¿Qué pasó, Dioni? —preguntó Ballo.

—Estaba demasiado ocupado viendo a los pájaros debajo de mí —respondió Dioni—. No puse atención a los que estaban arriba.

—Use el *Pathfinder*, Dioni. Para eso está.

—De acuerdo.

—De nuevo.

En el tercer intento, Dioni logró esquivar exitosamente la sacudida y la zambullida pero no estuvo consciente de su espacio físico y se chocó contra un acantilado, que destruyó la murmuración. En la vida real, muchas aves habrían muerto.

En el cuarto intento, Dioni estaba más pendiente de lo que estaba alrededor de él pero rompió la formación por descuido cuando la luz del sol lo cegó temporalmente. No vio la advertencia de su *Pathfinder* y de nuevo chocó contra las aves de arriba.

En el quinto intento, Dioni aprendió una nueva habilidad - la colocación dentro de la formación - lo que quería decir que era capaz de determinar dónde colocarse dentro del grupo. Desafortunadamente, no tomó en cuenta su elevación respecto del suelo.

En el sexto intento, Dioni calculó muy mal la velocidad del viento y causó una tremenda colisión en el cielo.

En el séptimo intento, Dioni aprendió por qué las murmuraciones no ocurrían en patrones circulares.

En el octavo intento, Dioni confundió el cielo con una gran masa de agua y fue el responsable de que se ahogaran cientos de estorninos simulados.

Veinte intentos y veinte fracasos después, los compañeros de Dioni se preguntaban si alguna vez podría completar el entrenamiento. Le aplaudían cuando lo hacía correctamente, en silencio le indicaban cómo entrenar dándole instrucciones a una pantalla, y se sentían consternados cuando fracasaba una y otra vez. Sin embargo, apoyaban a su compañero de equipo.

Cuando llegó el intento número treinta y dos, Dioni analizaba cuidadosamente cada cambio en los movimientos. Se elevaba de forma elegante y calculaba cada acción de la bandada y usaba de su *Pathfinder* como guía.

—Simulen al depredador —ordenó Ballo a los estorninos en la sala de control.

—¿Cuál es el objetivo, señor? —preguntó el estornino.

—Retemos a este niño. Águila real. El objetivo es el Omega.

—Confirmado, señor.

El observatorio se quedó en silencio. Los cadetes se miraron unos a otros, preocupados por lo que iba a suceder. Dirigieron su atención a la pantalla.

Dioni maniobró con facilidad entre la bandada de cientos de estorninos simulados. Con cada intento y cada fracaso, adquiría más conocimiento y experiencia, lo que significaba que el reto debía ser más difícil.

En el horizonte, Dioni vio un objeto grande que volaba hacia la bandada. El *Pathfinder* registró el objeto como un ave no clasificada, aunque inmediatamente se dio cuenta de que no era un estornino. Continuó en la murmuración y voló dentro y fuera del centro de la formación, cuidando de mantenerse coordinado con los movimientos de los estorninos. Dioni se volteó hacia el horizonte y vio que la gran ave había desaparecido.

Sin ninguna advertencia previa o alarma de su *Pathfinder*, la enorme garra de una furiosa águila real apareció sobre Dioni. Temiendo por su vida, Dioni se salió de la formación y brevemente fue perseguido hasta que el águila lo capturó. El simulador completo se oscureció. Dioni aterrizó bruscamente sobre el suelo.

—¿Qué pasó, Dioni? —preguntó Ballo.

—¡Un águila apareció de la nada y me atacó! —respondió Dioni. Respiraba intensamente.

—Usted era su objetivo.

—¿Qué quiere decir eso? —preguntó Dioni.

—Como no se parece a un estornino, será lo primero que vean los depredadores.

—¿A pesar de que también son aves?

—Debe estar atento, Dioni —dijo Ballo—. Sabe cómo funciona el mundo.

—¿Entonces qué hago? Intenté volar en otra dirección pero me atrapó.

—Tiene que usar la murmuración a su favor —dijo Ballo—. Rompa la formación.

—Eso no tiene sentido, señor —respondió Dioni, irritado por la falta de claridad.

—El águila puede atrapar fácilmente a un pájaro, pero la formación de los movimientos de cada estornino lo confunde. Cambie la formación y no será capaz de atraparlo a usted o a cualquiera de los estorninos.

—¡Sólo soy uno de cientos de aves allá arriba! —respondió Dioni—. ¿Cómo puedo cambiar toda la murmuración si no puedo controlar el patrón de vuelo de cada ave?

—Intuición, Dioni. Actúe como un estornino, piense como un águila —respondió Ballo.

—¿Qué?

—De nuevo.

Veintisiete intentos después, Dioni todavía no lograba romper la murmuración o volar mejor que el águila. La tarea era imposible. Con cada intento fallido, Dioni se frustraba más.

Los cadetes lo veían todo. Querían que su compañero de equipo triunfara, y sus fracasos eran tan frustrantes para ellos como para Dioni. El zorro volador abrió la pantalla de comunicación de la sala de control.

—¿Señor? —preguntó el zorro volador, antes de la simulación número veintiocho. ¿Cuánto tiempo más va a tener que hacerlo, señor?

Ballo miró al gran murciélago. Vio lo preocupados que estaban él y los demás cadetes por su compañero de clase.

—Debe aprobar la clase. No tiene otra opción —Ballo volvió su atención a los estorninos—. Otra vez.

—¿Señor…puedo hablarle? —preguntó el zorro volador.

Si le daban permiso, el zorro volador sabía cómo podía ayudar a Dioni. Si se lo negaban, al menos ganaba un poco de tiempo antes de que empezara la siguiente simulación. Ballo se volvió al zorro volador.

—Para eso tenemos el intercomunicador, cadete. Yo le hablo aquí, usted está en el observatorio.

—Señor, sólo un minuto. Es todo lo que pido.

Ballo notó que todos los cadetes lo estaban mirando. Ellos tenían la esperanza de que mostrara la mínima compasión. Ballo suspiró.

—Sesenta segundos —dijo al zorro volador—. Es todo.

—¡Sí, señor! ¡Gracias, señor!

El zorro volador salió corriendo rápidamente fuera de la sala de control hacia la puerta del simulador. El simulador se abrió y apareció un pájaro exhausto. Dioni se volvió para ver a su amigo.

—¿Qué estás haciendo aquí? —preguntó Dioni—. Pensé que eras Ballo que venía a gritarme.

—¿Estás bien?

—Lo estaré cuando logre convencer a esta águila de que los estorninos tienen mejor sabor.

—Oye —dijo el zorro volador—. Estás tratando de volar mejor que el águila y eso no será posible.

—¿Tú crees? —respondió Dioni con evidente sarcasmo.

—Escúchame, Dioni. Tienes que usar tus otras habilidades para ser más listo que él.

—¿Y cómo rayos hago eso? —preguntó Dioni. En su mente deseó que su compañero cadete hubiera entrado con un vaso de agua.

—Usa tus sentidos. Él es más rápido y más fuerte que tú, pero no más listo. ¿Recuerdas el truco del eco que te enseñé?

—¿El mismo que casi me mata a causa de la turbina falsa? —respondió Dioni.

La puerta del simulador empezó a cerrarse, lo que indicaba que la paciencia de Ballo llegaba a su fin.

—Olvida eso —dijo el zorro volador. Salió rápido del simulador mientras la puerta se cerraba lentamente—. Usa tu cuerpo y tus habilidades a tu favor. ¿Qué tienes tú que él no?

La puerta del simulador se cerró. De nuevo se encontraba solo.

—Piensa Dioni, piensa… —se dijo a sí mismo—. ¿Qué tienes tú que el águila no tiene? Para empezar, estas plumas de la cola. Eso no ayudará. ¿Qué más? Piensa, piensa, piensa…

El simulador empezó justo como antes. Esto se había vuelto familiar para Dioni, por prueba y error, y él sabía qué esperar.

—El objetivo del águila real es el Omega, simular depredador —ordenó Ballo desde la sala de control.

Los estorninos siguieron la orden y simularon que el águila real de nuevo atacaba a Dioni. Como era de esperar, Dioni rompió la murmuración. Él era el objetivo deseado y a pesar de su mejor esfuerzo, nunca podría volar mejor que el águila - de forma simulada o no.

Sin embargo, para este intento, Dioni probó una técnica diferente.

Vio al águila que le seguía de cerca, a poca distancia de las plumas de su cola, cuando recordó su patrón único de vuelo. Dioni se lanzó hacia abajo dando vueltas en picada hacia el suelo. El águila imitó su estrategia inmediatamente y lo siguió de cerca. El plan de Dioni no funcionó tan bien como él esperaba.

Los cadetes en la sala de observación sabían lo que ocurría.

—Vamos Dioni —dijo el zorro volador—. Usa la cabeza.

Cuando estaba a punto de chocar contra el suelo, Dioni levantó la cabeza y se elevó, lo que provocó que se hiciera una bola. En el punto más cerca de chocarse en un campo de hierba, volteó la cabeza y gritó en la dirección opuesta a la que movía su cuerpo.

El águila, confundida de repente, se fue en picada momentáneamente para seguir el sonido de Dioni. La reacción del depredador le dio a Dioni suficiente tiempo para escapar. No se escapó del águila, pero había logrado ser más listo que ella. Cumplida su misión, Dioni regresó a la murmuración de los estorninos.

—Vaya, vaya —dijo Ballo, desde el centro de control.

Una vez más, el águila retomó el ataque contra Dioni como objetivo. Justo como antes, Dioni escapó, fue más listo que el águila, luego regresó a la murmuración. Esta secuencia se repitió dos veces más antes de que el águila se agotara y se alejara. La simulación terminó cuando cada estornino aterrizó a salvo en el suelo.

La clase entera de cadetes aplaudió a su compañero de equipo. Lo que querían era salir de la sala de observación y felicitar en persona a Dioni, pero se congelaron cuando oyeron las palabras…

—De nuevo —ordenó el comandante Ballo.

Los cadetes se sentían derrotados. No podían ayudar más a su amigo.

En el intento setenta y nueve, Dioni repitió la maniobra y completó la tarea con éxito.

En el intento ochenta, Dioni no se despegó de la murmuración y aprendió a usar a los estorninos como señuelos, ninguno de los cuales fue capturado por el águila.

Para el intento número noventa y cinco, que simulaba lluvia y viento,

Dioni consiguió ser más listo que el águila, al usar su estilo único de vuelo. Una vez más, logró escapar.

Una segunda águila apareció en el intento número ciento uno, cosa que Dioni disfrutó mucho; aprendió qué pasaba cuando dos de los aviadores más feroces y talentosos se chocaban en el aire.

Ningún intento después de eso fue un fracaso. Dioni, así como el resto de los cadetes, perdió la cuenta del número de intentos hechos antes de lograr perfeccionar el ejercicio.

Cuando finalmente salió del simulador, Dioni se sintió emocionado al oír los aplausos de sus compañeros de equipo. En ese momento, Dioni no pensó en sí mismo más que como un ave. Él no era Dionisio, originario de Flores, ni tampoco era un huérfano que guiaba a los turistas por los lugares turísticos. No pensó en Alma, ni en el trato que había hecho con el Alfa. Creía que era el pájaro Omega.

El comandante Ballo estaba unos pasos detrás del resto del entusiasmado grupo. Le aplaudió despacio, pero con orgullo, a Dioni.

—Nada mal, cadete —dijo Ballo a su exhausto estudiante—. Nada mal.

—Gracias, señor —respondió Dioni.

—¿Señor? —empezó un shara—. ¿El resto de nosotros debe completar este entrenamiento?

Los aplausos del grupo se detuvieron repentinamente. El comandante Ballo sonrió.

—No —respondió Ballo—. No se requiere que hagan este ejercicio. Esto fue para él.

Los cadetes suspiraron aliviados.

—Dioni, ¿cómo te sientes? —preguntó Ballo.

—Cansado, señor. Y hambriento.

Ballo infló el pecho.

—Yo también tengo un poco de hambre —dijo Ballo. Las estrellas en su uniforme reflejaban su orgullo—. Clase de cadetes B-112, repórtense al comedor para la comida. Después de lo cual, Crownhauer les dará las directrices para la graduación así como las instrucciones del portal para que regresen a sus regiones.

Capítulo Quince

El Departamento de Control del Clima Global estaba más ocupado que nunca. Rápidamente se regó la noticia de que un nuevo pájaro Omega fue elegido - un quetzal - y que estaba entrenando en la escuela de vuelo. La actividad transaccional estaba más viva de lo que había estado en mucho tiempo.

El Patio de Negociaciones estaba en caos, como siempre. Las aves alrededor del mundo se comunicaban y negociaban, luego informaban sobre sus resultados a la casa matriz. Rara vez había altercados físicos, aunque con frecuencia se llegaba a un callejón sin salida entre dos o más partes: demasiada lluvia en una parte del mundo, insuficiente en otra; la orden de que debía finalizar el invierno y que los árboles y las flores empezaran a florecer se contradecía con frecuencia con otra orden para que hubiera tormentas de nieve al final de la estación; los negociadores tercos, como los carpinteros del bosque de las secuoyas de California, se negaban a aceptar cualquier oferta que no los beneficiara directamente, inclusive si eso detenía los patrones climáticos y causaba sequías durante toda la estación en su territorio.

La primavera era la mejor época para que entrara en escena un nuevo pájaro Omega. Era una época emocionante del año para todas las aves asignadas a las estaciones en el Patio de Negociaciones. No sólo habían iniciado las negociaciones para los meses de mitad del verano en el hemisferio norte, sino algunas aves también habían empezado sus planes climáticos para el otoño e invierno.

Sin embargo, la estación actual incluía la incorporación de dos nuevas instrucciones para las órdenes de trabajo que había dado el Alfa. Primero, cada negociación requería de doble confirmación para ser aprobada. En vez de entregar las órdenes de trabajo completas al Centro de Control, toda la actividad climática inusual requería de la firma y aprobación del Alfa. Grandes eventos – como huracanes, tsunamis y cualquier tormenta que causara daños sobre una ciudad con una población mayor a 1 millón de habitantes—requería justificación y prueba respecto a su necesidad. Las nuevas directrices no se habían implementado como una forma para limitar las órdenes de trabajo falsificadas, ni era el intento malicioso del Alfa por crear más pasos para un proceso que ya era, de por sí, largo. La directriz era, en cambio, una forma para que el Alfa tuviera mayor supervisión para su más reciente iniciativa planificada.

El segundo, y más importante, aspecto de la entrega de las órdenes de trabajo climáticas y las negociaciones presentadas era la inclusión del calor. Habiendo conducido una auditoría exhaustiva de los patrones del clima global y las densidades poblacionales, el Alfa y el pájaro Omega anterior habían llegado a un acuerdo en cuanto a ensayar un nuevo concepto, titulado Iniciativa del Clima Global. Como parte del programa piloto para una sola estación de verano del hemisferio norte, el clima global debía ajustarse para incrementar la temperatura mundial media por 0.005 grados Fahrenheit (0.0028°C). Aunque lo más probable es que pasara inadvertida, el Alfa y el Omega acordaron que la prueba de sólo una estación proveía información valiosa sobre cómo cambiar potencialmente los patrones climáticos globales y, posiblemente, permitir que la planificación futura fuera más sencilla para todas las aves, en todas las regiones. Los detalles de la iniciativa no se hicieron públicos. El informe distribuido por la oficina ejecutiva tanto al Patio de Negociaciones como al Centro de Control requería que todas las negociaciones añadieran un factor de calor; todas las acciones del Centro de Control requerían evidencia de que se hubiera añadido un grado de calor que no excediera la temperatura estándar temporal.

Ningún ave puso en duda alguna de las directrices, aunque los pingüinos patagónicos protestaron porque el calor, durante su estación fría, era insuficiente para su área. El problema se negoció de manera exitosa mediante el uso de una petición de circunstancia especial, que obligó a la comunidad de colibríes de pico rojo de Jamaica a aceptar de buena gana una tormenta adicional para el verano.

La Iniciativa del Clima Global era una negociación muy anticipada entre el Alfa y el Omega. Los rumores giraban por todo el mundo aviar; nadie sabía cuál de los dos pájaros cantaría victoria. Mientras que el Alfa había ocupado su puesto durante suficiente tiempo como para experimentar y adquirir conocimiento sobre patrones climáticos globales repetitivos, el Omega se negaba a aceptar cualquier cambio que no pudiera ser revertido. Ella conocía demasiado bien al buitre como para permitirle actuar de una forma que solamente respondía a sus intereses.

El Alfa y Ally casi nunca estaban de acuerdo, pero al final, los resultados de la auditoría del clima global concluyeron que la iniciativa era necesaria. Desde luego no era la primera vez que se acordaba sobre un ensayo climático global - especialmente ninguno a tan gran escala - aunque era la primera vez que se introducía el tema del calor. Antes de esto, las negociaciones incluían uno o dos posibles resultados: temperaturas globales ligeramente más frescas, o leves extensiones en la duración de una estación. Esto resultaba en días inusualmente calurosos en octubre, en el norte, días inusualmente fríos en Mayo, en el sur, y suficiente lluvia para ambas regiones.

Los años de ensayo con frecuencia estaban caracterizados por luz solar adicional en determinadas áreas del mundo durante el mes de febrero; para evitar que las personas comprendieran el funcionamiento de los ciclos y, por lo tanto, pudieran predecirlos, las órdenes de trabajo para la región de Punxsutawney, Pennsylvania, se presentaban, intencionalmente, para la selección aleatoria entre cielos nublados o soleados. Las aves de la región encontraban graciosísimo que las personas eligieran a una marmota - que no tenía idea de por qué le tocaba desfilar ante enormes multitudes - como un medio para predecir el clima para las siguientes seis semanas.

Ally no quería estar involucrada en permitirles a las aves negociar los patrones climáticos con base en el alza de la temperatura global, pero no podía hacer nada al respecto después de la auditoría del clima global. Ocho aves – de diferentes regiones y que no eran miembros del Patio de Negociaciones o del Centro de Control - fueron seleccionadas para realizar pruebas de estrés para determinar la cantidad diferencial de cambio de clima que la Tierra podría soportar exitosamente. Mientras las operaciones continuaban en ambas divisiones del Departamento de Control del Clima Global durante el proceso de auditoría, las ocho aves seleccionadas monitoreaban los ciclos climáticos e informaban sobre los resultados, después de introducir ligeras variaciones de calor en ciertas regiones. Las auditorías se registraban como de uno a tres días inusualmente cálidos, que ocurrían en la misma semana. Mientras que la información recopilada arrojaba suficientes resultados, los ocho auditores descubrieron que otras partes del mundo experimentaban diferentes anomalías climáticas. En última instancia, esto era atribuido a las negociaciones del DCCG. No obstante, los resultados fueron resaltados en el informe final de la auditoría.

Al final, el informe concluía que no se produciría algún cambio significativo si la Tierra entera fuera expuesta a un incremento de la temperatura global de no más de 0.007 grados Fahrenheit (0.00389°C), por un lapso de no más de seis meses. Cualquier cosa que excediera ese plazo o superior a esa temperatura, constituía una amenaza a la posibilidad de daños irreversibles. Después de semanas de debates y discusiones acalorados entre el Alfa y el Omega, los dos pájaros acordaron que el periodo de prueba sería de tres meses y que la temperatura global no excedería los 0.005 grados Fahrenheit (0.0028°C).

Como en todas las negociaciones hechas por el Alfa, no había un contrato formal o un acuerdo firmado. En vez de eso, los dos pájaros hicieron un acuerdo verbal y estrecharon alas. Un pájaro es tan bueno como su palabra y el Alfa no quería manchar su reputación dejando su nombre en documentos firmados.

La iniciativa fue la última negociación concluida de Ally. Después de muchas décadas de servicio, ella accedió, con reserva, a las demandas del Alfa. Una vez más, el Alfa salió victorioso. Ella sentía que había perdido toda credibilidad y que lo mejor para ella sería encontrar un buen reemplazo. El equilibrio de la Tierra no era, bajo ningún concepto, un proceso democrático, sino más bien era un estricto sistema de pesas y medidas, frenos y contrapesos, que proveía la información necesaria a las aves a lo largo de los continentes, para que pudieran determinar los mejores patrones climáticos para su región. O, sobre todo, si era lo que el Alfa deseaba.

Un tiempo después de que terminaran con los detalles, Ally echó una última ojeada al lugar que había sido su hogar por tantos años. Prometió nunca regresar. Ella había servido durante su vida entera y volver a su forma humana ya no le interesaba. Ally sabía que lo que más importaba era encontrar un reemplazo adecuado - alguien que tuviera poco que perder y que no dejara a nadie atrás. Como su última acción antes de su partida final, Ally se quitó su *Pathfinder* asignado y dejó el aparato en el piso de su antigua oficina. No había nota ni indicación alguna sobre el motivo de sus acciones; sólo desapareció y dejó el destino del mundo a la suerte.

. . .

El Alfa se encontraba postrado orgullosamente sobre su percha en la oficina ejecutiva. Supervisaba su creación de la misma forma que un rey arrogante observa su imperio. Sus alas estaban retraídas a los lados. Para el Alfa, era un recordatorio de su singular habilidad para alimentar su ego. No le importaba perder, pero destruiría la Tierra antes de admitir la derrota. Ahora que se había ido Ally, el proceso para hacerlo era más sencillo. El Alfa estaba contento con los logros de su vida y no escatimaba esfuerzos para obtener lo que merecía…aunque eso significara falsificar el informe de auditoría.

Mimidae no tenía deseos de interrumpir al Alfa en su estado de ilusión. Tocó suavemente la puerta de la oficina ejecutiva.

—¿Señor? —dijo. Tenía la esperanza de no enojar al Alfa, ya que estaba sumido en sus pensamientos—. ¿Lo actualizo rápido?

—Ah, Mimidae, mi fiel asistente ejecutiva —respondió el Alfa—. Justo estaba pensando en nuestro Omega anterior.

—¿Ally, señor? ¿La cuerva?

—Un Álala, Mim. No una cuerva cualquiera; una hawaiana. Era única. Sí. Era una gran Omega. Realmente lo era. Pero ¿sabes qué? Me alegra que se fuera.

—¿Señor? ¿Entonces por qué pensaba en ella?

—Un nuevo comienzo, en realidad. Sangre nueva. En este caso, sangre azul. Es una oportunidad para empezar de nuevo con el siguiente Omega.

—Ahora que lo menciona…

—Y el momento no podía ser mejor —interrumpió el buitre—. Vamos a realizar la prueba este verano, las negociaciones están en punto alto y no tenemos una sola catástrofe que no hayamos previsto. Es como lanzar un juego perfecto, Mim. Y todo gracias a Ally.

Mimidae se quedó en silencio, sin moverse. Quería que el buitre se cansara de su propia voz, o al menos que reconociera que la conversación era de una sola vía. El Alfa se volteó y caminó hacia su mesa ejecutiva. No miró hacia donde estaba Mimidae.

—Pienso —continuó el Alfa—, que si tuviera que calificar a todos los Omega que he visto en mi vida, la pondría entre los primeros diez. Quiero decir, ella no era un pájaro inteligente o colorido, pero tenía muchas agallas ¿sabes? Realmente me escandalicé cuando se fue. Supongo que el trabajo tiene ese efecto en los pájaros débiles. Un día estás en la cima y unos minutos después estás buscando quién te va a reemplazar. Es un poco triste, la verdad… si lo piensas.

El Alfa descansaba sobre la percha detrás de su escritorio. Un pequeño rayo de luz emanaba de su pantalla, mostrando los resultados del comercio así como la información del clima global.

—Por suerte tú no tienes ese problema —continuó—. Yo tengo un trabajo y una responsabilidad aquí, Mim, que me enorgullece decir que nadie puede hacer tan bien como yo. Bueno, he realizado este trabajo por más tiempo que ningún Alfa. No es que eso sea algo malo, sólo que no puedes reemplazar la grandeza, ¿sabes? El trabajo involucra cuidar y hacer lo que sea mejor para restablecer el equilibrio de la Tierra y me gusta pensar que estoy haciendo un trabajo fantástico. Más que fantástico… excepcional. Sí, así es como lo describiría… excepcional. ¿Y por qué renunciar cuando llevas la delantera? No… yo soy el Alfa y voy a continuar siendo el Alfa mucho después de que este patético Omega renuncie. ¡Ha! Un quetzal azul. Qué pájaro tan ridículo.

El Alfa miró a la pantalla sin poner atención a lo que veía.

—¿Quién haría mi trabajo si yo no estuviese aquí? —continuó, en voz alta y más que todo para sí mismo—. O, lo que es más importante aún, ¿qué haría yo si no estuviera aquí? ¡No podría terminar mi trabajo si regresara! No sabría qué hacer o por dónde empezar. Probablemente terminaría haciendo algo absurdo como ser un vendedor de yogur o algo así. Oh, yogur suena bien.

—¿Le gustaría un yogur, señor? —preguntó Mimidae.

¡Ah! —gritó el Alfa al caer de su percha. No había reparado en Mimidae, que estaba muy cerca de él.

—¿Cuánto tiempo llevas ahí? —preguntó mientras rodaba para levantarse.

—Mucho más tiempo del que debería haberme quedado —respondió Mimidae—. Señor, ¿quisiera yogur?

—¡Ya no! Rayos, Mim… tenemos que ponerte una campanilla o algo.

—Podemos discutirlo en la próxima reunión, señor —respondió Mimidae, frustrada—. Lo pondré en la agenda.

—Bien. ¿Necesitas algo o sólo estás tratando de darme un infarto?

Recobró el equilibrio y se paró sobre su percha.

—El nuevo Omega completó el entrenamiento de la Academia de Vuelo —dijo Mimidae.

—Ah bien. Lo sacaremos al campo enseguida.

—Vendrá aquí en los próximos minutos.

—Bien, bien. Dale la oficina que fue de Ally y muéstrale cómo usar la máquina de semillas.

—¿Tendré una oficina? —preguntó Dioni, quien estaba parado en la entrada de la oficina ejecutiva del Alfa.

Junto a Dioni estaba el piloto Crownhauer, que daba la impresión de sentirse incómodo en ese entorno.

—¡Por supuesto que sí, Señor piloto! —respondió el Alfa, siendo evasivo.

Volteó su cuerpo y elevó su ala derecha para cubrirse y tener una conversación privada.

—Pensé que habías dicho, *en unos minutos*, ¡Mim! —le dijo el Alfa en voz baja pero con firmeza.

—Eso fue *hace* unos minutos, señor —respondió ella. El Alfa levantó el ala—. El pájaro Omega está aquí —continuó ella, su tono había cambiado completamente. Mimidae ignoró el puesto del Alfa y su poder sobre ella.

—Así veo —respondió el Alfa. Se levantó de su percha y cambió su comportamiento de frío y enojado a inusualmente alegre—. ¡Dioni! ¡Bienvenido de vuelta! Y piloto Crownhauer… no lo he visto desde hace un buen tiempo. Bienvenido a la oficina principal.

—Sólo vine un momento, señor —respondió Crownhauer—. Solamente para escoltar al Omega.

—Oye Crownhauer… Crownhauer. ¿Puedes decir algo chistoso? —le preguntó el buitre al piloto, a quien le molestó la solicitud.

—Lo dudo, señor —respondió Crownhauer, a quien el buitre consideraba graciosísimo.

—Lo dudo, señor —respondió el Alfa, burlándose.

Crownhauer puso los ojos en blanco y miró a Dioni.

—Gracias Crownhauer —dijo el Alfa mientras intentaba calmar su risa—. ¡Ahh! Necesitaba reírme. Te puedes ir.

—Gracias, señor —respondió Crownhauer.

Crownhauer volteó su cuerpo, miró a Dioni, sacudió la cabeza y salió de la oficina ejecutiva.

—¿Cómo estuvo la Academia de Vuelo? —preguntó el Alfa mientras caminaba hacia Dioni.

—¡Estuvo genial! — respondió Dioni. Estaba emocionado por regresar y ansioso por ver su oficina—. ¡Había toda clase de aves ahí! Y no sólo aves… ardillas, un mega murciélago y… o, y la mejor parte fue cuando estaba en el simulador para el entrenamiento de la murmuración, y era como…

—Es bueno tenerte de vuelta, Dioni —interrumpió el Alfa —. ¿Qué tal si vamos a ver tu oficina?

—¿Es en serio? ¿Voy a tener una oficina?

—¡Claro que sí! ¿Y por qué no? ¡Eres el nuevo Omega! Es parte del paquete de beneficios — el Alfa se volteó hacia Mimidae, quien creyó que estaba junto a su escritorio—. Mim, podemos abrir la ofi…

—Ya está abierta, señor.

—¡Ah! — gritó el Alfa. No había visto que Mimidae había estado a su lado todo el tiempo.

—¡Avísame, Mimidae! Sólo avísame… es todo lo que pido —dijo el sorprendido buitre.

—Quizás a la próxima, señor —respondió ella.

—Gracias —dijo el buitre, no muy contento de haber sido sorprendido por segunda vez.

—Dioni —dijo Mimidae en un tono amigable—, ¿podrías por favor seguirme para ir a tu oficina?

—¡Sí! —respondió Dioni.

Siguió a Mimidae mientras lideraba el camino fuera de la oficina ejecutiva.

—Te va a encantar, Dioni —dijo el Alfa mientras salían de la oficina—. Tienes una vista fantástica. Además, estás más cerca de la cafetería que yo. Ah, y Mim, cuéntale de la máquina de semillas. Amigo, ¡tu cabeza explotará!

—Sólo es un decir —dijo Mim. Caminaba unos pasos delante de Dioni, como su guía, por un largo corredor—. No te explotará la cabeza. Tiende a exagerar.

—No pensé que me fuera a explotar —respondió Dioni.

—Es mejor tener cuidado. Las explosiones de la cabeza sí ocurren, sabes. Un minuto eres tú y al siguiente eres una nube de plumas. Lo vi una vez… en un juego de béisbol. La pobre paloma ni se enteró de lo que le pasó.

Dioni estaba emocionado por ver su lugar de trabajo. Nunca tuvo ni siquiera una habitación para él solo, así que tener una oficina propia era un lujo que jamás soñó que tendría. Mimidae abrió la puerta y encendió la luz. Dioni entró despacio, asombrado por el único lugar en la tierra que era exclusivamente suyo.

La oficina del Omega era, por comparación, significativamente más pequeña que la oficina ejecutiva del Alfa. Tenía un escritorio pequeño detrás de una percha aún más pequeña y una larga ventana rectangular, que era demasiado baja para que Dioni se asomara a ella mientras estaba de pie y demasiado alta cuando estaba sentado. El único elemento decorativo en la pequeña oficina era una pluma larga enmarcada, que seguramente tenía un significado sobre el que sólo a Dioni le interesaría investigar. La oficina era menos un espacio de trabajo ejecutivo y más un área convertida en oficina, que antes servía como espacio adicional de almacenaje para el Alfa. Si esta habitación había sido alguna vez la oficina de Ally, no había evidencia de que hubiese hecho negocios de ningún tipo.

—Así que si quieres ver la máquina de semillas, es un dispensador tipo manivela —dijo Mimidae—. Sólo le das vuelta a la perilla unas cuantas veces y salen las semillas.

—Ajá —respondió Dioni, fascinado por el entorno.

Examinó cada esquina de la habitación.

—De acuerdo —continuó Mimidae—. Seguramente las semillas han estado ahí dentro por un buen tiempo, así que no me encariñaría mucho con ellas si fuera tú.

—Ajá —respondió Dioni—. Miró por la ventana a la vastedad del imperio aviar.

—Los baños y el agua fresca están justo al final del pasillo a la izquierda. Y la cafetería no es tanto una cafetería, es más el lugar donde puedes guardar semillas. Un jueves sí y otro no un grupo de zanates viene y prepara poporopos.

—Oye, Mim… ¿Puedo preguntarte algo?

—No es tan difícil como se ve, Dioni —respondió Mimidae—. No usamos pantalones por esa razón, porque limita nuestros movimientos y lo hace más difícil.

—¿Qué?

—¿Qué?

—No, no —dijo Dioni, inseguro de por qué Mimidae había respondido así—. Quería preguntarte, si pudieras ir a cualquier parte del mundo - cualquier parte - ¿a dónde irías?

Mimidade se quedó aturdida. Había trabajado para el Alfa por innumerables años y aunque disfrutó de algún día libre para descansar o alejarse de la DCCG, nunca había tomado tiempo específicamente para ella. Unas vacaciones era un concepto extraño.

—No… nadie me había preguntado eso antes —respondió Mimidae.

—¿Nadie? ¿En serio?

—No… yo… guau. No sabría a dónde ir.

—Dime, Mim —respondió Dioni—. ¿Cuándo fue la última vez que saliste de aquí?

Mimidae hizo una pausa. —No recuerdo, señor.

—¿De verdad? ¿Por qué?

—Nunca fue una opción —dijo ella. Se le llenaron los ojos de lágrimas.

—¿Mim? ¿Estás bien? —preguntó Dioni.

—Sí, señor. Lo siento. Es solamente que… nadie me ha preguntado algo así y no sabía cómo responder.

Dioni avanzó para acercarse a ella. —Lo siento, Mim. No quise entristecerte.

—¿Entristecerme? ¿Qué? ¡No! Es solo… hay un lugar que siempre he querido visitar, Dioni.

—¿Ah sí? —respondió Dioni, aliviado de que sus lágrimas fueran de alegría. ¿Y cuál es ese lugar?

—India, señor.

—¿India? ¿Por qué India?

Mimidae respiró hondo. —Hace mucho tiempo, tuve un amigo… una carraca…

—Espera —interrumpió Dioni—. ¿Qué es una carraca?

—Un ave. Un ave de esa región. No son muy grandes, pero sus plumas y colores son absolutamente hermosos.

—Suena fascinante.

—Lo son, Dioni. De verdad lo son. Mi amigo siempre me visitaba en la oficina y me contaba unas historias fascinantes de su hogar.

—¿En India? —preguntó Dioni.

—Sí, en India —respondió Mimidae. Bajó la guardia y mostró un lado de sí misma que pocas aves habían visto jamás—. Recuerdo que una vez me dijo que el origen de la sabiduría se encuentra en India y que el ave más sabia en el mundo está ahí.

–¿De veras? ¿Y quién es él?

–*Ella...* –respondió Mimidae. Levantó la vista hacia Dioni–. Una pava real.

–¿El ave más inteligente del mundo es *hembra*?

Mimidae sonrió y bajó la cabeza. Era una respuesta típica de un joven sin experiencias de la vida.

Tienes tanto que aprender, Dioni –dijo Mimidae. Recobró la compostura y luego caminó hacia la puerta–. Si tan solo supieras.

–¿Cómo se llama? –preguntó Dioni cuando ella pasó junto a él.

Mimidae se detuvo y se volteó para quedar frente a él.

–¿Hay algo más que pueda hacer por usted, señor? –preguntó ella.

Dioni se sintió culpable. Sabía que había cruzado una línea, solamente que no sabía qué había dicho o cómo disculparse.

–No... no, estoy bien, Mim. Gracias.

Mimidae se volteó y continuó hacia la puerta. Se detuvo cuando llegó a la entrada.

–Si la buscas, Dioni, la encontrarás –dijo Mimidae–. Es lo que solía decir él.

Sonrió, ladeó ligeramente la cabeza, luego se fue de la oficina y de regreso al vestíbulo.

Dioni regresó a su ventana. Miró hacia fuera y absorbió la vastedad del Departamento de Control del Clima Global. Miles de aves giraban en el Patio de Negociaciones, todos con una misión y cada uno empeñado en hacer lo que era mejor para sus regiones. Ni la avaricia ni el egoísmo tenían cabida aquí, ya que si tuvieran la menor presencia entre estas aves, el sistema entero colapsaría completa y totalmente. Las aves del Centro de Control no eran diferentes. Su trabajo era increíblemente cuidadoso y entendían que inclusive el mínimo error de su parte resultaría en la pérdida de vidas en todo el mundo.

La misión de las aves no tenía que ver con lo que era mejor para su especie, sino más bien con lo que era mejor para todos los seres en la Tierra, inclusive para la Tierra misma. Ninguna otra criatura tenía mayor responsabilidad que la que tenían los seres que gobernaban los cielos.

Dioni se alejó de su ventana y se sentó sobre la pequeña percha detrás de un escritorio muy viejo y frágil. El escritorio en sí daba la impresión de que había sido usado anteriormente por los carpinteros en algún momento y quizá los pedazos de madera que habían rechazado sirvieron finalmente para hacer el espacio de trabajo del Omega. Una imagen proyectada apareció frente a él. Mostraba un mapa multidimensional de todo el mundo.

Dioni miró la pantalla asombrado, tenía poco conocimiento de o práctica con los aparatos de computación. Cuando movía la cabeza, la pantalla automáticamente imitaba cada uno de sus movimientos y se ajustaba para mostrarle la mejor vista posible. Dioni se divertía con el aparato, casi como si bailara con una imagen proyectada. Inclinó la cabeza hacia atrás y se pegó con la pared del fondo.

—¡Ay! —gritó.

Levantó el ala izquierda para sobarse la parte posterior de su cabeza. La pantalla leyó su movimiento y la imagen proyectada cambió para mostrar una parte diferente de la Tierra.

—Uy —dijo Dioni.

Movió las alas para hacer girar el mapa en vivo del planeta. Aprendió con rapidez cómo ver los detalles del mapa: dónde ocurrían las tormentas, la posición del sol, donde había luz solar y donde había oscuridad. Vio cómo fluían los ríos en la Tierra y vio el alcance de hasta dónde rompían las olas a lo largo de cada playa.

—¿Cómo veo Guatemala en esta cosa? —preguntó en voz alta.

La imagen en la pantalla respondió inmediatamente y giró para mostrar una transmisión en vivo de la nación centroamericana.

—¡Esto es tan increíble! —exclamó Dioni, emocionado—. ¡Muéstrame Flores!

Siguiendo las instrucciones, la imagen giró y se expandió para mostrar su lugar de origen, de noche. Vio unas cuantas luces en las calles. Una serie de indicadores en la pantalla le mostraron la temperatura exacta en ese momento, las condiciones del viento y el nivel de la calidad del aire. Otras pantallas pequeñas mostraron el clima negociado para los siguientes cinco días. Dioni vio la temperatura.

—Hace un poco de frío —le dijo Dioni a la pantalla.

Buscó su casa. Navegó por el mapa como mejor pudo hasta que encontró el orfanato, donde no se veía luz alguna.

—Es tarde. Probablemente están durmiendo.

Dioni navegó por el mapa hasta que encontró la ventana de la habitación de Alma.

Movió su perspectiva en un esfuerzo por ver dentro de la habitación, pero la oscuridad era más fuerte que el deseo de ver a su amiga. Mientras el ángulo cambiaba, todo lo que vio fue una imagen reflejada desde la ventana de Alma. Sin luz dentro de la habitación, Dioni vio el reflejo del ave que generaba la imagen en su pantalla. El video de la transmisión venía de un pájaro mecánico que tenía dos luces azules en vez de ojos.

—La asustaré. Mejor no —se dijo Dioni.

Alma estaba casi dormida cuando se dio la vuelta en la cama y vio dos pequeñas luces azules. Con ojos nublados que no se habían ajustado totalmente a la oscuridad, entrecerró los ojos y vio un extraño pájaro al otro lado de su ventana. A ella le parecía como si el pájaro estuviese descubriendo su propio reflejo. En cuanto ella lo vio el extraño pájaro usó sus alas para retroceder; luego desapareció. Alma sacudió la cabeza como si quisiera aclarar su mente. Cerró los ojos, se recostó y descansó la cabeza sobre su almohada.

Dioni vio una imagen de la tierra desde una elevación mucho más alta. Expandió su vista y vio cómo el mundo era visto por los pocos seres que habían dejado su órbita y habían experimentado la grandeza del magnífico planeta azul.

Una sonrisita apareció en su rostro, una que parecía extraña para un pájaro. Sin embargo, él no era un pájaro cualquiera. Tenía una idea y un deseo de llevarla a cabo. Más que nada, tenía curiosidad.

—Muéstrame India.

Capítulo Dieciséis

Pasaron algunas horas, que a Dioni le parecieron tan solo unos minutos. Estaba fascinado por lo que había aprendido - no tanto por la tecnología, sino más bien por la facilidad de poder entrar a cualquier lugar de la Tierra. Vio los picos más altos, los valles más profundos, las cuevas más raras e inclusive la profundidad del gran océano. En cuestión de horas, Dioni observó y examinó lo que de otra forma le habría tomado muchas vidas lograr.

Además de su pantalla activada por medio de movimiento, también tenía una hoja de papel en la que Dioni escribió los nombres de tres lugares: Estados Unidos, India y Antártida. El último lugar de la lista lo añadió por pura curiosidad, no tanto porque fuera un lugar que realmente tuviera deseos de visitar. En sus viajes simulados, Dioni descubrió una parte del mundo que estaba cubierta totalmente por nieve; ya que no tenía experiencia en ese tipo de entorno, quería saber lo que se sentiría tomar la nieve con la mano… o cualquiera comparación que pudiera hacer con su propia mano.

Dioni se alejó de la imagen proyectada. La pantalla se apagó inmediatamente. Miró de nuevo la hoja de papel - Estados Unidos, India, Antártida - luego agarró el papel y caminó hacia la entrada de su oficina. Hizo una pausa breve y se volteó. Caminó a la ventana para ver de nuevo toda la vastedad.

Mimidae estaba en su estación de trabajo cuando Dioni regresó de la oficina ejecutiva. Estaba sumida en sus pensamientos; su concentración era tan fuerte que no se dio cuenta de que había alguien más en la oficina.

—¿Mim? —preguntó Dioni.

Ella lo ignoró, no a propósito, sino porque simplemente no lo escuchó. Dioni pensó que era mejor dejarla sola y se dirigió a la oficina ejecutiva.

El Alfa caminaba de acá para allá, sujetaba con las alas muchas hojas de papel. No tenía mucho sentido tener documentos impresos, considerando que toda la información que deseaba la podía obtener fácilmente de varias formas. Mientras caminaba, murmuraba y dejó caer la hoja de arriba de la pila que cargaba.

Dioni tocó suavemente la puerta.

—Señor Alfa, ¿señor…? —abrió la puerta un poco más y miró dentro.

—¿Otra vez con eso de *señor*, Dioni? —respondió el Alfa. No disminuyó el paso ni perdió el lugar en la página que leía—. Sí, Dioni. ¿Cómo te puedo ayudar?

—Creo que estoy listo para irme.

—¿De qué estás hablando, Dioni? Acabas de llegar. Teníamos un trato, ¿recuerdas? Diez días.

—Sí, lo sé. Lo que quise decir es que me gustaría ir a buscar al nuevo pájaro Omega.

El Alfa detuvo sus pasos y se volteó hacia Dioni. Bajó las páginas que sostenía.

—No me digas. Bueno, son buenas noticias. Al no más salir de la Academia, el niño está listo para irse, ¿ah? —el Alfa caminó despacio hacia Dioni—. Estoy impresionado, chico. Realmente lo estoy. Eres más ambicioso que tus predecesores.

—¿Qué mis qué?

—Nada. Te voy a preguntar esto, ¿sabes a dónde vas a ir primero?

—A los Estados Unidos de América —respondió Dioni, con orgullo.

—¿En serio? —preguntó el Alfa, con un gesto facial extraño—. Podrías ir literalmente a cualquier lugar en la Tierra y tu primera parada es ¿Estados

Unidos? Eso es nuevo. Espera, ¿de dónde es que eres?

—Guatemala —dijo Dioni.

—Ah, ya. Un quetzal. Claro —dijo el Alfa. Caminó hacia el escritorio de Mimidae, pasando junto a Dioni—. Bueno, los Estados Unidos tiene áreas bonitas. Los correcaminos solicitaron otra gran tormenta de arena en Arizona, así que yo que tú no me acercaría a esa área.

—De acuerdo.

—Además de eso, yo diría que vas a empezar de una manera interesante —el Alfa se inclinó para ver por la entrada y vio a Mimidae trabajando con dedicación—. Ah, está ocupada —se volvió hacia Dioni—. ¿Has usado el portal?

—¿El qué? —preguntó Dioni.

—Sabía que no —el Alfa miró para otro lado—. ¡Donna!

De inmediato, cuatro colibríes entraron a la oficina - dos por la ventana abierta que daba al Patio de Negociaciones y al Centro de Control, y dos desde la entrada de la oficina.

—Sólo necesito a una —dijo el Alfa. Tres de las colibríes se fueron.

—Donna —continuó el Alfa—, necesito que escoltes al Omega al portal. Nunca lo ha usado.

La colibrí asintió y luego voló al lugar para colocarse frente a Dioni. El pequeño pájaro hizo una serie de gestos con sus alas y cuerpo.

—Donna te está pidiendo que la sigas —dijo el Alfa.

—Sí, lo sé —respondió Dioni—. Este *Pathfinder* es increíble.

—Olvidé completamente que lo tenías. Me alegro que funcione.

La colibrí voló hacia la gran ventana y esperó a que Dioni la siguiera.

—Diviértete, chico —dijo el Alfa a Dioni—. Espero que encuentres lo que estás buscando.

—Gracias —respondió Dioni. Sonrió—. Yo también.

Dioni caminó hacia la gran ventana y vio que la colibrí se había encaminado hacia el portal. Miró al Alfa.

—¿Puedo preguntarle algo? —preguntó Dioni.

–Sí, claro. ¿En qué piensas? –respondió el Alfa.

–Ha sido el pájaro Alfa por mucho tiempo.

–Lo he sido. ¿Esa es tu pregunta? Porque no lo dijiste como pregunta.

–¿Alguna vez buscará a otro pájaro para que sea *su* reemplazo?

El Alfa sonrió. Caminó unos pasos hacia delante para llegar a donde estaba Dioni en la cornisa de la gran ventana.

–He hecho esto por mucho tiempo. Eventualmente, sí, me encantaría encontrar a alguien que hiciera el trabajo y yo volvería a ser yo. Pero no me voy a ir hasta que termine lo que empecé. Tengo una responsabilidad, Dioni, hacia la Tierra, y no iré a ninguna parte hasta que haya extinguido todo recurso para asegurarme de que el mundo sea lo que debe ser.

–¿Para recuperar el equilibrio? –preguntó Dioni.

–Se podría decir… –dijo el Alfa, con un evidente rasgo de sarcasmo en su rostro–. Es mejor que te vayas. Si no logras encontrar un reemplazo del Omega, tú y yo vamos a trabajar juntos por *mucho* tiempo.

Dioni miró hacia fuera, levantó las alas, se inclinó y luego saltó. La colibrí iba un poco más adelante, frente a él.

El Alfa miró hacia abajo desde donde se encontraba. Deseaba, con un poco de esperanza, ver al quetzal azul perder el control y chocar en el Patio de Negociaciones. Con envidia en sus ojos siguió, por un momento, las largas plumas de la cola de su rival, hasta que se perdieron entre el alboroto de aves trabajadoras.

–Qué pájaro tan ridículo –dijo en voz alta.

El buitre se alejó de la ventana y caminó hacia su oficina ejecutiva.

La colibrí aterrizó un poco más adelante, lejos del borde entre el Patio de Negociaciones y el Centro de Control. Dioni la seguía de cerca y mantenía su atención en la dirección de su patrón de vuelo. Cuando aterrizó, la colibrí se levantó del suelo y le hizo señas a Dioni para que lo siguiera. Él cumplió lo que le ordenaba.

Los dos pájaros entraron por una puerta de vidrio y luego procedieron a una rotonda, donde la colibrí le señaló a Dioni un rótulo que decía:

«Centro de Transporte». Dioni siguió a donde le habían indicado. Una vez que la colibrí vio que era seguro permitir que Dioni navegara por sí solo, se fue volando de la rotonda, de vuelta al Patio de Negociaciones.

El túnel que lo llevaba al Centro de Transporte estaba iluminado por una serie de luces que emanaban de un piso semitransparente. Aunque cada luz irradiaba un color diferente, todas las luces se movían a diferentes velocidades. Dioni no podía determinar la fuente de las luces, ni el motivo de sus colores correspondientes, aunque notó que las luces más rápidas tenían sombras largas o caminos que seguían a la fuente, mientras que las sombras de las luces lentas alcanzaban a las fuentes más lentas una vez que se detenían.

Aunque no había allí tanta actividad como en el Patio de Negociaciones o el Centro de Control, el tráfico aviar pesado se movía en todas las direcciones. Ninguna de las aves en el área estaba volando. Cada ave caminaba o saltaba a través del túnel. Cada ave que pasaba notó a Dioni, que estaba cautivado por las luces debajo de él mientras caminaba más adentro hacia el Centro de Transporte. Para las otras aves, Dioni parecía un turista. Su atención estaba en las luces que penetraban a través del suelo y no veía a las experimentadas aves que le lanzaban miradas extrañadas al pasar junto a él.

Un pájaro grande estaba de guardia en la puerta de entrada del Centro de Transporte. Dioni se detuvo en el momento en que su cabeza golpeó contra la pata del pájaro grande. Miró hacia arriba y sonrió cuando reconoció un rostro familiar.

—Yo te conozco —le dijo Dioni al pájaro alto, la misma flamenca que había visto cuando llegó por primera vez al Departamento de Control del Clima Global—. Te he visto antes.

—Usted debe ser el nuevo Omega —respondió la flamenca—. Me alegra ver que ya tiene un *Pathfinder* que funciona.

Para Dioni, la flamenca hablaba en español, aunque lo hacía con un marcado acento puertorriqueño.

—¿Cómo sabías que yo era el Ome…

—A todos aquí nos informaron de su llegada, Señor Omega, señor —interrumpió la flamenca.

—¿Puedo preguntarte algo? ¿Cada pájaro que conozca me va a llamar Omega o señor?

—No, si usted no quiere que le llamen Omega, entonces ¿cómo le llamamos?

—Dioni.

—¿*The Only*? El único qué?

Dioni suspiró.

—No… Di o ni. No *the only*. Di o ni. Dioni.

—De acuerdo, señor Dioni. Entiendo. ¿A dónde quisiera viajar?

—A los Estados Unidos de América, por favor —respondió Dioni.

Asumió que un ultra sofisticado tren lo llevaría, lo que lo emocionó porque nunca había viajado en un tren.

—¡América! —respondió la flamenca—. *Very good*. Muy bien. ¿A dónde en América? Es un país grande. Debe ser más específico.

—Ah —respondió Dioni—. Nunca he estado ahí.

—Mmm —respondió el pájaro alto—. ¿Qué le gustaría ver? Si quiere ver luces brillantes y una gran ciudad, Las Vegas o Nueva York siempre están iluminadas. ¿Qué más? Hay un zoológico en San Diego que le podría gustar. Si quiere comida inolvidable, puede visitar Nueva Orleans. Le recomiendo un *beignet* del Café Du Monde.

Dioni dudó. Desde que tenía memoria, había esperado un día visitar los Estados Unidos. Ahora que tenía la oportunidad, no tenía idea a dónde ir, qué ver o qué quería experimentar. Su objetivo principal seguía en su mente.

—Bueno —empezó Dioni—. ¿Hay algún ave en América que me pueda ayudar?

—¡Absolutamente! ¿Ayudarle con qué?

—Necesito un ave que sepa todo lo que haya que saber sobre ser un Omega. ¿Conoces algún ave que lo sepa?

La flamenca reflexionó sobre la pregunta por un momento. Sonrió.

—De hecho, hay un ave que puede ayudarle.

–¡Excelente! –respondió Dioni.

–Su nombre es Makawee. Le caerá bien.

–Makawee… sí, es perfecto. Después de conocerla, le preguntaré dónde puedo encontrar a otro pájaro Omega.

–¿Otro pájaro Omega? –preguntó la flamenca–. Sólo puede haber uno. Un Alfa, un Omega. ¿Por qué debe buscar otro?

–No otro –replicó Dioni–. Un reemplazo.

–¿Usted no quiere ser el Omega?

–Yo quiero ser yo mismo de nuevo. Otro pájaro puede ser el Omega y hará un mejor trabajo.

La flamenca se inclinó hacia delante y se dobló, lo que puso nervioso a Dioni, quien dio un paso hacia atrás para que hubiera un poco de espacio entre él y el gran pájaro. Desde tan cerca, las brillantes plumas de la flamenca creaban un resplandor rosado alrededor de su cuerpo.

Cada Omega es elegido por una razón –dijo el pájaro alto a Dioni–. Usted debe descubrir por qué fue elegido y luego puede decidir si quiere o no ser el Omega.

Estas eran palabras sabias. Si Dioni no hubiese tenido un objetivo en mente, ciertamente hubiera tomado las palabras de la flamenca en serio. Tal vez se habría preguntado por qué había sido escogido y el significado de sus responsabilidades como el pájaro Omega. Tal vez podría haber abierto su mente.

–No…no puedo hacer esto –le dijo Dioni a la flamenca–. Tengo ocho días para encontrar a otro pájaro que haga el trabajo, y cuando lo encuentre, puedo regresar a ser yo mismo y seré un héroe en Flores. No quiero ser un pájaro.

La flamenca sonrió.

–Muy bien. Entonces verá América y encontrará al nuevo Omega.

¡Sí! –respondió Dioni, emocionado por su viaje–. ¿Qué debo hacer? ¿Espero a que llegue el tren o sigo esas luces?

–Sígame –le dijo ella.

La flamenca levantó su largo cuello hasta enderezarse, lo que la hacía más alta que Dioni. Los dos pájaros se movieron entre una fila de molinetes, a través de los cuales iban y venían grupos de aves en ambas direcciones. Algunas de las aves se daban prisa para entrar y salir mientras otras sostenían conversaciones entre ellas. Ni un solo pájaro voló mientras estaba en esa área.

La flamenca guio a Dioni a un molinete vacío, que estaba hecho de un material brillante, parecido al cromo, que reflejaba los colores variados de los alrededores. Dioni se vio a sí mismo y a la flamenca en el reflejo, aunque con una forma extraña.

—Cuando atraviese esto, debe activar el portal. Su *Pathfinder* le guiará si le dice a dónde ir —fueron las instrucciones de la flamenca—. Siempre que sepa a dónde va, o al pájaro que quiere ver, el portal lo llevará.

Entonces ¿sólo le digo a mi *Pathfinder* que quiero ver a Makawee en Estados Unidos? —preguntó Dioni.

—Sí. Debe decir: «viaje de portal, lugar: Estados Unidos, encuentra a Makawee». Cuando vea la palabra «confirmar» en su *Pathfinder*, debe decir «confirmado», luego pasa por la puerta.

—¿Y luego qué pasa?

—Luego pasa al otro lado de la puerta.

—De acuerdo. Aquí vamos —respondió Dioni—. Viaje de portal.

Dioni vio una luz que brillaba desde la visualización de su *Pathfinder*.

—Está brillando, ¿se supone que debe hacer eso? —preguntó Dioni—. ¿Lo rompí?

—Se supone que debe hacer eso. Está funcionando perfectamente —dijo la flamenca.

—Ah, de acuerdo. Perdón. Voy a intentarlo de nuevo —Dioni se preparó—. Viaje de portal —la misma secuencia apareció en su *Pathfinder*—. Lugar, Estados Unidos de América —un mapa de Estados Unidos apareció en la vista de Dioni—. Encuentra a Makawee.

El *Pathfinder* inmediatamente alteró sus coordenadas. Identificó el lugar exacto del viaje y mostró la imagen de un águila calva.

—¿Makawee es un águila? —preguntó Dioni, de repente nervioso por el prospecto de tener que enfrentarse a un depredador.

–No cualquier águila, Señor Dioni –respondió la flamenca–. No tenga miedo. Makawee es amiga de todas las aves.

Las puertas de entrada se abrieron. El portal había sido activado.

–Debe pasar las puertas –dijo la flamenca–. Después de que lo haga, mantenga sus alas hacia fuera y camine con la cabeza en alto, rostro hacia el frente. El resto ocurre de forma automática.

–Alas fuera, cabeza hacia delante. Puedo hacerlo –dijo Dioni.

Dioni caminó con cuidado a través de la puerta abierta. Una serie de luces guiaban hacia una salida que estaba más lejos de lo que él podía ver. Las demás aves en el mismo lado de la puerta estaban tranquilas mientras caminaban o corrían por sus respectivas pasarelas. Desaparecían rápidamente en el túnel de salida que llevaba hacia el exterior del Centro de Transporte.

Dioni caminó a través de una línea sólida. Inmediatamente sintió como si el piso lo empujara hacia delante. Abrió las alas y miró hacia arriba, justo como la flamenca le había ordenado.

–¡Espera! –gritó Dioni.

Intentó desesperadamente caminar hacia atrás y se dio cuenta de inmediato de que la progresión del portal hacia adelante no le permitía ir en reversa. Dioni volteó la cabeza. Cuando vio esto, la flamenca se puso ansiosa.

–¡Cabeza hacia delante, Señor Dioni! –gritó la flamenca.

–Se me olvidó preguntarte; ¿cómo regreso?

–¡De la misma forma como se fue!

–¿Qué? –preguntó Dioni. El portal lo empujó más lejos de la puerta.

–¡De la misma forma como llegó, Señor Dioni! –gritó el pájaro alto. Levantó las alas para crear un embudo alrededor de su pico–. ¡Sólo dígale a su *Pathfinder* que quiere ir al Centro de Transporte, o use mi nombre!

–¿Tu nombre? –gritó Dioni en respuesta. El suelo debajo de él se movía más rápido–. ¡No sé tu nombre!

–Sólo diga…

¡BUUM!

En un instante, Dioni fue empujado fuertemente hacia delante. Salió disparado fuera del Centro de Transporte a una velocidad increíble, luego desapareció sin dejar rastro. La flamenca se quedó muy quieta y bajó las alas a los lados.

—Jelanni —le dijo a la pasarela vacía.

Capítulo Diecisiete

Dioni se arrepintió inmediatamente de su decisión de ver hacia atrás. Por no haber estado en una posición de vuelo adecuada, su cuerpo fue forzosamente empujado a través del portal, mientras su cabeza se sentía como si se hubiera hundido en su pecho. Dioni, quien nunca se había subido ni siquiera en una montaña rusa, sintió la sensación de la fuerza de la gravedad de una forma espectacular.

Aunque forcejeó por levantar su cabeza de la posición hacia abajo en que estaba, Dioni mantuvo los ojos abiertos. Vio cómo la salida del portal ocurría en una serie de fases. La primera fase era igual a la forma en que se sale de un túnel. Al pasar por la fase inicial del túnel, las paredes del portal se convertían en una serie de luces que fluían como un río. Dioni no trascendió el espacio o el tiempo; en vez de eso, la fuerza de la gravedad y el impulso de la rotación de la Tierra se movían a su alrededor. Aunque físicamente estaba quieto, el movimiento del planeta giraba a una velocidad tan increíble que su energía misma permitía el viaje a través del portal, de forma casi instantánea, a cualquier lugar del mundo. El *Pathfinder* se usaba entonces como una herramienta de navegación, que permitía trasladarse por medio del portal y brindaba la exactitud precisa para que cada ave llegara a su destino final.

Si Dioni hubiera sabido algo sobre esto antes de poner un pie cerca del Centro de Transporte, le habría solicitado a la flamenca instrucciones más detalladas. Ahora, no contaba con la habilidad ni el conocimiento para navegar por sí mismo, y estaba perdido entre la miríada de luces parpadeantes. Su *Pathfinder* mostraba un destello continuo de imágenes de su posición relativa, ninguna de las cuales entendería un viajero en su primer trayecto. Dioni tenía todas las razones del mundo para entrar en pánico; y eso hizo.

La menor variación de sus alas movía a Dioni en una dirección diferente. No había viento que le empujara o le guiara, aunque sentía un cambio fuerte hacia arriba, hacia abajo, a la izquierda y a la derecha, a medida que el portal lo guiaba a su destino. Conforme movió su cuerpo a mitad del traslado, el *Pathfinder* de Dioni actualizó las proyecciones del mapa. El destino final permanecía igual, aunque la vista en vivo de su *Pathfinder* cambiaba con cada intento que hacía de controlar su propia ruta de vuelo.

La última fase del viaje a través del portal estaba hecha para permitirles a todas las aves salir con elegancia del estado de traslado y deslizarse, sin esfuerzo, dentro de la rotación normal de la Tierra. Una vez fuera, una explosión sónica marcaba la salida del portal. El sonido no solamente les informaba a todas las aves en el área sobre el arribo de un viajero, sino que también limpiaba cualquier escombro o lluvia que pudiera constituir un peligro para cualquier ave que entrara a una velocidad tan rápida. Las aves con suficiente conocimiento y experiencia en la navegación a través de portal no tenían problema alguno conforme se acercaban a sus destinos respectivos.

La primera experiencia de Dioni a través del portal no fue agradable. Aunque su entrenamiento en la Academia de Vuelo resultó de gran beneficio, el vuelo simulado no se comparaba con el vuelo en el mundo real. El movimiento de Dioni durante el traslado lo hizo desplazarse y, de forma no intencional, poner su cuerpo bocabajo al momento de salir del portal. Estaba patas arriba y veía un cielo azul vasto, que parecía que fuera una gran masa de agua, vista desde una gran altitud.

Dos aves grandes descansaban y conversaban sentadas debajo de un puente por donde pasaban vehículos y camiones de un lado al otro del río. El ave más grande era un águila calva hembra americana; el ave ligeramente más pequeña era un águila real hembra mexicana. El águila calva hablaba en español y, por su acento, estaba claro que era de Texas. El águila real también hablaba en español; el águila calva oía sus palabras en inglés pero con un marcado acento.

Para cualquier espectador, ver a estas dos aves era algo excepcionalmente raro. Para cualquier ser vivo de los alrededores del río, tener a estas dos aves a la vista, era terrorífico. Para los inexpertos, tener a las dos magníficas aves a la vista sin duda causaba confusión. Parecían enemigos con la mirada latente de dos depredadores feroces. Las dos águilas estaban sentadas una a la par de la otra, observando cómo fluía el río debajo de ellas, sus ojos tenían la capacidad de intimidar a hasta las criaturas más valientes.

—No sé si ya te conté esta —dijo el águila calva—. Es una buena historia.

—Prosigue —respondió el águila real, que tenía los ojos clavados en el agua.

—La escuché en un programa de la televisión, pensé que era sobre aves, pero me equivoqué por completo. El título era confuso.

—Televisión confusa, entiendo.

—Pues bien, hubo un cuate que caminaba por la calle, absorto en su mundo, cuando se cae en un hoyo.

—Guau, eso es peligroso. Pudo haberse lesionado gravemente. ¿No estaba poniendo atención?

—Tal vez caminaba sobre madera vieja. ¿Quién sabe por qué pasan estas cosas? —dijo el águila calva.

—Se cayó en un hoyo, ¿como un pozo? —preguntó el águila real.

—Llamémosle pozo. Entonces, el cuate cae y no puede salir. Y empieza a gritar para ver si alguien lo oía y pudiera ayudar… tirarle una soga o algo.

—¿Qué tan profundo es el pozo?

—Es lo suficientemente hondo como para que el cuate vea hacia arriba y vea luz, pero nadie de arriba podría verlo. ¿Tiene sentido?

—Sí. Continúa.

—De repente, un doctor pasa por ahí y oye a alguien gritando desde el pozo. El doctor mira hacia abajo y no ve a nadie, pero el cuate en el fondo puede ver que es un doctor. «Oiga doctor», dice el chico. «Me caí en este pozo. ¿Puede ayudarme a salir?». El doctor escribe una receta en un pedazo de papel, tira el papel en el pozo y sigue su camino.

—¿Y cómo va a ayudarle una receta?

—¡Eso es lo que yo dije! Pero espera, la cosa sigue. Entonces pasa el tiempo y el cuate continúa gritando cada vez que oye que alguien se acerca. Después de algún tiempo, un sacerdote pasa y oye al hombre en el pozo. «Padre, me caí en este pozo y no puedo salir, ¿puede ayudarme?».

—Es un sacerdote, por supuesto que ayudará.

—El sacerdote reza una oración, inclina la cabeza y se va.

—¿Una oración? ¿Eso es todo? ¿Y luego se va?

—Ni siquiera fue una oración larga —dijo el águila calva.

—Creo que conozco a ese sacerdote.

—Entonces pasan unas cuantas horas y nuestro cuate va perdiendo la esperanza. Finalmente, ve a alguien arriba del pozo y lo reconoce, es un amigo. «¡Oye amigo! Me caí a este pozo y no puedo salir. ¿Me puedes ayudar?». Sin pensarlo dos veces, el amigo salta al pozo.

—*You're kidding*! — responde el águila real, escandalizada.

—¡El hombre hace la misma pregunta! «¿Por qué saltaste aquí? ¿Eres tonto o qué? ¡Ahora los dos estamos atrapados aquí!». El amigo sólo lo mira y dice…

¡BUUM! ¡PLAF!

Un objeto a toda velocidad chocó a unos metros de distancia frente a ellas, directamente en el río, sorprendiendo a las dos aves. Miraron asustadas al objeto misterioso, cuyo impulso lo había llevado a la ribera del río. Sea lo que fuere, el cuerpo del objeto flotaba sobre la superficie mientras la cabeza permanecía sumergida.

Las dos águilas se miraron. Por instinto, el águila real levantó el pecho y abrió sus inmensas alas. El águila calva la detuvo, justo antes de que se alzara en vuelo.

—Espera —dijo el águila calva—. ¿Qué es?

—Parecía un pájaro —respondió el águila real—. Estaba fuera de control y se chocó.

El águila calva echó un segundo vistazo. Vio las plumas en el agua.

–¡Tienes razón, es un pájaro!

Las dos águilas se lanzaron desde donde se encontraban posando bajo el puente y volaron hacia el pájaro misterioso en el agua. El águila real sacó al pájaro azul del agua, revelando así las plumas largas de cola.

–¡Ponlo en el suelo! ¡Ponlo en el suelo! –dijo el águila real.

Vio que el pájaro era más pequeño que ella y notó su peculiar color azul.

El águila real puso al pájaro azul bocarriba sobre la tierra firme. Ella y el águila calva se asomaban por encima del pequeño pájaro, que estaba inconsciente.

–¿Qué hacemos? –preguntó el águila real.

–Apártate –respondió el águila calva.

El águila real retrocedió, siguiendo la indicación. El águila calva levantó sus alas hacia el cielo, luego las bajó a centímetros del pájaro azul inconsciente; esta acción creó una fuerte ráfaga de viento que llegó directamente a los pulmones del pequeño pájaro, el cual inhaló profundamente y de inmediato abrió los ojos.

¿Vieron eso? –preguntó Dioni, sin darse cuenta de los dos depredadores que estaban sobre él.

Sus alas estaban extendidas a los lados y su cabeza descansaba firmemente sobre el suelo.

–Lo oímos. No lo vimos –respondió el águila real.

–¿Qué intentabas hacer? –preguntó el águila calva.

–¡Estuve en el portal! – respondió Dioni–. De repente estaba en el cielo. ¡O creí que allí estaba!

Dioni se levantó rápidamente y empezó a caminar en círculos. Su adrenalina estaba por las nubes. Incluso para un pájaro pequeño, tenía una cantidad excesiva de energía que expulsaba en su estado de incredulidad. Las dos águilas se miraron la una a la otra.

–Error de piloto –las águilas dijeron al mismo tiempo.

–¿Error de piloto? –preguntó Dioni–. ¿Qué quiere decir eso?

Las dos águilas le dieron un poco de espacio a Dioni para moverse, a medida que caminaba más rápido.

–Quiere decir que no cumpliste con la regla número uno del portal –respondió el águila calva–. Tú no lo diriges, dejas que te dirija.

Dioni se detuvo abruptamente. Sacudió su cuerpo para eliminar el agua atrapada en sus alas.

–¡Pues nadie me dijo eso! –respondió Dioni–. Traté de preguntar, pero mientras lo hacía, el portal me haló. Y luego intenté levantar la cabeza, pero no sé qué pasó.

–Debes tener más cuidado, amigo –dijo el águila real–. Podrías hacerte mucho daño si no sabes cómo usar el portal.

–Y ahora me lo dices –respondió Dioni.

Se sacudió algunas manchas de tierra del cuerpo, luego se quitó el agua que caía sobre su rostro. Levantó la vista y vio a los dos depredadores que estaban sobre él.

–¿Ustedes son águilas…? –Dioni se emocionó al preguntar, pero luego se puso nervioso al recordar la reputación predadora de las dos aves.

–Eso depende de quién pregunte –respondió el águila calva.

Bajó la cabeza y miró ferozmente a Dioni.

–Me llamo Dioni –dijo él. Vio su reflejo en los ojos del águila calva.

–¿*The Only*? ¿El único qué? –preguntó ella.

–No, no *the only. He said* Dioni –respondió el águila real.

Dioni estaba sorprendido; por fin un pájaro conocía el nombre.

–¿Dioni? –preguntó el águila calva–. ¿Como Di o ni?

–Sí, si… Di o ni –respondió el águila real–. Es un nombre común. Lo he oído mucho en mi país.

–En el mío no –dijo el águila calva. Miró a Dioni–. Bueno, Di o ni, bienvenido a *Progreso Lakes*, Texas –dijo emocionada.

–O a Nuevo Progreso Tamaulipas –dijo el águila real.

–Gra… gracias –respondió Dioni. ¿Esto es Estados Unidos?

—De este lado sí —dijo el águila calva—. Caíste en el Río Grande. El otro lado del río es *Mexico*.

—Mé-ji-co —dijo el águila real. Pronuncia correctamente.

—Bueno… Mé-ji-co —dijo el águila real con sarcasmo. Miró a Dioni—. ¿Qué te trae a Texas, azul? ¿Tratas de pescar bagres o besugos? ¿Qué opinas sobre la barbacoa?

Dioni entendía el lenguaje y las palabras que hablaba el águila calva pero no tenía idea de lo que le acababa de preguntar.

—Vine a buscar a alguien —dijo Dioni—. Un águila llamada Makawee.

—*Well*, Makawee —dijo el águila real—. ¿Y ahora qué hiciste?

—¡Nada! —respondió el águila calva—. De verdad no creo que me estés buscando por la historia que conté antes ¿verdad? ¡No es plagio! ¡Nunca dije que era *mi* historia! Dije que la vi en un programa de la televisión que tenía un título *muy* confuso…

—¿Tú cuentas historias? —preguntó Dioni, para alivio de Makawee.

—Ay, gracias a Dios —respondió Makawee.

—Y eso no es todo lo que puede hacer —respondió el águila real.

—Gracias, Atzi —le dijo Makawee al águila real, de forma sarcástica—. Azul, casi me matas del susto, pero ¡me encontraste! Me llamo Makawee. Encantada de conocerte.

—¿Eres un águila calva americana? —le preguntó Dioni.

—Más calva que americana —respondió Atzi. Dioni se rio.

—Gracias, Atzi. Ya van dos —dijo Makawee. Se volteó hacia Dioni—. ¿Por qué vienes a Texas?

—¿O a México? —dijo Atzi.

—¿O a Mé- ji- co?

Dioni miró hacia el otro lado del río. Un lado no se veía tan diferente del otro, pero los territorios estaban delimitados de forma clara. Sobre este lado del río vio una bandera con los colores rojo, blanco y azul, con estrellas y rayas. Sobre el otro lado del río vio una bandera diferente con los colores rojo, blanco y verde, con un águila real en el centro.

—¿Este río es lo que divide a los dos lados? —preguntó Dioni.

Las dos águilas se miraron sonriendo; el pájaro azul era joven y no sabía del mundo real.

—No, amigo —dijo Atzi—. El río antes no nos dividía. La Tierra fue alguna vez una sola y misma. No le pertenecía a un lado o al otro.

—¿Qué pasó? —preguntó Dioni.

—Una guerra… —respondió Makawee.

—Crearon una frontera donde la Tierra se separaba de forma natural —interrumpió Atzi—. Y donde no se separaba, hicieron un muro para forzar la separación entre los dos lados. Piensan que sirve para proteger a un lado del otro, pero no entienden lo que se están haciendo a ellos mismos.

—¿Qué muro? —preguntó Dioni.

Miró en ambas direcciones y vio el río que servía como una separación natural, con un puente que conectaba los dos lados.

—Oye, azul, ¿tienes algo de tiempo? —preguntó Makawee.

—¿Tiempo para qué? —preguntó Dioni.

Para ver algo que no has visto nunca —respondió Makawee, emocionada.

—Sí, ¡por supuesto! —dijo Dioni.

Sus palabras despertaban sus ganas de explorar la tierra que siempre deseó visitar.

El águila calva movió su cabeza, abrió sus alas y se alzó hacia el cielo. El águila real la siguió, con Dioni siguiéndola de cerca.

A pesar de que su cuerpo y sus alas eran más pequeñas, Dioni pudo volar junto a las muy experimentadas águilas. Sin embargo, su patrón de vuelo era diferente al de ellas; Dioni volaba en un patrón que parecía ondulatorio, mientras las águilas viajaban muy rápido en línea recta. Ambas, el águila calva y el águila real, reconocían las habilidades de vuelo limitadas del quetzal y que su patrón de vuelo era tan natural para él como su propia habilidad superior para cazar era para ellas.

A medida que ganaban altura, las dos grandes aves volaban una a cada lado de Dioni como para protegerlo. Dioni no se imaginaba la velocidad y ferocidad con la que las dos águilas podrían despedazarlo; confiaba ciegamente en sus consejos. Tal vez era su ignorancia juvenil o su falta de experiencia que producía este sentimiento en Dioni, que de otra forma no habría sido testigo de tanta paz y moderación entre rivales.

Dioni miró hacia su izquierda y vio una gran ciudad en la distancia.

—¿Qué es eso? — preguntó.

—¿Los edificios allá? —respondió Atzi—. Eso es Monterrey. Más adelante… ¿ves esa ciudad? —preguntó. Usó su pico para señalar otra metrópoli en la distancia—. Esa es Laredo, Texas.

Dioni estaba maravillado. Solamente en sus sueños había visto tal magnificencia. Siempre supo que había mucho más en el mundo que Flores, Tikal e Ipala. Con cada momento que volaba sobre la Tierra, más urgencia sentía de verlo todo.

A su derecha, más allá del noreste, una serie de nubes de tormenta se acumulaba sobre una ciudad grande. Estaba muy lejos como para que Dioni pudiera observar algún detalle, aunque admiraba el tamaño de los edificios que llegaban hasta arriba y tocaban el cielo. Vio cómo las nubes se abrían y cubrían el suelo de abajo con olas de agua.

—Mira esto —le dijo Makawee a Dioni—. Parece que hoy los ruiseñores ordenaron agua en San Antonio.

—¿Ruiseñores? —preguntó Dioni.

—Ruiseñores —respondió Atzi—. Ellos supervisan el clima de Houston, San Antonio y Dallas.

-Son aves graciosísimas —dijo Makawee—. Imitan cada sonido que oyen. ¿Sabías eso? ¡Los ruiseñores son divertidísimos en las fiestas!

—¿En serio? —preguntó Dioni—.

Atzi voló más cerca de Dioni. Sacudió la cabeza y lo miró.

Son tan irritantes —dijo Atzi—. Siempre tienen que decir la última palabra, no importa qué. Nunca ganarás una discusión con un ruiseñor. Nunca.

Dioni sonrió. Pensar en una discusión con un ruiseñor nunca le había pasado por la cabeza.

…

Los tres pájaros permanecieron en el cielo por horas. Makawee pasó la mayor parte del tiempo contando historias sobre ella y sobre los mitos antiguos y las leyendas de Texas y de Río Grande. Atzi, que había experimentado muchos vuelos largos y similares con Makawee, dedicó su tiempo de vuelo a corregir las percepciones erróneas y exageraciones de Makawee:

Makawee nunca luchó en la Guerra México-americana.

Makawee nunca cargó o levantó un camión de la carretera.

Makawee nunca sobrevivió ocho días en el desierto por sí sola y no sólo no hizo eso, tampoco encontró agua después de negociar con un cactus.

Makawee no inventó el tipi.

Makawee nunca se comió una serpiente de cascabel. En realidad, les tenía miedo, lo que era extraño para un águila calva.

Mientras que Makawee continuaba su monólogo en el aire, Dioni empezó el diálogo con su otra compañera de vuelo.

—Atzi —dijo Dioni. Tu nombre me es familiar. Lo he oído antes.

—Atzi es un nombre muy antiguo —respondió el águila real—. Me pusieron este nombre por mi madre, Atzilinda. Es un nombre híbrido; mitad Azteca, mitad español.

—¿Qué significa? —preguntó Dioni.

—Lluvia hermosa. Tal vez oíste el nombre Atzi en Guatemala, igual que yo he oído el nombre Dioni en México.

Los ojos de Dioni se abrieron mucho. —¿Cómo sabe que soy de Guatemala? —pensó—. ¿Sería ella otro pájaro alfa?

Dioni sólo era capaz de expresar sus pensamientos con expresiones faciales.

—Eres un quetzal, Dioni —respondió ella cuando se dio cuenta de la incomodidad de Dioni—. Sería extraño si *no fueras* de Guatemala.

Durante el resto del vuelo, Dioni se dedicó a escuchar más que a hablar. Era importante para él oír las historias y, de vez en cuando, sonreía y se reía de las increíbles experiencias de los grandes pájaros. Se preguntaba si las águilas sabían más sobre él de lo que él sabía de ellas. Si hubieran querido, las águilas no habrían perdido el tiempo en convertir a Dioni en su próxima merienda. En vez de eso, le guiaron y se hicieron sus amigas.

La mente de Dioni volaba en todas las direcciones. Desconfiaba de la amabilidad de las águilas, más que todo porque no podía entender sus acciones. ¿Habían sido pájaros Omega en el pasado? ¿Se habían retirado del Departamento de Control del Clima Global? ¿Por qué habían revelado tanto a un ave que apenas conocían?

La emoción de Dioni se disipaba a medida que volaban más lejos. Estaba agotado por sus propios pensamientos y preocupaciones; cada escenario irreal que se imaginaba le producía estrés.

—Te preocupas demasiado, Dioni —dijo Makawee.

—¿Por qué dices eso? —preguntó Dioni—. No estoy preocupado.

—Somos aves, Dioni —respondió Makawee—. ¿Crees que eres la primera ave con esa cara de preocupación? Como pájaro Omega, deberás aprender a esconder mejor tus sentimientos.

La expresión de Dioni cambió. —¿Cómo sabían? ¿Todas las aves sabían?

—Eres un quetzal azul, Dioni —dijo Atzi—. Nadie tenía que decirnos. Hubiera sido extraño si no fueras un Omega.

—Pero… ¿cómo supieron? ¿El Alfa les dijo?

—¿El buitre alfa? —preguntó Atzi.

—No dijo nada —respondió Makawee—. Las aves observan y estudian. Eventualmente, todo vuelve a nosotros. Un búho ártico no tiene nada que hacer en Texas, tampoco una cuerva hawaiana… ni un quetzal azul. No adivinamos, Dioni. Es lógico.

Antes de que Dioni hiciera otra pregunta, el águila calva señaló un lugar a cientos de metros de distancia hacia abajo. Atzi volteó su cuerpo hacia un lado y empezó un patrón de vuelo en forma de ocho. Dioni y Makawee la siguieron de cerca. Juntos, los tres pájaros descendieron del cielo y se instalaron sobre la cornisa de un muro largo y alto, que servía como división entre dos lados de un gran desierto. El muro se extendía por kilómetros en ambas direcciones.

Dioni se sentía exhausto; había viajado una distancia mucho más larga de la que él mismo había esperado, considerando que este había sido su primer vuelo después de su graduación de la academia. Ballo hubiera estado orgulloso. Los tres pájaros se sentaron sobre la parte alta del muro, que usaban para posarse; un lugar desde el cual podían observar los alrededores y, a la vez, descansar después de un largo vuelo.

—¿Sabes dónde estás? —preguntó Makawee.

Dioni miró a su alrededor y vio un vasto espacio vacío. La tierra no mostraba señales de vida, ninguna vegetación, ni siquiera una serpiente deslizando su cuerpo sin patas por el suelo. Todo lo que veía eran rocas y tierra, su *Pathfinder* no indicaba dónde se encontraba.

—Eso es Arizona —dijo Makawee.

—Y detrás de nosotros está Sonora —dijo Atzi.

Atzi levantó el vuelo y planeó hacia el suelo. Aterrizó unos pasos delante del muro, sobre el lado mejicano.

—¿Qué ves, Dioni? —preguntó Makawee—. ¿Qué puedes observar desde aquí?

Makawee levantó sus enormes alas, se empujó lejos del muro y lentamente llegó al suelo, sobre el lado americano.

Dioni permaneció en lo alto del muro. El viento caluroso sopló sus largas plumas de cola frente a su cara. Se inclinó hacia delante y miró hacia un lado. Era una vista vasta de kilómetros de vaciedad, excepto por el largo muro. Miró hacia el otro lado y vio la misma tierra desolada con el mismo muro, que llegaba más lejos de lo que le alcanzaba la vista.

—Es lo mismo en los dos lados, ¿verdad? —preguntó Makawee.

—Si. Sólo un montón de tierra —respondió Dioni.

—¿Entonces qué pasaría si el muro no existiera? —preguntó Atzi—. ¿Sabrías de qué lado está Sonora y de qué lado Arizona?

Dioni miró alrededor. Levantó su cabeza tanto como pudo. Hizo su mejor esfuerzo por encontrar diferencias entre un lado del muro y el otro. No las encontró.

—Es casi lo mismo —dijo Dioni—. El muro es la única cosa que no pertenece aquí.

—Bien. Dioni. Bien —respondió Makawee—. Hubo un tiempo en que la gente de nuestra tierra vivía en armonía, en paz. Antes de que hubiese un muro.

—Hubo un tiempo en el que eran amigos —dijo el águila real—. No había rivalidades, ni divisiones.

—¿Qué pasó? — preguntó Dioni, en voz alta.

—El tiempo, Dioni —dijo Makawee—. El tiempo nos separó. Las personas encontraron formas para distanciarse. Erigieron muros y cercas y barreras para separarse, pero no comprendieron que también nos dividieron.

—Eso no tiene sentido —respondió Dioni—. Ustedes son aves. No hay muros en el cielo. Pueden volar por encima de ellos.

—Las fronteras invisibles existen, Dioni —respondió Atzi—. El odio y el miedo empiezan desde el suelo y se levantan hasta el cielo. Y sin importar qué, todo lo que sube, tiene que bajar.

—No son nuestros enemigos —dijo Makawee—. Esta es su tierra tanto como lo es nuestra. Pero no puede haber un equilibrio mientras continúen construyendo barreras más grandes y más fuertes. ¿Algo de esto te hace sentido?

—No… realmente no —respondió Dioni. Makawee suspiró.

En la distancia y del lado mejicano, lejos de la vista de cualquier criatura, había un animal escondido. En silencio y nervioso, observaba a los tres pájaros sobre el muro.

—El muro es la justificación para separarnos —continuó Makawee—. Se construyó hace mucho tiempo, pero la tierra permanece igual.

—¿Y eso qué quiere decir? ¿Los países deberían eliminar las fronteras? — preguntó Dioni.

Dioni planeó y aterrizó sobre el lado mejicano. Se colocó frente a Makawee, viéndola a través de las barras del muro.

—Las fronteras son una cosa —respondió Makawee—. Todos los países tienen fronteras y eso está bien. Sin embargo, cuando las fronteras se vuelven jaulas, nos aislamos y ya no hacemos lo que es mejor para la Tierra. Perdemos el equilibrio. De todas las aves, tú eres la que deberías estar más pendiente de las jaulas…

Atzi detectó movimiento en la dirección del animal escondido. Inmediatamente movió la cabeza para buscarlo. El animal se agachó para esconderse, y con eso Atzi ya no pudo ver detalle alguno de su paradero.

—No hay nada ahí, Atzi —dijo Makawee—. Tendrás que perdonar a mi excesivamente entusiasta amiga, Dioni.

—Lo vi —respondió Atzi. Sus ojos de águila buscaron el menor movimiento sobre el suelo.

—Siempre hace esto —le dijo Makawee a Dioni.

Los dos miraron a Atzi, que movió su cuerpo para localizar al animal.

—No hay nada aquí, Atzi. Te digo. Las águilas calvas sienten estas cosas.

—Está aquí —respondió Atzi—. Sólo cree que es más listo que yo. A ver. ¡Sal; cobarde! —gritó Atzi.

—Esto es lo que pasa cuando dejas a un águila real bajo en el sol durante demasiado tiempo —le dijo Makawee a Dioni—. Empiezan a ver cosas que no están ahí. Una vez ella voló a toda velocidad hacia lo que creyó que era la ardilla más grande de todas.

—¿Y qué fue?

—Un autobús —respondieron las dos águilas al mismo tiempo.

—¡Auch! —dijo Dioni.

—Está escondido, pero sé que está ahí —dijo Atzi. Observó el área con sigilo.

—Cinco a uno que sólo es una piedra —le dijo Makawee a Atzi.

—Diez —respondió Atzi.

—Seis.

—Siete y sin lluvia de tu lado para el fin de semana del *Memorial Day*.

—¡Trato hecho! —respondió Makawee.

Makawee estaba segura de que su apuesta les aseguraba un estupendo fin de semana festivo a millones de texanos.

—Me la vas a pagar —dijo Atzi, sus ojos enfocados en todos los movimientos sutiles del suelo.

Pasó un momento. Silencio. Sólo el viento del desierto se oía. Nada se movía. Atzi se levantó del suelo y ascendió rápidamente en el aire. En segundos se había perdido de vista, escondida en el cielo despejado.

—Tendrás que perdonarla —dijo Makawee a Dioni a través de las barras del muro—. Siempre pasa algo con esa águila real.

—¿Está bien? —preguntó Dioni—. Chocarse contra un autobús a toda velocidad la pudo haber matado.

—Está bien. Voló de lado por seis semanas después de eso. Los ruiseñores pensaban que era lo más chistoso que habían visto. Todavía no puede ir a Austin sin que algún pájaro se lo recuerde.

—¿Qué quiso decir cuando dijo, *Memorial Day*? ¿Qué es eso? —preguntó Dioni.

Una festividad norteamericana para recordar a las personas que pelearon y murieron en las guerras. Es un lunes, en el mes de mayo. Sobre todo es para vender muebles y *hot dogs*.

—Ah, ¿entonces Atzi controla la lluvia de toda esta área?

Makawee sonrió.

—No, ella no. Al menos no sólo ella. Otros pájaros supervisan las ciudades más grandes en el lado mejicano. Ella sólo es la líder de su tribu.

—¿Las águilas viven en tribus?

—Tribus, familias… como quieras llamarlas… todo es lo mismo. Las personas no saben eso. Nos gusta que creen que la mayor parte del tiempo vivimos solas.

—¿Y eso por qué? — preguntó Dioni.

—Para nosotras es una cuestión de seguridad. Para ellos, es simbólico —respondió Makawee—. De todas formas, las águilas reales son aves de viento, así que ellas supervisan los patrones de viento desde el Golfo de Mexico…

—Mé-ji-co —interrumpió un pequeña codorniz—. Que Atzi no te oiga decir eso.

El codorniz se quedó junto a Makawee, la inmensa águila casi eclipsándola por completo. El codorniz miró hacia la distancia para entender lo que los otros observaban.

Hola Pelo –dijo Makawee–. Atzi pensó que había visto algo. Fue a cazarlo.

–¿De cuánto es la apuesta? –preguntó Pelo.

Pelo colocó sus alas frente a su cara para crear unos binoculares improvisados.

–¿De verdad su nombre es Pelo? –preguntó Dioni a Makawee.

–Siete a uno, además de que no llueva el fin de semana de *Memorial Day* –respondió Makawee–. Sí –le dijo a Dioni–. Atzi le puso ese nombre. ¿Ves la única pluma sobre su cabeza?

–No hay nada ahí, jefe –dijo Pelo–. Inclusive con aparatos termales sólo veo piedra caliente. Parece que vamos a tener un buen fin de semana de tres días en mayo. ¿Y este azul que está aquí? ¿Amigo o enemigo?

–Es un amigo –respondió Makawee–. Es de los nuestros. Es genial.

–¿Tiene nombre o debería llamarle azulito? –preguntó Pelo, sin mucho tacto.

–Dioni –respondió el quetzal azul, desde el otro lado del muro.

–¿*The Only*? ¿El único qué? –preguntó Pelo.

–Di o ni –dijo Dioni-. Di-o…

¡WOOSH!

A una velocidad más rápida que cualquier animal pudiera superar, Atzi bajó en picada desde el cielo y agarró a un animal pequeño con sus poderosas garras. Debido a la fuerza y velocidad del águila, el pequeño animal no tenía oportunidad alguna para escapar. El ave ejecutó su caza impecablemente. Los tres pájaros que estaban sobre el muro volvieron su atención hacia el águila real.

–Eso fue…decepcionante –dijo Makawee. Aceptó que había perdido mucho en la apuesta.

–Ahora lo veo –respondió Pelo, con sus binoculares otra vez en posición–. Un pecarí. Uno pequeño. La probabilidad de que Atzi lo cazara, una en un millón.

¿Qué es un pecarí? – preguntó Dioni.

–Un pecarí –respondió Makawee–, es como un jabalí pequeño.

–Ah.

Pelo siguió el vuelo de Atzi usando sus binoculares. Los otros dos pájaros levantaron una de sus alas para bloquear la luz del sol.

Va a haber muchos decepcionados en la liga infantil este año –dijo Makawee.

Atzi soltó al pecarí desde una gran altitud. Cayó con rapidez y pegó contra el suelo con fuerza, a unos metros de Dioni. Los tres pájaros bajaron sus alas mientras Atzi aterrizaba junto a su presa.

–¡Viste! ¡Una pecarí! –le dijo Atzi a Makawee, jactándose. Makawee puso los ojos en blanco–. ¿Qué es lo que dijiste? ¿Sólo es una piedra? Bueno, ¡aquí está tu piedra! –Atzi vio al codorniz–. Ah, hola, Pelo.

–Hola –respondió Pelo.

–Dioni, Pelo, ¿alguno de ustedes quisiera un poco de pecarí fresco? –preguntó Atzi.

Dioni hizo caras, claramente disgustado por lo que había visto.

–¿Tiene bichos esa cosa? –preguntó Pelo–. Me caería bien un poco de proteína.

Tal vez debajo –respondió Atzi–. ¿Dioni?

–No gracias –dijo Dioni.

–Bueno, más para mí –dijo Atzi.

Pelo se alzó al vuelo del lado norteamericano del muro y aterrizó cerca del pecarí. Dioni retrocedió un par de pasos; no quería ser parte de nada de eso. Atzi miró a Makawee.

–Ah, se me olvido. ¿Dónde están mis modales? Makawee, ¿quieres un poco de mi caza? –preguntó Atzi, jactándose.

Pelo levantó las orillas del animal muerto para ver si había insectos.

–No gracias –respondió Makawee–. La verdad no tengo hambre.

Dioni caminó por un espacio pequeño entre dos barrotes del muro. Se colocó junto a Makawee y, con repugnancia, observó al águila real devorar su comida.

—¿No? ¿No tienen hambre? —preguntó Atzi. Tomó un pedazo grande de la presa.

—*Look at her*, Pelo…*so envious*.

—Paso, Atzi, —dijo Pelo—. No hay insectos por ninguna parte en esta cosa.

—Tú te lo pierdes —respondió Atzi.

La codorniz se alejó de la comida de Atzi y miró a Dioni al otro lado del muro.

—¿Entonces por qué viniste aquí desde la oficina central? —preguntó Pelo a Dioni—. ¿Se rompió la máquina de semillas?

—No… no creo —respondió Dioni.

—Jelanni lo envió aquí, del portal —dijo Makawee—. Tuvo una salida accidentada.

—No debes pilotear al portal —dijo Pelo—. Dejas que el portal te pilotee a tí. Es fácil con ese *Pathfinder*.

—¿Puedes ver mi *Pathfinder*? — preguntó Dioni. Levantó su ala.

—Es eso o tienes algo creciéndote a un lado de la cabeza —dijo Pelo.

Dioni intentó cubrir el aparato con sus plumas.

—En realidad, yo te hice esa misma pregunta y nunca la contestaste —le dijo Makawee a Dioni.

—¿Cuál pregunta? —preguntó Dioni.

—¿Por qué viniste aquí?

—Ah, sí. Estoy buscando a alguien —respondió Dioni.

—¿A quién buscas? —preguntó Makawee.

—Bueno, no a un pájaro en particular. Sólo… necesito encontrar un reemplazo para poder volver a ser yo.

—¿Un reemplazo de qué? —preguntó Pelo—. ¿Necesitas una nueva pluma para la cola? Vas a alegrarte de tener esas plumas.

—Un pájaro Omega —dijo Dioni.

Los tres pájaros se pusieron tiesos. Atzi, que tenía un gran pedazo de pecarí en su boca, se quedó a medio comer.

—¿Qué? —preguntó Dioni a los tres sorprendidos pájaros—. ¿Qué dije?

—Dioni… —suspiró Makawee—. No es un trabajo para el que puedas buscar un reemplazo.

—¿Qué quieres decir? ¿Por qué no? —preguntó Dioni.

Con gran dificultad, Atzi tragó el gran pedazo de comida que tenía en su pico.

—Espera —dijo Pelo—. ¿El azulito este es el nuevo Omega?

—Un pájaro Omega sólo puede ser escogido por otro Omega, Dioni —dijo Atzi.

—Correcto. Eso es lo que dijo el Alfa —respondió Dioni, ingenuamente—. Por eso estoy buscando a otro pájaro que quiera el trabajo.

—¿Otro pájaro tropical Omega? —preguntó Pelo—. ¿Me pierdo de algo aquí?

—Nadie *quiere* el trabajo, Dioni —dijo Atzi.

—¿Por qué no? —preguntó Dioni.

—Porque no es un trabajo —dijo Makawee—. Es una responsabilidad. No es algo que puedas cambiar por algo más. No funciona así.

—El pájaro Alfa dijo que podía regresar a ser yo mismo si encontraba a otro pájaro que ocupara mi lugar —dijo Dioni.

—Buena suerte con eso —dijo Pelo, sin mucho tacto.

—¿Qué quieres decir con eso? —preguntó Dioni.

Atzi apartó su comida. Había perdido el apetito.

—¿Te explicó que sólo puede haber un Alfa y un Omega? —preguntó Makawee.

—Sí, dijo eso exactamente.

—De acuerdo, bien —dijo Atzi—. ¿Cuánto tiempo te dio para encontrar un reemplazo?

—Diez días.

—¡Ja! —exclamó Pelo—. ¿Perdón?

—Entonces ¿tienes diez días para encontrar un pájaro que *quiera* ser un Omega? —preguntó Atzi.

—Ahora me quedan sólo ocho días —respondió Dioni.

—Bueno, eso responde a mi pregunta —dijo Pelo. Miró a Dioni—. Mucho gusto en conocerte. Buena suerte haciendo lo imposible.

Pelo se volteó y abrió las alas.

—¿No quisieras hacerlo? —preguntó Dioni a Pelo.

—Ni en un millón de años, azulito. No después de lo que he visto —respondió Pelo—. Atzi. Makawee. Siempre un placer.

Pelo se alzó y se alejó volando. Los tres pájaros que estaban sobre el suelo vieron cómo el codorniz volaba cada vez más lejos de ellos.

—¿Por qué dijo «ni en un millón de años?» —preguntó Dioni.

—Ally debió haberte escogido por una razón —dijo Makawee.

—¿Conoces a Ally?

—*Conocía* a Ally —respondió Atzi.

—¿Eh? —preguntó Dioni, totalmente confundido.

Las dos águilas hicieron una pausa. Atzi se restregó la cara con las alas.

—¿Todavía le enseñamos? —preguntó Atzi a Makawee.

—¿Enseñarme qué? —respondió Dioni.

Miró a Makawee, que miró hacia abajo al quetzal y suspiró.

—Creo que no tenemos otra opción —le dijo Makawee a Atzi—. Dioni, necesitamos que veas algo.

Makawee alzó el vuelo, seguido de cerca por Dioni y Atzi. Sin lugar a dudas, Dioni estaba confundido. No entendía completamente su rol, no le hacía sentido que otro pájaro no quisiera ser el Omega.

Durante el segundo vuelo no hubo parloteo. Makawee no hizo chistes ni contó historias exageradas del pasado. Las expresiones faciales de las águilas hablaban por sí mismas.

Dioni activó su *Pathfinder* y vio los marcadores geográficos del suelo, invisibles para los demás. Vio la línea exacta de división entre las dos naciones, así como los patrones climáticos en vivo, las negociaciones y otras estadísticas del clima para la región. Los tres pájaros siguieron la larga cerca, más allá donde las barreras hechas por el hombre dejaron de existir. Makawee cambió de dirección y bajó su elevación. Dioni estaba exhausto pero decidido a seguir a las dos águilas.

Hay una gran pila de piedras en esa colina que se ve en la distancia –dijo Makawee a Dioni–. Aterrizaremos ahí.

Atzi, muy cerca, detrás de Dioni, ganó velocidad para volar junto a él.

–Dioni, hemos visto pájaros Omega ir y venir –le dijo Atzi–. El equilibrio siempre ha existido y las aves del mundo han hecho su parte para controlarlo. Alfas y Omegas aseguran que esto sea posible. Siempre ha sido así… por millones y millones de años. Hasta que algo cambió… algo que las aves no pueden controlar.

–¿Qué cambió? –preguntó Dioni a Atzi.

–Tú serás el primer Omega en verlo –respondió Atzi–. Esto no se reportó a las oficinas centrales.

Desde una gran altitud, Makawee señaló una roca grande instalada encima de una pequeña colina. Los guio al lugar exacto donde estaba la roca, ahí los tres pájaros aterrizaron y descansaron un momento. A Dioni le dolía todo el cuerpo. El primer vuelo no fue suficiente para causarle dolor, pero el segundo lo llevó al extremo. Estaba exhausto, más de lo que jamás había estado.

–Dioni, ¿notas algo extraño? –preguntó Makawee.

Dioni miró desde lo alto de la colina. No notó nada fuera de lo normal.

–No –respondió Dioni–. Solamente tierra en la colina, rodeada de más tierra y otras colinas.

–Nosotros también vemos eso… desde el cielo. Inclusive tu *Pathfinder* dice lo mismo, ¿correcto? –preguntó Atzi.

–Sí. El *Pathfinder* sólo muestra tierra en una colina.

Dioni –dijo Makawee, colocándose frente a él–. Camina al fondo de la colina y dime qué ves.

–Okey…–respondió Dioni. Mientras no tuviera que volar, estaba más que dispuesto a bajar por una colina pequeña.

Un quetzal en el cielo tiene diferentes retos a comparación con los que enfrenta cuando camina sobre la tierra firme. Por ejemplo, sus alas no vuelan, así que hay menos uso de energía. Sin embargo, mientras está sobre el suelo, todos los quetzales macho se encuentran con el problema recurrente de que sus largas plumas de cola se enredan constantemente en varios objetos. Dioni era incapaz de evitar el mismo destino que todos los machos de su especie tenían que soportar. Sus plumas de cola fluían libremente al moverse mientras estaba en el cielo, pero en la tierra era más aparatoso de lo que creía. Después de dar unos cuantos pasos, sentía un ligero enganche cuando sus plumas se enredaban con otros objetos. Cada vez, tiraba de sus plumas para liberarse y continuaba. Esto era molesto para Dioni, pero no lo suficiente como para que levantara el vuelo.

Makawee y Atzi se quedaron atrás, sobe la roca. Escudriñaban el cielo en caso de que apareciera algún depredador queriéndose comer al pájaro Omega. En ese momento, no tenían mayor responsabilidad que la de garantizar la seguridad de Dioni.

Las patas de Dioni no estaban cansadas ni adoloridas, así que era muy extraño para él sentir como si se estuviera quemando, una sensación que le subía de los dedos. Miró hacia abajo y no vio nada inusual. Dioni continuó cuesta abajo. Unos pocos pasos después, una de las plumas de su cola se atascó en un objeto inusual. Dioni se volteó para jalar la pluma de cola en un esfuerzo por liberarse; tiró de ella, pero siguió atrapado en el extraño objeto. Jaló con más fuerza y vio que el objeto se levantaba muy ligeramente.

Dioni se acercó al lugar donde la pluma de su cola se había enredado. Estaba atascada junto con las plumas de otro pájaro. El ave estaba inmóvil en el suelo, cubierto por una fina capa de tierra. Parecía que estaba vivo, descansando de lado con las plumas agitándose descuidadamente en el viento. Sin embargo, su cuerpo se encontraba sin vida.

Dioni palideció. Jaló la pluma de su cola para liberarse del agarre del pájaro sin vida, pero el ave muerta no lo soltaba. Las dos águilas observaban sus acciones desde la distancia. Dioni entró en pánico y haló más fuerte. Soltó la pluma de su cola y se tropezó con otro objeto sobre el suelo, detrás de él. Cayó de espaldas. Jadeó por el dolor mientras una pequeña nube de polvo se levantaba después de que su cuerpo hubiese caído al suelo. Dioni volteó la cabeza y vio su propio reflejo en los ojos de un par de ojos inanimados. Era otro pájaro sin vida.

Dioni se arrastró hacia atrás para alejarse de él, asustado al ver otro pájaro muerto. Apoyó sus alas sobre el suelo y se empujó hacia atrás, la sensación de calor de sus patas ahora se transfería a sus alas. Retrocedió tan rápido como pudo hasta que lo detuvo un objeto duro. Miró hacia arriba y vio a Makawee.

—Mira más de cerca —le dijo Makawee.

Dioni se levantó lentamente. Echó una mirada al lateral de la colina y vio docenas de pájaros sin vida. Sus cuerpos estaban dispersos a la misma distancia unos de otros. Se encontraba ante la vista de una ejecución perfecta. La muerte de cada pájaro era idéntica a la del otro junto a él y la misma expresión se podía ver en la cara de cada víctima. Desde el cielo, no se veía a los pájaros, ya que sus cuerpos estaban escondidos por una fina capa de tierra. Sin embargo, ya sobre la colina, la evidencia era insólita.

—¿Qué pasó aquí? —preguntó Dioni.

—No sabemos —respondió Atzi, unos pasos detrás de Makawee—. Esta bandada entera era muy próspera. Supervisaban la tierra y la mantenían en perfecto equilibrio. No hay registro de nada inusual.

—¿Se cayeron del cielo?

—Estas aves no son buenas voladoras, Dioni —respondió Makawee—. Algo debió atraerlas para que vinieran hasta aquí, en primer lugar; luego se asustaron lo suficiente como para que todas corrieran por sus vidas.

—Ninguna sobrevivió —dijo Atzi—. No tiene sentido. Estas son una de las aves más intrépidas y resistentes del mundo.

—¿Qué son? —preguntó Dioni.

—Correcaminos —respondieron ambas águilas.

Dioni revisó la condición del suelo con su *Pathfinder*. No vio señales de actividad inusual, ninguna historia de tormentas o de vientos violentos o de fenómeno natural alguno que explicara lo que había presenciado.

—¿Sienten una sensación como de quemazón… en las patas? —preguntó Dioni a las águilas.

–No –respondió Atzi.

–No –respondió Makawee–. ¿Deberíamos?

–Se siente como si me estuviera quemando las patas, pero no tanto como para que me duela –Dioni bajó su *Pathfinder* y miró a las águilas–. ¿Por qué no fue reportado esto?

–Hay cosas que sólo los pájaros de la Tierra deberían saber, Dioni – respondió Atzi–. No podemos causar pánico. Ally entendía esto.

–¿Entonces por qué me lo están enseñando? –preguntó Dioni–. ¿Por qué me trajeron aquí?

Makawee inclinó su cuerpo para estar a la altura de los ojos de Dioni.

–En el caso de que, en la probabilidad de una en un millón que tienes, encuentres un Omega de reemplazo y te conviertas en ti mismo, recuerda lo que te voy a decir. Aunque sea lo único, Dioni, por favor recuerda esto: los pájaros siempre están vigilando. Los pájaros ven todo. Es nuestra responsabilidad mantener el equilibrio de la Tierra y al hacerlo, lo vemos todo. –Makawee se detuvo y miró el cuerpo de una víctima–. Esta es la primera vez en nuestras vidas que nosotros vemos algo que no podemos explicar.

Una pequeña ráfaga de viento movió las plumas de los pájaros sin vida.

–Nosotros –empezó Dioni–. Dijiste *nosotros* vemos algo que no *podemos* explicar. ¿Esto ha pasado en otro lugar?

–Sí –respondió Atzi–. Al menos en un lugar que hemos identificado.

–¿Dónde?

–India –dijeron las águilas.

Dioni se detuvo. Su mente buscó una validación y pistas de cualquier tipo.

–¿Qué pasó allá? –preguntó.

–Una bandada completa fue aniquilada y nadie puede explicar por qué. Ni siquiera el pájaro más sabio de la Tierra lo podría entender. Descubrieron algo similar, pero lograron limpiarlo antes de que se reportara nada a la oficina central.

Dioni se preguntaba cómo bandadas enteras de aves desaparecían.

¿Cómo era posible que dos eventos similares ocurrieran en dos lugares de la Tierra sin que nadie lo supiera?

–¿Cómo llego ahí? –preguntó Dioni.

–Tu *Pathfinder* –dijo Atzi–. Usa el portal y que Jelanni te mande a India.

–¿Cómo sabré a dónde ir? –preguntó Dioni. De nuevo miró a las dos águilas.

–De la misma forma como nos encontraste a nosotras –dijo Makawee–. Dile a Jelanni que quieres ver al pájaro más sabio de India. Ella sabrá a dónde enviarte.

Dioni se volteó para ver a las docenas de correcaminos dispersos por la colina. Extendió las alas y saltó, luego se alzó del suelo. Las dos águilas lo siguieron de cerca.

–Viaje de portal –ordenó Dioni a su *Pathfinder*.

Su perspectiva visual cambió para mostrar íconos de transporte diferentes. El visor de Dioni mostró las palabras: Ingresar Destino.

–Centro de Transporte.

En un instante, Dioni fue lanzado en un estallido a través del cielo y desapareció de vista. Las dos águilas levantaron la cabeza y movieron las alas para ganar altura. En segundos estaban muy lejos de la colina. Atzi se volteó hacia Makawee.

–¿Por qué lo habrá escogido a él? –preguntó Atzi. Makawee no respondió–. Él no tiene idea, ¿verdad?

–Ni la más mínima –dijo Makawee.

Capítulo Dieciocho

El cielo sobre el Himalaya era más frío que cualquier entorno que Dioni hubiera experimentado anteriormente. Con mayor entendimiento sobre cómo funcionaba el portal, y mejores instrucciones por parte de Jelanni, Dioni veía su plan de vuelo preciso. Atravesó el cielo a una velocidad asombrosa; su vuelo tan suave como el que había experimentado en el simulador de la Academia de Vuelo.

A diferencia de su primer intento, Dioni entendía mejor cómo el mínimo movimiento creaba un efecto al trasladarse a través del portal. Dioni miraba hacia delante, en la misma dirección en la que viajaba, lo que le permitía tener acceso a una vista de la Tierra que pocos seres habían alguna vez presenciado. La estación central del portal terminaba mucho más arriba del suelo. Una vez fuera del portal, el reto más complicado para Dioni era localizar un lugar seguro para aterrizar.

Inclusive desde la lejanía del cielo, Dioni podía ver el esplendor del país superpoblado. El color, el calor y la sensación de la tierra, todo le recordaba a Flores. Lo único que Dioni sabía sobre India eran las historias que había leído en los libros o aquellas que le habían contado los visitantes que llegaban al orfanato. Era, por supuesto, una tierra de encanto, tan lejos de Guatemala que seguramente su existencia no podía ser similar al lugar al que él llamaba casa. Para la sorpresa de Dioni, las similitudes eran asombrosas.

Aunque el portal ofrecía la posibilidad de viajar la mitad de la distancia de la Tierra en cuestión de minutos, el proceso de traslado de un lugar a otro requería de muchísima energía. Dioni bajó sus alas y planeó hacia una estructura que estaba convenientemente ubicada en la parte más alta de una pequeña colina. Una serie de escaleras de colores conducían hacia la cima de la estructura que, desde una gran altura, creaba un efecto visual extraño.

En el pico de la estructura se encontraba el conjunto de piedras más colorido que Dioni jamás hubiese visto. A medida que se acercaba planeando, el edificio le recordaba a uno similar que se encontraba en su lugar preferido de la Tierra. No era un edificio ordinario, sino más bien un templo construido en el pico de la colina más alta del área. Dioni sabía que no debía pisar el interior del templo, ya que eso constituiría una falta de respeto para los lugareños. En cambio, voló en círculos sobre la estructura y buscó un lugar seguro para descansar.

A medida que se abría paso, Dioni vio a un pájaro pequeño, sobre el pico del templo, que hacía una serie de gestos en el aire. No había otros pájaros cerca de Dioni, así que claramente los gestos del pequeño pájaro estaban dirigidos hacia él. El pájaro que hacía señas era un tipo de pájaro completamente nuevo para Dioni. Su pequeño cuerpo estaba cubierto casi en su totalidad por plumas blancas, aunque cuando abría las alas, el pájaro proyectaba un brillo turquesa luminoso. El pequeño pájaro había sido elegido a la perfección para el trabajo que realizaba; la luz se reflejaba magistralmente en sus alas para dirigir a Dioni, a medida que planeaba, a través de un área casi enteramente saturada de color.

Dioni aterrizó conforme a la orientación proporcionada por la pequeña ave, que usaba las señales universales de control del tráfico aéreo utilizadas en la Academia de Vuelo. El pequeño pájaro estaba sobrecogido de emoción al ver a Dioni, casi como si su llegada hubiera sido esperada por mucho tiempo. Después de aterrizar, Dioni estiró su cuerpo, cerró los ojos y respiró hondo. Cuando volvió a abrirlos, Dioni vio una sonrisa que era más grande que el pequeño pájaro que la expresaba.

—¡Bienvenido! ¡Bienvenido! ¡BIENVENIDO a India! —dijo el pequeño pájaro, con evidente júbilo y emoción.

—¿Esto es India? —preguntó Dioni al deslumbrado pájaro.

—¡Sí! —respondió el pequeño pájaro—. Este pueblo es Viralimalai.

—¿Vira-llama-qué?

—Viralimalai, señor Omega, señor. ¡Bienvenido!

—Espera…¿sabes quién soy? —le preguntó Dioni al pequeño pájaro.

—Ah, no, señor, señor Omega. Usted es el pájaro Omega, ¿verdad?

—¿Cómo lo sabías?

—Sólo hay uno. Usted es o el primero o el último de su clase.

—¿No hay otras aves aquí?

—Ah sí, señor, señor Omega. Millones y millones de aves. Pero ninguna como usted. ¡Usted es especial! ¡Usted es único! ¡Y en Viralimalai, les damos la bienvenida a todos nuestros invitados especiales y únicos como si fueran de nuestra familia!

—Bueno… yo… gracias —respondió Dioni—. ¿Los otros pájaros saben que estoy aquí?

—Ah sí, señor, señor Omega, señor. Las noticias sobre su llegada viajaron antes que usted, señor. Y el nuevo pájaro Omega nos visita en una época perfecta, debo añadir.

—¿Perfecta para qué?

—Holi, señor.

—¿Qué es Holi? —preguntó Dioni, esperando, secretamente, que fuera algún tipo de comida.

—Ahh, señor Omega, señor —dijo el pequeño pájaro mientras meneaba su ala frente a Dioni—. No puedo echar a perder la sorpresa. Venga, sígame. Lo llevaré a donde usted quiere ir.

—¿Cómo sabes a dónde quiero ir? ¿Makawee o Jelanni te dijeron?

No conozco a Makawee ni a Jelanni, señor Omega, señor —respondió el pequeño pájaro—. Sólo hay dos razones por las que usted nos visitaría aquí, señor Omega, señor, y dudo que usted esté aquí para aprender *kuravanji*.

—¿*Kava*-qué-che? —preguntó Dioni—. ¿Es un tipo de comida?

—*Kuravanji*. Es un baile, señor Omega, señor. Por favor, sígame.

El pequeño pájaro inclinó su cabeza y levantó sus alas.

—¡Espera! —dijo Dioni, interrumpiendo la elevación del pequeño pájaro.

—¿Cómo te llamas? —preguntó Dioni.

El pequeño pájaro bajó las alas lentamente. Estaba asombrado por la inocente pregunta de Dioni.

—Mi nombre es Taqhi, señor Omega, señor.

—Hola, Taqhi. Mi nombre es Dioni.

—¿*The Only?* ¿El único qué, señor? —preguntó Taqhi.

—No, no *the only*. Di-o…no importa —respondió Dioni—. ¿A dónde vamos?

—Al santuario, señor. Por favor, sígame —respondió Taqhi.

Una vez más inclinó su cabeza y levantó sus alas, luego saltó hacia delante y alzó el vuelo desde el templo.

Dioni escudriñó brevemente el pequeño pueblo debajo de él. Notó los pequeños detalles del pueblo que se parecía a Flores. Dioni sonrió. Se preguntó por otros aspectos de la vida sobre los que estaba mal informado y las cosas en común que tenían entre sí las personas que vivían en extremos opuestos del mundo. Miró hacia arriba y vio cómo Taqhi volaba más lejos; se movió hacia atrás rápidamente y se elevó para alcanzar a su guía.

—Bienvenido al Santuario de Viralimalai, señor Omega, señor —dijo Taqhi, una gran sonrisa dibujada sobre su rostro.

El santuario era una parte tranquila de la tierra donde los pájaros de una misma familia mantenían y preservaban la paz. Los árboles eran lo suficientemente grandes para cubrir una gran área, mientras que las praderas ofrecían tanto un lugar con mucha luz del sol, como un espacio desde el cual observar la belleza de la noche estrellada. Además de la amplia flora del santuario, había una pequeña masa de agua que estaba sorprendentemente tranquila en esa tarde perfecta de la visita de Dioni.

Los dos pájaros descendieron lentamente a una menor altitud cuando Dioni notó un pequeño grupo de polluelos que seguían todos sus movimientos. Las jóvenes aves estaban asombradas por algo que no habían visto antes y debido a que ello no suponía amenaza alguna, los ancianos del santuario no tenían motivo alguno para impedir que le dieran la bienvenida al nuevo pájaro Omega.

Dioni y Taqhi aterrizaron sobre una gran roca enclavada entre los árboles. Los polluelos tenían un color de pelaje apagado y solamente unas cuantas plumas en sus pequeños cuerpos. Algunos de los jóvenes pájaros dejaron tiradas unas cuantas plumas al correr emocionados a saludar y dar la bienvenida al famoso que se encontraba entre ellos.

—¿Estos son los únicos pájaros aquí? — preguntó Dioni mientras miraba el hermoso paisaje.

—No, señor Omega, señor —se rio Taqhi en respuesta—. Hay muchas aves que viven aquí. Los adultos están recolectando madera para la ceremonia de esta noche.

—¿Ceremonia?

—Holi, señor Omega, señor. La celebración del final del invierno y la llegada de la primavera, señor. Todos los años celebramos esto en esta época, aunque rara vez con un invitado especial.

Los jóvenes polluelos corrieron a la base de la gran roca. Se tropezaron y saltaron unos sobre otros para escalarla y poder tener una mejor vista de su héroe.

—¿Quién es el invitado especial? —preguntó Dioni.

Taqhi se rio ante la pregunta. ¿Cómo era que no sabía?

—Es usted, señor Omega, señor—. Su risa se hizo más fuerte mientras repetía burlonamente la pregunta de Dioni—, ¿Quién es el invitado especial?

La inocencia de Dioni se manifestó como ignorancia. Él era el pájaro Omega, y a pesar de su conocimiento limitado sobre lo que él representaba para los otros pájaros, todos parecían saber todo sobre él. Encontraba esto confuso, aunque halagador.

Mientras Taqhi se divertía con su propio chiste, Dioni saltó a la base de la gran roca y se encontró cara a cara con sus jóvenes admiradores. El alegre piar y los chillidos que emanaban de los jóvenes polluelos se detuvo de repente cuando las patas de Dioni tocaron el suelo del santuario. Los jóvenes polluelos estaban deslumbrados, en absoluta admiración del quetzal azul. Una joven polluela no pudo contener su emoción; sus ojos se pusieron en blanco mientras perdía el equilibrio y caía al suelo.

Un polluelo pequeño y valiente se acercó a Dioni. Medía la mitad de la altura de Dioni y todavía no sabía volar. Dioni estaba intrigado. El ave joven era inofensiva, pero se acercó valientemente a Dioni y examinó a un pájaro que nunca antes había visto. El joven polluelo estudió a Dioni meticulosamente, como si buscara defectos en su diseño. Dioni permaneció firme y en silencio; sólo movía su cabeza mientras seguía cada movimiento del polluelo.

El joven polluelo hizo un círculo alrededor de Dioni y se detuvo frente a él. Levantó sus pequeñas alas hacia la cabeza de Dioni, luego trazó un círculo invisible a lo largo del perímetro de la cara de Dioni. Dioni se congeló. No quería asustar o intimidar al joven pájaro, aunque desconfiaba de una práctica que era completamente extraña para él. El movimiento del joven polluelo se detuvo mientras colocaba sus alas a ambos lados de la cara de Dioni.

—El Omega —dijo el polluelo. Sonrió y miró a Dioni a los ojos desde su posición, con sus menos elevadas.

—Ooohhh —respondieron los otros polluelos, asombrados e impresionados por el pájaro azul que estaba frente a ellos.

—Bienvenido a India —dijo el pequeño polluelo mientras bajaba las alas.

—Gracias —dijo Dioni—. ¿Cómo sabes quién soy?

—Deepa dijo que vendrías algún día— respondió el polluelo.

Taqhi saltó de lo alto de la gran roca y se unió a los polluelos cerca de la base.

—¿Quién es Deepa? —preguntó Dioni. Miró a Taqhi para confirmar.

—Ella es la guardiana del color, señor Omega, señor —respondió Taqhi.

—¿Guardiana del color? —preguntó Dioni—. ¿Qué quiere decir eso?

—Es una de las muchas responsabilidades de la majestuosa pava real, señor.

—Entonces esta… Deepa. ¿Ella es su reina? —preguntó Dioni.

Taqhi y los jóvenes polluelos se carcajearon juntos. Era una pregunta tonta, aunque inocente.

No estamos gobernados por una reina, señor *The Only*, señor —respondió Taqhi—. Los pavos reales son aves de nobleza y tradición. Ellos supervisan el color de la vida en toda la Tierra.

Dioni estaba atónito. –¿Cómo controlan el color los pavos reales?

–Esta es una habilidad que solamente conoce el pavo real sagrado de la India, señor Omega, señor –respondió Taqhi–. Su habilidad para ver y ordenar el color es muy superior a la de otros seres vivos.

–¿Los pavos reales pueden ver más colores que el resto de nosotros? –preguntó Dioni.

Los pequeños polluelos soltaron una risita. Piaban entre ellos y susurraban sobre su inteligencia superior a la del pájaro Omega.

–No, señor, *The Only*, señor. Los pavos reales ven los mismos colores que usted y yo. Para ellos, el color es vida. El color se siente y debe ser equilibrado cuidadosamente para preservar la vida.

Dioni era incapaz de responder. En toda su vida había visto innumerables pájaros… cientos de miles de despliegues de color…aunque nunca había considerado al color como un estado del ser. El color era una sustancia natural, producida por la Tierra sin prejuicio o planificación previa. Así era como él creía que funcionaba el mundo.

–¿Cómo equilibra la vida, el equilibrio del color? –preguntó Dioni.

–Porque la vida es capaz de florecer por el color –respondió una voz femenina desde lo alto de la gran roca, detrás de Dioni.

Dioni se dio la vuelta para ver de dónde venía la voz; una magnífica pava real se encontraba orgullosamente de pie más arriba de él. Ella no era tan colorida como él se había imaginado. Las plumas de la pava real eran largas y cubrían su espalda, como un traje natural hecho para personificar la esencia de todos los tipos de aves. La pava real mostraba un suntuoso despliegue de plumas turquesa que irradiaban con fulgor. Un último toque de color se podía ver en las plumas sobre la parte superior de su cabeza, que asemejaban una corona.

Las aves autóctonas del santuario saludaban a la pava real como de costumbre; abrieron sus alas para presentar sus mejores y más brillantes plumas y lentamente bajaron sus cabezas mientras colocaban sus alas directamente frente a sus caras.

Dioni presenció cómo Taqhi y los jóvenes polluelos saludaban a la pava real. Fracasó miserablemente en su intento por hacer lo mismo.

La pava real saltó de lo alto de la gran roca y encontró un área para aterrizar detrás de la línea de polluelos. De cerca, Dioni vio el esplendor de un ave realmente magnífica. Más que su presencia física, su sonrisa emanaba un aura invisible de color, que saltaba de ave en ave.

—¡Deepa! ¡Deepa! ¡Deepa! —piaron los polluelos, todos intentando desesperadamente captar la atención de la pava real.

Ella sobresalía por encima de ellos. Con facilidad pudo haber ignorado sus chillidos y cantos y continuado en la dirección que deseaba. En cambio, dobló su cuerpo para estar a su nivel y les sonrió a cada uno de los polluelos.

—¡Deepa! ¡Mira lo que puedo hacer! —dijo un polluelo muy emocionado que inflaba su pecho y aguantaba el aire en su pico.

—No, no, yo ¡Deepa! —respondió otro—. ¡Mira qué rápido soy! —dijo el polluelo mientras corría en círculos alrededor de los demás.

—¡Guau! ¡Mira cómo corres! —respondió Deepa.

—¡Deepa, Deepa! —gritaron los polluelos. Todos hablaban al mismo tiempo.

—¡Mira mi pluma azul! Espera, ¿dónde está?

—¡Mira mi pico tan fuerte!

—¡Puedo saltar casi tan alto como tú!

—Mi hermano y yo podemos subirnos uno encima del otro. ¡Mira!

—¡Tengo las patas más fuertes de cualquier pájaro del santuario!

—¡Puedo contar mis propias plumas! 1…2…3…7…4…

—¡Yo puedo pararme de forma que a mis plumas más brillantes siempre les de la luz del sol!

¡Guau! —Deepa respondió, con alegría—. ¡Todos ustedes son tan impresionantes!

Dioni atestiguó su comportamiento con la máxima admiración. Para Taqhi, esta era la norma de conducta normal de Deepa. Sonrió al ver y oír lo emocionados que estaban los jóvenes polluelos.

—¿Son sus hijos? —le preguntó Dioni a Taqhi.

—Deepa trata a todos los polluelos de la misma forma —respondió Taqhi—. Es un regalo que poseen las aves especiales, señor.

—¿Ser accesible? —preguntó Dioni.

—No, señor Omega, señor. Ser la persona a la que los demás se sienten atraídos, de forma natural.

Las voces de los polluelos se hicieron más fuertes. A pesar del deseo de los polluelos por captar su atención, ella sonrió y respondió con palabras amables.

—Mis jóvenes amigos —dijo ella, lo que causó que bajaran la voz—. Debo conocer a nuestro invitado, ¿no creen?

Los polluelos se calmaron y estuvieron todos de acuerdo; sólo un polluelo protestó, y sus compañeros le lanzaron miradas severas.

—¿Qué tal esto? —les dijo Deepa—. Necesito que cada uno de ustedes encuentre el palo más grande que puedan cargar y lo traigan al lugar de las fogatas. ¡Le daré una recompensa especial al polluelo que me traiga el palo ¡más grande!

Los polluelos piaron emocionados y rápidamente se dispersaron en busca de sus palos para ganar el premio. Deepa los observó brevemente mientras se alejaban antes de volver su atención hacia Dioni.

—Bienvenido a India, Dioni —dijo ella.

—¡Ohh! —exclamó Taqhi—. Di-oh-ni —se volvió para mirar a Dioni—. Debió haberlo dicho, señor Omega, señor.

Dioni puso los ojos en blanco y suspiró.

—Gracias, señorita Deepa —respondió Dioni.

—Ay, por favor. No nos hablamos así. Sólo dime Deepa.

—Ah…de acuerdo —respondió Dioni—. Él se la pasa diciendo señor… yo asumí…

—Él es una carraca, Dioni —interrumpió Deepa—. Son conocidos por ser los pájaros más educados de toda India.

—¿Una carraca? —preguntó Dioni. Se volvió a Taqhi—. ¿Conoces a un pájaro que se llama Mimidae? Trabaja para el pájaro Alfa en el Departamento de Control del Clima Global.

El color de la cara de Taqhi cambió de un tono blanco y verde azulado a un rojo intenso.

–Nnn… No. No, señor Omega, señor –tartamudeó Taqhi–. No conozco a este pájaro que usted llama Mimidae, señor–. Taqhi se acercó a Dioni–. ¿Ella preguntó por mí? –susurró.

Los dos pájaros miraron a Deepa, que miró con desaprobación a Taqhi.

–Yo… tengo que irme –dijo Taqhi.

Inmediatamente se dio la vuelta y se elevó lejos del área. Dioni y Deepa observaron, momentáneamente, mientras Taqhi se iba volando.

–Eso fue raro –dijo Dioni.

–No debería haberlo hecho –respondió Deepa.

–¿Puedo preguntarte algo? –le dijo Dioni a la pava real.

–¿Cómo sabía yo que ibas a venir? –respondió Deepa.

–Bueno… sí. ¿Enviaron a un mensajero de la oficina central o tienes algún poder especial?

–No, Dioni –sonrió Deepa–. No tengo nada de especial. Las noticias del nuevo pájaro Omega viajan veloces. Nos informaron de tu visita a Estados Unidos, así que sabíamos que era solo cuestión de tiempo que vinieras a India.

–Ah… claro.

–¿Y tal vez fue otro pájaro el que te dijo que vinieras a India, o no? ¿Un águila… o dos?

–¡Sí, es correcto! –respondió Dioni–. Entonces ya debes saber por qué estoy aquí.

–Vienes en busca de una explicación de algo que viste. Algo que ningún otro pájaro puede explicar. Algo horrible, pero algo que debe permanecer escondido.

Dioni agachó su postura. El recuerdo del campo de pájaros muertos estaba grabado en su mente.

–Makawee dijo que había pasado aquí también –respondió Dioni–. Quiero saber qué fue lo que causó que tantos pájaros se cayeran del cielo al mismo tiempo.

Deepa se detuvo y miró a los polluelos en la distancia. Algunos de ellos buscaban astutamente el palo más largo que sus picos jóvenes pudieran sostener, mientras otros discutían si una brizna de grama seca contaba como un palo o no. Otros tenían los ojos puestos en el cielo, completamente ajenos a la tarea. Un pequeño polluelo en particular solamente corría por ahí sin poner atención a nada más que el viento sobre su rostro.

–Dioni, ven conmigo –dijo Deepa.

Ella se agachó, miró hacia el cielo, saltó y extendió sus inmensas alas para atrapar el viento. Dioni siguió a la pava real, que era sorprendentemente veloz para un ave de su tamaño; luchó por mantener su velocidad a la par de ella. Por suerte, el vuelo era de unos cuantos metros - al pico del árbol más alto del santuario.

Deepa se posó sobre una rama que parecía como si hubiese sido diseñada para su cuerpo. Era su lugar de refugio y tranquilidad, y era un honor para otro pájaro compartir ese espacio. Dioni no se dio cuenta de la importancia del lugar donde estaba. Aterrizó sobre una rama cercana, a una distancia prudente de la pava real, y descansó sus alas.

Deepa miró en la dirección del sol que se ponía. Era su momento favorito del día, de su época predilecta del año. El motivo de la presencia de Dioni ensombrecía el momento.

–En unos momentos el sol se pondrá y de nuevo iniciaremos una tradición que es tan significativa para nosotros como para las personas de India –dijo Deepa–. Quizás inclusive más.

–¿Qué tradición? –preguntó Dioni.

–El inicio de la primavera, Dioni. O lo que es aún más importante, el final de otro invierno. La vida empieza de nuevo, como cada año.

Dioni miró al sol poniente. Todo estaba tranquilo y en paz. Le recordaba a su hogar.

–¿Qué sientes cuando ves esto, Dioni? –preguntó Deepa.

–Mi hogar –respondió Dioni–. Pienso en alguien a quien extraño.

–Una chica, ¿verdad? –preguntó Deepa.

Ella hizo una expresión facial intencionalmente coqueta. Dioni sonrió.

—Sí. Una amiga.

—Nuestros amigos son importantes, Dioni. Un buen amigo puede ser mejor que un padre o un hermano.

—No tengo padres o hermanos. Nací en un orfanato.

—Entiendo —respondió Deepa.

Ella hizo una pausa y volvió su atención al pintoresco paisaje de la India.

—¿Qué es lo que buscas, Dioni? —preguntó ella, rompiendo la tranquilidad del silencio.

Dioni cerró los ojos y miró hacia sus patas. No era una expresión de remordimiento o tristeza, sino de asombro.

—Tengo que encontrar un pájaro Omega de reemplazo para poder ser yo mismo de nuevo —respondió él.

—Y cuando encuentres otro pájaro que tome tu lugar y seas humano de nuevo y regreses a tu hogar y te vuelvas a reunir con aquella a la que extrañas… ¿qué sucederá?

—No lo sé —dijo Dioni, el volumen de su voz ligeramente bajo—. Antes de todo esto, lo único que quería era ver el mundo.

—Te entiendo —respondió Deepa—. ¿Y ya no deseas ver el mundo?

—Quiero ser yo de nuevo. No sé por qué soy un pájaro. Debe haber algún otro pájaro que quiera ser el Omega. Yo no puedo hacer esto.

—Tal vez —respondió Deepa—. El Omega es un puesto de servicio, Dioni, no de honor. Todos los Alfas y Omegas se seleccionan por una razón. Seguro que tú ya aprendiste eso. También aprendiste que los pájaros hacen más que volar y comer semillas y bichos. Aprendiste que los pájaros tienen una responsabilidad - hacia su propia especie, hacia otros pájaros y hacia la Tierra - lo que cambia casi todo lo que alguna vez tuviste como verdad.

Dioni no respondió. Miró hacia otro lado mientras luchaba por contener las lágrimas.

—El conflicto interno que sientes no es dolor —continuó Deepa—, sino más bien el resultado de falta de equilibrio. Imagino que tu cruzada por buscar un Omega de reemplazo tiene un límite de tiempo, ¿verdad?

—Diez días, —respondió Dioni. Miró a Deepa.

—Entonces vive esos diez días mejor de lo que hayas vivido cualesquiera diez días antes de hoy, Dioni. Vive el presente, el momento. Vuelve a descubrir el equilibrio de quién eres y quién quieres ser. Y en el décimo día, no sólo encontrarás lo que buscas, sino también lo que buscas te encontrará a ti.

El intento de Dioni de responder fue interrumpido por el sonido de un pavo real cercano, que gritaba enojado a una persona cerca de las gradas del templo del santuario. El hombre sostenía una botella de plástico y la agitaba por encima de su cabeza como una especie de arma en caso necesitara golpear al pavo real.

—¿Qué está haciendo? —preguntó Dioni—. Ese hombre le hará daño al pavo real.

Deepa se volvió para mirar el alboroto que había abajo.

—Ese es Vishal —dijo Deepa—. Él es fuerte. El anciano no lo intimida.

—¿Y entonces por qué le está gritando? ¿Por qué no lo deja que se vaya?

Desde donde se posaban en lo alto del árbol, Deepa y Dioni presenciaron cuando Vishal levantó las plumas de su cola y las desplegó en cascada, en una fascinante muestra de intimidación. Sus largas plumas de cola aparecieron como una serie de ojos que brillaban furiosamente frente al anciano. Vishal sabía el miedo que provocaba en los humanos ingenuos y esta no era la primera vez que lo hacía.

El anciano caminó hacia atrás, lentamente. Bajó su puño, que contenía la botella de plástico. Después de dar unos cuántos pasos nerviosos, le dio la espalda lentamente a Vishal. El anciano lanzó la botella de plástico dentro de un espacio abierto y se alejó rápidamente.

—¡Eso es tirar basura, viejo ignorante! —gritó Vishal—. ¡Este es un templo y un santuario, no su jardín privado!

Vishal vio cómo el anciano bajaba las escaleras y se alejaba del área. Suspiró furioso. Caminó hasta donde estaba la botella, inclinó la cabeza hasta alcanzarla, y luego la colocó en su pico. Después dio unos cuantos pasos cargando la botella. La noble intención de Vishal de dejar la botella de plástico cuidadosamente dentro del bote de basura se frustró cuando vio una gran pila de basura desbordada, dispersa sobre el suelo sagrado.

Vishal levantó la cabeza y con fuerza tiró la botella vacía en la gran pila de basura. No hacía diferencia dónde cayera la botella; el daño estaba hecho. Volteó su cuerpo, alzó el vuelo y se alejó. Vishal no se dio cuenta de que Deepa y Dioni, posados en el árbol, habían sido testigos de la terrible experiencia. Aterrizó en los pastizales a unos cuantos metros de distancia.

—Dioni, ¿Qué acabas de ver? —preguntó Deepa.

—A un gran pavo real espantando a un hombre —respondió Dioni.

—Sí, ¿Qué más?

—Al mismo pavo real lanzando una botella vacía. La lanzó rápido, también. Si pudiera patear tan bien como lanza, ese pavo real podría ser un buen jugador de fútbol.

—No no no, no entendiste. ¿Qué hay de la interacción entre el hombre y el pájaro?

—No sé —respondió Dioni—. El pavo real le gritó al anciano, pero al hombre no le importó. La única razón por la que el hombre no le lanzó la botella fue porque el pavo real le mostró sus plumas.

Deepa sonrió.

—Dioni, hay millones de aves alrededor de la Tierra que hacen esto. Ellas literalmente gritan y chillan tan fuerte como pueden, llamando la atención desde las cumbres y los techos hasta las puertas de la ciudad, diciéndoles la verdad a las personas.

—¿Qué verdad? —preguntó Dioni.

Deepa miró a Dioni.

—Que *ellos* son los que están causando el desequilibrio.

Dioni estaba desconcertado.

—¿Entonces los castigan? ¿A las personas?

—No, Dioni. Ellos solamente son culpables de ignorancia y no es nuestra responsabilidad castigar a ninguna criatura viviente en el planeta —Deepa se volvió hacia el atardecer—. Nosotros proveemos el equilibrio. Trabajamos para restaurarle a la Tierra lo que le quitan. Proveemos riqueza, conocimiento, y ellos prefieren ignorarnos.

—Pero… son humanos. ¿Cómo podrían saber que deben escuchar a las aves? —preguntó Dioni.

—Las aves gobiernan los cielos, ¿o no? Lo hemos hecho durante más tiempo del que tienen sus templos de haber sido construidos, mucho antes de que se crearan sus luces y mucho antes de que olvidaran nuestra mayor fortaleza.

—¿La cual es…?

—Siempre hemos estado encima de ellos. Igual que tú puedes ver todo el santuario desde este árbol, así las aves del mundo también pueden ver las acciones de todos los seres vivos debajo de ellos.

Deepa saltó a una rama más baja y luego se puso al nivel de los ojos de Dioni. Él se volteó para verla.

—Los pájaros lo ven todo, Dioni —dijo Deepa—. Y los pájaros *siempre* están vigilando.

Dioni se volvió para ver el pueblo cercano. Vio vehículos, vio gente, vio animales, vio bicicletas, vio árboles, vio tierra, vio luces, vio humo, vio más gente, vio movimiento; y por primera vez notó la ventaja excepcional y la perspectiva desde su posición elevada, gracias a su actual forma de pájaro.

No era una vista de pájaro, sino más bien un punto de vista multidimensional. Era la habilidad de estar consciente de lo que no había descubierto antes: los pájaros de verdad lo ven todo. Como una red de contactos viviente de millones y millones entre su especie, no había una sola instancia en el que las acciones en la Tierra no tuvieran testigos. Los pájaros siempre observaban, siempre estudiaban, siempre perseveraban… y siempre estaban vigilando.

Unos metros más abajo, mientras observaba el pueblo desde una perspectiva absoluta y profundamente nueva, Dioni miró la base del árbol y vio cuando uno de los jóvenes polluelos saltaba repetidamente. El polluelo tenía una larga rama sostenida en su pico, que con facilidad desequilibraba cada salto que daba el pequeño pájaro.

—¡O dengo! ¡o dengo! —gritó el pequeño pavo real mientras intentaba desesperadamente captar la atención de Deepa.

Deepa miró hacia abajo y sonrió.

—No puedo entenderte con esa rama en tu boca, Manju —le dijo.

El polluelo dejó caer el palo y miró hacia arriba.

–¡Es el más grande y yo lo encontré!

–¿Lo hiciste? –preguntó Deepa, en un tono forzadamente divertido–. ¡Entonces llevémoslo al lugar de la fogata!

Dioni sonrió. El increíble logro era el momento más feliz en la vida del polluelo.

–¿Qué gané? ¿Cuál es mi premio? –preguntó Manju.

–¿Tu premio, jovencito? – respondió Deepa–. Mmmm, ¿cuál puede ser?

–¿Puedo colorear el fuego? –preguntó Manju. Esperaba con desesperación recibir una respuesta afirmativa.

–¡Bueno, eso es perfecto! –dijo Deepa–. Manju, ¡Tú colorearás el fuego para la ceremonia!

El polluelo pió con incontrolable alegría; seguramente era el mejor día de su vida. Deepa se volteó hacia Dioni, que estaba confundido por la conversación que habían tenido.

–Ven Dioni. Esta es una tradición especial. Quiero que seas mi invitado.

Dioni asintió y sonrió. Estaba intrigado por la oportunidad de presenciar la tradición de una cultura totalmente diferente.

Deepa abrió las alas, saltó del árbol, y después de planear hacia abajo, aterrizó a unos metros de distancia del polluelo. Con una de sus alas hizo una rampa para que el joven polluelo se subiera a ella, y que este último hizo sin demora. Mientras el polluelo se aseguraba para el vuelo, Dioni los siguió y saltó del árbol. Aterrizó junto a Deepa.

–¿Estás listo? –le preguntó Deepa a Manju, que estaba sentado sobre su espalda.

–¡Listo! –respondió Manju, emocionado.

Deepa saltó, extendió las alas e inmediatamente ganó altura y velocidad en el aire, volando entre los árboles.

Dioni inclinó el cuerpo, extendió sus alas, y luego sintió el palo bajo sus patas. Sonrió y sacudió su cabeza. Se dispuso a llevar el palo de Manju.

–Ah, guau –dijo–. ¿Ese pequeñín fue capaz de levantar esto?

Se alzó al vuelo con el palo sorprendentemente grande asegurado en su pico y se fue detrás de Deepa.

Capítulo Diecinueve

Una gran pila de diversos palos, ramitas, ramas y troncos estaba cuidadosamente apilada en un área recluida del santuario, lejos de los cazadores furtivos y los depredadores. La reunión que se celebraba en este día atraía a las aves y animales de cerca y de lejos. Era más que una celebración anual, era un tributo sagrado de y para las aves más respetadas en toda India.

Con generaciones de aves expertas en la construcción de nidos, los pavos reales del pueblo eran responsables de la creación de la pila de leña que se iba a quemar. Siempre tan minuciosos, los pavos reales trabajaban como constructores y arquitectos habilidosos, que construían una impresionante torre de leña. La torre era estéticamente hermosa y efectiva; era la pieza central para la ceremonia del fuego sagrado.

Manju, que cantaba alegremente mientras viajaba sobre la espalda de Deepa, era la envidia de todo polluelo en el santuario. Corrieron los rumores sobre si Manju tenía la habilidad para encontrar y cargar un palo de tal tamaño. Si no hubiera presenciado cómo Manju cargaba el palo premiado por sí mismo, Dioni habría estado de acuerdo con los rumores. Aunque Dioni se dio a la tarea de cargar él mismo el palo mientras duró el vuelo, claramente había subestimado cuán pesado se sentía el objeto después de un corto periodo de tiempo.

Deepa tocó tierra a unos metros de distancia de la gran pila de leña. Después de aterrizar, Dioni, Deepa y Manju fueron rodeados inmediatamente por una gran multitud de pavos reales. En toda su vida, Dioni sólo había visto un verdadero pavo real, así que una bandada de tal magnitud lo impresionó. Las pavas reales - artesanas habilidosas que trabajaban en perfecta coordinación unas con otras - se movieron al mismo tiempo para arreglar la gran cantidad de detalles complejos de la estructura que iba a ser incinerada. Los pavos reales se colocaron a lo largo del perímetro del suelo sagrado y crearon una barrera con sus grandes plumas de cola.

Dioni estaba visiblemente impresionado por el gran tamaño y majestuosa belleza de las plumas de cola de los pavos reales. Perfectamente alineadas, las aves creaban una fortaleza impenetrable de color y esplendor. Cualquier depredador que osara cruzar el muro, inmediatamente se enfrentaría a la furia de cientos de valientes pavos reales y pronto se encontraría ante un fracaso épico. Los pavos reales eran maestros del trabajo, que cada año cumplían una tradición que su especie había practicado por cientos de miles de años. Su experiencia les otorgó una profunda sabiduría y conocimiento, que les permitió dejar una enorme huella en todo aquello que acoge el color.

—Gracias por traer el palo —dijo Manju a Dioni.

Manju sostuvo su pequeño pecho en alto y alegremente bajó de la espalda de Deepa al suelo. Una vez que estuvo a una distancia prudente, Deepa extendió las alas e inclinó la cabeza para hacer una reverencia, en señal de respeto hacia los elementos frente a ella.

—¿Cómo pudiste cargar este palo y traerlo a Deepa? —preguntó Dioni a Manju.

Exageró ligeramente la pregunta para darle confianza al joven polluelo, aunque no admitió que casi no había podido hacerlo él mismo.

—No sé —replicó Manju. Se agachó y colocó el palo en su pico, luego miró a Dioni—. Gueo gue gonfie e mi popia fuefa.

Manju llevó el palo a las pavas reales, luego hizo una reverencia y casi se cae mientras lo presentaba ante ellas. Las pavas reales le sonrieron, tomaron el palo de su pico y lo colocaron en un agujero de la estructura. El palo encajaba perfectamente en la grieta dentro del arreglo, comprobando aún más su excelencia en la ingeniería, ingenio y perfeccionismo.

Dioni se quedó cerca detrás de Deepa. Observó con asombro cómo las pavas reales construían la estructura de leña en el centro del gran círculo creado por los pavos reales. Era una fortaleza inmensa, cuyo perímetro estaba fuertemente resguardado y protegido; en el epicentro se encontraba el objeto que atraía a todos los que vivían dentro del santuario.

Deepa miró a Dioni. Ella vio que estaba hipnotizado y sonrió.

—Dioni —dijo ella—. ¿Qué impresión te da esto?

Dioni, en un estado de asombro parecido a un trance, no podía responder. La coordinación de lo que presenció era, inclusive, mucho más compleja que la simulación de la murmuración más difícil que hubiera experimentado en la Academia de Vuelo. Los pavos reales y las pavas reales trabajaban como una sola entidad y no como cientos de aves individuales.

Dioni revisó su *Pathfinder*. Tal como lo dictaba su diseño, el *Pathfinder* identificó a cada ave que caminaba en su campo visual.

—¿Cómo es que tantos pájaros pueden hacer esto? —respondió Dioni finalmente.

—¿Hacer qué? —preguntó Deepa.

—Construir esto… tan perfectamente —dijo Dioni mientras señalaba la torre de leña—. Y crear una pared de color como ésa.

Señaló a los cientos de pavos reales que aseguraban la inmensa fortaleza circular.

Deepa se rio. Esto era normal para ella, tan natural como el sol, la luna y las estrellas.

—Todos conocen su responsabilidad compartida, Dioni —respondió Deepa—. Hemos hecho esto a lo largo de incontables generaciones. Es una tradición especial.

Dioni miró con asombro en todas las direcciones.

—No es como una murmuración —dijo Dioni—. Todos saben cómo colocarse sin instrucciones. ¿Cómo lo hacen? ¿Tienen mejores *Pathfinders*?

—¿*Pathfinders*? —Deepa se rio con gran entusiasmo—. Ninguno de estos pájaros usa *Pathfinders*. Trabajan de esta forma porque siempre ha sido así. Lo saben por sabiduría e instinto, Dioni, no por la tecnología.

—¿Y qué hay de los pavos reales haciendo la pared alrededor del círculo? —preguntó Dioni—. ¿Nacen con el conocimiento de cómo hacerlo?

—No, no necesariamente. Todos los pájaros nacen con ciertos dones o habilidades. Las pavas reales son ingenieras maestras. Por instinto, tienen un sentido de la estructura que ningún ave en la Tierra puede igualar. Los pavos reales pueden crear barreras impenetrables, usando sus cuerpos y las plumas de sus colas para protegernos de cualquier depredador que quiera hacernos daño.

—¿Todos los pájaros pueden hacer eso? — preguntó Dioni.

—¿Construir una pared? Desde luego. Si hay suficientes y si saben cómo trabajar al unísono, entonces sin lugar a dudas, son capaces de crear una estructura impenetrable. Si se hace adecuadamente, pueden producir una fuerza que ningún viento, ni lluvia, ni la Tierra misma tendría el poder de destruir.

—¿Y todos los pájaros tienen estas habilidades especiales?

—Piensa en ello como dones o talentos, Dioni. Algunos son cazadores excelentes, otros son chocolateros, otros preservan el color y luego hay otros que gobiernan el cielo.

—Los halcones —respondió Dioni—. Los halcones son los mejores pilotos del mundo. No hay otro pájaro más rápido. Ellos gobiernan el cielo.

—¿Por qué piensas eso? —preguntó Deepa.

—Deberías verlos en la Academia de Vuelo. Inclusive en el simulador, no podías volar junto a ellos. No había otro pájaro que pudiera igualar su velocidad. Ese debe ser su don.

—¿Y esto los hace los mejores?

—¡Absolutamente!

—Entonces dime, Dioni —dijo Deepa—. Volteó su cuerpo para quedar frente a él—. ¿Había algún tipo de pájaro que *no* vieras en la Academia de Vuelo?

—¡Cada especie de ave estaba ahí! —respondió Dioni—. Cientos… no, miles de ellos. Y ninguno era tan veloz como los halcones.

Deepa esbozó una sonrisa burlona. Volvió su atención a la torre de leña que estaba casi completa.

—Entonces dime —le dijo Deepa a Dioni—. De acuerdo a tu lógica, los mejores pilotos del mundo no solamente asisten a la escuela de vuelo, sino también gobiernan el cielo y viven en América, ¿correcto?

—Bueno…s…sí, supongo —dijo Dioni, sin mucha confianza en su respuesta.

—Piensa en lo que te pudiste haber perdido, Dioni. En lo que *no* viste, y promete que regresarás y me contarás si alguna vez descubres cualquier otro pájaro que sea mejor piloto que los halcones. O águilas, en todo caso.

—De acuerdo… está bien —respondió Dioni, con arrogancia.

Sabía, sin lugar a dudas, que no había ningún pájaro tan veloz, feroz o más intimidante ni más increíblemente poderoso que el icónico halcón. ¿Por qué un turista norteamericano le diría esto si no fuera cierto?

Una pava real joven se acercó. Deepa extendió sus alas e inclinó la cabeza hacia suelo, una reverencia que indicaba que había dado su atención completa a la pava real. El pájaro más joven repitió el gesto de vuelta a Deepa, en señal de respeto hacia el pájaro más sabio de la tierra.

—La estructura está casi completa, Deepa —dijo la joven pava real.

—¡Entonces estamos listos para empezar la ceremonia! —anunció Deepa, ante lo cual todos los pájaros de la comunidad cercada emitieron gritos estruendosos.

Las pavas reales cantaron con alegría. Se agacharon y luego, desde el suelo, lentamente levantaron las cabezas y las alas, como si barrieran los elementos de la Tierra de vuelta al cielo. Un sonido fuerte emanó desde todas las direcciones del recinto mientras docenas de pavas reales cantaban y bailaban en una formación absolutamente impecable. La imponente pared formada por los pavos reales tiritaba, produciendo un temblor silbante, que se asemejaba tanto a la ferocidad como a la serenidad de un poderoso viento que barría a través de un bosque que contenía los árboles más grandiosos del mundo.

El sol casi había desaparecido. Los últimos momentos preciados de luz natural eran captados y trasladados de un ave a otra. Su representación era un baile de luz que se reflejaba de la pared de plumas de pavos reales y creaba un incontable número de rayos incoloros de pura iluminación.

A medida que los pavos reales movían sus plumas de la cola, cambiaban de posición sus cuerpos y se mecían suavemente de lado a lado; luego dirigían su energía a la torre en el centro. El sonido de la pared de plumas de las colas en movimiento, junto con el zumbido creado por el viento, producían un ritmo al que los demás pájaros respondían con sus propias acciones.

Dioni se alejó y observó la representación perfectamente coreografiada. Aunque los pájaros visitantes no podían participar en la ceremonia, no había restricción para presenciar el evento desde la distancia. Sobre el centro del círculo, aunque bajo los picos de los árboles, una gran reunión de pájaros visitantes formaba un ciclón de movimiento lento mientras observaban con inquietud la asombrosa tradición celebrada por los pavos reales.

Dioni estaba completamente estupefacto. Su visión personal de India era muy distinta a la realidad que acababa de presenciar, y no estaba preparado para una sorpresa de tal magnitud. No pudo entender cómo una formación tan impecable se creaba sin ninguna forma de tecnología avanzada para guiar los movimientos. Vio cómo se les daba la bienvenida a los pájaros extranjeros y cómo ellos respetaban la santidad de la ceremonia. Los ojos de Dioni se llenaron de lágrimas; era la representación más hermosa de la Tierra y no podía comprender cómo a él le era permitido estar entre los pájaros más hermosos de esa tierra.

Un rayo de pura luz destelló y encendió la torre de leña en el centro del círculo. Empezó como un fuego de estructura pequeña; luego rápidamente evolucionó a una hoguera magnífica, alimentada por el oxígeno producido por las inmensas plumas de las colas de los pavos reales que formaban el círculo externo. Dioni observó la base del fuego y vio una luz azul que irradiaba desde el fondo. El fuego, rápidamente, se volvió más brillante, a medida que se elevaba hacia los cielos. Sus ojos siguieron el recorrido desde la parte más baja hasta la parte más alta de la torre, donde vio dos rasgos peculiares que no creyó posibles. Primero, las cenizas de la leña se elevaron a alturas insospechadas y lentamente regresaron a la superficie; mientras las cenizas caían, Dioni sintió una sensación de paz al presenciar cómo las diminutas piezas de leña quemada se asemejaban a inofensivas candelas naturales, que se convirtieron en polvo al tocar el suelo. Segundo, la fuente radiante de luz natural, que Dioni no hubiera visto si no hubiera seguido el caudal de las brasas. Era la luna, que estaba en su fase llena y más grande y brillante de lo que jamás recordaba haberla visto. En verdad, este era un espectáculo visual que muy pocas aves extranjeras tenían la experiencia de presenciar. Dioni era el Omega - su invitado de honor - y como tal, sabía que su lugar entre estas aves especiales era extraordinario.

—¡*Pavo cristatus*! – gritó Deepa.

Inmediatamente se detuvo el sonido de los gritos, cantos y movimientos. Sólo se oía el fuego rugiendo con fuerza.

—Somos los guardianes del color de la Tierra —empezó Deepa—. Tenemos una responsabilidad que nos fue concedida mucho antes de nuestra existencia. En esta noche, celebramos el paso de otro invierno y el amanecer de una nueva primavera… así como honramos las muchas vidas que perdimos de forma inesperada.

Los pavos reales levantaron sus alas y voces al cielo. Los pájaros que volaban en círculos y observaban desde arriba, descendieron y se posaron sobre los árboles cercanos de los alrededores. Empezaron a cantar junto con los pavos reales. No era una canción de alegría, sino más bien un grito de duelo.

—Enfrentamos un nuevo reto con el inicio de una nueva primavera – continuó Deepa—. No estoy aquí para engañarlos, sino para pedirles que escuchen mientras emprendemos una batalla que tal vez, en esta vida, no lleguemos a ganar.

Dioni estaba sorprendido por su declaración. ¿A qué batalla se refería?

—¡Nos veo! —proclamó Deepa, con gran énfasis en su voz—. Gritando en las calles, rogando ser escuchados. Nuestros árboles, nuestros hogares, nuestras vidas son destruidos y reemplazados por caminos asfaltados, fábricas y edificios. Las plantas no podrán batallar contra la fuerza destructora y las interminables cantidades de desperdicios producidos por aquellos que tienen la misma inteligencia y habilidad para prevenir la destrucción del hábitat que comparten con nosotros.

Deepa miró a Dioni. Él se volteó para mirarla y vio el reflejo del fuego en sus ojos. Ella volvió su atención a las aves reunidas.

—Por primera vez en nuestra historia, hemos observado un acontecimiento que no podemos explicar. Cada uno de ustedes recuerda el día en que nuestra tierra se oscureció.

Todos los pavos y pavas reales en el círculo hicieron una reverencia, un gesto de respeto por los caídos. Los pájaros que observaban desde los árboles alrededor gritaron, enojados y frustrados, al recordar las vidas segadas en ese oscuro día.

—Perdimos una cantidad incontable de amigos, los miná sagrados que fueron asesinadas por una fuerza que sobrepasa nuestro entendimiento. —Deepa miró hacia los árboles y extendió las alas hacia arriba—. A nuestros amigos que nos acompañan aquí esta noche, les ruego que no vean esto como una noche de duelo, sino como una celebración de sus vidas. Esta noche honramos su sacrificio, ya que ellos nos dieron un último regalo antes de perder la vida inexplicablemente. Ellos fueron elegidos - como todos somos elegidos - y yo rezaré porque su sacrificio sea una advertencia y no un acto de represalia por la destrucción gradual del equilibrio.

Las palabras de Deepa captaron la atención de Dioni. Si el equilibrio de la Tierra era responsabilidad de todas las aves, entonces ¿por qué habría represalia contra aquellos que luchaban por mantenerlo? Dioni avanzó para colocarse más cerca de Deepa y entender mejor lo que había oído. De reojo, Deepa notó que Dioni se aproximaba. Le hizo señas para que se acercara.

—Tal vez es el destino —continuó Deepa—, que esta noche tengamos aquí a nuestro próximo pájaro Omega, el primero de su especie. La obligación concedida a nuestro amigo Dioni, el quetzal azul, es diferente a cualquier otro desafío concedido a los que lo precedieron. Les pido a cada uno de ustedes - cada ave en nuestra tierra y cada ave en el cielo - que comparta con él la sabiduría que nos pertenece por derecho de nacimiento.

—Nuestro futuro y el equilibrio por el que trabajamos sin descanso ha sido desafiado, ¡sin embargo, prevaleceremos! —gritó Deepa—. Nuestra Tierra está viva y respira a todo color. Así que esta noche, honramos a todos los pájaros que fueron reclamados por la tierra por la que dieron su vida.

Manju se tambaleaba sobre sus patas mientras cargaba el pesado objeto, y se acercaba a Deepa.

—¿Ahora? —le preguntó a ella, una mirada de felicidad en su rostro.

Deepa sonrió al joven polluelo. Le recordaba a sí misma a esa edad… tan llena de vida, asombro y conocimiento. Ningún ave viviente debería perder tal sentimiento jamás, sin importar qué trauma o suceso inexplicable ocurriera en su vida.

Deepa recordó el fatídico día en que fue convocada a los campos fuera del santuario. Penetró el cielo mientras seguía a los pájaros que ya habían visto lo que una vez se consideró imposible. En todos sus años de servicio y a pesar de su propio conocimiento, experiencia y sabiduría, nada la había preparado para lo que vio fuera de la paz y tranquilidad de su hogar.

Desde la distancia, Deepa vio un terrón en la pradera. Disminuyó la velocidad, bajó su altura y contempló la visión que por siempre quedaría grabada en su mente. Dispersos por el suelo y cubiertos y escondidos por altas briznas de grama, se veía una reunión masiva de cientos de miná sagrados. Como si un golpe de fuerza repentino los hubiera golpeado sin aviso, el campo estaba cubierto de aves sin vida, dispersas sobre el suelo y todavía en su formación de vuelo. Sus ojos estaban abiertos y en sus rostros se veía pintado el miedo que sintieron al correr por sus vidas. Se veía que los miná sagrados, cientos de miles de ellos, habían sido asustados deliberadamente momentos antes de que perdieran sus vidas.

Al hacer una inspección más de cerca, Dioni vio lo que Manju cargaba: una gran colección de plumas. No eran pesadas, pero había tantas, que el polluelo apenas podía ver sobre la pila que cargaba. Eran las plumas de los caídos.

—¿Ahora? —preguntó Manju. Miró a Deepa para obtener su aprobación. Ella asintió.

Manju sonrió mientras se tambaleaba, hasta que estuvo a una distancia prudente del fuego. Caminó hacia delante y usó su pecho para empujar cada pluma que cargaba, hacia el fuego que rugía. Casi de inmediato, las llamas se transformaron en un espectáculo de varios colores. Dioni observaba cómo cada color de la gama de colores visible - inclusive más colores de lo que creyó que existían - resplandecía en el fuego de la torre de leña.

—¡Hemos derrotado al invierno y le damos la bienvenida a la nueva primavera! —gritó Deepa.

La gran cantidad de pavas reales y pavos reales en el círculo gigante gritaron con alegría y bailaron al unísono. Se acercaron para cerrar el círculo, unieron sus alas, y alimentaron el fuego arrasador aún más. La luz del fuego se había apagado brevemente con las innumerables plumas de los miná caídos, que luego enfurecieron más las llamas.

Los pájaros posados entre los árboles, incapaces de unirse a las fiestas sobre el suelo, levantaron sus voces y cantaron al fuego. Al iniciar la celebración, muchos de los pájaros visitantes saltaron de los árboles y crearon un segundo torbellino alrededor de las llamas. El viento creado por su vuelo hacía que el fuego se retorciera y emanara luz y color en todas las direcciones. Las cenizas de los caídos regresaron a la tierra en todos los colores, lo que produjo una impresión del universo dentro de los confines de un bosque protegido.

Dioni se unió a la celebración. La idea de una existencia que no fuera la de su forma actual había escapado de su mente. Aunque era un extraño en una tierra lejos de su hogar, se encontraba entre su propia especie. No sabían nada de él - ni de su pasado, ni de sus defectos ni de su vida como huérfano - aunque lo aceptaban como uno de ellos. Por primera vez en su vida, Dioni sintió lo que significaba pertenecer a una familia.

Sólo los pavos reales de India sabían sobre el verdadero significado y la importancia del ritual anual, que estaba profundamente arraigado en su cultura como lo estaban los colores radiantes de sus plumas. En esta noche especial, fue la multitud de colores, que surgió de las llamas danzantes de la hoguera, lo que cambió para siempre la percepción de todo lo que Dioni entendía como algo real.

Capítulo Veinte

Eran incontables los pensamientos tramados por la mente del pájaro Alfa. Sobre lo que pensaba, sin embargo, Mimidae tenía poca claridad. El Alfa era muy conocido por sus ausencias durante largos periodos de tiempo y por permanecer en profunda meditación, ya que tenía la reputación de ser un líder consciente. Aquellos que trabajaban con él más de cerca conocían un lado completamente diferente de él. Era un buitre y, como tal, vivía conforme al código de su especie. Personificaba la reputación inmerecida por los carroñeros, quienes de lo contrario serían miembros mucho más valorados de la sociedad aviar.

Año tras año, década tras década y siglo tras siglo, a medida que la vida cambiaba y la marea del tiempo daba lugar a nuevas fases de la historia, se mantenía solamente un constante - un sólo Alfa que había permanecido en el puesto durante mucho más tiempo del que a cualquier otro pájaro le interesaba cuestionarse. Innumerables generaciones de aves habían llegado y partido, y ninguna había vivido en una época en la que otro pájaro controlara el equilibrio de la naturaleza como el buitre.

El Alfa contemplaba su reino. Su ego se inflaba mientras absorbía las vistas y sonidos de la organización más poderosa de la Tierra. Su percha ejecutiva estaba situada afuera de una ventana abierta, donde reflexionaba por horas y estudiaba las acciones de los pájaros inferiores. La superficie sobre la que se encontraba estaba hecha de un material transparente que flotaba sin dificultad con cada uno de sus movimientos. Aunque no sonreía, el Alfa no estaba infeliz; estaba en un profundo estado mental que no se podía ver pero que era entendido por siglos de autoexploración - del tipo que muy pocos organismos vivientes jamás alcanzaban.

Desde su lugar estratégico, el Alfa veía ambos lados de su imperio. Con sus ojos envidiosos escudriñaba la juventud y vitalidad de la gran cantidad de pájaros que eran felizmente inconscientes de su propia insensatez. Estos pájaros eran ajenos a las acciones tomadas y a las decisiones y sacrificios hechos por las aves del pasado, y eran demasiado ignorantes para preocuparse o por falta de conocimiento. El buitre no era el Alfa por su sabiduría, era sabio porque lo había vivido todo. Ninguna experiencia era nueva, ninguna historia era nueva… y ningún pájaro tonto había osado jamás desafiar su superioridad.

Abajo y a la izquierda estaba el Patio de Negociaciones, donde él observaba cómo cientos de negociaciones y transacciones se llevaban a cabo. Vio la gran cantidad de imágenes proyectadas y las pantallas llenas de datos de las negociaciones confirmadas, acuerdos y modificaciones a los patrones climáticos en vivo en la Tierra. Notó cómo las órdenes eran entregadas por grupos de colibríes, que volaban rápidamente para entregar sus folletos; calculó sus movimientos y buscó patrones en sus rutas de vuelo. El Alfa observaba a dos o más equipos de pájaros debatir apasionadamente; una vista de la que disfrutaba especialmente. Le daba satisfacción cuando otros pájaros se sentían tan apasionados como él sobre por sus sectores, y le daba orgullo saber que, en última instancia, el resultado final se sometería a él para su aprobación definitiva.

Abajo, y a la derecha, estaba el Centro de Control, una maravilla tecnológica masiva. La inversión para la creación del Centro de Control había costado más vidas de las que la historia desearía contar, aunque hubo un tiempo en el que tal poder era completamente innecesario. El Alfa recordaba un periodo en el que el arte y la ciencia del equilibrio natural de la Tierra era menos desafiante que observar cómo crecía una planta a lo largo del tiempo. Siempre y cuando la población de los, supuestamente, más sabios seres del planeta estuviera bajo control, no había necesidad de una continua restauración del equilibrio. Como todo en la naturaleza, el diseño del Centro de Control estaba construido a la perfección, aunque nunca se había usado a su máxima capacidad. Sólo era cuestión de tiempo hasta que la selección natural creara el catalizador para la próxima desestabilización de la Tierra.

Desde su posición elevada, el Alfa vio miles de puntos de datos que le proveían la información para conocer los detalles climáticos precisos en cualquier lugar del planeta, con exactitud y con registros históricos de fechas tan lejanas como el principio de los tiempos… el principio de los tiempos. El Alfa estuvo ahí al inicio de su versión actual, cuando había aceptado con orgullo su responsabilidad de hacer aquello que era lo mejor para todas las especies vivientes. Fue un día de gran orgullo cuando su visión global se convirtió en la realidad que él imaginaba con tanta pasión. El Alfa miró hacia arriba desde su percha y sonrió ante las grandes e iluminadas letras que brillaban en la inmensa pared opuesta a donde él se encontraba: Departamento de Control del Clima Global.

Mientras se encontraba viendo su imperio, le vino a la mente la siguiente fase de su gran plan. Su cara cambió lentamente de un color neutral pasivo a un tono rojo agitado; una clara indicación de que algo estaba mal.

—¿Se…señor? —dijo Mimidae—. Se acercó a la ventana tan cuidadosa y silenciosamente como le fue posible, para no asustar al Alfa—. ¿Señor?

El Alfa se dio cuenta del cambio de coloración en la piel de su rostro y rápidamente alteró sus oscuros pensamientos a unos más agradables. Inclinó la cabeza y sacudió todo su cuerpo, luego forzó una expresión de alegría. Se dio la vuelta para ponerse frente a Mimidae.

—¡Mimidae! —exclamó el Alfa, optimista—. Justo estaba pensando en ti.

—¿Ah sí, señor? —respondió Mimidae.

—Mim, quiero que te tomes unas vacaciones. Efectivas inmediatamente.

—¿Unas vacaciones, señor? —preguntó Mimidae nerviosa—. ¿Hice algo malo?

—¿Malo? ¿Qué? ¡No, para nada! —dijo el buitre—. No te estoy despidiendo, Mim. No quiero que te vayas. Es solamente que… trabajas más que cualquier pájaro en este lugar. Y sinceramente, me enferma que no te quejas ni un poquito como lo hacen algunos de estos otros pájaros. Faisanes incompetentes.

—¿Debería quejarme más, señor? Puedo empezar inmediatamente.

—Mim, no estás entendiendo. No te estoy castigando. De hecho, estoy intentando premiarte. ¿Cuándo fue la última vez que estuviste fuera de este lugar por más de un día?

Mimidae permaneció en silencio. Miró sus patas y apretó un folleto contra su pecho.

—No recuerdo, señor —respondió ella.

—Ese es mi punto, precisamente, —dijo el Alfa. Saltó de su percha y entró a su oficina ejecutiva a través de la gran ventana—. Necesitas salir más. Quiero que te vayas uno días y veas de lo que te has estado perdiendo. Tal vez puedes ir a visitar ese lugar en Paris con el chef.

—Chez Amadi.

—Ese.

Mimidae asumió una actitud abierta y levantó la cabeza. Nunca había considerado la opción de ausentarse del trabajo y ahora habían tomado la decisión por ella.

—Pero… ¿qué hay de usted, señor? —preguntó Mimidae.

—¿Qué pasa conmigo? —respondió el Alfa mientras se movía hacia su escritorio ejecutivo—. He estado aquí más tiempo del que tú tienes de estar viva, Mim. Contrario a la opinión popular, puedo cuidarme solo por unos días.

Mimidae sonrió. Nunca había sabido que le hubiesen ofrecido a algún pájaro tan increíble oportunidad, y no quería hacer o decir nada que la pusiera en peligro.

—¿Cuándo necesita que regrese, señor? —preguntó ella.

—¿Por qué tantas preguntas, Mim? Parece que estoy hablando con una periquita… pajaritos irritantes.

—¿Señor?

—Toma unos días para recargar tus pilas, por decirlo así —dijo el Alfa—. Quiero que observes el mundo - ve a ver un espectáculo, ve a nadar en el caribe, disfruta de una puesta de sol, ensucia un carro de lujo recién salido del lavado - haz todas las cosas que hacen los pájaros. Y cuando regreses, quiero que me lo cuentes todo.

Mimidae cambió su expresión. Su timidez se convirtió en alegría en el momento en que le dieron permiso de ir y ver el mundo; era un concepto casi extraño para ella, excepto por lo que le habían contado las aves mensajeras. Colocó el folleto en el escritorio ejecutivo del Alfa, luego retrocedió un paso. Le era casi imposible contener su emoción.

—¿Va a necesitar que haga algo antes de irme, señor? —preguntó Mimidae, con evidente emoción en su voz.

—Mimidae. ¿De verdad? ¿Tengo que deletreártelo? —respondió bruscamente el Alfa—. ¡Sólo vete! De veras, estaré bien. Además, cualquier cosa, puedo pedirle ayuda a Donna.

—¡Sí señor! ¡Lo haré! ¡Muchas gracias, señor!

Estaba tan emocionada que perdió la compostura profesional. Su pequeño cuerpo temblaba de alegría y una amplia sonrisa se hizo visible en su rostro. Se volteó y se alejó del escritorio ejecutivo, con paso rápido.

—Ah, oye —dijo el Alfa, lo que hizo que Mimidae volviera su atención a él, cuando se encontraba a un paso de la libertad—. ¿Qué pasó con ese amigo tuyo?

—¿Quién, señor? —preguntó Mimidae, el brillo de su sonrisa visible en la distancia.

—El pájaro pequeñito. El de la India. Estoy pensando… ¿un zorzal?

La sonrisa de Mimidae permanecía en su cara, aunque la emoción detrás de ella era lo contrario. Sabía exactamente por qué le hacía la pregunta. Él simplemente no lo podía evitar.

—Una carraca, señor —respondió ella.

—¡Sí, ese! La carraca amigo tuya. ¿Dónde está ahora?

—No estoy muy segura, señor —dijo ella.

Mimidae contuvo una variedad de emociones mixtas. El Alfa se colocó de nuevo en su percha y puso las alas detrás de su cabeza.

—Bueno, si lo ves, dile que extraño sus malos chistes. Les llaman carracas por algo, ¿sabes? Tienen una reputación.

Mimidae suspiró fuerte, aunque seguía con la sonrisa en el rostro.

—Le diré, señor —dijo ella.

Se dio la vuelta y salió de la habitación.

El Alfa esperó unos momentos hasta oír el sonido relajante de la salida de Mimidae. No sabía a dónde viajaría, ni le importaba si regresaba o no. Lo único que necesitaba era tiempo durante un par de días, y con Mimidae fuera, no había nadie que se opusiera a sus acciones. Mientras aparecía la imagen proyectada desde su escritorio ejecutivo se fijó especialmente una estadística ante él: la Temperatura Global Media. El número estaba alterado por una cantidad tan pequeña que no se notaba. El Alfa sonrió.

—Veo lo que estás haciendo —dijo una voz desde una corta distancia.

—No deberías ver mucho de nada, ¿no? —respondió el Alfa—. Solamente los Omegas *activos* pueden hacer eso.

Mantuvo su atención en la imagen proyectada. Sabía de dónde venía la voz y no quería darle la satisfacción de su atención.

—Deberías haber leído la letra pequeña en la sección de retiro de tu contrato —continuó el Alfa.

—Te detendrá, lo sabes —dijo la voz—. Se dará cuenta de lo que estás haciendo y luego le pondrá un alto de una vez por todas.

—¿Quién? *¿El único*, Dioni? —respondió el buitre. Se rio por lo bajo, divertido, mientras se burlaba del pájaro que le hablaba—. El niño es casi incapaz de distinguir su pico de su cola —sin mover la cabeza, el Alfa levantó la vista—. Vaya escogencia que hiciste, Ally. Buena decisión.

En el centro de la oficina ejecutiva estaba el magnífico Álala. Su apariencia no era la de un pájaro que había vivido una vida entera y envejecido por consecuencia. En cambio, era una visión impresionante de una cuerva en su mejor momento. Su mirada era tan intensa como la oscuridad de sus plumas.

—Me gusta tu aspecto —dijo el Alfa. Levantó la cabeza y miró a la cuerva que estaba frente a su escritorio—. Dice… he envejecido con elegancia, aunque por mi aspecto uno pensaría que salí del huevo hace unos días.

El buitre se rio de su propio chiste.

—Ríete todo lo que quieras —respondió Ally—. Vas a perder contra un pájaro tropical.

—Ves, esa es la cosa —dijo el Alfa mientras colocaba sus patas sobre el suelo y caminaba hacia Ally–. Yo no pierdo. Nunca he perdido, nunca lo haré. Si tú hubieras sido un poco más cuidadosa, habrías notado eso de mí.

–Algún día pagarás por lo que hiciste. Por lo que le estás haciendo al planeta.

–¿Ah sí? Bueno, ponlo en mi lista –respondió el Alfa, con una sonrisa diabólica–. Es para el bien del planeta. Tú estuviste de acuerdo con eso ¿recuerdas? –se acercó a ella–. Ah, y por cierto, buen trabajo al escoger a tu sucesor. La gama de color no me molesta tanto como que sea tan distraído, pero viniendo de ti no me sorprende.

El Alfa se elevó por encima del pájaro negro. Sin miedo, ella resistió. Lo miró hacia arriba con sentimientos de asco y repulsión.

–Se escogió a un huérfano por una razón –dijo Ally.

–Entonces tal vez deberías haber escogido uno mejor –respondió el Alfa– ¿Sabes que casi muere en la escuela de vuelo? Mientras intentaba realizar una ecolocalización en la oscuridad. ¿Cómo explicas eso, *Qui-Gon*?

–No tienes nada para usar en su contra –dijo Ally, enojada por el tono insultante–. No tiene nada que perder.

–Eso es lo que no pudiste entender cuando fuiste el Omega; y *todavía* no entiendes ahora –dijo el buitre. Volteó su avejentado cuerpo hacia la gran ventana de la oficina ejecutiva y caminó hacia delante mientras hablaba–. No me meto a negocios de ningún tipo sin saber todo sobre mi contrincante. Tiene más que perder de lo que tú alguna vez tuviste y te prometo que le da miedo perderlo.

El Alfa se quedó frente a la ventana y admiró su reflejo en el vidrio.

¿Ves eso, Ally? –continuó el Alfa. Ally no se movió; no había necesidad de satisfacer el comportamiento de menosprecio de él. Él levantó las alas–. Es como dirigir una orquesta. Una sinfonía simbiótica.

Ally puso los ojos en blanco. Ella no estaba en posición de discutir o negociar con él y él lo sabía bien. Ella sabía que no debía hablar de forma negativa del pájaro Alfa.

Sólo un carroñero lo vería de esa forma –dijo Ally.

La cara enfurecida del Alfa se tornó color rojo, un indicador de que estaba furioso por el insulto de Ally. De forma instantánea se volvió para despreciarla por su insolencia y por su falta de respeto hacia un ser superior. La habitación estaba vacía; no vio nada excepto su oficina ejecutiva, intacta, como si hubiera estado solo todo el tiempo.

—Eso pensé —dijo en voz alta.

El Alfa volvió su atención a la ventana abierta y miró cuidadosamente hacia el Centro de Control. La pigmentación de su cara regresó de nuevo a su terrible color.

—¡Donna! —gritó.

De inmediato, cinco veloces colibríes entraron a la oficina ejecutiva.

—Sólo necesito a una —dijo.

Todos los colibríes menos una se alejaron volando.

—Necesito las corrientes de la costa y los intercambios negociados para Centroamérica de hoy y para los siguientes siete días —ordenó el Alfa.

El buitre miró abajo y observó a la gran cantidad de pájaros en el Patio de Negociaciones. No podía oír una palabra de lo que decían, pero desde donde estaba, sabía que estaban ocupados. Sus pájaros le eran leales, como era la costumbre de todos los que trabajaban en el Departamento de Control del Clima Global. Ally cayó en su trampa de forma perfecta y solamente era cuestión de tiempo antes de que Dioni hiciera lo mismo.

La colibrí regresó. Traía un aparato de vidrio que proyectaba una imagen digital. Le entregó al Alfa el aparato y se quedó cerca mientras él revisaba la información que había solicitado. El Alfa tocó el vidrio e hizo señales y gestos para que las imágenes en la pantalla rotaran. Buscó un pueblo en específico; su cara se llenó de felicidad en el momento en que lo localizó.

—Ah, ¡Esto es mejor de lo que pensaba! —dijo el Alfa, con entusiasmo.

Movió las alas, con lo que modificó las imágenes en el vidrio. Leyó una serie de números, tablas y gráficas, todas las cuales estudió con feroz intensidad.

—Si… si, eso tiene sentido. También es primavera allá —dijo mientras movía sus ojos por los diferentes puntos de datos en el vidrio. Encontró un número en particular y sonrió al descubrirlo—. Eso. Es. Perfecto.

El Alfa devolvió el aparato a la colibrí, que sujetó el material transparente con asombrosa seguridad.

—Gracias, Donna —dijo.

La colibrí se volteó y voló de regreso al Centro de Control.

—¡Espera! Donna… una cosa más —ordenó el Alfa—. Traslada un mensaje al Controlador para el norte de Guatemala.

La colibrí asintió. Con suavidad lanzó el aparato de vidrio frente a ella, donde permaneció suspendido. Hizo señas al Alfa para que procediera con la orden.

—Su región fue seleccionada como un lugar de prueba para el programa de Anomalía Natural. Los ensayos de campo iniciarán inmediatamente. Enviaremos detalles en seguida. Todas las negociaciones de su región se suspenden por orden del privilegio ejecutivo del Alfa— Miró a la colibrí—. ¿Lo tienes todo? —La colibrí asintió—. Bien. Eso es todo.

La colibrí tomó el aparato de vidrio y se alejó volando de la oficina para transmitir la orden ejecutiva del Alfa. En cuestión de minutos, todas las regiones seleccionadas como lugares de ensayo fueron notificadas de la nueva directriz.

El Alfa respiró hondo y se quedó muy satisfecho, confiado en su control sobre los dominios bajo su cargo. Ally no le asustaba, ni tampoco sus palabras de advertencia. Sonrió. No tenía razón para tenerle miedo a un niño, especialmente a uno que tenía tanto que perder. Para el Alfa, este era un juego de espacio y tiempo - dos cosas que podía manipular fácilmente.

Capítulo Veintiuno

Las mañanas nunca fueron benevolentes con Dioni. Con más de una década y media de experiencia batallando a diario para darle la bienvenida al nuevo día, todo intento era un rotundo fracaso. Siempre era la parte más difícil del día para él y el nuevo comienzo no era diferente a cualquier otro.

Dioni salió tambaleándo de un hoyo localizado en un punto elevado de un árbol alto. Sintió un olor especial en el aire; no era desagradable, aunque no le era familiar. Era un aroma dulce que le intrigaba, a pesar del ajuste lento de su mente y cuerpo para trabajar a una capacidad limitada, tan temprano por la mañana.

Avanzó, alejándose del hoyo y subiéndose a una larga rama. Miró hacia abajo y vio un grupo de pavos reales jóvenes que hablaban entre ellos. Dioni oyó sus piares y voces y reconoció la esporádica risita que era siempre tan común entre la juventud de todos los seres vivos. Perezosamente abrió las alas, saltó de la rama en la que se encontraba, luego planeó hacia abajo para encontrarse con los jóvenes pájaros sobre el nivel del suelo.

Entrecerró los ojos por la luz del sol. En combinación con sus plumas despeinadas de la cola y su peinado, que indicaban claramente que le gustaba más dormir de un lado en particular, el aspecto desarreglado de Dioni alimentó las risitas de los pavos reales jóvenes. Esta no era una nueva experiencia para Dioni; una escena idéntica ocurría siempre entre la gran cantidad de niños pequeños que vivían en el orfanato. Dioni aprendió a ignorar sus risas y, justo como había hecho anteriormente, mantuvo su atención en lo que olía en vez de en lo que oía.

Un montón de ceniza y una pequeña pila de leña quemada casi en su totalidad, era lo que quedaba de la hoguera de la noche anterior. El lugar donde antes estuvo la torre de leña ahora se había transformado a un lugar para fogatas, en el que había un aparato parecido a una estufa que distribuía calor de una pequeña fogata. Dioni descubrió la fuente del agradable aroma. Caminó despacio hacia el lugar de la fogata. Los jóvenes pavos reales observaron desde la distancia mientras Dioni se acercaba a la estufa. No sabía que a sólo unos pasos de distancia, lo esperaba una sorpresa.

Dioni recuperó su sentido de equilibrio gradualmente. Su caminar de pato se convirtió en pasos, su ceño fruncido se transformó en una mirada profunda y las plumas despeinadas de su cola fluyeron libres detrás de él. Se acercó al lugar de la fogata de la misma forma en la que se acercaba a su pastelería favorita: con asombro y admiración y con el deseo en los ojos. Los pavos reales se quedaron en silencio, un cambio de comportamiento que Dioni no notó.

Ante Dioni había pilas de panqueques perfectamente simétricos, colocados impecablemente. Los panqueques, una de sus comidas favoritas - sin importar la hora del día - eran la manera más rápida de caerle bien a Dioni. Este conocimiento era una ventaja para los pájaros de India. Por un pequeñísimo instante, Dioni reconoció cuáles eran los beneficios de ser el pájaro Omega.

Se acercó al lugar de la fogata. Los extraordinarios panqueques eran como ninguno que recordara de su hogar. Se veían sólidos, casi tostados y no eran tan planos como recordaba. Estaba tan cerca que casi podía saborearlos. Una mínima distancia de su ala se interponía entre él y la dicha total. Los polluelos se quedaron en silencio y quietos, muy conscientes de lo que le iba a pasar al quetzal desprevenido.

Dioni apenas había levantado el ala derecha cuando sintió el poderoso golpe del pavo real más grande de todo el santuario. El colosal pavo real no tocó a Dioni, pero aterrizó tan cerca y a una velocidad tan alta que el viento de su cola fue suficiente para empujar a Dioni hacia atrás y sobre el piso frío.

Los polluelos miraron asombrados, como si el tiempo se hubiera hecho más despacio, suficientemente para que ellos pudieran captar y grabar este momento en su memoria. Las plumas de la cola de Dioni se sacudieron en todas las direcciones, enredándolo en su propio cuerpo. En ese instante, encontró la respuesta a la pregunta de si estaba totalmente despierto o no.

El gran pavo real quedó en guardia frente a la fogata. Se mantuvo firmemente entre la comida y el Omega. Como un soldado en guardia, el pavo real miró a Dioni fijamente y con frialdad, su mirada era de furor y con el ceño fruncido permanente que pocos pájaros podían imitar.

Dioni estaba derrotado. Se había despertado hacía unos momentos y ya lo habían tumbado. Forcejeó para ponerse de pie y tosió mientras intentaba desesperadamente encontrar el aire que le faltaba en sus pequeños pulmones. Luego sintió las alas de otro pájaro sobre cada uno de sus hombros.

—Trataste de robarte uno, ¿verdad? —preguntó Deepa.

Ella ayudó a Dioni a ponerse de pie.

—¡No sé ni qué son! —respondió Dioni, consolado aunque todavía asustado—. Iba a agarrar uno y luego ¡me golpeó un tornado!

Los polluelos se carcajearon histéricos mientras observaban todo lo ocurrido. Deepa inmediatamente volteó la cabeza hacia los jóvenes pavos reales y cambió su expresión. De forma instantánea se convirtió en el equivalente a un juez, jurado y verdugo, que inmediatamente calló las risas de los polluelos. Estos se quedaron en completo silencio, inclusive después de que Deepa hubiera devuelto su atención a Dioni.

—No debes temer acercarte, Dioni, pero no puedes tomar la comida de Shankar sin pedir permiso. Todos saben esto.

—Bueno, yo no sabía —respondió Dioni.

El aroma estaba en el aire, pero ya no tenía deseos de seguirlo. Miró al gran pavo real y lo señaló con miedo. Se sentía seguro con Deepa junto a él.

—¿Shankar? —preguntó Dioni.

—También conocido como el mejor «pavocinero» de India —respondió Deepa—. En realidad hoy es un día muy especial para él.

—¿Por qué? —preguntó Dioni. Levantó la vista hacia el gran pájaro—. ¿Me va a cortar en pedacitos para darle de comer a los demás?

—¿Quién? ¿Shankar? Él no mataría una mosca. Es como una gran funda de almohada rellena de plumas exóticas.

El gran pavo real sonrió y bajó la guardia. Agarró un panqueque de la parte de arriba de la pila y se lo ofreció a Dioni. Aunque les daba envidia lo que habían visto, los polluelos no se movieron o emitieron sonido. Dioni alcanzó el panqueque con nerviosismo y lo aceptó. Agarró el bocadillo y dio unos pasos hacia atrás para alejarse de Shankar.

—Esto se llama *malpua* —dijo Deepa—. Es algo especial que prepara Shankar para nosotros, pero sólo en este día, todos los años.

Dioni olió el bocadillo, luego lo picoteó suavemente. Probó sólo un bocado de *malpua* y en ese momento supo que era la versión de panqueque más grandiosa que existía. Los buenos modales de Dioni se esfumaron mientras se atiborraba de más *malpua* de lo que le cabía en el pico.

Deepa volvió su atención al grupo de polluelos que la miraban con ojos grandes y suplicantes. A un solo polluelo le hubiera sido difícil intentar este método de manipulación y tener éxito, pero como grupo, las oportunidades aumentaban considerablemente.

—¿*Malpua*? —preguntó Deepa a los polluelos.

Cada uno asintió con la cabeza y se levantó para pararse sobre las puntas de sus patas. Uno de los polluelos perdió el equilibrio y se cayó de cara. Deepa sonrió. Se imaginaba a sí misma a esa edad y recordaba las emociones de su juventud tan bien como la alegría de los bocadillos especiales.

—Nos sentimos bendecidos de tener entre nosotros a un ave de tan extraordinario talento —dijo Deepa. Se volvió al gran pavo real—. Shankar, ¿podrías compartir el *malpua* con estos pájaros, que hablarán a lo largo y ancho de tus habilidades culinarias y talentos?

Shankar levantó su pecho. Miró a la izquierda y a la derecha. Por fin, era su momento para brillar. Retrocedió, luego abrió las plumas de su cola, mostrando un paisaje de colores y patrones complejo. Sus plumas de la cola revelaban tan finos detalles, que sin duda alguna, habían sido pintados por artesanos maestros.

—Es un placer, Deepa —dijo Shankar, con una expresión de alegría en su rostro.

Abrió las alas y respiró hondo.

—¡A mis hermanos y hermanas! —gritó Shankar—. En este día especial de Holi, les doy la bienvenida para que disfruten de la comida tradicional matutina, el *malpua*, preparada para ustedes como un regalo que les doy para darle la bienvenida a la incipiente primavera. Por favor, ¡vengan y sírvanse!

El viento se llevaba sus palabras, las cuales regresaban a Shankar en forma de una ligera brisa, que venía desde la gran cantidad de árboles del santuario. Los polluelos, demasiado jóvenes para entender qué iba a pasar, estaban nerviosos y se maravillaban porque no había movimiento de ninguna dirección. Tal vez Shankar no hablaba lo suficientemente fuerte para que todos lo oyeran.

—¡Rápido, jovencitos! —ordenó Deepa a los polluelos—. ¡Agarren su *malpua* antes de que vengan los otros!

Un pavo real joven, aliviado del peso de su timidez, corrió hacia una pila pequeña de *malpua* recién preparada. De inmediato se metió uno en el pico, que no era lo suficientemente grande para que cupiera todo el pedazo. Los polluelos que quedaban corrieron alegremente hacia la fogata y alcanzaron una de las pilas de *malpua*. Su alegría se detuvo de repente cuando oyeron un rugido entre los árboles.

Dioni levantó la vista. Las sombras de los pájaros que venían bailaban a lo largo de los tallos de los árboles. Mientras salían de la fila de árboles, la fuente del rugido se reveló; el viento trajo grupos de aves de todas formas, colores y tamaños. Aunque la mayoría eran pavos reales, muchos eran pájaros pequeños que también vivían en el santuario y les habían concedido permiso para participar. Ni uno solo de ellos perdió la oportunidad de saborear el *malpua* preparado por el mejor chef de la tierra.

Cada una de las aves tenía marcas o manchas en sus caras y cuerpos, como si hubiesen intentado ponerse un maquillaje especial o una forma de pintura de guerra. En sus picos, muchas de las pavas reales llevaban grandes canastas tejidas, que estaban cubiertas por hojas. Los pájaros aterrizaron unos cerca de otros, lejos del lugar de la fogata, donde los pavos reales designados actuaban como controladores de tráfico y giraban órdenes a las masas para que se dispersaran por el área.

—¡Apúrense, jovencitos! —le dijo Deepa a los polluelos, que estaban distraídos por las vistas y sonidos de la innumerable cantidad de aves que los rodeaban.

Los polluelos obedecieron. Shankar rápidamente distribuyó una porción de *malpua* a cada uno de los pájaros jóvenes, que estaban absolutamente felices mientras se metían mucho más de lo que podían comer en el pico.

Los controladores de tráfico detuvieron a la multitud tanto como les fue posible. Las pavas reales coloridas, que aterrizaron con canastas en sus picos, salieron corriendo hacia el lugar de la fogata. Sólo tenían segundos para disfrutar sus bocadillos antes de que la multitud de aves llegara. Shankar se vio rodeado por la gran cantidad de pájaros hambrientos que empezaron su día con un festín del mejor *malpua* de India. Era el inicio de una celebración mucho más grande y, aunque observaba desde la distancia, cada segundo de la misma le parecía increíble a Dioni.

—*Malpua* se sirve tradicionalmente como desayuno en Holi —dijo Deepa mientras caminaba hacia Dioni.

—¿Qué es Holi? —preguntó Dioni. Recolectó los pedazos que quedaban en las plumas de sus alas.

—¿De qué somos responsables los pavos reales en esta Tierra, Dioni? —preguntó Deepa.

—Del color —respondió Dioni.

—Sí, correcto. Holi es un festival de color. ¿Ves esos pájaros que cargan las canastas?

—¿Traen más *malpua*? —preguntó Dioni, emocionado. Deepa sonrió.

—Debemos dejar que todos los pájaros tomen uno, Dioni.

—Entendido —dijo Dioni.

—Las canastas tienen paquetitos de colores que están hechos de las hojas del árbol sagrado de higo.

Dioni miró hacia donde estaban las pavas reales. Cada una distribuía el contenido de su canasta, que contenía paquetitos de hojas meticulosamente tejidas, que guardaban polvos de varios colores.

—Los colores que ves en sus cuerpos son parte de la celebración —continuó Deepa—. Usamos varias sustancias naturales para los colores y hacemos los polvos. En muchos lugares alrededor del mundo, pero en particular aquí en India, celebramos el final del invierno y la llegada de la primavera, al diseminar el color sobre lo que antes era aburrido y gris.

–¿Cómo hacen para diseminar el color? –preguntó Dioni–. ¿Cada pájaro agarra tanto como puede y lo tira desde el cielo?

–Ya verás –dijo Deepa con una gran sonrisa en su rostro. Esta era una sorpresa que quería que Dioni experimentara por sí mismo–. Solamente una palabra amigable de precaución: ten cuidado con Nabhitha.

–¿Qué es Nabhitha?

–Ya verás.

Deepa se alejó de Dioni y fue a reunirse con los pájaros en el centro de las pilas de *malpua*. Junto a ella estaba Shankar, muy satisfecho con el éxito de su trabajo. Dioni no podía oír lo que Deepa le decía a Shankar, aunque vio como Shankar hizo una reverencia hasta el suelo y permitió que Deepa se parara sobre sus hombros.

–¡Hermanos y hermanas! –gritó Deepa. Obtuvo la atención de cada pájaro cuyo pico estaba ya sea lleno o llenándose con el delicioso *malpua*–. ¡La primavera ha regresado a India! ¡Una vez más se eliminó a los seres y a los espíritus malignos! ¡Invito a todos los pájaros a celebrar este día dándole a la Tierra el color que tan desesperadamente merece!

Deepa agitó sus alas en dirección a las pavas reales, quienes metieron sus alas dentro de sus canastas tejidas. Las pavas reales lanzaron paquetitos de hojas al aire. Las hojas se abrieron y soltaron polvos de varios colores brillantes y llamativos sobre todos los que estaban debajo. Mientras los polvos de colores caían, la gran cantidad de pájaros que se daban el festín en el suelo, empezaron a gritar de alegría; abrieron las alas para que les cayera el polvo de colores sobre las plumas. Lanzaron paquetitos de color adicionales al aire y pronto, una nube de polvo se desató en todo el recinto.

Dioni se carcajeó ante lo que veía. Vio la alegría de los pájaros de toda la comunidad, como resultado de esta tradición. Había tanto alboroto y movimiento entre los pájaros que era difícil distinguir a unos de otros, aunque era una visión que Dioni disfrutaba con mucho entusiasmo. Distraído por las festividades, no oyó el sonido de una pava real joven de tamaño más pequeño que la media, acercándose y que se quedó parada junto a él. Se sorprendió cuando de repente la vio y ella le devolvió una mirada feroz. Quien quiera que fuera, tenía un plan y no estaba ahí solamente para divertirse.

La pequeña pava real vestía sus colores en un patrón de camuflaje extremo. Si Dioni no hubiera visto la forma en que el polvo de colores afectaba las plumas de todos los pájaros, habría concluido que la pequeña pava real estaba preparada para la batalla. Su frente estaba atravesada con la pluma de la cola de un pájaro de color oscuro, que puede o no habérsela dado voluntariamente. Cruzada de lado, vestía una bolsa hecha a la medida, que tenía en su interior pequeños paquetitos de polvo. Con su actitud, parecía una máquina de guerra totalmente equipada.

No parpadeó ni se movió; lo único que se movía eran las plumas en su cabeza mecidas por el viento. La joven pava real miraba fijamente a Dioni. Con movimientos robóticos, buscó en su bolsa y sacó un pequeño saquito de polvo, envuelto de forma vistosa en una hoja de higo. Con mucho cuidado, extendió su ala hacia Dioni y le ofreció el saquito de polvo.

—Emm… no… no, gracias —replicó Dioni, inseguro de si la pava real le ofrecía la paz o la muerte.

La pava real retiró su ala y regresó el saquito a su bolsa y luego movió su cabeza lentamente en la misma dirección que apuntaba su cuerpo. Dioni levantó una ceja y la miró; se preguntaba qué pasaría por su mente. La pava real se balanceó de un lado a otro. No respiraba ni emitía sonido y miraba la niebla de color fijamente. Levantó el ala y señaló directamente frente a ella, luego, de forma instantánea, desapareció entre la multitud de pájaros.

La expresión de Dioni no volvió a la normalidad mientras miraba a la izquierda y a la derecha. Se preguntaba si algún otro pájaro había sido testigo de lo que había ocurrido. Qué pájaro tan extraño.

Las aves que se unían a la celebración estaban empapadas de los colores que habían caído del cielo. Su único refugio para escapar unos de otros era alejarse volando.

—¡Hacia el cielo! —gritó Deepa mientras levantaba las alas—. ¡Hoy, coloreamos el mundo!

Cada ave que se encontraba en medio del caos se levantó del suelo. El repentino movimiento le recordó a Dioni de su entrenamiento de murmuración y cómo tantas aves sabían de forma simultánea a dónde ir y cómo no chocarse entre sí. Para ellos, esto era instintivo; sin embargo, para Dioni, requería el uso de su *Pathfinder*.

–¡Dioni –gritó Deepa mientras la nube de color seguía a las aves que se levantaban en vuelo–. ¡Vuela con nosotros!

Ella le hizo señas para que los siguiera y luego extendió las alas y voló tras la multitud de aves que dejaba rastros de color detrás mientras se alejaba del suelo.

Dioni siguió a los otros pájaros tan de cerca como le fue posible. Desde el entrenamiento en la Academia de Vuelo, era la primera vez que tenía una ventaja sobre los otros tipos de aves. Debido al considerable peso de las plumas de sus colas, los pavos reales eran ligeramente más lentos en el aire, aunque su tamaño corregía la diferencia. Cada pájaro que Dioni pasaba - los adolescentes que volaban como jóvenes pilotos de combate, los adultos que controlaban la dirección del viaje y los mayores que volaban en trechos más largos y llevaban a los polluelos sobre sus espaldas - mostraba la misma emoción: pura alegría. Los colores de sus plumas eran de los tonos extremos del abanico de colores, pero los pájaros volaban juntos mientras migraban eufóricos hacia el gran templo en la distancia.

–¡Hacia el mausoleo! –gritó una voz desde la distancia. Era Deepa, que estaba mucho más rezagada de lo que Dioni había pensado–. ¡El otro lado del mausoleo! ¡En los terrenos antes del río!

Dioni entendió sus instrucciones. Levantó los hombros para incrementar la elevación y velocidad y rápidamente voló al frente de la línea. Su patrón de vuelo inusual era irrelevante para los demás pájaros, que estaban emocionados por lo que venía. Sonrió e incrementó su velocidad, colocándose aun más lejos de la bandada.

Dioni vio una puerta grande, que daba a un parque con un extenso sendero. En medio del sendero había una piscina rectangular llena de agua y jardines a lo largo de los laterales de la piscina. En la parte más lejana de la gran piscina había un magnífico mausoleo de color marfil. El único conocimiento que tenía Dioni de las estructuras sagradas era de los templos de Tikal, que habían sido diseñados y construidos de acuerdo a la estética de los mayas. Sin embargo, el mausoleo ante él, reflejaba un nuevo nivel de extravagancia arquitectónica. La vista de tan increíble trabajo lo impresionó. Aunque mantenía su velocidad y altitud, sus ojos no podían despegarse de la auténtica magnificencia de la estructura. El mausoleo era inmaculado, con medidas, ángulos y configuraciones que estaban diseñadas a la perfección. Mientras volaba sobre y más allá del espectacular edificio, vio los elementos de color perfectamente equilibrados que se formaban en el diseño.

Distraído por poner atención al detalle de la hermosa estética del templo, Dioni pasó por encima de la zona de aterrizaje. Sin darse cuenta, había sobrevolado el río, lo que le preocupó. Miró en todas las direcciones pero no pudo ver dónde tenía que aterrizar. Dioni volteó la cabeza y vio los terrenos detrás del mausoleo, donde una pava real le hacía señas como si estuviera esperando ansiosamente su llegada.

La grama de los terrenos detrás del mausoleo estaba verde e inalterada. Dioni vio cómo los equipos de pavos y pavas reales hacían una fila a lo largo de una pared y se ponían a trabajar como una gran línea de ensamblaje. Se sintió seguro para acercarse y aterrizar cerca de la pava real que le hacía señas, aunque lo suficientemente lejos para no molestar a los otros pájaros mientras continuaban su trabajo.

—¡Hola! —dijo la pava real con alegría—. ¡Bienvenido al Taj Mahal! ¿Estás con el grupo de Deepa, verdad?

Dioni asintió.

—¿Quisieras ayudar mientras ella llega? —continuó.

Dioni asintió nuevamente, sonrió y se acercó a la línea de ensamblaje.

Para su asombro, Dioni vio una plataforma con forma de mesa desplegada a lo largo de la pared trasera detrás del mausoleo. Los pavos reales trabajaban minuciosamente para preparar todos los paquetitos de colores que se iban a usar para la ceremonia. Un equipo de trabajadores distribuía las hojas de higo, mientras otros llenaban las hojas con polvos de diferentes ingredientes y de varios colores. Trabajaban en perfecta armonía para hacer una pila de miles de paquetitos que todos usarían y disfrutarían.

—Aquí, toma esto —ordenó la pava real a Dioni. Le dio una hoja de higo—. Sostenla directamente frente a ti.

Dioni hizo lo que le ordenaban. Sostuvo la hoja frente a su cuerpo y la estiró tanto como pudo sin romperla. Luego, la pava real puso una pequeña cantidad de polvo rojo justo en el centro de la hoja.

—Dóblala de la derecha hacia la izquierda, y desde arriba hacia abajo —ordenó la pava real mientras guiaba las alas de Dioni.

Una ligera ráfaga de viento sopló desde el río. El viento hizo que el polvo se levantara de la hoja y se metiera en las fosas nasales de Dioni. Estornudó, derramando una pequeña cantidad del polvo rojo sobre su pecho. Se miró, luego levantó la vista hacia la pava real con ojos preocupados.

—Está bien —dijo la pava real—. Te queda bien. No te preocupes, se quita con agua.

Los primeros pavos y pavas reales del grupo de Deepa empezaron a llegar. La pava real ordenó y guio a Dioni una vez más en su segundo intento de fabricar con éxito su propio paquetito de color. No era el mejor, pero él estaba orgulloso con lo que hizo.

—¿Aprendiste a hacer un paquetito de color? —preguntó Deepa mientras se aproximaba hacia Dioni y la pava real.

—Creo que sí —respondió Dioni—. Me eché un poco encima.

—Está bien. Ese es el objetivo. —Deepa se volvió a la pava real—. ¿Y veo que conociste a mi hermana?

—Ah, lo siento —dijo Dioni. Se volvió a la pava real—. Hola, me llamo Dioni.

—Hola, Dioni —respondió ella—. Mi nombre es Lakshmi.

—Dioni es nuestro invitado especial —dijo Deepa a Lakshmi—. Este es su primer Holi.

—Entonces, bienvenido aquí, Dioni —dijo Lakshmi. Una gran sonrisa brilló en su rostro—. Sólo ten cuidado con Nabhitha.

—¿Qué es Nabhitha?

—Ya verás —respondieron ambas pavas reales.

Dioni miró los terrenos detrás del mausoleo, que lentamente se llenaban de una multitud de pájaros. Aterrizaron, se saludaron y hablaron entre ellos. Muchos ya mostraban señales de los estallidos de color de los diversos polvos de los paquetitos de color.

—Dioni, como nuestro invitado de honor, ¿podrías dar inicio a las festividades? —preguntó Lakshmi.

—Emm…claro —respondió Dioni—. ¿Qué debo hacer?

Lakshmi le dio a Dioni el paquetito de color que había hecho. Luego Deepa volteó a Dioni para que quedara frente a la gran cantidad de pájaros que estaban en los terrenos entre el mausoleo y el río. Los pájaros continuaban sus conversaciones y disfrutaban el hermoso día como si fuera lo normal de todos los días. Nadie miró a Dioni.

—Esto es perfecto, Dioni. No esperan que seas tú —dijo Deepa, emocionada—. Lanza el paquetito de color tan lejos y tan alto como puedas, hacia la multitud de pájaros.

—De acuerdo —respondió Dioni.

Colocó el paquetito de color en su ala derecha, luego la movió hacia atrás y lanzó el pequeño paquetito de polvo coloreado con toda su fuerza. A una corta distancia, el paquetito de color explotó en el aire, luego escupió un color rojo brillante hacia la bandada desprevenida que estaba debajo. El parloteo entre ellos se detuvo de repente. Cada pájaro se volvió hacia Dioni. Él miró con nerviosismo a Deepa.

—¿Y ahora qué hago? —preguntó Dioni.

Deepa miró a Lakshmi. Se sonrieron.

—Dioni… ¡corre! —gritaron las pavas reales e inmediatamente se alejaron de él.

Dioni miró hacia arriba y vio dos paquetitos de color en el aire, dirigidos directamente hacia él. Le dieron en el pecho y en la espalda, rodeándolo en una nube de polvo rojo y verde. El acto inmediatamente llevó a cada pájaro a hacer lo mismo, y pronto estalló una batalla épica. Era una guerra de paz y celebración entre los pájaros, que utilizaban múltiples series de color como su arma preferida.

En segundos, los terrenos pacíficos y naturalmente verdes detrás del Taj Mahal estaban completamente cubiertos en una gruesa niebla de polvos de colores. Plumas aleteaban, patas corrían, voces cantaban y cada pájaro estaba en un eufórico estado de alegría mientras se empapaba en un despliegue de color incomparable a cualquier fenómeno en la naturaleza.

Los pájaros más pequeños y jóvenes sabían cómo navegar a su propio nivel; creaban caminos a lo largo de los campos por los que salpicaban a los pájaros mayores con colores, sin riesgo de represalias. Los pájaros más grandes lanzaban los paquetitos de color más lejos que los demás; sus blancos preferidos eran los pájaros que intentaban huir conforme el caos seguía.

El color y la luz irradiaban desde cada ángulo visible. Incapaz de correr lejos o rápido, Dioni se movió al epicentro del pandemonio, colocándose en el lugar inicial del caos para recordar cada momento de la experiencia. Se carcajeó con una alegría que no recordaba. Las presiones de su pasado y de su futuro se distanciaron de su mente. Estaba en su elemento, con otros como él, y vivía para ese preciso momento. Dioni descubrió que la utopía verdaderamente existía en la Tierra y que los pájaros sabían más de ella que cualquier otro ser en el planeta.

A Dioni lo emboscaron desde cada ángulo. En vez de actuar con venganza contra aquellos que lo agarraban de blanco, él solamente permaneció ahí y se rio y disfrutó el momento. Al tiempo que más paquetitos golpeaban su cuerpo, Dioni se encontró en una nube de humo que lentamente se disolvió con una ráfaga de viento en el momento perfecto. En el centro del caos - donde cada pájaro estaba y apuntaba paquetitos de color a los demás - la bandada se detuvo y se quedó viendo al pájaro Omega. El nivel de ruido se disipó mientras la niebla se levantaba alrededor de Dioni.

–¿Qué? –preguntó Dioni.

Cada par de ojos lo miró de frente. Ningún sonido fue emitido por ningún ser vivo cercano.

–¿Qué? –repitió Dioni–. ¿Pasó algo?

Buscó en todas las direcciones a Deepa, quien se encontraba perdida entre la multitud de pájaros extremadamente coloridos.

Dioni no vio la increíble exactitud de los colores pintados en su cuerpo. Cada una de sus plumas azules estaba salpicada de verde brillante, lo que liberaba un resplandor como ningún otro que los pájaros de India hubiesen visto. Su pecho, que hacía unos momentos era de un sólido color blanco, estaba casi todo rojo.

Por primera vez, las aves de India vieron ante ellos el pájaro más llamativo de todo el mundo. Ante ellos estaba Dioni - la viva imagen de un quetzal resplandeciente - del tipo que nunca se había visto más allá de Centroamérica. Toda ave en el planeta sabía por qué los quetzales resplandecientes se quedaban sólo en su hábitat natural. Aunque los pájaros de India no lo reconocieron al ser un pájaro de color azul, rápidamente se dieron cuenta de que era un verdadero pájaro Omega. La inercia de la Tierra se congeló por un momento alrededor de Dioni. No había movimiento, ni correr del tiempo, ni existencia fuera de ese momento.

Cerca de ahí se oyó un grito de batalla. Otro pájaro se acercó veloz y sin respeto por el significado del momento. El ruido era el grito de la pava real pequeña y combativa, a quien Dioni anteriormente le había rechazado su ofrecimiento inicial. Ella corrió a toda velocidad hacia él con un único objetivo en mente. Su voz se oyó, aunque a ella no se la veía. Dioni miró frenéticamente en cada dirección para identificar el lugar de donde venía el ruido.

La pequeña pava real emergió en un instante; no del suelo, sino en un ataque aéreo. Dio una voltereta en el aire y aterrizó heroicamente sobre el suelo a unos pasos frente a Dioni. Levantó la vista y sonrió; Dioni devolvió el gesto con nerviosismo. Luego ella saltó para estar alineada verticalmente con la luz del sol. La pava real chirrió su grito de batalla mientras estaba en el aire, movió el ala hacia atrás y lanzó el paquetito de color más grande que tenía en su arsenal.

–¡Nabhitha! ¡No...! –fueron las únicas palabras que Lakshmi pudo gritar antes de que el curso de las acciones de la pava real se pusiera en movimiento. Su decisión estaba tomada antes de que estuviera en el aire; la pava real había estado esperando pacientemente el momento oportuno y finalmente se había presentado.

Sin tiempo de tomar una acción defensiva, Dioni se preparó para el impacto. El golpe del ataque de Nabhitha azotó a Dioni con tanta fuerza que lo levantó del suelo. Su pequeño y momentáneamente resplandeciente cuerpo se desplomó en la fría y colorida grama. Todo el intercambio ocurrió en el transcurso de unos cuantos segundos, aunque cada pájaro que lo había visto sintió que había sido más largo.

La joven pava real aterrizó sobre la colorida tierra. Levantó las alas y de nuevo chirrió su grito de batalla, que se oyó a través de los pasillos del Taj Mahal y más allá. Inmediatamente, la acción pausada del momento estalló en la continuación del festival de color. Nubes de humo de polvo de color crearon una neblina sobre los terrenos detrás del mausoleo.

Mientras recobraba lentamente la compostura, Dioni veía borrosos destellos de luz roja en una imagen proyectada. Era su *Pathfinder*, que parecía haber sufrido un daño severo al momento del impacto ya fuera por el descarado ataque de Nabhitha o por el aterrizaje tan duro que le siguió.

—¡Dioni… Dioni! —oyó.

Lo borroso de sus ojos desapareció lentamente. Sobre él estaba Deepa, con una expresión de preocupación en su rostro y con las plumas empapadas de una multitud de colores brillantes.

—Creo que se dañó mi *Pathfinder* —dijo Dioni.

—¿Qué? —preguntó Deepa—. ¿Cómo lo sabes?

—Está muy borroso y destella letras rojas —respondió Dioni.

Lakshmi aterrizó junto a Deepa, empapada también en polvos de colores.

—Puede ser un mensaje importante para ti —dijo Lakshmi.

—¿El tuyo también hace lo mismo?

Deepa y Lakshmi se miraron. Se agacharon y agarraron de las alas a Dioni.

—No, Dioni. Nosotros no usamos *Pathfinders* —dijo Deepa mientras ella y Lakshmi ayudaban a Dioni a levantarse.

Él intentó leer las letras que se proyectaban frente a él.

—¿Qué? ¿Por qué no? —preguntó Dioni.

Miró a Deepa. Lakshmi movió la cabeza dos veces, la señal universal de irse a otro lugar. Dioni siguió a las dos pavas reales que caminaban lejos de la locura colorida de las festividades.

¿Ninguna de ustedes usa un *Pathfinder*? —preguntó Dioni.

Se golpeó el lateral de la cabeza con el ala en un intento por arreglar su aparato de navegación.

—Ninguno de estos pájaros usa *Pathfinder* —respondió Lakshmi—. Aquí no hay necesidad de eso.

—Eso no tiene ningún sentido —respondió Dioni—. Las ayuda a comunicarse. ¿Cómo sabe la oficina central lo que pasa aquí?

—El Alfa sabe lo que pasa aquí –respondió Deepa–. No necesita que estemos conectados a su red. Nos comunicamos por nuestra cuenta con los representantes.

Las letras que se proyectaban frente a Dioni se volvieron legibles, aunque todavía estaban ligeramente borrosas.

—Espera, creo que puedo leerlo –dijo Dioni–. Dice, «Advertencia: Protocolo de Anomalía Natural Aplicado. Requerida Aprobación Secundaria. Por Favor Reportarse a la Oficina Central».

Lakshmi miró a Deepa mientras Dioni leía el mensaje de su *Pathfinder*. Una expresión de preocupación cubrió su rostro. Deepa hizo señas para que Lakshmi cambiara su expresión; su miedo podría provocar lo mismo en el inexperto Omega.

—Probablemente es una prueba estándar –le dijo Deepa a Dioni aunque miraba a Lakshmi–. No hay necesidad de alarmarse o entrar en pánico. Necesitan la aprobación del Omega para poder ejecutarlo.

—¿Eso es todo? ¿No lo puedo hacer desde aquí? –preguntó Dioni–. Me estoy divirtiendo mucho y tenía la esperanza de comer más *malpu*…

—Escucha, Dioni –dijo Laskshmi abruptamente–. Al menos déjalos saber que los pájaros de India *siempre* están vigilando.

—¿Vigilando qué? ¿Qué paj…?

—Tal vez nos ignoren, tal vez destruyan nuestras tierras y tal vez no vean lo que están haciendo… pero los pájaros siempre están vigilando, ¿de acuerdo? Los pájaros siempre están vigilando.

Lakshmi miró a Deepa, que alteró visiblemente su expresión. Lakshmi gesticuló con la boca una oración a Deepa. Aunque era inaudible y en otro idioma, Dioni entendió su tono de disculpa. Lakshmi regresó al festival y desapareció entre el rugido y el color.

—¿Qué quiso decir con…

—Tienes una responsabilidad, Dioni – Deepa lo interrumpió antes de que formulara su pregunta. Se serenó y continuó–. No encontrarás a aquél a quien buscas en India.

—¿Cómo sabes que estaba buscando algo? ¿O a alguien? –preguntó Dioni.

Su *Pathfinder* empezó a funcionar bien y fue capaz de identificar con claridad las palabras que se proyectaban frente a él. Con su visión restaurada completamente, miró su propio cuerpo y notó la gran cantidad de colores.

—Porque si estaría destinado a ser así, ya lo habrías encontrado —respondió Deepa—. ¿Ves a estos pájaros?

Ella señaló el despliegue de plumas que veían a través de la neblina de polvos de colores. Dioni miró el alboroto. Tal vez uno de esos pájaros estaría dispuesto a tomar su lugar.

—¿Puedo preguntarle a alguno de ellos si quiere ser el pájaro Omega?

—Puedes intentarlo, pero ninguno aceptará —respondió Deepa.

—¿Por qué no? —preguntó Dioni.

—Dioni, tienes que reportarte. Déjame que te ayude. El pájaro que buscas estará en el lugar al que le tienes más miedo.

—¿Qué?

A Dioni no le gustó su respuesta. ¿Cómo podía encontrar al pájaro en el lugar al que él más temía? ¿Cómo podía ella saber qué lugar le daba más miedo y cómo sabía ella que otro pájaro estaría ahí?

—Tu *Pathfinder* está titilando ¿o no? —dijo Deepa—. Se necesita tu atención inmediata, así que debes irte. Pero recuerda lo que me prometiste.

—¿Te prometí algo? —preguntó Dioni.

Deepa puso los ojos en blanco; él era más joven de lo que afirmaban las plumas de su cola.

—¿Los pilotos…?

—¡Ah, sí! —respondió Dioni con optimismo—. ¡Los mejores pilotos del mundo…correcto! ¡Ja! Los halcones no. Okey…

El tono sarcástico de Dioni se disipó mientras se sacudía el polvo de colores de las alas.

—Es en serio Dioni.

—Ah, estoy seguro de que lo es —se rio Dioni.

Era ridículo reconocer que existieran mejores pilotos que los halcones, quienes dominaban al viento.

Deepa entendía lo que era ser un pájaro joven e inmaduro. Era la ventaja de ella sobre el nuevo Omega, que no podía entender la sabiduría por su corta edad.

—*Pathfinder* —ordenó Dioni. Hubo una pausa en el titilar de las palabras—. Destino, oficina central.

Dioni apuntó su cara hacia el cielo, extendió las alas, agachó el cuerpo, luego se empujó del suelo. De forma instantánea subió al cielo; sólo un eco de polvo de color quedó en la dirección en que viajaba.

Deepa miró su salida y monitoreó sus movimientos hasta que perdió su ubicación entre las nubes. Lakshmi, cubierta en más colores, se acercó a Deepa.

—Lo siento, Deepa —dijo Lakshmi.

Inclinó la cabeza mientras permanecía de pie junto a su hermana.

—No lo sientas —respondió Deepa—. Hiciste lo correcto.

—¿Qué le dijiste? —preguntó Lakshmi.

—Lo que necesitaba oír. Nada más.

—Ay Deepa. Por favor no me digas que llenaste la cabeza del chico con esperanzas y sueños.

Deepa miró a su hermana, un gesto de picardía encontró su camino desde la mente de Deepa hacia su pico.

—¡No me atrevería a hacer algo así! —exclamó Deepa. Una sonrisa se le escapó de un lado del pico—. Si el chico es lo suficientemente mayor para tener las plumas de la cola, entonces es lo suficientemente mayor para tomar sus propias decisiones.

Sin aviso de ningún tipo, dos paquetitos de color golpearon a Deepa y Lakshmi con una perfecta puntería, en la parte de atrás de sus cabezas. Las dos pavas reales adultas se voltearon y vieron a una pequeña y colorida carraca.

—¡Buen tiro, Taqhi! —le dijo Deepa a la carraca.

—¡Este será tu último tiro! —dijo Lakshmi mientras se limpiaba el polvo de sus grandes ojos.

Taqhi inmediatamente se elevó al cielo. Las dos pavas reales lo persiguieron juguetonamente.

Capítulo Veintidós

El pájaro Alfa se sentía más en su elemento cuando adoptaba su postura de poder - las alas detrás de la espalda, el pecho salido, el pico levantado y los ojos enfocados intensamente en la tarea actual - la imagen legítima de un pájaro que sabía que no tenía sucesor. Era conocido por su increíble habilidad para quedarse quieto durante horas, observando y estudiando no cientos sino miles de patrones climáticos. Era usual ver al Alfa cerca de la base del Centro de Control y ante la pantalla gigante de información. Sin embargo, su naturaleza inquisitiva en cuanto a su gran atracción por supervisar personalmente todas las anomalías naturales, lo era aún más.

El cuarto y último turno de trabajo del Centro de Control era naturalmente más lento. El sistema trabajaba de forma automática una vez que todas las órdenes de trabajo se habían entregado y estaban listas; un grupo mínimo de personal compuesto de pájaros inadaptados era suficiente para supervisar las operaciones después de las horas de mayor tráfico. El pájaro Alfa pensaba que el último turno era la mejor hora para pararse orgullosamente frente a su dominio. Los pájaros que quedaban en el Centro de Control durante las últimas horas se habían acostumbrado a la postura y posición usual del Alfa, y al final no les importaba su presencia entre ellos.

El buitre era como una estatua en el sentido de que no se movía en lo más mínimo. Sus ojos escaneaban constantemente el inmenso mapa en la pantalla gigante, que era la única acción que evidenciaba que estaba vivo. Ningún pájaro jamás entendió cómo o por qué se comportaba así, ni preguntaba sobre las intenciones o motivos de por qué lo hacía. Para todos los demás pájaros, era lo usual.

–¡Donna! –llamó el buitre. Su grito inmediatamente convocó a tres colibríes que se quedaron suspendidas por ahí cerca y esperaron sus órdenes–. Sólo necesito a una –dijo, ante lo cual dos de los pequeños pájaros se fueran volando tan rápido como habían llegado.

–Necesito ejecutar una secuencia de simulación –continuó el Alfa, a lo que la colibrí respondió con una seria de gestos rápidos de lenguaje corporal–. Quisiera ejecutar una secuencia de tormenta a lo largo del Golfo de México.

La colibrí hizo más gestos aun. Giró rápidamente sin moverse de lugar.

–¡Sí, sí! ¡Correcto! Pero desde el este *y* el oeste –respondió el Alfa.

La colibrí detuvo sus movimientos. Su expresión facial revelaba todo lo que pensaba sobre la orden del Alfa, aunque no estaba bien visto cuestionar sus motivos.

–Una simulación de anomalía natural, Donna. Necesitamos prepararnos para cada posibilidad.

La colibrí sacudió la cabeza y luego se fue volando en la dirección opuesta a la que había entrado.

–Ah, y Donna –dijo el Alfa. El pequeño pájaro se detuvo a mitad del vuelo, luego regresó–. Esto es un secreto.

La colibrí confirmó la orden y salió rápidamente. El Alfa regresó a su pose favorita. Mientras miraba intensamente la pantalla gigante, una gran sombra se asomó por encima del Alfa. La sombra lo cubrió por un momento, aunque el buitre no se sintió lo suficientemente amenazado para ponerle atención a la sombra. Un gran pájaro aterrizó unos pasos detrás del Alfa, con una fuerza y vigor que sólo era propio de un grupo selecto de aviadores.

El cóndor californiano parado detrás del Alfa era la definición exacta de la intimidación, igualada únicamente por la fealdad con la que competía con el buitre anciano. A cualquier otra ave - y a la mayoría de los mamíferos o anfibios, o faisanes que deambulaban por el suelo - un pájaro de tal escala, que se paraba tan sólo a unos pasos de distancia y de una manera amenazante, era más que suficiente para producir una sensación de profundo miedo. El Alfa, sin embargo, estaba tan ensimismado que no iba a perder el hilo de su pensamiento poniéndole atención al gran pájaro que estaba detrás de él.

—Hola, Chuck —dijo el Alfa, sus ojos fijos en la gran pantalla.

—¡Qué onda, jefe! —dijo el cóndor, emocionado.

Aunque difícil de imaginar por su gran tamaño y su aspecto intimidante, la voz del pájaro era curiosamente dulce y amable.

—Escucha, Chuck, te llamé aquí por… —el Alfa frunció el ceño. Se volteó para mirar al cóndor—. ¿Dijiste, «qué onda jefe?»

—¡Sí! ¿Qué dije? —preguntó Chuck. Su tono cambió de inocente a aprensivo—. ¿Dije algo malo? ¿Qué dije? ¿No debí haber dicho qué onda? ¿O es lo de jefe lo que no le gustó? ¿Debí haber entrado volando desde el sur? *Sabía* que debía haber entrado volando desde el sur. Todos dijeron que volara desde el sur pero no les hice caso y ahora mire lo que pas…

—¡Chuck!

—¿Sí, jefe?

—Estás a un nueve. Te necesito a un cuatro más o menos —dijo el Alfa. Usó su ala para demostrar la diferencia vertical entre el nivel nueve y el nivel cuatro.

—Ah, claro. Sip. Sé lo que eso significa. ¿Hace calor aquí? Porque siento que me voy a desmayar.

—¡Chuck! Estás bien.

—Tiene razón. Estoy bien —respondió Chuck. Respiró profundamente—. ¿Me llamó, señor?

—Mucho mejor, Chuck. Gracias.

—¡Verdad que sí!

—Te llam… —el Alfa se detuvo abruptamente. Se irritó sólo unos segundos después de iniciar la conversación—. Te llamé para que vinieras aquí porque vamos a ejecutar una simulación de anomalía.

—¡Esas son buenísimas noticias, señor! —respondió Chuck. No comprendió la seriedad de la orden de trabajo—. Recuerdo mi primera anomalía como si fuera ayer. Unos compañeros y yo estábamos viendo el juego en el Parque Candlestick cuando pegó. ¡Y estuvo muy bien esperar hasta que el tráfico había disminuido, porque de otra forma hubiéramos sufrido una catástrofe! ¿Sabía que eso iba a pasarle al puente? Ninguno de nosotros lo sabía. Nos sentimos mal por eso después. Freddy hasta perdió once dólares apostando contra Oakland.

—¡Chuck! Te jur…

El Alfa se detuvo. Su cara se puso roja, lo que claramente expresaba su estado mental. El éxito de la anomalía era más importante que su deseo de regañar al cóndor parlanchín. Cerró los ojos y respiró hondo antes de continuar.

—No, Chuck… —continuó el Alfa, más calmado aunque todavía irritado—. No me había dado cuenta de que el puente podía colapsar.

—Bueno, supongo que a veces pasan cosas —respondió Chuck.

—Seguro que sí, Chuck. Ahora escucha. Esta vez vamos a ejecutar un programa nuevo y el viento del Pacífico va a desempeñar un papel muy importante en esto.

—Señor, estamos a su servicio desde el momento en que dé la orden. Nada haría más orgullosos a los cóndores californianos que servir de conformidad a los deseos del pájaro Alfa.

—Me gusta oír eso. Entonces, esta orden puede parecer un poco extraña para el Pacífico, pero es para un protocolo nuevo de entrenamiento que queremos poner a prueba.

—¡Todo sus deseos son mis órdenes, jefe! —exclamó Chuck, cuya voz regresó a su estado de inocencia—. Oiga, hablando de jefe, ¿ya conoció al nuevo pájaro Omega? Dicen que es un pájaro azul y que fue a la frontera de Estados Unidos con México para hablar con Makawee, sobre hacer una prueba para un musical. ¿Está aquí? Tenía la esperanza de verlo aquí ¡para poder hacer la prueba en persona! He estado practicando en las opciones de canción para el musical. ¿Qué opina de *Memories* del musical *Cats*? No es mi favorito, como Los Miserables o El Fantasma, pero pensé que podría escoger algo menos obvio. ¿Ha visto la película *Sweeney Todd*? Todavía no puedo confiar en mi barbero después de haberla visto y el es un águila calva…

El Alfa se volvió y miró la gran pantalla. Buscó específicamente a lo largo del centro del mapa.

—¿Por qué iría a hablar con un águila calva? —pensó—. Es *Memory*, dijo el Alfa en voz alta, cortando el caudal del monólogo del cóndor mientras mantenía la atención en la pantalla.

—¿Qué dijo, jefe? —preguntó Chuck.

—No es *Memories*. Es *Memory*. Singular.

—Ah —dijo Chuck—. Me alegro que me haya dicho. Lo último que quisiera es fracasar en mi audición por no saber el nombre de la canción que estoy cantando. ¡Eso sería vergonzoso! Sabe, mi primo hizo eso una vez en la quinceañera de su sobrina…

—Eso es todo, Chuck —interrumpió el Alfa—. Quería que supieras lo que hemos planeado. Ahora ya lo sabes.

El Alfa había oído suficiente. El destino abrió una ventana porque un cóndor no podía mantener el pico cerrado.

—¿Eso es todo? —preguntó el cóndor—. Bueno, fue un placer, señor. Estaré esperando la orden de la oficina central.

El cóndor cambió la posición de su cuerpo y abrió las alas para prepararse para el despegue. Golpeó la parte trasera de la cabeza del Alfa en el proceso. La torpe acción del cóndor no distrajo al Alfa, cuya mente estaba muy lejos del Departamento de Control del Clima Global.

—Y es un quetzal —dijo el buitre anciano.

—¿Qué dijo, señor? —preguntó Chuck mientras permanecía en su posición previo al despegue.

—El Omega… no es un solo pájaro azul. Es un quetzal azul.

—¿Un quetzal *azul*? —Chuck se detuvo un momento para absorber la noticia—. Ese debe ser un pájaro de aspecto muy extraño.

El cóndor empujó sus grandes patas contra el suelo de piedra del Centro de Control, luego alzó el vuelo y se alejó del área. El Alfa esperó a que el cóndor parlanchín se hubiese ido. Una vez que Chuck se hubiese alejado lo suficiente, volvió su atención a la gran pantalla. Levantó las alas e hizo gestos al mapa global desplegado frente a él.

—Localizar *Pathfinder*, Omega. Última ubicación —ordenó el Alfa, , con lo que la pantalla desplegó una señal de localización en la región del norte de India.

—¿India? —dijo el Alfa en voz alta—. Deepa. —Hizo una pausa para recobrar la compostura—. Ya sé lo que estás haciendo. Buen intento, chico.

El Alfa sonrió. En esta competencia particular, Dioni no era un rival.

La misma colibrí, que minutos antes había desaparecido de la vista del Alfa, regresó. Traía una bolsa de tela que contenía un aparato parecido a un casco. Sostuvo la bolsa justo arriba del Alfa, que la aceptó cortésmente.

—Gracias, Donna. Eso es todo por ahora — dijo él, y la colibrí se fue.

El Alfa metió su ala en la bolsa, agarró el casco, luego tiró la bolsa sobre el piso. El objeto que sostenía era una pieza extraordinaria de equipo diseñado para simular cientos de miles de escenarios climáticos, casos y cálculos, sin necesidad de tener que salir del Centro de Control. Estaba hecho a medida y diseñado con apariencia de casco para las especificaciones del Alfa, con una característica especial de seguridad a la que solamente él podía acceder.

Con el aparato puesto firmemente en su lugar, el Alfa podía usar el gran mapa en la pantalla para sincronizar el clima y las condiciones climáticas reales a cualquier escenario que su impaciente mente deseara; el aparato le daba completa autonomía para diseñar y ejecutar simulaciones de escenarios del mundo real. Si quisiera hacerlo, podría provocar un terremoto en Japón y simultáneamente crear una tormenta severa en Argentina. Todo lo que él necesitaba hacer era darle órdenes a su casco para llevarlo a cabo. Aunque los resultados de la simulación mostraban con precisión lo que podía pasar, dados los escenarios creados, la aprobación del pájaro Omega era necesaria para que la simulación se llevara a cabo en la Tierra.

—Ejecutar simulación —dijo el Alfa.

Ajustó su casco para ver mejor las imágenes en su pantalla. Una serie de letras se mostraron en una superficie transparente, visible solamente para él: CONFIRMAR PROGRAMA DE SIMULACIÓN.

—Programa de anomalía natural —dijo el Alfa.

El aparato mostró palabras adicionales: INGRESAR NÚMERO DE CASO.

—Ejecutar el número de caso uno cero uno cero… eh… ¿cómo se llama el lugar? Emmmm… mmmmm… Flores, Guatemala, Centroamérica.

Las letras desaparecieron de la pantalla transparente. En su pantalla se mostraba un mapa que imitaba el gran mapa del Centro de Control. Desde la perspectiva de un extraño, el escenario era nada más que el de un buitre, solo, en el centro de una gran habitación, ante una pantalla masiva, que llevaba en la cabeza un casco ridículo y que sacudía la cabeza mientras hablaba ininteligiblemente.

Un quetzal muy colorido - uno que, sin duda, había sido el blanco de un ataque explosivo de polvo de colores - apareció en el puente que separaba el Centro de Control del Piso de Negociaciones. Desde la distancia, vio cómo el Alfa se encontraba en un estado como de trance, con una expresión sin emoción, y una máquina extraña colocada sobre su cabeza.

Dioni circuló sobre el Centro de Control y encontró un lugar para aterrizar cerca del extremo remoto. Aterrizó sobre el piso frío y lentamente caminó hacia el Alfa, como para no molestarlo. Con cada paso, partículas de polvo colorido se le caían a Dioni del cuerpo. Ya que no sabía cómo interpretar lo que veía, Dioni pensó que lo mejor era pararse junto al buitre y seguirle la corriente.

Dioni observó las imágenes en la pantalla. Intentó escuchar las palabras del Alfa, que sonaban más como un parloteo aleatorio que un lenguaje hablado. Dioni miró el mapa, que mostraba varios patrones de clima extremo y violento dispersos esporádicamente a través de todos los continentes. La pantalla proyectaba indicadores de advertencia a centros de grandes poblaciones en el mapa, aunque no había letras más grandes que los caracteres rojos que se mostraban arriba.

—¿Qué es Programa de Anomalía Natural? —preguntó Dioni.

El sonido de su voz sorprendió al buitre desprevenido. El Alfa reconoció su error al instante; había olvidado completamente la notificación que se había enviado de inmediato al *Pathfinder* del Omega, una vez que el programa había sido activado. Mientras que la aprobación tanto del Alfa como del Omega se requería para iniciar la secuencia, cualquier invalidación o cambio a una anomalía planificada solamente necesitaba de la aprobación de uno de los pájaros. Esa era una modificación a las políticas que el Alfa había supervisado personalmente décadas atrás.

Había sido pescado con las manos en la masa, culpable, por el único pájaro que podía hacer estragos a su plan. Su manual de estrategia estaba a la vista y tenía solamente una fracción de segundo para responder a Dioni y atenuar el daño potencial que había permitido.

—Procedimiento estándar —dijo el Alfa, como un político inocente. Volvió su atención a Dioni—. Hola, chico, bienvenido de vuelta. El P-A-N está diseñado para practicar algo que está fuera de nuestro control. Ejecutamos estos de vez en cuando para prepararnos para una crisis potencial creada por las personas.

—¿Los humanos también pueden controlar el clima?

—¡Ja! — respondió el Alfa—. Ya quisieran. No, no pueden. Pero su comportamiento puede causar una reacción en cadena que luego tenemos que corregir. Todo tiene que ver con el equilibrio.

—Eso no suena tan mal.

—¿Ah sí? Qué tal si les dices a los pájaros de las islas del Pacífico que van a tener que volver a negociar todo por el comportamiento de los humanos. Avísame cómo te va con eso.

—Entonces, ¿cuál es el punto de practicar para algo que está fuera de nuestro control? —preguntó Dioni.

—Es una política que establecimos después de la Segunda Guerra Mundial. Considéralo como un ejercicio de entrenamiento para prevenir la ocurrencia de un problema mucho mayor.

—Bueno, entonces… ¿por qué no sólo les decimos?

El pájaro Alfa hundió la cabeza más bajo de lo que era necesario, expresando su decepción. Ningún ave podía ser tan ignorante.

—No interactuamos con las personas —respondió. Luchó por mantener su compostura calmada.

—¿Por qué no? — preguntó Dioni.

—Para empezar, por seguridad —respondió el Alfa. Levantó la cabeza y miró directamente a Dioni—. Si supieran lo que hacemos, habrían guerras interminables para intentar controlarlo. Sin intervención de las personas, mantenemos el equilibrio natural, y ellos siguen sin enterarse. ¿Me entiendes?

—Entonces, ¿las personas no pueden saber sobre esto? ¿Nunca?

—Nunca. Prométeme que bajo ninguna circunstancia vas a pensar *alguna vez* decirle a alguna persona sobre esto. No es como que te vayan a entender, de todas formas - todo lo que oyen son piares aleatorios o silbidos o el horrible ruido de lo que sea que hacen los gallos - pero no interactuamos con las personas. ¿Me entendiste? No están listos para esto.

Dioni asintió. Sabía que no debía cuestionar una práctica que se había establecido antes de que él supiera que existiera. El Alfa volvió su atención al casco y la simulación que creaba. Dioni se quedó parado junto al buitre y observó en silencio. Apenas pasaron unos segundos antes de que el buitre se desesperara por la compañía no deseada.

—¿Qué te trae de vuelta a la oficina, Dioni? —preguntó el Alfa.

Hizo su mejor esfuerzo por contener su frustración y de nuevo bajó el casco.

—Mi *Pathfinder* me dijo que viniera aquí. No estoy muy seguro por qué. ¿Se supone que debo hacer algo?

—Correcto —respondió el Alfa. Iba un paso adelante y estaba consciente de ello—. *Pathfinder*. Aprobación secundaria. Casi olvido eso.

—¿Debo hacer algo?

—Sí, ehh… —respondió el Alfa. Perdió el hilo de lo que iba a decir—. Necesito tu aprobación… necesito tu aprobación.

El buitre escudriñó el área y empezó a inquietarse, como si buscara un objeto que solamente él veía.

—¿Debo ir a buscar un bolígrafo o algo?

—¿Un qué? —preguntó el Alfa, enojado—. No…no necesitas un bolígrafo. Sólo dile a tu *Pathfinder* que apruebas.

—¿Qué pasa si no apruebo? —preguntó Dioni.

El Alfa estaba a punto de perder la última gota de paciencia que le quedaba. Con la sonrisa forzada más obvia que jamás hubiera puesto, el Alfa respondió.

—Lo mejor para ti es que lo apruebes.

—*Pathfinder* —dijo Dioni en voz alta—. Aprobado.

Nada cambió. El Alfa puso el ala sobre su cara y una vez más sacudió la cabeza. Un mensaje desplazado apareció en el *Pathfinder* de Dioni.

—Creo que no hice esto correctamente —dijo Dioni—. Orden incorrecta o nombre de archivo incorrecto. ¿Lo dañé?

—Dioni —empezó el Alfa—. Voy a preguntarte algo y lo único que tienes que hacer es responder «aprobado por Omega». ¿Puedes hacer eso?

Una, quizá dos preguntas tontas era toda la paciencia que le quedaba al Alfa antes de que se transformara en el pájaro más despiadado que Dioni fuera a ver jamás. Se imaginaba las plumas azules dispersas por todos los rincones del Centro de Control.

—Aprobado por Omega. Si. Entiendo —respondió Dioni.

Las palabras de Dioni calmaron al buitre casi colérico. El Alfa volvió su atención a la pantalla, luego tocó la parte lateral de su casco. La pantalla del Centro de Control cambió de un mapa masivo de toda la Tierra a una lista continua de miles de patrones de clima simulados.

—Anomalía natural, caso número uno uno cero uno cero, ordenada por el Alfa y que requiere aprobación por el Omega. ¿Tengo la aprobación del Omega?

Dioni dudó. Su atención se había distraído por la información y los colores de la pantalla. El Alfa tosió fuertemente, lo que despertó a Dioni de su estado distraído.

—¿Qué? —preguntó Dioni—. Ah, si… eh… ¿qué era lo que debía decir?

Eso fue todo. La rabia del buitre no conocía de la misericordia después de que la última gota hubiera colmado el vas…

—Aprobado por Omega —dijo Dioni.

No entendió qué tan peligrosamente cerca había estado de experimentar una ira como ninguna que hubiera sentido jamás - como ave o como niño.

La pantalla gigante destelló las letras A-P-R-O-B-A-D-O, luego rápidamente volvió al mapa de la Tierra. La gran exposición cambió para mostrar información del clima en vivo desde todos los puntos del planeta.

Con la ira bajo control, el buitre volvió a su trabajo.

Dioni no vio diferencia entre lo que se mostraba ahora y lo que había visto antes de su aprobación. El mismo mapa mostraba los mismos puntos de información, sin cambios de ningún tipo. Sentía como si lo hubiesen sacado del festival del color sin ninguna razón aparente. El Alfa estaba demasiado extasiado por las imágenes que se mostraban en su casco para que le importaran los pensamientos del pájaro Omega.

—¿Entonces…? —dijo Dioni después de unos segundos de aburrimiento—. ¿Tengo que aprobar alguna otra cosa, o…?

—No. Estás bien. Puedes irte —respondió el Alfa con frialdad.

—Okey. Bien —dijo Dioni.

Miró alrededor de la habitación y notó a los otros pájaros - los llamados grupo mínimo de personal - que parecían enteramente ajenos a lo que ocurría.

Dioni sacudió el polvo de colores que flotaba alrededor de él con cada movimiento que hacía. El polvo le provocó tos y estornudos. El ruido de sus acciones hizo eco a través de la gigantesca habitación. Ningún pájaro en el Centro de Control se movió.

—¿Entonces…? —empezó Dioni—. ¿Debería ir a algún lugar o hacer algo…?

—¡¿Qué tal Antártida, Dioni?! —declaró el irritado buitre.

Fue el primer pensamiento que se le vino a la mente. Sus grandes ojos no suprimieron sus verdaderos sentimientos hacia Dioni.

—¿Alguna vez has tocado la nieve?

—No, ¡pero siempre quise hacerlo! —dijo Dioni emocionado—. ¿De verdad la puedes comer?

—Sólo hay una forma de saberlo, ¿verdad? Qué tal si te vas de aquí, te sacudes el polvo de esas plumas tropicales, experimentas el frío y te haces amigo de unos pingüinos. ¿Qué tal suena eso?

El entusiasmo de Dioni aumentó. Su única impresión de Antártida era la de un continente que sólo existía como una tierra perdida, cubierta de nieve y hielo. La oportunidad de descubrir un nuevo territorio y conocer nuevas aves de seguro le permitiría encontrar un reemplazo adecuado para ser el pájaro Omega.

—¡Sí! ¡ Antártida sería perfecto! —respondió Dioni.

—¡Genial! ¡Ahora vete de aquí, tan lejos como puedas, y ve a descubrirla! —respondió con sarcasmo el Alfa.

Dioni sacudió su cuerpo, creando una nube colorida de polvo a su alrededor. La acción incrementó la irritación del Alfa, que expresó con un perfecto suspiro en el momento correcto. Dioni examinó por un momento sus plumas, buscó alguna partícula de color que hubiera podido escapársele, luego se tomó el tiempo para remover cualquier polvo que quedara. El Alfa observaba y murmuraba su desaprobación. Era su tiempo para no ser interrumpido y Dioni lo había ridiculizado. Incluso Ally sabía bien que no debía molestarlo cuando estaba más enfocado.

—Algunos de los pájaros que conocí dijeron que yo sería muy feliz por tener estas plumas largas de la cola, pero no sé por qué —dijo Dioni mientras examinaba cuidadosamente y se limpiaba el polvo de sus largas plumas de la cola.

—Chico, si no te vas en los próximos dos segundos, te arrancaré esas plumas de la cola y te ahorcaré con ellas —dijo el Alfa, muy bajito.

—¿Qué dijo?

—Esas plumas te permiten cortar las corrientes de aire y te dan un mejor ángulo a tu cuerpo cuando vuelas —respondió el Alfa de forma muy objetiva.

Sabía que Dioni creería cualquier cosa que dijera si lo decía como si fuera verdad.

—Supongo que tiene sentido —respondió Dioni—. Eso no lo explicaron en la escuela de vuelo.

—Hay muchas cosas que no explican. ¿Te vas ya? —la forma de hablar del Alfa se aceleró.

—Sí, ya estoy bien.

—Qué bueno. Ahora ve y vuela desde el Centro de Transp…

—¡Espera! ¿Qué tan frío es Antártida? —interrumpió Dioni—. ¿Debería llevar un suéter o algo?

La pregunta era razonable. Un pájaro tropical no iba a tener experiencia en condiciones tan frías y, bajo circunstancias normales, no hubiera sido un problema que Dioni formulara la pregunta. Sin embargo, como estaban las cosas, la pregunta fue el último eslabón en una cadena de reacciones que causaron una simulación de crisis nerviosa en la mente del Alfa. Una expresión externa de su estado emocional hubiera revelado una anomalía similar a las muchas que había creado previamente - explosiones de volcanes, tornados violentos, terremotos desde lo profundo del mar - pero en el momento, el buitre, con los ojos muy abiertos, se imaginaba el resultado de su propia falta de control. Necesitaba al ingenuo Omega y lo sabía, así que le convenía contener su carácter explosivo.

—Usa. Tu. *Pathfinder*. ¡DONNA! —gritó el Alfa. Seis colibríes aparecieron casi al instante—. Sólo necesito a una – dijo el Alfa, haciendo que se fueran todas menos la misma colibrí que se había quedado antes.

—Donna —continuó el Alfa—. Muéstrale al pájaro Omega cómo se usa el regulador de temperatura en su *Pathfinder*… por favor.

La solicitud fue una sorpresa para la colibrí; no por la falta de conocimiento del Omega, sino porque admiró la contención del Alfa. El diminuto pájaro voló junto a Dioni y usó su pico para tocar el lateral de su *Pathfinder*. Después de ingresar algunas órdenes cuidadosamente, una imagen se desplegó ante Dioni. La colibrí se movió para quedar suspendida en el aire frente a Dioni, luego usó las alas para preguntarle qué veía. El Alfa regresó a su trabajo, para no ser interrumpido.

—Muestra un dibujo computarizado de mi cuerpo —respondió Dioni—. Me está dando opciones para mi temperatura interna: «mantener al nivel actual, adaptar al entorno, salir de la conexión». Creo que tengo que escoger una. ¿Cuál debería escoger?

La colibrí se inclinó por sugerir la primera opción.

—Mantener el nivel actual. Sí, entonces si me siento bien ahora, debería estar bien si el *Pathfinder* me mantiene así, inclusive si está frío. Así es como funciona, ¿verdad?

La colibrí asintió.

—Bien, entonces ya tengo lo que necesito —dijo Dioni.

Sus palabras agradaron al Alfa, que hizo cualquier esfuerzo para mantenerse enfocado y no hacer contacto visual con Dioni.

–Supongo que ya está, entonces. ¡Me voy a Antártida! –dijo Dioni, emocionado.

Dobló su cuerpo, vio hacia el techo y saltó unos pocos milímetros del suelo antes de recordar repentinamente una pregunta que casi se le olvida preguntar.

–¡Espera un segundo! –le dijo Dioni al Alfa–. ¿Cuál es la temperatura actu…

La colibrí usó sus diminutas patas para cerrar el pico de Dioni antes de que pudiera terminar la pregunta. Sacudió la cabeza - la señal universal del «no» - y señaló con su ala hacia el Centro de Transporte. Dioni inmediatamente entendió. La colibrí lo soltó una vez que sintió que era seguro hacerlo.

–¿Le veré despu…? –preguntó Dioni.

Sus ojos permanecieron en la colibrí aunque su voz se dirigió hacia el Alfa.

–Sip. Te veré después. Diviértete. Adiós –respondió el Alfa, su atención clavada en su prioridad principal.

Dioni saltó y luego voló directamente al Centro de Transporte, lejos del Alfa y de la colibrí. Los ojos del Alfa siguieron a Dioni hasta que lo perdió de vista. Suspiró, luego levantó los ojos al techo.

–¿Por qué… por qué un pájaro tropical? Simplemente no lo entiendo –se dijo el Alfa, aunque estaba consciente de que la colibrí todavía estaba cerca–. ¡Aggg! Medio-espero de que encuentre un reemplazo entre los pingüinos. Ellos no preguntan… sólo hacen.

La colibrí se quedó en su posición. Miró de lado a lado y se preguntó si era la intención del Alfa mencionar un reemplazo del pájaro Omega. Se puso nerviosa. El pequeño pájaro aleteó a un ritmo más rápido para hacer un sonido más fuerte y atraer la atención del Alfa.

El Alfa miró al colibrí. –Eso es todo.

La colibrí reconoció la orden del Alfa y se fue del área tan rápido como había llegado. En vez de regresar a la base, el pequeño pájaro voló al Centro de Transporte. Su diminutas alas se cansaron después de la exposición que había hecho hacía tan sólo unos momentos, pero su curiosidad sobrepasó a su fatiga.

La colibrí voló a través de una pequeña entrada, que llevaba a un sistema de túneles diseñado específicamente para las transferencias súper rápidas de todos los colibríes a cualquier área del Departamento. Debido a toda una vida de experiencia y conocimiento sobre el sistema de túneles, el pequeño pájaro sabía cuál era el camino más rápido para llegar a donde quería ir. Con mínimo esfuerzo, viajó a una velocidad espectacular. Voló a través de los túneles en forma vertical, horizontal, de cabeza y a través de una estructura de curvas y luces que guiaban su viaje.

Se metió por otra pequeña abertura, que salía al Centro de Transporte aviar. Una vez fuera del sistema de túneles, la colibrí se quedó suspendida en el aire por un momento. El Centro de Transporte estaba casi vacío durante un turno de poco tráfico; sólo el grupo de soporte y unos cuantos búhos paseaban por el área. Ella buscó en todas las direcciones con la esperanza de encontrar al pájaro Omega. Si él estaba cerca, no sería difícil verlo.

La colibrí miró y encontró a Dioni en la distancia. Puso toda la energía que le quedaba en sus pequeñas alas y voló rápido hacia el portal, esquivando en su camino a cualquier pájaro que paseaba o a la unidad de limpieza automática. Voló tan rápido como su pequeño cuerpo le permitía que casi choca con Jelanni, que estaba sorprendida por ver a una colibrí cerca del portal. Aunque estaba desesperaba por alcanzar al Omega antes de que se fuera, la colibrí había llegado tarde. Vio el rastro de las plumas de la cola mientras él se dirigía fuera del portal, a través del espacio y el tiempo, hacia su destino en Antártida.

Derrotada, la colibrí se quedó suspendida en el aire por un momento. Inspeccionó nerviosamente en todas las direcciones, como si buscara una confirmación de lo que había presenciado. Volteó su cuerpo y vio a Jelanni, que veía al pequeño pájaro con desconcierto. La colibrí voló hacia Jelanni y se quedó a unos centímetros frente al pájaro mucho más alto. Hizo una serie de movimientos con su largo pico y sus alas. Con sus acciones, la colibrí se comunicaba con Jelanni en un lenguaje que solamente conocían los pájaros del Departamento de Control del Clima Global.

—Antártida —respondió Jelanni—. Él dijo algo sobre conocer a unos pingüinos y estaba emocionado por la nieve.

La colibrí sacudió la cabeza. Volteó su cuerpo hacia la salida del portal y se fue del área. Voló a una velocidad inusualmente baja para un colibrí. Evitó a los pocos paseantes que quedaban en el Centro de Transporte, voló más allá de las máquinas automáticas de custodia, y luego planeó a través de una pequeña entrada que la conectaba con el sistema de túneles.

Capítulo Veintitrés

El frío, el viento y el suelo cubierto de hielo no bastaban para desanimar a las aves que gobernaban el ártico. Durante siglos, estas aves vivieron como los náufragos del reino aviar, incapaces de elevarse del suelo. Sin embargo, a pesar de su falta de talento en el área del transporte aéreo, su habilidad para adaptarse al clima más cruel de la Tierra no tenía par con grupo de aviadores alguno. Debido a esto, los pingüinos del ártico se volvieron más resistentes a los elementos más duros de la naturaleza, que casi todas las demás aves combinadas.

Los últimos meses del verano se registraron como un éxito, y la comunidad tenía razones para celebrar. Sin embargo, a diferencia de otras aves, los pingüinos de Adelia celebraban una costumbre singular, con admiración y silencio; ninguna hora del día era tan importante para ellos como el punto en el que el sol volvía. En las semanas siguientes, el sol saldría cada vez durante periodos más cortos de tiempo; iba a brillar e iluminar la tierra un poco menos con cada día que pasara, y al final, después de ponerse, no regresaría durante meses. Por esta razón, los pingüinos de Adelia habían desarrollado una tradición diaria que consistía de atestiguar la salida y la puesta de la luz. Sin importar la edad - ya fuera un ave recién salida del huevo o un anciano de la colonia - el amanecer de cada día era un acontecimiento trascendental para las aves que vivían en el hábitat más meridional de la Tierra.

Un ave de cualquier tipo era un avistamiento extraño para los pingüinos de Adelia. Excepto por la incursión ocasional de aves consideradas como amenazas al ártico, que robaban huevos, o la necesidad de los pingüinos emperador de recordarles a los demás de su tamaño y dominio, los lugareños de Adelia tenían la mayor parte de la tierra para ellos mismos. A diferencia de otros lugares del mundo donde los pájaros de todos colores, formas, tamaños y habilidades convivían, negociaban y compartían recursos, los pájaros del ártico hacían sus transacciones entre ellos. Los pingüinos trabajaban más que todo en grupos, cimentados en fuertes tradiciones democráticas.

Desde el cielo, Dioni vio la vastedad de una tierra blanca con colinas de hielo que sobresalían de los ríos congelados. Era la tundra, la parte más baja de la Tierra, pero el brillo que cegaba a Dioni cuando miraba con asombro la singularidad de Antártida, era enorme. Entrecerró los ojos mientras mantenía sus alas extendidas hasta donde le era posible, y el frío intenso pasó sobre y debajo de su cuerpo. El sol daba calor a los pájaros que estaban abajo, todos los cuales eran casi idénticos en cuanto a su tamaño, forma e incluso sus patrones de color. Si Dioni era un extraño en los lugares donde existía el color intenso, su presencia en una tierra sin color era extraordinariamente bienvenida.

Los pájaros de abajo se agruparon como una masiva congregación de espectadores que observaban una hermosa sinfonía de luz, conducida por la naturaleza. La mayoría miraba incrédula y algunos mostraban señales de profunda emoción a medida que sentían el calor de un nuevo día. Este era su hogar, su paraíso, su utopía y por un breve momento, sólo existía el asombro de la luz.

Dioni movió su cuerpo para darse vuelta y aterrizar entre los pájaros que no volaban, a quienes vio mientras admiraba la vista desde arriba. Para no asustarlos, o evitar que lo confundieran accidentalmente con un depredador, Dioni planeó alrededor de ellos y aterrizó sobre el suelo detrás de la colonia. Al hacer esto, no sólo evitaba distraerlos del acontecimiento sino, a la vez, le daba la oportunidad de admirar la misma vista. Mientras daba la vuelta alrededor del gran grupo, un pingüino muy observador notó a un aviador no identificado que invadía el espacio aéreo de los de Adelia.

—Vaya, mira eso —dijo Wayne, un pingüino macho de Adelia, que hablaba con acento inglés de Inglaterra—. Nunca pensé que viviría para ver este día.

Cada ave estaba atenta y miraba intensamente la luz del sol mientras lentamente ocupaba su lugar en el cielo. Wayne era el único pájaro que seguía cada movimiento de Dioni. Al momento en que Dioni aterrizaba detrás de la colonia, Wayne fue el único de los cientos de pingüinos de Adelia que volteó su cuerpo entero para ver al visitante que estaba entre ellos.

—Oye, Jeff, ¿puedes darle un vistazo a esto? —le preguntó Wayne al pingüino que tenía junto a él—. No vas a creer lo que estoy viendo.

—Espérame un segundo, hermano —respondió Jeff, un pingüino macho que hablaba con acento australiano—. Estoy concentrado en el momento.

Wayne miró alrededor. Tenía la esperanza de encontrar a otro pingüino que no estuviese concentrado en observar el amanecer. Vio a un pingüino macho cerca de ahí, que usaba su ala para rascarse.

—Oye… oye Russ —dijo Wayne al pingüino macho—. ¿Puedes darle un vistazo a algo? Creo que mis ojos están empezando a fallarme.

—Hermano, sólo dame unos cuantos minutos y te ayudo con lo que quieras —dijo Russell, un pingüino ligeramente más pequeño, con una voz ronca y que hablaba con acento estadounidense—. ¿Te parece?

—Ay, por el amor de… —respondió Wayne—. No puedo ser el único que esté viendo esto. Quizá me esté volviendo loco.

Wayne buscó otro testigo que estuviese cerca. Vio a un pingüino hembra que estaba distraída por el efecto de prisma de la luz que se reflejaba del hielo derretido.

—Kimberly, ¿puedes darme un segundo? —le preguntó Wayne, sin saber si ella le haría caso o no—. Kimberly, ¿me oíste?

—¡Dios mío, Wayne! —respondió la joven cuya pequeña talla escondía una gran personalidad—. ¿No puedes ver que estoy apreciando la naturaleza? Cada segundo bajo el sol cuenta, ¿sabes? No es como si tuviera una eternidad embotellada en algún lugar para poder hacer uso de ella cuando quiera. ¡Aagg!

—Claro —respondió Wayne—. Escucha, lo siento si te molesté, pero ¿puedes ver un pájaro raro a unos metros detrás de la colonia?

Kimberly puso los ojos en blanco; Wayne la conocía bien y no quería molestarla durante el amanecer. Ella se volteó para ver y vio nieve, luz y el cielo. Por el contraste y el color, Dioni estaba camuflado.

–¡El único pájaro raro aquí eres tú! –le dijo Kimberly a Wayne, bruscamente.

–Sip, sufi –respondió Wayne, más que todo para sí mismo.

Wayne buscó a un amigo más de fiar entre el vasto grupo de pingüinos que miraba hacia la luz del sol. A unos metros de distancia y ligeramente hacia la izquierda, estaba el único pingüino de la colonia que tenía las alas extendidas y usaba el frente de su cuerpo para capturar los rayos de luz.

Wayne rompió la formación y avanzó hacia el pingüino con las alas abiertas. Tenía la esperanza de no distraer a los demás mientras se movía entre ellos.

–¡Fley! –gritó susurrando Wayne a su amigo mientras se acercaba–.¡Fley! ¿Estás aquí o en algún lugar de fantasía otra vez?

–No necesito oír esto ahora, Wayne. Estoy en mi zona –respondió Fley, con un acento muy propio, aunque claramente estadounidense. Fley dejó las alas abiertas y no cambió su postura–. Si no obtengo mi dosis diaria de vitamina D, me voy a ver como el pingüino más miserable entre este grupo de náufragos. Vete, pájaro.

–Sip, es precisamente lo que creía que dirías. Pero sigo necesitando de tu atención.

–¡Vete, dije! –exclamó Fley en respuesta.

Wayne miró hacia el amanecer una vez más. Empezó a sentirse ansioso por encontrar a un pingüino - cualquier pingüino - que pudiera verificar su sospecha. El amanecer era sagrado para la colonia y, a menos que él supiera de una distracción más poderosa y hermosa que la luz del sol, tendría que esperar su turno.

–¿Buscas algo en particular? –preguntó una voz.

Wayne se volteó en la dirección de la voz. No vio nada más que pingüinos perplejos por el amanecer.

–Bueno, es oficial. Estoy loco –dijo Wayne mientras buscaba entre la multitud de pájaros vestidos formalmente–. Me lo merezco, supongo. Mamá siempre decía que el karma me alcanzaría un día de estos.

–¿Qué estás buscando? –preguntó la voz.

–Tengo la esperanza de que uno de los nuestros vea lo que yo veo. Sólo quiero comprobar que no estoy loco.

–Ah, de acuerdo. ¿Entonces qué ves? –preguntó la voz.

–Un pájaro tropical –respondió Wayne–. Uno que no tiene razón terrenal para estar aquí.

–¿Ah sí? ¿Y cómo era su apariencia?

¡Oye *mate*! –gritó Jeff, el pingüino australiano, desde la distancia–. ¿Quién es tu amigo periquito?

Intrigado, Jeff avanzó hacia Wayne.

–¿Perdón? –preguntó Wayne.

–Tu amiguito junto a ti. ¿No lo ves?

–Hielo, agua y luz, mi amigo –dijo Wayne a Jeff–. Eso es todo lo que veo ahora. Eso y un pingüino tonto que pasó demasiado tiempo en el frío.

–¡Bienvenido a Antártida, periquito! –gritó Jeff, con emoción.

–Espera, ¿viste a otro pájaro? –preguntó Wayne. Lo buscó en todas las direcciones–. ¿Cómo lo llamaste?

–Un periquito. ¿No lo ves, *mate*? –preguntó Jeff–. Hay un periquito parado junto a ti.

Wayne miró hacia su izquierda y luego hacia su derecha y no vio nada fuera de lo normal. Todo era hielo y el reflejo del cielo en cada dirección.

–Inclínate hacia delante y voltea la cabeza a tu izquierda mientras ves hacia abajo –dijo Jeff, dándole instrucciones a Wayne.

Wayne hizo lo que le indicaban; inclinó su cuerpo hacia delante, ladeó la cabeza hacia un lado, luego miró hacia atrás. Esto hizo que cayera con la cabeza sobre el suelo. Aunque al revés, logró ver lo que estaba escondido a plena vista.

–¡Ey! ¡Ya lo veo! –dijo Wayne con alegría–. Eso no es un periquito, Jeff.

–Parece un periquito, así que voy a llamarle periquito –dijo Jeff–. Un periquito azul, inusualmente grande. Me recuerda a uno de mis amigos en Melbourne.

—Eres un pájaro tropical ¿verdad? —preguntó Wayne, su cabeza estaba en el suelo cubierto de nieve.

—Si, lo soy —respondió Dioni—. ¿Qué es un periquito? —le preguntó a Jeff.

—Un pájaro. Se parece a ti, a veces es azul, un poco más pequeño. Con un mejor peinado.

—Totalmente de acuerdo —respondió Wayne.

—¿Hay algún periquito aquí? —preguntó Dioni.

—No, *mate* —respondió Jeff—. Los periquitos son de Australia. Hay bandadas de ellos, especialmente en el campo. Te apuesto a que si te ponemos entre una multitud de periquitos serías completamente invisible.

—Lo dudo —respondió Wayne, todavía de cabeza—. Dudo eso mucho. Míralo. Es el doble de su tamaño. Además, esas plumas largas de la cola.

—Es cierto, bien. Los periquitos no tienen plumas en la cola como tú —respondió Jeff. Se acercó para hablarle sólo a Dioni—. No pierdas esas plumas, *mate*. Te vas a alegrar mucho de tenerlas.

—¿Qué? —preguntó Dioni.

—¿Por qué esta esté pingüino de cabeza? —preguntó Russell, el pingüino estadounidense con la voz ronca.

—Está viendo un periquito —respondió Jeff.

—No es un periquito —dijo Wayne.

—¿El pájaro azul? —preguntó Russell—. Se ve como un periquito; como uno grande, con un corte de pelo raro.

—¿Verdad? —respondió Jeff—. ¡Eso es exactamente lo que yo dije!

—No es un periquito —dijo Wayne.

—¿Qué hay con toda esta cháchara, chicos? —preguntó Kimberly mientras avanzaba hacia el semicírculo creado por Jeff, Russell, Dioni y Wayne, cuya cabeza seguía sobre el suelo—. ¡Cuéntenme!

—Estamos hablando con este periquito —respondió Jeff mientras señalaba a Dioni.

—No es un periquito —dijo Wayne.

—¿Qué es un periquito? —preguntó Kimberly.

—Es como un loro pequeño y australiano —respondió Russell.

—Ah, ya —dijo Kimberly—. Como que está algo grande para ser un periquito, ¿no creen? El corte de pelo es fatal.

—Está confirmado —dijo Jeff—. Definitivamente es un periquito.

—No es un periquito —dijo Wayne.

—¿Quién es un periquito? —dijo Fley mientras se unía al grupo y hacía el círculo ligeramente más grande.

—El azul este —respondió Jeff. Señaló a Dioni.

—No es un periquito —dijo Wayne.

—Si eres un periquito, entonces yo soy el alcalde de San Francisco —dijo Fley a Dioni.

—¡Gracias, Fley! —dijo Wayne—. Por fin alguno entre estos tristes y miserables lo ve. Este pájaro definitivamente no es un per…

—Aunque lo veo —interrumpió Fley—. Pónganlo en una bandada y escondan esas plumas de la cola y no vería más que un periquito. Pero, ah, cariño, ese corte de pelo…

¡Ya está bien! —dijo Wayne, irritado por sus compañeros pingüinos. Se irguió y se calmó—. Ustedes pobres excusas de pingüinos de Adelia. ¿No son capaces de ver lo que está claramente frente a ustedes o ya se olvidaron de cómo es la apariencia de un pájaro tropical? —hizo una pausa y le dio otra mirada a Dioni—. Madre mía, realmente se ve como un periquito gigante. Y es cierto lo del peinado.

—Okey, ¡basta! —exclamó Dioni, deteniendo el parloteo entre los pingüinos—. ¿Qué está pasando ahora?

—Estamos viendo a un periquito extraño —respondió Jeff.

—¡Además de eso! —dijo Dioni—. ¿Qué están haciendo todos esos pingüinos?

—Mirando el espectáculo de luz —respondió Wayne—. Es una tradición que tenemos aquí en el ártico.

—¿Ese es un *Pathfinder* de clase Omega? —preguntó Jeff, señalando la cabeza de Dioni con su ala.

–¡No puede ser! –dijo Russell. Se inclinó más cerca para examinar el aparato–. Oí que actualizaron estos el año pasado.

–Ohhh, ¡elegante! –dijo Kimberly, que siguió el ejemplo de Russell–. Nunca he visto uno de clase Omega.

–Por favoooor, hermana –dijo Fley–. A los periquitos no les dan *Pathfinders* de clase Omega –Fley se acercó a Dioni para examinar el aparato que estaba en su cabeza y vio que el mismo efectivamente estaba hecho para el pájaro Omega. Ahogó un grito–. Oh por favor ¿me lo prestas? Sólo tengo que hacer una llamada y te prometo que te lo devolveré…

–No se lo puede quitar, cabeza de periquito –dijo Kimberly. Inmediatamente se dio cuenta de que había escogido mal las palabras–. Sin ofender –le dijo a Dioni.

–No me ofendiste –respondió Dioni.

–¡Claro que se lo puede quitar! –dijo Russell–. Es igual de fácil quitárselos que ponérselos. Mira –Russell levantó el ala y miró a Dioni–. Quédate quieto.

–¡No lo hagas! –gritó Wayne, quien interrumpió el movimiento del ala de Russell–. Estas cosas regulan la temperatura de los que lo llevan, ¿recuerdas? Sea o no un periquito, es un pájaro tropical. ¡No sobrevivirá un minuto sin él!

–Buena decisión, Wayne –dijo Russell–. Ni siquiera pensé en eso.

–Entonces, *mate* –le dijo Jeff a Dioni–. «¿Qué te trae a la tundra? ¿Estás haciendo "la gira del omega alrededor del mundo?"».

–No –respondió Kimberly–. Míralo. Está aquí por asuntos oficiales. Viniste a medir el nivel del agua del mar ¿cierto? –le preguntó a Dioni.

–¡Nivel del agua del mar? –preguntó Russell–. Por qué razón vendría el pájaro Omega hasta acá para medir el nivel del agua del mar. Tenemos problemas mucho mayores que esos.

Los cinco pingüinos se miraron. El comentario de Russell los hizo darse cuenta de la importancia del pájaro que tenían ante ellos.

–Todo el plástico y el petróleo tiene que ser eliminado –dijo Fley, mientras continuaba la conversación–. Tengo la piel delicada y sensible, y si mi pH está mal… sólo les digo que no quieren ver lo que vendrá después.

–¿Qué tiene que ver un Omega con el petróleo y el plástico? –preguntó Jeff.

–Esperen, ¿qué es pH? –preguntó Wayne.

–Acidez –respondió Jeff–. Pónte al día.

–La colocación de los témpanos de hielo ya está programada ¿verdad? –preguntó Russell–. No es como si un Omega vino hasta aquí para anular esa orden –miró a Dioni–. Nos tomó meses negociar eso.

–¿Puedes hacer algo con las orcas? –preguntó Kimberly–. No son tan amigables como solían serlo.

–¿Qué va a tener que ver un pájaro con el comportamiento de las orcas? –preguntó Wayne.

–Es un Omega. Vale la pena intentarlo –respondió Kimberly.

–Eso no cambia el hecho de que es un pájaro –dijo Russell.

–Un periquito –dijo Jeff.

–No es un periquito –dijo Wayne, más irritado que antes.

–Desde luego que parece un periquito –dijo Jeff.

–Okey, ¡ya!, ¡paren, paren, paren! ¡Es suficiente! –dijo Wayne. Se puso frente a Dioni–. Disculpa su ignorancia… eh… pu… eh… perdón, no recuerdo cómo te llamas.

–Dioni.

–¿*The Only*? ¿El único qué? –preguntaron los cinco pingüinos al unísono.

Dioni bajó la cabeza y exhaló lentamente. Los pingüinos parlanchines eran tan fastidiosos como confusos. Los cinco pingüinos miraron a Dioni con asombro.

–¿Qué tal si empezamos de nuevo? –le preguntó Dioni al grupo.

–Protocolo estándar –respondió Wayne. Se volvió hacia sus compañeros pingüinos–. El asunto se abre a votación. ¿Todos están a favor de empezar de nuevo?

—Si —dijeron los cinco pingüinos.

—Los votos a favor ganan —continuó Wayne—. Muy bien. El escenario es tuyo, *The Only*.

—Di-o-ni, —respondió Dioni. Habló más fuerte y más despacio para presentarse mejor—. Mi nombre es Di-o-ni. Dioni.

—Ah. Di-o-ni. Correcto, ya lo tengo —respondió Jeff.

—¿De dónde eres, Dioni? —preguntó Russell—. Parece que estás muy lejos de tu casa.

—Guatemala —respondió Dioni.

—Yo sé dónde está eso —dijo Kimberly.

—¿Y cómo sabes *tú* dónde está Guatemala? —preguntó Fley, poniendo en duda el conocimiento de Kimberly—. Ni siquiera suena como un lugar real.

—*He* hecho amigos con otros pájaros, ¿sabes? —respondió Kimberly. Miró a Dioni—. Está en Centroamérica ¿verdad? Dos océanos, al sur de México, ¿junto a Belice?

—¡Sí! —respondió Dioni—. ¡Es correcto!

—Ves, es bueno hablar con otros pájaros —le dijo Kimberly a Fley, que todavía tenía sus dudas.

—Ustedes son pingüinos y viven aquí, pero cada uno tiene un acento diferente —dijo Dioni—. ¿Esto es lo normal para los pingüinos en Antártida?

—Nosotros vivimos aquí, pero no todos nacimos aquí —dijo Russell.

—Somos pingüinos de Adelia, Dioni —dijo Wayne—. Nos trajeron aquí por un programa internacional para la rehabilitación de pingüinos de Adelia.

—¿Qué quiere decir eso? —pregunto Dioni.

—Quiere decir que venimos de diferentes partes del mundo donde estuvimos un tiempo, luego nos trajeron aquí para ayudar a incrementar la población —respondió Kimberly.

—¡Oigan *mates*! —exclamó Wayne—. Rueda de presentación para el pájaro tropical.

Los cinco pingüinos inmediatamente procedieron a formarse. Se pararon orgullosamente frente a Dioni, como cinco oficiales marítimos que quisieran impresionar a su comandante. Cada pingüino dio un paso adelante y mostró una etiqueta electrónica que tenía en un ala mientras se presentaba.

–Wayne Pennyworth, *Bristol Zoo Gardens*, Inglaterra, del programa de conservación de pingüinos reales de su majestad.

–Russell Elzie, colonia Aitken Sea Bird, programa de recuperación, zoológico de Bronx, Nueva York.

–Jeff Blaire, zoológico de Melbourne, Australia, colaboración conjunta entre Melbourne y el instituto para especies en extinción del zoológico de San Diego.

–Kimberly Sarnav, Acuario Shedd, Chicago, programa salva a los pingüinos.

–Fley, del único y famoso zoológico de San Francisco, por medio del programa de rescate y resurgimiento de especies del ártico de la Marina de los EE.UU.

Dioni los vio con asombro mientras cada pájaro hablaba con tanta elocuencia. Una vez que terminaron de presentarse, todos se quedaron quietos. Los pingüinos esperaban que Dioni se presentara de la misma forma. Los seis pájaros se quedaron en un incómodo y largo silencio.

–¿Quién eres tú? –tosió Wayne, lo que despertó a Dioni de su estado distraído.

–¡Ah! Eh… Dioni Sedano, Flores, Guatemala, el… ehhhh… programa de pájaros antiguos de *ToursTikal…* –respondió Dioni. Su voz se perdió un poco, cuando llegó al final de su presentación.

–Guau, *mate*, eso suena elegante –dijo Jeff.

–¿En realidad eres un pájaro antiguo? –preguntó Kimberly.

–¿Como el pájaro Alfa? –preguntó Wayne–. He oído que es una de las aves originales del departamento. Él es la definición exacta de antiguo.

–Dicen que ha estado ahí al menos durante mil generaciones –dijo Russell–. ¿Es cierto eso?

–A ver, ¿cómo pudo haber vivido mil generaciones? –preguntó Wayne a Russell.

–Él es el Alfa. Él lo sabría mejor que yo –respondió Russell.

–Agg, los buitres son pájaros tan repugnantes –dijo Fley–. No tienen sentido de la moda y necesitan un cambio de imagen más que cualquier otro pájaro en el planeta.

–Eso es una tontería –respondió Wayne–. ¿Has visto a todos los pájaros en el planeta?

–Una vez conocí a un pato mandarín –dijo Kimberly.

–Ese es un cambio de imagen muy extremo –respondió Fley. Se volvió hacia Dioni–. Algunos pájaros se les pasa… y se ven horribles.

–Ahora, un águila calva –dijo Russell–. Así es como un ave icónica debería verse. Un esquema de color simple, plumas grandes, sin sorpresas.

–Conocí a un águila calva –intervino Dioni.

–¡Yo también! –respondió Kimberly, emocionada–. Hablaba y hablaba sobre lo grandes que eran sus plumas y lo rápido que podía volar. Estábamos ahí como, ¡está bien, chico volador, ya entendimos!

–Tuve una experiencia similar con un avestruz –dijo Jeff a Kimberly–. Hablaba y hablaba sobre cuán largas eran sus patas y qué tan rápido podía correr. Se quedó mudo cuando mi compañero y yo dijimos que aunque sus patas fueran tan largas, no podían hacer que sus diminutas alas levantaran vuelo. Trató de demostrarnos lo contrario.

–¿Qué pasó? –preguntó Dioni.

–No lo logró –respondió Jeff.

–Parece que hay un tipo de esos en cada especie de ave, ¿verdad? –preguntó Wayne.

–¿Y qué hay de los pingüinos? –preguntó Dioni. Su pregunta detuvo completamente la conversación.

–¿Qué hay con nosotros? –preguntó Fley.

La atención de los cinco pingüinos inmediatamente se enfocó en el pájaro Omega.

–Bueno, ustedes realmente no vuelan… y realmente no corren… –dijo Dioni. Escogió cuidadosamente sus palabras.

—¿Qué estás intentando decir? —preguntó Kimberly—. ¿Qué somos, pájaros inservibles?

—¡N… n… no! —exclamó Dioni—. ¡No, para nada! Es solamente que… ustedes son los primeros pingüinos que he visto y…

—¿Y qué? —preguntó Russell, más curioso que ofendido.

—Y… —dijo Dioni, despacio y bajito—. Yo… yo no sé lo que ustedes hacen…

Dioni encogió su cabeza entre sus hombros. No dejó de mirar a los pingüinos.

Los pingüinos se miraron unos a otros y luego sonrieron. Ellos entendían lo especiales que eran las circunstancias en las que se encontraban. Era muy raro tener a un Omega en su territorio y más a un pájaro tropical.

—Mira alrededor tuyo, *mate* —empezó Jeff—. ¿Qué ves?

Dioni levantó la cabeza, ahora sin miedo a las represalias. Miró a la colonia de pingüinos.

—Todos están viendo al sol —dijo Dioni.

—No sólo es el sol —respondió Wayne—. Es la luz. Todos los días salimos y presenciamos el retorno de la luz.

—Ahora es brillante, pero en las próximas semanas estará claro sólo durante unos minutos —dijo Kimberly—. Para nosotros, el momento es extraordinario.

Dioni miró hacia la luz. Vio cómo se extendía sobre el inmenso suelo congelado. No había plantas que necesitaran del sol, ni granjas, ni ciudades que usaran el sol como forma de energía, y ninguna razón viable por la que habría alguna diferencia en esta parte de la Tierra.

—¿Por qué es extraordinario? —preguntó Dioni—. No hay nada especial en ello. Ocurre todos los días.

—Porque puede ser la última vez que lo veamos —respondió Kimberly.

Dioni entendió su respuesta demasiado bien. Era más que un ritual diario para los pingüinos; era la preservación del paisaje más hermoso que seguramente verían ese día. La cultura de los pingüinos requería que ellos superaran las condiciones climáticas más extremas del planeta; su sentido de la belleza era lo que les ofrecía la inspiración para cumplir su responsabilidad hacia el equilibrio natural.

Cuando el sol salió en todo su esplendor, la colonia irrumpió en alegría. Los cientos de pingüinos de Adelia hicieron porras a la luz. Era un acto de gratitud, que impresionó a Dioni. Se unió al coro de los sonidos alegres emitidos por cada pingüino de la colonia. Conforme el coro llegaba a su fin, la masa de pingüinos de Adelia se fue alejando - en perfecta sintonía - a la orilla del agua donde el hielo se unía con el mar.

–¿A dónde van? –preguntó Dioni.

–¡Van a las carreras, azulito! –dijo Russell mientras andaba junto a Dioni.

–¿Carreras de pingüinos? –preguntó Dioni.

–Sólo es una frase –dijo Jeff, que seguía de cerca a Russell.

–Es la caza diaria –dijo Kimberly–. ¡Ven con nosotros!

–¿Cuál es tu política para el kril? –le preguntó Wayne a Dioni.

–¿El qué? –respondió Dioni.

–Ustedes pájaros primitivos nunca entenderán cómo tratar bien a los invitados especiales –dijo Fley–. Sígueme, Dioni. Estos pingüinos maleducados no saben nada sobre la recolección de kril. Hoy, vas a aprender a volar *de verdad*.

La última frase de Fley captó la atención de Dioni.

–Yo ya sé volar –dijo Dioni, confundido por la declaración de Fley–. Y los pingüinos no vuelan, ¿o sí? –Dioni se volvió hacia Wayne–. ¿Los pingüinos pueden volar?

Kimberly y Wayne se miraron y sonrieron. Si alguna vez existió un momento para ofrecerle una impresión perdurable al nuevo pájaro Omega, este era el momento. Los dos pingüinos avanzaron detrás de los demás de la colonia, que se desplazaba colectivamente hacia el agua. Wayne le hizo señas a Dioni para que siguiera.

Al llegar al agua, Dioni presenció cómo los pingüinos se zambullían con facilidad y desaparecían en el océano. Era como si el agua los absorbiera y los llevara a través de otra dimensión. Los cinco pingüinos amigos de Dioni estaban en una fila, con Dioni en el centro, entre Wayne y Kimberly.

Te veré al otro lado –dijo Russell. Se zambulló con la cabeza por delante en el agua, luego desapareció rápidamente en las profundidades. Fley y Jeff le siguieron inmediatamente.

–Dioni, ¿qué recuerdas de la escuela de vuelo? –preguntó Kimberly.

–Cómo usar las alas y las plumas, los patrones del viento, cómo *no* hacer una ecolocalización… –respondió Dioni–. Ah, y las murmuraciones.

–Sí, todo está bien y es cierto –respondió Wayne–. Pero dime, ¿de casualidad viste pingüinos cuando estuviste ahí?

Dioni pensó un momento.

–No –respondió–. Pero los pingüinos no vuelan. La escuela de vuelo no sería necesaria para ellos.

–Pero sí viste toda clase de pájaros en la Academia de Vuelo ¿verdad? –preguntó Wayne.

–Incluso pájaros que no vuelan –intervino Kimberly–. Avestruces, emús, kiwis y probablemente todos los pájaros que viven más que todo en el agua, ¿sí o no?

–S… sí –respondió Dioni mientras intentaba recordar la gran cantidad de pájaros que había visto en la Academia–. Yo creo que sí.

–Entonces, ¿por qué ni un solo pingüino? Se preguntaría uno –dijo Wayne.

Dioni hizo una pausa, inseguro de si los comentarios de Wayne eran legítimos o no, o si era parte de un elaborado juego que los pingüinos jugaban con sus invitados.

–Dioni, mira bajo de la superficie –continuó Wayne–. Sólo pon tu cabeza debajo del agua y mira. Y no te preocupes, tu *Pathfinder* te protegerá.

Dioni caminó con cuidado hasta la orilla del agua. Dobló su cuerpo y metió la cabeza bajo de la superficie, lo que fue detectado por su *Pathfinder*. Dioni abrió los ojos y vio el despliegue más increíble de patrones de transporte subacuático creado por los pájaros del mar ártico. Era una operación de administración de tráfico completamente aleatoria, donde cada pájaro estaba en pleno control de su velocidad, dirección de viaje y proximidad a cualquier otro pingüino. A diferencia de las murmuraciones de aviadores, donde los vientos cambiantes podían limitar los movimientos, los pingüinos eran libres de alterar su dirección, independientemente, con absoluta facilidad. Lo que impresionó a Dioni fue no solamente la facilidad con la que los pingüinos podían maniobrar en su entorno, sino una habilidad única en la que un estallido sónico de energía empujaba a cada pingüino a velocidades jamás vistas. La proeza parecía imposible; inclusive los voladores más habilidosos del mundo no podían tener la avanzada capacidad para realizar las mismas acciones en el cielo.

Dioni se levantó y salió a la superficie.

—¡Es como si todos estuvieran volando bajo el agua! ¡Es fantástico! —le dijo a Kimberly y a Wayne, con una emoción demasiado grande para contener—. ¿Cómo hacen eso?

—¿Podría ser que los mejores pilotos del planeta no tienen necesidad de asistir a la Academia de Vuelo? —preguntó Kimberly.

Se zambulló en el agua y desapareció de vista.

Dioni metió la cabeza bajo el agua una vez más, en un intento por seguir sus movimientos. Miró en todas las direcciones, pero la perdió de vista entre las profundidades y espirales creadas por los cientos de otros pingüinos. Se levantó y miró a Wayne.

—¿Estás listo para probar? —preguntó Wayne.

—¡Absolutamente! —respondió Dioni.

—Entonces, síguenos —dijo Wayne. Levantó sus pequeñas alas y se preparó para zambullirse en el agua.

—¡Espera! —exclamó Dioni, lo que inmediatamente detuvo el descenso de Wayne—. ¿Los pingüinos son de verdad los mejores pilotos?

Wayne se rio.

—Ven a ver por ti mismo —le respondió.

Wayne inclinó el peso de su cuerpo hacia delante y cayó con la cabeza primero en una grieta en el hielo.

Dioni sólo se había tirado a una piscina cuando era niño. Corría, se hacía una bola en el aire, agarraba la parte de abajo de sus piernas, luego hacía el mayor salpicadura que su cuerpo desnutrido podía crear. Sin embargo, ahora, con forma de pájaro Omega, le daba vergüenza hacer lo mismo. En vez de eso, intentó imitar las acciones que recordaba de lo que había visto una vez en la televisión. Retrocedió unos pasos, extendió las alas, caminó hacia delante tan rápido como pudo, luego saltó en el aire. Desafortunadamente, Dioni no movió el peso de la parte de arriba de su cuerpo para poder zambullirse perfectamente en el agua. La parte de atrás de su cuello fue la primera parte de su cuerpo que pegó en el agua. De forma instantánea, el *Pathfinder* de Dioni reconoció su ubicación actual y su estado, y creó una barrera invisible para protegerlo del frío extremo.

Las palabras «Inmersión Detectada» aparecieron por un momento en su *Pathfinder*. Sin saberlo, la acción de Dioni envió automáticamente una alerta al Departamento de Control del Clima Global. La notificación de la inmersión pintó una siniestra sonrisa en el rostro anciano del Alfa.

Dioni vio los caminos de aire y presión del agua, creados por la alta velocidad de los viajes que realizaban los pájaros de la colonia. Aquellos que saltaban desde la superficie se zambullían a profundidades que Dioni no podía ver, ya que la luz del sol simplemente no podía penetrar mucho más lejos en el agua. El siguió los movimientos de las aves por las olas creadas por cada pingüino, que parecían una ruta de temblores secundarios que perforaban el mar. Los pájaros no requerían plumas de vuelo para poder zumbar a velocidades increíbles.

Aunque a Dioni le pareció una eternidad, sólo pasaron unos segundos antes de que su inclinación natural al oxígeno superara su deseo de ver a los pingüinos en acción. Dioni usó las alas para levantarse hacia la superficie. Mientras el aire llenaba sus pequeños pulmones y la sal del agua le caía del rostro, Wayne y Kimberly salieron del agua.

—Puedes nadar ¿o no? —preguntó Wayne a Dioni mientras nadaba por la superficie—. Nunca había conocido un pájaro tropical que no supiera nadar. Sería una pena romper con esa racha ahora.

—Si…

—Una vez conocí a un pato que no podía nadar —intervino Kimberly.

—Los patos no son tropicales, - respondió Wayne.

—Bueno, este estaba bronceado —dijo Kimberly mientras Russell salía a la superficie.

—¿Qué pasa? —preguntó Russell—. ¿Hoy no quieren kril?

—Dioni no sabe nadar —respondió Kimberly.

—¿De veras? Creí que todos los periquitos sabían nadar —dijo Russell—. Son tropicales.

—No es un periquito —replicó Wayne.

Jeff y Fley salieron para unirse al grupo.

—Hoy tenemos un buen lote de kril, caballeros —dijo Jeff. Kimberly lo miró con frialdad—. ¡Perdón! ¡*Dama* y caballeros!

—¿Estamos poniendo algo a votación? —preguntó Fley—. Porque el kril no se va a pescar solo.

—Dioni no sabe nadar —dijo Kimberly.

—Pues, para decirles la verdad, yo sí pue…

—¿Un periquito que no sabe nadar? —preguntó Jeff—. Pero son tropicales.

—No es un periquito —respondió Wayne.

—Una vez conocí a un pato que no sabía nadar —dijo Fley.

—¿Era un pato real bronceado? —preguntó Kimberly.

—¡Dios mío, sí! ¡Bill de Cleveland! ¿Lo conoces? —preguntó Fley, emocionado.

—¿Alguien más se está muriendo del hambre? —preguntó Russell—. Porque yo me estoy muriendo del hambre. No sé ustedes, pero yo tengo ganas de un poco de kril esta mañana.

—Igual —dijo Wayne.

—Igual —dijo Jeff.

—Igual —dijo Kimberly.

—Igual —dijo Fley.

—Muy bien, entonces —dijo Wayne. Se volvió a Dioni—. Perdona jefe, vas a tener que vernos desde la superficie. Tal vez podemos buscarte una pajilla o algo para que puedas mantener la cabeza debajo del agua. Aunque en realidad deberías aprender a nadar. Creo que conozco a un pelícano que da clases.

—Puedo nadar, - dijo Dioni.

–¿Y entonces por qué no dijiste nada? –preguntó Jeff–. Aquí estamos de cháchara cuando podríamos estar pescando kril. La luz del sol es limitada estos días, lo sabes.

–¿Por qué no hacemos esto? –se dirigió Kimberly al grupo–. Ustedes vayan y pesquen mientras yo le enseño a Dioni la primera lección de velocidad de despegue.

–El entrenamiento para la velocidad de despegue podría tomar horas –respondió Jeff.

–Y ya estamos desperdiciando la luz del día –dijo Fley.

–No puedes enseñar trucos nuevos a periquitos viejos –dijo Russell.

–No es un periquito –respondió Wayne.

–Yo sé que puede –respondió Kimberly al grupo–. Sólo confíen en mí. Ustedes vayan. Dioni y yo los alcanzamos. Sólo guarden un poco de kril para nosotros.

–No me lo tienes que decir dos veces –dijo Fley.

Fley se zambulló inmediatamente en el agua y se perdió de vista. Los pingüinos machos que quedaban se encogieron de hombros y lo siguieron de cerca.

–De acuerdo, Dioni, imita lo que yo hago –dijo Kimberly.

Ella pataleó con sus cortas patas y se impulsó fuera del agua para pararse de nuevo sobre una plataforma de hielo flotante. Obediente, Dioni la siguió.

–Lo primero que debes hacer es sacudirte el agua y llenar de aire tus plumas tanto como sea posible –le instruyó Kimberly.

–¿Aire en mis plumas? –preguntó Dioni.

–Levanta esas alas, sacúdete el agua y siente el aire. Luego haz lo mismo con tu espalda, tu cola y el resto de tu cuerpo –dijo Kimberly–. Es más fácil hacer esta parte mientras estás en tierra y no en el agua. La siguiente parte es un poco difícil. Sólo haz lo que te digo y estarás bien.

Los dos pájaros sacudieron sus cuerpos en un esfuerzo por quitarse tanta agua como les fuera posible; al hacer eso atraparon pequeñas bolsas de aire en los diminutos espacios entre cada una de sus plumas. Esto le venía de forma natural a Kimberly, pero le parecía extraño a Dioni.

—Muy bien —dijo Kimberly—. Ahora, cuando yo te diga, te zambulles en el agua, extiendes las alas, con la cabeza hacia delante, luego alineas todo tu cuerpo. ¿Entendiste?

—Zambullirme, extender alas, cabeza hacia delante, alinear cuerpo —respondió Dioni—. Entendí.

—Cuando hagas los pasos en ese orden, tu *Pathfinder* va a mostrar algo así como «activar velocidad de despegue» o «túnel de aire activo». Sólo parpadea dos veces y mira hacia delante, ¿de acuerdo?

—Sí, puedo hacer eso.

—Bueno pues… aquí vamos —dijo Kimberly.

Ella caminó hasta la orilla de la plataforma de hielo y una vez más se zambulló en el mar. Dioni caminó hasta la orilla, hizo una pausa, agarró todo el aire que sus pequeños pulmones podían contener, luego se zambulló en el agua.

Una vez sumergida, Kimberly realizó los mismos pasos que le había dicho a Dioni. Extendió las alas, colocó la cabeza hacia delante, luego alineó su cuerpo a la perfección. Como lo hacen todos los buenos entrenadores, ella esperó a que su pupilo hiciera lo mismo.

Dioni extendió las alas, las cuales soltaron burbujas que flotaron hacia la superficie. Levantó la cabeza y miró hacia delante, luego retrajo las patas hacia su cuerpo para alinearlo perfectamente en la dirección de viaje deseada. Sintió como si el mar llevara su cuerpo, suspendido en un entorno sin barreras visibles. De conformidad con lo que había predicho Kimberly, el *Pathfinder* de Dioni reconoció la serie de movimientos y desplegó las palabras «Activar velocidad de despegue». Con su cuerpo alineado perfectamente, Dioni parpadeó dos veces; el *Pathfinder* lo reconoció como una orden confirmada.

Kimberly olvidó decirle a Dioni que la secuencia de activación tenía una pequeña demora, cosa que Dioni no había previsto. Volteó la cabeza para ver a Kimberly, luego usó el lenguaje corporal para preguntar por qué no pasaba nada. Kimberly se dio cuenta de que no estaba alineado y desesperadamente le hizo señas para que mirara hacia el frente.

De forma instantánea, el cuerpo de Dioni pasó de la suspensión inmóvil a una marcha supersónica. Debido a que su cabeza estaba ligeramente volteada al momento mismo del despegue, su rostro sintió una resistencia que empujó su pico en la dirección opuesta de viaje. Usó toda su fuerza para levantar la cabeza y alinearse. Ya con el cuerpo en la forma correcta, la facilidad en la que viajaba a tan increíble velocidad parecía irreal. Con el rabillo del ojo vio a Kimberly pasar muy rápido junto a él y dar vueltas alrededor de él; de forma juguetona creó un túnel dentro de un túnel. Notó cómo ella movía su cuerpo para cambiar la dirección de viaje, mientras mantenía una alineación perfecta todo el tiempo. En un intento por demostrar que sabía lo que hacía, Dioni hizo lo mismo.

Dioni descubrió un nuevo estado de euforia. Aprendió que era posible volar mientras estaba bajo el agua. Mientras los pájaros que reclamaban el dominio del cielo estaban obligados a batallar tanto contra el viento como contra la gravedad, los mejores pilotos de la Tierra no tenían esas mismas limitaciones. En vez de eso, los pingüinos creaban las corrientes ellos mismos, lo que les permitía viajar en cualquier dirección que desearan. Esto era una libertad y una fuerza de la naturaleza que solamente los pájaros más fuertes del ártico entendían.

Dioni siguió de cerca a Kimberly. Con cada movimiento de las alas y de las plumas de su cola, sentía una resistencia que lo movía en diferentes direcciones. Estaba sumergido, aunque su navegación requería del uso de procedimientos similares a los que usaba en el cielo. La mente de Dioni vagaba mientras atravesaba el agua del ártico; una sensación demasiado maravillosa para describir. Recordó la promesa que le había hecho a Deepa en India; nunca más haría una afirmación sin primero tener toda la información.

En un cambio repentino, Kimberly se movió hacia abajo y se zambulló más profundamente en el mar. Dioni la perdió de vista. Antes de que su miedo tomara el control, vio cómo Kimberly pasaba rápidamente desde las profundidades y se elevaba hacia el agua brillante cerca de la superficie. Su cuerpo estaba en una formación impecable, mientras se concentraba solamente en su punto de salida. Era una visión increíble.

Wayne, Fley, Russell y Jeff se quedaron sobre una plataforma de hielo flotante, lejos de los demás pingüinos. Cada uno tenía un bocado de kril que comía de una pila compartida.

—Buena pesca de kril hoy —dijo Jeff a Wayne, Fley y Russell.

—Sip —dijo Russell—. Buen día para pescar kril.

—¿Dónde creen que estará Kimberly? Se lo está perdiendo —dijo Jeff.

—Ella se lo pierde —respondió Russell.

—Más para nosotros —dijo Fley-. ¿Qué…

Antes de que Fley pudiera terminar su pensamiento, Kimberly salió con elegancia del agua. Aterrizó sobre su vientre y se deslizó directamente hasta quedar frente a la pila de kril. Abrió el pico tanto como pudo para agarrar su parte del banquete.

—Buena pesca hoy, chicos —dijo ella mientras comía un bocado de desayuno.

—Eso no es gratis, sabes —dijo Wayne.

—¿Dónde está tu amigo periquito? —preguntó Jeff.

—No es un periquito —dijo Wayne.

—En el agua —respondió Kimberly—. Saldrá pronto.

—Bueno, ¿qué tan pronto? —preguntó Russell—. Los pulmones de esos periquitos no aguantan mucho.

—No es un periquito —dijo Wayne.

—¡Ahh! —se quejó Fley—. No voy a poder ir en una misión de rescate después de lo que comí. Me dan calambres si me zambullo después de desayunar.

—Necesitas más potasio, *mate* —dijo Jeff—. Deberías cambiar tu dieta.

—¿Es eso? —preguntó Jeff—. Porque estaba pensando sobre lo que me dijo una vez un pingüino azul vegetariano…

Dioni salió del agua. No le atinó a la zona de aterrizaje por mucho y se elevó muy alto en el cielo antes de darse cuenta de que estaba muy encima de la superficie. Su instinto y entrenamiento de vuelo hicieron efecto. Demasiado emocionado para volar, Dioni dejó que la gravedad hiciera su trabajo mientras caía hacia donde estaban sus amigos.

—Miren eso —dijo Jeff—. Dioni aprendió la velocidad de despegue. Kimberly debe ser una buena entrenadora, después de todo.

—No tan buena —respondió Russell—. Se pasó del área de aterrizaje.

—Bueno, por suerte los periquitos pueden volar —dijo Jeff.

—No es un periquito —dijo Wayne.

Las patas de Dioni tocaron el hielo donde los pingüinos disfrutaban de su comida matinal. Kimberly se levantó al tiempo que Dioni se acercaba. Él respiraba lento pero profundo.

—¿Entonces…? —empezó Fley—. ¿Cómo te fue…?

—Fue… fue… —respondió Dioni. Pensó en la palabra apropiada para describir la experiencia—. ¡*Chilero*!

Los cinco pingüinos se veían incómodos; dos de ellos pararon de masticar aunque tenían el kril en el pico. Se miraron, confundidos por la respuesta de Dioni.

—¿Eso es bueno? —preguntó Jeff.

—Esa es una palabra nueva para mi —dijo Russell—. No estoy totalmente seguro de lo que significa. ¿Crees que lo disfrutó?

—¿Tal vez es un lenguaje extraño de periquitos? —preguntó Kimberly.

—No es un periquito —dijo Wayne, con el pico lleno.

—Entonces pregúntale, pero que te lo aclare —dijo Jeff.

Wayne tragó el kril medio comido y se dio la vuelta para dirigirse a Dioni.

—Dioni, parece que no entendimos tu respuesta —dijo Wayne—. Somos humildes pingüinos de Adelia, ¿sabes? Y no sabemos lenguajes tropicales. ¿Serías tan amable de volver a decir… tu… eh… respuesta?… Por favor.

Por una razón que no pudo precisar, Dioni pensó en Alma. Pensó en qué le diría - de las historias que le contaría - cuando regresara a su casa. Seguramente ella pensaría que su aventura como pájaro era muy poco probable. Sin embargo, ella disfrutaría mucho con la respuesta de los pingüinos de Adelia a la palabra *chilero*. Esa parte de la historia seguramente le parecería graciosísima. Dioni sonrió al pensar en volver a verla y oír su risa.

—Fue —empezó Dioni. Los cinco pingüinos se inclinaron para acercarse y oír con más atención—. ¡El torrente de emociones más espectacular, aterrador… y al mismo tiempo… eh… abrumador! Eso. Fue. Tan. ¡Impresionante!

–¡Qué bien, *mate*! –exclamó Jeff, emocionado de que una porción de la cultura de los pingüinos fuera adoptada por el nuevo pájaro Omega–. Y eso tomando en cuenta la alta probabilidad de que todavía no le ha sacado provecho a esas plumas de la cola!

Dioni no entendió por qué se habían mencionado las plumas de su cola, pero estaba demasiado emocionado para que le importara.

–¡GUAU! –gritó Dioni–. ¡Esa fue la experiencia más intensa de todas! ¿Qué más pueden hacer sus *Pathfinders*? ¿Pueden lanzar láser al hielo o algo porque eso sería increíb…

–Emm… Dioni –interrumpió Fley–. Los pingüinos no usan *Pathfinders*.

–No, *mate*… –dijo Jeff. Dio un golpecito en la parte lateral de su cabeza para probar que no llevaba nada de tecnología de aviador–. Somos pilotos naturales.

–¿Qué están diciendo? –preguntó Dioni, asombrado por sus habilidades naturales–. ¿Ustedes solamente *saben* cómo volar?

–Los pingüinos no volamos –respondió Wayne–. Practicamos la velocidad de despegue.

–Algunos de nosotros andamos –dijo Russell.

–Algunos de los más perezosos solamente se deslizan sobre sus vientres todo el día –dijo Fley.

–Pero sin importar de qué pingüino se trate, cada uno de nosotros sabe hacer lo que acabas de experimentar –dijo Kimberly–. Y aquí están las buenas noticias: si tú puedes usar la velocidad de escape en el agua, puedes usarla en el cielo.

Dioni se preguntó cómo los pájaros del ártico, en el punto más meridional del mundo, tenían mayores talentos de pilotaje que inclusive los aviadores más habilidosos. Estaba tan seguro de que los halcones eran los mejores pilotos; pensaba, sin duda alguna, que ningún pájaro sería capaz de imitar el sigilo de primera clase de la élite que gobernaba el cielo. Pero no era cierto, pese a la incredulidad de Dioni. Se había precipitado demasiado al hablar.

—¿Vas a comer kril con nosotros, Dioni? –preguntó Russell–. Pescamos un poco para ti en caso de que tengas hambre.

—¡Sí, estoy hambriento! –respondió Dioni. Se dobló hacia delante y metió tanto kril en su pico como pudo. Estaba demasiado emocionado y tenía demasiada hambre para despreciar comidas nuevas.

—Bueno, chicos, yo diría que lo hicimos bien –empezó Wayne, satisfecho con los logros del día–. Tuvimos una ceremonia de la luz excelente, conocimos a un nuevo amigo, uno de nosotros le enseñó al Omega cómo usar la velocidad de escape…

—Gracias –dijo Kimberly.

—Y la pesca de kril fue un completo éxito –continuó Wayne–. Lo que ha sido muy inusual este año…

—Eso suena como un día muy productivo –respondió Russell.

—¿Entonces, terminamos? –preguntó Fley.

—¿Qué hay con nuestro amigo periquito? –preguntó Jeff.

—No es un periquito –dijo Wayne.

—¿Esto es todo lo que hacen cada día? –preguntó Dioni. Le caía kril del pico.

—¡Oh por Dios no! –respondió Wayne–. Nosotros los de Adelia tenemos grandes responsabilidades además de ver el amanecer y pescar el almuerzo.

—¿Cómo qué? –preguntó Dioni.

Hizo su mejor esfuerzo por tragar más kril del que era capaz de contener.

—Revisiones del hielo y el agua –respondió Russell.

—¿Tienen que revisar el agua todos los días? ¿Para qué? –preguntó Dioni. Una vez más metió el pico en la pila de kril para agarrar un gran bocado.

—Es más que sólo ver derretirse el hielo, Dioni –dijo Kimberly–. Mantenemos un cierto equilibrio…

—Demasiado hielo e insuficiente agua podría ser malo para el equilibrio natural –dijo Jeff–. Y viceversa.

—Supervisamos la producción de hielo del polo sur para volver a introducirlo como agua desde el mar del sur –dijo Wayne–. ¿Esto te hace sentido?

–No, en realidad… no –respondió Dioni con el pico lleno. Su apetito era quizá más grande de lo que su pequeño cuerpo podía sostener.

–Sería mejor si le enseñamos –dijo Kimberly–. Hizo un llamado para sostener una votación.

Wayne se volvió a sus pingüinos colegas.

–Se ha hecho un llamado oficial para votar. ¿Todos a favor de llevar a nuestro nuevo amigo Omega a un viaje a las tierras baldías y enseñarle el sistema de calificación de agua a hielo?

–Sí –respondieron los cinco pingüinos.

–Los votos a favor ganan –continuó Wayne. Se volvió hacia Dioni–. Espero que estés de acuerdo con nadar después de comer, porque tenemos mucho trabajo que hacer y poco tiempo para hacerlo.

–Estoy bien –dijo Dioni mientras se tragaba el último bocado de kril.

Se distrajo por el sonido de docenas de pingüinos de Adelia que regresaban al agua y se lanzaban en una dirección diferente de la que venían.

–¿Los pingüinos… equilibran el agua y el hielo…? –preguntó Dioni, con un dejo de escepticismo en su tono.

–Pingüinos de Adelia –respondió Jeff–. Y sí, lo hacemos.

–Al menos no tenemos que equilibrar la sal del mar como los emperadores –dijo Fley.

–Señorita y caballeros… ¿vamos? –le dijo Wayne al grupo–. El hielo y el agua no se van a equilibrar por sí solos ¿verdad?

Fley y Russell estaban en el primer grupo que se deslizó dentro del agua, seguidos por Jeff. Wayne le dio a Kimberly una señal de aprobación antes de dar unos pasos hacia delante, caer sobre su vientre, y luego deslizarse dentro del mar ártico.

–¿Estás listo para esto? –preguntó Kimberly a Dioni.

–¡Sí! ¡Absolutamente! –respondió Dioni, como un niño al que le hubiesen preguntado si quería repetir la vuelta en la montaña rusa más emocionante del mundo.

Kimberly suspiró, luego avanzó hasta la orilla de la plataforma de hielo. Dioni la siguió como antes. Saltaron al agua ártica al mismo tiempo.

Dioni vio los rastros de aire que Jeff, Russell y Fley dejaban atrás al lanzarse del pequeño parche de hielo cerca de los terrenos de pesca de kril, y hacia una ubicación que excedía su campo de visión. Wayne se sentía en paz con la comodidad de Dioni al estar en el agua. Los pájaros Omega casi nunca prestaban atención a los pingüinos de Adelia, mucho menos pasaban tiempo entre su colonia y aprendían la velocidad de despegue; Dioni era diferente. Poder atraer la atención de Dioni y lograr que entendiera la importancia de su trabajo significaba mucho más para Wayne que el hecho que Dioni en definitiva no era un periquito.

Wayne alineó su cuerpo y luego miró hacia su lado. Sonrió y le guiñó el ojo a Kimberly. Volteó su cabeza para lograr la alineación perfecta, abrió sus alas y luego de inmediato se lanzó a una híper velocidad. Ya que la comunicación verbal era imposible mientras se estaba debajo del agua, Kimberly hizo uso de una serie de movimientos para girarle instrucciones a Dioni para que alineara su cuerpo. Insistió especialmente en recordarle que viera hacia delante y no volteara su cabeza antes del despegue.

Con la experiencia llegó el conocimiento de lo que debía esperar. Dioni alineó su cuerpo, extendió sus alas, miró hacia el frente y esperó la señal de su *Pathfinder*. Las mismas palabras de antes aparecieron, «Activar velocidad de despegue». Dioni parpadeó dos veces para confirmar la orden. Se quedó inmóvil mientras esperaba que la secuencia de velocidad de despegue se activara - no hubo sonido alguno, ni hubo movimiento alguna de ninguna dirección. Por un momento, Dioni se encontró sólo consigo mismo, suspendido en la animación subacuática en una parte del mundo que era un universo lejos de casa. Antes de que se acomodara demasiado con su estado de gozo apacible, el *Pathfinder* de Dioni inició su directriz y lo lanzó a una velocidad hipersónica.

En la misma manera en que se mecía y cambiaba su dirección de vuelo fácilmente utilizando el viento, sus alas y sus plumas de cola para guiarlo en el cielo, Dioni descubrió que la velocidad y trayectoria eran controlables al estar sumergido. Extendió su cuerpo, extendió sus alas al máximo, estiró su cabeza hasta donde le era posible, y colocó su cola lo más hacia atrás posible; el resultado de sus acciones permitió el viaje hipersónico con menos resistencia. Conformé aumentó su velocidad, Dioni se acercó lo suficiente para ver los rastros de aire del grupo de pingüinos de Adelia que se lanzaron antes de él.

Con movimientos sutiles, Dioni rodeó a algunos de los nadadores más precavidos. No le importó si eran demasiado jóvenes para viajar a velocidades tan altas ni si eran demasiado viejos para preocuparse sobre si llegarían o no a su destino antes de los demás. Dioni egoístamente pensó en su propio talento; con tan sólo dos experiencias de navegación subacuática, ya mostraba señas de superioridad sobre los pilotos natos.

Aunque era difícil distinguir entre un pingüino y otro sobre la tierra, era aún más difícil hacerlo en el agua, especialmente a una velocidad tan alta. Dioni, por el contrario, era fácil de rastrear. Kimberly, uno de los mejores pilotos del grupo, se quedó cerca de Dioni y siguió todos sus movimientos. Se aseguró que el joven Omega no se apartara demasiado del grupo, ni se lanzara en la trayectoria directa de un depredador.

Kimberly observó a la bandada de pingüinos sumergirse más hondo en el mar. Cuando alcanzaron su profundidad deseada, los pingüinos desplazaron sus alas, alinearon sus cuerpos verticalmente, y luego utilizaron su impulso para salir disparados del agua y deslizarse sobre la superficie de hielo. Sus acciones dejaron atrás un camino de burbujas como evidencia de su velocidad y precisión. Kimberly pensó que lo mejor era liderar con el ejemplo para evitar que Dioni repitiera su experiencia anterior, así que navegó para posicionarse a la par de Dioni.

Dioni notó la posición de Kimberly, aunque malinterpretó su orientación. Sabía que debía seguir el camino establecido por cada pingüino en movimiento - sumergirse a mayores profundidades y luego alinearse verticalmente para precipitarse a la superficie - así que decidió que el movimiento de Kimberly era una manera para desafiar sus habilidades. Sin embargo, Dioni reconoció su ventaja; no solamente era capaz de mantener su velocidad mientras estaba debajo del agua, sino tenía menos tendencia de seguir las leyes estrictas de la gravedad al momento de salir a la superficie.

Kimberly y Dioni se sumergieron más al fondo en el mar del ártico. Luego usaron sus alas para alinear sus cuerpos verticalmente, hacia la superficie. Kimberly ajustó su cuerpo a la perfección absoluta, una destreza desarrollada a lo largo de miles de intentos de velocidad de despegue y recuperaciones. A Dioni le preocupaba más su ego y la emoción de viajar a altas velocidades que lo que era muy bien sabido por los mejores pilotos sobre la Tierra. Desplazó sus alas intencionalmente y bajó su pico levemente, alterando así la dirección de su impulso.

El despegue de Kimberly alcanzó un final perfecto al surgir del agua, sin esfuerzo alguno, y deslizarse sobre su vientre hasta que su impulso se detuvo por completo; no hizo mal manejo alguno de ninguna parte de su recuperación. La salida de Dioni de las aguas del ártico no fue tan libre de dramatismo. En vez de realizar un surgimiento exitoso - uno en que aterrizaba sobre sus patas y recuperaba su balance al estar sobre la tierra firme - Dioni salió disparado hacia el cielo a una velocidad y ángulo que era tan egoísta como imprudente.

—¡Síiii! —exclamó Dioni al salir del mar.

Los pingüinos escucharon el grito de Dioni y siguieron su salida poco gloriosa del agua hacia el cielo.

—Eso parece bastante innecesario —dijo Wayne.

—Sí, entendemos —dijo Fley—. Tú puedes volar; nosotros no. ¿Qué más puedes hacer?

Jeff se volteó hacia Kimberly. —Tu amigo periquito volvió a rebasar el aterrizaje —dijo.

—¡Basta! —gritó Wayne, habiendo agotado lo que le quedaba de paciencia—. Me doy por vencido! *No* es un periquito, pero si ustedes, tontos, quieren llamarlo así, entonces ¡denle viaje!

Desde el cielo, Dioni miró hacia abajo. Voló con sentimiento de orgullo y felicidad, y sabiendo que tenía una habilidad que no tenían quienes residían en la tierra. Mantuvo a sus amigos a la vista mientras circuló sobre donde estaban. Al hacerlo, Dioni no se percató que había reducido su velocidad aérea y se había acercado más a la superficie. Su impulso le despreocupaba, pues le parecía divertidísimo ver a los pingüinos andar sobre la nieve. Dioni se rio, no de ellos, sino de cuán afortunado era de ser testigo de tan inolvidable...

¡PUM!

Dioni chocó contra un objeto desconocido y cayó de inmediato al suelo. De no haber sido porque su *Pathfinder* detectó el peligro que él ignoraba, su vida pudo haber terminado en el mismo instante del choque. El objeto misterioso era enorme, en comparación, y a él le parecía como si hubiese chocado contra una pared invisible. Era afortunado de encontrarse con vida.

La colonia entera de pingüinos de Adelia entró en acción al instante. Muchos cayeron sobre sus vientres y se empujaron para realizar su despegue sobre la tierra, mientras otros avanzaron hacia el lugar del choque de Dioni lo más rápido que les permitían sus patas palmeadas.

Aturdido, Dioni se paró y retrocedió unos pasos. El objeto que tenía frente a él era enorme, con un exterior casi congelado que gradualmente había erosionado en el clima despiadado del ártico. Era casi completamente negro, con partes color blanco puro que se descoloraba en un gris apagado. Conforme Dioni recuperó su enfoque visual y su *Pathfinder* realizó la función de reconfiguración automática, notó movimiento cerca de la parte frontal del objeto masivo. Estaba vivo.

El instinto inmediato de Dioni no fue una reacción que surgía del temor sino más bien de la curiosidad. Se acercó, precavidamente, para confirmar si el objeto se había o no movido. Con cada paso que daba, se hacía más evidente que no se trataba de un objeto cualquiera, sino más bien de un ser viviente que se encontraba fuera de su elemento natural. El objeto era una criatura del mar. Luchaba enormemente por conservar la vida, aunque sufría un dolor indescriptible. Dioni caminó debajo de la aleta dorsal masiva que se encontraba colapsada a su lado. Se dio la vuelta. En el extremo lejano del cuerpo de la gigantesca criatura marina estaba la aleta de una cola titánica.

Dioni continuó. El movimiento que notó era del ojo de la criatura masiva. Se movió hacia atrás y pudo verla por completo. El ojo de la criatura se abrió y se enfocó. Dioni vio su propio reflejo sobre la superficie del ojo de la criatura, y en ese momento, Dioni detectó su agonía y sintió compasión por un ser que era más grande que la vida misma. Aunque era imposible que se comunicaran entre sí, Dioni entendió que la vida del gigante se acercaba a un final lento y doloroso. El instinto natural de la criatura era cazar, pero no constituía una amenaza a ninguna ave que estuviera cerca.

Dioni se encontraba en presencia de una ballena orca. La ballena se había encallado intencionalmente sobre la playa, un indicio fundamental de que ocurría que estaba fuera del control de la comunidad de Adelia. Dioni se acercó a la orca y colocó su ala sobre el rostro de la ballena, cerca de su ojo. El ojo estaba nublado, aunque lo suficientemente grande y reflectante como para que Dioni pudiera verse a sí mismo por completo. La orca pestañó y luego usó toda la fuerza que le quedaba para abrir su boca. Emitió un sonido de tono débil.

—No, yo soy quien debe sentirlo —dijo Dioni, con tono igualmente suave. Rozó la piel gruesa de la orca con su ala—. Yo me choqué contra ti. No es tu culpa...

Los pingüinos avanzaron velozmente hacia Dioni. Temían por la vida del pájaro Omega y por el daño significativo que pudiera ocasionarle a toda la comunidad, sin mencionar a su reputación como aves hospitalarias. Conforme la primera oleada de pingüinos se acercó a Dioni y vieron que no estaba lesionado, conjuntamente redujeron su velocidad y se acercaron con más calma. Se mantuvieron a una distancia segura de la ballena, pero lo suficientemente cerca para atestiguar las acciones del pájaro Omega. Kimberly fue la primera en acercarse a Dioni, aunque con mucha precaución.

—¿Sabes qué sucedió? —preguntó.

—No —respondió Dioni—. Está sufriendo. Tiene tanto dolor.

Dioni miró a Kimberly. Detrás de ella se encontraba la comunidad extensa, que con asombro observaba lo que había frente a ella.

—¿Los pingüinos de Adelia controlan los niveles del hielo y el agua, verdad? —le dijo Dioni a la bandada entera.

—Dioni, no entendiste bien... —respondió Kimberly.

—¡Podemos ayudarlo! —gritó Dioni—. ¡Todos nosotros! ¡Podemos ayudarlo!

—Dioni —dijo Kimberly. Suspiró—. No podemos hacer...

Wayne, Jeff, Russell y Fley se acercaron para unirse a Kimberly.

—¿Qué? ¿Por qué no? —preguntó Dioni—. ¡Es una ballena! ¡Debe estar en el agua y no sobre la tierra! ¡Si trabajamos en equipo podemos regresarlo al agua!

Ningún pingüino se movió. Era una muestra colectiva de respeto, no de abandono.

—Amigo, es la naturaleza que sigue su curso —dijo Jeff—. Es nuestra responsabilidad hacia el equilibro...

—¡Uno no crea equilibrio en la naturaleza al dejarlo morir! —interrumpió

Dioni, un punto que el expresó y que ellos recibieron de forma agresiva.

Los pingüinos respetaban las emociones de Dioni.

—Los pingüinos de Adelia analizan las corrientes del mar —dijo Russell—. Nuestro trabajo es decidir cuánto hielo se devuelve al mar. Lo que regresa a nosotros se convierte nuevamente en hielo, y el ciclo se repite sin cesar.

—Dioni —dijo Jeff—. Últimamente el agua del mar trae algo de vuelta con ella. El color del agua es diferente en algunas áreas…

—Lo que estás viendo es el resultado de algo que está fuera de nuestro control, Dioni —dijo Kimberly, quien hacía de la voz de la razón para el pájaro Omega—. Algo está creando un balance que no es natural, y este es el resultado. No hay nada que podamos hacer por esta ballena.

—¡NO! —gritó Dioni—. ¡Él está vivo!

Dioni usó sus alas para escarbar y retirar la tierra y el hielo del cuero de la ballena. Aunque lo vieron luchar, ninguno de los pingüinos ofreció ayuda; se quedaron allí parados y observaron con sus aletas a sus costados y sus rostros viendo hacia abajo.

Dioni luchó por retirar un gran pedazo de hielo debajo de la ballena. Gritó con enojo. Al no poder eliminar el hielo, se movió hacia el frente de la orca, a centímetros de la boca de la ballena. Escarbó todo el hielo que pudo con sus alas. Su frustración era evidente con cada porción que retiraba del suelo.

La orca abrió su boca y exhaló, empujando a Dioni para alejarlo. Los pingüinos entendieron la acción deliberada de la orca; se acercaron rápidamente a Dioni y crearon una barrera entre él y la ballena. Dioni se puso de pie y empujó a todas las aves que intentaban detenerlo.

—¿Por qué no me ayudan? —preguntó Dioni.

—Dioni —respondió Fley—. Él vio lo que hacías y te empujó para alejarte.

—¿Qué? ¿Por qué haría eso? —preguntó Dioni, confundido por las palabras de Fley.

—Tienes que entender lo que está sucediendo —dijo Wayne—. No estamos lastimando más a la ballena de lo que ya está. Estamos respetando su elección de terminar su camino aquí. Hasta aquí ha elegido llegar.

—¿Entonces, sólo van a dejar que la ballena indefensa se muera en el frío? —preguntó Dioni.

Las lágrimas se formaron en sus ojos. Bajó su guardia y vio a la orca indefensa que se encontraba detrás de él.

—No hay nada que podamos hacer —dijo Russell—. Aunque todos hubiéramos unido nuestros esfuerzos para regresarlo de alguna manera al agua, él no sobreviviría.

—Tienes que entender, Dioni —dijo Kimberly—. No hay recursos para esta ballena. Se sacrificó para que el resto de su grupo pudiera seguir sin él.

—¡Eso no hace sentido! —respondió Dioni—. ¿Por qué haría eso una orca?

Limpió las lágrimas de sus ojos.

—Algo está sucediendo en el agua, y no podemos explicarlo —respondió Wayne—. Hay cada vez menos comida y recursos necesarios para su sobrevivencia —se volteó hacia la ballena encallada y bajó su cabeza—. Sencillamente no sabemos que está causando esto.

—Si su salud está deteriorándose, entonces es una señal de que el ecosistema completo se está deteriorando —dijo Kimberly.

—¿Qué significa eso? —preguntó Dioni.

—Significa que si están enfermos, algo está seriamente mal —respondió Fley.

—No hemos descubierto por qué, Dioni —dijo Russell—. Hemos hecho todo lo que sabemos hacer, y lo único que sabemos es que no es algo que nosotros estamos causando.

—¿Cómo saben? —preguntó Dioni. Exigía respuestas.

—Porque nunca se negoció —respondió Wayne, a lo que Dioni reaccionó con una mirada severa. Wayne hizo uso de su ala para mostrar la magnitud de lo que decía—. La tierra que ves aquí, a todo nuestro alrededor... toda era hielo y montañas de nieve.

—Se está volviendo plana —exclamó Kimberly—. Nunca pedimos esto. Y nosotros conocemos más sobre el equilibrio natural del ártico que cualquiera.

—Precisamente —interrumpió Jeff—. Hemos controlado los niveles del hielo y el agua a lo largo de miles de generaciones. No tenemos registro de que esto jamás haya ocurrido.

Dioni hizo una pausa. Miró a la orca congelada, casi sin vida. Trazó un camino entre Kimberly y Wayne, se abrió paso entre sus amigos pingüinos y se detuvo a una corta distancia de la orca.

—Esto tiene que ser reportado —dijo Dioni, con una mirada feroz sobre el rostro—. El pájaro Alfa necesita saberlo.

—Ya lo hicimos, Dioni. Varias veces —respondió Russell—. Desde que comenzó, hace tiempo. ¿Por qué crees que estamos tan felices de ver al nuevo pájaro Omega aquí?

Dioni reflexionó sobre el comentario de Russell. ¿Por qué no se haría nada aún después de varios informes al respecto por parte de las aves locales? A pesar de su juventud y falta de experiencia, Dioni no era ignorante con respecto al mundo. Tenía la sabiduría para saber la diferencia entre el bien y el mal, y cuándo se estaban burlando de él.

—¿Qué es lo que no logro ver? —pensó Dioni—. ¿Qué no estoy viendo?

El pájaro Alfa mencionó Antártida por algún motivo. ¿Por qué? ¿Qué tenía que ganar al visitar el ártico y hablar con los pingüinos de Adelia? Si la extraña ocurrencia se había reportado en varias ocasiones, y nada se había hecho, entonces el pájaro Alfa claramente sabía y lo había ignorado. ¿Pero con qué finalidad?

Dioni miró a la colonia entera de pingüinos. Entendía su verdad, y ellos estaban buscando su ayuda. De forma desesperada, hacían todo lo que sabían hacer. Intentaban darle a Dioni la impresión de que todo estaba bien en el ártico. Era esencial que ellos establecieran un vínculo con el nuevo pájaro Omega, ya que no hacerlo significaba un desequilibro catastrófico. Su objetivo principal para realizar la velocidad de despegue colectiva hasta el lugar donde se encontraba la orca, no era accidental; era su única oportunidad para pedir ayuda. Sin importar cómo había ocurrido - fuera ya por error o por pura suerte - el que Dioni se encontrara en el territorio de los pingüinos de Adelia no era una coincidencia.

Sabía que no podía decepcionarlos. Dioni tenía una responsabilidad - hacia los pingüinos de Adelia, hacia las orcas, hacia todo el Mar del Ártico - y él no podía traicionar su confianza. Por primera vez desde que había aceptado su cargo, Dioni sintió que le ocultaban información esencial de forma deliberada. Las aves con las que se había reunido anteriormente no tenían nada que ganar si le mentían, así que ¿qué era lo que *no* le estaban diciendo? ¿Qué información no le estaba compartiendo el pájaro Alfa? Tenía tan poco tiempo para resolver el misterio.

–El pájaro Alfa… piensa, piensa, piensa –se dijo Dioni–. Me mentiría si pregunto. No puedo volver, o sospechará –Dioni suspiró–. Su hilo de pensamiento continuó–. ¿Con quién puedo hablar? ¿Con Makawee? Espera… ¡Deepa! ¿Pero cómo llegó a India sin utilizar el portal?

–Kimberly –dijo Dioni–. La técnica de vuelo debajo del agua que me enseñaste.

–¿La velocidad de despegue? –preguntó Kimberly.

–Sí, esa. Mencionaste que se puede realizar en el cielo. ¿Es cierto?

–¡Absolutamente! –respondió Kimberly–. Es la misma secuencia que tienes en tu *Pathfinder*. Será más difícil de navegar, y perderás energía más rápidamente, pero sí… sí puedes realizarla.

–Bueno. Qué bien. Muchas gracias –respondió Dioni. Se volteó hacia sus cinco amigos–. Tengo que ir a conversar con otra ave y formular algunas preguntas. Este no es el único lugar donde están ocurriendo cosas extrañas. Necesito saber más antes de volver a la sede. Prometo que los ayudaré.

–Entendemos –dijo Wayne–. Aceptaremos todo lo que se nos ofrezca.

Dioni miró a la orca. Su párpado descolorido estaba cerrado. Se acercó a la ballena y sintió su piel fría. Si tan solo fuera por eso - por ningún otro motivo más que para despertar en unos días y entender que toda esta experiencia era tan sólo un sueño - Dioni quería recordar el momento. Era una oscuridad diferente a cualquier otra que jamás había visto, un frío diferente a cualquiera que jamás había sentido, todo lo cual sucedía bajo los rayos del sol del ártico.

Dioni miró a sus cinco amigos. Cruzaron sus alas sobre su pecho, una seña de profundo respeto entre los pingüinos. Se volteó hacia el resto de la bandada, que se encontraba igual que los demás. Dioni se convirtió en más que un niño atrapado en el cuerpo de un ave tropical; era el Omega, en el que la colonia dependía.

Dioni extendió sus alas, saltó, y luego se alejó aleteando con todas sus fuerzas. Los pingüinos observaron desde el suelo mientras el pájaro Omega voló más y más alto. Pronto se volvió más difícil verlo conforme sus plumas azules se fusionaron con el cielo. Fue hasta que vieron un pequeño círculo formado a la perfección en el cielo - seguido por un estallido fuerte que lo hizo despegar a velocidades aéreas sin comparación a alguna otra - que los pingüinos de Adelia pudieron sentirse tranquilos.

Los pingüinos bajaron su guardia y avanzaron hacia las aguas abiertas. La luz del sol había sobrepasado su punto máximo para ese día. Aunque todavía tenían trabajo importante que hacer, los pingüinos sintieron una sensación de alivio por el éxito de la visita de Dioni.

–¡Vaya!- suspiró Wayne, contento de que todo el asunto hubiera terminado de forma pacífica–. Esa orca fácilmente se lo hubiera tragado por completo. Por suerte de Dioni, a las orcas no parece que les gustan los periquitos.

–No es un periquito –dijeron los otros cuatro pingüinos al unísono.

La expresión de Wayne cambió de optimista a enfadado.

–Los odio a todos.

Capítulo Veinticuatro

Había solamente algunos momentos durante el día - cualquier día de la semana, realmente - en que el orfanato estaba en paz. Aunque casi todas las noches eran relativamente tranquilas y serenas, el ambiente diurno incluía un sinfín de sonidos del exterior y del interior. Los carros y los autobuses pasaban, las personas caminaban por las carreteras y en las aceras disparejas, y los niños mayores jugaban en el patio o se perseguían, lo que muchas veces resultaba en un choque de algún tipo. De vez en cuando se oía el débil sonido de los pájaros en la distancia. Para Alma, era su hogar.

Los niños del orfanato sabían muy bien que no debían apegarse demasiado a otro niño. Se alentaba el cultivo de amistades y los niños formaban lazos entre ellos, pero en cualquier momento, o cualquier día, podría llegar un visitante de lejos para adoptar a uno de ellos y llevárselo a un nuevo hogar. Aunque esto era un sueño hecho realidad para los adoptados, el proceso era descorazonador para los que se quedaban. Algunos de los niños adoptados se iban a vivir a lugares más fríos, algunos se iban a vivir a montañas y valles de naciones más desarrolladas, y los que tenían más suerte se iban a vivir a edificios tan altos que tocaban las nubes. Independientemente de los padres adoptivos o las tierras extranjeras a las que viajaban, todos los niños que se iban del orfanato tenían una cualidad en común: no regresaban y nunca más se volvía a saber de ellos.

Alma se acostumbró al ciclo de crear lazos para luego distanciarse de los niños, ya que era muy común ver a los más jóvenes irse tan pronto como habían llegado. Cuando era pequeña, envidiaba a los niños más bonitos, que seguramente vivirían rodeados de riquezas mayores a las que ella imaginaba. En sus años de adolescente, creó un nuevo rol para sí misma como consejera. Su mentalidad ya no era la de abandonar el orfanato de una vez por todas para nunca volver. En cambio, Alma sentía que podía conseguir más a través de la educación, de estudiar y entender el desarrollo de los niños a su cargo. Su mayor deseo en la vida era convertirse en educadora y ayudar a sus estudiantes a aprender todo lo que había que saber del mundo.

Alma estaba sentada en una silla mecedora y soñaba despierta con una existencia fuera de los confines del orfanato. En uno de sus brazos acunaba a un bebé, que bebía de un biberón que le daba Alma con su mano libre. Los dos estaban solos, apartados del tenue sonido de una televisión cercana; la habitación comunal estaba tranquila. Alma sonrió mientras le daba de comer al bebé. Se mecía hacia adelante y hacia atrás para ayudar al bebé a sentir paz.

—Hola Penélope —le dijo Alma a la bebé, que inmediatamente volteó su atención a su cuidadora.

Los ojos de Penélope eran inusualmente grandes y en ellos Alma vio un tono de color azul que solamente se encontraba en las aguas más hermosas de la Tierra.

—Alguien tiene hambre esta mañana —continuó Alma.

Penélope bebió su leche con tanto vigor que Alma se preguntó si una pequeña dosis de cacao había sido accidentalmente añadida y mezclada en la biberón. Solamente había una forma de saber si ese era el caso y Alma no tenía deseos de comprobar su teoría. Con calma inhaló el aire de la mañana, cerró los ojos e inclinó la cabeza mientras continuaba meciéndose hacia adelante y hacia atrás en la mecedora.

Un extraño pájaro aleteó y aterrizó sobre el alféizar de la ventana cercana, que era más como un terrón en la pared de concreto, cubierto por una cortina hecha a mano. El pájaro miró a Alma, casi como si sintiera la necesidad de aprender y entender todo lo que había que saber de ella. El pájaro no emitió sonido.

Penélope notó el singular objeto que estaba cerca. Su atención se desvió inmediatamente de su comida matutina. Soltó el biberón y volvió la cara hacia el pequeño pájaro; los movimientos de Penélope hicieron volver a Alma de su estado mental distraído.

—¿Qué? ¿Qué estás viendo? —preguntó Alma mientras los ojos azules de la bebé se enfocaban en el extraño objeto en la habitación.

Alma siguió la mirada de Penélope y vio lo que estaba mirando. Era un ruiseñor de color plata - un pájaro que no tenía por qué estar en los alrededores de un orfanato, o en Flores, o en cualquier lugar cerca de Guatemala. El pájaro estaba muy lejos de su hábitat natural y aunque ni Penélope ni Alma sabían lo suficiente como para identificarlo, sabían que estaba fuera de lugar.

El ave se concentró en el contenido de lo que vio, como si deseara grabar el momento. Movió la cabeza lentamente, no con movimientos rápidos y cortos, como era lo usual en un ave, sino más bien echando una ojeada, de la misma forma que un artista imagina su obra maestra sobre un lienzo en blanco. El ave miró a Alma, luego caminó unos pasos hacia delante. Hizo una pausa y miró a Alma con profunda intensidad.

El ruiseñor ladeó la cabeza, un comportamiento de observación y de asombro. El ave estaba ahí por una razón, aunque no tenía sentido haber escogido un orfanato en un pueblo remoto, lejos de los recursos naturales. El pájaro pió. Alma y Penélope se miraron, confundidas por lo que veían. Alma juntó las rodillas, deteniendo el movimiento de la mecedora.

Tan rápido como había llegado, el ruiseñor movió su cuerpo, abrió las alas, y se alejó volando. El ave no dejó evidencia de su visita al orfanato.

—¿Y eso…? —dijo Alma en voz alta—. Eso fue extraño. ¿Lo viste? —le preguntó a Penélope, cuya atención regresó completamente a su biberón.

—Son los pequeños detalles de la vida, Penélope —le dijo en forma juguetona a la bebé—. Van y vienen tan rápido, pero esas son las cosas que recordamos. No tengo idea de qué tipo de pájaro era ese, pero tal vez estaba aquí por un motivo y ahora se ha ido. Las dos lo vimos ¿verdad? Será nuestro pequeño secreto, ¿de acuerdo? ¡No le digas a los demás!

La bebé oyó cada palabra pero no entendió nada. La expresión de Penélope no cambió, aunque su atención cambiaba a las imágenes y colores en la televisión que estaba cerca.

–¿Qué? –preguntó Alma–. ¿Quieres ver el estado del tiempo? Hará calor y tal vez llueva. Ahí, ¿eso es lo que querías saber?

Alma sonrió a Penélope, cuya atención estaba en la pantalla. Alma suspiró y sacudió la cabeza. Penélope era demasiado joven para agarrar el biberón, sin embargo estaba más interesada en la televisión que en su comida matutina.

–Los niños de hoy –dijo Alma.

Miró la pantalla y vio a un meteorólogo hacer un patrón circular en un mapa de Norte América. La imagen en la pantalla cambió a un mapa del sur de México, que luego desplegaba un patrón circular cerca de la parte más al este del Golfo.

–¿Eh… qué está diciendo? –dijo Alma.

Sostuvo a la bebé y el biberón en su lugar mientras alcanzaba el control remoto. Apuntó hacia la televisión y le subió el volumen.

«Con vientos incrementando del norte y del sur» –dijo el meteorólogo–. «Esto no es el clima normal para esta parte del mundo, especialmente en esta época del año, aunque ciertamente no es improbable. Las buenas noticias son que nos eludirá por completo. Nuestros modelos no indican que será gran cosa, nada más que una fuerte tormenta, que seguramente se moverá hacia el norte, rumbo a Florida, por la tarde».

«Ahora, hablando de patrones inusuales del clima» –continuó el meteorólogo. El mapa detrás de él cambió para mostrar la costa oeste de los Estados Unidos–. «Por si la tormenta del este no fuera lo suficientemente inusual, ahora vemos que se formó una fuerte tormenta a lo largo de la parte oeste de los Estados Unidos y México, actualmente, frente a la costa de California. De nuevo, no tenemos ningún motivo para preocuparnos, pero vemos que esta tormenta incrementa su fuerza lentamente y se mueve hacia el sur debido a unos inusuales vientos fuertes del Pacífico…».

…

El pájaro Alfa se erguía orgulloso al mando del Centro de Control. Sus alas a los lados - una postura de dominio y de superioridad sobre cada ave que trabajaba en el Departamento de Control del Clima Global - y su atención puesta en la pantalla frente a él. Miraba el mismo segmento del clima, al igual que lo hacían Alma y Penélope, aunque con una expresión rara, casi alegre, en su rostro.

«…Y al igual que mencioné sobre la tormenta del este, ya en este momento en el sur de Florida» —continuó el meteorólogo—. «Nuestros modelos muestran que esta tormenta probablemente no llegará a tierra firme y se dirigirá de vuelta al océano Pacífico, a medida que llegue la presión baja del norte. Con seguridad, estaremos monitoreándola. Y respecto al resto del día de hoy, podemos esperar cielos despejados y más humedad…».

—¡Ahí vamos! —exclamó el Alfa, orgulloso del éxito de su plan; vio lo que necesitaba ver—. Cambien la pantalla al clima en vivo, pero muestren solamente Centro y Norte América —ordenó el Alfa a las dos palomas blancas sentadas detrás del escritorio situado en la pared posterior en el centro de la habitación.

Con unos simples movimientos de las alas, las palomas alteraron el despliegue en la gigantesca pantalla del Centro de Control. La visualización cambió de la transmisión noticiera del clima local, a una transmisión actual, en vivo, del clima del continente americano, desde el sur de Canadá hasta la parte más al sur de Panamá.

Todo continuó como siempre. El Centro de Control estaba en pleno funcionamiento, con todas las iniciativas programadas establecidas, estrictamente rastreadas y monitoreadas. El Patio de Negociaciones estaba tan ocupado como nunca, con negociaciones adicionales en camino para las áreas que experimentarían lluvias más fuertes de lo normal como resultado de las tormentas dobles en las costas del este y oeste de América del Norte.

Toda ave del Departamento hizo una pausa para ver la progresión de la anomalía natural simulada. No era ningún secreto que todas las anomalías eran sólo pruebas modeladas; mientras las pruebas usualmente resultaban en el incremento del viento, más lluvia e informes del clima más extensos, las simulaciones se detenían antes de que cualquier criatura en la tierra, aire o mar, resultaran heridas. Esta política se había establecido hacía décadas, después de que simulación se salió de control terriblemente de y causó una catástrofe volcánica seguida de inmediato por un tifón. Los pájaros de Filipinas no volvieron a aceptar ninguna anomalía hasta que se adoptara una política estricta para todas las pruebas futuras. Sin razón alguna para temer cambios no programados para la anomalía en curso, todas las aves continuaron su trabajo como en cualquier otro día.

El buitre, que estaba parado cerca del tablero de control del Centro de Control, abrió las alas y alzó el vuelo hacia su oficina ejecutiva. El Alfa circuló en lo alto, bajo el puente entre las dos divisiones, para ver la grandeza de su imperio. El roce del viento sobre su rostro abría más sus ojos, permitiéndole absorber completamente el conjunto completo de la experiencia. No le importaban los colores de los miles de hermosos pájaros que volaban en todas las direcciones, ni le importaba la extraordinaria tecnología que él mismo había ayudado a crear en el curso de cientos de miles de años. Todo lo que le importaba - mientras volaba sobre su imperio - era la sensación elevada de superioridad, de su soberanía sobre todos los seres vivos en la Tierra.

Voló a la percha situada afuera de su oficina ejecutiva, donde podía supervisar su dominio. Tal vez era su lugar favorito en todo el Departamento; era donde se paraba encima de todas las demás aves y donde las miraba con arrogancia desde arriba.

—¡Donna! —gritó el Alfa. Cinco colibríes se acercaron desde su oficina, su aleteo rápido al unísono—. Sólo necesito a una —dijo, por lo que todas, menos la colibrí más cercana, se alejaron volando, inmediatamente.

—Donna, quiero que hoy todos me vean trabajando desde aquí —le dijo al diminuto pájaro—. Necesito que me traigan una unidad portátil y necesito que no sea detectada por la pantalla principal.

La colibrí asintió para confirmar que había entendido la orden del Alfa. Volteó la cabeza y luego voló de regreso en la dirección de donde había venido.

—¡Ah, y Donna! —dijo el buitre en un tono más fuerte. La colibrí se detuvo en su camino y regresó a donde él se encontraba—. Tráeme el aparato de rastreo. Y esto último no se lo digas a nadie.

La colibrí asintió una vez más, luego se volvió y se alejó rápidamente de la vista del Alfa.

. . .

Kimberly le dijo toda la verdad a Dioni cuando le contó que realizar la técnica de velocidad de despegue en el cielo iba a ser mucho más cansado que en el agua. Aunque al hacerlo cortaba significativamente su tiempo de vuelo total para llegar de un punto a otro, Dioni descubrió que era difícil mantener tal velocidad aérea por largos períodos de tiempo. Es más, realizar la técnica de velocidad de despegue en el cielo le impedía navegar con precisión con su *Pathfinder*. Parecía que hasta la tecnología aviar más avanzada tenía sus limitaciones.

Dioni estuvo en el aire por horas. En todas las direcciones que miraba, veía nada más que incontables cantidades de agua, con la esporádica formación de nubes en el cielo. Aunque sentía el agotamiento de su mente y cuerpo, la decisión de llegar a su destino - a pedir ayuda de la más sabia de las aves - pesaba más que su intenso deseo de darse por vencido. No obstante, su cuerpo y su mente sólo podían soportar cierta cantidad de abuso auto-infringido.

Por el método de prueba y error, Dioni aprendió a salir de la velocidad de despegue aérea y regresar a la velocidad normal de vuelo, donde mantenía la altitud y simplemente planeaba sobre la Tierra sin la necesidad de aterrizar o de chocar accidentalmente con un objeto grande y extraño. La reducción de la velocidad le permitió a Dioni conservar su energía, así como volver a conectar su *Pathfinder* para solicitar la ubicación y posición acorde a su destino.

—*Pathfinder*—ordenó Dioni, casi sin aliento después de un período extenso de vuelo a velocidad de despegue—. Detectar ubicación actual.

Las palabras *Océano Atlántico Sur* volvieron a aparecerle a Dioni, lo que le irritaba después de horas de viaje y múltiples vuelos a velocidad de despegue. Mientras más al norte y este viajaba, más consciente estaba de que la luz natural no le duraría todo el vuelo. Su tiempo era limitado y su destino estaba tan lejos. Dioni continuó su vuelo, resuelto a asegurar que su próximo intento de usar la velocidad de despegue fuese el último. Su plan era mantener la velocidad hasta que fuera incapaz de hacerlo, lo que esperaba lo colocaría donde necesitaba estar.

Dioni alineó su cuerpo y una vez más ordenó a su *Pathfinder* empujarle a través del cielo. Usar la técnica de velocidad de despegue a velocidad tan alta y a tan gran elevación significaba que su campo de visión era limitado. Voló a ciegas, con la luz del sol en su espalda, por horas, hasta que vio algo más que el agua del océano. Al fin se volvían a ver señales de vida.

En la distancia había otro pájaro, que volaba a una velocidad mucho menor, aunque lo hacía sin la necesidad de la técnica de velocidad de despegue o con el uso de sus alas. Al irse acercando Dioni vio que el cuerpo del pájaro brillaba contra la luz del sol y que tenía una serie de letras escritas a un lado.

Dioni viajaba demasiado rápido para observar la magnitud de lo que veía, aunque se dio cuenta de que el objeto no era un ave. Se quedó perplejo por el avión, ya que era el primero que había visto tan de cerca. En el aeropuerto de Flores entraban y salían casi todos los días, pero esta era la primera oportunidad que tenía de ver uno sin la necesidad de pararse detrás de una valla.

Dioni redujo la velocidad y voló más cerca del lateral del avión. Miró a través de una de las ventanas abiertas y vio a algunos de los pasajeros. Con la excepción de una persona que estaba sentada cerca de la cola del avión, todos los pasajeros que vio estaban durmiendo, observando a fondo algo que no se veía, o distraídos. Dioni se acercó más a la ventana abierta sobre el ala y vio a un niño que admiraba la vista de la Tierra desde miles de metros sobre el mar.

Mientras Dioni reducía la velocidad para que fuera igual a la del avión, lo que hacía más que todo para poner a prueba los limites de su propia curiosidad, se hizo visible al niño, quien miró con asombro al misterioso objeto en el cielo. Los ojos del niño se abrieron mientras daba golpes en la ventana. Vio a un pájaro que estaba mucho más lejos de su entorno natural, tanto por su especie como porque era imposible para cualquier ave volar a tal velocidad y altitud. El niño se volteó hacia una mujer mayor junto a él y con desesperación intentó mostrarle lo que veía.

Dioni movió su cuerpo. Sabía que al hacerlo desaparecería en el cielo brillante y azul. Sin embargo, no entendió que la acción tenía una consecuencia no planeada: lo obligó a cambiar la dirección de viaje.

Por la solicitud urgente del niño, la mujer miró por la ventana y no vio nada más que kilómetros de cielo despejado. Dioni estaba de camuflaje, lo que disfrutaba, aunque eso hizo que regañaran al niño por despertar innecesariamente a su mamá. Sin embargo, Dioni tenía otras prioridades que atender. Se empujó una vez más para incrementar su velocidad en el aire y pronto el avión quedó muy atrás.

Pasaron las horas. Dioni pensó en la orca que se había sacrificado para que el resto del grupo pudiera seguir. Se preguntó qué había causado la enfermedad tan grave y por qué la familia la había abandonado. Pensó en los pingüinos, y aunque se imaginó docenas de escenarios, no podía llegar a la conclusión de por qué sus reportes habían sido ignorados por el Alfa. Dioni decidió que ayudaría a sus nuevos amigos, inclusive si eso significaba tener que pasar unos cuantos días más como un pájaro.

Dioni vio tierra en la distancia. Sonrió, inhaló y exhaló lentamente, y salió de la secuencia de velocidad de despegue. Por un momento planeó sobre la tierra. Con su velocidad aérea dentro de la tolerancia de capacidades de detección del *Pathfinder*, Dioni confirmó su ubicación y se sorprendió gratamente por la respuesta del *Pathfinder*. Las palabras Océano Atlántico Norte, Golfo de Guinea, Camerún, aparecieron ante él, lo que lo llenó de enorme alivio. Con el uso limitado de su *Pathfinder*, Dioni fue capaz de dirigir su plan de vuelo.

—Muestra el mapa —dijo Dioni en voz alta.

El *Pathfinder* proyectó una imagen de su ubicación. Dioni vio su velocidad aérea, la velocidad del viento actual y la trayectoria de su plan de vuelo, que confirmaba que India estaba cerca, aunque aún a miles de kilómetros de distancia. Planificó lo que le quedaba del vuelo: atravesar por el continente africano, sobre una gran masa de agua y continuar en dirección noreste hasta llegar al santuario.

En un esfuerzo por recuperar un poco de energía, planeó en el cielo y usó sus alas y cola para guiarse a menores altitudes. Estaba hambriento y casi no tenía fuerzas, aunque seguía decidido de llegar a su meta.

—Si me esfuerzo una, tal vez dos veces más, podría volar sobre todo el continente —pensó Dioni en voz alta—. Sólo usaré la técnica de velocidad de despegue una vez más hasta que vea el agua de nuevo, luego tomaré un descanso, ¡y luego estaré en India! —hizo una pausa—. Podré hacerlo antes del atardecer —miró el mapa generado por su *Pathfinder*, que mostraba una gran distancia a su destino—. Sí, puedo hacerlo.

Dioni realizó la secuencia de velocidad de despegue y desapareció en el cielo antes de que los pescadores de Camerún, los pájaros locales o cualquier vida marina que viviera a lo largo de la orilla de la nación africana, notara a un quetzal azul en su espacio aéreo.

. . .

Rastrear al Omega —le dijo el Alfa a una pantalla translúcida. Portaba un aparato singular en su cabeza, que era una versión más grande del *Pathfinder* de Dioni, aunque más sofisticado, tecnológicamente.

Las palabras «*Omega Desconectado*» se mostraron en una imagen ante él en color rojo llamativo.

—¿Desconectado? —preguntó el Alfa—. Eso es poco probable —regresó su atención a su aparato—. Rastrear al Omega, ver última transmisión.

Las palabras *Océano Atlántico Norte, Golfo de Guinea, Camerún*, se mostraron, también se presentaban las coordenadas exactas de la última señal de Dioni en un mapa proyectado, que sólo él podía ver.

¿Camerún? —preguntó el Alfa, asustado por la imagen proyectada—. ¿Por qué estás en África?

El buitre trajo la punta de su ala a su pico, su posición preferida para reflexionar.

—Rastrear al Omega, historial de plan de vuelo, más reciente —ordenó el Alfa al aparato, que le presentó una serie de puntos de señal transmitidos en detalle en el mapa proyectado.

Una serie de líneas mostraban a Dioni en Antártida - lo que esperaba - seguido de una serie de puntos muy separados unos de otros. Los puntos terminaban en la última ubicación transmitida de Dioni, en el espacio aéreo de Camerún.

—Mira eso —dijo el Alfa—. Alguien aprendió la técnica de velocidad de despegue —conectó los puntos del plan de vuelo de Dioni—. ¿A dónde vas, chico? ¿Qué estás tramando?

El buitre volvió su atención a la pantalla principal del Centro de Control, que desplegaba transmisiones en vivo del clima de las Américas. Sonrió y bajó el ala.

—Realmente no importa ahora, ¿verdad Dioni? —dijo. Le hablaba a su aparato—. Rastrear al Omega. Colocar una alerta de notificación para la siguiente señal transmitida.

. . .

Dioni permaneció en vuelo mucho más de lo que había previsto inicialmente, lo que tuvo grandes consecuencias para su cuerpo. Aunque su *Pathfinder* lo protegía del peligro inmediato, no lo podía defender si volaba descuidadamente. Era un riesgo innecesario para Dioni, cuya determinación de llegar a India pesaba más que el buen juicio de llegar vivo. La luz del sol se hizo menos intensa mientras volaba sobre kilómetros y kilómetros de diversidad topográfica, alguna cubierta por una gran sábana de nubes.

Mientras estaba en la secuencia de velocidad de despegue, Dioni no tomó en cuenta la rotación natural de la Tierra. Si se hubiera detenido entre cada secuencia y se hubiera tomado el tiempo de ajustar su dirección de viaje, podría haber descubierto fácilmente la ruta más rápida, segura y conveniente hacia India. Por el momento, Dioni estaba muy lejos de su destino deseado.

En el punto donde las nubes se apartan y se ve la tierra, Dioni vio una gran masa de agua. Cerca había una gran isla, que era el primer indicador de que algo estaba mal. Un segundo indicador se presentó al poco tiempo; pasó sobre la isla y voló sobre una interminable masa de tierra.

—¿Dónde estoy? —preguntó Dioni.

Redujo la velocidad y con elegancia salió de la velocidad de despegue. Una vez que el *Pathfinder* de Dioni se conectó a una señal de transmisión, inmediatamente envió una notificación de su ubicación al aparato del Alfa.

—*Pathfinder* —dijo Dioni, agotado por el viaje—. Detectar ubicación actual.

El *Pathfinder* mostró las palabras *Mar Mediterráneo, Siria*.

—¿Siria? —exclamó Dioni—. ¿Dónde rayos está Siria?

El *Pathfinder* entendió la pregunta de Dioni como una orden. Mostró su ruta de vuelo - los mismos puntos que el Alfa había visto - con un punto adicional añadido en el espacio aéreo de Siria sobre el mar Mediterráneo.

—Mostrar mapa —ordenó.

El *Pathfinder* mostró su ubicación con relación a su destino. Dioni gesticuló con la boca una frase que su exhausto cuerpo ejemplificó.

—No puedo hacer esto —dijo en voz alta. Miró hacia delante y vio que el cielo de la noche estaba demasiado cerca para eludirlo. Estaba más que exhausto—. Probaré de nuevo mañana.

En un esfuerzo por permanecer inadvertido, Dioni extendió las alas y planeó muy alto sobre la tierra. En la distancia vio las luces de una ciudad, que no era lo ideal. Circuló sobre toda la ciudad desde lo alto y notó que sus habitantes estaban dentro de sus casas ahora que era de noche.

La luz del sol se apagó lentamente. Las nubes siguieron a Dioni y pronto cubrieron toda la ciudad. Cuando sintió que podía hacerlo sin correr un riesgo, Dioni redujo la elevación y buscó un árbol donde podría esconderse y descansar durante la noche. No quería arriesgarse a dormir bajo la lluvia.

Lejos de la ciudad - lo suficientemente lejos para que no lo vieran con luz, aunque lo suficientemente próximo para estar cerca de una fuente de comida por la mañana - Dioni localizó un árbol donde podía descansar. El árbol era lo suficientemente alto para esconderlo de los depredadores, con suficientes hojas para protegerlo de los elementos naturales. Encontró una abertura en el árbol, que estaba libre, y posó sus fatigadas patas sobre la rama interior. Sintió como si hubiera cargado una montaña a través de dos océanos y sobre casi toda la parte norte de África; era un nivel de agotamiento que pocas aves habían soportado.

Dioni puso las patas bajo su cuerpo y colocó su peso sobre el tronco del árbol. Mientras flotaba en un extraño estado entre despierto y dormido, notó a las demás aves que dormían en otras ramas del mismo árbol. En la oscuridad, Dioni solamente pudo ver que los pájaros eran más pequeños que él. Tenían plumas oscuras - tal vez eran jilgueros o golondrinas - y no representaban una amenaza. Era suficiente para que Dioni bajara la guardia, cerrara los ojos y de inmediato se sumiera en un sueño profundo.

. . .

—¡Ah, ah, ajá, Dioni! —dijo el Alfa emocionado mientras recibía la notificación de la ubicación de Dioni—. ¡Vamos, niño! ¡Me lo estás poniendo muy fácil! ¿Siria? De todos los lugares.

Si existía solamente un rasgo del Alfa, que era respetado y temido entre todas las aves que lo conocían, era su habilidad para detectar instantáneamente las debilidades de sus enemigos. Para el Alfa, el mundo era un lugar pequeño donde ocurrían patrones repetitivos constantemente, y donde ciertas situaciones se podían provocar fácilmente por un elemento que él tenía el poder de controlar. Lo que sabía, sobre cualquiera cosa, era cómo meterle miedo al pájaro de su elección.

En ese momento, el ego del buitre se alimentó. No tenía intención de eliminar a su contraparte. En vez de eso, quería que Dioni entregara el puesto. Si Dioni elegía vivir como un ave sin interferir en ninguno de sus planes, el Alfa tendría autoridad total sobre el Departamento de Control del Clima Global. Tal autonomía no había existido; el Alfa quería lo que por derecho le pertenecía, sobre todo por su paciencia para supervisar el Departamento después de que muchas generaciones de aves habían ido y venido. Los dividendos de su inversión se le debían desde hacía mucho tiempo.

El Alfa ordenó a su aparato desplegar el contenido en la pantalla principal del Centro de Control. Confirmó los patrones climáticos que se mostraban y estaba totalmente encantado por lo que vio. El escenario era casi demasiado perfecto.

Levantó las alas y ejecutó una serie de cuidadosos movimientos que eran leídos e interpretados por la pantalla. El Alfa se dio la tarea de supervisar las condiciones de lo que anteriormente se había negociado y aprobado. Entregó una orden de cambio de un patrón de vuelo aparentemente pequeño, específicamente para la ciudad Siriana donde Dioni descansaba. El cambio era demasiado sutil para levantar las sospechas de los pájaros locales, aunque si lo hubiera hecho, al Alfa no le importaba.

Apareció un mensaje en la pantalla: Modificación de la Orden Programada. *Requiere Autorización.*

El buitre sonrió mientras decía sus cuatro palabras favoritas.

—Aprobado por el Alfa.

El sistema reconoció y confirmó la orden, que puso en marcha una simple modificación en las nubes sobre Siria.

Capítulo Veinticinco

A Dioni le encantaban las vistas y los sonidos de su tierra natal - el azul de las montañas, visible justo antes de cada amanecer; la antigua ciudad que le ofrecía muchas oportunidades poco comunes a muchos de su edad; la pequeña calle en la que vivía, donde todos le conocían; y la risa de Alma. Nada en el cielo o la Tierra era más grande que la voz de Alma, ver su expresiva sonrisa y saber que su felicidad era el fruto del profundo lazo que compartían.

Él tomaba su mano en la suya mientras estaban sentados al final del muelle desde donde se veía el lago de Petén Itzá. El cielo estaba despejado y el agua color aguamarina estaba en calma, como las montañas en la distancia. La luz del sol bailaba con elegancia sobre la superficie del lago. Era una tarde perfecta.

Dioni se inclinó hacia delante y notó su reflejo en la superficie. La imagen reflejada era la de un joven con una vida entera de experiencias frente a él. Alma se inclinaba cerca a él y miraba hacia el agua. Los dos se reían mientras el agua capturaba el retrato perfecto de su amor juvenil.

Dioni volteó la cabeza para mirarla. El mundo entero se movía más despacio. Ella volteó la cabeza para ver a Dioni. El viento suavemente movió algunas mechas de pelo sobre su cara. Alma acarició la mejilla de Dioni y le sonrió.

Él la miró a los ojos; no existía nada tan hermoso. Se le quedó viendo, más de lo que era necesario; ella rio y apartó su cabeza. ¡Ahí estaba de nuevo! Realmente era el sonido más perfecto que jamás había oído.

Dioni miró su propia mano. La de ella descansaba entre la suya; era suave y cálida. Él miró sus pies sumergidos en el agua; movió los dedos de sus pies. Ella movió sus pies para ponerlos encima de los de él.

Una brisa suave sutilmente transportaba el sonido de las hojas en movimiento. Ningún otro ser vivo existía. Todo lo que importaba en el mundo estaba presente en ese momento.

Dioni se volvió para buscar algo. El objeto no estaba. Tenía que encontrarlo.

—¿Qué estás buscando? —preguntó Alma. El sonido de su voz resonaba por todo el cuerpo de él.

—Perdí algo —respondió Dioni mientras buscaba por todos lados.

—Bueno, tal vez no lo necesitas.

—Recuerdo haberlo tenido conmigo.

—No vi que tuvieras nada, Dioni.

—Sólo es que no quiero perderlo —respondió él. Se empezó a preocupar.

—Sólo somos tú y yo aquí —dijo Alma—. Puedo ayudarte a encontrarlo. Pero si no lo tienes contigo, tal vez no es necesario que lo lleves a todas partes.

—Sí —respondió Dioni. Abandonó la búsqueda—. Probablemente no es importante.

—¿Sabes qué sí es importante? —preguntó Alma de forma juguetona.

—¿Qué?

—Esto —dijo ella.

Se inclinó hacia él y lo besó. Ella cerró los ojos. Él hizo lo mismo. La sensación que él sintió en ese momento era como ninguna otra. Ella se retiró. Su rostro brillaba de alegría. Ella abrió los ojos. El corazón de él latía muy rápido.

Dioni vio un barco pequeño en la distancia. Iba a la deriva pacíficamente. No hacía olas al acercarse al muelle.

–Quiero mostrarte algo –dijo Dioni mientras el barco navegaba hacia él.

–¿Qué? –preguntó Alma.

–No te puedo decir –respondió él, emocionado–. Debes venir conmigo.

Él se puso de pie. Era más alto de lo que él mismo recordaba. Alcanzó el barco, que se dirigió hacia el muelle.

–¿A dónde vas? –preguntó Alma.

Una ráfaga de viento sopló de la dirección contraria. Una formación de nubes apareció en el cielo. Dioni se subió al barco y extendió la mano hacia ella.

–Es para nosotros. Tengo que enseñarte lo que yo…

–Dioni, no puedo ir contigo –interrumpió Alma–. No es para mí.

El cielo se llenó de nubes. El baile de la luz del sol sobre la superficie del agua se detuvo abruptamente. El viento se hizo más fuerte y más frío.

–¿Qué? –preguntó Dioni desesperado–. ¿Por qué no?

–Debes irte, Dioni.

Un árbol crujió fuerte en la distancia. El viento dispersó las hojas muertas. El movimiento del agua se hizo más intenso. Alma se puso de pie. Se inclinó hacia el barco y lo empujó lejos del muelle.

–¡Espera! –rogó Dioni–. ¡Ven conmigo! ¡No me apartes!

Alma lo miró. Se le llenaron los ojos de lágrimas. Empujó con más fuerza, obligando al barco a distanciarse aún más dentro del agua. Se quedó parada junto al lago y observó cómo Dioni viajaba a la deriva, sin rumbo, alejándose de ella. La intensidad de los sonidos del bosque se hizo más fuerte y más rápida.

–¡Alma! –gritó Dioni–. ¡Nada hacia mí! ¡Puedo agarrarte y halarte y podremos irnos juntos!

Ella le tiró un beso. Se despidió con la mano. El barco se alejó más y más. El agua sacudió el barco, creando ondas que llegaron hasta la orilla. El cielo se oscureció. Él oyó un rugido en la distancia.

Dioni miró al cielo. Estaba furioso. El viento se hizo más fuerte. Dioni miró hacia el muelle. Alma se había ido. Buscó frenéticamente en todas las direcciones. Su corazón empezó a latir más rápido. Sus ojos se inundaron de lágrimas. Gritó el nombre de ella. Sólo oyó el rugido de la tormenta que se aproximaba. Volvió a gritar su nombre. No tenía voz. El movimiento del agua se intensificó. Empuñó sus manos.

Gritó el nombre de ella con todas sus fuerzas. No resonó sonido alguno ya que había sido ahogado por el estruendo y la furia de un relámpago.

¡BUUM!

Dioni despertó repentinamente de su profundo sueño debido a la explosión de un mortero, que chocó contra una pared de concreto detrás de él. El estallido fue tan intenso que sacudió el árbol violentamente, aunque sus fuertes raíces permitieron que permaneciera erguido. Como resultado del impacto, dos de los pájaros más pequeños cayeron del lugar donde estaban posados. Se congelaron del miedo.

Dioni se movió hacia la punta de la rama para ver qué había causado la explosión tan violenta. Miró hacia abajo y vio un pequeño camino de sangre cerca de la base del árbol. Fluía despacio sobre una parte asfaltada de la calle.

Aunque todavía faltaban horas para el amanecer, la luz de la luna era lo suficientemente fuerte para que se vieran los actos brutales que habían ocurrido abajo. Dioni miró hacia arriba y vio un cielo lleno de estrellas, perfectamente despejado, como si las nubes se hubieran apartado deliberadamente para alejarse de la ciudad.

El corazón de Dioni latía más rápido con cada momento que transcurría. En la distancia vio a dos hombres, cada uno de los cuales sostenía unas armas grandes, mientras corría hacia la base del árbol. Los dos hombres se detuvieron a poca distancia. Uno de ellos caminó hacia el cuerpo del tercer hombre, que estaba sobre el suelo, inmóvil, junto al árbol. El hombre tocó la parte de atrás del cuello del hombre caído, luego se puso de pie y corrió en la dirección del fuerte ruido. El segundo hombre le gritó al primero en vano. Dudó un momento, luego corrió y pasó junto al árbol para seguir a su amigo.

Dioni se movió para tener una mejor visión. Siguió a los hombres como mejor pudo mientras seguía bajo la protección del gran árbol. Oyó a los dos hombres gritar, aunque no entendió qué habían dicho. Se oyeron violentos estallidos en la dirección opuesta.

El cielo nocturno se iluminó con los breves destellos de luz creados por el tiroteo. Los dos hombres se escondieron rápidamente detrás de un carro estropeado que estaba en la calle. Las balas volaban en todas las direcciones y pegaron en la superficie del carro, que los dos hombres usaban como protección. Los hombres gritaron mientras se ponían de pie y dispararon de vuelta; sus balas destruyendo todo lo que había en su trayecto.

Dioni se refugió. Esperaba contra todo pronóstico que la corteza del árbol fuera lo suficientemente fuerte y densa para aguantar el castigo de los disparos. Inclinó la cabeza, se agachó, doblando su cuerpo lo más que pudo y usó las alas para cubrir sus orejas mientras emitía gritos enmudecidos por que pararan.

Tan rápido como había empezado, el ataque se detuvo repentinamente. Dioni soltó sus alas que le cubrían las orejas, abrió los ojos y luego se levantó. Vio a los otros pájaros dispersos entre las ramas del árbol. Eran mucho más pequeños que él - menos de la mitad de su tamaño - y permanecían apiñados. Las ramas estaban llenas de pequeños pájaros, que se encontraban petrificados en un estado de conmoción. Todos los pájaros miraban a Dioni.

Un hombre le gritó al otro. Dioni miró en esa dirección y vio cómo uno de los hombres tiraba su arma y corría, a toda velocidad, hacia la pared de concreto cerca del árbol. El rayo de una poderosa luz iluminó la escena, colocando el foco directamente sobre el hombre que se alejaba, corriendo por su vida, mientras el rayo de luz seguía con facilidad cada uno de sus movimientos.

Dioni no podía descubrir la fuente de la luz. Se movió hacia una posición más alta en un intento por lograr tener una mejor perspectiva de lo que ocurría abajo. Cuidadosamente aseguró su punto de apoyo con cada salto que daba de rama en rama; los pequeños pájaros seguían cada uno de sus movimientos. Dioni alcanzó el pico del árbol, que estaba cubierto por un polvo grueso. La luz de la luna era más poderosa desde su perspectiva elevada. Miró hacia abajo y vio la fuente del sonido, la fuente de luz y la fuente de la violencia.

El rayo de luz que captaba el movimiento del hombre se cortó cuando el hombre corrió más allá de la pared y se escondió detrás del árbol. La luz cambió para estar perfectamente alineada con la base del árbol, que creaba una larga sombra en la que el hombre desapareció.

Dioni identificó el motivo por el que el hombre corría por su vida. La fuente de la poderosa luz era un monstruo de guerra, y a pesar de estar cubierta por la oscuridad, la luz de la luna le permitía a Dioni ver el arma apuntada directamente hacia la base del árbol. A una velocidad mayor a la habilidad de Dioni para entender la razón por la que ocurría, el cañón soltó una ojiva; no desaprovecharía oportunidad alguna de dar con su objetivo.

La ojiva explotó. Instantáneamente destrozó la base del árbol y destruyó completamente la pared de concreto, eliminando cualquier oportunidad de supervivencia del hombre que se encontraba escondido. La parte alta del árbol, intacta, fue empujada varios metros de distancia, sobre la calle. Al caer sobre el cemento frío, la fuerza de la caída sacudió violentamente a todos los pájaros que permanecían, inocentemente, sumidos en el terror; el choque del árbol hizo que los pájaros pequeños cayeran desde todas las direcciones.

Dioni, que estaba en la parte alta del árbol en el momento del impacto, se había salvado de un daño permanente. La fuerte caída lo empujó desde el pico del árbol. Rodó al suelo, se detuvo y se quedó de lado sin moverse. Su *Pathfinder* tenía la habilidad de advertirle sobre el peligro inminente y formar una barrera de protección alrededor de su cuerpo en caso de una emergencia, pero falló cuando más lo necesitaba.

Dioni se había lesionado. Tosió, liberando el aire y el polvo acumulado en sus pulmones. Su visión estaba intacta, aunque su *Pathfinder* se había dañado como resultado del impacto. Levantó la cabeza y sintió un dolor extraño sobre la parte superior de su cuerpo. Miró hacia abajo a sus patas y movió sus garritas, y tuvo una ligera sensación de alivio. Rodó sobre su espalda y miró hacia el cielo nocturno. No se veían nubes y no había ráfagas de viento desde ninguna dirección. La luna estaba tan brillante como nunca. Arrojaba su luz sobre una calle que casi carecía de iluminación artificial.

Un ligero sonido distrajo la atención de Dioni, quien observaba el cielo estrellado. Oyó un chirrido que venía del árbol caído. Volteó la cabeza en la dirección del sonido y vio una pequeña llama de fuego en la copa del árbol destruido. Tosió de nuevo. Dioni estaba enojado por lo que había visto. El chirrido único rápidamente se convirtió en dos, luego tres y luego en muchos más. Los chirridos de los pájaros eran gritos de pánico y desesperación.

Dioni gruñó mientras cambió la posición de su cuerpo y rodó sobre su cara y vientre. Usó las alas para empujarse del suelo, ignorando el dolor que sentía en todos los músculos. Recogió las patas debajo de su cuerpo y levantó el torso para elevarse una vez más. Los chirridos de los pájaros se intensificaron.

Las palabras *Pathfinder Desconectado* se hicieron visibles para Dioni mientras prestaba atención. En un intento por reactivar su aparato, tocó el lateral de su cabeza donde su *Pathfinder* estaba colocado.

Adquiriendo señal, por favor esperar…

Dioni podía ver un pequeño círculo rojo cerca de la parte superior de la pantalla proyectada del *Pathfinder*. Dioni lo ignoró. Dio un paso hacia delante en un intento por acercarse a los pájaros caídos. Se congeló; fue testigo de una visión que ningún ave debería ver jamás.

Los cuerpos sin vida de los pájaros más pequeños estaban dispersos por todas partes. Dioni dio unos pasos hacia delante y vio a un inocente gorrión chillón cuyo único crimen había sido estar en el lugar incorrecto en el momento equivocado. La vida del gorrión llegó a su fin de una forma brutal; aunque sufrió brevemente, el dolor que sintió fue atroz.

Dioni volvió su atención a los pájaros dentro del árbol caído. El colapso del árbol creó una jaula donde habían quedado atrapados los gorriones debajo de un peso mucho mayor del que podían levantar. Miedo, enojo y adrenalina alimentaron todos sus movimientos, mientras Dioni corría hacia ellos. Llegó hasta los restos del árbol, donde la llama de las ramas más altas proveía la iluminación para ver los ojos de los aterrorizados gorriones, que estaban en pánico. A través de unas cuantas rendijas entre las ramas rotas y las hojas caídas, los gorriones atrapados vieron a Dioni, que estaba frente a ellos. Todos elevaron sus voces al unísono. El sonido de sus gritos se quedó eternamente grabado en la mente de Dioni.

Dioni levantó la primera capa de ramas, y pudo ver la gran cantidad de pájaros atrapados bajo el árbol caído. Vio sus rostros - la mirada aterrorizada de sus ojos, la desesperación en sus voces - mientras gritaban en agonía para que Dioni los salvara. El sonido era ensordecedor, producto inesperado de los pájaros que luchaban por una oportunidad de vivir. La llama en la copa del árbol se hizo más grande. Aunque daba más luz para los esfuerzos de rescate de Dioni, creaba una amenaza aun mayor. Sabía que el fuego pronto se saldría de control.

Con cada onza de energía de su cuerpo, Dioni levantó las ramas más pequeñas; estiró el cuerpo y usó sus patas para empujar otras ramas hacia abajo. Su táctica le permitió moverse más cerca de los gorriones, pero no hizo diferencia alguna en su habilidad para levantar las ramas más grandes y pesadas que atrincheraban a los pájaros adentro. El fuego creció.

Dioni se movió más hacia las profundidades del árbol caído. Luchó con todas sus fuerzas por llegar tan cerca de los gorriones como le fue posible; si lograba liberar a uno, era posible liberarlos a todos. Las ramas se hicieron más gruesas y pesadas a medida que Dioni se acercaba a ellos, hasta que llegó a una rama que era incapaz de mover. Los gorriones gritaron en agonía - una combinación de dolor y miedo - algo que Dioni era incapaz de suprimir. Aunque trató con todas las fuerzas que le quedaban, la rama que enjaulaba a los gorriones era demasiado pesada para poder levantar, empujar o quitarla. El fuego creció, la batalla se intensificó.

La luz en el *Pathfinder* de Dioni cambió de rojo a verde.

—¡Ayúdame! ¡Ayúdame! ¡Ayúdame! —gritaba cada gorrión.

Con su *Pathfinder* en línea, Dioni oía sus voces y entendía lo que decían.

—¡Los oigo! ¡Lo intento! —gritaba Dioni como respuesta, su voz amortiguada por el caos de la escena.

Incapaz de levantar, halar, empujar o romper la gran rama, Dioni cayó al suelo y gateó a través del laberinto de grietas entre las ramas y las hojas. Las ramitas pequeñas lo pinchaban constantemente, aunque en su estado mental no sentía dolor. Dioni se enredó entre las ramas. Gateó tan lejos como pudo dentro del árbol caído. El fuego crecía, la batalla se volvió más fuerte y se acercaba aún más.

—¡Ayúdame! ¡Ayúdame! —gritaban los gorriones, sin pausa entre sus gritos de agonía.

Sin alternativa, Dioni metió las alas entre las ramas, hacia los pájaros aterrorizados. Los oyó, los vio y sintió su dolor. Estiró sus alas azules hasta donde podían llegar, con la esperanza de salvar aunque fuera a un solo pájaro. Los gorriones hicieron lo mismo; se extendieron desde el interior de su prisión hacia su última oportunidad de salvación. El fuego creció, la batalla se hizo más fuerte y se acercó aún más.

Dioni sintió un temblor que sacudió el árbol caído. Hizo una pausa para ordenar sus pensamientos y buscar la causa de la vibración. Miró en la dirección desde donde había entrado. En la distancia vio un objeto grande que reflejaba la luz de la luna. Dioni se alejó de los gorriones. Inmediatamente descubrió lo que producía el temblor.

Un instrumento de destrucción se aproximaba lentamente hacia árbol. Se movía sin ruedas, más bien con dos dispositivos de tracción, uno a cada lado. Mientras se acercaba, la luz de la luna le permitió a Dioni ver la gigantesca máquina de guerra - capaz de realizar una destrucción que sobrepasaba su comprensión - cuya arma principal estaba apuntada directamente hacia el árbol. El fuego crecía, la batalla se volvía más recia aunque, sobre todo, desde una sola dirección.

Dioni retrocedió aún más. Los gritos de los gorriones se acallaron, y sus esperanzas también. Los miró a través de las ramas caídas. Mientras el fuego intenso crecía, sus ojos reflejaron la luz de las llamas. Los gorriones lo miraron y no vieron al pájaro elegido, sino más bien a un niño que se encontraba lejos de su nido.

—¡Lo siento! —la voz de Dioni se quebró.

Les dio la espalda a los pájaros, que permanecieron en silencio, mientras la furia del fuego reinaba sobre ellos. Dioni rápidamente escapó por el mismo camino que había creado para llegar hasta los gorriones. Esquivó las brasas y las partículas de polvo que caían del cielo. Llegó al pico del árbol y luego saltó de la pila de ramas rotas para aterrizar sobre tierra firme. Con lágrimas en los ojos, Dioni extendió las alas y se alzó en vuelo, por encima de la violencia, tan rápido como sus alas pudieran transportarlo.

—¡Dioni! —gritó una voz cercana—. ¡Tienes que regresar!

—¡Aléjate de mí! —gritó Dioni de regreso, inseguro del lugar de donde venía la voz.

—¡Puedes salvar a esos pájaros! —dijo la voz.

Dioni movió su cuerpo para volar hacia otra dirección y escapar en la oscuridad. Miró a un lado. La luz de la luna creaba un aura alrededor del cuerpo de una cuerva hawaiana.

—¡Todavía los puedes ayudar! —dijo la cuerva—. No es demasiado tarde. ¡Regresa!

—¡Entonces *tú* ve ahí abajo, Ally! —gritó Dioni. Las lágrimas rodaban por su rostro.

—Dioni, escúchame —dijo Ally—. ¡Debes ser valiente! Debes ser el pájaro Om…

—¡Yo nunca pedí esto! —gritó Dioni—. ¡Tú me hiciste esto! ¡Ya no quiero hacer esto!

Dioni inclinó la cabeza, bajó la cola y alineó su cuerpo perfectamente. Ally sabía cuál sería su próximo movimiento.

—Dioni, NO—

¡BUUM!

Al utilizar la técnica de la velocidad de despegue, Dioni rompió la barrera del sonido y sacó a Ally de su ruta de vuelo. Ella se estabilizó, miró hacia arriba y vio el círculo perfecto que él había creado, seguido por tenues regueros que se desvanecían en la oscuridad. La fuerte explosión, sin embargo, no fue causada por el despegue de Dioni, sino más bien por las acciones sobre el suelo.

El ruido del tiroteo, de los horrores de la guerra, fue aumentando y luego se detuvo en un estruendoso silencio. No existía honor o victoria alguna en las acciones que habían ocurrido. Nadie lloraría por la masa de vidas perdidas. Nadie recordaría los nombres de los que habían muerto, ni sus memorias serían transmitidas a las generaciones futuras.

Ally miró hacia abajo y vio un gran fuego que consumía una cuadra entera de estructuras destruidas. Lo que era un árbol caído en una pequeña calle se volvió una muestra de cenizas, trozos de madera explotados y los restos calcinados de los inocentes gorriones.

Capítulo Veintiséis

—¿Entonces el hermano pequeño ya estaba en la habitación, me entiendes? —dijo un pájaro pequeño.

Parecía un loro, aunque en miniatura. El frente de su cuerpo estaba casi totalmente cubierto por plumas verdes, con plumas amarillas en la parte superior y posterior. La cabeza del pájaro era redonda, igual que su pequeño pico, y tenía rayas negras que se extendían desde la parte de atrás de la cabeza hasta la base de su cola. Hablaba con un acento australiano.

—Sí, sí... no, entendí, entendí —respondió un segundo pájaro, que era casi idéntico al primero en casi todos los aspectos, inclusive del acento.

Los dos pájaros estaban sentados a la orilla de la parte interna de una masa de agua rodeada por grama alta. Los árboles eran visibles desde la distancia.

—Sí, correcto, olvidé que lo había dicho —dijo el primer pájaro—. Entonces el pequeño hermano estaba en la habitación, oye. Y la mamá, por alguna razón que nunca entenderé, rediseñó la habitación entera.

—¿Y eso qué quiere decir, *mate*?

—Bueno, ella cambió todo lo que había en la habitación, ¿ves? —respondió el primer pájaro. Usó las alas para hacer gestos intentando describir los diversos objetos—. Entonces la cama del hermano mayor estuvo así durante todo el invierno, ¿me seguís? Las dos camas estaban rectas la una con otra.

—¿Paralelas? —preguntó el segundo pájaro.

—Si, si… paralelas. Todo el invierno, una cama estaba de un lado de la habitación y la otra cama del lado de la pared opuesta.

—Bueno eso es un poco triste, ¿no? Quiero decir, sólo son dos hermanos. ¿Por qué tienen que estar en lados opuestos de la habitación?

—Caleb, ¿me vas a dejar contar la historia o no? —preguntó el primer pájaro, molesto por el comentario no solicitado.

—¡Mis disculpas Dom! Intenté imaginarme la escena para tener una mejor idea de todo —respondió Caleb.

—Gracias —continuó Dominic—. Como estaba diciendo, las camas estuvieron paralelas durante todo el invierno. Y entonces el hermano mayor venía en la noche, pero hacía toda una rutina de corre-y-salta, cada noche, cuando apagaban las luces.

—¿Cómo un baile? Parece algo exagerado, especialmente antes de irse a dormir —comentó Caleb.

—Bueno, no era como una función ni nada. No como que estuviese entrenando para las olimpíadas. Solamente era algo que hacía cada noche —replicó Dominic—. El hermano pequeño estaba metido en su cama, nada extraordinario para un miércoles.

—¿Y dónde estabas vos pues? —preguntó Caleb.

—Yo estaba en la jaula, sobre la mesita de noche.

—Ya. Muy bien, la escena está preparada. Seguí.

—Mirá pues, el hermano menor había apagado la luz y lo que no le dijo al hermano mayor fue que la mami había movido las cosas de lugar en la habitación.

—Bueno eso suena como una invasión de la privacidad, ¿no? ¿Por qué haría eso ella? —preguntó Caleb, más interesado en la historia de Dominic.

—Lo mejor que se me ocurre es que ella quería hacer juegos mentales con sus hijos, ¿sabés? Que estén atentos y sepan que ella es la que manda.

—Tiene sentido. Mi mami me hizo eso una vez. Me empujó del nido. Me dijo que tenía que aprender a volar o estaría jodido. Aprendí a volar en ese momento.

—Entonces ahora las camas no estaban paralelas ¿correcto? —continuó Dominic, ignorando el comentario de Caleb—. Las movió de forma que ahora estaban perpendiculares.

—¡Ay *mate*! ¡Creo que ya sé qué va a pasar! —respondió Caleb emocionado.

—Bueno dejame terminar, dejame terminar —dijo Dominic. Sus alas se transformaron de objetos que usaba para acentuar sus gestos a ayudas visuales para poder contar la historia—. Entonces por meses, el diseño de la habitación era: cama del hermanito pequeño, mesita de noche, cama del hermano grande. Sencillo, fácil de recordar. Pero ahora, la mami lo había cambiado de lugar a: cama del hermano pequeño, igual, cama del hermano grande - cruzada perpendicularmente - seguida de la mesita de noche.

—Espera —Caleb se metió—. Dónde estabas vos cuando pasó todo esto.

—¡Ya te dije! Estaba sobre la mesita de noche, en una jaula. Era el único lugar que podía soportar el peso.

—Ah, no, no, ya, ya recuerdo. Seguí —respondió Caleb.

—Gracias. Así que aquí estoy, en mi onda, ¿verdad? El hermano pequeño estaba en la cama y estoy muy seguro de que el hermano mayor estaba a segundos de iniciar su ritual nocturno.

—¡Ah, esto va a estar bueno, *mate*! ¡Lo puedo sentir!

—Oigo al menso que viene subiendo las gradas —continuó Dominic—. Lo que era la señal. Y levanto la vista, y desde la distancia lo veo en la entrada. Va a por ello. Justo como lo hacía cada noche durante todo el invierno, se coloca en posición y se lanza por el oro.

—¿Pero no estaba la luz apagada a este punto? El hermano pequeño se iba a dormir.

—Vaya pues, ¡el periquito sí está poniendo atención después de todo! —le dijo Dominic a Caleb, de forma sarcástica—. Sí, las luces estaban apagadas, pero eso no le importaba al menso. Tenía la rutina memorizada al centavo: correr, saltar, caer en la cama, meterse entre las sábanas como un par de calzoncillos apretados.

—¡Ja! —se rio Caleb—. Calzoncillos apretados. Eres un personaje, *mate*.

—Y entonces, con la furia de un tarúpido, empieza a correr hacia su cama, ¿ves? Fácil, está a diez pasitos dentro de la habitación a este punto, así que no hay vuelta atrás. Y, al igual que cada noche, el menso hace un gran salto. Pero hay un giro inesperado: a mitad del salto, este idiota olvida completamente que en la habitación todo ha cambiado de lugar, ¿verdad? Así que en vez de aterrizar en la cama, va directo a caer sobre la mesita de noche.

—Perate, ¿no estabas vos sobre la mesita de noche? ¿En la jaula elegante? —preguntó Caleb.

—¡Correcto! Así que por eso, lo veo en el aire y me preparo para el impacto, ¿entendés? Pienso, «¡Hasta aquí llegué! ¡Esto es tan lejos como este periquito va a llegar! ¡Ayayay, chicos, los veo del otro lado!».

—¿Y luego qué pasó?

—El gran pedazo de carne cae como bomba, cabal sobre la mesita de noche, destrozándola completamente. Digo, el árbol que usaron para hacer la mesita de noche estaba menos dañado que esta mesita ¿entendés?

—¿Y la jaula? —preguntó Caleb.

—Como que hubiera estado hecha de papel, *mate*. No tuvo chance. Pero el niño estaba sobre la jaula, y yo empecé a revisarme para ver si tenía heridas graves. No es todos los días que un periquito sobrevive un impacto de tal magnitud.

—¿Y estabas bien?

—Estaba atrapado entre la metralla y el niño —respondió Dominic—. Ahora, la mami estaba en el piso de abajo, mirá, y normalmente ella subía las gradas una a la vez: 1…2…3…4, todas hasta la 14. Sólo oí que sus pies tocaron las gradas una, seis, y tal vez once. Antes de que cualquiera de nosotros pudiera emitir un sonido, ya estaba ella en la puerta. Inmediatamente encendió la luz y vio al menso, explayado cual pez en el agua, madera rota y vidrio por todos lados. El hermano pequeño salta de la cama y mira lo que ha hecho el hermano grande.

—Que catástrofe, *mate* —responde Caleb. Sacudió la cabeza incrédulo—. Mobiliario caro, desperdiciado por el mal aterrizaje de un menso.

—Entonces las luces están encendidas y la mami ve esto y la primera cosa que sale de su boca es ¿qué pasó? ¿Y sabés qué respondió el menso?

—¿Qué dijo vos?

—Miró a la mami directo a los ojos y dijo, «Yo… se… se me movió la cama».

Los dos pájaros se rieron juntos, histéricamente.

—¡Se me movió la cama! —repitió Dominic. Las lágrimas rodaban por su cara de tanto reír.

Un pájaro hembra, casi idéntico a Caleb y Dominic aunque ligeramente más pequeño, oyó cómo se reían los dos pájaros. Saltó de la orilla del agua hacia donde estaban ellos.

—Oigan Dom, Caleb. ¿De qué se ríen? —les preguntó ella.

—Yo……Se…… —fue todo lo que Dominic pudo decir entre ataques de risa.

—Ah, Dominic. ¿No le contaste a Caleb la historia del «se me movió la cama», o si? —los dos pájaros macho se rieron con más fuerza cuando la oyeron mencionar el título de la historia—. Ustedes dos son los patos más tontos en toda la laguna.

—¡Ay no, Maddie! —respondió Dominic, su risa calmándose lentamente—. No hay necesidad de ponernos nombrecitos. Sólo nos reíamos, es todo.

—¡Espera, *mate*! —gritó Caleb, su risa ligeramente calmada—. ¿Qué pasó después? ¿Cómo escapaste?

—¡Ah sí! No terminé —respondió Dominic.

—Ay Dios, aquí vamos —dijo Maddie.

—Entonces la mami ayuda al menso a levantarse. Mientras tanto, el hermano pequeño está histérico. Es como uno de esos juguetes de lata, todo tieso. Se está riendo y riendo. La mami levanta al menso del suelo, luego recoge la jaula. Sólo que ahora, la parte de arriba de la jaula está separada de la parte de abajo, así que soy tan libre como el Omega en ese momento. Es ahora o nunca para tu amigo Dominic. Me lanzo y vuelo fuera de la habitación.

—¡Muy bien, hombre! —respondió Caleb—. Bien por tomar ventaja de la situación, especialmente después de una experiencia en la que casi la palmás, mirá vos.

—Vuelo fuera de la habitación, lo que hace que el niño pequeño se ría aún más fuerte. El chico no puede respirar de tanto reír. Entonces me voy al primer piso, a través de la sala, atravieso la cocina y salgo afuera por una ventana trasera abierta.

—Maniobra clásica, *mate* —dijo Caleb.

—Lo que sea que me libre de la chirona, ¿verdad? —dijo Dominic. Maddie puso los ojos en blanco—. Y es de noche, así que pensé en ir al techo y esperar a que hubiera luz. ¿Y querés saber qué pasó después de eso?

—¿Qué, *mate*? —preguntó Caleb.

—Ese pequeñín, el hermano pequeño, se rio sin parar por las siguientes dos horas. ¡Lo podía oír desde fuera! La mami tuvo que separarlos porque el pequeño no dejaba de reír.

—De acuerdo, eso es un poco exagerado —intercedió Maddie—. La parte del menso, creíble por un pelín. La jaula rota, hace buena la historia, así que lo dejo. El pequeño riéndose hasta el punto de tener que irse, eso sólo es teatro, Dom. Ahora estoy segura de que nada de eso pasó.

—¡Todo es verdad! —dijo Dominic—. Cuando salió la luz me fui y volé hasta aquí.

—Parece poco probable, Dominic —respondió Maddie—. Una total exageración de la verdad.

—¡Erróneo! —gritó Dominic—. Si estoy diciendo la más mínima mentirita, entonces que me pegue la furia de la bandada, aquí donde estoy!

¡PLAS! ¡BUUM! ¡SPLASH!

Un objeto no identificado descendió a velocidad supersónica y rápidamente perdió altitud e impulso. Golpeó la superficie del agua, lo que lo obligó a saltar y rebotar como una piedra roma lanzada en un ángulo preciso. El objeto voló más allá de la orilla del pequeño lago, voló a una velocidad increíble en los centímetros de espacio abierto entre Dominic, Caleb y Maddie, luego siguió rodando sobre la grama alta. Su movimiento acelerado se detuvo de repente después de que rebotó repetidamente sobre tierra firme.

Los tres pequeños pájaros se miraron unos a otros. Los ojos de Dominic estaban muy abiertos, igual que las bocas de Caleb y Maddie. Miraron en la dirección del objeto caído.

—Pensándolo bien —empezó Dominic—. Tal vez partes de la historia no son tan exactas como las recordaba originalmente.

Los tres pájaros volaron de inmediato al lugar del choque. Caminaron por las hojas a través de la grama y vieron las montañitas de tierra que habían dejado el objeto al golpear el suelo con intensa fuerza. Un pequeño camino de plumas de color azul guio a los pájaros a donde el objeto se había detenido. Se acercaron con cautela. Los pájaros vieron que no era un ser no identificado que había caído de no se sabía dónde, sino más bien un pájaro que se había chocado al aterrizar, desde una extraordinaria altitud y a una velocidad ridícula. Era de color azul, con dos largas plumas en la cola, que se extendían más allá de la largura de su cuerpo.

—¿Qué pasa, Maddie? —preguntó Caleb, nervioso. Caminaba de cerca detrás de ella.

—No sé —respondió Maddie—. Pero sea lo que sea, es más grande que nosotros tres juntos, así que no hagan nada estúpido. Eso va doble para ti, Dom.

—No he hecho ni dicho nada y ya me están acusando injustamente —respondió Dominic.

Los tres pequeños pájaros caminaron lentamente hacia el cuerpo que se había estrellado al caer; los dos machos, unos cuantos pasos detrás de la hembra. Ella apartó algunas hojas altas de grama, que revelaron la cara del aviador extraño. Estaba inconsciente, aunque le costaba respirar. En un lateral de su cabeza tenía un pequeño objeto circular, donde una luz roja titilaba repetitivamente.

—¿Está muerto? —preguntó Caleb cuando vio toda la largura del pájaro sobre el suelo.

—No. No lo está —respondió Maddie—. Todavía respira.

—¿Y entonces qué es esto en su cabeza? —preguntó Dominic. Pasó su ala encima de Maddie y extendió la punta del ala hacia el objeto circular en el aviador caído.

—¡Dominic! —exclamó Maddie—. No…

La advertencia de Maddie llegó fracciones de segundo muy tarde. Dominic tocó el objeto, sólo una vez. No hubo respuesta del pájaro inconsciente.

—Este está acabado, *mates* —dijo Dominic.

Caleb se asustó y llevó las puntas de las alas hacia su pico.

—¿Cómo lo sabes? —preguntó Caleb, su voz escondida detrás de las alas y más parecida a un susurro débil y agudo.

—He visto esto antes —dijo Dominic—. Yo y un amigo mío. En Sydney.

—Ay, calla, Dominic —dijo Maddie—. Tú y tus historias.

—¡No son cuentos Maddie! ¡De veras! Yo y mi compañero de apartamento, Joe, estábamos hablando del pueblo cuando vimos un lori…

—¿Uno de esos del color del arcoíris? —interrumpió Caleb. Bajó las alas para oír otra de las historias de Dominic.

—Sí, uno de esos —respondió Dominic—. Entonces, este lori debió haber tomado demasiadas chelas y luego tomó la decisión equivocada de alzar el vuelo estando ebrio.

—¿Luego qué pasó Dom? —preguntó Caleb.

—El idiota alza el vuelo, se mete directo en el árbol, de cabeza, sin casco, luego se zambulle directo al olvido.

—¿Se murió? —preguntó Caleb, preocupado por el destino de un pájaro que nunca había conocido antes de oír la historia.

—No sin antes escupir una risa líquida sobre sí mismo —respondió Dominic—. Estaba criando malvas ya entrada la tarde.

Caleb inclinó la cabeza con respeto. Lamentó la muerte de un pájaro colega. Maddie se le quedó viendo con dureza a Dominic.

—Me estás diciendo —empezó Maddie—. Que presenciaste que, un lori arcoíris…

—Yo y mi cuate, Joe —interrumpió Dominic.

—Claro… tú y tu cuate, vieron un lori arcoíris. En Sydney.

—Sí, hasta ahí bien.

—¿Que estaba tan jodido, que voló, con la cabeza por delante, dentro de un árbol y murió por el impacto?

—Te faltó la parte de la risa líquida, Maddie —dijo Caleb.

–¿Y esperan que me crea eso? –le preguntó Maddie a Dominic.

–Pues… sí. Así es como pas…

El pájaro azul grande levantó de repente la parte de arriba de su cuerpo. Estaba completamente desorientado, perdido tanto en el espacio como en el tiempo, confundido en cuanto a lo que había ocurrido en los momentos previos. Maddie, Dominic y Caleb inmediatamente se congelaron de miedo. Inclusive sentado, el pájaro azul era significativamente más alto que ellos, y ellos no tenían ninguna intención de descubrir si era amigo o enemigo. El pájaro azul volteó la cabeza.

–¿Dónde estoy? –preguntó el pájaro grande.

Sus ojos miraron hacia el pequeño trío, con una expresión tan fría como el hielo ártico. La luz en el aparato circular del pájaro azul cambió de rojo a verde.

–Estás en Australia, *mate* –respondió Dominic. El miedo que sentía se evidenciaba en su voz y en la forma en que se paraba ante la amenaza de un pájaro más grande–. El *Outback*. En el interior. Al oeste de la Gran División.

–¿Vas a darle la dirección a la gasolinera más cercana o algo, Dom? –respondió Maddie.

Los ojos de ella se quedaron clavados en el pájaro grande mientras hacía notar la estupidez de Dominic.

El pájaro azul cambió su expresión. Miró a cada una de las tres aves pequeñas de la misma forma que un depredador examina a su próxima cena.

–¿Quiénes son estas personas? –preguntó el pájaro azul. Su voz era áspera y casi inaudible.

–Somos pájaros, *mate*. No personas –respondió Caleb.

–Ay mi d…. –dijo Maddie en voz alta, más que todo para sí misma–. Estos dos idiotas van a hacer que me maten.

Con cautela, ella dio un paso hacia adelante para dirigirse al pájaro grande.

–¡Somos periquitos! –dijo Maddie, fuerte y despacio–. Este es nuestro lago. Estás en Australia.

El pájaro grande se puso de pie. Miró el panorama. Faltaba emoción en sus ojos y expresión en su cara. Estaba en medio de la nada, lejos de la civilización o de alguna cosa que le fuera remotamente familiar.

—Oye, *mate* —empezó Caleb—. ¿Por qué la cara larga?

—Hace juego con esa cola —dijo Dominic.

La mirada de Maddie le lanzaba cuchillos a Dominic.

El pájaro azul miró hacia abajo a los tres pájaros pequeños. Estaba desequilibrado y con uno de sus párpados más abierto que el otro.

—Espera —dijo el pájaro grande, una pizca de deleite evidente en su tono—. ¡Ustedes son periquitos!

—Oh, nos precede nuestra reputación —respondió Caleb, a quien Maddie respondió con la mirada de la misma manera que había respondido a la última frase de Dominic.

—¿Cómo te llamas, *mate*? —preguntó Dominic, fuerte y lento.

—Dioni —respondió él, el sonido de su voz difícil de comprender.

La mirada en los ojos de Dioni le informó a los periquitos que su mente estaba a la deriva, muy lejos de donde su cuerpo se encontraba físicamente. Los periquitos se miraron uno a otro y se encogieron de hombros.

—¿*The Only*? ¿El único *qué*, *mate*? —preguntó Caleb. Habló tan lento y fuerte como los demás.

Dioni miró la vastedad del espacio del campo vacío. Una ligera insinuación de nubes se visibilizaba en la distancia. La tierra en sí estaba completamente intacta y tranquila.

—Ha —respondió Dioni.

Los ojos de Dioni se le quedaron en blanco. Las patas se le doblaron y se sacudió en la brisa como una planta frágil, cuyas hojas pesaban mucho más que sus raíces. Los periquitos retrocedieron con cautela. No deseaban que su lugar final de descanso fuera debajo del peso de un pájaro más grande.

Dioni se levantó de repente, en una postura perfecta y completamente atento. Abrió los ojos, aunque sus pupilas eran más pequeñas que antes.

Hizo un movimiento abrupto y hacia delante con la cabeza, como si se ahogara o tuviera un objeto atrapado en la garganta.

–¡Madres! ¡Llegó la hora! –gritó Dominic–. ¡Cúbranse, *mates*! ¡Risa líquida!

Dioni inclinó la cabeza, abrió el pico y vomitó lo que sólo podía describirse como un despliegue de fluido colorido y transparente. Empapó completamente a los periquitos con una sustancia totalmente asquerosa, como un pegote demasiado repugnante para describir.

Inmediatamente después de haber hecho eso, los ojos de Dioni de nuevo se pusieron en blanco. Sus patas ya no eran capaces de sostener su peso; su cuerpo colapsó hacia atrás. La parte de atrás de su cabeza chocó contra el suelo cubierto de vómito.

Los tres periquitos presenciaron la terrible experiencia completa, petrificados en sus posiciones de defensa y saturados de un líquido que olía asqueroso.

–¡Aggg! –gritó Maddie–. ¡Mi boca estaba parcialmente abierta!

Caleb se acercó a Dioni y vio que sus ojos estaban estrechamente expuestos. Se agachó como para estar tan cerca del nivel de los ojos de Dioni como le fuera posible.

–Oye, *mate* –dijo Caleb a Dioni. La luz del conocimiento perdió intensidad de los ojos de Dioni–. Bienvenido a Oz.

El último objeto que Dioni vio fue la gran sonrisa de un periquito - muy de cerca y en persona - junto con otros dos periquitos detrás de él; uno de los periquitos hizo arcadas de disgusto mientras el otro intentaba desesperadamente limpiarse. Dioni perdió su habilidad para enfocar mientras su mente se le iba a la deriva a un nuevo estado de agotamiento.

...

Una casa vacía - junto a un camino sin asfaltar que estaba lejos una ciudad, pueblo, aldea, vecindario o cualquier civilización más cercana - se encontraba en medio de un bosque de árboles altos, que la atrincheraba aún más desde cualquier punto en cualquier mapa. Era un lugar tranquilo y silencioso, sereno, donde ninguna criatura viviente - bosque u otra cosa - sabía de su existencia. Un pequeño techo sujetaba las cuatro paredes de la casa, que la escondían entre los árboles. La casa misma estaba casi completamente vacía, salvo por una silla de madera, una mesa de juego y una televisión muy vieja.

Un pequeño punto de luz se proyectaba desde centro de la pantalla de la pequeña televisión, que estaba colocada sobre la mesa de madera. La voz de una mujer se oyó mientras la pequeña luz se hacía más grande a cada segundo.

«…Y para obtener más información sobre esta historia nos vamos con nuestro meteorólogo principal para explicar con más detalles el patrón del clima absolutamente extraño en el sur de México» —dijo la voz de la mujer, calmada y compuesta—. «Scott, ¿Cómo explicas esto?»

«Gracias, Helen» —respondió la voz de un hombre.

La imagen en la pantalla se hizo más grande. Con mucha lentitud, la pantalla mostraba a un hombre que estaba detrás de un mapa digital. La imagen se enfocó, aunque el color era difícil de corregir; la televisión intentaba mostrar una imagen clara.

«Amigos, ¿recuerdan cómo solemos quejarnos de que el invierno aquí en Chicago dura nueve meses?» —dijo Scott, el meteorólogo en la pantalla—. «Bueno, después de que oigan más sobre esto, van a estar contentos de vivir tan al norte».

La imagen en el viejo aparato lentamente reveló a un hombre que estaba ante un gran mapa de Norte y Centroamérica. Vestía un traje de color plata, con una camisa roja y una corbata. Detrás de él había otra pantalla, que él usaba como apoyo visual. Dos juegos de flechas con movimiento señalaban en una dirección, mientras otro juego de flechas señalaba un movimiento circular. Una imagen blanca, como de nube, se movía en un patrón circular que se repetía constantemente mientras el hombre hablaba.

«Hemos seguido la ruta de la tormenta aquí en el Golfo de México» —continuó el hombre mientras señalaba la pantalla—. «Podemos confirmar de forma oficial que este es un huracán de categoría tres. Ahora, mientras Florida y casi todas las islas del Caribe se libraron de lo peor de la tormenta, parece que el sur de México y partes de América Central no van a tener tanta suerte».

El hombre se dio la vuelta. Usó su lenguaje corporal junto con las imágenes digitales a su alrededor para seguir explicando el fenómeno meteorológico.

«Nuestros indicadores de la tormenta y los rastreadores expertos nos dicen que los vientos están empujando hacia abajo desde el norte, literalmente cambiando la trayectoria de este huracán, obligándolo a ir más al sur, mientras la ruta del huracán va hacia el oeste consistentemente. Las buenas noticias sobre esto vienen de nuestros modelos para pronosticar huracanes, que están mostrándonos que los altos vientos del norte seguramente empujarán esta tormenta más al sur y la debilitarán mientras viaja fuera del Golfo de México, aunque partes de México, Cuba y tal vez las islas Caimán podrían verse afectadas por lluvias torrenciales. Definitivamente estaremos pendientes de esta tormenta».

El mapa detrás del hombre cambió del Golfo de México a un dibujo móvil de tamaño considerable, de una segunda tormenta, miles de kilómetros al oeste de Baja California.

«Por si este patrón climático no fuera lo suficientemente extraño, entonces echen una mirada a lo que tenemos al otro lado de México. Esta formación grande de tormenta tropical que ven aquí es el resultado de extraños patrones de viento empujando hacia el sur desde el norte del Pacífico, mientras vientos más calurosos desde tan lejos al sur como el hemisferio sur, empujan hacia norte. Una vez más, todas las señales apuntan a un huracán, aunque esta tormenta se está formando y viaja considerablemente más rápido que la mayoría de las tormentas tropicales, o más rápido, digamos, que la mayoría de huracanes en esta región. Si esta tormenta continuara en su ruta actual, seguramente tocaría tierra en algún lugar alrededor de la región central de México o tal vez más al sur. Las buenas noticias del lado del Pacífico es que la tormenta parece que está empujando más hacia el sur y el oeste, lo que nos dice que mientras se está fortaleciendo, seguramente pasará sobre cualquiera de estas regiones pobladas y se amainará en algún lugar del Pacífico».

La imagen detrás del hombre cambió para mostrar toda la región. En la pantalla estaba la presentación meteorológica de dos gigantescas tormentas mientras ocurrían, simultáneamente, a lo largo de ambas costas del sur de México.

«Entonces, como ustedes pueden ver aquí, dos tormentas importantes se están formando a ambos lados de México, al mismo tiempo. Este patrón climático ahora se llama el Sistema de los Huracanes Gemelos, lo cual es extremadamente inusual. De hecho, no existe registro de un caso en el que esto haya ocurrido desde que empezamos a mantener un registro de estas tormentas en nuestra oficina climatológica. Hoy, en la mañana, el Centro Mundial de Meteorología publicó los nombres de estas tormentas gemelas, que son Huracán Elijah en el Golfo y Huracán Eliza en el Pacífico. Les estaremos informando mientras estas tormentas continúan transformándose».

Las imágenes en las pantallas detrás del hombre cambiaron a una línea en movimiento que marcaba el horizonte de la ciudad de Chicago. Una serie de bloques y números verticales aparecieron en la televisión.

«Aquí en casa, estamos viendo un par de días estables con temperaturas máximas de…»

La televisión de repente se oscureció. La fuente de poder había sido cortada, lo que hizo que sus capacidades visuales y de audio se quedaran en completa oscuridad.

Se oyó una risa espeluznante. Un reflejo pálido se mostró en el vidrio de la televisión. Lo único visible era la silueta de un hombre.

—Eso es perfecto, - dijo una voz ronca y misteriosa.

. . .

—¿Crees que esas plumas largas de la cola le sirven? —preguntó Caleb. Estaba sentado sobre una percha hecha por él mismo. Cerca estaba Dioni, profundamente dormido, en la misma posición de antes.

—Le sirven más de lo que tú crees —respondió Dominic mientras caminaba de un lado a otro frente a Caleb.

—¿Como para qué, Dom?

—Bueno, si es del norte, entonces probablemente le sirvan para navegar. Con ellas hace un patrón de vuelo extraño, ¿sabes?

—Ah, ya, tiene sentido. ¿Y si no lo es?

—Bueno, si no es del norte, entonces definitivamente es tropical. Lo que quiere decir que esas largas plumas de la cola le dicen a las hembras de su especie que él está… eh… ¿cómo lo digo? Em… abierto al público.

—Dominic se detuvo y miró a Caleb. Se preguntó si Caleb entendía o no la sutileza.

—¿Abierto al público? —preguntó Caleb—. ¿Qué tipo de negocios te parece que tenga, Dom? ¿Como una cafetería o algo así? ¿Crees que vende tablas de surf a los peques surfistas?

—*Mate* —respondió Dominic. Suspiró y luego se volvió a Caleb—. No podrías ver una serpiente aunque te picara ¿verdad?

—Claro que sí —respondió Caleb—. Si me picara sentiría dolor ¿no?

Dominic miró hacia arriba y vio a Maddie aproximarse desde la distancia, seguida por más de una docena de periquitos que se veían casi idénticos.

—Prepárate para lo que viene —le dijo Dominic a Caleb. Los dos pájaros vieron a la pequeña bandada de periquitos aterrizar cerca de ahí.

—Oigan, chicos —dijo Maddie a Dominic y Caleb—. ¿Me extrañaron, bobos?

—No especialmente, no —murmuró Dominic.

—¿Qué fue eso? —preguntó Maddie.

—Dom dijo: no especialmente, no —respondió Caleb.

Dominic sacudió la cabeza y puso los ojos en blanco.

—Como sea —dijo Maddie mientras fruncía el ceño a Dominic—. ¿Cómo está «el único»?

Los periquitos jóvenes se reunieron cerca detrás de ella. Esperaban ver al fenómeno, pero desde una distancia segura.

—Ni se ha movido —respondió Caleb.

—En el mismo lugar en el que ha estado todo el tiempo —dijo Dominic—. Aunque todavía está vivo.

—¡Perfecto! —respondió Maddie, con optimismo. Se volvió para dirigirse a los periquitos jóvenes—. Clase, reunámonos alrededor del pájaro azul para que todos puedan verlo.

Los periquitos jóvenes siguieron las instrucciones y se colocaron alrededor de Dioni, que estaba tirado, sin moverse, sobre el suelo.

—Miss Madison —dijo nervioso uno de los periquitos jóvenes—. ¿Es seguro? ¿El pájaro azul come periquitos?

—Es inofensivo —respondió Maddie—. Además, tiene un pico pequeño, no muy puntiagudo y no tiene gancho. ¿Entonces eso qué quiere decir? —preguntó ella a la clase.

Los estudiantes estaban demasiado nerviosos para recordar la respuesta correcta.

—Emily —dijo Maddie, dirigiéndose a uno de los estudiantes jóvenes que estaba más lejos de Dioni—. ¿Qué quiere decir que este pájaro no tenga un pico con gancho?

—¿Que no se come a otros pájaros? —respondió tímidamente Emily.

—Correcto. Entonces, si este pájaro no es un depredador, entonces estamos seguros. Vengan, muévanse alrededor de él —instruyó Maddie a su clase.

Los periquitos jóvenes se movieron despacio y cuidadosamente formaron un círculo cerrado alrededor de Dioni. Caleb and Dominic observaron, aunque permanecían en alerta en caso el pájaro más grande se despertara de repente.

—Ahora, ¿qué tipo de pájaro es este? —preguntó Maddie a sus estudiantes.

—¿Es un malúrido australiano grande? —preguntó un macho joven.

—¿Por qué dices eso, Billy? —respondió Maddie.

—Bueno, es grande y azul.

—Sí, esa es una buena observación. Pero otros pájaros pueden ser azules, ¿o no?

—¿Señorita Madison? — preguntó una estudiante. Levantó el ala muy en alto sobre su cabeza.

—¿Sí, Isla?

—Es un perico elegante.

—Interesante suposición, Isla. ¿Por qué dices eso?

—Porque se parece a uno.

—Sí —respondió Maddie—. Pero un perico elegante es… bueno, de color carmesí, ¿no? Este es de un solo color desde la parte de atrás y la mayor parte del frente. Sólo tiene plumas blancas en la parte frontal. ¿Por qué crees que es así?

—¿Miss Madison? —dijo otro macho joven. Tenía una cabeza inusualmente grande para su pequeño tamaño.

—¿Sí Joseph? ¿Tienes una respuesta para la clase?

—Este pájaro se parece muchísimo a un quetzal resplandeciente de Guatemala —respondió Joseph—. Un quetzal resplandeciente macho. Tiene la misma estructura, casi es de la misma altura, el mismo tamaño y largura, y esas plumas largas de la cola indican que es un adulto listo para reproducirse.

Caleb inmediatamente se volvió a Dominic.

—Creí que habías dicho que esas plumas largas de la cola querían decir que tenía un negocio.

—Caleb —dijo Dominic. Se paró frente a su colega y puso sus alas sobre los hombros del otro—. Eres el orgullo de toda Australia. Nunca olvides eso, *mate*.

—Ohhh —respondió Caleb, con una sonrisa en la cara—. Qué lindo eso que me dices.

—Eso puede que sea correcto, Joseph —Maddie habló sobre las voces de Dominic y Caleb—. Pero ahora, ¿cómo explicas el color que tiene? ¿Qué hace a este «el único» tan único?

—Dioni —respondió el pájaro azul en el suelo, en una voz ronca que por un momento dejó sorprendidos a los periquitos jóvenes y alarmó a los mayores. Sus ojos permanecían cerrados.

Los pájaros no hicieron ningún sonido o movimiento. Sólo la brisa que rozaba la grama alta evidenciaba que el tiempo no se había detenido en ese momento.

—¿Qué… qué dices? —preguntó Maddie.

Ella retrocedió lentamente y articuló e hizo gestos a los periquitos jóvenes para darles la instrucción de levantar las alas para alzarse en vuelo rápidamente.

—Dioni —respondió él, su voz ronca raspaba aunque se oía mejor que antes—. Mi nombre. No es «*the only*». Es Di o ni. Dioni.

Maddie miró a Caleb y Dominic.

—Muy bien. Di o ni. Entendí.

Hizo gestos para indicarles a los machos adultos con señas que la protegieran a ella y a los jóvenes de cualquier daño potencial, gestos que ninguno de los dos comprendieron.

—Eh… lo siento por la equivocación, señor —dijo Maddie—. Lo mencionó justo antes de desmayarse y no sabíamos muy bien qué había dicho.

Emily caminó lentamente más cerca de la cabeza de Dioni. Se inclinó para acercarse. El párpado de Dioni se abrió de golpe. Su ojo negro, grande, se enfocó. La miró. Emily gritó de miedo, lo que causó que el resto de sus compañeros de clase hicieran lo mismo. En pánico, los estudiantes se alzaron en vuelo y se alejaron volando.

Dioni levantó la cabeza y siguió el vuelo de los jovencitos mientras volaban por sus vidas.

—¿A dónde van? —preguntó—. ¿Fue por algo que dije?

—Bueno, esta es la última vez que van a confiar en mí, ya te lo digo — respondió Maddie mientras miraba a sus estudiantes volar aterrorizados—. Le contarán al director lo que ocurrió aquí.

—¿Qué pasó? —preguntó Dioni.

Levantó la cabeza, mostrando su *Pathfinder*.

—Eh, no mucho, en realidad —respondió Dominic.

—Lo que hiciste es hacer una gran entrada —dijo Caleb—. Te presentaste, luego caiteaste en el mismo lugar donde estás ahora.

—Pero no sin antes escupir un líquido de tu boca —dijo Dominic—. Como un géiser.

—¿Hice eso? —preguntó Dioni—. No recuerdo nada de eso.

—Bueno, entonces ¿qué es lo que recuerdas? —preguntó Maddie.

—Recuerdo estar en el cielo —dijo Dioni. Su ceño se movió hacia arriba mientras intentaba recordar las acciones que le habían llevado al presente—. Luego recuerdo haber pegado en el suelo, y luego a ustedes diciendo que eran periquitos, y luego me quedé dormido.

—¿Quedarte dormido? —dijo Dominic, bruscamente—. Compadre, estabas muy lejos de sólo «me quedé dormido». Ese estado de adormecimiento te dejó horas antes de que aterrizaras en el *Outback*.

—Sí, *mate* —intervino Caleb—. Pensamos que estabas muerto. Hicimos todo lo que pudimos para despertarte, excepto tal vez halarte las plumas de la cola, y no te moviste para nada.

Dioni levantó el ala, luego rodó su cuerpo para liberar la otra ala atrapada bajo su propio peso. Se detuvo un momento para recuperar la energía y empujarse del suelo. Los tres pájaros pequeños retrocedieron para protegerse. Dejaron mucho lugar para que Dioni se pusiera de pie.

—¿Cuánto tiempo estuve inconsciente? —preguntó Dioni.

—Te faltó poco para llegar a las veinticuatro —respondió Caleb.

—¿Perdí todo un día? —preguntó Dioni, sorprendido por la respuesta de Caleb.

—No diría que lo *perdiste* —dijo Dominic—. Más bien lo pusiste en el lugar equivocado.

Dioni empujó la parte de arriba de su cuerpo del suelo, lo que le dio suficiente palanca para poder encoger las patas debajo de él. Se puso de pie, aunque sin la fuerza necesaria en sus patas para sostenerlo recto. Su cuerpo se tambaleó. Los tres periquitos saltaron a la acción y usaron sus alas para que se sostuviera en forma vertical.

—¿Encontraste el equilibrio, Dioni? —preguntó Maddie—. Puede tomarte un segundo.

—Sí —respondió Dioni—. Ya estoy arriba.

—Bien —dijo Dominic—. Nosotros tres te vamos a soltar y nos alejaremos despacio. ¿Listo, *mate?*

—Sí… sí, puedo sostenerme solo. Gracias.

Los periquitos dejaron sus alas en alto mientras retrocedían despacio alejándose de él. Dioni permaneció de pie, lo que permitió que los periquitos se sintieran suficientemente relajados para bajar la guardia.

—Okey —empezó Dominic—. Está despierto. Está en posición vertical. ¿Ya hora qué?

—¿Nos lo podemos quedar como mascota? —preguntó Caleb—. Apuesto a que su negocio cerró, ya que no está ahí para administrarlo ni nada.

—¿Qué? —preguntó Maddie con brusquedad—. Qué… ¡no! ¡No es una mascota! ¡Es un pájaro! Mírenlo. Podría ser uno de nosotros.

—¿Él? ¿Un periquito? —preguntó Caleb—. Un periquito gigante.

—Con un corte de pelo fatal —intervino Dominic.

—¿Dioni? —preguntó Maddie, ignorando los comentarios de sus compañeros periquitos—. ¿Tienes hambre? ¿Quieres comer?

—Emmm —respondió Dioni—. Eso sería genial, de verdad. Me estoy muriendo del hambre.

—No me sorprende, *mate* —remarcó Dominic—. Debes haber dejado dos días de comida sobre la grama. ¿Comiste kril o algo así?

—¡Dominic! — se indignó Maddie.

—Sí, en forma líquida —remarcó Caleb.

—¡Caleb!

—Yo… yo no recuerdo eso —respondió Dioni—. Pero comer sería genial.

—Bien —dijo Maddie. La frialdad del ceño fruncido en su cara cambió completamente al volverse hacia Dioni—. ¿Qué te damos? ¿Qué comes?

—Yo… eh… no sé —respondió Dioni—. ¿Qué es lo que los periquitos desayunan normalmente?

—¿Desayunito? —preguntó Dominic—. *mate*, el desayunito fue ya hace rato. Te perdiste la primera luz.

—¿Me la perdí?

—Sí, Dioni —dijo Maddie, en un tono más suave—. Pero puedes acompañarnos para el almuerzo.

—Ah…. de acuerdo —respondió Dioni—. ¿Qué almuerzan los periquitos?

—En verdad no almorzamos —respondió Caleb—. Comemos una vez al día. El desayunito. Junto al agua.

La expresión facial de Dioni cambió para mostrar visiblemente que no entendía.

—Perdón por la confusión, Dioni —dijo Maddie—. El almuerzo no es lo mismo para nosotros que para ti.

—¿Entonces no hay comida? —preguntó Dioni—. ¿Sólo con la primera luz?

—Ah, sí hay, pero no aquí —respondió Maddie—. Vamos en un grupo grande a buscarlo. Últimamente, las semillas y los granos han estado escasos en los alrededores del *Outback*. En esta época del año en particular.

—¿Entonces… cazan semillas? —preguntó Dioni. Los dos periquitos macho se rieron.

—No, Dioni —dijo Maddie—. Las semillas y los granos los buscamos, no los cazamos. Volamos en grupo para buscar el lugar donde haya suficiente alimento para todos nosotros.

—Sí —dijo Dominic—. Un grupo grande. ¡Realmente grande!

—Sí —dijo Caleb—. Una vez tuvimos un grupo tan grande que sacamos a un camión de la carretera en Queensland. Tuvimos granos e insectos durante casi toda una temporada ese año. ¿Recuerdas Dom? No tuvimos que murmurar casi durante todo el verano.

—Lo hicimos, pero por diversión —respondió Dominic.

—¿Hacen murmuraciones para buscar comida? —preguntó Dioni.

—Sí, Dioni —respondió Maddie—. Pero no solamente para buscar comida. A veces lo hacemos por deporte. Sabes, para mantener en alerta nuestros instintos. Otras veces sirve como distracción.

—Cuando hacen murmuraciones para buscar comida ¿qué pasa después? —preguntó Dioni.

—¡Hacemos fiesta, *mate*! —respondió Dominic—. No es todos los días que uno encuentra lo suficiente para darle de comer a cinco mil periquitos.

—¿Perdón? —le dijo Dioni a Dominic—. ¿Cuántos dijiste?

—Cinco mil —respondió Dominic—. Lo menos. Este año no hemos hecho el censo.

Dioni se quedó sorprendido. Él había entrenado para hacer murmuraciones solamente con unos cuantos cientos de pájaros y habían sido estorninos simulados. Una bandada de miles era suficiente para abrumarle.

—¿Tu especie sabe cómo murmurar? —preguntó Caleb.

—¡Caleb! ¡Eso es muy grosero! —gritó Maddie.

—No, está bien —respondió Dioni. Se volvió a Caleb—. Aprendí cómo hacerlo en la escuela. Mientras mi *Pathfinder* esté conectado al de ustedes, debería ser capaz de quedarme dentro del grupo.

Los tres pájaros se miraron unos a otros, confundidos por las palabras de Dioni.

—¿Perdón? —dijo Dominic a Dioni—. ¿Mientras el qué cosa está conectada a qué de quién?

—¿Qué es eso, *mate*? —preguntó Caleb.

—Mi *Pathfinder*… esto —respondió Dioni. Volteó la cabeza para mostrar el aparato a los periquitos—. Me ayuda… esperen, ¿ustedes no usan *Pathfinders*?

—No —respondieron los tres pájaros pequeños.

—¿Qué es lo que hace? —preguntó Caleb.

—He visto uno de esos antes —dijo Dominic. Maddie puso los ojos en blanco—. Es un aparato de comunicación. Una herramienta de rastreo. Le permite conectarse con la oficina en cualquier momento. Probablemente percibe el entorno por él y le traduce.

—¡Sí, eso es correcto! —respondió Dioni. La expresión de Maddie cambió al verse sorprendida por el conocimiento de Dominic—. ¿Cómo pueden hacer la murmuración con tantos pájaros?

—Por instinto —respondió Dominic.

—Sí —dijo Caleb—. Siempre hemos sabido cómo. Nacimos sabiendo. Puedo volar con los ojos cerrados con cien mil periquitos y no me chocaré con ninguno.

—Con los ojos cerrados, ¿eh? —dijo Maddie—. Esa no es la canción que tarareabas cuando te estrellaste en el lateral del camión de semillas.

—¡Había semillas pintadas en el camión, Maddie! —exclamó Caleb—. ¡Eso no fue mi culpa! A cualquier periquito le podría haber pasado.

—Y sin embargo, a ninguno nos pasó —dijo Dominic.

—Dioni —dijo Maddie—. Eres bienvenido a unirte a nuestro vuelo. El resto del grupo está al otro lado del lago. Si tienes hambre, puede que haya unas sobras en el suelo donde están los campos del desayunito. Pero cuando lleguemos a los campos de granos, puedes comer tanto como quieras.

—Sí, *mate* —dijo Caleb—. Pégate a nosotros y no volverás a tener hambre.

—No con esas plumas largas de la cola, seguro que no —dijo Dominic. Se inclinó y examinó las largas plumas sobre el suelo, detrás de Dioni—. Encuentra la manera de esconderlas o algo. Ya es suficiente con que seas azul.

—¿Será un problema? ¿El que sea azul? —preguntó Dioni, preocupado por una característica sobre la que no tenía control.

—No —respondió Caleb—. Tenemos periquitos azules en el grupo. No muchos. Mi *mate* Simon es azulito.

—Tiene razón —intervino Maddie—. Tu color no es un problema, pero esas plumas de la cola sí lo serán. Cambiarán tu patrón de vuelo y no serás capaz de quedarte con nosotros.

—¿Qué debería hacer?

Alcanzó hacia atrás y haló sus largas plumas de la cola hacia la parte de atrás de su espalda baja para esconderlas debajo de sus alas.

—Sólo intenta sujetarlas en su lugar —respondió Dominic—. ¡Pero no se te ocurra perderlas!

—De acuerdo… —respondió Dioni. Enrolló cada pluma de la cola en una bola y las sujetó en su lugar con sus plumas inferiores. Se puso de pie y las escondió con éxito. ¿Así funciona?

—¡Eso es perfecto, *mate*! —respondió Caleb—. ¡Puedes pasar por un *gran* azulito!

Dioni sonrió. Se sintió mejor al estar fuera de peligro en un lugar donde era bienvenido. Los periquitos no mencionaron, y ni si quiera notaron, su estatus o responsabilidades; si lo habían hecho, no lo habían demostrado. A los periquitos les importaba más tratar a su invitado como uno de ellos que contarle sus problemas. Si la vida era tan simple para estos pájaros, Dioni escogería vivir su vida como un gran azulito en vez de vivir otro día como el pájaro Omega.

—Bien —dijo Maddie—. Síguenos.

Maddie movió su cuerpo para quedar en la dirección en la que pretendía viajar. Extendió las alas, saltó, luego se alzó en vuelo. Dominic y Caleb hicieron lo mismo y se quedaron cerca detrás de Maddie, uno a cada lado.

Dioni se dobló y abrió las alas. La bola de las plumas de la cola se cayó, rodó al suelo y se extendió cuan larga era. Suspiró y gruñó. Alcanzó hacia atrás y enrolló cada pluma en una bola separada, luego agarró cada bola con ambas patas. Hacer eso no sólo era extraño de ver y hacer, también le impidió a Dioni alzarse en vuelo con propiedad.

Dioni desenredó las plumas de la cola y sostuvo una en cada ala. En un acto brillante, cruzó las plumas y las enrolló alrededor de la parte baja de su cuerpo, creando un estilo de moda algo extraño pero que resolvía el problema. Luego ató las puntas de las plumas para hacer un cinturón apretado alrededor de la cintura.

Dioni levantó la vista y vio cómo sus nuevos amigos viajaban más lejos en el cielo. Aseguró su cinturón de plumas, extendió las alas, saltó del suelo y se alzó en vuelo.

Los tres periquitos aterrizaron cerca de la ribera externa del abrevadero local, donde otros cientos de periquitos, todos los cuales se veían casi idénticos, estaban conversando en grupos. Dioni aterrizó detrás de ellos, segundos después.

—Estamos a tiempo —dijo Dominic—. Pensé que tendríamos que alcanzar al grupo, pero estamos a tiempo.

—Podría preguntarle a Simon si sabe cuándo nos vamos —dijo Caleb.

Él estiró el cuello para buscar a su amigo, que estaba escondido entre los montones de aves.

—Toma un poco de agua, Dioni y agarra todas las bayas que quieras —dijo Maddie—. No queda mucho, pero lo que puedas encontrar es tuyo.

—Gracias —respondió Dioni.

Miró al suelo y vio los restos de lo que seguramente era un banquete.

Buscó entre las migajas y encontró pedazos que estaban casi sin tocar.

—Ahí está —dijo Caleb, emocionado—. ¡Oye Sy!

Caleb captó la atención de un periquito azul que estaba en medio de una conversación, perfectamente escondido a plena vista entre los demás. Por un método que era posible sólo a los periquitos, Caleb identificó al único periquito azul en el gran grupo. Era un talento que solo tenían los pájaros con toda una vida de experiencia.

Simon vio a Caleb, que saludó con las alas y estiró el cuello y movió la cabeza adelante y atrás. Finalizó la conversación y caminó hacia la ribera externa donde estaban Caleb, Maddie y Dominic.

—¿Qué es esto? —preguntó Simon—. ¿Ustedes cuates encontraron algún tipo de halcón caído? Un grupo de jovencitos voló aquí hace unos minutos diciendo que Miss Madison los había llevado a las afueras para que se los comiera un pájaro tropical asesino. Ah Maddie, el director te está buscando.

—Lo sabía —respondió Maddie.

—No es un asesino, Sy —dijo Caleb.

—¿Entonces qué es? No será otro de tus «descubrimientos brillantes», ¿eh, Maddie? —preguntó Simon.

Maddie se burló de la arrogancia del periquito azul.

—Es un nuevo amigo —respondió Caleb—. Un tipo de pájaro tropical. Tiene su propio negocio, vende tablas de surf a los peques surferos. Lo nombramos periquito honorario. Un azulín, como tú, *mate*.

—¡Ha! Esto sí está chistoso —respondió Simon—. Periquito honorario. ¿Y dónde está?

Los ojos de Simon siguieron a Dioni que se levantaba del suelo donde buscaba restos de comida y se elevaba en toda su altura, con el pico lleno de bayas. Dioni sobresalía detrás de Caleb, Maddie y Dominic.

—¡Ese es un gran azulín! —exclamó Simon. Se quedó viendo asombrado mientras Dioni intentaba masticar la comida que tenía en el pico—. No me extraña que los jovencitos huyeran. ¡No puedes traer esa cosa con nosotros! Ah, y Maddie, el director…

—¡Ya lo sé, Simon! —dijo Maddie.

—¿Qué? ¿Por qué no? —preguntó Dominic—. No le hará daño a nadie. No es un cazador.

—Parece uno —respondió Simon.

Los cuatro pájaros pequeños miraron a Dioni. Un líquido rojo cayó de su pico sobre el suelo manchado de bayas.

—No —dijo Caleb—. Este periquito es grande, pero es inofensivo. ¿Verdad que sí, grandulón? Se parece un poco a ti, Sy.

—¿A mí? —preguntó Simon. Caminó hacia delante y miró hacia arriba a Dioni—. Ningún periquito respetable tendría un corte de pelo como ese. Sin importar cuán grande sea.

Dioni, a medio masticar, puso los ojos en blanco.

—Llegaste aquí grandulón —le dijo Simon a Dioni. Simon regresó su atención a los demás—. ¿Éste puede hacer murmuraciones? Si no puede, seguro va a arruinar el vuelo.

—Sí, puede —respondió Caleb—. Tiene un *Findpather*. Le dice cómo volar.

—Bueno, entonces está bien —dijo Simon—. El vuelo sale en cualquier segundo y no necesito a ningún pájaro extranjero manchando mi buen nombre de azulín.

Dioni masticó y pudo tragar lo que había encontrado en el suelo. Se limpió lo que tenía en el pico, respiró hondo y extendió el ala hacia Simon.

—Hola —le saludó—. Me llamo Dio…

La presentación de Dioni quedó cortada por el sonido de miles de pequeños pájaros que se alzaron en vuelo. Se comunicaron por la acción y no por la palabra, y como una ola de la marea, los miles de pequeños pájaros se elevaron en números cada vez mayores hasta que fueron capaces de oscurecer temporalmente el cielo australiano. Dioni estaba maravillado.

—Llegó el momento, Dioni —dijo Maddie. Su cuerpo estaba inclinado con las alas extendidas ampliamente—. Quédate cerca y sigue el patrón. Te vendré a buscar si rompes la formación.

Maddie, Simon, Caleb y Dominic se elevaron al cielo. Dioni se limpió las puntas de las alas, dobló su cuerpo hacia delante, extendió las alas, luego saltó y se unió en vuelo a la formación, tan cerca de los demás como le fue posible.

A diferencia del simulador de murmuración de la Academia de Vuelo - donde todos los pájaros estaban identificados y que estaba programado para superar en maniobras a los depredadores - la versión real de la murmuración era muy diferente de cómo le habían enseñado a Dioni. Mientras el simulador lo sostenía en su lugar y le permitía rastrear el movimiento de cada pájaro del grupo con relativa facilidad, la versión no simulada no tenía las mismas cualidades. El *Pathfinder* de Dioni calculaba los patrones de vuelo individuales de cada pájaro en la bandada, de forma simultánea. Mientras que resaltaba exitosamente a cada pájaro de la bandada, también intentaba predecir miles de movimientos individuales, lo que era imposible para un solo *Pathfinder*, aunque fuera uno de clase Omega.

Poco tiempo después de que se reuniera con el grupo de vuelo, Dioni rompió la formación. Su *Pathfinder* guio cada una de sus acciones y le daba instrucciones para volar en movimientos previamente calculados, que no imitaban el patrón de vuelo de la murmuración. Dioni se frustró y se confundió. Los periquitos no volaban en patrones predecibles, sino más bien en formaciones completamente improvisadas, que cada uno simplemente entendía sin la necesidad de órdenes verbales o instrucciones. El método de murmuración de los periquitos era puramente instintivo, una habilidad adaptada que pasaba de generación en generación.

Dioni recordó cómo había luchado con los primeros intentos de murmuración en el simulador. Por un momento planeó fuera de la formación, volvió a enfocarse, luego se enganchó de nuevo en el patrón de vuelo. En su segundo intento, Dioni se enfocó más de cerca en las directrices que le daba su *Pathfinder*.

Mientras luchaba por mantener cálculos perfectos de las acciones de tan vasta cantidad de aves, el *Pathfinder* de Dioni lo instruyó para que volara en tres direcciones diferentes, simultáneamente. Confundido por la navegación, Dioni de nuevo rompió la formación. Planeó hacia el suelo y levantó las alas mientras iba a la deriva, alejándose del movimiento masivo de los periquitos. En una sola vuelta, miles de pequeños pájaros se movían perfectamente al unísono.

Dioni no entendió la naturaleza del peligro que se dirigía hacia él; la murmuración cambió de dirección, lo que lo colocaba directamente en su ruta de vuelo. Momentos antes de una colisión en el aire - lo que era mucho más duro que una simulación fallida - Dioni inclinó la cabeza y se zambulló rápidamente. Si Dioni hubiera dudado por una sola fracción de segundo, sus acciones habrían provocado una reacción en cadena de proporciones catastróficas.

El corazón de Dioni latía más rápido mientras planeaba hacia el suelo. Posó las patas sobre el suelo, luego miró hacia arriba para ver cómo los periquitos eran capaces de murmurar con tal facilidad. Observó y notó que no había patrones - no había método para determinar el comportamiento aéreo - ni podía entender cómo eran capaces de comunicarse, individualmente y como grupo, sin usar un equipo de navegación.

Maddie miró hacia el suelo. Vio cómo Dioni estudiaba una habilidad que no podía ser enseñada. Maddie se salió de la formación de forma segura y se apartó de la masa de periquitos. Dio una vuelta alrededor de los pájaros, luego planeó hacia Dioni.

—Ey —dijo Maddie mientras se quedaba volando cerca de Dioni, y luego aterrizaba cuidadosamente a su lado—. No puedes murmurar ¿o sí? No te avergüences. Le pasa a muchos pájaros, especialmente a los grandes.

—No, pero sé que lo puedo hacer—respondió Dioni—. De verdad puedo. Lo he hecho antes, en un simulador.

—¿Un simulador? ¿Para una murmuración de periquitos? Muy poco probable.

—No para periquitos. Era para estorninos.

—¡Entonces esa es tu respuesta! —dijo Maddie.

Dioni regresó su atención de la nube de periquitos en el cielo al único pájaro que estaba junto a él.

—¿Cuál es? —preguntó él.

—¡Estudiaste estornino pero estás hablando periquito!

—¿Hablando periquito? Pensé…

—Y ahí está tu problema —interrumpió Maddie—. Estás pensándolo demasiado. Los periquitos no vuelan como los estorninos, amigo. Es impredecible.

—¿Inclusive para ti?

—Para mí, para ti, para cualquiera. Sólo ve allá arriba y vuela por el placer de ser un periquito libre… bueno, en tu caso un periquito honorario. Pon atención a lo que tus compañeros están haciendo y vuela conforme a eso.

—¿Cómo hago eso? —preguntó Dioni.

—Bueno, ignora tu *Findpather*, para empezar —replicó Maddie—. Usa tu instinto. Vuela como un pájaro, no como uno entre miles.

Dioni miró hacia arriba. Siguió los movimientos consistentes de la murmuración.

—¿Crees que puedes? —preguntó Maddie.

Ella lo observó mientras estaba parado y estudiaba la acción en el cielo.

—Creo que sí —respondió Dioni.

—¡Bien! Vamos allá arriba antes de que lo arruines al pensarlo otra vez.

Maddie y Dioni saltaron y se alzaron al vuelo. Los dos pájaros se engancharon en la formación de vuelo creada por los miles de periquitos. En segundos alcanzaron al grupo grande y Maddie se perdió entre la multitud.

Dioni siguió el consejo de Maddie. Ignoró los cálculos y directrices que le daba su *Pathfinder*. En vez de eso, miró más allá de lo que observaba y buscó conectarse a una unidad viviente de pájaros en vuelo.

Su formación individual dependía de su ubicación dentro del grupo - dependía de si estaban en el centro del patrón o en la orilla - y cada periquito actuaba como una entidad de un conjunto mayor. Como para formar un gigantesco pájaro en el cielo, los periquitos estaban conscientes de sus posiciones individuales tanto como de su rol en la formación más grande.

Dioni mantenía su dirección y velocidad aérea porque ponía especial atención a los pájaros inmediatamente alrededor de él. El método no fue exitoso; Dioni no tomó en cuenta su tamaño en relación a las ráfagas de viento. No obstante, no flaqueó. Dioni volvió a unirse a la formación y se movió en su patrón aéreo. Estaba consciente de su posición y ubicación dentro de los movimientos y observó cómo era un juego de azar en vez de una serie estricta de reglas. Los periquitos eran expertos en el arte de la murmuración - con un método que era visualmente impresionante, además de personalmente gratificante - lo que les permitía explorar todo el *Outback* con relativa facilidad.

En minutos, Dioni estaba enganchado. Era una forma de vuelo que no conocía ninguna otra ave. Pero lo más importante, era cómo Dioni se hizo uno entre la gigantesca masa. En tierra y en casi todos los escenarios en el cielo, Dioni no era como los demás: era más alto, más grande y su plumaje de un color completamente diferente. Pero entre la murmuración, todos los pájaros eran uno y el mismo. A Dioni le encantó cada segundo.

El tiempo pasó, aunque para Dioni, se sentía como si la rotación del mundo se detuviera mientras estaba dentro del grupo. Mientras los vientos cambiaban y la nube de periquitos quedaba suspendida en vuelo en el cielo australiano, la masa de pájaros identificaba su objetivo designado en la distancia. Debido a la necesidad de tener que alimentar a todo el grupo, la murmuración finalizó cuando los pájaros se reunieron y se quedaron suspendidos en vuelo sobre un campo grande de trigo. Miles de pequeños pájaros se dispersaron a lo largo del campo dorado, donde el alimento parecía como si hubiese sido producido de la tierra específicamente para su disfrute.

Siguiendo su tradición de siempre, la bandada de periquitos murmurantes gritó de alegría y deleite mientras se suspendía en vuelo sobre la nueva fuente de alimento que había encontrado. El sonido colectivo de los pájaros hizo eco y se oyó desde kilómetros de la distancia. Dioni se sintió como uno entre ellos y se unió en el coro de la celebración de periquitos.

La murmuración se transformó en una formación grande, como de sábana que se mecía sobre el trigo. Los periquitos aterrizaron en los campos; algunos arrancaban alimento a lo largo del suelo mientras la mayoría encontraba lugares para posarse a lo largo de las cañas del trigo. Había mucha comida para todos, y dejaban muy claro que la sobreabundancia era para su provecho.

Dioni se acomodó. Encontró una caña gruesa cerca de Maddie, Caleb y Dominic, y empezó a arrancar el trigo. Era más comida de la que jamás sería capaz de comerse en una temporada, pero su estómago casi vacío exigía que hiciera el intento.

—¡Ey! —gritó Simon—. Parece que pudiste ir tras la carnada —le dijo a Dioni mientras aterrizaba en una caña cercana.

—¿Qué? —preguntó Dioni con el pico lleno.

—¿Subirte a la ola? —respondió Simon—. ¿Seguir al líder? ¿Ganar la lotería?

Con absolutamente ningún conocimiento de lo que Simon intentaba decirle, Dioni se quedó quieto sobre la caña. Se volvió en todas las direcciones en busca de algún pájaro que fuera capaz y quisiera traducirle.

—Está diciendo que te mantuviste con nosotros y encontraste este campo —dijo Dominic.

—Ah —respondió Dioni—. Geo gue sí.

Dioni llenó su pico de nuevo con más comida de la que podía masticar.

—Hambriento ¿eh grandulón? —dijo Maddie—. No importa, hay para todos.

—No habrá si él se lo come todo primero —dijo Simon—. Solamente comemos una vez al día, sabes. Se supone que debemos empezar con esto a primera hora de la mañana.

Un sonido misterioso se oyó debajo de la bandada. No era lo suficientemente alto para causar preocupación, aunque sonaba como si un ser exhalara fuertemente. Creaba un pequeño soplo de aire que emergía del suelo. Los periquitos lo ignoraron. Como eran pájaros que vivían en el *Outback* australiano y tenían experiencia con depredadores de todas habilidades, formas y tamaños, una pequeña ráfaga de viento era la menor de sus preocupaciones.

—Será más grande que nosotros, pero se puede quedar —continuó Simon—. No manchó el buen nombre azulín, así que lo aceptaremos como uno de los nuestros.

—¡Ah, esas son excelentes noticias, *mate*! —respondió Caleb emocionado. Se volvió a Dioni—. Eso quiere decir que oficialmente eres uno de los nuestros.

—No oficialmente, Caleb —dijo Maddie.

Ella voló desde su caña y aterrizó sobre el suelo.

—¿Y eso por qué? —preguntó Caleb. Volvió su atención hacia ella—. Él ya fue reclutado por la tribu.

—Todo lo que sabemos de él es que puede sobrevivir un aterrizaje accidentado, escupir cataratas, asustar a los niños y hacer murmuraciones –dijo Dominic.

–Además tiene un pequeño negocio y tiene un *Findpather* –replicó Caleb.

–Eso no… –suspiró Dominic. Se volteó para ver a Dioni–. Discúlpenlo. Le faltan tres plumas de frente, si entienden lo que quiero decir.

–Ta guien –respondió Dioni, su pico desbordado con comida.

–¿Alguien siente algo extraño en sus patas? –preguntó Maddie.

Levantó una de sus patas y examinó la superficie donde estaba parada.

–No más extraño de lo normal –respondió Dominic.

Maddie retrocedió unos cuantos pasos y vio un patrón extraño sobre el suelo. Millones de cuadros diminutos estaban instalados a lo largo del campo de trigo.

–No estoy totalmente segura –respondió ella–. Parece algún tipo de capa protectora o algo.

–¿Para el suelo? –preguntó Simon–. Eso es un poco exagerado. Tal vez quieras decirle al director cuando lo veas.

–Está bien, Simon –respondió Maddie, su tono cambió al mismo tiempo que su irritación por la presencia de Simon aumentaba–. Si lo sabes todo, ¿entonces qué es?

–¿Cómo voy a saberlo? –respondió Simon. Se asomó y siguió el patrón en el suelo–. Desde aquí parece una red.

–Una red –dijo Maddie–. ¿Como cuando la gente pesca? ¡Eso es ridículo! ¿Por qué habría una red en un campo?

Se oyó un golpe fuerte a algunas hileras de distancia. Era lo suficientemente fuerte para captar la atención de los pájaros pequeños, aunque no lo suficientemente fuerte para distraer a Dioni de su comida.

–¿Qué fue eso? –preguntó Dominic.

Un pájaro se cayó de una caña –respondió Caleb–. Probablemente Lawrence, otra vez.

Oyeron un segundo, tercer, cuarto y quinto golpe. Se voltearon en la dirección de los sonidos. En la distancia cercana, dos periquitos de repente se desmayaron y cayeron al suelo.

—¿Seguro que era Lawrence? —preguntó Maddie.

Ella buscó en todas las direcciones para encontrar la causa del repentino cambio en su comportamiento.

—Ya noooo… —replicó Caleb.

Al instante se quedó dormido y perdió el equilibrio por completo. Se cayó de su percha y quedó sobre el suelo.

—¿Y qué es esto? —preguntó Maddie a Caleb, que estaba sin moverse—. ¿Caleb? ¿Estás bromeando?

—Ey, Maddie —dijo Dominic—. No me siento muy…

Dominic se cayó de su percha hacia el trigo, seguido de cerca por Simon. Ambos pájaros se quedaron inmóviles mientras caían fríamente al suelo.

—¿Qué está pasando con ustedes tontos pajjjj… —fueron las únicas palabras que Maddie fue capaz de decir antes de perder la consciencia.

Dioni miró hacia abajo y vio a sus amigos, paralizados en el suelo, sin vida. Usó su *Pathfinder* y rápidamente escaneó el área desde su percha entre el trigo. El *Pathfinder* no detectó a ninguno de los periquitos que estaban cerca. Tragó la comida que tenía metida en el pico.

—Ha —dijo Dioni—. Qué esta pasannnnn…

La luz se desvaneció de los ojos de Dioni. Su cuerpo perdió todo sentido de fuerza, obligándolo a caer desde su caña y aterrizar junto a los otros periquitos.

Capítulo Veintisiete

El caos reinaba en su máximo esplendor en todos los niveles del Departamento de Control del Clima Global. Aves de todos los tamaños, formas, colores, velocidades y habilidades se movían frenéticamente por el Patio de Negociaciones. Algunas aves se detenían cada cierto tiempo frente a cualquiera entre el infinito suministro de pantallas proyectadas, que desplegaba informes meteorológicos globales sobre la mayor anomalía natural registrada en la historia. Los rumores volaban más rápido que los mismos pájaros y ninguno sabía qué esperar como resultado de la furia del fenómeno de los huracanes gemelos.

Las aves mayores y más experimentadas conocían, más o menos, cuál era el comportamiento predecible de sus contrapartes durante las simulaciones de anomalías. Los pájaros más furtivos - como los gorriones, pájaros carpinteros y la ocasional gaviota - sembraban semillas de ideas en las mentes de los negociadores sin experiencia, luego se retiraban y esperaban la cosecha. Algunas aves aprovechaban la ventaja de la inocencia de sus compañeros aviadores, para luego hacer uso del caos del fenómeno para hacer negociaciones a su favor. Esto se consideraba como abuso de información privilegiada, sin reglas, leyes o políticas establecidas para evitarlo.

Los que tenían más conocimiento, las aves veteranas, sabían que era mejor no ponerle atención a los pájaros más jóvenes que trataban desesperadamente de hacerse un nombre. Sabían, sin lugar a dudas, que todas las anomalías terminaban de la misma forma: el clima programado llegaba a cierto punto antes de que se retiraba la orden y casi todo volvía a la normalidad. Periódicamente, había casos donde sí había daño colateral - como un tornado simulado, que fue cancelado más tarde de lo programado - que resultaba en el cambio de vientos hacia los territorios cercanos, mayores lluvias que las esperadas y la ocasional granja destruida. Los mayores sabían que no importaba y era innecesario participar en cualquier negociación hasta que la anomalía se eliminaba, lo que motivaba a la juventud a centrarse en sus territorios.

Mimidae caminaba de un lado a otro en el Patio de Negociaciones. Esquivó a varios pájaros que corrían en todas las direcciones, mientras apenas ponía atención a los que volaban sobre ella. Caminaba rápidamente, como si estuviera en una misión para auditar y mantener el orden entre una sociedad en desorden.

—¡Mim! —gritó Néstor, un loro agigantado de Nueva Zelanda que tenía mejores cosas que hacer.

—Estoy ocupada, Néstor —respondió Mimidae—. Ella siguió enfocada en su tarea—. ¿Qué quieres?

—Quería preguntarte algo —respondió Néstor. Corrió frente a ella, intentando reducir su velocidad, pero no lo logró—. ¿Puedo preguntarte algo?

—Camina y habla, Nes. Tengo cosas que hacer.

—Yo sé, yo sé. De acuerdo, seré breve —dijo Néstor. Se quedó un paso detrás de ella—. ¿Sabes de este Fen-Nat que está sucediendo en el Pacífico? Bueno, los keas tienen motivos para creer que el aumento del sistema de la tormenta requerirá que el agua de lluvia sea desviada de nuestro territorio para cubrir la magnitud del huracán que está más cerca de nosotros. Entonces queremos saber, ¿sería posible que nos devolvieran el agua de lluvia después del Fen-Nat?

Mimidae se detuvo abruptamente. Se dio la vuelta y miró al pájaro mucho más alto que ella.

—Dos cosas, Néstor —dijo ella, su desprecio por él evidente en el tono de su voz—. Primero, no le llames un Fen-Nat. Jamás. Es un «fenómeno natural». O lo dices todo, o ni lo menciones. No sé de dónde se sacan esto, ustedes jovencitos, pero debe parar. Y segundo, si miraras cualquiera de los cientos de informes o mapas del clima que tenemos, en cualquier dirección que mires, habrías notado que el sistema de los gemelos va hacia América Central. América Central, si recuerdas, está en la región del Océano Atlántico, el Golfo de México y el Océano Pacífico, que está en el hemisferio del norte, que está lejos de tu territorio. E inclusive, aunque por alguna extraña maravilla estuviera en el Pacífico sur, esto de todas formas no afectaría tu territorio ¿o sí?

—No señora —respondió nervioso el gran loro.

—Eso pensé —dijo ella con una sonrisa sarcástica. Se volvió en la dirección opuesta y se alejó—. Entonces regresa con los keas y diles que yo sé lo que están haciendo y no me agrada.

Mimidae continuó su camino. Cada pantalla que vio - entre los espacios libres creados por los pájaros frenéticos - mostraba varias imágenes de informes del clima, transmitidos por cientos de canales de televisión en la Tierra. Los meteorólogos reconocían y rastreaban las tormentas, aunque ninguno de ellos entendía más de lo que les decía su tecnología. El único factor común entre cada pantalla proyectada en el Patio de Negociaciones era el destello repetido de los nombres de las tormentas: Elijah y Eliza.

Mimidae estaba nerviosa, aunque nunca lo iba a admitir. Por ese motivo despreciaba los fenómenos naturales. Siempre era el mismo caos, la misma incertidumbre de siempre, las mismas preguntas ridículas, la misma política, el mismo pánico innecesario y los mismos resultados. Había algunas excepciones notables, ninguna de las cuales había ocurrido durante el tiempo en que ella había estado en el Departamento.

Otros pájaros intentaron mas no lograron captar su atención. Algunos fueron tan lejos como hasta ofrecerle sobornos o usar tácticas de miedo para persuadirla a que pusiera atención a sus preocupaciones egoístas. Oyó cada una de sus excusas, aunque permaneció inalterada por sus diversos intentos por obtener lo que deseaban de ella. Era el único pájaro que tenía acceso inmediato e ilimitado al Alfa. Mientras Mimidae tenía el poder de persuasión, el Alfa tenía la autoridad para desviar los recursos del fenómeno natural en cualquier dirección que deseara.

Mimidae entró por un pasadizo escondido a plena vista. Pasó entre una partición de plasma líquida que estaba hecha a la medida de su silueta, como si la barrera entre una división y la siguiente hubiera creado un método para que ella atravesara. El líquido que fluía de la división le daba la seguridad que ella necesitaba; si cualquier otro pájaro hubiera intentado seguirla, el plasma inmediatamente se hubiera transformado de líquido a sólido y hubiera atrapado al intruso, para que sirviera de lección a todos los pájaros de la DCCG. Muchos pájaros aprendieron esta lección por las malas.

Mimidae descansó en el espacio que separaba las dos divisiones del Departamento. Cerró los ojos e inclinó su espalda contra la pared, vio hacia arriba y respiró hondo y lento varias veces para calmar sus nervios. El caos sobrepasaba el alcance usual de un fenómeno natural normal. Antes de que esto sucediera, nunca le habían pedido que se fuera o estuviera fuera del Departamento durante las anomalías programadas. El hecho de que ocurriera mientras el nuevo pájaro Omega todavía estaba en su transición inicial significaba que algo se había negociado sin el conocimiento de ella.

Unos días antes, Mimidae visitó el hogar de origen del nuevo pájaro Omega. Había sido testigo de la ida y venida de numerosos pájaros Omega, pero la singularidad del quetzal azul hacía que ella quisiera entender la razón detrás de la decisión de Ally. ¿Por qué él? ¿Por qué un Omega de un pequeño pueblo de Guatemala? ¿Qué tenía el que ganar y qué no podía perder?

Las respuestas a las preguntas de Mimidae se presentaron al momento en que ella vio a la joven mujer en el orfanato. La joven estaba sentada sobre una silla y se mecía hacia atrás y hacia delante mientras sostenía y le daba el biberón a un bebé. Mimidae miró alrededor de la habitación y notó los detalles de lo que Dioni había dejado atrás. No era un hogar lujoso, ni contenía ningún artículo de valor particular o de importancia. Aquí vivían niños olvidados por su propia especie, de cuyas vidas se esperaba muy poco o nada. Si después de diez días de libertad absoluta - y de aprender los muchos secretos y beneficios de su posición - Dioni todavía sentía el deseo de regresar, entonces con seguridad había más en este hogar que cemento y ladrillos.

Mimidae lo entendió de inmediato. Si existía una razón para que Dioni hiciera lo imposible, no era por las cosas que había dejado atrás, sino más bien por la persona. Era por Alma. Siempre había sido por Alma. Mimidae entendía que ella era su mayor fuente de fortaleza, así como su mayor debilidad. Ella sabía que sólo era cuestión de tiempo antes de que…

Mimidae despertó de su ensueño. Respiró hondo por última vez, se sacudió los nervios del cuerpo, luego continuó por el corto corredor. La pared del fondo tenía un segundo sistema de seguridad de plasma líquido, que la identificaba como la asistente del pájaro Alfa, luego le daba permiso para entrar. Del lado del Centro del Control, el caos estaba mucho mejor administrado.

Las colibríes se encargaban de las solicitudes impuestas por las órdenes del Alfa. Aquello que Mimidae soportaba por sí sola en el Patio de Negociaciones, lo hacían docenas de equipos de colibríes, que circulaban por todo el Centro de Control. Las solicitudes de trabajo llegaban de muchas direcciones y las colibríes eran las mejores del mundo para mantener el rumbo, el orden y dar prioridad al volumen de trabajo conforme a las necesidades del Departamento.

Cada pájaro que supervisaba un territorio particular - o que supervisaba su pantalla de control y regulaba cualquiera de los miles de factores que creaban un cambio físico en el clima sobre la Tierra - estaba en alerta alta. El interés en el fenómeno natural era extraordinario; simplemente no había lugar para errores o para el fracaso.

La pantalla gigante por la que las negociaciones del clima y el estado del tiempo se hacían visibles a todos los aviadores, a través de todos los territorios y sectores de la Tierra, estaba totalmente enfocada en las Américas. Eliza y Elijah eran por mucho las atracciones principales: dos supertormentas que eran, individualmente, lo suficientemente poderosas para devastar toda una ciudad, y cuando se combinaban, tenían el poder de diezmar todo un continente. Las tormentas iban en rumbo, conforme a lo planificado y programado; únicamente la orden dada por un sólo pájaro evitaba que los huracanes gemelos desataran su capacidades más fuertes y destructoras.

Lo que a Mimidae le pareció más extraño no fueron las rutas de vuelo aceleradas de las docenas de colibríes que volaban simultáneamente, ni la gran cantidad de ruido que hacía la conmoción de un sistema de control global que supervisaba uno de los experimentos climáticos más grandes que el mundo hubiere conocido. Era la postura de un sólo pájaro - el buitre que estaba relativamente tranquilo, posado en su ubicación favorita de todo el universo - que captaba su atención. Él miraba hacia abajo, sobre su creación, con orgullo y arrogancia. Sabía que su recompensa no era en beneficio de todos los que servían bajo su mando, sino del poder que le habían otorgado, después de que generaciones sobre generaciones de pájaros inferiores habían intentado y fallado. Él era el único Alfa, un pájaro cuyas acciones no eran el resultado de la sabiduría y la inteligencia, sino más bien el producto final de la vejez y la experiencia.

...

Dioni yacía inmóvil sobre una superficie dura y fría. Su mente estaba activa, al igual que sus oídos, aunque ninguno de sus otros sentidos funcionaba. No podía oler, degustar, ni tenía fuerza para abrir los ojos. Sin embargo, podía oír lo que había a su alrededor. Su sentido del sonido no estaba totalmente intacto, aunque gradualmente oyó unos sonidos débiles que estaban cerca. Oyó el sonido de un gruñido constante, un ruido congruente tanto en cuanto a su volumen como su tono, que le sonaba familiar.

El sonido de periquitos felices era débil, pero audible. Dioni oyó su aleteo mientras realizaban vuelos cortos de una punta a la otra. Un sonido rítmico, vago y extraño se oía en el ambiente. Era música, aunque no algo que reconociera.

—¿Entonces, qué piensas de esta canción? —preguntó Dominic.

Dioni oyó la voz de Dominic, aunque hacía eco como si hablara desde la distancia.

—Es una buena canción —respondió Simon—. Me gusta esta música de la nueva época. Hace que un pájaro como yo quiera levantarse y bailar.

—Esas son tonterías —dijo Maddie—. Esta cosa *new age* no tiene comparación con los bandas grupales de mis tiempos. Ni siquiera sé que están diciendo estos chicos hoy en día.

—¿A ustedes les gusta este sonido? —preguntó Caleb—. Es un poco demasiado para mí. Yo prefiero los éxitos de ayer. Ya sabes, los clásicos.

—¿Los clásicos Caleb? ¿Como cuáles? —preguntó Dominic.

—Eh, tú sabes… ¿Cómo se llama esa canción sobre un pájaro libre, que canta el cuarteto viejito ese? Creo que eran de Liverpool. Esa sí es buena música, *mate*.

—¿Una canción sobre un pájaro libre cantada por un cuarteto? —preguntó Simon—. Podría ser una en un millón de diferentes canciones. A ver si podemos reducir el número un poquito. ¿En qué año naciste, *mate*?

—¿Qué tiene que ver mi edad? —respondió Caleb—. ¡Reconozco una buena canción cuando la oigo!

—Bueno entonces déjame terminar de escuchar esta —dijo Dominic—. Me gusta y no la puedo oír gracias a su continuo aleteo.

—Disculpa, *mate* —respondieron los tres periquitos.

Los sentidos de Dioni regresaron a él gradualmente. Fue casi capaz de mover su cara, aunque su cuerpo se sentía tieso. Regresó su sentido del olfato. Olió algo familiar, aunque no lograba definir qué era ni de dónde venía.

Dioni movió los ojos pero no pudo abrir sus párpados. El suelo se movió levemente, lo que le hizo saltar; era una sensación agradable. Lentamente movió sus extremidades - primero las alas, luego las garritas de las patas, luego la cabeza - todo lo cual les costó mucho trabajo.

La canción que oyó en la distancia se desvaneció y fue sustituida por la voz de una mujer, que hablaba con elocuencia. Sonaba como a una reportera de noticias, lo que le indicaba a Dioni que estaba cerca de una televisión o de un radio. Escuchó con atención el sonido de la voz.

«…El informe del clima local de la media hora», dijo la voz de la mujer—. «Ahora hace mucho calor, justo como ayer, justo como lo hará mañana. En realidad no se espera que haya cambios importantes durante el resto de la semana. Aunque si creen que el clima aquí está mal, alégrense de no estar en Centroamérica. Si no han oído, los informes dicen que serán golpeados por un fenómeno llamado huracanes gemelos. Eso es nuevo. Y oigan esto, las tormentas se llaman Elijah y Eliza. Quien sea que tiene el trabajo de ponerle nombre a estas cosas no es muy creativo ¿verdad? Ya estamos de vuelta con más de las canciones más sonadas de hoy y las favoritas del ayer. Están escuchando la hora intensiva de la radio mix ciento tres punto cinco».

—Yo conocía un pájaro llamado Elijah —dijo Dominic, sobre el sonido de los anuncios del radio.

—¿Ah sí? —preguntó Caleb—. ¿Era gemelo?

—No —replicó Dominic—. Al menos no creo. Una cucaburra. Solía reír y reír de todo. Inclusive aunque no fuera chistoso. Sólo se reía, por ninguna razón en particular.

Dioni recuperó sus habilidades. Movió su cuerpo, inclusive las alas y las patas, lo que le permitió voltearse. Abrió los ojos. Al hacerlo, sólo pudo ver algo brillante y un sutil contraste entre claro y oscuro, aunque todo permanecía fuera de foco.

Dominic miró hacia abajo desde donde estaba posado, sobre una percha hecha de madera artificial.

—Mira quién decidió unirse al resto del carretón de músicos —dijo Dominic.

Los periquitos miraron hacia abajo para ver a Dioni mientras forcejeaba por ponerse de pie.

—Ay, Dioni —dijo Simon—. Bienvenido de vuelta, *mate*.

Dioni tosió. Colocó las alas debajo del cuerpo, luego se empujó desde el suelo. Pudo levantarse, aunque luchó por estabilizarse verticalmente. Sintió como si estuviera en constante movimiento.

—¿Qué pasó? —preguntó Dioni mientras se equilibraba.

—Nos gasearon —respondió Caleb—. Pasa más seguido hoy en día.

—¿Gasear? —preguntó Dioni—. ¿Qué quiere decir eso?

—Los propietarios de la tierra —respondió Maddie—. No quieren que nos comamos sus cosechas, de modo que crearon un sistema para gasear los campos. Yo hasta ahora lo oí. Eso explica las redes en el suelo.

Dioni recuperó un poco más la vista. Vio formas y colores. A pesar de su falta de habilidad para enfocar la vista, pudo ver las siluetas de docenas de periquitos que iban de un lado a otro, en distancias cortas. Dioni notó una serie de líneas verticales y horizontales.

—¿Nos estamos moviendo? —preguntó Dioni—. Siento que nos estamos moviendo.

—¿No lo notas, *mate*? —replicó Dominic—. Por supuesto que nos estamos moviendo. Vamos a la tienda de mascotas más grande de toda Australia.

—¿Vamos a ser las mascotas de alguien, Dom? —preguntó Caleb.

—En realidad no es una tienda de mascotas, Caleb —respondió Maddie—. Es más bien un santuario de periquitos.

—¿Dónde estamos ahora? —preguntó Dioni.

—¡Mentirosa! —le dijo Simon a Maddie, descontento—. ¿Y *tú* cómo sabrías algo de una tienda de mascotas?

Maddie se volvió hacia Simon.

—Este no es mi primer viaje, Simon, muchas gracias. A diferencia de ti, yo soy una periquita viajada y experta.

—¿Entonces qué estás diciendo? —preguntó Simon—. ¿Qué ya estuviste allá y escapaste de milagro? ¡No lo creo!

—¡La audacia! —respondió Maddie—. ¡He olvidado más cosas de las que tú has visto! ¿Realmente crees que ésta es mi primera vez en un camión?

La respuesta de Maddie tocó un nervio en Dioni, quien casi de inmediato recuperó la vista. Todo entró en foco. Miró en todas las direcciones. Estaba en una jaula, en el tráiler de carga de un camión, separado de los periquitos. Tenía suficiente espacio para moverse, para respirar, para estirarse e incluso para volar. Por instinto, su mente se quedó en blanco. El corazón de Dioni empezó a latir descontroladamente. Oyó vagamente la discusión entre Simon y Maddie. Su cara palideció y la temperatura de su cuerpo se elevó. Empezó a tener dificultad para respirar.

—Tengo que salir —dijo Dioni, su voz amortiguada por el aleteo de muchos periquitos en vuelo y por la discusión acalorada entre Simon y Maddie. Tragó el vacío en su boca seca.

—¡Tengo que salir! —gritó Dioni.

Su voz era débil e incapaz de viajar más allá de sus propias orejas. Colocó las alas en la valla metálica que lo rodeaba. Se agarró fuerte, luego sacudió el metal como mejor pudo. Sus intentos fueron fallidos. Rápidamente se movió a otra área de la jaula y repitió la misma acción, con los mismos resultados.

Dioni entró en pánico. Corrió a lo largo del perímetro de la jaula y empujó la malla metálica con todas sus fuerzas. Buscó alguna debilidad en el diseño del cercado. No había escapatoria, al menos ninguna que él pudiese identificar, lo que le provocó más ansiedad. Estaba encerrado. Su corazón latió más rápido y su vista se volvió borrosa. Dioni agarró un lado de la jaula, luego sacudió violentamente el metal. Estaba desesperado por romper la barrera impenetrable.

–¡Déjenme salir! ¡Déjenme salir! ¡DÉJENME SALIR! –gritó Dioni. Sus gritos hicieron eco y silenciaron a los miles de pájaros en el tráiler–. ¡AAAAHHHHHHH!

Simon y Maddie dejaron de discutir. Los cuatro amigos volaron hacia abajo para estar al nivel de Dioni.

–*Mate*, ¿qué estás haciendo? –preguntó Dominic.

–¡Dioni, cálmate! –gritó Maddie–. Esto no es tan malo. Llegaremos en un ratito.

–¡Tengo que salir! ¡Déjenme salir! –gritó Dioni.

Empujó y haló la valla metálica con todas las fuerzas que tenía.

–No es un viaje tan largo, *mate* –dijo Simon–. No es necesario frustrarse.

–¡AHHH! –gritó Dioni.

Usó todos los músculos de su cuerpo para tratar de liberarse.

Un pequeño bache en el camino levantó el camión brevemente. La fuerza de Dioni, junto con el bache, causó que golpeara su la cabeza contra la malla metálica, lo que creó una pequeña pero visible abolladura en la jaula. A Dioni le dio esperanza ver la abolladura que había hecho. Repitió la acción y golpeó su cabeza en el mismo punto donde estaba el abollado metal. Sintió dolor pero lo ignoró completamente.

–¡Dioni! ¡Debes parar! –gritó Maddie.

Su voz, sus gritos y el sonido duro de su cabeza golpeando repetidamente el lateral de su confinamiento hacían eco en todo el tráiler. Ningún pájaro emitía sonido, ni miraba en otra dirección que en la que Dioni se encontraba.

El *Pathfinder* de Dioni hacía un ruidito con cada golpe. El aparato lo protegía de cualquier daño irreparable que se hiciera a sí mismo. Cada golpe a su cabeza era rastreado, registrado e informado a la oficina central.

Incapaz de agrandar la abolladura que había hecho, Dioni se alejó de la malla metálica y creó una distancia entre él y la orilla de la gran jaula. Se agachó, saltó, luego golpeó su cabeza y hombro contra la parte de adentro del contenedor. La fuerza de su ataque ocurrió con tal vigor que lo empujó de vuelta e hizo que se cayera. Sintió el dolor al golpear la jaula, pero nada cambió. Dioni se quedó parado, retrocedió más y repitió el proceso.

—¡Dioni! ¡Esto es una locura! —gritó Maddie—. ¡Tienes que parar!

Dioni retrocedió corriendo dentro de la jaula tanto como pudo. Se empujó desde el final, corrió al lateral de la jaula y con toda su fuerza chocó la parte de arriba de su cuerpo contra la malla metálica. Se dobló hacia atrás pero permaneció de pie. De nuevo se movió hacia atrás lo más alejado posible dentro de la jaula, luego usó toda su energía para ganar suficiente velocidad para atravesar la parte lateral. Su corazón latía locamente. Se le llenaron los ojos de lágrimas y poco a poco se le cortó la respiración.

—Dioni, escúchame —dijo una voz femenina—. No puedes hacerte esto. Tienes que calmarte.

La voz era familiar. No era ninguno de los miles de periquitos que lo miraban con miedo, sino más bien una voz que no quería tener que volver a escuchar. Escapó de ella durante la noche más oscura de su vida y pensó que había sido perfectamente claro: la odiaba.

Dioni levantó la vista. Una prodigiosa cuerva se encontraba frente a él, en el lado opuesto de la valla metálica. Ella lo vio desde arriba. La expresión facial de Dioni era la prueba de que ya no le importaba la opinión de ella. Se quedó de pie y miró a Ally, tan cerca del nivel de sus ojos como le fue posible, luego caminó lentamente hacia atrás, hacia la parte más alejada de la jaula. Sintió la pared fría sobre su espalda. Dioni se lanzó hacia delante, abrió las alas y usó la fuerza del impulso para chocar su cabeza contra el metal. Las barras se rehusaron a moverse. Dejó los ojos clavados en Ally mientras repetía el proceso.

Todos los periquitos en el tráiler miraban las acciones de Dioni con espanto y disgusto. Eran testigos de la muerte de otro pájaro, por su propia mano, y no podían detenerlo. Los periquitos más jóvenes miraban hacia otro lado y se cubrían las orejas; algunos lloraban mientras presenciaban el acto egoísta de Dioni.

Dioni se golpeaba repetidamente la cabeza y el cuerpo contra la jaula, en ciclos cada vez más cortos y rápidos. Ally sabía que era impotente ante el instinto natural de un quetzal.

Levantó la vista para ver a la gran cantidad de periquitos que la miraban en la distancia.

—¡Oblígalo a parar! —gritó Caleb mientras le rodaban las lágrimas por la cara—. ¡Se va a matar!

—¡Es un quetzal! —gritó Ally a todos los pájaros en el tráiler—. ¡No pueden estar en captividad! ¡Lo hace por instinto!

Miró en todas las direcciones, desesperada por una solución. Dioni continuó golpeándose contra el lateral de la jaula.

—¡Ayúdenme! ¡Lo podemos liberar! —gritó Ally. Levantó las alas—. Necesito que todos ustedes vengan a este lado del tráiler —gritó, y luego señaló el lateral donde estaba Dioni.

Ningún periquito se movió.

—¡Por favor! —gritó Ally—. ¡No puedo hacer esto sola! ¡Podemos salvar a un pájaro Omega!

—¡Hagan lo que dice! —gritó Maddie.

Ella saltó y voló hacia el lateral del camión al lugar que indicaba Ally. En unos segundos, el mayor y más grande de los periquitos la siguió.

—¡Cuando dé la señal, tienen que volar de este lado del camión al otro, y golpear esa pared del fondo tan fuerte como puedan! —instruyó Ally.

Los periquitos se prepararon. Esta era una misión de rescate como ninguna otra que hubieran experimentado. Individualmente, los periquitos eran pequeños pájaros sin poder, sin talentos o capacidades especiales. Como un equipo de miles, sin embargo, tenían el poder y la fuerza para unir sus mentes en una sola y superar cualquier obstáculo que se presentara. Su misión era salvar la vida del periquito honorario, el pájaro Omega, y ninguno entre ellos deseaba tener la muerte de un quetzal en su conciencia.

Ally levantó las alas y enseguida las bajó, dando la señal para que los periquitos corrieran tan rápido como les fuera posible y empujaran contra el lateral del tráiler. El camión se salió de la carretera brevemente. El conductor del camión sintió un movimiento extraño pero fue capaz de recuperar el control del camión rápida y fácilmente.

–¡De nuevo! –gritó Ally.

Las instrucciones causaron agitación entre la bandada, que luchaba por regresar a la parte del fondo del camión. Algunos estaban heridos, otros cojeaban adoloridos, aunque todos los periquitos del tráiler regresaron a su posición. Ally levantó las alas y las bajó, señalando el inicio de un segundo intento de rescate.

El camión se salió del carril y casi chocó con un autobús que viajaba en dirección contraria. El conductor, aunque asustado, mantuvo el control del vehículo y pudo mantenerse en el carril correcto. Revisó cada botón del tablero de control del camión y no vio indicación de lo que había causado que se desviara repentinamente del camino.

–¡De nuevo! – gritó Ally.

Miró a Dioni. Su energía se debilitaba con cada golpe que daba al lateral de la jaula.

–¡Los voladores más fuertes hasta arriba! –gritó Ally–. ¡Esta vez, cuando dé la señal, empujen y golpeen la pared lateral desde arriba! ¡Si no podemos desviar esta cosa de la carretera, tal vez se caiga!

Cientos de los periquitos más grandes e importantes hicieron como les habían indicado y volaron a la parte de arriba del tráiler. Como soldados de élite a punto de iniciar la batalla, se quedaron en posición con un ala colocada sobre el lateral del tráiler mientras sus patas estaban presionadas firmemente contra la pared.

Dioni gritó y corrió hacia el lateral de la jaula. Bajó la cabeza y usó su cara para golpear la valla metálica con fuerza excesiva. Se hizo daño justo arriba del ojo derecho. Una pequeña gota de sangre cayó donde su cara tocó la jaula.

Ally levantó las alas. Todos los periquitos en el tráiler, inclusive los que antes estaban demasiado asustados para moverse , estaban en formación. Ella vociferó un grito de guerra por la vida del pájaro Omega, que fue imitado por la formación de periquitos desde arriba hasta abajo. Bajó las alas, dando la señal de ataque. Motivados por la desesperación, la bandada de miles de periquitos golpeó el lateral del tráiler. La fuerza de su golpe hizo que el camión se ladeara, levantando la mitad del camión y del tráiler de la autopista.

El conductor intentó frenéticamente recuperar el control. Volteó el gran timón en la dirección opuesta, haciendo que la física y la gravedad tomaran control de la carga; el camión chocó de lado y la puerta trasera se abrió. El daño colateral como resultado del golpe interior, creó caos dentro del tráiler. Salieron chispas de los puntos débiles de la estructura, mientras el camión se deslizó, momentáneamente, sobre su lateral a lo largo de la carretera. El ataque fue exitoso, aunque tuvo un costo.

La fuerza del impacto liberó a Dioni de la jaula, aunque permaneció atrapado bajo la bandada de periquitos. Dioni luchó por liberarse; se empujó y haló a los muchos periquitos que le rodeaban, pero sólo pudo levantar la cabeza. Miró a la parte del final del tráiler, sintió una sensación de paz al ver la luz del día. La grieta era lo suficientemente grande para que todos los pájaros escaparan y fueran libres de nuevo. Dioni vio el cielo azul, que era más hermoso que nunca antes.

El camión y el tráiler se detuvieron cerca de una señal en la carretera. Otros conductores, que habían sido testigos del colapso del camión, llegaron rápidamente a ayudar a los caídos. El conductor del camión estaba anonadado. Permanecía en su asiento y estaba abrochado fuertemente por el cinturón de seguridad; sus manos no podían soltar el timón.

Los periquitos - algunos heridos, algunos mareados, algunos asustados y algunos sorprendentemente sin daño - estaban parados todos juntos al final del tráiler. Aquellos que fueron incapaces de volar escaparon caminando, luego se alzaron en vuelo una vez sintieron el viento en sus plumas.

Dioni empujó y haló para abrirse camino en la parte trasera del tráiler. Ignoraba a cualquier pájaro en su camino y se movía tan rápido como podía, desesperado por liberarse del confinamiento forzado. Olió el aire del Outback, oyó el sonido de los pájaros en vuelo, y sintió la luz del sol sobre su cuerpo. Se limpió las lágrimas de alegría, así como la evidencia de las heridas que se había provocado, en su cara. Todavía parcialmente en el tráiler, Dioni saltó sobre los periquitos, extendió las alas y alineó su cuerpo a la perfección. Su *Pathfinder*, en buenas condiciones después del trato tan duro que había recibido, inmediatamente reconoció la solicitud de acción de Dioni.

Desde afuera, Maddie, Caleb, Dominic y Simon estaban apiñados esperando, pacientemente, a que el periquito honorario saliera del tráiler. Ninguno de ellos hablaba, aunque estaban felices de haber sobrevivido, relativamente sin daño. Maddie subió la mirada y vio la parte de arriba de la cabeza de Dioni sobresalir sobre los demás, mientras los pájaros salían del tráiler. Ella levantó el ala para captar su atención, pero él no la vio. Caleb, Simon y Dominic volvieron su atención a la parte interior del tráiler.

Los cuatro periquitos mantuvieron sus ojos sobre Dioni mientras él saltó, alineó su cuerpo a la perfección y luego despegó y desapareció en el despejado cielo australiano.

Capítulo Veintiocho

Dioni se remontó en vuelo perfectamente alineado con la interminable cantidad de agua debajo de él. Estaba totalmente solo, sin la compañía de otras aves, alguna mentora falsa, y ni siquiera una nube en el cielo.

Dioni nunca había experimentado una emoción tan cruda, como si el pánico lo hubiese golpeado y despojado de todas las fibras de su ser. Su pensamiento más inmediato no fue en aquellos a quienes amaba, o en alguien que hubiera dejado atrás, ni para los miles de pájaros que estaban atrapados junto a él y que habían hecho un esfuerzo colectivo por liberarlo. Dioni pensó solamente en sí mismo y en la libertad que casi había perdido; nada significaba más para él que su libertad. Inclusive si eso significaba la muerte, era un riesgo que por instinto estaba inclinado a tomar.

Dioni voló sobre el mar. Buscó un lugar solitario y tranquilo como el cielo despejado para descansar. Los últimos dos días le habían pasado factura a su mente y cuerpo; había sobrepasado el punto del agotamiento. Su corazón ya no latía aceleradamente, el color había regresado a su rostro y cuerpo, y sus ojos volvieron a su estado de enfoque normal. Con menores niveles de adrenalina y la baja en sus reservas de energía producida con cada aleteo, lo único que Dioni quería era sentarse, solo, y esperar a que venciera el tiempo que le quedaba de su negociación. Incluso si eso significara toda una vida en soledad en una playa, posado sobre un árbol y escondido de todo lo que se asemejara a una vida de deber y responsabilidad, eso era preferible a continuar siendo el pájaro Omega.

Dioni vio la primera señal de tierra entre todo un mundo de agua. Necesitaba descanso, sustento y alejarse de los otros pájaros. En un esfuerzo por no atraer la atención de potenciales depredadores, se salió de la velocidad de despegue. Se quedó suspendido en el aire y vio un oasis verde que flotaba en el Océano Índico.

Dioni mantuvo sus alas extendidas ampliamente mientras iba a la deriva sobre la tierra. Desde su altura elevada vio que el oasis no era una isla grande, sino, en vez, un consorcio de pequeñas islas que creaban formaciones extrañas sobre el mar. El agua que brotaba y fluía no era profunda ni oscura, sino más bien de un color turquesa brillante. La transparencia del agua creaba la impresión de que el mismo suelo daba pie a incontables ríos de paz y tranquilidad.

Dioni circuló las islas y vagó por el cielo para permanecer invisible a los que vivían abajo en la tierra. Gradualmente bajó la altitud mientras planeaba en un gran patrón infinito. Una de las islas más grandes tenía vehículos, señales de tránsito y personas que realizaban sus diversas actividades. Otra isla tenía un gran pedazo de tierra aplanada, donde se habían construido carriles pavimentados para permitir la salida y llegada de aviones pequeños.

Dioni mantuvo su velocidad aérea y altitud mientras sus plumas del color del cielo lo hacían invisible. Circuló sobre una isla pequeña - una parte de la culminación de un conjunto mayor, aunque tan lejos de las demás islas que ninguna forma de vida parecía residir ahí. Circuló brevemente sobre la tierra para examinar todo lo que pudiera de la isla. Gradualmente, descendió una vez que sintió que era seguro bajar la guardia y descansar su golpeado cuerpo.

Dioni aterrizó sobre la playa. En la pequeña isla estaban los restos de lo que una vez fue un paisaje boyante, aunque no había evidencia de que hubiera vida en las cercanías. Unas pocas olas brevemente encontraron su camino hacia la orilla, y luego retrocedieron de donde habían venido. Dioni se tomó el tiempo de buscar algún signo de vida que pudiera representar peligro para él. No lo encontró. Por primera vez en su vida, Dioni estaba totalmente solo, como si la Tierra se hubiese desentendido de cualquier cosa que tuviera que ver con el pedazo de tierra donde ahora descansaba.

Dioni se sentó, no como lo hacía un pájaro, sino como lo hacía un niño. El agua estaba lo suficientemente cerca para tentarlo, para distraerlo de los miles de pensamientos que nublaban su mente, pero no tan cerca como para llevárselo al mar abierto. El sol seguía en el cielo, sin nubes que lo cubrieran o proporcionaran sombra ante los fuertes rayos de luz. No hacía diferencia para Dioni; su mente iba a la deriva y su cuerpo estaba demasiado débil para sentir algo más.

Se sentó y miró cómo el agua venía hacia él y luego retrocedía rápidamente - un patrón que se repetía indefinidamente. Miró sus patas. Los dedos de sus pies ahora eran pequeñas garras. Miró la parte de abajo de su cuerpo. Sus anteriormente piernas fuertes y desarrollado torso, ahora eran dos palos delgados y un frente cubierto de plumas blancas y azules. Levantó las alas frente a sus ojos. Sus brazos, manos y dedos eran dos alas con plumas de vuelo azules tan impecables, que inclusive el ave más noble mataría a otros por tenerlas. Dioni se puso de pie y caminó al mar. Miró hacia abajo. Deseaba ver algo que le recordara a su vida anterior, de la que se sentía muy alejado.

El agua transparente reflejaba una imagen, aunque débil, de su estado actual. Las olas le presentaban a Dioni la representación de un pájaro resplandeciente, una mezcla única de lo natural con lo sobrenatural, equilibrado perfectamente en la forma de la transformación más avanzada que el mundo hubiese visto. Dioni se agachó para verse mejor. Su cara se veía diferente, aunque el color de sus ojos brillaba como lo recordaba. Sobre su ojo estaba la herida que se había hecho en su intento por escapar del confinamiento. Vio la pequeña y seca gota de sangre sobre el párpado, luego metió las puntas de las alas en el agua y las usó para limpiarse la cara.

Con sus alas en el agua, Dioni notó un objeto extraño en el reflejo. Una luz verde destellaba del aparato situado sobre el lateral de su cabeza. El aparato, aunque capaz de darle una increíble resistencia, seguridad y habilidades mayores que los de cualquier persona, venía con el costo de su independencia. Era conocido como un *Pathfinder*, pero en realidad, su propósito empujaba a Dioni cada vez más lejos del camino que seguía.

Dioni levantó el ala a su cabeza, luego se quitó el *Pathfinder*. No sintió dolor físico al hacerlo, aunque lo desorientó brevemente. Sostuvo el *Pathfinder* en su ala. Notó sus detalles y lo intricado de su diseño. Brevemente pensó en la cantidad de increíble ingenio contenido en un aparato tan pequeño y cómo tantas personas se podrían beneficiar al tener acceso a tecnología tan avanzada. La luz verde empezó a destellar, probablemente emitía alguna advertencia de alguna forma de comunicación para informar a la oficina central que el pájaro Omega estaba desconectado. A Dioni no le importaba. Su decisión estaba tomada.

Dioni miró las aguas calmadas del Océano Índico. Cerró los ojos, suspiró y absorbió la luz del sol. Lanzó el *Pathfinder* al océano, luego observó cómo las olas se llevaban el aparato, reclamándolo como suyo. El *Pathfinder* se fue a la deriva hasta que ya no era visible sobre la superficie del mar. Se sentó con las patas abiertas delante de él mientras su columna quedaba sin soporte, sus largas plumas de la cola agitada por una suave brisa.

Dioni pensó en los pájaros que había conocido en su corto pero significativo viaje durante los últimos días. Se había convencido de que podía vivir el resto de su vida escondido entre un grupo de miles, lo que aprendió que era demasiado bueno para ser cierto. Pensó en los mejores pilotos del mundo, que supervisaban y administraban el equilibrio del recurso más poderoso de la Tierra. Luego pensó en la orca encallada, cuya presencia sobre las orillas heladas del ártico era tan misteriosa como la causa desconocida de los pájaros caídos en los Estados Unidos, al igual que en India.

Dioni pensó en India. Miró hacia arriba y vio la luz del sol; irradiaba pureza y proveía de una luz visible que posibilitaba la existencia de tanto color. Dioni volteó su cuerpo y miró las palmeras detrás de él. No había pasado un día sin que no viera una palmera en su tierra natal, aunque las había dado por sentadas. Ningún árbol era más magnífico que aquel en el que se encontraba, elegante y poderoso, sobre todos los demás en la isla.

La atención de Dioni regresó a la orilla. Pensó en los pájaros pequeños de Siria que abandonó y dejó morir. Deseó haber podido tomar la decisión de hacer un acto de valentía y morir como un héroe, lo que era mejor que vivir el resto de sus días con la culpa de saber que pudo haber actuado, pero huyó por miedo. Esta era la principal lección de su transición; no la transformación de niño a pájaro, sino de niño a adulto. Esto era arrepentimiento, un estado tan poderoso que no requiere de forma física, más tiene la habilidad para consumir y vivir por más tiempo que la mente que lo acoge.

Dioni sintió una sensación de retumbo en su estómago, un claro indicador de que debía reponer las energías que había gastado cuando escapó del *Outback*. Un bocado de bayas y grano no podían sustentar a un pájaro de su tamaño por mucho tiempo, especialmente después de la experiencia en el tráiler y la velocidad de despegue que le siguió inmediatamente después. Dioni buscó en el suelo para ver si había bayas, semillas o inclusive los restos de un coco caído. No sabía cómo pescar, pero si el hambre era la que mandaba, aprendería a hacerlo. Dioni se levantó. Vio un objeto cercano moverse, visible por su sombra pero que no se podía distinguir por la luz del sol.

Caminó hacia el objeto. Deseó que fuera comida o al menos una herramienta que pudiera usar para encontrar su próxima comida. Dioni se acercó al objeto desde la misma dirección que la luz; no era comida, ni un objeto que pudiese usar. Había encontrado una botella plástica que había logrado equilibrarse entre el agua y unas cuantas conchas cuidadosamente colocadas sobre la playa.

Dioni suspiró. Pateó la botella y observó cómo el viento se la llevaba. De nuevo miró hacia abajo y vio que los objetos que sujetaban la botella no eran conchas, sino más bien un número incontable de artículos plásticos que llegaban desde innumerables kilómetros de distancia. Deshechos plásticos ensuciaban toda la orilla, cubierta discretamente con una fina capa de arena. Encontró bolsas, contenedores de comida, zapatos, marcadores, botes de basura, canastas, cables, anteojos, pelotas de playa, juguetes y un surtido completo de artículos no perecederos que no se podían distinguir, todos los cuales la tierra había reclamado como suyas. Ninguno de los objetos se había descompuesto más que por sus etiquetas desvaídas, descoloridas por la luz del sol. En todas las direcciones hacia las que se volteaba, Dioni descubrió más evidencia de la belleza de un ecosistema destruido por la contaminación de la basura plástica, que penetraba cada poro abierto de la isla.

—Las islas Cocos Keeling ¿eh? —dijo una voz familiar. Dioni la reconoció inmediatamente—. Parece apropiado.

Dioni no quería voltearla a ver. No tenía deseos de oír un sermón del único pájaro que podría haber prevenido toda su desventura.

—Los periquitos se sienten mal por lo que pasó —dijo Ally—. Me pidieron que te diera esto.

Ella tiró un objeto justo al lado de Dioni, quien le siguió dando la espalda. Con su visión periférica, Dioni vio que los periquitos le habían regalado un banano. Bajo otras circunstancias, hubiera aceptado felizmente la fruta, probablemente la hubiese comido a grandes bocados, y luego mostrado su agradecimiento por la comida. En vez de eso, se dio la vuelta y se alejó caminando, dejando el banano. Sabía lo que era; una ofrenda de paz que él se rehusaba a aceptar, porque hacerlo significaba que perdonaba a Ally por la carga que ella le había impuesto.

Ally suspiró. Caminó hacia delante y agarró el banano con su pico, luego lo llevó con ella mientras seguía a Dioni. Se detuvo en el punto donde las olas no eran lo suficientemente grandes para meterse en tierra. Él se quedó parado con las alas a los lados. Ally permanecía detrás de él a poca distancia. Ella tiró la fruta, y luego retrocedió. Observó el atardecer del sol distante, como si fuera la última imagen que quisiera recordar.

—¿Sabes qué es lo que pasa al ser el pájaro Omega? —empezó Ally—. No es un trabajo que alguno quisiera. De hecho, no es realmente un trabajo; no nos pagan por hacerlo. Es una responsabilidad que ningún ave quisiera tener. Representa toda una vida de interminable dedicación a algo mucho más grande de lo que jamás conocerás, para nunca ser recordado por las incontables vidas a las que ayudaste. Eres olvidado entre las mareas del tiempo. Sé lo que estás pensando, Dioni, y tienes razón. ¿Quién *querría* esa responsabilidad?

Las olas continuaron yendo y viniendo sobre la arena. Dioni permaneció quieto y en calma.

—Te escogí a ti porque pensé que no tendrías nada que perder —continuó Ally—. Pensé que podrías caerte de la faz de la tierra, literalmente, y no le importaría a un alma ni crearía mucho escándalo. Sólo serías otro niño que estaba en el lugar equivocado en el momento incorrecto.

Dioni bajó la cabeza brevemente, luego regresó a su postura.

—Pero me equivoqué. En tu vida hay personas que te recuerdan, que han tenido un impacto en ella. Te extrañan. Piensan en ti justo tanto como tú piensas en ellas. Bueno, una en especial. Ella no ha perdido la esperanza.

Los ojos de Dioni se llenaron de lágrimas. Lentamente cerró los párpados; luego los abrió para regresar a su postura. Ally avanzó con cuidado aunque se quedó a una distancia prudente de Dioni.

—En algún lugar dentro de ti hay algo que no puedes comprender o explicar completamente. Es un sentido de aventura. Quieres ser más que sólo un huérfano que es guía de turistas para visitantes de otros países, aunque no tienes ni idea de cómo lograrlo. Quieres que te recuerden, no por tu grandeza sino por tu contribución a ayudar a otros, inclusive si eso significa que nadie conocerá el nombre de Dionisio Sedano. Pero el mundo es tan grande y tú eres tan pequeño; nada de lo que hagas jamás será suficiente para marcar la diferencia en algo o en alguien. Así que es mucho más fácil no hacer nada.

Dioni había escuchado suficiente. No había motivo para oírla. Extendió las alas y dobló las patas.

—Aléjate volando, Dioni —dijo Ally—. Harás eso por el resto de tu vida. Tanto si me vuelves a ver o no, siempre escogerás el camino más fácil, ¿verdad? Pero, antes de que te vayas, recuerda que hay una tormenta gigantesca que va a destruir Flores y probablemente a toda Guatemala. ¿Pero sabes qué? No es tu problema, así que ve y haz lo que sea mejor para Dioni. Deja que las aves se encarguen de eso. Échale la culpa al Alfa.

Dioni se quedó quieto. Bajó las alas a los lados y luego se quedó observando cómo el sol tocaba el agua.

—Has vivido más en quince años que la mayoría de las personas en ciento quince —continuó Ally—. Has sentido toda la gama de emociones. Has visto montañas azules al amanecer y el camino creado por la luz mientras se va en el mismo mar que estás viendo ahora. Es hermoso ¿no?

Dioni levantó la vista.

—Sólo que ahora, has visto mucho más. Has visto las mismas montañas desde el cielo. Celebraste el festival de color con aquellos que han pintado el mundo. Aprendiste a comunicarte con miles sin decir una sola palabra. Aprendiste sobre el equilibrio y cómo las aves de la Tierra trabajan sin descanso para controlar y mantener algo tan grande, pero tan delicado. Fuiste testigo de las negociaciones de las aves relacionadas con el clima de sus áreas y viste cómo se controla. Aprendiste que todas las aves tienen su propio trabajo y responsabilidad, aunque ninguna obligación tan grande que la que te dieron a ti. Y aprendiste a remontar el vuelo, cuando ni siquiera naciste para volar.

Ally hizo una pausa. Miró la belleza del atardecer y absorbió el debilitamiento gradual de la luz por un momento más.

–Sólo imagina, Dioni –dijo ella–. Imagina lo que podrías hacer, lo que podrías aprender, lo que podrías lograr y cuántos seres vivos podrías salvar…si sólo lo creyeras.

Dioni bajó la cabeza. Una pequeña ola se abrió camino hacia sus patas y enterró las puntas de sus patas en la arena. Oyó mientras Ally abría las alas.

–¿Qué pasó con aquélla águila? –preguntó Dioni. Se negó a mirarla a los ojos.

–¿Cuál águila? –preguntó Ally. Ella levantó su postura y retrajo las alas.

–Me contaste una historia sobre un águila que pensaba que era una gallina.

–¿Recordaste eso? Creí que no estabas poniendo atención.

–Recuerdo todo lo que me has contado –respondió Dioni. Levantó la cabeza para ver el mar.

–Murió –respondió Ally–. Vivió toda su vida pensando que era una gallina –ella suspiró–. Había nacido para ser mucho más.

Los dos pájaros estaban parados sobre la arena. Sólo oyeron el sonido las olas.

–Te conté esa historia porque ha estado conmigo todos los días desde que ocurrió. *Eso* es arrepentimiento, Dioni. No ha pasado un día desde que no me arrepienta de no haberle dicho al águila que era más grande de lo que pensaba que era. Tal vez él no me hubiera creído. Tal vez me hubiera ignorado o se hubiera reído o me hubiera llamado una tonta. Pero tal vez él me hubiera creído. Tal vez él hubiera creído en sí mismo. Tal vez hubiera sentido qué era ser un águila, volar y sentir esa sensación de libertad como ninguna otra cosa igual. Y tal vez hubiera muerto sabiendo que su lugar era en el cielo. Pero eso nunca lo sabré. Pude haberle dado todo a esa ave y escogí alejarme volando.

Dioni miró hacia la luz. Ally bajó la cabeza. No había nada más que ella pudiera hacer por él, y nada más que ella dijera para que él entendiera la importancia que él tenía para el equilibrio natural de la Tierra. Una vida con la carga de un sólo arrepentimiento era más que suficiente para ella, y sabía que no podía repetir el error.

—Adiós, Dioni, - dijo Ally.

Ella extendió las alas, se inclinó hacia delante y se alzó en vuelo. Voló sobre Dioni y gradualmente se alejó de la isla. Dioni miró mientras remontaba el vuelo con elegancia. Su vuelo era inmaculado, como si los vientos de allá arriba de la tierra la llevaran y acariciaran cada uno de sus movimientos. La siguió con la mirada hasta que perdió de vista a la cuerva hawaiana, que desapareció en la luz.

La puesta de sol ya no estaba bloqueada por colinas ni por volcanes como lo estaba en Guatemala. Dioni había presenciado más atardeceres de los que podía recordar, aunque no había nada más misterioso para él, que el lugar a donde se iba la luz del sol después de que cruzaba sobre el horizonte. Al fin, el misterio se había resuelto. Dioni miró detrás de él y vio el banano que descansaba sobre la arena. Estaba hambriento, aunque su conciencia eclipsaba su apetito.

Sintió que no era ni de un mundo ni del otro. Como hombre joven, Dioni era un huérfano - un niño abandonado por padres que nunca conoció, para vivir en una casa llena de otros niños con destinos similares. La vida en Guatemala era simple, pero nunca pertenecería ahí. La Tierra simplemente no lo permitiría.

Como pájaro, él era «el único». Era único, aunque no aceptado por su propia especie. Su apariencia se asemejaba a la de un pájaro místico resplandeciente. Entre los otros pájaros, sin embargo, sentía como si no perteneciera dentro de sus comunidades. Dioni no era odiado ni envidiado, ni querido, ni temido; los pájaros entendían que era un niño que estaba lejos de casa y que con seguridad colapsaría bajo la presión de las responsabilidades. La expectativa era el fracaso.

Al mundo, como él lo veía, no le importaba su existencia. Él no era especial. No tenía más que hacer en el cielo que un hombre con alas hechas de plumas y cera. Se sentía solo, un miembro de dos mundos a ninguno de los cuales pertenecía. Sólo era otro pájaro, aunque uno con una culminación extraña de plumajes antiguos mezclados con una paleta de color contemporánea.

El Quetzal Azul.

Dioni se dobló y picó el banano pero forcejeó para pelarlo. Usó las garras, el pico y el peso de su cuerpo para pelar la cáscara a la fuerza, pero nada funcionó. La pateó, algo que le dolió más a él que al banano.

—Ay —dijo Dioni mientras se alejaba del lugar cojeando en círculos.

De nuevo se aproximó a la fruta, se dobló y picoteó las diminutas fibras de la cáscara. Después de muchos intentos de prueba y error, Dioni haló una fibra de la cáscara. La pequeña victoria lo emocionó y repitió el proceso hasta que fue capaz de quitar tiras de cáscara más grandes.

Dioni agarró tanto de la fruta como su pequeño pico le permitía. Cerró los ojos y sonrió. Sus ojos se abrieron y miró hacia el sol, cuya parte más baja casi tocaba el mar interminable. Mientras se daba un festín con su comida, Dioni no pensó en nada. Vivía solamente para el momento. Probó lo dulce del banano, sintió la suave brisa del viento fresco, oyó las olas golpear contra la arena, olió la sal y el mar, y vio cómo la luz del día caía con cada momento que pasaba.

Comió más del banano hasta que sólo quedó la cáscara vacía. Mientras Dioni doblaba su cuerpo para agarrar el último bocado de fruta, hizo una pausa al notar un artículo extraño sobre la arena. Era de color rojo, de forma cuadrada y no estaba puesto como si tuviera una intención específica. Dioni quitó la cáscara, luego levantó el artículo de la arena. Era un pedazo de plástico roto. Miró alrededor de la playa y notó que la luz reflejaba una oferta infinita de artículos similares, de formas extrañas, sobre la arena; rodeaban cada centímetro de la playa.

Dioni miró en todas las direcciones en busca de un lugar seguro para cobijarse durante la noche. Vio la tierra ensuciada con sandalias de plástico, pajillas, tazas y una variedad de otros objetos que no deseaba identificar. Las bolsas de plástico se habían abierto camino hasta llegar a las hojas de las palmeras, desde donde ondeaban en la brisa con complacencia infinita. Regresó su atención a la puesta de sol.

—Ha —pensó Dioni en voz alta.

Se preguntaba si era posible volar y permanecer en la luz del sol. Tal vez era posible para un pájaro estar siempre en vuelo, refutar la noción o la ley de la física sobre todo aquello que sube.

—¿Qué tal si...? —se preguntó así mismo. Suspiró.

Dioni bajó el cuerpo, extendió las alas y luego se alzó desde la arena. Regresó al cielo y voló más y más alto, hasta que los granos de plástico desaparecieron bajo las olas. Deseaba ver el punto donde el sol dejaba de ponerse, donde podría ir a la deriva sin rumbo por el resto de su vida.

Dioni aprendió que su altitud no hacía diferencia alguna respecto a la luz. Mientras el sol llegaba a su punto más alto sobre el horizonte, se volvió y vio la oscuridad inminente. Podía ver la luna; se veía más grande y más mítica que desde el suelo. Dioni sonrió. Aleteó y se movió más cerca de la luz que se desvanecía. Vio los ríos de luz que brevemente creaban un cielo multicolor. Miró hacia arriba de nuevo.

—¿Qué tal si...? —se preguntó así mismo.

Dioni aleteó con todas sus fuerzas. Voló aún más lejos de la arena, sobre el mar, a una elevación mayor que la que era conocida por sus compañeros aviadores. Había una sensación de paz entre su plena identificación con el cielo azul; esta era la gran ventaja de ser el pájaro Omega.

Dioni detuvo su escalada. La Tierra, como la veía desde una perspectiva no conocida por ninguna otra forma de vida, era un lugar que merecía ser protegido. Las aves del mundo descubrieron el poder absoluto del equilibrio natural de la Tierra y cómo los recursos que proveía el planeta podían ser suficientes para todos los que vivían y para las generaciones venideras. Dioni miró hacia abajo; toda la vida que había existido jamás en el mundo estaba debajo de él.

—Mantén los ojos abiertos y mira hacia el suelo —se dijo a sí mismo—. Si el suelo se acerca mucho, sólo abre las alas y tira la cabeza hacia atrás.

Dioni empujó la cabeza hacia adelante y le dio permiso a la gravedad de hacer lo que hace mejor. Desde tan extraordinaria altitud, se zambulló a una velocidad más rápida que la del despegue desde su *Pathfinder*. El viento en contra era frío e hizo que de nuevo le lloraran los ojos. La reacción fue la misma que la de su primera experiencia tal.

Dioni tenía una responsabilidad hacia sí mismo y hacia el equilibrio del mundo natural. Si este era el último acto de su vida, entonces se chocaría contra el suelo con el entendimiento de que su destino había sido decidido el día que cayó en la laguna del cráter del Volcán de Ipala, en esa tarde tormentosa. Si no, entonces desde el suelo emergería un reflejo de su propia imagen, un sistema por el que se le había otorgado acceso a su sede y donde aprendería, de una vez por todas, si era o no el pájaro Omega.

Mucho más abajo que él, un objeto tremendamente brillante emergió. El objeto era otro quetzal, que volaba a la misma velocidad, pero en la dirección opuesta. El quetzal que escalaba hacia Dioni estaba hecho totalmente de luz, mucho más brillante en la oscuridad de lo que le había parecido en su primer encuentro.

Dioni se mantuvo en su curso. Mantuvo su posición mientras el quetzal de luz se elevaba al mismo ritmo en el que él caía. Esta era; era su última oportunidad para escapar y vivir una vida normal como un pájaro normal, o remontar el vuelo contra un planeta en peligro y oponerse al pájaro que había sobrepasado su utilidad. Dioni escogió lo último.

El brillo del quetzal de luz obligó a Dioni a cerrar los ojos. En el momento exacto del impacto, un sobrecogedor sentido de calor lo rodeó. Los dos pájaros se chocaron en la noche - una fuerza imparable golpeó contra una voluntad inamovible – creando un destello azul en el cielo. Dioni dejó atrás un aura de energía azul, que fue absorbida gradualmente por la luz de la luna.

Capítulo Veintinueve

Mientras la atención de los meteorólogos alrededor del mundo estaba puesta en el fenómeno natural, los pájaros trabajadores del Departamento de Control del Clima Global estaban enfocados minuciosamente en la administración de sus respectivos territorios. La escena era la suma de todos los miedos, donde poca atención se ponía a la razón por la que se había programado la ejecución de la anomalía. Todos los pájaros querían una parte de la acción. Ninguna negociación estaba descartada, aunque la última palabra le pertenecía al pájaro que supervisaba todas las solicitudes de las órdenes de trabajo.

Mimidae tenía jurisdicción ilimitada en cuanto a donde tenía permiso de entrar y era bienvenida, pero no iba a entorpecer el trabajo de las colibríes. Agarró un aparato semitransparente cuando voló sobre y alrededor del alboroto del Centro de Control. Los pájaros cuyos territorios estaban dentro del camino de las tormentas gemelas estaban trabajando duro. Frenéticamente intentaban mantener el control de las tormentas mientras se adherían a las reglas del equilibrio natural de la Tierra. De todas las áreas de trabajo que vio mientras circulaba alrededor de las estaciones de trabajo de abajo, había sólo una estación vacía. Como si hubiera sido abandonada por el pájaro responsable de ese respectivo territorio, el área de trabajo no tenía un Controlador que supervisara las operaciones para esa región. Esto era muy inusual, especialmente para esa estación en particular.

El Alfa notó que Mimidae se acercaba. Estaba en su postura de poder, una posición de confianza que creaba un aura de superioridad sobre todos los pájaros que trabajaban bajo su mando. Él era invencible y nada podía hacerle sentir lo contrario.

—¡Mim! —dijo el Alfa, una alegría forzada evidente en su tono—. ¿No te encantan estas cosas?

—¿Qué cosas, señor? —preguntó Mimidae.

Aterrizó junto al Alfa, sobre la superficie sólida, un paso detrás de donde se posaba el Alfa.

—¡Las anomalías, Mim! ¿En qué otra cosa estaría pensando?

—A mí me parece un día jueves normal, señor.

—Ah, tonterías —respondió el Alfa. Se volvió para postrarse frente a ella. Sólo escucha lo ruidoso que está.

El Alfa levantó la cabeza y sonrió mientras colocaba su ala contra su oreja.

—Señor —respondió Mimidae, sin interés en el comportamiento inusualmente optimista del Alfa—. Cuando subí me di cuenta de que la estación de trabajo 06-01-10B8 estaba vacía.

—¿Ah sí? ¿Cuál es esa?

—La estación del quetzal, señor. La ciudad maya en el norte de Guatemala. Parece extraño que la región más afectada no tenga un Controlador. La estación parecía abandonada.

—Sí, bueno, estas cosas pasan, Mim. No hay problema —respondió el Alfa, fríamente—. El trabajo no es para todos los pájaros. Si fuera tan fácil, todavía tendríamos dodos, ¿o no?

Mimidae suspiró. Encendió su aparato de comunicaciones y realizó movimientos para revelar una versión más pequeña del gigantesco mapa desplegado en la pared del Centro de Control.

—Señor, las tormentas están por tocar tierra…

—¡Yo sé! ¡No es genial! —interrumpió el Alfa, emocionado. Volvió su atención a la escena debajo de su oficina ejecutiva.

Mimidae se puso ansiosa. Rápidamente leyó las advertencias desplegadas en su aparato.

—Señor, solamente tenemos unas cuantas horas para poder cambiar la dirección de los patrones climáticos y empujar a los huracanes hacia atrás. Los vientos fuertes y la lluvia han empezado a golpear la región. Los informes de los tucanes indican daños a los pueblos y a los árboles. Están preocupados por las inundaciones.

—Nada que no pueda manejar, Mimidae —respondió él, sin inmutarse ante su preocupación—. Procede de acuerdo a lo planificado.

—Señor, una cosa más.

—Rápido, Mim. Estoy ocupado.

—El Omega, señor.

—¿Qué pasa con él? —preguntó el buitre. Mantuvo la espalda hacia Mimidae, aunque estaba totalmente atento a cada palabra que decía.

—Parece que perdimos su señal cerca de las islas Cocos Keeling. Esa estación ha estado desocupada desde que los niveles de contaminación se elevaron a…

—Estoy seguro de que está bien, Mim —respondió el Alfa, su voz ligeramente sombría—. Tenemos cosas más importantes de las que preocuparnos que un pájaro tropical tomando unas vacaciones justo después de su iniciación.

—Señor, —dijo Mimidae—. Sé que no es asunto mío, pero…

—No, no lo es —intervino el Alfa. Se volvió en dirección hacia ella y cambió su expresión a una de intimidación—. Entonces, qué tal si te quedas en tu carril antes de que asignemos a tu querido amigo carraca, de la India, a un turno de noche permanente en una isla perdida en el ártico.

Mimidae se desinfló. El Alfa sabía cómo golpear a sus oponentes donde más les podía doler, y a pesar de su relación de trabajo, Mimidae no era inmune a los golpes que él le daba.

Un estallido de energía de luz se emitió en la distancia. La luz era de color azul; aunque no era importante para la masa de Controladores que trabajaban diligentemente en el Centro de Control, captó la atención del ruiseñor que esperaba el regreso del pájaro Omega. Un débil pero visible río de luz azul siguió la ruta de vuelo de un objeto en movimiento. Aunque la fuente de energía no era claramente identificable, el Alfa sabía exactamente quién había hecho una gran entrada al Departamento.

–Ves, Mim –dijo el Alfa–. Aquí está tu querido Omega. –Él observó el camino de luz–. Y tú estabas preocupada.

El pájaro Omega voló más cerca. La luz que emitió se desvaneció gradualmente a medida que su forma física se hizo más prominente. En el momento que lo vio, Mimidae sintió alivio y a la vez preocupación. Ella quería que él estuviera sano y salvo, lejos del caos de las tormentas gemelas, aunque sabía que su presencia era obligatoria. Ally nunca tuvo que experimentar un evento como ese, especialmente cuando acababa de aprender a ser un ave. No había coincidencia alguna respecto al motivo por el que el Alfa había escogido el momento para que ocurriera el fenómeno.

Dioni puso las patas sobre el piso lujoso de la oficina ejecutiva. Batió las alas para quemar el exceso de energía, luego se volteó para ver a los dos pájaros junto a él. La cara de Mimidae le dio a Dioni la impresión de que ella estaba preocupada por su seguridad, mientras la cara del Alfa mostraba una sonrisa hipócritamente formada.

–¡Justo el pájaro al que quería ver! –dijo el Alfa en tono alegre–. ¿Cómo estuvo tu viaje? Esos pingüinos ¿eh?

–Necesito que me cambies a como era antes –exigió Dioni.

Se sacudió lo que le quedaba de exceso de energía.

–De… acuerdo –respondió el Alfa–. Eso no fue exactamente el caluroso… hola… qué bueno verte… cómo has estado… conocí a una pava real... que yo esperaba, pero es bueno verte a ti también, Dioni.

–Ya me harté de vivir así –dijo Dioni.

Caminó acercándose al Alfa y no notó la presencia de Mimidae.

–Mira nada más, Mim –dijo el Alfa–. Le damos al niño una lección de vuelo, unos días de libertad y un traductor automático y de repente él está dando las órdenes. ¡Me encanta!

Dioni miró a Mimidae. Su pequeño cuerpo temblaba de nervios. Ella hizo lo mejor que pudo por esconder sus emociones del Alfa, a quien de todas formas no le hubiera importado. Dioni caminó hacia la cornisa para pararse más cerca del Alfa.

–Ven, Dioni. Siéntate conmigo –dijo el Alfa.

Él abrió el ala e invitó a Dioni a compartir la percha.

Dioni no se movió. Él no estaba ahí para negociar, sino más bien para tomar lo que quería y luego irse, de una vez por todas, en sus propios términos. El Alfa inclinó la cabeza. Suspiró mientras veía hacia abajo, hacia su imperio.

—¿Te conté alguna vez que este es mi rincón favorito de todo este lugar? —dijo el Alfa, dándole la espalda a Dioni y a Mimidae—. Imagino que es lo que un director de orquesta debe sentir. Es una sinfonía hermosa, Dioni. ¿La oyes? Es absolutamente hermosa.

El Alfa levantó las alas y empezó a mecer las alas y el cuerpo para imitar los movimientos de un director de orquesta. Dioni caminó hacia delante.

—No me importa —dijo Dioni—. Quiero ser yo mismo otra vez. Quiero irme a casa y ver a Alma y vivir mi vida y nunca volver a ser un pájaro.

—Me ofende que no estás poniendo atención a lo que estoy diciendo, Dioni —respondió el Alfa. Bajó las alas y volvió la atención a la escena de abajo—. Entonces, si no vas a escuchar mis palabras, entonces tal vez escuches a la razón.

El Alfa saltó de su percha y voló a su oficina ejecutiva. Tanto Dioni como Mimidae retrocedieron para protegerse de las alas del gran buitre. Él se volvió hacia Mimidae.

—Déjanos —le dijo el Alfa a Mimidae, una orden que no debía ser ignorada.

Mimidae hizo lo que le ordenaron. Se alejó caminando de la oficina ejecutiva y fue a su oficina administrativa. Se quedó detrás de una pared, donde no la veían los pájaros de la oficina ejecutiva pero estaba lo suficientemente cerca para escuchar la conversación.

—La respuesta es no —dijo el Alfa. Apartó la vista de Dioni y caminó a su escritorio ejecutivo—. Teníamos un trato, chico. Diez días, ni uno más, ni uno menos, a menos que encontraras un reemplazo. ¿Encontraste un reemplazo?

—No, pero…

—No, eso es todo lo que debiste decir, «no». Lo siento, niño, no hay trato —el Alfa se apoyó sobre su escritorio y miró a Dioni. Le dio la espalda lentamente al pájaro inferior–. Perdiste. No sé qué más decirte. Disfruta de esas plumas en tu cola, supongo. No sé. No estoy totalmente seguro sobre tus planes a futuro…

No era la respuesta que Dioni esperaba. En un arranque de ira, Dioni corrió, levantó las alas a la altura de los hombros y arremetió contra el buitre. Golpeó al Alfa y lo empujó violentamente contra su propio escritorio. El Alfa sintió el golpe en la espalda, luego sintió el dolor donde había pegado contra su escritorio, en el pecho, lo que lo obligó a soltar un resoplido. Dioni mantuvo su posición, sin moverse, con la ira visible en los ojos.

–Pequeño primate desagradecido –dijo el Alfa.

La cara del buitre se coloreó de rojo por la furia. Levantó el ala y puso toda su fuerza para golpear a Dioni con un porrazo de la parte trasera del ala. El ala del Alfa le dio a Dioni con tanta fuerza que el topetazo lo sacó de la oficina ejecutiva. Dioni reaccionó rápido y abrió las alas en el momento en que fue lanzado lejos, fuera de la oficina y sobre el Centro de Control. Como un quetzal - un experto en vuelos que empezaban con una caída de una posición elevada - la rápida reacción de Dioni le previno de una gran caída que pudo haberle causado un daño irreversible. Mimidae fue testigo de todo.

El Alfa miró fuera de la ventana de su oficina ejecutiva y vio a Dioni, con las alas abiertas y que, brevemente, planeó a unos metros de distancia de la percha de la oficina ejecutiva. El Alfa corrió inmediatamente hacia el espacio abierto, extendió sus poderosas alas y saltó fuera de su oficina. Voló rápido hacia Dioni de la misma forma en que un halcón ataca desde el cielo y no ve nada más que su objetivo.

Dioni vio al Alfa que venía rápido hacia él y, entonces, se tiró en picada. La persecución había empezado. Los gritos del buitre hicieron eco a través de todo el Centro de Control, donde los pájaros abajo, que trabajaban con esmero, hicieron caso omiso del ruido. El alboroto de un fenómeno natural tenía prioridad sobre lo que ocurría justo encima de sus cabezas.

Como dos pilotos de caza esquivando proyectiles de rondas explosivas en un estallido en el aire sobre una zona de guerra, silbaban el Alfa y el Omega a través del aire. Dioni esquivaba cuidadosamente a la gran cantidad de colibríes mientras navegaba a través del gran espacio sobre el Centro de Control. Con cada batir de sus alas, Dioni intentaba desesperadamente escapar de las garras del Alfa. La envergadura de sus alas era significativamente más pequeña que las del buitre, lo que era una gran desventaja. Le salvaba la presencia de muchos colibríes que volaban rápido en todas las direcciones, sin poner atención a los alrededores; mientras Dioni volaba sobre o debajo de ellos o junto a las diminutas aves, el Alfa arremetía contra cualquier cosa que se pusiera en su camino.

Dioni se tiró de cabeza tan cerca del nivel del suelo como le fue posible, para la sorpresa de los grupos de Controladores que estaban sentados en sus estaciones de trabajo y se maravillaron de ver a los dos pájaros que estaban enganchados en una batalla aérea. Dioni hizo contacto visual con un pájaro cuya cabeza se alzaba más alto que los demás; casi se estrella de cabeza contra un completamente desprevenido emú, que estaba tan distraído por el manejo de su estación que no notó la inminente amenaza.

–¡Cuidado! –gritó Dioni.

El emú se estiró hacia delante rápidamente para evitar un choque que pudo haber resultado en una lesión severa tanto para él como para el pájaro Omega. El emú intentó recuperar su postura, sólo para volver a tener una segunda experiencia cercana a la muerte con el enfurecido Alfa.

Dioni subió los hombros y se levantó para elevarse sobre el nivel del espacio de trabajo. El pájaro Alfa iba un poco más atrás. El movimiento hacia arriba colocó a Dioni en un alineamiento perfecto - el primer requisito para una exitosa velocidad de despegue - para escapar utilizando la técnica que había aprendido de los mejores pilotos del mundo. Dioni alineó su cuerpo con precisión absoluta, ni una pluma fuera de lugar, en una configuración perfecta para prepararse para el la técnica. No se dio cuenta, en el momento exacto en que su cuerpo ascendió inmaculadamente para escapar de la furia del buitre, que ya no tenía puesta la importante pieza de tecnología esencial para activar la velocidad de despegue.

Dioni cerró los ojos. Recordó el momento en que se había quitado el *Pathfinder* y lo había tirado al abismo del océano. Su impulso, aunque impecable en su forma vertical, desaceleró lo suficiente para que el buitre lo capturara fácilmente. El tiempo mismo se quedó suspendido mientras esperaba lo inevitable. Todo el Departamento se quedó en silencio.

Dioni miró hacia atrás y vio que estaba solo. Notó cómo los ojos de todos los pájaros en todas las estaciones de trabajo, inclusive todos los colibríes, estaban dirigidos solamente hacia él. En la distancia, Dioni vio un par de colibríes cuya atención estaba en otro lugar. Uno de los pequeños pájaros cerró los ojos y volteó la cabeza a otro lado como para no ver el siguiente acontecimiento; la segunda colibrí levantó una de sus alas y señaló repetidamente hacia arriba; la única asistencia que Dioni recibió de cualquiera de los miles de aves en el Centro de Control.

Dioni de nuevo movió los hombros hacia atrás. Miró hacia arriba, por el más mínimo momento, y sólo vio el destello de un profundo color oscuro, antes de sentir el golpe total de la poderosa ala del buitre. Sin su *Pathfinder* para darle protección externa contra las amenazas conocidas o imprevistas, Dioni absorbió todo el impacto de la furia del Alfa.

El cuerpo de Dioni descendió inmediatamente. El impacto lo forzó a transformar su perfecta alineación vertical en una débil bola de plumas azules. Golpeó el frente del tablero de control y se detuvo, boca abajo, en un área abierta entre el espacio de trabajo de las palomas blancas y las estaciones de trabajo de alrededor. Las palomas, escandalizadas por haber presenciado un acontecimiento tan violento, miraron su estación de trabajo para ver si el pájaro tropical había o no sobrevivido el impacto. Sólo vieron su espalda y las plumas de la cola sacudidas, con la cabeza lejos de ellas.

Dioni estaba adolorido, aunque todavía con vida. Tosió, lo que produjo una punzada que sintió en todo su cuerpo. Reunió sus fuerzas para colocar las alas debajo de él y empujar su cuerpo del suelo. Reunió cada onza de energía que le quedaba para levantarse. Dioni abrió los ojos y sólo vio una serie de luces borrosas. Levantó la cabeza y de repente sintió el apretón de una garra gigante que le estrangulaba el cuello. El cuerpo de Dioni fue levantado y empujado violentamente contra la parte frontal del tablero de control, vaciándolo del poco aire que le quedaba en los pulmones.

El Alfa mantenía sus garras en Dioni mientras inmovilizaba al pájaro más pequeño entre el frente del tablero de control y el piso. El buitre se agachó para estar a la altura de los ojos del Omega. Apretó más sus garras sobre el cuello de Dioni.

—Te daré a elegir, aquí mismo, ahora —dijo el buitre, el tono de su voz tan oscuro como las plumas antiguas en su cuerpo—. Este es un trato que solamente te daré una vez, y la oferta vence inmediatamente, así que tómalo o déjalo. Opción A: regresas a ser tú mismo - a la vida de huérfano, ordinario e inútil, que tan desesperadamente quieres - pero no puedes hacerlo hasta que mis gemelos terminen su trabajo y le demos al mundo un espectáculo que nunca olvidará. Opción B: aceptas permanecer como el pájaro Omega por el tiempo que yo te diga que lo seas. Cancelamos los gemelos para salvar tu asqueroso pueblecito y al resto de las repugnantes criaturas que viven en él.

Los nublosos ojos de Dioni se aclararon, permitiéndole enfocarse plenamente. Vio la pata adherida a la garra que tan enérgicamente agarraba su cuello. Vio toda la estampa de un buitre que había sido poderoso - un aviador respetable cuya misma existencia probaba que los pájaros eran, realmente, los seres vivientes más grandiosos en la Tierra - infectado por una sensación abrumadora de odio. Miró a los ojos de su oponente, donde el pájaro Alfa daba albergue tanto al miedo como al caos, y donde un mínimo reflejo de luz blanca se reflejaba en la superficie.

Dioni miró más allá del buitre que estaba encima de él. Con sus ojos totalmente enfocados, Dioni vio las imágenes que se mostraban en una pantalla de tan gran tamaño que su luz irradiaba calor para toda la habitación. En ese preciso momento, Dioni comprendió la magnitud de su oponente. En destellos de animaciones repetitivas, Dioni vio la vastedad de dos colosales supertormentas a punto de aniquilar todo lo que había en su paso. Se mostraba un gigantesco mapa de los continentes americanos de la Tierra - una región que tenía islas, montañas, cañones y ciudades gigantescas. Sin embargo, a pesar de todo lo que existía dentro de los confines de aquello que estaba desplegado en el mapa, sólo un lugar estaba marcado. Debajo de imágenes repetidas de la ruta programada para los huracanes gemelos, Dioni vio el único error de un plan a todas luces perfecto del Alfa. Alguien cambió lo que se proyectaba en la pantalla gigante, lo que le proporcionó a Dioni con la única evidencia necesaria para tomar su decisión.

Dioni vio un círculo alrededor de una parte pequeña de tierra en el norte de Guatemala, con una sola palabra que se mostraba junto a ella: Flores. Nada podría sobrevivir. El daño ya estaba en camino seguramente - sin energía eléctrica, inundaciones, ríos desbordados - una culminación de lo peor de lo peor. Para las personas más pobres que vivían en Flores, era la batalla del fin del mundo, el apocalipsis… la promesa cumplida del fin de los días.

El Alfa no tenía intenciones de negociar con Dioni; la decisión para la destrucción de la tierra natal de Dioni fue tomada en el momento en que Ally escogió a Dioni para ser su sucesor. El Alfa quería que Dioni aceptara su propuesta, luego usaría la excusa de la furia de la naturaleza como un medio para justificar la destrucción de todo un país. La decisión quedaría grabada en la conciencia de Dioni para el resto de su vida, por una eternidad, si aceptaba la propuesta del Alfa.

Los ojos de Dioni regresaron al Alfa. El buitre apretó sus garras, obligando Dioni a abrir el pico y tomar aire desesperadamente. Los ojos de Dioni se humedecieron y empezó a perder la sensación en sus extremidades. Todo su cuerpo estaba frío, aunque la garra del buitre irradiaba calor. El Alfa aflojó un poco sus garras, sin soltarlo. Tenía la esperanza de oír la desesperación en las últimas palabras de Dioni.

Lejos, sobre la escena que ocurría abajo, Mimidae miraba aterrorizada. Ella estaba completamente consciente del humor del Alfa y sabía que no podría contenerse y ocasionarle un daño permanente al Omega. Él haría lo que fuera - por su legado, por su reputación, por su orgullo - para asegurarse de que el equilibrio natural del mundo permaneciera bajo su control. Se posó en la percha del Alfa y miró hacia abajo mientras ocurrían los hechos.

—No te rindas, Dioni. No le dejes ganar —dijo Mimidae, sin que la oyera otro pájaro excepto ella.

Ríos de lágrimas rodaron de los ojos de Dioni. Apretó el pico e hizo todo lo que pudo dentro de sus habilidades limitadas para no mostrarse derrotado por la voluntad de un pájaro más poderoso. Sus lágrimas rodaron hasta su pico y aterrizaron en la garra con la que lo agarraba del Alfa. Con su última gota de aire, Dioni dijo una sola y dolorosa palabra:

—Nnn… ooo.

Dioni tosió, lo que salpicó lágrimas en la cara del buitre. Como si le hubiesen escupido, el Alfa sintió la grosera falta de respeto que se proyectaba de un ave de menor rango.

—Eres una repugnante pérdida de vida —dijo el Alfa.

El Alfa se alzó al vuelo con Dioni entre las garras. El esfuerzo de Dioni era insoportable; fue elevado del suelo frío por la garra alrededor de su cuello, dejando el resto de su cuerpo casi totalmente inservible. Sus alas y patas siguieron, sin poder defenderse contra una autoridad superior, y se fueron a la deriva tan fácilmente como sus largas plumas de la cola.

El Alfa ganó velocidad y altura. Voló rápido hacia la inmensa pantalla del Centro de Control; sabía que tenía la atención de todos los pájaros en su lado del Departamento. Era su oportunidad para dar un ejemplo a cualquier pájaro que osara enojarlo. Él era el Alfa, el único Alfa y que las aves del futuro recordaran este acontecimiento como la leyenda del quetzal azul, el pájaro tonto que, por un breve momento, creyó que era más grande que el polvo de donde había venido.

El buitre voló tan rápido como sus alas podían cargar su viejo cuerpo. Detuvo su impulso y soltó a su víctima, lo que le permitió a la gravedad terminar el resto del trabajo. Dioni se fue a la deriva, sin rumbo, desde que lo soltó la garra del poderoso pájaro. Planeó en el aire como una muñeca de trapo tirada a través de una habitación gigantesca. El cuerpo de Dioni chocó contra la gran pantalla, creando una serie de rajaduras que fluyeron hacia fuera desde el punto de impacto de Dioni. Su cuerpo colapsó sobre el suelo frío, fuera de la visibilidad del Alfa. La única evidencia de la presencia de Dioni era una pequeña pluma azul que descansaba en el cráter producido por la colisión de su cuerpo contra la pantalla.

Ni un solo pájaro en todo el Centro de Control hizo movimiento algún. Era la misma naturaleza del escándalo y maravilla, una táctica militar demasiado familiar para el pájaro que había vivido a través de todo posible escenario en la Tierra. El Alfa subió y ganó impulso mientras hacía un viraje y volaba alto sobre su imperio. La atención y respeto temeroso de todos los pájaros estaba enfocada únicamente en él. Sin importar cómo había pasado, aceptaba la atención.

El Alfa hizo un viraje final sobre el lado lejano del Centro de Control, luego bajó la velocidad y altitud para aterrizar precisamente sobre la escena del crimen, unos cuantos pasos antes del tablero de control principal. Las dos palomas blancas estaban atentas, con miedo de que les tocara el mismo destino que el pájaro Omega. El Alfa bajó las alas y sacudió su cuerpo para soltar el exceso de energía creado por su ataque de ira. Se aproximó a las aterrorizadas palomas.

—Procedan con la anomalía —ordenó el buitre mientras se acercaba—.

Anular incumplimiento de protocolo. Aprobado por el Alfa.

Se volteó para ver la pantalla y les dio la espalda a las palomas, en quienes confiaba que no desobedecerían la orden.

Los dos pájaros se quedaron quietos. Ya sea porque estaban paralizados o porque no querían obedecer la orden que había sido puesta en marcha antes de que alguno de ellos existiera. Las palomas, con los ojos bien abiertos, solamente se quedaron viendo al gran buitre. La pausa fue demasiado larga. El Alfa volteó la cabeza y miró amenazadoramente a las dos palomas desprevenidas.

—¿Qué están esperando? —preguntó el Alfa—. Continúen con la anomalía natural como se había planificado. Anular incumplimiento de protocolo. Aprobado por el Alfa.

Una vez más, las palomas se quedaron inmóviles. La cara del Alfa, que por un momento había vuelto a su estado normal, brilló roja por la rabia. Volteó el cuerpo y caminó hacia el tablero de control principal. Los dos pájaros se encogieron de miedo con cada paso que el Alfa daba para acercarse. Caminó a la orilla del tablero de control y levantó su poderosa ala; si no hubiera probado ya su autoridad con lo que le había hecho al Omega, seguramente no dejaría de hacerles más daño a los demás. La paloma macho, la más grande de las dos, se tiró frente a la paloma hembra en un intento de protegerla de un golpe que le rompería los huesos.

—Yo… me niego… —dijo una voz rota en la distancia—. Rechazado… por… Omega.

El Alfa bajó el ala y volteó hacia donde venía el sonido. En la parte de abajo de la pantalla, muy golpeado y casi incapaz de equilibrarse, estaba Dioni. Su cuerpo se ladeaba y usaba su ala derecha para acariciarse el dolor del hombro izquierdo. Cada sílaba que pronunciaba, la decía con mucho dolor; como tal, Dioni escogió cuidadosamente cada palabra. Respiraba con dificultad.

—Una vez no fue suficiente para ti ¿eh? —dijo el Alfa—. Quédate quieto, Dioni. Será mejor para ti si estos pájaros creen que estás muerto.

Dioni miró en todas las direcciones. Vio una gigantesca habitación llena de aves, cada una de las cuales lo miraba tanto con admiración como con lástima. El Alfa lo había tomado por tonto, aunque su resistencia le había dado una credibilidad y respeto que pocos pájaros lograban obtener en el transcurso de su vida. Dioni inhaló tan profundo como pudo. Ignoró el dolor en su pecho.

—¡Ayúdenme! —gritó. Su sonido casi no lo oyeron más que los pájaros que estaban más cerca de él—. ¡Ayúdenme! ¡Ayúdenme! ¡Deténganlo! —continuó él, cada palabra que decía ligeramente más fuerte que la anterior.

El Alfa sonrió; esto era drama en su mejor forma. Ante él y todos los demás, Dioni se había avergonzado a sí mismo y a su posición como el Omega.

—Perdiste tu *Pathfinder* ¿recuerdas? —dijo el Alfa. No contuvo lo mucho que le entretenía lo que había pasado—. No entienden una palabra de lo que estás diciendo.

—¡Ayúdenme! ¡Por favor, ayúdenme! —balbuceó Dioni. Todo sonido que emitía era incoherente.

—Basta, niño —dijo el Alfa—. Cada vez te ves peor.

—¡Sé que me entienden! ¡Por favor, ayúdenme! —rogó Dioni.

—Ves Dioni, no pensaste bien tu plan —dijo el Alfa—. Para ellos, no eres nada más que… un pollo chillando… en el suelo… donde perteneces.

El agotamiento de Dioni se apoderó de él. Recobró una parte de su voz con cada ruego e intento de pedir ayuda, aunque todo era en balde si los demás pájaros solamente oían chillidos y sonidos aleatorios de un quetzal. Dioni inclinó la cabeza, en señal de derrota.

—Procedan con la anomalía natural de acuerdo a lo planificado —dijo el Alfa. Le habló a las palomas aunque miraba a Dioni—. Anular incumplimiento de protocolo. Aprobado. Por el Alfa —se volvió hacia las palomas—. No lo volveré a decir.

Dioni levantó la cabeza. Miró a la más grande de las dos palomas y tuvo la esperanza de que sus ojos expresaran las palabras que su voz no podía. Sobre el hombro del buitre, la paloma macho vio al golpeado quetzal. Notó la expresión en la cara del quetzal, un ruego que se reconocía y entendía en cualquier lenguaje.

La paloma más grande se volvió hacia la otra. Le hizo un gesto con su cara en el mismo idioma que había entendido de Dioni. La paloma más pequeña dio un paso para quedarse junto a la otra. Se miraron y luego volvieron su atención al Alfa. Juntos, levantaron las alas, se empujaron del suelo y abandonaron la estación de trabajo.

Todos los pájaros en la habitación colosal miraron cuando las dos palomas se fueron volando con elegancia. Dioni siguió su vuelo desde su lugar en el frío suelo. Los símbolos notorios de paz en la Tierra habían abandonado la habitación y desobedecido una orden al hacerlo. La más pequeña de las palomas miró hacia abajo desde al aire y vio a Dioni. Ella mantuvo contacto visual con él hasta que ella y su compañero dieron vuelta alrededor de la inmensa pared y volaron fuera del Centro de Control.

—Elogiable —dijo el Alfa mientras veía a las dos palomas huir—. Pero sumamente errado.

Un cardenal que se encontraba cerca, se posaba en la parte alta de su estación de trabajo. El color rojo de su cuerpo rebosaba un color natural que no podía pasar desapercibido. El cardenal miró a Dioni. Emitió un sonido que Dioni no entendió ni reconoció. Luego, el cardenal miró al Alfa, abrió las alas y después saltó para seguir la misma ruta de vuelo que las palomas.

A lo largo del otro lado de la pared del Centro de Control, un shara estaba parado sobre su estación de trabajo. Cerca del centro de la habitación, un búho ártico saltó para pararse sobre su estación de trabajo. En el lado opuesto, un tucán pico iris saltó de su percha para pararse sobre su estación de trabajo. Unas filas más abajo, un martín pescador se quedó mirando con enojo al Alfa mientras daba un gran paso hacia adelante para pararse sobre su estación de trabajo. A unos pocos metros de distancia de Dioni, un carpintero saltó del suelo para pararse sobre su estación de trabajo.

Desde el otro lado de la habitación, docenas de aves repitieron la acción del valiente cardenal. Cada pájaro se volvió para ver a Dioni, luego emitió un sonido que no se podía comprender. Se voltearon hacia el buitre y lo contemplaron con ojos de resentimiento. Formaron una masa de éxodo en el aire mientras se arremolinaban hacia los lados lejanos de la habitación y circulaban alrededor de la enorme pared que dividía el Departamento.

Dioni ignoró el dolor que sentía en todo su cuerpo. Corrigió su postura y bajó el ala que abrazaba su hombro lastimado. Saludó con la cabeza a cada una de las aves que le miraron desde arriba mientras salían del Centro de Control.

–Gracias –Dioni gesticuló con la boca a todas las aves que volvían su atención a él mientras se retiraban del lugar. Su voz no se oía por el estruendo de miles de aves que alzaban el vuelo simultáneamente–. Gracias.

El alboroto del Patio de Negociaciones se detuvo de repente cuando las aves que estaban ocupadas negociando, miraron hacia arriba y vieron la migración de pájaros que acudían en tropel desde el otro lado de la pared. Las aves en el aire circularon en perfecta coordinación; la realización de una murmuración impecable. Los Negociadores se quedaron maravillados mientras los Controladores circulaban el Departamento.

El buitre se quedó solo en la parte alta y en medio del Centro de Control, justo frente al tablero de control de operaciones. Trajo la punta de su ala izquierda a la parte de arriba de su cara, luego miró abajo y exhaló ruidosamente. Dioni, con la espalda hacia la pantalla gigante y en una posición más baja, mantuvo su posición. Estaba preparado para el siguiente movimiento del Alfa.

–Lo que hiciste aquí es empeorar las cosas –dijo el Alfa. Lentamente levantó la cabeza para ver a Dioni. Dio un paso adelante–. Ah, pero no para mí –dio otro paso adelante–. Estoy justo aquí… –otro paso adelante–. Tu pueblo despreciable, sin embargo… ese es totalmente otro asunto — otro paso más.

Mimidae se movió de la percha ejecutiva y entró volando a la oficina, detrás del escritorio del Alfa. Con una serie de movimientos, ella encendió una imagen proyectada que estaba sobre el escritorio. Después de no sólo décadas, sino siglos, de incontables horas invertidas en realizar tareas que eran indignas del Alfa, Mimidae sabía muy bien sobre las diferentes formas que ella podía otorgarse a sí misma acceso de nivel ejecutivo al tablero de control. Con los movimientos de sus alas y cuerpo sirviéndole de guía, Mimidae navegó a la plataforma de control de incontables pantallas en el Patio de Negociaciones. Activó la señal de video en el Centro de Control y le cambió la dirección hacia una nueva fuente.

Las pantallas del Patio de Negociaciones titilaron mientras cambiaban de las noticias globales y las transmisiones climáticas, a una transmisión en vivo de lo que ocurría en el otro lado de la gran pared. Cada pájaro en la habitación, inclusive los Controladores que encontraron zonas vacías entre los Negociadores, volvieron su atención a las pantallas.

Dioni miró mientras el Alfa se acercaba, aunque permaneció a una distancia lo suficientemente segura.

—¿Sabes lo que pueden hacerle dos huracanes a un país subdesarrollado, Dioni? —preguntó el Alfa. Sus pasos continuaron hacia Dioni—. Tu pueblo despreciable será completamente destruido.

El Alfa miró hacia arriba para admirar las dos tormentas que se mostraban.

—Y esto es lo que encuentro entretenido —continuó él—. En unos cuantos días, nadie va a recordarlo. Ya no estará y habrá quedado enterrado, completamente abandonado y olvidado.

El Alfa detuvo sus pasos. Justo en ese momento recordó algo.

—Ah, eso es interesante —pensó en voz alta. De nuevo miró a Dioni.

—¡Espera un segundo! ¡Así es como enterramos la ciudad maya! —dijo el Alfa, emocionado—. Por supuesto que empezamos con una erupción volcánica y una sequía y luego seguimos hacia el huracán… huracanes… pero tú te vas haciendo la idea —el Alfa empezó a caminar de nuevo hacia Dioni—. ¡No puedes inventarte estas cosas! ¿No es fantástico? —miró a Dioni—. Y pensar que tú pudiste haber salvado a Alma.

Las últimas dos sílabas que salieron del pico del buitre fueron suficientes para causar una implosión dentro de Dioni. No hizo caso de su dolor, junto con las limitaciones de su ser físico, y se lanzó hacia delante para correr hacia el Alfa. Desde una posición inferior, Dioni saltó y extendió las alas. Usó su impulso, alimentado por la furia de la venganza, para dirigir su ataque hacia el buitre mucho más grande.

Dioni gritó; era el grito de guerra de un pájaro antiguo cuya existencia mítica venía de los guerreros más valientes de la historia. Fijó la vista en el buitre, que se encontraba estoicamente en una posición elevada y esperaba a que Dioni hiciera lo peor.

Dioni puso toda su energía en arremeter contra el Alfa. Sintió cuando la punta de las alas golpeó al buitre con toda la fuerza, aunque no le hizo daño a su oponente. El Alfa se apartó del camino de Dioni e inmediatamente se alzó en vuelo. Dioni corrió a través del camino translúcido dejado atrás por los movimientos rápidos del Alfa. Antes de chocar contra el frente del tablero de control, Dioni sintió una fuerte garra alrededor de todo su cuerpo.

En un instante, el buitre se puso encima de Dioni y agarró su cuerpo con sus poderosas garras. Si el dolor y la impotencia de Dioni durante el primer ataque del Alfa había servido de muestra para lo que le esperaba la segunda vez, estaba muy equivocado. El Alfa era un ave mucho mayor, cuyas habilidades para cazar estaban muy fuera de práctica pero cuya fuerza permanecía intacta. Dioni gritó en agonía mientras las garras del Alfa lo sujetaban fuertemente alrededor del cuerpo. Dioni luchó desesperadamente por su vida, conforme a sus instintos naturales. Estaba atrapado, peor que enjaulado, literalmente en las garras de su oponente.

Mimidae movió frenéticamente las alas ante la pantalla proyectada para hacer todo posible intento por ayudar a Dioni. Las imágenes en su pantalla se movían como locas hasta que encontró la orden que buscaba con vehemencia.

—¡Por favor por favor funciona! —exclamó ella, a una velocidad más rápida de la que alguna vez había hablado.

La pantalla ante ella se detuvo, congelada por una dramática sobrecarga de órdenes. Una única palabra se iluminó frente a ella: Confirmado. Mimidae inmediatamente voló de vuelta a la bahía abierta de la oficina ejecutiva y miró hacia abajo a la batalla entre el Alfa y el Omega.

Sólo la cabeza del quetzal azul salía del agarre de las poderosas garras del Alfa. El Alfa apuntó directamente hacia el cráter que el cuerpo de Dioni había hecho en la pantalla gigante sólo unos momentos antes. Si el impulso de haberse detenido de repente y una fuerte caída no habían sido suficientes para eliminar a Dioni la primera vez, un impacto más severo a una velocidad mucho más grande, sin lugar a dudas, terminaría con cualquier rastro de vida que tuviera el pequeño pájaro.

El lanzamiento de vuelo del Alfa se detuvo de repente mientras chocaba contra una fuerza invisible que empujaba al buitre y soltaba al quetzal de su agarre. El Alfa cayó de espaldas. Perdió su equilibrio navegacional en el aire y aterrizó duramente sobre el frío suelo.

El cuerpo casi sin vida de Dioni penetró a través de la fuerza que sostenía al Alfa. Su estructura planeó en el aire a una velocidad increíble, proyectada para chocar en el mismo punto y contra la misma superficie de antes. En el momento de impacto, Dioni pasó a través de la colosal pantalla, completamente ileso. La sólida estructura fue anulada por la forma de plasma, lo que le permitió a Dioni pasar a través de ella, trasponiéndolo a través de la pared en la que la pantalla estaba construida, y surgir en el Patio de Negociaciones sin un rasguño. Aunque estaba lejos de las garras del buitre, el impulso de Dioni lo llevó de un lado al otro del Departamento, y se detuvo con la ayuda de muchos pájaros que lo agarraron en el otro lado.

El Alfa estaba solo. Se levantó y sacudió la cabeza, luego caminó hacia la inmensa pared. Con toda la fuerza que poseía, el Alfa golpeó la pared repetidas veces pero no podía romper lo sólida que era. Le gritó a la pared y repitió la acción. Usó las dos alas en un intento por romper la pantalla que desplegaba una transmisión en vivo del fenómeno sobre Centroamérica.

Incapaz de hacerle la mínima abolladura, el Alfa retrocedió, volteó el cuerpo y voló al tablero de control en la parte de atrás y en el centro de la habitación. Aterrizó y tomó su posición detrás de una serie de interruptores, botones y controles, todos los cuales creaban una multitud de operaciones acorde a cada una de sus órdenes. Él hizo una secuencia de gestos con las alas, que daban instrucciones para la operación del tablero de control.

—¡Donna! —gritó el poderoso Alfa. Su voz se hizo eco a través del Centro de Control vacío.

Desde lo alto de la habitación, cerca del sistema de túneles utilizado por casi todos los pájaros eficientes de todo el Departamento, emergió una sola colibrí. Hizo una pausa justo antes de llegar al tablero de control y quedarse a una distancia prudente del buitre.

—¿Sólo una? —preguntó el Alfa. Exhaló un gran gruñido y blandió el ala hacia la única mensajera.

La colibrí esquivó el ataque del buitre, luego, inmediatamente voló con rapidez fuera del Centro de Control. El Alfa continuó los gestos hasta que orquestó la orden apropiada. Una sonrisa malévola se formó en su cara mientras aprobaba la ejecución del Protocolo de Aislamiento.

Un sonido violento sacudió el suelo. En la base de la pared, desde arriba y abajo, dos grandes espacios se abrieron y soltaron un escudo enorme. Cada ave en el Patio de Negociaciones observó la colosal barrera que fue levantada desde abajo y soltada desde arriba; esto era un acontecimiento que ni los Controladores ni los Negociadores sabían que era posible. Las dos mitades del escudo parecían nubes de tormenta, donde rayos rojos pasaban entre una punta y la otra. Aunque se cerraba despacio, los pájaros vieron estupefactos y maravillados cómo la barrera gradualmente cubría toda la pared y separaba una mitad del Departamento de la otra. En cuestión de segundos, el Alfa cerró y se aisló con éxito dentro del Centro de Control.

Los pájaros que lo habían agarrado, ayudaron a Dioni a levantarse. Aunque cada una de sus respiraciones estaba acompañada por gran dolor e incomodidad, él estaba, física y emocionalmente, lo suficientemente fuerte para quedarse en posición vertical. Dioni levantó la vista y vio el escudo de tormenta que el buitre usaba para atrincherarse del lado del Control. Luego volvió la atención a todas las pantallas que desplegaban una transmisión en vivo de cada acción del Alfa.

—¿Lo podemos detener? —preguntó Dioni, una pregunta que ningún otro pájaro pudo entender.

Notó cómo le miraban, como si ellos se preguntaran si se había golpeado la cabeza muy fuerte y ahora no se podía comunicar en un lenguaje que se entendiera. Dioni lo repitió y usó su cuerpo como una forma de lenguaje de señales en un intento por comunicarse con los miles de aves en la habitación. No tenía caso. Escudriñó el Patio de Negociaciones para encontrar a otro pájaro que pudiera ayudarle. En todas las direcciones, Dioni se topaba con la misma respuesta. Los aviadores no le entendían y sus acciones no se traducían como él quería.

—¡AHH! —gritó Dioni, frustrado.

Buscó en la habitación una vez más, desesperado por un traductor. Miró hacia arriba y ahí estaba ella. En la distancia, Dioni localizó a su vigilante protectora. Era Mimidae, tal vez la única otra ave que podía ayudarle en esta hora de necesidad.

Dioni clavó los ojos en ella. Con el ala derecha, se tocó en el lateral de la cabeza. Con su ala izquierda, hizo movimientos hacia atrás y hacia delante frente a su pico. Él esperaba que ella entendiera, a pesar de la distancia entre ellos. Mimidae miró hacia abajo, curiosa por los movimientos que hacía Dioni.

—¿Qué está haciendo? —se preguntó en voz alta—. ¿Qué necesitas? ¿Algo para tu cabeza? ¿Te sientes mal? ¿Qué es, Dioni?

Se encogió de hombros, algo que Dioni vio desde abajo.

—No, no —respondió Dioni visualmente.

Los muchos pájaros del Centro de Control estaban intrigados por el esfuerzo de comunicación con Mimidae. Dioni levantó el ala a la frente e imitó el movimiento de buscar algo. Luego repitió sus acciones previas; se tocó el lateral de la cabeza e hizo un movimiento frente a su pico.

—¿Buscando algo? ¿Eso es? —preguntó Mimidae—. ¿Buscando al...? ¿Buscando para enc...? ¿Encontrar... en tu cabeza? ¿Un altavoz...? ¿Hablando... encontrar...buscando? ¿Un *Pathfinder*? ¡UN *PATHFINDER*!

Mimidae se lanzó hacia la oficina ejecutiva. Pasó volando a la par de su oficina, por el largo pasillo que llevaba al puente, pasando frente a un cuadro artístico colgado para aumentar el ego del pájaro Alfa, y entró a la pequeña oficina que antes había pertenecido a Ally. Ella inmediatamente se fue al escritorio y abrió cada gaveta en busca de lo que necesitaba. Cada espacio de almacenamiento, sin embargo, estaba limpio, una orden que había dado el Alfa a Donna en el momento en que Dioni fue transferido a la Academia de Vuelo. Mimidae hizo una pausa para pensar. Miró alrededor de la habitación y vio la pluma enmarcada en la pared.

—¡Eso es! —dijo emocionada.

Se posó en la percha de Ally y la usó como palanca. Se estiró hacia la pluma enmarcada y la retiró de la pared, revelando un pequeño espacio de almacenaje con la forma del marco. Mimidae se estiró tanto como le permitió su cuerpo. Alcanzó una caja pequeña y triangular, ubicada cerca de la esquina más lejana del compartimiento secreto. Abrió la caja para confirmar su contenido y verificar que era precisamente lo que necesitaba: el *Pathfinder* que había usado Ally. Mimidae agarró firmemente la pequeña caja, luego alzó el vuelo inmediatamente para salir de la oficina.

—Vamos, Mim... ¿Qué estás haciendo allá arriba? —preguntó Dioni en voz alta.

Miró hacia arriba y dejó los ojos puestos en la ventana de la oficina ejecutiva. En breve, Mimidae salió volando de la ventana abierta. Mientras salía, miró hacia el lado del Control y vio que estaba completamente atrincherado, totalmente sellado, de forma que ni ella ni cualquier otro pájaro pudieran entrar o salir del Centro de Control. Continuó su camino y rápidamente llegó al nivel del suelo del Patio de Negociaciones.

—Mim —dijo Dioni, agradecido de verla—. Necesito un nuevo...

—Aquí —respondió Mimidae. Abrió la pequeña caja para revelar un *Pathfinder* de modelo antiguo—. Este se coloca en la nuca, no en la cabeza como el otro.

—¿Hay alguna diferencia? —preguntó Dioni.

Se hincó para quedar a una altura más cómoda para que le instalaran el aparato.

—Sí, hay una diferencia —respondió Mimidae. Colocó el aparato en la nuca de Dioni y lo apretó para dejarlo en su lugar—. No es tan avanzado. Este no calcula murmuraciones.

—Está bien, lo averigüaré. Gracias, Mim.

Dioni se volteó al primer pájaro que vio, un picaflores de cebú, con inusuales plumas despeinadas.

—¿Me entiendes? —preguntó Dioni.

—Sí, lo entiendo —respondió el picaflores de cebú. Hablaba con un fuerte acento filipino.

—Bien —dijo Dioni. Dirigió su atención a todas las aves en el Patio de Negociaciones—. ¿Todos en esta habitación me pueden entender?

—¡Sí! ¡Lo oímos, Omega! ¡Fuerte y claro! —respondieron todos los pájaros.

Dioni corrigió su postura y miró a los grupos de Negociadores y Controladores reunidos en la habitación. Tenía la atención de todo el Departamento.

—El Alfa va a obligar a los huracanes a atravesar —le dijo Dioni a la multitud de aves.

—¿Cómo lo sabes? —preguntó un Negociador.

—Porque quiere destruir mi pueblo —respondió Dioni.

—Es cierto —dijo la paloma más grande de las dos palomas blancas del lado del Control—. Nos ordenó anular el protocolo estándar de anomalía. Una vez se establece la anomalía, sólo necesita de la aprobación del Alfa para proceder.

—¿Puedo hacer algo para detenerlo? —preguntó Dioni.

—El pájaro Omega no tiene esa autoridad —respondió la más pequeña de las palomas blancas.

—¿Entonces podemos entrar al Centro de Control y cambiar todo lo que él hizo?

—¿Anular el sistema? —preguntó un pájaro que no se veía.

—Sí —dijo Dioni—. ¿Podemos hacer eso?

—No, Dioni, no podemos —respondió Mimidae—. Él activó el Protocolo de Aislamiento.

—¿Qué es eso? —preguntó otro pájaro.

—Es un sistema de contención para el Centro de Control —respondió Mimidae a la gran multitud—. Fue establecido antes de que cualquiera de ustedes llegara aquí. Lo creamos como un medio para proteger al Centro de Control después de las explosiones de Japón en 1945. Aseguraba que pudiéramos continuar con las operaciones, inclusuve bajo condiciones extremas.

—¿Por qué no sabíamos esto? —preguntó un pájaro que estaba cerca de la pared del fondo.

—Es información privilegiada —respondió Mimidae—. Sólo el Alfa y el Omega anterior lo sabían. Ahora que no está Ally, el Alfa no necesitaba de su aprobación para activar el Protocolo de Aislamiento.

—¿Entonces cómo volvemos a entrar? —preguntó Dioni.

—Él nos tiene que dejar entrar desde dentro —dijo Mimidae.

Dioni gruñó.

—Piensa, Dioni, piensa —dijo él en voz alta—. No puede quedarse ahí dentro para siempre, ¿verdad?

—No —respondió un Controlador—. Un único pájaro no puede controlar el clima global por sí mismo. Así se diseñó el sistema. Nos necesita ahí dentro.

Dioni miró la pantalla sobre las masas. Vio cómo el Alfa trabajaba frenéticamente detrás del tablero de control.

—Me quiere a mí —dijo Dioni—. Si no me puede tener, entonces irá por ella.

—¿Por quién? —preguntó un pájaro perdido en la multitud.

Dioni escudriñó la habitación para encontrar una posición elevada desde donde pudiera dirigirse a los miles de pájaros en el Patio de Negociaciones. Vio un lugar para posarse cerca de una señal que apuntaba hacia el Centro de Transporte e inmediatamente voló hacia ahí. Se paró encima de los demás mientras miraba el mar de aves. En ese momento, se convirtió en su líder, en el símbolo de la esperanza.

Dioni se puso increíblemente nervioso; su cuerpo temblaba de miedo y ansiedad. Cerró los ojos y brevemente vio una imagen desvanecida de Alma. Abrió el pico pero no pudo emitir ni un solo sonido. Su voz dejó de funcionar.

—¡Si no podemos anularla desde el Centro de Control, entonces vamos a tener que hacerlo manualmente! —gritó Mimidae.

Cada pájaro que estaba viendo a Dioni se volteó a mirarla a ella. Ella caminó hacia delante y saltó al lugar donde se posaba Dioni.

—¡La tierra de la eterna primavera está en peligro! —se dirigió al grupo—. ¡Esto es más grande que cualquier cosa que pueda pasar a alguno de sus territorios! ¡Puede ser que no seamos capaces de detener la anomalía, pero podemos proteger a los vivos!

Empezó un parloteo en la multitud. Esta no era una anomalía ordinaria, sino más bien una llamada unificada para tomar acción. Mimidae se volvió a Dioni. Le puso el ala en el hombro.

—¿Qué necesitas que hagamos? —preguntó un búho enorme, que gritó desde el fondo de la habitación.

El parloteo cesó. Mimidae hizo una pausa para ver a todos los pájaros que le prestaban atención. Sin importar su tamaño, rapidez, ferocidad, fuerza o poder, las aves que gobernaban sus territorios se volvieron a ella para verla como líder. Dirigían su más grande admiración al ruiseñor que, por tanto tiempo, había estado tan sólo unos pasos detrás de tal responsabilidad.

—¡Cada ave que tiene alas, cada ave que pueda nadar, cada ave que tenga una voz y cada ave que tenga un lugar llamado hogar! —gritó Mimidae—. No importa dónde vivan, cuáles sean sus habilidades, qué hayan negociado de este lado o qué controlaban en el otro, ¡vayan a Guatemala y detengan la tormenta!

Mimidae abrió las alas.

–¡Si piensan que son incapaces de hacer esto, recuerden que nacieron como aves, el ser de la naturaleza más perfectamente diseñado! ¡Es por ustedes que el equilibrio natural del mundo es posible!

Los miles de aves en el Patio de Negociaciones celebraron tal validación, especialmente porque venía de Mimidae.

–¡Nos amenazaron! ¡El Alfa está al otro lado de la pared, haciendo lo que sea que sabe hacer con el propósito de destruir, y por su orgullo! –continuó ella–. ¡El pájaro Omega necesita nuestra ayuda! Alguien está amenazando con destruir su hogar y devastar el equilibrio natural. Esto no es el acto de un héroe, sino más bien el de un cobarde desesperado. Es nuestra responsabilidad, como aves, restaurar el equilibrio, no importa qué tan grande sea la amenaza en nuestra contra. ¡Y lo *haremos*!

Una inmensa ovación estalló en todo el piso. Cada pájaro en la habitación encontró inspiración para tomar acción inmediata, sin importar las consecuencias que iban a enfrentar por la tormenta supernatural. Mimidae respiró hondo.

–¡Vayan allá fuera y hagan que cada ave que tenga alas, que cada aviador con plumas, y que cada piloto se metan al agua! Vayan a Guatemala, ¡inmediatamente! El objetivo del Alfa es un pueblo llamado Flores, ¡así que ahí es donde lo detendremos!

Con sus últimas palabras, cada pájaro con voz gritó, cantó, o llamó hacia el cielo, totalmente entregado a la lucha contra el oponente más fuerte que jamás hubieran enfrentado. La orden se había dado, y el fracaso, bajo ninguna circunstancia, era una opción. Grupos y grupos de aves se movieron en todas las direcciones - algunos se lanzaron en picada, otros corrieron, y otros se fueron al Centro de Transporte - todos en un esfuerzo unificado para hacer lo que ninguna otra generación aviar había realizado anteriormente.

Mimidae saltó de su percha improvisada, seguida de cerca por Dioni.

–¡Ricky! ¡Jackie! –gritó Mimidae sobre el sonido de los miles que se movían activamente. Las dos palomas blancas se dieron la vuelta y caminaron hacia ella–. Tenemos que encontrar una forma de entrar ahí –se dirigió Mimidae a las palomas mientras señalaba la barrera entre el lado del Control y el de la Negociación–. Ya sea que él salga o nosotras entremos, necesito que ustedes dos lleguen a su estación inmediatamente después de que se abra la pared. Dejen que todos los demás pájaros se vayan. Ustedes dos quédense aquí dentro conmigo.

–¡Sí señora! –respondieron las dos palomas.

La atención de Dioni se desvió con el alboroto de las aves que se apresuraban hacia todas las direcciones. Estaba aturdido por el espectáculo de lo que había presenciado. Las aves no sabían nada de él - no era nada más que un pájaro que se veía extraño y tenía un nombre peculiar - y aun así habían formado un frente unido en su gran momento de necesidad. No les importaba su ser externo, sino más bien lo que representaba para el equilibrio del mundo natural.

Otra imagen de Alma pasó frente a Dioni. Recobró el sentido y se volvió hacia Mimidae.

–¿Mim, y qué hay de mí? –preguntó Dioni–. ¿Qué debo hacer?

Mimidae miró al pájaro Omega. Colocó una de las alas en su pecho, justo debajo de su cuello. Esta era una señal de respeto, algo significativo conocido por todos los seres vivos. Mimidae puso su ala opuesta sobre su hombro. Parpadeó, lentamente. Podía pasar lo peor y él debía estar donde pertenecía. Miró directamente a sus ojos y vio el alma detrás del exterior azul de Dioni.

–Ve con ella.

Capítulo Treinta

Los ruidos de los movimientos del Alfa hicieron eco en todas las direcciones a lo largo del Centro de Control. Por primera vez en lo que se conocía de la historia, el Centro de Control estaba sellado y con un solo pájaro a cargo. El Alfa se volvió responsable por la supervisión del control del clima para toda la Tierra, todo mientras mantenía un equilibrio delicado para los cientos de miles de territorios locales a lo largo del globo. No era, desde luego, una responsabilidad sencilla, ni una que pudiera ser operada por un ave, aunque fuera el más experto de todos los tiempos. El Alfa creó un sello sólido entre los dos lados del Departamento y estaba muy consciente de su única opción para escapar.

Al poderoso buitre no le importaba. Su atención estaba enfocada únicamente en la ejecución de la orden que él mismo había creado; una que él estaba decidido a supervisar hasta terminarla. Tenía amplia experiencia en el trabajo con los pájaros Omega de todas los tipos de personalidad - halcones demasiado entusiastas, pájaros tropicales que hablaban demasiado, vagabundos árticos, pájaros del día, cazadores de la noche, aves sabias, aves de justicia, aves de rapiña, nadadores, planeadores, escaladores, corredores, los que hacían nidos, carroñeros, un filósofo y finalmente, uno que estaba totalmente fuera de su elemento. El Departamento era la única existencia que conocía y en su sabiduría infinita, y no le asustaba sacrificarlo todo para asegurarse de que el equilibrio natural de la Tierra permanecería conforme a su voluntad.

El Alfa se movió alrededor del tablero de control. Usó sus alas y cuerpo para producir una serie de movimientos de varios patrones que eran entendidos como órdenes por el sistema operativo. Con pleno control y sin una autoridad contraria para anular sus deseos, el buitre cumplió su promesa.

Retrocedió y observó cómo una imagen destellaba repetitivamente en la gigantesca pantalla ante él. Los dos huracanes estaban en ruta para destruir y físicamente alterar la tierra, para transformar el paisaje centroamericano para siempre. El puente entre América del Norte y del Sur iba a sufrir el mismo destino que la civilización más grande de la historia. Si el Alfa fue capaz de ejecutar exitosamente la orden que había hundido a la metrópolis más grande jamás conocida en las profundidades del mar más oscuro y profundo, entonces repetir el proceso no le sería difícil. Sin embargo, Flores no era la Atlántida. Era una lección que la humanidad aprendería de una vez por todas y que no se atrevería a mitificar la segunda vez.

—Tú hiciste esto, Dioni —pensó en voz alta el Alfa—. Que la historia recuerde esto como tú culpa, no mía.

El Alfa levantó las alas. Hizo una serie de movimientos circulares que dictaron las acciones que se llevarían a cabo conforme a sus órdenes. En la gran pantalla del Centro de Control brilló una única palabra que destellaba en letras rojas, resaltadas y que le daba una tremenda sensación de alivio y satisfacción: CONFIRMADO.

Al lado opuesto de la gran pared, más allá del Centro de Control sellado en el que el Alfa se había atrincherado, se encontraban tres pájaros: un ruiseñor preocupada que caminaba de un lado a otro mientras continuaba observando una pantalla proyectada, y dos palomas blancas que se encontraban detrás de estaciones de trabajo improvisadas y hacían una serie de movimientos hacia los sensores de las proyecciones digitales.

—¿Hay algo ya? —preguntó Mimidae.

—No, señora —respondió Ricky—. Nunca se ha programado una anulación de este lado de la pared. Cada lado actúa con independencia del otro.

—Estoy tratando de encontrar una forma de entrar a ese lado de la red —dijo Jackie—. Las operaciones no fueron compartidas, pero tal vez hayamos guardado archivos previos en sus servidores.

—¿Qué hay de Donna? —preguntó Mimidae—. ¿Crees que tal vez Donna lo sepa?

—Lo dudo, pero podríamos preguntarle —respondió Jackie.

—¡Donna! —gritó Mimidae.

La respuesta normal, instantánea, de las colibríes no fue conforme a la norma habitual. Transcurrieron unos cuantos segundos sin que apareciera un colibrí.

—Ahora son *dos* cosas que nunca antes había visto —dijo Ricky mientras buscaba cuidadosamente una solución. Usó las alas y el cuerpo como señales con las que daba órdenes a la estación de trabajo—. Normalmente llegaría media docena de ellas.

—Sí, lo sé —respondió Mimidae—. No pueden haberse ido todas.

Mimidae enderezó la postura e imitó la voz de Dioni como mejor pudo. Le pegó al tono casi a la perfección mientras de nuevo gritaba el nombre ¡Donna!

La habitación se quedó en silencio. Mimidae miró a una de las docenas de pantallas que estaban cerca, que mostraba una transmisión en vivo de las colosales tormentas que estaban a tan solo unas horas de causar un daño irreparable a la Tierra. Suspiró y miró hacia abajo, luego continuó caminando a lo largo del espacio abierto cerca de las palomas blancas.

Desde una diminuta grieta, en la cubierta de arriba de la pared principal, una sola colibrí apareció. Su cuerpo, aunque casi todo de color oscuro, tenía alas iridiscentes que brillaban con un color índigo fluorescente mientras zumbaba en el aire. Al pasar bajo las luces brillantes del Patio de Negociaciones, sus alas desplegaron un color como de prisma que daba un efecto único, visto exclusivamente por aquellos afortunados que habían presenciado el vuelo de un colibrí negro.

El pequeño pájaro aterrizó detrás de Mimidae, a unos pasos de su camino y a unos cuantos metros de distancia de las palomas. La colibrí paso desapercibida, por un breve instante, hasta que Mimidae se dio vuelta y regresó. Mimidae se detuvo inmediatamente cuando notó al pequeño pájaro que estaba de forma casual entre ella, Ricky y Jackie.

—¡Creo que nunca he estado tan feliz de verte, Donna! —dijo Mimidae.

La colibrí respondió con gestos de las alas, un lenguaje de señas muy conocido entre las aves de su especie. Ella indicó que agradecía que le tuvieran aprecio.

—Donna —continuó Mimidae—. ¿Hay alguna forma de abrir la puerta de seguridad desde este lado de la pared?

Donna miró hacia arriba. A diferencia del resto de las colibríes del Departamento, sus ojos tenían una tonalidad azul única. Parecían como si el cielo mismo les hubiera dado su color, lo que le daba a ella una habilidad que ningún otro colibrí podía atribuirse. Ella miró alrededor de la habitación, luego se fue a la estación de trabajo de Ricky para estudiar rápidamente las órdenes que él ejecutaba. Buscó, pero no pudo encontrar lo que buscaba. Luego voló rápidamente a la estación de trabajo de Jackie e inmediatamente leyó cientos de líneas de códigos informáticos de aviador.

—El sistema no se puede anular desde un lado sin el permiso del otro —dijo Donna—. Se diseñó así como una medida de seguridad.

—Sí, ya lo sabemos —respondió Mimidae—. Después de lo que pasó en Japón, 1945.

—Correcto —dijo Donna.

—¿Se puede desobedecer el permiso? —preguntó Jackie. Donna se volvió a Jackie, que seguía haciendo movimientos ante los sensores digitales—. ¿Podemos usar una red compartida para obtener acceso a la computadora central del Centro de Control?

—Sólo puedes hacer eso por medio del tablero de control principal en el otro lado —dijo Donna—. El Centro de Control puede entrar a los servidores y a la computadora central del Patio de Negociaciones, pero no funciona igual a la inversa sin el permiso del lado del Control.

—¡AHH! —gritó Mimidae, frustrada—. ¿Qué pájaro sin cerebro diseñaría un sistema así?

—Está al otro lado de esa pared —dijo Donna.

Los cuatro pájaros se voltearon a ver la poderosa barrera que dividía el Departamento. Tenía que haber una forma de entrar.

. . .

Miles de metros sobre el suelo, a una altitud mucho más arriba de la que cualquier pájaro tropical era capaz de volar, se remontaba un quetzal azul. El portal lo soltó tan cerca como fue posible de su destino elegido, aunque se tomaron extremas precauciones para asegurar que se mantuviera seguro a una distancia prudente de las poderosas tormentas. Dioni entrecerró los ojos y los protegió mientras planeaba a través de las nubes, las alas sujetas en alineamiento perfectamente equilibrado. En la distancia oyó un rugido fuerte de la tormenta. Fuertes ráfagas de viento empujaban a Dioni hacia arriba, mientras él las esquivaba y continuaba su camino. El rugido se hizo más fuerte. Notó un vasto espacio por el que la luz del sol podía perforar a través de las nubes.

Dioni pensó sólo en Alma. Inclusive si las autoridades locales ordenaran evacuar a toda el área, Alma no tenía a dónde ir. ¿Quién aceptaría a los niños del orfanato? ¿Quién tomaría la responsabilidad por aquellos que muchos consideraban como problema de los demás? ¿Por qué le importarían a alguien, cuando tenía que salvarse a sí mismo?

Las preguntas que circulaban por la mente de Dioni se detuvieron de repente en el preciso momento en que las nubes se apartaron. Vio lo que ninguna otra alma viviente había presenciado desde tal perspectiva. A su izquierda, Dioni vio una poderosa luz que irradiaba desde el sol. Sus rayos le ofrecían el calor que de inmediato le arrebataba lo que veía debajo. Como si fuera un sueño, o tal vez una pesadilla de proporciones épicas, Dioni fue el primero en ver las fuerzas que, lentas pero seguras, hacían planes para arrasar todo lo que se encontraban en su camino.

Los ciclones gigantescos existían solamente con el propósito de la destrucción total. A la izquierda, debajo de Dioni, estaba Eliza, una tormenta tan grande y tan furiosa que su envergadura ciclónica abarcaba una serie de tormentas propias. A la derecha, debajo de Dioni, estaba Elijah, aunque aparentemente más pequeña que su hermana gemela, la furia de Elijah provenía de las profundidades de las aguas cálidas para bloquear el sol y dejar nada más que oscuridad a su paso.

Entre las dos poderosas tormentas estaba el terreno centroamericano. Dioni vio las luces de la calle mientras titilaban como resultado de los fuertes vientos. Desde una distancia increíble, presenció cómo los huracanes gemelos - aunque todavía no habían tocado tierra - hacían que los árboles se mecieran al unísono en casi todas las direcciones. Tal vez era su única oportunidad de ver toda la gravedad del plan maestro del Alfa, que estaba programado a la absoluta perfección.

Dioni bajó la altitud para buscar el camino más seguro hacia Flores. No le asustaba el dolor causado por el viento, que lo golpeaba con gotas de lluvia que se sentían como diminutos pedazos de vidrio. No le asustaba el trueno, que rugía con furia con cada relámpago. Lo que a Dioni le asustaba más era perder la oportunidad de ver a Alma antes de que las tormentas se llevaran lo que quedara de ella. Su objetivo era salvar su vida y las de los huérfanos, inclusive si eso significaba dar su vida a cambio.

Dioni volaba sobre la tierra, a muchos metros de altura, desde donde descendió y vio docenas de largos ríos de neblina blanca creados por el comportamiento extraño en el océano. No era una reacción de las olas solitarias, ni el resultado de fuertes vientos que empujaban las aguas poco profundas lejos de Guatemala. Parecía como si los ríos viajaran desde el sur, paralelos a las playas, hacia el norte.

Esto intrigó a Dioni. Usó la fuerza de la gravedad para descender hacia el lugar donde se originaban los ríos. Con cada movimiento, mientras bajaba la velocidad y altitud de forma gradual, Dioni volvió a arrepentirse de su decisión de tirar su *Pathfinder* al mar. Su habilidad para usar la técnica de velocidad de despegue y atravesar el cielo había sido un talento que subestimó, una lección que aprendió solamente una vez. Dioni se lanzó en picada para quedar lo suficientemente cerca del océano, y vio hileras e hileras de objetos que entraban y salían del agua, que se movían al unísono de forma impecable. Las criaturas al frente de cada río usaban la velocidad de despegue bajo la superficie del mar y saltaban del agua para tomar aire y regresar a la formación. Con cada salto, se reemplazaban unos a otros como líderes de la manada.

Dioni descendió más y vio que las criaturas que se movían abajo y saltaban fuera de la superficie no eran aves, sino más bien grupos de delfines. Debajo de los ríos y olas creadas por los delfines había estelas perfectamente simétricas de burbujas de aire, creadas por los mejores pilotos del mundo. Dioni estaba familiarizado con la formación de las burbujas, y sintió alivio al saber que la masa del grupo era el resultado de dos especies completamente diferentes que habían unido fuerzas contra un enemigo común.

Dioni se elevó un poco mientras se acercaba a pocos metros sobre el sonido de los delfines, que salían y se metían debajo de la superficie del océano. Estaban felices y jugaban mientras competían entre ellos en el agua; mantenían la velocidad mientras se quedaban a una distancia prudente de los pingüinos que estaban sumergidos mucho más abajo.

La manada de saltadores vió a Dioni mientras saltaba del agua y le silbó como para atraer su atención. A pesar de las habilidades de su *Pathfinder*, Dioni no pudo entender su forma de comunicación, aunque sus acciones eran fuertes y claras; los delfines estaban eufóricos de ver al pájaro Omega. Dioni descendió aún más para estar al nivel de los ojos de los delfines más rápidos mientras seguían saltando del océano y luego se metían al agua y nadaban a una velocidad increíble. El ciclo de sus acciones se repetía una y otra vez.

Un delfín que era particularmente fuerte y demasiado juguetón se levantó del agua e intencionalmente pasó rozando las largas plumas de la cola de Dioni, lo que obligó a Dioni a mirar hacia abajo. Al hacerlo, vio una estela de burbujas definida, separada del grupo grande y que se encaminaba hacia una pequeña porción de tierra. El mismo delfín repitió la acción de saltar fuera del agua para darle un golpecito a Dioni, e indicarle la dirección de la estela, que se alejaba de las filas paralelas de los que iban a velocidad de despegue. Dioni y el delfín se comunicaban en lenguajes completamente distintos, pero las acciones del delfín transmitían el mensaje que sus palabras no podían transmitir.

Dioni siguió la estela solitaria hasta que llegó a su punto final sobre un pedazo de tierra en las aguas del mar Caribe. La estela de burbujas despareció por un momento, aunque Dioni pudo seguir los movimientos debajo del agua del objeto que la había creado. Debajo del agua salió un pingüino emperador, que se impulsó debajo del agua y aterrizó perfectamente sobre la playa de arena del islote. Dioni circuló sobre el pingüino luego aterrizó a unos metros de distancia; se aseguró de dejar suficiente espacio entre él y el pájaro más grande. El pingüino se acercó a Dioni.

—Señor, ¿es usted el pájaro Omega? —preguntó el pingüino mientras se aproximaba.

—Lo soy —dijo Dioni, levantando su cabeza para dirigirse al inmenso pájaro.

El pingüino levantó el ala derecha a su frente, un saludo de respeto hacia el Omega. Dioni respondió haciendo lo mismo.

—Señor, el equipo de los oficiales navales de comunicación lo vio mientras estaba en vuelo. Yo estoy aquí para confirmar la operación —dijo el pingüino. Bajó el ala a un lado.

—Creí que solamente las aves que vuelan tomarían parte en eso —respondió Dioni—. Pensé que los pingüinos solamente ayudarían a comunicar el mens...

—¿Puedo hablar con libertad, señor? —interrumpió el pingüino.

—¡Sí, absolutamente!

—Señor, nuestro equipo analizó la información que nos dieron de la estación del quetzal en la ciudad maya del norte de Guatemala.

—¿La ciudad maya? —preguntó Dioni—. Espera... ¿cuándo pasó esto?

—Hace tres días, señor. Su mensaje decía que veían venir esto. Ellos dijeron que sabían sobre un acontecimiento como este que había ocurrido en el pasado. Su embajador en la oficina central abandonó su puesto y nos envió el mensaje a nosotros.

—¿A los pingüinos?

—A los emperadores, para ser más específico, señor.

—Eso no tiene sentido —dijo Dioni—. ¿Por qué haría eso ella? ¿Y con qué autoridad?

—Los embajadores no requieren de la autoridad del Alfa o del Omega cuando los territorios de su hogar están bajo amenaza de un fenómeno natural. Ellos deben haber visto algo que las otras estaciones no vieron.

—Ha —respondió Dioni. Se preguntó si debería o no haber sabido hacer lo mismo—. Entonces ¿por qué pedirían ayuda a los pingüinos antes de pedir ayuda a otros territorios?

—Los emperadores, señor —dijo el pingüino.

—Correcto, los emperadores. ¿Por qué ustedes?

—Señor, si ellos de verdad han visto esto antes, y si sabían qué esperar, entonces seguramente sabían que el mayor impacto de las tormentas sería debido al agua y no al viento. Esto fue lo que nos transmitieron como la misión de rescate.

—Esto todavía no hace sentido.

—Supusimos que necesitaban la ayuda de los mejores pilotos del mundo. No servimos de mucho en el aire, señor, pero nuestras tropas no tienen rival en el agua. Sin ofender.

—No me ofendí —dijo Dioni—. Bueno, la misión ya está encaminada. Se envió una señal a todos los territorios para que envíen aves a ayudar a detener la tormenta desde el aire. ¿Cómo planean detener a dos huracanes desde el océano?

Dioni levantó su ceja como para cuestionar el conocimiento del pingüino.

—No podemos, señor —respondió el pingüino—. Al menos, no desde el mar. Nos pidieron que nos concentráramos en el daño colateral.

—¿Daño colateral?

—El rompimiento de las olas, los remolinos y mantener la presión fuera de la tierra, señor. Nosotros monitorearemos el agua para que los equipos del aire se puedan concentrar en el cielo.

—¿Entonces qué van a hacer? —preguntó Dioni—. ¿Mantener el agua en su lugar?

—No, señor, eso sería imposible. Nuestro plan es empujarla de regreso. Es la forma como luchamos contra el frío en el invierno para proteger a nuestra especie. Nos apiñamos, luego empujamos hacia afuera, en olas. El mismo concepto. Es la única manera en que podemos ganarle a esto. Todo o nada, señor.

Dioni sonrió con satisfacción. No había considerado cómo las aves que no volaban podían participar en un acontecimiento de tal magnitud. Inclusive si el tiempo que pasó con los de Adelia había sido breve, Dioni estaba agradecido por lo que había aprendido de un grupo diferente de pingüinos. Volteó la cabeza hacia el vasto océano.

—¿Y qué hay de los delfines? —preguntó Dioni.

—Ellos se ofrecieron como voluntarios, señor —respondió el pingüino.

—¿Voluntarios?

—Sus sistemas de comunicación son muy superiores a inclusive nuestra mejor tecnología, señor. Ellos nos vieron migrar desde la Antártida y se nos unieron por pura curiosidad. Una vez que supieron lo que estábamos haciendo, enviaron una transmisión masiva a su especie. Se unieron a nosotros en el lado peruano del Pacífico y en el lado brasileño del Atlántico. Se denominan a sí mismos como «las aletas furiosas», señor.

—¿Las aletas furiosas? ¿Qué quiere decir eso?

—No estamos totalmente seguros, señor. Nos podemos comunicar con ellos, pero no hablamos el mismo lenguaje. Nuestra inteligencia nos dice que esto es una especie de juego para ellos. Es casi como si ellos estuvieran esperando el reto de las olas creadas por las tormentas, señor.

—Bueno, entonces no nos metamos en su camino —dijo Dioni, una sonrisa se dibujó momentáneamente sobre su cara—. Si no podemos detener esto, vamos a necesitar hasta el último de ellos para que sea nuestro salvavidas—. Dioni miró al pingüino, que era más alto y más grande que él, luego levantó el ala derecha a su frente—. Buena suerte allá afuera.

—Sí, señor. Gracias, señor —respondió el pingüino.

El emperador levantó su aleta para saludar de nuevo a su oficial superior, luego volteó el cuerpo para dirigirse hacia el océano.

—¡Espera! —gritó Dioni para captar la atención del pingüino—. ¿Puedo preguntarte una última cosa?

—¿Señor? —respondió el pingüino al voltearse.

—La velocidad de despegue —dijo Dioni.

—¿Qué pasa con eso, señor?

—¿Un aviador la puede usar sin tener un *Pathfinder*?

El emperador sonrió y bajó la guardia.

—Tendría que ser un aviador muy especial para hacer eso, señor. Es una habilidad que no se puede enseñar.

Dioni sacudió la cabeza.

—Eso es lo que pensé —respondió él, decepcionado por la respuesta del pingüino.

—Señor, ¿puedo darle una sugerencia?

—Sí, claro —dijo Dioni, emocionado.

—Las plumas de su cola —dijo el pingüino, consciente del dilema de Dioni.

—¿Qué pasa con ellas?

—Hacen más que enviar una señal a las hembras respecto a su edad, señor.

— ¡¿Hacen *qué*?!

—Es la razón por la que usted vuela en un patrón en ondas —continuó el pingüino—. ¿Por qué no vuela en ondas mucho más amplias? Use la gravedad y el viento a su favor. Perderá velocidad en el despegue, pero la ganará en el descenso.

Dioni se quedó estupefacto. No estaba seguro de si estaba más irritado consigo mismo por no haber pensado en esa solución, o porque la sugerencia venía de un ave que no tenía nada que hacer en el cielo.

—Buena suerte, señor —dijo el pingüino emperador.

Caminó hacia delante y despareció en el agua poco despúes de sumergirse y usar la velocidad de despegue hacia el mar Caribe.

Dioni miró al cielo. Detrás de él estaba la calidez y la amabilidad de un ecosistema perfecto, uno que proveía mucha luz del sol y una larga vida a incontables seres. Era pacífico y alegre y lejos de la amenaza del peligro. En la dirección opuesta, la luz era ahogada por la ferocidad de la naturaleza. Los huracanes gemelos se aproximaban con vigor, y retaban a todas las formas de vida a hacer el más mínimo intento de truncar su destino. Sólo era cuestión de horas antes de que las tormentas llegaran a las costas de Guatemala y desataran una ira que no tenía rival entre alguna otra fuerza en la Tierra.

. . .

Una fuerte brisa rozó el cabello de Alma mientras miraba con atención a la formación de nubes en el cielo. Las súpertormentas todavía no habían aparecido, aunque los elementos de su rabia habían llegado. Alma estaba en la calle, sola. Estaba agradecida de que aquél a quien su joven corazón amaba, no estaba presente para ver lo que ella veía. Si una gran tormenta se había llevado a Dioni, entonces por el mismo destino, ella enfrentaría la ira de la naturaleza y daría la bienvenida a la oportunidad de estar unidos otra vez.

–¡Alma! –gritó Óscar desde la distancia, aunque lo suficientemente fuerte para que se oyera sobre el retumbo del viento. Ella volvió su atención hacia él mientras él corría del orfanato a la calle–. Se fue la electricidad. En el radio dijeron que tenemos que quedarnos adentro, lejos de las ventanas, y esperar a que la tormenta pase.

Alma dirigió de nuevo su atención hacia las nubes.

–No puedes estar aquí afuera –continuó Óscar–. Tampoco podemos quedarnos en el orfanato. Es demasiado viejo y tiene demasiadas ventanas, así que vamos irnos a la iglesia. Es lo suficientemente grande y fuerte para que quepan todos, además sólo tiene una gran ventana…

Las palabras de Óscar se perdieron al momento en que Alma volteó la cabeza y miró hacia la dirección opuesta. Vio un pequeño pedazo de cielo despejado, un oasis azul entre dos poderosas tormentas. Parecía como si el mismo mundo estuviera detrás de ella, para terminar lo que había empezado con Dioni. Deseaba en secreto que las tormentas hicieran lo peor; no era un acto de valentía, sino más bien uno de desesperación. Ella aceptó su destino, vivir toda una vida sin él, aunque no quería otra cosa más que otra oportunidad para verle. Luego ella podría decirle todo lo que siempre quiso decirle. Después podría despedirse adecuadamente.

Óscar perdió la paciencia. Aunque él no lo sentía, entendía el dolor de su hermana. Sabía que ella se quedaría fuera con gusto y batallaría contra los elementos por sí misma. Era su responsabilidad llevarla a un lugar seguro. Con suavidad agarró el brazo de Alma y luego la llevó lejos de la desolación de la calle vacía.

…

El vuelo de Mimidae se transformó para formar un patrón en forma del número ocho sobre las estaciones de trabajo improvisadas de las dos palomas blancas. Normalmente, le era difícil volar mientras estaba entre o cerca del Patio de Negociaciones; poder hacerlo sin obstáculos era una experiencia serena, casi pacífica. Con cada círculo que hacía, Mimidae miraba hacia abajo, a las palomas, con la esperanza de atestiguar que lograban lo imposible.

Donna se posaba sobre el hombro de Ricky mientras él escudriñaba entre una lista interminable de documentos históricos - siglos y siglos de información climática y estados del tiempo global - en busca de una posible pista. Los archivos eran muchos, se podían contar por millones; después de horas de búsqueda, ni uno solo ofrecía las instrucciones para entrar a la computadora principal del Centro de Control por una puerta trasera.

Jackie sabía, sin lugar a dudas, que el sistema era imperfecto. De una u otra forma, debía existir un defecto, una debilidad que no habían descubierto. Para evitar una búsqueda interminable entre incontables documentos, con el objetivo de encontrar una aguja microscópica enterrada entre la paja digital más grande en el universo, Jackie pensó en un método por medio del cual ella pudiera volver a configurar el control principal sobre todo el Departamento. Ella había aprendido que mientras las aves de la Tierra tenían el poder y la responsabilidad de controlar el clima del planeta, ellas estaban impotentes frente a la automatización que regulaba el entorno del Departamento de Control del Clima Global. El sistema sabía que tenía que proteger al pájaro Alfa a toda costa, inclusive si eso significaba hacer daño a otras aves. Como si hubiera sido programado por el mismo Alfa, las barreras simplemente no se podían atravesar.

Con cada giro que daba, Mimidae volvía a reproducir miles de conversaciones entre ella y el Alfa. Como ruiseñor, ella contaba con el don natural de una memoria superior; aunque históricamente usaba su talento para recordar e imitar los cantos y sonidos de otras aves, el mismo talento le permitía recordar una vida entera de conversaciones. Mientras hacía un giro de un lado del Patio de Negociaciones al otro, el sonido de la voz de Dioni hizo eco en su mente.

. . .

Sin el *Pathfinder* que le habían asignado, la habilidad de Dioni para usar la velocidad de despegue, o para alcanzar un vuelo rápido de cualquier tipo, estaba limitado a lo que podía hacer físicamente, con excepciones calculadas.

El *Pathfinder* de Ally era inferior al que él había donado voluntariamente al Océano Índico, sin embargo era mucho más de lo que podía hacer sin él.

Dioni sabía que no debía dudar de la información que le había dado el pingüino emperador unas horas antes. Los mejores pilotos de la Tierra llevaban la distinción con honor y orgullo, aunque también con pleno reconocimiento de su reputación adquirida. A pesar de las limitaciones físicas, su asombrosa habilidad para estudiar el vuelo era inigualable.

Dioni se remontó en vuelo en patrones de ola enormes, lo que le permitió utilizar las leyes de la física a su favor. Le costó fuerza física elevarse cada vez. Aleteaba con todas sus fuerzas para llegar a la máxima altitud que su pequeño cuerpo pudiera alcanzar; luego dirigía cada descenso para adquirir una velocidad posiblemente igual a la de la técnica de la velocidad de despegue.

El plazo límite que tenía Dioni para llegar a su hogar estaba por vencer. A poca distancia vio los primeros efectos de las horrorosas tormentas: casas aplanadas, calles inundadas, los carros que se había llevado la corriente y los árboles arrancados de sus raíces. Era la primera fase. En cuestión de apenas unas horas la ferocidad plena de las súpertormentas aniquilaría lo que quedaba del norte de Guatemala, para dejar atrás sólo una débil memoria de lo que una vez fue la tierra de la eterna primavera. Se volvía a repetir la historia en la que un solo pájaro sería de nuevo responsable del entierro acuático de una civilización antigua y avanzada.

Con capacidades de navegación limitadas, Dioni siguió las aparentemente interminables costas a orillas de Nicaragua y Honduras, hasta llegar a las costas de su tierra natal. Esquivó los vientos ciclónicos del Huracán Elijah y voló hacia la gran bahía, donde vio un pueblo similar al suyo. El valiente esfuerzo de la poderosa tormenta por destruir la costa había sido exitoso, aunque fragmentos de los pueblos costeros quedaban intactos. El primer pueblo que vio a lo largo de la bahía fue uno que mostraba evidencia de vida; era el único lugar que todavía tenía energía eléctrica. La luz que emitía una sola bombilla le permitió a Dioni ver un rótulo colocado sobre una pequeña tienda de chocolate: Bienvenidos a Puerto Barrios.

¡Había llegado! Dioni estaba más o menos familiarizado con la ciudad de Puerto Barrios. Ya en Guatemala, le quedaba sólo un corto vuelo tierra adentro y hacia el norte para llegar a su destino final. Si el *Pathfinder* podía acercarlo a una serie de lugares que él reconociera, Dioni podría fácilmente navegar por sí solo hasta Flores.

–¡*Pathfinder*! –gritó Dioni sobre el rugido de las feroces olas y las poderosas ráfagas de viento. El aparato en su nuca emitió un sonido de pitido que confirmaba que estaba disponible para recibir órdenes–. ¡Navega hacia el noroeste hacia el reino maya!

Inmediatamente después de recibir la orden, el aparato llevó a Dioni sobre un río que estaba protegido por una vasta topografía. El único punto de referencia que fue capaz de identificar fue un castillo de siglos de antigüedad sobre la ribera del río, que se defendía con fuerza contra el clima antinatural.

–Eso es Río Dulce –dijo Dioni en voz alta.

Finalmente entendió por qué Mario insistía en aprender a leer los mapas, en vez de depender tanto de la navegación electrónica. Si no hubiera gastado incontables horas estudiando los mapas de las carreteras del área, como todo guía turístico aprendiz debe hacer, no se habría dado cuenta de que el camino hacia su hogar estaba asfaltado y libre de tráfico. Dioni circuló el castillo para encontrar la carretera que lo dirigía a Flores.

Su vuelo a través de la tormenta se hizo cada vez más difícil. Era como si los huracanes gemelos se hubieran familiarizado con su plan y trabajaran juntos para impedir que el pájaro Omega alcanzara su objetivo. Con muy poca visibilidad, Dioni se vio obligado a confiar en sus instintos y su memoria del paisaje natural, que era un poco más fácil de hacer a una altitud elevada. Dioni empujó las alas como mejor pudo para levantarse sobre la primera capa de nubes. Una mayor altitud le ofreció una visión completa de su oponente.

Dioni se quedó asombrado. Separadas por tan solo un poco espacio, lo suficientemente grande para permitir un vistazo del cielo azul y la luz del sol, estaban las creaciones sobrenaturales diseñadas por el Alfa. Parecían islas suspendidas - estructuras gigantescas en movimiento que consumían todo lo que estaba en su camino. Eliza, aunque se derivaba de un océano cuyo nombre mismo definía la tranquilidad, era tan despiadada como su hermano gemelo. Independientemente, cada tormenta tenía la capacidad para aplastar todo un bosque. Juntos, podían consumir montañas.

Dioni se tiró en picada y regresó al caos antinatural. Sus enemigos eran el viento, que lo empujaba en todas las direcciones; la lluvia fría, que golpeaba sin piedad contra su frágil cuerpo; y la luz del sol, que había encontrado la forma de esconderse, como si también tuviera miedo del poder de una madre naturaleza despreciada. Dioni luchó contra los elementos y contra el dolor mientras seguía el camino que lo guiaba a casa.

. . .

El pájaro al timón del Centro de Control tomó su postura de orgullo mientras rastreaba sus creaciones en la gigantesca pantalla. En su mente, oyó una sinfonía. Como un director de orquesta desquiciado, se movió por el Centro de Control vacío, para crear desorden en el clima de los diversos lugares alrededor de la Tierra. Mientras bailaba y tarareaba su propia canción, tomó control de las estaciones de trabajo más pequeñas y volvió a programar las órdenes que habían sido entregadas por las aves de cada estación.

—Sólo un poquito aquí y un poquito allá —dijo el Alfa en voz alta—. Paris podría tener un poco de lluvia justo ahora —realizó una serie de movimientos ante un monitor rodeado de decoraciones parisinas—. Aprobado por el Alfa.

Los residentes y turistas de la ciudad francesa disfrutaban de una hermosa tarde antes de notar una repentina y extraña formación de nubes de lluvia sobre ellos. Para el Alfa, sus acciones eran para morirse de risa. Continuó con sus travesuras mientras iba de una estación de trabajo a otra, creando una serie de anomalías menores: una niebla más densa de lo usual en San Francisco; una nevada completamente inesperada en Montreal; un inusual día soleado en Londres; una noche con un viento muy fuerte en Sydney; olas gigantes en la costa de Río de Janeiro; un sorpresivo frente frío en toda la isla de Madagascar; y una inesperada avalancha en las montañas de Afganistán, eran las docenas de extraños e inexplicables fenómenos que ocurrían simultáneamente alrededor del globo. Mientras los gemelos permanecieran inalterados y pudieran avanzar de acuerdo a lo planificado, al buitre no le importaba en lo más mínimo las consecuencias de sus actos.

El Alfa llegó a la estación de trabajo 06-01-10B8 e hizo una pausa en su canción mientras entraba felizmente al espacio abandonado.

—La estación del quetzal ¿eh? —dijo con una gran sonrisa en la cara—. ¿Por qué rayos estará vacía esta estación? En todo caso, este es el único pájaro que debería estar aquí.

El buitre tomó su posición en la estación de trabajo. Abrió los controles y vio que la lista de órdenes de trabajo programadas estaba totalmente en blanco.

—Extraño… —dijo en voz alta—. Bueno, supongo que tiene sentido. Si nada va a existir después de hoy, no tiene caso programar para el futuro.

Volvió su atención a la pantalla gigante. Un huracán se reflejaba en el brillo de cada uno de sus ojos; Elijah y Eliza eran objetos de belleza armoniosos.

—Debiste haber estado aquí, pájaro —el Alfa le dijo a un adversario invisible—. Entonces podrías haberme ayudado a buscar a tu amiga. Ahora no importa, ¿verdad?

El Alfa se volvió para dirigirse a las hileras de estaciones de trabajo vacías.

—¡Todos están despedidos! —gritó con alegría—. A menos que uno de ustedes pájaros de granja pueda rastrear la ubicación del Omega, ninguno de ustedes es de ningu…

Como una orden solicitada por el Alfa, la pantalla gigante inmediatamente desplegó la ubicación exacta del pájaro Omega. El gigantesco mapa reveló un triángulo negro mientras se movía hacia el norte de Guatemala. El buitre gritó con deleite; ni en sus sueños más descabellados se imaginó que era posible, y tan sencillo, resolver varios problemas de forma simultánea.

—Jovencito, ¿quién te dio permiso de usar el *Pathfinder* de Ally?

El Alfa sonrió mientras su cara hacía una transición de extrañamente pálida a alegremente roja.

—¿Qué tan ignorante puede ser este pájaro? —dijo entre ataques de risa. Se formaron lágrimas en sus ojos y rodaron a los lados de su cara—. ¡Estoy llorando! ¡Estoy llorando! —gritó con deleite.

El sonido de la risa hizo eco a través de los pasillos del Centro de Control. Para el Alfa, era un sentimiento eufórico que no podía ser forzado, replicado o duplicado. Miró al rastreador en la pantalla y casi estalló de felicidad.

El Alfa rápidamente se alzó en vuelo y se posó sobre el tablero de control. Abrió los controles y usó los movimientos de su cuerpo para continuar dando órdenes a las súpertormentas gemelas para que hicieran lo que él deseaba. De repente detuvo sus acciones.

—Espera un segundo —dijo, sus largas alas apuntaban verticalmente—. Todavía no —bajó las alas despacio—. Poco a poco… lentamente.

El Alfa miró a la pantalla, colocó sus alas detrás de su cabeza y luego inclinó el cuerpo contra la pared de atrás de la estación de trabajo.

Capitulo Treinta y Uno

Pocos aspectos del vuelo son más estresantes para las aves que la habilidad y precisión necesaria para permanecer en el aire bajo condiciones de cero visibilidad. Aunque el *Pathfinder* que llevaba Dioni estaba programado para protegerlo, estaba muy lejos de estar programado para conducirlo a través de una lluvia torrencial. Dioni recibió golpes de todas las direcciones; fue empujado y halado violentamente en el aire; lo único que lo guiaba a través de la tormenta era su fuerza de voluntad.

La carretera que llevaba a Flores casi no se veía. El viento llevaba escombros de todo lo que había sido destruido, que incluía la destrucción de campos entcros de caña de azúcar, árboles tropicales, casas de lámina e incontables pedazos de plástico y basura. Por momentos, Dioni no tenía idea de cuál dirección era arriba o abajo, norte o sur, este u oeste. Estaba muy lejos de su elemento, y Eliza empeñaba todos sus esfuerzos por aprovecharlo.

Dioni dio un viraje brusco para evitar una serie de bloques de madera y otros objetos pesados que le atacaban desde todas las direcciones como si estuvieran dirigidos directamente hacia él. El *Pathfinder* de Ally era lo suficientemente inteligente para defender a Dioni de las amenazas que se presentaban desde arriba y desde atrás, pero esquivar todos los objetos arrojados contra él era algo que debía hacer por sí mismo. Al hacerlo, Dioni había perdido la pista de la carretera de abajo. Sin importar cuánta fuerza usaba para dirigir su vuelo más cerca del suelo, Eliza se rehusaba a permitirle volar más bajo.

Dioni notó un objeto grande que daba vueltas debajo de él, aunque todavía estaba agarrado al suelo. El objeto luchó desesperadamente por sostenerse en su lugar, pero al final no pudo luchar contra un enemigo muy superior. Dioni abrió los ojos lo suficiente para ver cómo una gran palmera fue arrancada de raíz y daba vueltas sin control, mientras se levantaba involuntariamente para golpearlo. El *Pathfinder* emitió una señal fuerte para advertirle de una gran amenaza que se dirigía hacia él. Se movió tan solo un instante antes de que la palmera lo botara del cielo. El movimiento obligó a Dioni a levantar la cabeza y el cuerpo. En la distancia vio titilar una luz que resplandecía desde una fuente invisible.

Con cada onza de energía que su cuerpo podía reunir, Dioni luchó contra la tormenta para tener una mejor visión de la luz. Entre golpes de rayos y destellos de claridad, vio un brillo blanco que resaltaba sobre todo su cuerpo y seguía todos sus movimientos. Como el rayo de un faro en la distancia, la fuente de luz le dio a Dioni un momento de visibilidad entre la oscuridad y la destrucción.

Dioni voló rápidamente hacia el brillo, de la mejor manera que pudo. Con cada onza de fuerza que ponía en cada aletazo, Dioni descubrió que no podía contra una fuerza tan grande. La luz en la distancia se hizo más brillante mientras seguía cada uno de sus movimientos; era una bendición que Dioni agradecía, ya que era incapaz de navegar más lejos de lo que le daban las alas mientras el viento y la lluvia le impedían ver mejor.

Dioni estaba exhausto, aunque decidido. El peso del agua hacía que sus alas fueran cada vez más pesadas y ninguna forma de vuelo contribuía de manera alguna a facilitar su peligroso viaje. La luz que lo seguía titilaba produciendo un efecto de encendido y apagado, que le mareaba. En un intento por escapar de la luz del reflector, Dioni se elevó y obligó a su cuerpo a vagar sin rumbo a una altitud mayor.

—¡Dioni! —oyó, débilmente, sobre la locura del aguacero.

Miró en todas las direcciones, inseguro de si el sonido que había oído era la voz de otra ave o una falla severa de su *Pathfinder* prestado.

—¡Dioni! —repitió la voz, ahora se oía mejor—. ¡Tus alas pesan mucho! —Dioni buscó de nuevo sin ver más que gotas de lluvia y escombros—. ¡Lánzate en picada y deja las alas niveladas a lo que te sea posible!

Dioni hizo lo que le decían. Entrecerró los ojos, empujó la cabeza hacia delante, luego movió el cuerpo, permitiendo que la gravedad y el poderoso viento se hicieran cargo. Al instante, el elemento más feroz de la tormenta lo obligó a descender. La fuente de luz rastreó y siguió sus movimientos. Abrió los ojos y vio la silueta de una gran estructura a poca distancia.

De repente, Dioni sintió que lo agarraban fuertemente de los hombros. Era otro pájaro que lo halaba y lo elevaba fuera de la furia de la tormenta. Él mantuvo las alas niveladas lo más posible. Su cuerpo se volvió flexible mientras cedía el control a un aviador que estaba mucho mejor preparado para navegar bajo condiciones tan severas. Miró hacia arriba y vio un color rojo profundo, que emergió de debajo de las plumas más verdes que jamás había visto. El rescatista de Dioni estaba completamente inalterado por los elementos antinaturales ordenados por una autoridad mayor. Con total facilidad, el rescatista penetró a través del viento, la lluvia y los escombros, y de la gran cantidad de artefactos que intentaban implacablemente de hacerlos a ambos desaparecer del mapa.

El pájaro verde navegó hacia la fuente de luz, que se hizo cada vez más brillante mientras los dos pájaros se acercaban. Dioni entrecerró los ojos para bloquear el brillo, y, a la vez, quitarse algunas gotas de lluvia que le impedían ver. De repente sintió una sensación cálida, luego el rayo de luz desapareció completamente.

Los dos pájaros atravesaron una barrera invisible. En un instante, Dioni ya no estaba bajo la amenaza de un vuelo sin rumbo dentro de un huracán. El cielo se quedó en calma y en paz; a pesar de su habilidad para ver los efectos de la tormenta externa, en el lado opuesto de la barrera no existía amenaza externa alguna. La visión de Dioni se volvió más clara. Miró hacia arriba y de nuevo vio los mismos colores que antes; distinguió a su rescatista en su forma resplandeciente. El pájaro que sujetaba a Dioni por los hombros era un inmenso quetzal - un compañero aviador con quien Dioni estaría eternamente agradecido.

Más allá de la barrera a través de la cual fue llevado, Dioni vio la fuerza destructora en todo su esplendor. El viento y la lluvia no flaquearon, pero la furia de la naturaleza no había logrado tocarle. Como si lo retuviera una energía invisible, ni Eliza ni Elijah tenían jurisdicción en la gran ciudad maya de Tikal, ni eran bienvenidos dentro de la Gran Plaza. Aunque inicialmente Dioni había pasado de largo sobre el lugar al que quería llegar, al final había regresado.

El quetzal verde navegaba hacia una abertura parecida a una puerta en el pico de una gran escalinata, que Dioni reconoció como el Templo del Gran Jaguar. Una serie de láseres verdes aparecieron dentro de la entrada del templo, una medida de seguridad por la que los quetzales detectaban aves o seres extraños que no pertenecían al lugar. El quetzal verde ganó velocidad y voló directamente hacia el campo de láser. Sostuvo a Dioni tan cerca de él como le fue posible, luego emitió un grito de batalla que fue oído y reconocido dentro de la antigua estructura.

Los dos pájaros cruzaron el umbral de láser, un sistema por el que sus cuerpos eran escaneados desde su pico hasta las plumas de su cola. Planearon de un hábitat a otro, desde el mundo moderno al de una civilización antigua, donde la luz natural era retenida a cambio de una forma ultra sofisticada de iluminación. Mientras los dos pájaros entraban en el campo de seguridad, Dioni oyó la calmada voz femenina que apenas recordaba cuando entró por primera vez al reino del quetzal.

—*Pharomacrus* identificado, *moccino*. Ingreso aprobado.

El quetzal verde soltó a Dioni en el momento en que los dos pájaros estuvieron fuera de peligro. Con total iluminación para ver la vastedad del santuario aviar, Dioni regresó a la grandiosidad de la ciudad escondida bajo la Gran Plaza. Recordó los colores, los jeroglíficos, la luz y la energía que había sentido de las míticas aves. Dioni se sintió bienvenido y apreciado; ya no era un niño atrapado en el cuerpo de un ave, sino más bien el pájaro Omega que se había ganado su lugar entre su especie.

Dioni miró abajo hacia un público ansioso que lo esperaba. Antes, él había sido un intruso en su hábitat; desde entonces se había convertido en su faro de esperanza. El sentimiento colectivo de miles de quetzales que se reunían en la base del inmenso árbol, donde un río místico se juntaba con un camino antiguo, era evidente. Inclusive desde lejos, Dioni sentía el miedo que tenían. Las aves del reino del quetzal temían, no la presión de ser los anfitriones de un fenómeno natural controlado en su territorio, sino más bien la posibilidad de una aniquilación absoluta. El Departamento de Control del Clima Global eliminó su derecho a existir e hizo todo intento posible para asegurar la total y completa destrucción de su territorio sagrado.

Dioni aterrizó cerca de la base del río, donde fue rodeado inmediatamente por cientos de quetzales ansiosos. Miró hacia arriba y vio cientos más posados sobre las grandes paredes, junto con otros que observaban desde sus posiciones dentro del gigantesco árbol. Desde cada superficie sólida lo suficientemente grande para sostenerlos, había grupos de quetzales resplandecientes postrados. Un quetzal más joven se acercó para ofrecerle agua del río, cuidadosamente envuelta en una hoja de banano. El cuerpo de Dioni rejuveneció con cada trago del líquido místico.

—¿Está aquí para ayudarnos? —preguntó nervioso el joven quetzal.

El ave habló con un acento nativo adaptado del español. Dioni se volteó para quedar frente al jovencito, que temblaba de miedo.

—Sí —respondió Dioni—, pero necesito de la ayuda de ustedes.

Caminó hacia el joven quetzal y se agachó para estar al nivel de los ojos del pájaro más pequeño. Dioni se recordó de cómo calmaba a los niños pequeños del orfanato cuando, también ellos, estaban asustados por aquello que no entendían.

—Señor Omega —dijo un quetzal hembra, unos pasos detrás de Dioni. Él se levantó y se volvió hacia ella—. Perdimos la comunicación con la estación principal. Enviamos una señal de transmisión para solicitar ayuda, pero no recibimos respuesta. ¿Puede decirnos qué pasó?

—¿Dónde está el representante de la oficina central? —preguntó Dioni—. El que trabaja en el Centro de Control… ¿está aquí?

No hubo respuesta, salvo la de un único pájaro en la distancia que levantó el ala.

—Estoy aquí, señor —dijo un quetzal mayor, cuyos colores, antes brillantes, se habían desvanecido lentamente; sólo tenía una pluma de cola, destrozada.

—Tu estación de trabajo estaba vacía —respondió Dioni—. Me dijeron que sabías que esto sucedería. ¿Cómo es posible?

—Todos los elementos apropiados estaban en su lugar, señor Omega —respondió el pájaro mayor—. Esta es una repetición de la historia. Dejé mi puesto una vez que decidí que tomar parte en esto no ayudaría en nada. Elegí morir entre los de mi especie, en vez de vivir a merced del buitre, señor.

Dioni miró alrededor del complejo masivo. Le era imposible creer que el vasto imperio permanecía totalmente ileso por la ira de los dos huracanes.

—¿Cómo puede ser esto? —preguntó Dioni, su voz lo suficientemente fuerte para que ser escuchada por todas las aves en la vecindad—. ¿Cómo se protege este templo de los huracanes?

—Toda la Gran Plaza está protegida, señor Omega —respondió un quetzal hembra mayor.

—¿Cómo lo hacen? —le preguntó Dioni.

Esto se negoció hace mucho tiempo —respondió el macho—. Nuestro reino debía ser protegido por el Departamento, pero las personas se vieron obligadas a irse.

—¿La sequía? —respondió Dioni—. ¿El Alfa obligó a las personas a abandonar la ciudad?

—Sí, para restablecer el equilibrio natural —respondió el macho—. La Plaza está protegida de los elementos del cielo, pero no del mar. Una inundación de los dos huracanes nos dejaría en el fondo del océano, nos perderíamos para siempre. Él ha hecho esto antes.

Dioni suspiró. No tenía idea de qué se necesitaba hacer para salvar a los antiguos pájaros del reino maya, aunque no perdió de vista el principal objetivo de su retorno a Guatemala. Cada segundo significaba más destrucción causada por los huracanes.

Un sonido débil fue emitido desde un sistema de detección de señales que estaba en la cornisa donde las pantallas proyectadas del reino del quetzal se comunicaban con la oficina central. Dioni se volteó en la dirección del sonido y vio un pequeño punto deslizarse a lo largo de la gran pantalla.

—¿Qué es eso? —preguntó Dioni.

Cada ave dentro del mítico santuario se volvió hacia las pantallas.

—Un ave no registrada, señor Omega —respondió el quetzal hembra.

—¿No registrada? ¿Qué quiere decir eso?

—El sonido es la fuente de señales. Indica cuándo un pájaro extranjero está en las proximidades. Nuestra especie está en peligro de extinción fuera de estas paredes, entonces usamos esto como método de bloqueo para proteger…

Un segundo sonido interrumpió su explicación, seguido por un tercero, cuarto, quinto… Lo que inició como sonidos individuales rápidamente se convirtió en cientos, que aumentaron de forma exponencial con cada segundo que pasaba.

La preocupación se intensificaba entre las aves resplandecientes. Hablaban entre ellas - algunas con miedo, otras rezaban a su creador - mientras muchas se apiñaban y miraban al cielo como si esperaran un ataque aéreo.

Dioni sonrió. Se volteó y se hincó para estar frente al joven quetzal.

—Los rescatistas están aquí —dijo él. El jovencito sonrió.

Dioni volvió su atención a la pantalla y notó los puntos adicionales. Cientos de miles de aves no registradas creaban una formación sobre el espacio aéreo Maya.

—¿Hay alguna salida fácil de aquí? —preguntó Dioni—. ¿Una que no me ponga directamente dentro de la tormenta?

—Sí, señor Omega —respondió un quetzal macho grande. Sus colores verde y rojo eran tan prominentes como su físico de guerrero—. Yo lo puedo llevar.

—Perfecto, vamos —respondió Dioni. Caminó hacia el gran quetzal.

—¿Qué debemos hacer los que nos quedamos aquí? — preguntó el quetzal mayor.

Dioni se paró frente al ave mayor y percibió un rayo de esperanza, evidente en sus ojos y en la mirada de cada ave que lo miraba a él como un héroe. Dioni abrió el pico pero no pudo decir ni una sola frase. Miró alrededor del inmenso templo y observó cómo era uno entre las aves antiguas, no un marginado de un color diferente que no pertenecía. Sin importar el color de sus plumas, se había ganado la distinción como un miembro de las aves élites del el mundo. Las palabras *blu* y *go* no fueron mencionadas por ave alguna en todo el reino.

Un pensamiento singular le vino a Dioni a la mente. Recordó las sabias palabras que le habían dicho dos de sus amigos, que deseaban el éxito de Dioni más que él mismo. Ellos estaban en lo correcto; sin importar a dónde viajara, el hecho no cambiaba. Aunque separados unos de otros por dos océanos y un gran continente, las sabias aves le inculcaron la idea que trascendía los elementos de miedo y duda dentro de él: los pájaros siempre están vigilando.

—Alístense —dijo Dioni. Sonrió mientras veía los ojos de cada quetzal que lo miraba para tomar fuerzas—. ¡Somos aves de esta tierra, y lucharemos contra cualquiera o cualquier cosa que trate de destruirla! ¡Si la historia se repite, no será sobre este territorio!

Dioni se puso delante del quetzal mayor.

—Los pájaros siempre están vigilando, ¿correcto?

Dioni y el quetzal guerrero extendieron las alas y se alzaron en vuelo. Un tercer quetzal, el más habilidoso aviador entre ellos, los siguió de cerca. Los tres pájaros circularon alrededor del inmenso árbol en el centro del reino del quetzal, y luego volaron directamente hacia la luz en el pico más alto. Era la misma luz que había guiado a Dioni a través de la tormenta y que de nuevo le guiaría a través del camino por el que apenas había logrado escapar.

Los tres pájaros salieron de prisa del templo mientras la energía de la inmensa estructura los empujaba hacia el cielo. De inmediato, después de haber pasado la barrera protectora, los tres pájaros sintieron la despiadada furia de la tormenta. El viento era frío e implacable, y las nubes soltaron una cascada de lluvia y granizo para disuadir el intento del Omega de entablar un combate que no tenía posibilidad de ganar.

Los dos quetzales acompañantes volaron junto a Dioni para protegerlo de la mejor forma que sabían. Eran aviadores mucho más experimentados y estaban mejor preparados para absorber la furia de las tormentas. Sus acciones no eran actos de valentía ni de caballerosidad, sino más bien de servicio. Su presencia hizo el vuelo significativamente menos complicado para Dioni, quien guio al trío sobre las nubes.

Los tres pájaros alcanzaron una altura mayor a la que jamás habían llegado los dos aviadores experimentados. Planearon por un momento; la vista sobre las nubes mostraba una murmuración demasiado grandiosa para describir. Dioni miró con asombro la formación más grande de aves jamás reunida. Mientras circulaban sobre las poderosas tormentas, miles de miles de aves volaban como una sola bandada. En masa y al unísono, las aves estaban completamente ajenas a cada una de sus diferencias. No había depredadores, ni presas, ni aves de hermoso colorido o esplendoroso sonido. Sus disimilitudes no eran relevantes pues que su objetivo no era en beneficio de sus territorios individuales. La murmuración era en beneficio de todas las aves, donde los victoriosos superarían el legado de cada aviador que hubiera sentido la libertad de remontarse en vuelo por el cielo.

Dioni voló hacia el centro de la gran formación. Seguido de cerca por sus guardianes, se unió a la gigantesca murmuración para volar al unísono con el incontable número de aves que participaba y estaba preparada para la batalla. Los tres quetzales navegaron a través del tráfico aéreo. Dioni esquivó y navegó a través de las pequeñas grietas de espacio disponibles, mientras buscaba a la única ave a cargo de la vasta colección de los aviadores más valientes de la Tierra; en su mente, sólo un ave era capaz de tal respeto y distinción.

Dioni miró a su izquierda y vio un rostro familiar. Sonrió brevemente. Había asumido que el encuentro sobre la playa de la pequeña isla había sido el último que compartiría con su mentora. El pensamiento de que nunca más la iba a ver se desvaneció lentamente con cada aleteo de sus alas azules. Vio a una glorioso cuerva hawaiana, cuya falta de color físico no impedía la luz natural que irradiaba un aura de autoridad entre todas las aves. Dioni voló a través de la colección de aves que lentamente circulaban muy alto sobre la tierra.

–¡Ally! –gritó Dioni. No oyó su voz–. ¡Ally! –repitió , sin reacción de la cuerva o de alguno de las aves cerca de ella–. ¡Ally! –gritó por tercera vez, desde una distancia que sabía estaba lo suficientemente cerca para que ella le oyera.

La cuerva no lo vio, ni hizo gesto alguno de reconocer su existencia. Dioni planeó para posicionarse junto a ella, donde de seguro sí lo vería.

–Al…

Dioni se dio cuenta rápidamente de su error y se detuvo antes de que pudiera decir su nombre. Se había equivocado de alalá, el cual se dio la vuelta hacia Dioni y lo miró con ojos que parecían faltos de vida. Dioni se quedó desconcertado; no solamente estaba bajo la impresión de que Ally sería el ave responsable por la unificación de millones de aviadores que habían venido a luchar contra las creaciones del Alfa, sino también se sorprendió por lo que vio en los ojos de la cuerva.

Las estrellas más brillantes, de la noche más oscura y profunda, se reflejaban en los ojos del cuervo, al que había confundido con su mentora. Los ojos del ave estaban a la vez llenos de vida aunque completamente apagados; expresaban la formación de la galaxia, como si procedieran de un universo más allá de cualquier entorno natural que los organismos no voladores pudieran entender.

Dioni se volteó en la dirección opuesta. Un reyezuelo más pequeño volaba junto a él. Aleteaba con todas sus fuerzas para permanecer dentro de la gran formación. Para sorpresa de Dioni, los ojos del reyezuelo mostraban lo mismo que los de la cuerva: una vasta oscuridad que reflejaba un número infinito de estrellas en la galaxia. Lo mismo se evidenciaba en los gansos que estaban detrás de él, en las grullas que gritaban de alegría sobre él, en los cardenales debajo de él, en los patos reales en la distancia, y en los cisnes que penetraban a través del cielo con muchísima facilidad. Cada minuto traía grupos de aves adicionales de todas formas, colores, tamaños, fuerzas y habilidades. A medida que se unían en la murmuración, sus ojos se transformaban de sus colores naturales a un estado más allá del dominio de lo posible.

Dioni se salió de la gran formación, que gradualmente ganaba velocidad aunque lentamente perdía altitud. Tras de él iban sus dos guardianes, a una distancia prudente, por si hubiera necesidad de proteger al Omega. Como si hubiera sido empujado por una fuerza invisible, Dioni se volvió a unir a la gran formación, de manera involuntaria. Los dos quetzales guardianes intentaron seguirle pero no pudieron hacerlo por una amenaza que no pudieron identificar.

El viento empujaba y guiaba a Dioni junto a un gran búho ártico, cuyos ojos eran tan sobre naturales como el resto de las aves en la inmensa formación. El búho notó a Dioni - la única ave dentro de la murmuración que se había percatado de la existencia de Dioni - y se movió para mantener su vuelo junto al del quetzal azul. El búho ártico luego extendió el ala hacia Dioni, como para ofrecerle ayuda mientras permanecían en vuelo. Dioni tocó el ala extendida del búho con la suya.

Una fuerza tanto de oscuridad como de luz inmediatamente golpeó el ser de Dioni. Su visión trascendió el universo, lo que le permitió unir su energía a aquella de la gran formación. Dioni vislumbró una versión alterna de la Tierra; tenía los ojos vendados a la luz del sol pero era capaz de ver un planeta ilustre lleno de colores, tan vasto y tan rico que era indescriptible mediante la palabra escrita o hablada. Cada ave - sin importar cómo aparecía bajo la gama de la luz visible - mostraba una gran variedad de energía radiante que sobrepasaba la pureza del sol.

El pájaro Omega se unió a una dimensión conocida sólo por los seres responsables del equilibrio de todo lo que es natural a la Tierra. Debajo él veía los huracanes gemelos, con todo su poder y furia. Sin embargo, vio la energía por encima de las tormentas mismas - más allá del viento, la lluvia, el granizo, y la furia - y fue capaz de sentirlas de la misma forma en la que podía sentir a otro ser vivo. No eran creaciones de la naturaleza, sino más bien dos energías orgánicas que sentían, veían, y respiraban, como todas las criaturas de la Tierra. Como todas las formas de vida que luchaban por su supervivencia bajo la amenaza de la extinción, así lucharían también los poderosos huracanes gemelos.

Conectado como una sola formación, contrario a una multitud de aves circulando por el cielo, Dioni, guiado por la murmuración, reconoció el plan sobreentendido. Las aves no tenían la capacidad para bloquear a las dos tormentas o desviarlas de su camino, ya que la magnitud de su fuerza era demasiado poderosa para vencer. En vez de eso, lo ingenioso de su contraataque estaba en la creación de una fuerza rival; con el remolino creado por la formación de vuelo de millones de aves, las tormentas iban a ser atacadas al quitarles la fuente de su fuerza, hasta que todo lo que quedara fueran estelas de nubes cirrosas en el cielo sobre el paisaje guatemalteco.

Dioni miró hacia arriba y vio un vasto conjunto de estrellas y constelaciones de galaxias cercanas y lejanas. Para él, los planetas de diversos universos parecían como fuentes de luz, que irradiaban con grandes cantidades de vida, extendiéndose desde su lugar dentro de la murmuración hasta la vastedad del infinito. Vio la inmensidad del espacio y el tiempo infinito; vio las formas de vida de otros mundos que eran responsables por el equilibrio natural de sus planetas.

—Dioni —dijo una voz amortiguada que hizo eco en su mente. Miró hacia abajo, más allá del caos de las tormentas, a la fuente de donde provenía la voz—. Dioni —repitió la voz, con más claridad.

Reconoció el sonido inmediatamente. Era la voz de Alma, que estaba resguardada y confinada en un espacio pequeño. Ella no pronunciaba una sola palabra; sus pensamientos eran lo suficientemente poderosos para alcanzarlo.

Dioni se volteó hacia el búho ártico, que reconoció lo que sentía. El búho asintió, luego retrajo el ala y regresó a la formación. Los ojos de Dioni volvieron a su estado normal, a su color natural. Regresó de un espacio sin nombre de vuelta a la Tierra física, donde de nuevo se enfocó en la amenaza inmediata de abajo. Levantó los hombros y extendió las alas, que lo obligaron a empujarse fuera de la murmuración. Aleteó y planeó fuera del gigantesco grupo, donde encontró a los dos quetzales guardianes que le habían seguido hasta ahí. Se quedó volando a su nivel.

—Voy a Flores —dijo Dioni a sus protectores—. Ustedes pueden quedarse aquí y unirse a la formación, o pueden regresar al templo y ayudar a proteger el reino. Ustedes eligen.

—¿Qué hay de usted? —preguntó el quetzal guerrero.

—Yo estaré donde pertenezco —respondió Dioni—. Si estas dos tormentas se cruzan, Flores no tendrá oportunidad de sobrevivir. Rastreen mi *Pathfinder*.

—Sí, señor —dijeron los dos quetzales.

Dioni empujó hacia abajo y se zambulló en picada a través del caos natural. El más grande de los dos quetzales se unió a la formación gigantesca, mientras el ave más joven planeó por un momento en el cielo antes de zambullirse en picada para regresar a la ciudad antigua.

...

Mimidae estudiaba atentamente una pantalla que mostraba las operaciones internas de los huracanes gemelos. Pensó en las personas de Flores y en el pequeño orfanato junto a la iglesia que había visitado sólo unos días antes. No era razonable que el Alfa hubiese escogido el pequeño pueblo como objetivo, por cuestión de ego; sin haberlo elegido, los habitantes del pueblo serían el daño colateral de un fenómeno natural que estaba fuera de su control. Mimidae analizó las configuraciones calculadas tanto de Eliza y Elijah, a quienes les importaba poco los estragos que causaban en el paisaje de Centroamérica.

Ricky casi no era capaz de mantener los ojos abiertos, después del esfuerzo que había realizado al buscar en miles de archivos y registros digitales para encontrar el método para abrir la pared de seguridad que los separaba a él, Jackie y Mimidae del Centro de Control. Los nombres de cada uno de los documentos se nublaban ante él, mientras se desplazaba por el sistema; lo que significaba que su contribución al proyecto se desvanecía rápidamente.

Jackie se enfocaba atentamente en la pantalla proyectada. Usaba la lógica para descartar grupos de archivos y documentos innecesarios. Al hacerlo, se topó con un archivo particularmente bien escondido, enterrado tan profundamente dentro del sistema organizacional digitalizado, que probablemente sería pasado por alto como un registro prehistórico.

—Mim —dijo Jackie. Se inclinó más cerca de la pantalla para examinar su descubrimiento.

—¿Sí? —respondió Mimidae, que dirigió su atención a Jackie, aunque no lo suficiente como para dejar de enfocarse en la información que estudiaba.

—¿Qué es ese? —preguntó Jackie.

—Una letra…la que viene después de la erre —respondió Ricky, de forma sarcástica debido a su enorme agotamiento.

A Jackie no le gustó la respuesta. Él estaba demasiado agotado para reconocer su respuesta silenciosa.

—No, como las letras: E-C-E. Está en este fólder que encontré —dijo Jackie—. ¿Mim?

—No estoy completamente segura —respondió Mimidae—. Es un acrónimo para algo.

—Pensé que era eso, pero ¿para qué? —preguntó Jackie.

—España-Canadá-Etiopía es todo lo que sé —respondió Mimidae. Se volteó para quedar frente a Jackie—. E-C-E… ¿qué más hay en ese fólder?

—Sólo dice E-C-E, y los archivos dentro del mismo están numerados del uno al nueve.

—Ha —dijo Mimidae—. ¿Ece, del uno al nueve? No pueden ser operaciones de contención… todos esos archivos fueron transferidos a instalaciones.

—Bueno, sea lo que sea, no ha sido actualizado en décadas —dijo Jackie.

—Parece como si hubiera sido uno de esos archivos originales dentro del sistema… o algo así.

—¿De verdad? —preguntó Ricky—. Yo no pude encontrar nada de antes del siglo catorce.

—E-C-E… E-C-E… —repitió Mimidae.

De repente le vino a la mente la respuesta correcta. Escondido a plena vista, Jackie descubrió un documento tan profundamente enterrado que era posible que inclusive el Alfa no supiera de su existencia.

—¡En caso de emergencia! —gritó Mimidae—. ¡Abre el fólder para el ECE uno!

Mimidae se movió de prisa para examinar el descubrimiento de Jackie. Sus ojos se abrieron enormemente mientras leía los pergaminos de código antiguo.

—¿Qué es? —preguntó Jackie mientras ella y Mimidae examinaban los miles de registros antiguos.

—Ve hasta el final —instruyó Mimidae a Jackie.

Con el uso de las alas, Jackie dio órdenes a la estación de trabajo para que mostrara e hiciera una lista de los códigos digitales contenidos dentro de «ECE uno». Se quedó sorprendida por lo que leyó en la última anotación.

—Omega uno —dijo Jackie en voz alta. Se volvió a Mimidae—. ¿Qué quiere decir eso?

Mimidae hizo porras desde donde estaba. Era por el destino y por pura coincidencia que el registro correcto había sido encontrado, después de haber sido escondido intencionalmente para que ninguna cosa y persona lo destruyera. Si alguna vez había existido un solo documento que el Alfa probablemente no conociera, Jackie casualmente lo había descubierto.

—Es una código fuente del primer pájaro Omega —dijo Mimidae—. Es una falla… protocolo de emergencia. Ella estuvo ahí cuando el sistema fue creado. Nuestra respuesta va a estar en algún lugar de ese fólder.

Ricky encontró su segundo aire y se unió a los dos pájaros en la estación de trabajo.

—Eso no puede ser correcto —dijo Ricky—. La pared de seguridad no se construyó hasta después de 1945. ¿Cómo pudo el primer pájaro Omega saber sobre eso?

—Jackie, ¿cuándo fue actualizado el fólder E-C-E por última vez? —preguntó Mimidae.

—10 de junio, 1948 —respondió Jackie. Mimidae miró a Ricky.

¿Por qué se actualizó un fólder que contiene un código prehistórico, en 1948? —preguntó Mimidae—. Especialmente el fólder específicamente etiquetado para emergencias. Alguien se percató de que esto podía ocurrir y dejó una pista a propósito.

—¿Quién? —preguntó Ricky, confundido por la lógica de Mimidae—. ¿Quién fue el pájaro Omega en 1948?

Jackie y Mimidae se miraron.

—Ally —dijeron los dos pájaros al mismo tiempo.

—Miren todo esto —dijo Jackie. Ella miró fijamente el detalle del texto escrito—. Nos tomará meses descifrar esto.

—Si tú fuiste capaz de encontrar esto, entonces entre los tres podemos hacerlo —dijo Mimidae.

Jackie miró a Ricky. La probabilidad de que ella hiciera un descubrimiento tan significativo era mínima, como mucho, y ella había llegado demasiado lejos como para fracasar. Ricky percibió su resolución; él sabía mejor que nadie que su esposa estaba totalmente decidida a alcanzar su objetivo.

—Bueno, entonces empecemos —dijo Ricky.

...

La fuerza feroz del viento obligó a las nubes a soltar grandes cantidades de agua sobre la tierra, sólo para regresarla al cielo y repetir el ciclo, con inclusive mayor intensidad. Mientras bajaba en picada hacia el suelo, Dioni sintió la prisa de las tormentas gemelas que conspiraban contra él, desesperadas por desviarlo de su objetivo. Al Omega no le importaba la fuerza en contra. Su decisión de llegar a Flores era mucho más grande que el dolor que sentía por los elementos de la furia de la naturaleza.

Dioni alcanzó un nivel lo suficientemente bajo para poder distinguir los edificios y las calles. Por fin, había regresado. Mientras estaba todavía en el aire, Dioni identificó la carretera de ladrillos que conducía del pequeño parque donde sus memorias de la niñez estaban enterradas a la estructura que él recordaba con tanto cariño como su hogar. Aterrizó sobre un pequeño trozo de tierra donde sus patas dejaron huellas en el suelo lleno de lodo. Dioni estaba agradecido por sentir una vez más la tierra que tanto extrañaba. Aunque ya no estaba en el aire, el viento y la lluvia continuaron empapando su cuerpo, indiferentes respecto a su seguridad. Con muy mala visibilidad, Dioni corrió hacia la entrada principal del orfanato.

Mientras las gotas gruesas de lluvia continuaban cayendo, Dioni oyó un golpe que se repetía y hacía más fuerte con cada paso que daba al acercarse. Levantó el ala izquierda para cubrir sus ojos de los elementos de la poderosa tormenta; luego descubrió la fuente del ruido. Corrió más cerca de la entrada y notó que la puerta principal estaba abierta, aunque se cerraba repetidamente y con mucha fuerza por causa del viento. Dioni se quedó sobre el suelo. La puerta era la manera más segura para ingresar al edificio, aunque una fuerte ráfaga de viento podría empujar la puerta y machacarlo. Hizo una pausa. Si ella estaba al otro lado de esa puerta, valía la pena el riesgo; aunque fuera lo único que lograra, tenía que verla.

Dioni programó el momento de su entrada en un instante en el que el viento de repente abrió con fuerza la gran puerta. Corrió dentro de la estructura y sacudió su cuerpo para eliminar el exceso de agua. Brevemente vio el interior del orfanato antes de ser empujado de nuevo a la calle, por el movimiento en reversa de la gran puerta. Así como le había permitido entrar al edificio, el viento rápidamente había cambiado de opinión, empujándolo de nueva hacia afuera y colocándolo entre el frío, el viento y la lluvia.

La fuerza de la puerta le golpeó inesperadamente. Dioni se había lastimado, más física que emocionalmente. Se levantó, luchando mientras batallaba contra el dolor y el fuerte viento para lograrlo. Casi sin una gota de energía, volvió a hacer uso de su ala para cubrirse la cara y tomar un momento para inspeccionar la puerta que le bloqueaba la entrada. La cara de Dioni mostraba su enojo. Bajó el ala, inclinó la cabeza hacia abajo y valientemente se apuró para caminar hacia delante.

Dioni oyó llorar a un niño pequeño, un sonido que se llevaban el viento y la lluvia. Se dio la vuelta, con la cara empapada por la lluvia, y buscó la fuente del ruido. Cerró los ojos… era un bebé llorando, el ruido venía de la estructura adyacente. Dioni abrió los ojos y vio la iglesia. Si el orfanato no era capaz de ofrecer refugio contra las tormentas, entonces la única otra opción era moverse al lugar más seguro que había cerca.

Dioni ignoró todos los dolores de su cuerpo. Levantó las alas para cortar el viento, lo que le dio una breve oportunidad para correr hacia la iglesia. Miró las puertas mucho más grandes del edificio más antiguo. La entrada estaba sellada para proteger a aquellos que estaban dentro de la brutal fuerza del clima severo. Él no iba a poder atravesar puertas más pesadas y más grandes.

Dioni dudó antes de actuar. Recordó su niñez y cuán sencillo era escaparse de la iglesia. Recordó cómo, él y Óscar, golpeaban las puertas con fuerza, intencionalmente, en un intento por asustar a las monjas y sorprender a aquellos que rezaban en la soledad silenciosa. Esto resultaba en una medida disciplinaria poco favorable para los dos niños, que entonces tenían que realizar un número de tareas agotadoras como castigo por su comportamiento. De todas formas, no fue nada comparado con la vez en que lanzó una roca a través de uno de los vitrales…

¡La ventana!

Dioni corrió hacia el lateral del edificio para regresar a la escena de su crimen, perdonado hacía mucho tiempo. Ignoró el recuerdo del precio pagado por el daño y miró hacia arriba para ver la parte sin reparar de la ventana que era del tamaño de una roca, justo sobre una pequeña cornisa. Empujó las alas hacia afuera y sacudió el cuerpo tan vigorosamente como le fue posible para extraer el peso adicional del agua. Luego se levantó del suelo. El viento empujó a Dioni contra la pared lateral, que lo tiró sobre el concreto sólido. Dioni luchó más fuerte, cada aleteo era muy doloroso. El sonido del bebé llorando se hizo más fuerte, al igual que la voz de la joven mujer que intentaba calmarlo. Dioni se empujó desde la pared y reorientó las alas. En un intento final, Dioni se levantó sobre la cornisa, luego se empujó hacia delante a través de la grieta pequeña y con forma de roca que él había creado tantos años antes. Aunque todavía tenía frío, finalmente estaba fuera de la lluvia.

El interior del edificio estaba totalmente oscuro, excepto por la luz de las velas que titilaba en la distancia. Dioni recordaba que el edificio siempre había sido oscuro - inclusive en los días más luminosos. La oscuridad actual, traída por los huracanes, entorpecía su habilidad para navegar en las partes del edificio que nunca había conocido. Su conocimiento del interior de la iglesia iba de la entrada hasta el altar y el pasillo en medio. Dioni caminó hacia delante en busca de la fuente de luz. Estaba ansioso por verla de nuevo… tan ansioso, de hecho, que no se dio cuenta de que no había cornisa debajo de sus patas. Antes de que fuera capaz de abrir las alas o prepararse para el impacto, Dioni cayó y se chocó contra el suelo frío. El fuerte sonido que hizo captó la atención de todos en la iglesia, con el beneficio añadido de que también silenció al bebé.

Los niños del orfanato estaban sentados frente al pasillo cerca de la base del altar, formando un círculo cerrado. Los niños mayores estaban sentados hacia fuera del círculo, junto con los mayores de la iglesia. Algunos de los mayores eran los ancianos del pueblo, que no tenían otro lugar a donde ir.

—¿Qué fue eso? —preguntó Óscar, quien, nervioso, rompió la tensión creada por el ruido de la caída de Dioni.

—Probablemente algo que el viento empujó dentro —respondió una de las monjas.

—¿Cómo qué? —preguntó un niño pequeño.

—Como nada —respondió la monja—. Sólo un ruido que hace el viento, nada más.

Dioni gruñó mientras se levantaba. Ser consciente de encontrarse elevado era una lección que aprendió el primer día como ave, aunque todavía tenía que convertirse en algo instintivo para él. La caída le ayudó a quitarse lo último del agua de las alas, lo que le hizo sentirse más ligero que antes de adentrarse en el edificio. Caminó unos pasos hacia delante y notó que los mayores miraban nerviosos en su dirección. La luz de las velas le ofrecía una visión limitada, lo suficientemente débil para ver las líneas y sombras de cada uno de sus rostros. Dioni se movió hacia un lado. Estaba asombrado al reconocer el rostro de la persona que extrañaba tanto.

Alma estaba sentada en la parte de afuera del círculo y sostenía a un bebé entre sus brazos. Se veía tan hermosa como Dioni la recordaba, y finalmente estaba de nuevo lo suficientemente cerca para verla, para oírla y para sentir el calor de su abrazo. Se empujó del frío concreto para alzar de nuevo el vuelo. El sonido del aleteo hizo eco a través de la pequeña catedral.

–¿Qué fue eso? –preguntó Óscar, con más miedo que antes.

Cada miembro del círculo buscó en todas las direcciones para dar con el objeto que hacía el ruido.

–¿Ustedes lo oyeron verdad? –preguntó Ósca–. No me estoy volviendo loco ¿o sí?

–No por ese ruido, no –respondió la monja–. Algo vuela.

Los niños miraron aterrorizados mientras la criatura en el aire se abría camino en el pasillo. La luz de la vela titilaba contra el cuerpo de Dioni y creaba una serie de largas y atemorizantes sombras, que hacían que sus movimientos parecieran los de una bestia carnívora con alas. Con cada aleteo y cada paso, los niños gritaban horrorizados.

Dioni apareció en la luz. Vió el rostro de ella, y de inmediato regresó a las sombras.

–¡Es un murciélago! –gritó otra monja.

Se salió del círculo y corrió a un armario detrás del altar.

Dioni circuló y por un momento planeó por encima de las bancas de la iglesia. Pensó que la mejor forma en la que se podía presentar era no asustando a los niños ni a nadie más. Era más grande de lo que ellos pudieran reconocer, pero con seguridad no se asustarían ante una inofensiva ave azul. La monja acusadora regresó del armario con un objeto largo en las manos.

Dioni circuló por el pasillo una vez más, luego descendió para hacer su acercamiento final. Abrió las alas en el mismo momento en el que un relámpago iluminó toda la iglesia. Para los niños, Dioni parecía como el monstruo de sus pesadillas. Aunque el destello de luz duró un instante, fue lo suficientemente largo para que la monja localizara la ubicación exacta de Dioni. Él pensaba aterrizar justo a unos pocos metros de donde estaban los niños y caminar lentamente hacia la luz, y ellos verían que él solamente era un inocente quetz—

¡ZAS!

Con la fuerza y el grito de un campeón de clase mundial, la relativamente pequeña monja desató su miedo contra el desprevenido pájaro Omega. Lo que le pegó a Dioni fue el cepillo de una escoba. Mientras el impacto inicial en su pecho no le causó daño físico, el golpe le desvió de su camino intencionado. Se estabilizó en el aire y continuó su vuelo, aunque con más prudencia, evitando una muerte segura a manos de una monja que claramente tenía problemas con el manejo de la ira.

La monja sacudió la escoba en todas las direcciones mientras intentaba alejar a Dioni de los niños. Con cada vaivén, los niños se agachaban, más asustados por su seguridad, a causa de la escoba, que por la amenaza de un objeto volador no identificado.

Relampagueó de nuevo; la luz demoró lo suficiente como para que los niños pudieran ver al pájaro azul volando. Alma, quien sujetaba más fuerte al bebé en sus brazos, miró hacia arriba y notó las características distintivas del ave. La luminosidad emitida por el relámpago no fue suficiente como para permitirle ver sus verdaderos colores, aunque ella notó que el ave la miraba directamente a ella; en sus ojos había algo familiar.

—¡Es un pájaro! —exclamó Óscar mientras esquivaba la escoba—. ¡Sáquelo!

Óscar saltó para intentar agarrar al pájaro con las manos, sólo para sentir la punta de una de las plumas de la cola del quetzal rozar su brazo. Otros dos niños se levantaron e hicieron lo mismo, ninguno lo logró, mientras Dioni se elevaba para distanciarse de ellos. Las demás monjas gritaron a los niños que habían roto la formación del círculo y luego corrieron para apartarlos del peligro. Dioni circuló sobre ellos, luego voló hacia la parte de atrás de la iglesia, a una distancia lo suficientemente segura de la demasiado entusiasta monja y lejos de la luz de las velas.

...

Aunque era la segunda de los gemelos en tocar tierra en Guatemala, Eliza había sido la primera en llegar a Flores. Mientras los pingüinos y los delfines trabajaban sin descanso por detener a las dos tormentas, sus mejores esfuerzos solamente detuvieron lo inevitable. Elijah, el huracán gemelo más vacilante, perdió algo de fuerza como resultado de la empatía que sintió por las vidas que había destruido. Eliza, por el contrario, no era tan benevolente; deseaba hacer una fuerte impresión.

Mientras pasó fácilmente por la primera línea de defensa desde las costas del sur de México, Eliza desató lo que inicialmente había ocultado: el poder implacable y despiadado de los vientos huracanados. Lenta y constantemente se movió más allá de la costa y empezó el segundo acto de su representación destructiva, a través de las ciudades, los pueblos y las aldeas del norte de Belice. Le dio vuelta a los carros, destruyó las casas, y los objetos de todas formas y tamaños eran lanzados sin cuidado al cielo. Lo que había tomado siglos de tiempo y a generaciones de personas para construir, fue destruido en su totalidad en cuestión de minutos. Esto le agradó a Eliza, aunque reservó lo peor de su ira para el pueblo natal del pájaro Omega.

...

La evidencia de la llegada de Eliza a Flores se hizo realidad, lentamente. La lluvia cayó con más fuerza, los truenos rugieron con más vigor y el viento sopló con su máximo furor - la combinación sacudió los cimientos de la pequeña catedral. Las paredes eran lo suficientemente estables para aguantar temblores y pequeños terremotos, pero su estabilidad no había sido diseñada para resistir contra un fenómeno natural tan agresivo. Objetos de varios tamaños pegaron contra las paredes de concreto del exterior de la iglesia, creando una serie de ruidos aterradores para aquellos que permanecían en el interior.

El huracán reconoció la resistencia de la pequeña estructura. El viento incrementó su intensidad. Los carros eran lanzados a los lados mientras rocas monstruosas rodaban sin esfuerzo a lo largo de las calles vacías. Los árboles - aquellos que actuaban desinteresadamente como protectores de las vidas debajo de ellos - absorbían la mayor parte del dolor causado por el feroz viento. Las hojas y ramas actuaban como velas, y eran azotadas en todas las direcciones. Muchos de los árboles fueron capaces de mantenerse firmes, sus raíces enterradas muy a fondo en la Tierra; el poderoso árbol que se encontraba en el patio adyacente a la iglesia no tuvo tanta suerte.

Aquellos dentro del edificio sentían que su refugio temblaba mientras el viento levantaba el árbol y lo lanzaba contra la iglesia. Aunque las cuatro grandes paredes soportaron el poderoso golpe; las tejas del techo no pudieron resistir. Dioni estaba sólo a unos pasos del punto donde las tejas cayeron sobre el suelo de concreto. Mientras estaba sobre el suelo, a una corta distancia de los objetos que podían haberlo aplastado, Dioni miró hacia arriba y vio una abertura por donde la lluvia entraba a la iglesia, formando una cascada. Los niños y los mayores se apiñaron con miedo; los bebés lloraban extremadamente angustiados.

A Dioni le quedaba poco tiempo. Con la parte de arriba de la estructura en peligro, sólo era cuestión de minutos antes de que otro gran objeto golpeara la iglesia y finalizara lo que el árbol había iniciado.

—¡*Pathfinder*! —ordenó Dioni, lo que activó el aparato triangular que tenía en la nuca—¡Contactar a Mimidae!

El *Pathfinder* emitió dos pitidos agudos, seguidos por un tercer sonido de un tono más grave. Una imagen proyectada apareció frente a los ojos de Dioni, donde en letras rojas, resaltadas, se leían las palabras: *Señal No Disponible.*

Dioni miró a través de la habitación, a través de la lluvia que caía en cascada, que lo separaba de los huérfanos apiñados. Era por él que esto ocurría. Miró hacia abajo y sintió cómo el agua fría pasaba por sus pequeñas patas. Su cuerpo tembló, brevemente. Estaba desesperado por conseguir ayuda - de cualquier ser viviente cercano - y él no tenía ni el conocimiento ni el tiempo para experimentar por prueba y error.

—¡*Pathfinder*! —dijo Dioni—. Transmitir un mensaje a todas las aves en el cielo.

El aparato emitió un pitido dos veces reconociendo la orden de Dioni. Las letras de la imagen proyectada cambiaron de rojo a verde, lo que le permitió enviar un mensaje tan lejos como la señal podía llevarlo.

—Este es el Omega —dijo Dioni mientras veía el río de agua que caía desde el cielo—. ¡Necesito ayuda! Si alguien puede oírme, estoy en la iglesia de Flores. Hay personas aquí conmigo. ¡Por favor, no tenemos mucho tiempo!

El mensaje fue grabado inmediatamente y transmitido como una señal de audio, con ondas que se desplazaron a través de la tormenta y se elevaron hacia el cielo. Lejos, por encima de unas nubes asustadas por la murmuración masiva, un quetzal oyó un sonido débil. Aunque el sonido de los vientos de alta altitud interrumpió ligeramente la señal, el quetzal recibió la comunicación de Dioni; en seguida rompió la formación y voló lejos del grupo gigantesco de aves.

Los ojos del quetzal se abrieron enormemente; una sola ave era impotente contra una anomalía de tal magnitud. Ya fuera el Alfa, el Omega, o cualquier ave que por su propia voluntad se colocara en peligro por las vidas de otros, ningún ave se encontraba demasiado lejos para recibir la ayuda de sus compañeros. El quetzal curveó en el cielo y regresó a la gran formación en busca de aves que pudieran retirarse de la murmuración sin abandonar el objetivo mayor. A una corta distancia estaban una guacamaya y un tucán - dos aves tropicales de la jungla cercana - hacia quienes el quetzal voló inmediatamente.

El quetzal bajó la altitud para volar junto al tucán. Mientras estaba dentro de la gran murmuración, los ojos del tucán aparecían brillosos y llenos de oscuridad a la vez que de luz. El quetzal alcanzó a tocar la parte de arriba del ala del tucán, lo que inmediatamente lo conectó con las dos aves. El quetzal trasladó el mensaje de emergencia de Dioni al tucán, quien lo reconoció y entendió la orden del pájaro Omega.

El quetzal una vez más rompió la formación y se lanzó en picada hacia las facetas más fétida de la tormenta, para arriesgar su vida en un intento por salvar al pájaro Omega. En el cielo, el tucán tocó a la guacamaya cercana y le transmitió el mensaje, luego rompió la formación y siguió detrás al quetzal. La guacamaya repitió la acción con otro aviador cercano, que la repitió con otro, que la repitió con otro. En cuestión de segundos, la transmisión del mensaje de Dioni se trasladó desde el suelo a los miles sobre miles de pájaros tropicales en el cielo, a cientos de metros encima de él. Grupos de aviadores rompieron la formación - no para abandonar su puesto o para dejar la responsabilidad de su lucha en las alas de los demás, sino más bien para atacar al enemigo desde dentro.

Dioni estaba sobre el concreto frío, sus patas y plumas de la cola mojadas por el agua que fluía de la grieta en el techo.

—Vamos… vamos… —dijo Dioni, ansiosamente, en voz alta, a sí mismo.

No hubo cambio; ningún movimiento de algún tipo más que los restos de la maligna Eliza. No quedaba absolutamente ni un segundo que perder. En cualquier momento, toda la estructura podría colapsar bajo la presión del viento, lo que podría aplastar a aquéllos que intentaban escapar de la intensidad de la tormenta.

—*Pathfind...* —empezó Dioni.

Se detuvo al ver a una gran criatura alada pasar rápidamente a través de la grieta del techo sobre él. La criatura era de un tamaño similar al de Dioni y tenía las mismas largas plumas de la cola. Era otro quetzal. Dioni sonrió; su llamada de auxilio había sido recibida.

Justo fuera de la gran entrada a la iglesia, Dioni oyó un golpe sólido, el ruido hecho por un ave que había aterrizado fuerte sobre el suelo. Momentos después, oyó un segundo ruido similar de otra ave, aunque a unos metros de distancia y más cerca del lateral del edificio. Casi de inmediato, se oyó un tercer ruido desde el lado opuesto de la iglesia a lo largo de la pared exterior.

Dioni miró hacia arriba. Más allá del agua que caía, vio una ola de aves caer del cielo, dirigida directamente hacia el exterior de la iglesia. Mientras los grupos de aves aterrizaban - halados por el viento y empujados por la lluvia - ellos golpearon el suelo con tanta fuerza que cada uno de sus aterrizajes emitió un fuerte ruido. El ruido causó gran miedo entre aquellos apiñados dentro de la iglesia, que estaban parados y se habían posicionado ellos mismos en un círculo más cerrado. Los niños en el centro del círculo bajaron las cabezas y se prepararon para lo peor.

Dioni oyó un sonido justo arriba de donde se encontraba. Vio a un orgulloso quetzal verde, que estaba sobre el techo de la iglesia, cerca de la orilla de las tejas rotas. El pájaro verde miró hacia abajo a Dioni. Hizo contacto visual con el pájaro Omega, luego gesticuló hacia Dioni para que éste se uniera a él. Dioni caminó a un lado de la catarata. No podía ver a Alma, pero sabía que ella estaba protegida dentro del círculo. Dioni extendió las alas, se alzó del suelo de concreto y voló a través de la grieta.

Dioni regresó al viento y la lluvia. Voló para ponerse junto al quetzal verde, que lo esperaba pacientemente. Dioni miró hacia abajo desde su posición en lo alto del techo de la iglesia. A medida que las aves golpeaban el suelo, se posicionaban rápidamente a lo largo del perímetro de la estructura, que ellos mismos reforzaban. Las aves más grandes, capaces de sostener gran peso y presión, se posicionaron a lo largo de la base. Las aves más pequeñas lentamente se reunieron y se posicionaron sobre los hombros de las aves más grandes. Juntas, se conectaron en su lugar dentro de la formación, abrieron sus alas, luego se agarraron unas de otras como mejor pudieron.

—¿Qué están haciendo? —gritó Dioni a su compañero verde, sobre la fuerza del viento.

—Protocolo de protección, señor —respondió el quetzal, calmadamente.

—¿Qué? —preguntó Dioni—. ¿Qué quiere decir eso?

—Es la forma como defendemos nuestras bandadas —respondió el quetzal—. Estamos construyendo un nido, señor.

—¿Un nido? ¿Qué quieres decir, un nido? ¿Cómo?

—Piense en ello como una pared de aves —respondió el quetzal verde—. Con suficientes de nosotros podemos aguantar los efectos de la tormenta, al menos de momento —el quetzal usó el ala para señalar la grieta en el techo. Dioni vio el círculo creado por los adultos en la iglesia—. Lo que ellos están haciendo ahí dentro, lo estamos haciendo nosotros aquí afuera, señor. Protocolo de protección.

Dioni miró maravillado mientras grupos de aves llegaban desde lejos a la tierra y no perdían tiempo en posicionarse dentro del nido. El espectáculo fue un esfuerzo de total colaboración, que no requirió negociación ni instrucciones de ningún tipo; las aves sabían, por instinto, que una amenaza sobrenatural había sido decretada contra el Omega, y ellos no cuestionaron la noción de sacrificarse ellos mismos bajo el protocolo de protección. No sólo era un acto de valentía, sino también una responsabilidad más grande para el equilibrio natural de la Tierra.

En segundos, las ventanas de la iglesia se oscurecieron por las sombras de las aves que trabajaban juntas para crear una barrera protectora. Los fuertes vientos que dañaron la estructura lentamente habían cedido, así como los ruidos creados por los grandes objetos que chocaban en las cercanías. Los adultos dentro de la iglesia miraban la grieta, incrédulos, mientras eran testigos de cómo las aves batallaban contra la tormenta de una forma inusual e imposible.

Alma levantó la cabeza lentamente. Protegía al bebé en sus brazos mientras presenciaba las acciones de las aves a lo largo del perímetro. Ella miró hacia arriba, hacia la grieta por donde la lluvia entraba a la iglesia; se fijó en las plumas decoradas de la cola de un ave extraña. Miró con gran intensidad las plumas de la cola mientras las mecía el viento, de forma aleatoria. A través de las gotas de lluvia, miró un ave orgullosa; posada como si fuera indiferente a la furia de la tormenta. Alma colocó cuidadosamente al bebé en los brazos de su hermano, luego puso su mano sobre el suelo y se equilibró para levantarse. Aunque su vista estaba bloqueada por las gotas de la lluvia, ella vio la magnificencia inconfundible de un resplandeciente quetzal azul.

Capítulo Treinta y Dos

El Alfa se encontraba inquieto mientras miraba la pantalla principal del Centro de Control. Su plan fue ejecutado a la perfección - dos huracanes, un destino, ningún sobreviviente, ningún remordimiento. Inclusive en sus pensamientos más imaginativos y anhelantes, nunca pudo haber previsto que Ally se lo habría hecho todo tan increíblemente fácil. Haber escogido a un sucesor de una nación pequeña con costas en dos océanos era demasiado perfecto. Como Alfa, él podía mantener el control sin un Omega, justo como le era posible a un Omega supervisar las operaciones del Departamento sin la necesidad de un Alfa. Sin embargo, de una u otra forma, el equilibrio debía mantenerse.

Al viejo buitre no le preocupaban las acciones en curso para detenerlo, ni dónde se encontraba el Omega. La intensidad de su mirada estaba enfocada en la anomalía dentro de la anomalía. Una fuerza fuera de su control dificultaba el camino programado y destructivo del huracán Elijah. La tormenta tenía orden de golpear el continente y destruir todo lo que pudiera de la topografía de Guatemala. En vez de eso, la intensidad de Elijah gradualmente se desvanecía mientras la tormenta retrocedía lentamente hacia el mar caribeño.

—¿Qué estás haciendo allá, Dioni? —dijo el buitre en voz alta—. Me estás haciendo quedar mal, chico —regresó su atención al lateral del mapa aéreo que mostraba el progreso del huracán Eliza, que procedía de acuerdo a lo planificado—. Oh, mi hermosa princesa… mi orgullo y felicidad. ¡Mira cómo has crecido! –dijo él con sarcasmo pretencioso–. Estoy tan orgulloso de ti.

El humor del Alfa cambió mientras miraba de nuevo la tormenta pródiga, que parecía deshonrar su autoridad.

–¿Por qué no te pareces más a tu hermana?

El buitre se alejó de la pantalla principal y regresó a su puesto detrás del tablero de control.

–Control uno –ordenó el Alfa–. Mostrar la vista desde el nivel del suelo del ojo del huracán Elijah.

El despliegue significativamente más pequeño del tablero de control proyectaba tres palabras como respuesta a su solicitud: Señal No Disponible.

–¡AHH! –gritó enfadado el buitre. Su voz se hizo eco a través del vasto y vacío espacio–. Cómo se supone que voy a destruir el lugar si no puedo ver lo que está bloqueando mi…

Hizo una pausa. Con el Alfa al mando del tablero de control y sin ningún otro Controlador en sus estaciones de trabajo, el único método por el que una tormenta de tal magnitud podía ser alterada era si se hacía desde…

–Control uno –ordenó el Alfa–. Muéstrame todas las aves a lo largo de la costa atlántica de Guatemala. Mostrar en pantalla.

El gigantesco mapa cambió rápidamente para mostrar las posiciones exactas de miles de pingüinos emperador que realizaban la velocidad de despegue hacia y desde las playas y hacia el mar. Con el uso de sus habilidades de pilotos de clase mundial, los emperadores reforzaban con éxito los diques, y limitaban el acceso del agua del mar mediante la producción de gigantescas olas que lanzaban en la dirección opuesta a la tormenta. Los pingüinos, con la ayuda de los delfines indetectables, usaban el poder de sus esfuerzos combinados para dispersar los vientos ciclónicos y dirigir las olas hacia el norte y el sur. El valiente contraataque estaba coordinado a la perfección.

El Alfa sacudió la cabeza con decepción. Su enojo no estaba dirigido a los emperadores - que trabajaban valientemente para proteger un territorio extranjero - sino más bien hacia el ave traicionera que sin ninguna duda y deliberadamente había desobedecido la orden que él había dado. Nunca imaginó un comportamiento tal de su asistente de mayor confianza.

—No debiste haberlo hecho, Mim —dijo el Alfa en voz alta. Levantó la punta del ala a su cara, su postura favorita cuando estaba en profunda meditación—. Control uno, muéstrame a todas las aves sobre Flores, Guatemala. Mostrar en pantalla.

De acuerdo a las instrucciones, el mapa en la gigantesca pantalla hizo una transición para mostrar el pueblo de Flores. El despliegue no tenía capacidad para detectar y rastrear exitosamente a una cantidad tan inmensa de aves. El Alfa vio un conglomerado de miles de aviadores detectados en un remolino, que era el movimiento combinado de cada Negociador y Controlador cuyo *Pathfinder* se podía rastrear. La formación circulaba Flores, a una altura mayor al alcance de las tormentas gemelas. Con cada movimiento, la formación de aves aumentaba en tamaño, de manera constante.

El Alfa inhaló profundamente y colocó sus alas detrás de su cabeza.

—¡AAAAAHHHHH! —gritó.

El buitre golpeó las alas contra el tablero de control, con la fuerza de sus dos puños furiosos, causando un daño grave al equipo. Repitió el proceso, los ruidos de su enojo hicieron eco en la vasta cámara. En su ataque de furia, el Alfa rompió la pequeña pantalla utilizada por las aves que supervisaban la estación de trabajo del tablero de control. Sus alas permanecieron sobre el tablero de control dañado mientras miraba la pantalla más grande.

—Control uno —ordenó, en un tono más sombrío y profundo—. Rastrear al Omega.

...

Jackie, Ricky y Mimidae permanecían atentos a su prioridad principal: deshabilitar la barrera que los separaba del Centro de Control. Mimidae caminaba nerviosa de un lado a otro.

—Control dos —Mimidae dijo a una serie de pantallas interconectadas—. Rastrear al Omega —las imágenes proyectadas cambiaban para desplegar la ubicación exacta del Omega, visible en un mapa digital.

—Ninguno de estos archivos tiene sentido —dijo Jackie en voz alta.

Estaba agotada tras horas de horas de búsqueda de códigos antiguos a lo largo de los siglos–. Busqué todo el ECE siete y ocho y nada. Encontré unas órdenes extrañas en el nueve.

–¿Qué dicen? –preguntó Mimidae, de espaldas a Jackie.

–Probablemente lo leí mal –respondió Jackie. Se inclinó más cerca hacia la pequeña pantalla–. Muestra algo sobre un gran cometa o un meteoro, pero está en un lenguaje completamente diferente.

–¿Entonces cómo sabes que es un cometa o un meteoro? –preguntó Ricky, que buscaba minuciosamente entre registros electrónicos adicionales.

–No lo sé –respondió Jackie–. Sólo adivino por estos dibujos que parecen jeroglíficos en el archivo.

–Probablemente eso no es lo que buscamos –le dijo Mimidae a Jackie–. Sólo déjalo para más tarde y busca en otro archivo.

–Todavía estoy en ECE dos. No veo nada –dijo Ricky. Se volteó hacia Jackie–. Revisaré tres y cuatro si tú revisas el cinco.

–De acuerdo –respondió Jackie.

Las dos palomas volvieron toda su atención a los documentos electrónicos mostrados en sus pantallas.

Mimidae continuó su caminata infinita en un patrón circular de dos direcciones. Estaba visiblemente preocupada, incapaz de recordar el método por el cual la pared de seguridad se deshabilitaba. Ignoró las muchas pantallas que mostraban transmisiones en vivo de cientos de canales de noticias alrededor del mundo. Miró hacia arriba y notó la vastedad del Patio de Negociaciones vacío. Durante toda su vida, ella había sido leal a las constantes transformaciones del Departamento de Control del Clima Global. Sacrificó toda una vida de experiencias y memorias, sólo para estar al incesante servicio del ave más detestable de todos los tiempos. No obstante, su lealtad hacia él permanecía fuerte… inclusive después de que él la envió lejos; inclusive después de que él no la tratara como merecía; inclusive después de que él hiciera desaparecer a su único amigo del Departamento.

Mimidae hizo una pausa ante una serie de pantallas.

–Control dos, rastrear al Omega.

...

Dioni miró maravillado mientras incontables aves aparecían desde todas las direcciones y encontraban su lugar entre la barrera impenetrable que habían creado con sus cuerpos. Lo que empezó como una sola fila de aves se convirtió en una base alrededor del perímetro de la iglesia, que luego evolucionó a una estructura enorme como de domo, hecha totalmente de aves que habían respondido, sin dudarlo, a la llamada de ayuda de Dioni. Ningún ave era demasiado grande ni demasiado pequeña para contribuir, ya que su papel en la creación del gigantesco nido aseguraba la seguridad del Omega.

La ira del viento y la furia de la lluvia descendieron sobre la tierra mientras el huracán impiadosamente aumentaba su intensidad. La protección que daban las aves dejó al viento incapacitado para pasar más allá de sus cuerpos; mientras el viento se quedaba sin poder contra una indefensa iglesia, la cuestión de la lluvia era totalmente otra cosa. Aunque la barrera de aves se resistía a las condiciones extremas, el tamaño y el alcance del nido estaban limitadas al perímetro de la estructura actual, lo que dejaba una gran parte del techo casi totalmente expuesto a la lluvia. Conforme más aves se colocaban entre la formación, se expandieron hacia fuera y empujaron contra el adversario artificial.

Dioni sintió paz al atestiguar el verdadero poder de las aves. Las gotas de lluvia cayeron de su rostro. Sentía el peso de las plumas de su cola, que revoloteaban sin esfuerzo a través de la grieta hecha por las tejas faltantes. Con el perímetro de la estructura rodeada por las aves, la única fuente de luz dentro de la iglesia venía del hoyo en el techo cerca de donde Dioni se encontraba. Un charco de lluvia se formaba por las gotas que caían de las plumas de su cola al suelo de la iglesia.

Estar en la presencia de un quetzal - ya sea por alguna circunstancia o por accidente - era presenciar un espectáculo sagrado. El ave resplandeciente representaba mucho más que la libertad; su vida era el símbolo de una civilización antigua, un honor y responsabilidad que todos los quetzales aceptaban con orgullo como su derecho de nacimiento. De todas las historias que Dioni había narrado, de todos los cuentos que había contado y de todas las fábulas que seguramente había creado sólo para impresionar a Alma, las más memorables eran las que incluían a la extraordinaria y maravillosa ave.

Alma se enfocaba intensamente en el quetzal azul. Por un momento ignoró los susurros enojados de las monjas que repetitivamente le decían que se sentara y se quedara dentro del círculo. Dejó los ojos clavados en las plumas de la cola mientras lentamente y con cuidado se escapaba para ver mejor desde una distancia más corta. Con cada paso, Alma observaba el ave en gran detalle. Era más grande de lo que se imaginaba que era un quetzal, aunque las plumas de la cola eran más cortas que esas del quetzal disecado de muestra en el museo que ella y Dioni visitaron durante sus años en la escuela primaria. Alma cuidadosamente tomó un paso más largo hacia el quetzal azul. Hizo una pausa y se irguió. Con los brazos a los lados, silbó suavemente - un pobre intento por imitar la canción de un ave resplandeciente.

La atención de Dioni estaba totalmente enfocada en las acciones fuera de la iglesia. Las gotas de agua, que momentos antes caían del cielo con gran intensidad, gradualmente se calmaron, convirtiéndose en llovizna. La ferocidad de la tormenta suavemente se desvaneció y creó una sensación extraña conforme el cambio ocurría inesperadamente. El comportamiento alterado del viento y la lluvia no engañaba a las aves dentro de la bandada, ya que ellas sabían que no podían confiar en el ojo de un huracán despiadado.

Dioni sintió el calor de la luz del sol sobre su espalda. Miró hacia arriba y vio la presumiblemente imposible vista de un pedazo de cielo azul. Con ningún conocimiento sobre las condiciones interiores de un huracán, ni la experiencia de vida para entender cómo una gran cantidad de energía era controlada y operada, los pensamientos de Dioni concluyeron que el resultado era el deseado: victoria. Contra las probabilidades abrumadoras e imposibles, las aves no solamente suprimieron la tormenta, para que no causara un daño catastrófico, sino que fueron capaces de derrotarlo totalmente.

Dioni sonrió y se limpió las gotas de agua de su frente. Se rio y sacudió la cabeza. Miró al hermoso cielo azul despejado, donde las nubes mantenían la distancia. La pesadilla había pasado, y todos habían sobrevivido. Lejos, sobre la altura de las nubes, Dioni vio la murmuración perfectamente coordinada en un patrón de vuelo circular. Levantó las alas y gritó de alegría hacia el cielo.

Desde dentro de la iglesia, debajo de donde bailaba y celebraba, Alma vio los movimientos y sonidos peculiares emitidos por el quetzal azul. Ella se congeló donde se encontraba, directamente debajo del gran hoyo del techo, y tuvo la esperanza de no espantar al quetzal.

–¡Lo hiciste, Mim! –gritó Dioni–. ¡No sé cómo, pero lo hiciste!

Dioni abrió las alas. Saltó hacia atrás y por un momento cayó del agujero del techo antes de levantarse hacia el cielo tranquilo.

A lo largo de la barrera exterior del lado del campanario, donde los miles de aves se mantenían en su formación protectora, el leal quetzal guardián vio cuando Dioni salió volando, alejándose de la seguridad del nido. El quetzal entró en pánico inmediatamente. Rompió la formación de la barrera, creando una grieta que fue rápidamente llenada por una guacamaya que estaba cerca.

–¡Dioni! ¡Regresa! –gritó el quetzal.

Se alzó al vuelo desesperadamente para ir detrás del pájaro Omega.

...

Dos pares de ojos eran sin duda mejor que uno, inclusive si ambos buscaban sin rumbo a lo largo de la misma evidencia para encontrar una pista escondida entre millones de líneas de código. Mimidae se mantuvo en una plataforma portátil junto a Jackie, lo que les permitía a ambas estar al nivel de las imágenes proyectadas en la pequeña pantalla. Juntas, las dos aves examinaban miles de fórmulas matemáticas, modelos científicos y códigos electrónicos tridimensionales, todos encasillados dentro de una secuencia de símbolos sofisticada. Jackie controlaba el sistema computarizado mediante sus acciones y movimientos.

–¡Espera espera espera! ¡Regresa! –le dijo Mimidae a Jackie, abruptamente.

–¿Qué? –preguntó Jackie–. ¿Viste algo?

–Tal vez, no sé. Regresa.

Jackie movió las alas, cambiando las imágenes desplegadas en su pantalla.

–¡Detente ahí! –le dijo Mimidae a la paloma. Movió su rostro más cerca de la pantalla, luego usó el ala para señalar un ícono pequeño e insignificante enterrado en el código–. Acércate a ese.

Jackie movió las alas para aumentar el tamaño del ícono.

–¿Encontraste algo? –preguntó Ricky.

–Un ícono –respondió Jackie.

–He visto aproximadamente un millón de esos en la última hora –dijo Ricky–. ¿Un ícono de qué?

–Agrándalo –dijo Mimidae a Jackie, ignorando a Ricky. La imagen se hizo más grande en la pantalla, luego se enfocó mientras la resolución se aclaraba. Jackie y Mimidae se miraron–. Un colibrí.

–¿Un qué? –preguntó Ricky. Miró hacia el otro lado de la estación de trabajo y se movió para ver lo que había en la pantalla de Jackie–. ¿Parecido a Donna?

–No exactamente –respondió Mimidae. Se volvió a Jackie–. Sepáralo y ejecuta el programa de descifrado.

–Sí, señora –respondió Jackie. De inmediato hizo lo que Mimidae le había indicado.

–¿A un ícono de colibrí? –preguntó Ricky–. ¿Por qué habría algo ahí?

–No estoy segura –respondió Mimidae–. ¿Qué íconos viste en las demás fólders?

–Casi todos eran jeroglíficos… de objetos aleatorios y animales –dijo Ricky–. Carros, caballos, libros, muchos de perros y gatos, ríos, una nave espacial, algo que parecía un rayo y una varita mágica, conchas, edificios, una bombilla, tres barcos de madera, diferentes tipos de teléfonos, pensé que había visto la torre Eiffel, un radio y una televisión, un anillo, instrumentos musicales de todos tipos, un puente, un ratón de forma extraña…

–Pero ninguna ave, ¿correcto? –interrumpió Mimidae–. Ni un solo ícono de ave.

–No… ninguno. ¿Por qué?

–En todo lugar en el que hemos buscado, es la única indicación de un ave –respondió Mimidae, sus ojos clavados a la pantalla–. Todas las demás eran de objetos vivos o inanimados de la Tierra. Esta es la única ave.

–¿Y? –preguntó Ricky. Mimidae lo miró con decepción.

–Cuando todo esto se estableció, después del golpe del gran asteroide, el primer Alfa asignado fue un buitre –dijo Mimidae–. El mismo buitre, si puedo añadir, que está del otro lado de esa pared. El primer Omega fue un colibrí.

–¿Donna fue el Omega? –preguntó Ricky. Tanto Jackie como Mimidae suspiraron.

–De verdad debiste haber puesto más atención en la clase de historia –dijo Mimidae.

–Totalmente de acuerdo –intervino Jackie.

–Donna se quedó en su puesto como parte de un acuerdo que se hizo entre el Alfa y el segundo Omega, pero el primer Omega fue un coli…

–¡Encontré algo! –interrumpió Jackie. Mimidae y Ricky se apuraron para ponerse a su lado–. Es un código escondido dentro de un programa. El ícono del colibrí es una aplicación encriptada. Hay un mensaje escrito en una especie de texto antiguo. No puedo leer lo que dice.

–¡Déjame verlo! –dijo Mimidae.

Ella empujó a Jackie hacia un lado para poder tener una vista completa del descubrimiento. Sus ojos se abrieron mucho.

–*Pathfinder* –Mimidae dijo. Hizo una pausa para esperar a que su aparato iluminara una segunda pantalla, visible solamente para ella–. Traducir texto. Mostrar en la estación de trabajo.

El aparato se activó de inmediato. Mientras escaneaba el objeto tridimensional digital, el *Pathfinder* analizó las series de formas, colores y patrones encontrados dentro del texto antiguo. En cuestión de segundos, los resultados fueron desplegados ante los tres pájaros, que brillaron con alegría en el momento en que la pantalla mostró las palabras, Operaciones Maestras - Control.

–¿Cómo rayos…? –dijo Jackie en un estado tanto de estupefacción como de maravilla.

–Descifrar el código y ejecutar una búsqueda completa del término, «pared de seguridad» –le dijo Mimidae a su *Pathfinder*.

Las dos palomas y el ruiseñor miraron la pantalla con optimismo, mientras se hacía una búsqueda de dos palabras específicas en todo el código del colibrí. Si las instrucciones para activar y desactivar la seguridad de la pared fueron creados y dejados para ser encontrados por aves futuras, era indudablemente la única ubicación donde estarían escondidas. Tres palabras destellaron en el pequeño despliegue.

—Término no encontrado... ¿qué quiere decir eso? —preguntó Ricky mientras leía el mensaje en la pantalla de la estación de trabajo.

—Quiere decir que no está aquí —respondió Jackie, decepcionada en sí misma por haberse emocionado demasiado.

—No, no... —dijo Mimidae, una tristeza evidente en su voz—. No pudo encontrar el término. No era conocido como una pared de seguridad en ese tiempo. Tenía otro nombre.

—¿Cómo sabríamos eso? —preguntó Jackie.

Mimidae colocó sus alas sobre su cabeza mientras se daba la vuelta y se alejaba caminando del lugar en donde estaban las palomas.

—¿Dónde lo escondiste, Ally? —pensó en alto Mimidae—. Okey, recapitulemos. ¿Cuáles son las pistas? Un ícono de una inscripción, código antiguo. Lenguaje moderno sería demasiado fácil... cualquiera podría descubrirlo. Pero el código está en un texto de fecha anterior. ¿Cómo esconderías una pared de seguridad en un texto de fecha anterior o con código antiguo?

Ricky sonrió.

—Y tú dijiste que debería haber puesto atención en la clase de historia —dijo él, con sarcasmo—. Busca el término, Jericó.

—¿Jericó? —preguntó Mimidae.

El aparato buscó la palabra clave conforme a las instrucciones de Mimidae. Pasaron unos segundos y luego hubo un cambio en la pantalla, que fue visto por las tres aves. El ruiseñor y las dos blancas palomas gritaron de alegría mientras la pantalla desplegaba un modelo multidimensional de todo el Departamento. La palabra «Jericó» estaba desplegada como el nombre de la orden, lo que mostraba una imagen de la pared de seguridad del Centro de Control.

Jackie se volvió hacia Ricky. Levantó las alas a su cara, lo acercó y le dio un beso en el pico. Ricky se sonrojó.

—¿Cómo supiste eso? —preguntó Mimidae.

Jackie inmediatamente volvió su atención a la estación de trabajo.

—Texto antiguo, ¿correcto? —respondió Ricky—. Fue la primera barrera de seguridad del mundo y es la única eliminada por el sonido. Toda ave de la paz sabe eso.

…

Los ojos enojados del Alfa miraron el ícono del triángulo desplegado en el mapa, proyectado a plena vista sobre la pantalla principal del Centro del Control. Las puntas de las alas le dolían, aunque casi no sentía nada más que la furia que compartía con la tormenta, a la que daba órdenes en la Tierra. El Alfa inclinó la cabeza, en señal de derrota. Respiraba con dificultad. Su cara se volvió color rojo profundo.

—Espera un segundo —se dijo el Alfa a sí mismo. Levantó las alas del tablero dañado y se movió para dar una orden—. Mostrar Huracán Eliza y rastrear al Omega. Desplegar ambos en la pantalla.

La imagen en la pantalla principal cambió de un mapa que solamente mostraba un triángulo, a una imagen tridimensional, proyectada conforme a la orden que había recibido. El Alfa vio el mismo triángulo y sus coordenadas con relación a la posición de la tormenta. El triángulo estaba en movimiento; su elevación escaló mientras voló dentro de la única parte de la tormenta que no estaba cubierta con nubes y lluvia. El Alfa sonrió.

—No podría inventarme esto aunque lo intentara —dijo él, emocionado.

Realizó una serie de movimientos frente al tablero de control, que alteró el comportamiento de un pequeño grupo de nubes dentro del huracán.

—Golpear objetivo cuando dé la orden —dijo el buitre.

Un ruido repentino, atronador, reverberó desde todas las direcciones; un mecanismo hidráulico gigante sacudió todo el Centro de Control mientras retraía la barrera entre los dos lados del Departamento. El Alfa miró hacia arriba y se sorprendió mientras la luz natural se colaba por la pared que se retractaba.

—Buen trabajo, Mim —dijo el Alfa—. Lo descubriste… Jericó.

La sonrisa del Alfa no se alteró. La derrota no era parte de su carácter, y después de un eón de servicio, no tenía intención de retirarse en circunstancias que estuvieran fuera de su control. La barrera continuaba su retractación. El buitre miró alrededor de la habitación gigante, sintió orgullo por su logro. La vida tenía una deuda de gratitud con él, sin importar cómo deseaba él vivirla. Se volteó hacia la pantalla principal, luego levantó las alas.

—Adiós, Dioni… ¡ridículo pájaro azul!

…

Dioni voló emocionado hacia el cielo despejado. No quería nada más que volar sobre lo que quedaba de Eliza y presenciar mientras la tormenta se moría inofensivamente frente a sus ojos.

Con cada aleteo, Dioni escalaba más lejos en el cielo, cerca de la abertura circular, donde las nubes estaban misteriosamente ausentes. Oyó un débil sonido detrás de él, que ignoró. Dioni empujó más fuerte, ansioso por ver el resultado de su victoria. No se dio cuenta de que había un pequeño grupo de nubes que se volvieron a posicionar justo arriba de él, como si tomarían la orden del Alfa desde el Centro de Control.

—¡Dioni! —oyó que gritaban, lo que captó su atención a medio vuelo.

Dioni hizo una pausa en su escalada. Miró hacia atrás y vio a otro pájaro. Era un quetzal verde, su guardián voluntario, que volaba hacia Dioni tan rápido como sus alas lo podían llevar.

—Dio…

Un relámpago cegador destelló en el cielo. Dioni miró hacia arriba. Por el más mínimo segundo, el mundo de repente se detuvo; el tiempo se detuvo y los medios que posibilitaban la vida dejaron de existir. La energía fue descargada del grupo de nubes con una fuerza y una magnitud imparable, con el golpe más feroz jamás registrado, que penetró a través del débil cuerpo de Dioni con mucha facilidad. Un tremendo torrente de frío y de calor consumió todo su ser, y los colores de la Tierra se desvanecieron en las profundidades de la más cruel oscuridad.

El quetzal verde gritó en agonía. Se sintió impotente ante el ataque y voló en un estado mecánico de petrificación mientras presenciaba al pájaro Omega regresar a la misma tierra de donde había venido.

Como había sido diseñado y planificado para todas las aves que portaban uno, el *Pathfinder* de Dioni se entregó a cambio de la vida del pájaro Omega. El aparato absorbió toda la fuerza del relámpago que golpeó a Dioni y, aunque salvado de una vaporización instantánea, el pequeño cuerpo de Dioni - incapaz de aguantar tal cantidad de intenso dolor - se quedó sin fuerzas y sin vida, y rápidamente cayó del cielo.

El quetzal verde se zambulló en su persecución. A pesar de su talento como el aviador más rápido en todo el reino maya, su mejor esfuerzo sólo le permitió observar, de lejos y con impotencia, conforme el pájaro Omega caía a un ritmo que superaba el suyo para alcanzar. La intensidad de su vuelo hizo que las lágrimas se le formaran y corrieran por los lados de su cara. Una ráfaga de viento empujó al quetzal que sollozaba hacia otra dirección. Se salvo de la trauma de tener que presenciar el resultado final de la caída del pájaro Omega.

...

La pared de seguridad que separaba el Centro de Control del Patio de Negociaciones se replegó lentamente, lo suficiente como para que hubiera un espacio por el que Mimidae entrara, tan rápido como le permitieran sus alas, a la habitación masiva. Se detuvo a unos pasos del tablero de control principal, colocó las patas sólidamente sobre el suelo, luego miró alrededor de la habitación. El Centro de Control estaba completamente vacío.

La pared de seguridad se replegó más para permitir que Jackie y Ricky entraran a la habitación, donde se dirigieron hacia el centro del enorme espacio. Mimidade alzó el vuelo hacia la oficina ejecutiva. Se quedó volando cerca de donde se solía posar el Alfa, entró a la oficina, buscó detrás de la estación de trabajo y voló tan rápido como pudo al enorme puente. No había rastro del buitre en ningún lugar. Regresó de inmediato de la oficina ejecutiva al Centro de Control.

—No está aquí —dijo Mimidae a las dos palomas blancas. Se posicionó entre el tablero de control y la enorme pantalla—. Se fue.

—¿Cómo pudo haberse ido? —preguntó Ricky—. Todo el centro estaba sellado.

—Eso no importa —respondió Mimidae—. Tenemos que detener a los huracanes.

Los tres pájaros volvieron su atención a la pantalla principal, que desplegaba la evidencia dejada por el Alfa. Vieron cómo el huracán Elijah permanecía en posición a lo largo de la costa caribeña, incapaz de atravesar las playas protegidas por los pingüinos y los delfines. Sin embargo, el huracán Eliza, amablemente aceptaba y cumplía la promesa de conquistar todo aquello que se encontraba entre ella y la aniquilación total de la costa del Pacífico. Mimidae señaló el centro de la pantalla.

—Primero ella, luego él —ordenó Mimidae. Ella miró a las dos palomas que, incrédulas, veían la pantalla—. ¡Vamos!

Mimidae monitoreó la pantalla mientras las dos palomas despertaban de su estado como de trance y se dirigían a toda prisa a sus estaciones de trabajo asignadas. Ricky notó los pedazos de vidrio rotos y el equipo destruido; usó su ala para proteger a Jackie de los objetos punzantes que quedaban.

—Lo destrozó —dijo Ricky a Jackie.

—Lo hizo a propósito —respondió Jackie—. ¡Mim! ¡El tablero de control no tiene señal!

Mimidae se volvió hacia Jackie.

—¿Qué me quieres decir, no tiene señal?

—Lo destruyó —respondió Jackie—. Parece que lo golpeó con algo. Hay vidrios y partes rotas por todos lados. No sirve.

—¡Rayos! —gritó Mimidae. Se dio la vuelta hacia la pantalla principal y se enfocó profundamente en Eliza—. Sé que tienes una debilidad. ¿Qué puedo hacer… cómo te detengo?

Mimidae cerró los ojos y respiró hondo. Exhaló lentamente, levantó la cabeza, luego abrió los ojos de nuevo. Se colocó frente a Jackie y Ricky.

—Usaremos las estaciones de trabajo —ordenó Mimidae—. Escojan un territorio y empiecen a cambiar el clima en esa parte de la Tierra.

—¿Las estaciones de trabajo? —preguntó Ricky—. Tres aves no pueden controlar cada territorio simultáneamente. Corremos el riesgo de empeorarlo.

—No sólo somos nosotros tres. Tenemos refuerzos —respondió Mimidae.

—¿Quiénes? —preguntó Jackie—. Cada Controlador está allá fuera luchando.

—No todos —dijo Mimidae. Levantó la cabeza y colocó las alas alrededor de su pico. Inhaló tan hondo como pudo, luego gritó como si quisiera llegar a las paredes más lejanas del Departamento—. ¡DONNA! ¡OMEGA UNO!

La habitación permaneció en silencio y sin movimiento. No había sonido ni movimiento de ninguna dirección.

—Mim… —dijo Jackie, solemnemente—. Solamente estamos nosotros.

—Tenía que intentarlo—. Mimidae suspiró y bajó la cabeza. Se sintió derrotada. Levantó la cabeza y se volvió hacia Jackie y Ricky—. No podemos quedarnos sentados aquí y observar mientras pasa. Agarremos cada uno una estación y empe…

Un feroz rugido surgió de las paredes lejanas del Centro de Control. El retumbo se hizo más y más fuerte, sacudiendo las piezas rotas del tablero de control. Jackie y Ricky se pararon más cerca el uno del otro mientras miraban en todas las direcciones por encima de ellos. El rugido emanaba del sonido creado por los rápidos movimientos de miles de diminutas alas - un zumbido producido por una inmensa bandada de aviadores que se movía rápidamente y al unísono.

Grupos y grupos de colibríes descendieron desde arriba, creando una nube inmensa de pájaros en miniatura que se movieron en una formación perfecta dentro del Centro de Control. Su atención colectiva se la dieron a la única colibrí que volaba más cerca de Mimidae.

—¡Las necesito a todas! —dijo Mimidae, entusiasmada—. ¡El tablero de control no tiene señal! ¡Tenemos que usar las estaciones de trabajo para eliminar a los dos huracanes!

La bandada de colibríes volteó sus picos afilados hacia la pantalla principal. No mostraban emoción de ningún tipo. Simultáneamente, los grupos de pájaros miraron de nuevo a Mimidae.

—¡Escojan un territorio! —gritó Mimidae dirigiéndose a la bandada—. ¡Cambien el clima de esa área de forma que compense y retire recursos de Centroamérica! ¡Esto tiene que ser coordinado perfectamente para que no tengamos que crear algo peor en alguna otra parte del mundo! ¡Ricky ayudará a coordinar las operaciones en el lado del Pacífico y Jackie supervisará el del Atlántico!

Mimidae se volvió hacia las dos palomas blancas. Ellas asintieron expresando su acuerdo y miraron al pájaro que impecablemente llenaba el puesto dejado vacío por el cobarde buitre.

—¡Empecemos!

...

Alma cayó hacia atrás mientras el fuerte golpe del trueno resonaba a través de su cuerpo y reverberaba entre los cimientos de la iglesia. Los niños más pequeños, junto con tres de las monjas, gritaron de miedo mientras las vibraciones del trueno lentamente se desvanecían. El temblor de la estructura causó que el polvo se levantara de su estado de reposo, lo que formó cascadas translúcidas de la única fuente de luz del techo de la iglesia.

Alma permaneció sobre el frío suelo. Su espalda se mojó cuando cayó en un charco de agua creado por la lluvia, que bajaba en cascada desde la grieta en el techo. Miró hacia arriba y vio el mismo cielo azul que el misterioso pájaro azul había intentado alcanzar hacía tan sólo unos momentos. El viento estaba en calma, aunque trabajaba en secreto para ponerle fin, minuciosamente, a lo que había iniciado. Las gotas de agua de lluvia caían del techo y silenciosamente llenaban el charco que reflejaba el rayo de luz solar.

Alma puso las manos sobre el piso, luego encogió las rodillas cerca de su pecho para darse un empujón y levantarse. Mientras empujaba hacia abajo con los brazos, oyó un fuerte ruido que la detuvo en su lugar. Miró alrededor del santuario y no vio cambio alguno. El ruido venía de algo justo fuera de la iglesia, cerca de la entrada.

Una paloma de luto y un tucán de color oscuro estaban en el techo de la iglesia. Desde una distancia prudente, miraban hacia abajo a través de las tejas rotas para ver dentro de la estructura. Una guacamaya colorada apareció junto a ellas, seguida de un águila real y un shara. Se pararon a lo largo del perímetro de la grieta y en silencio observaron desde arriba. A las aves se les unieron un halcón, un pelícano, un charrán sombrío, una pareja de periquitos del amor, un canario y un faisán dorado. El último pájaro en unírseles y colocarse a lo largo del perímetro fue un quetzal verde.

Se oyó que tocaron suavemente, tres veces, a las grandes puertas de la entrada, ubicadas en la parte del fondo desde donde Alma estaba. El gran agarrador de la puerta se movió y un misterioso objeto abrió la puerta con cuidado. Sin deseos de tomar ningún riesgo y enfrentar una amenaza potencial, Alma gateó lentamente hacia atrás donde estaban los demás y mantuvo una línea de visión directa hacia la entrada de la iglesia. La gran puerta se cerró. Alma retrocedió; detuvo su movimiento cuando se dio cuenta de la peculiar silueta del objeto. Todo lo que la separaba del ser misterioso era un espacio vacío, tejas rotas y la luz natural que irradiaba del techo dañado. El objeto se acercó. Alma se empujó para sentarse, sus brazos descansaban a sus lados. Ella siguió el movimiento del ser misterioso mientras lentamente aparecía en medio de la luz.

¿Alma? —dijo una voz amable.

Ella reconoció la voz inmediatamente. Su expresión facial declamaba un poema sobre cómo se sentía en ese momento.

Dioni, el hermoso joven que ella recordaba - aquel cuya memoria ella había enterrado, pero que seguía vivo dentro de ella - salió a la luz. Sus pies estaban desnudos y sus ropas, de un material parecido a la seda, fluían sin esfuerzo en la suave brisa. Estaba vestido casi enteramente en un tono de azul, con sólo su rostro, cuello y la mayor parte de los brazos sin cubrir.

La luz del sol creaba un aura alrededor del joven, lo cual acentuaba su complexión impecable, su tierno rostro, su cabello marrón oscuro y la profundidad de sus ojos oscuros. Para los niños más pequeños, que permanecían sentados en el círculo y miraban maravillados, Dioni parecía un faro de luz, la personificación de un ángel.

Dioni sonrió. Se encontraba en medio de la luz, la personificación de la vida en su forma más inocente, con las manos en forma de cuenco y extendidas hacia afuera como si presentara un regalo. Alma se puso de pie. Dio un paso más cerca, luego se movió para verlo desde un ángulo diferente; si fuera un sueño, o si sin saberlo había sucumbido a la tormenta, esta imagen de Dioni seguramente sería producto de su imaginación. Óscar se puso de pie, igual que algunos de los niños mayores, aunque permaneció a una distancia prudente.

—¿Dioni? —dijo Alma.

Ella se acercó caminando hacia él, temiendo que su presencia no fuera real. Dioni asintió. Él extendió la mano izquierda hacia ella mientras colocaba la otra mano más cerca de su cuerpo.

Ella tocó la mano de él; se sentía exactamente como la recordaba. Él tomó la mano de ella y sintió la suavidad de su piel. Él tocó su muñeca, sintió su palma y enlazó los dedos con los suyos. Suavemente, la acercó hacia él.

—Mira —le dijo Dioni a Alma, que no podía quitarle los ojos de encima.

Él levantó el objeto que sostenía tan delicadamente en su mano. Ella vio la criatura sin vida.

—¿Un ave? —preguntó Alma.

—Un ave especial —respondió Dioni.

Ella examinó el ave más de cerca y notó las largas plumas de la cola. Una ráfaga de viento sopló dentro de la iglesia y suavemente envolvió las largas plumas de la cola alrededor de las manos de ambos.

—¿Es un quetzal? —preguntó Alma, emocionada.

Ver un quetzal era raro. Estar tan cerca de uno, irreal. La emoción del momento presente superaba sus sueños más descabellados.

—Sí —respondió Dioni. Él se rio por la sincera pregunta de ella.

—¿Está vivo? —preguntó ella. Ella levantó su mano libre para tocar al pequeño pájaro—. ¿Le haré daño?

–Está vivo, pero no como crees.

Alma suavemente acarició las plumas andrajosas de la cabeza del quetzal. Eran increíblemente suaves, casi al punto de que le hacían cosquillas al tocarlas. Ella suavemente acarició la cabeza, el cuello y la cara del pájaro, que Dioni sintió en su propio cuerpo. Alma sonrió.

–¿Cómo se llama? –preguntó Alma.

–Dioni –respondió él.

Alma se rio.

–¿Por qué le pusiste tu nombre a un pájaro que es tu mascota? Es un poco arrogante.

Dioni se rio por lo bajo. Su inocencia no le permitiría a ella entender lo que él había experimentado desde la última vez que se vieron.

–Te voy a enseñar algo –dijo Dioni.

Él colocó tres dedos de ella en el pecho del ave inconsciente, luego tomó la otra mano de ella y la puso en el pecho de él.

–¿Qué se supone que debo hacer? –preguntó Alma–. ¿Es un truco?

–¿Lo sientes? –dijo Dioni. La expresión facial de Alma mostró su confusión–. Es muy tenue.

Las puntas de sus dedos sentían el latido del diminuto corazón, que latía exactamente al mismo tiempo que el de la mano sobre el pecho de Dioni.

–¿Cómo haces eso? –preguntó ella, perpleja.

–Es la razón por la que se llama Dioni –respondió él. Él tenía la esperanza de que ella entendiera–. Yo soy él. Él y yo somos el mismo. Es difícil de explicar.

Alma miró al ave. Su miedo más profundo se había hecho realidad. Sus ojos se llenaron de lágrimas.

–Entonces…tú estás muc…

–No –respondió Dioni–. Estoy aquí. Estoy vivo, pero no como me ves. El día de la tormenta, algo pasó y me desperté con la forma de esta ave. Un quetzal. Aprendí tanto y vi tantas cosas, pero nunca dejé de pensar en ti.

Desconcertada, Alma miró al ave que él sujetaba. Con los mismos tres dedos de ella, acarició la cara del quetzal.

—Puedo sentir eso —dijo Dioni, con alegría.

Alma se movió para poder ver mejor al ave resplandeciente.

—¿Por qué es azul? —preguntó ella.

—No estoy muy seguro —respondió él.

Delicadamente, ella peinó los pelos pequeños y despeinados en la parte alta de la cabeza del ave. Para Dioni, esto era el cielo en la Tierra.

—Alma, lo siento… —susurró Dioni, casi sin poder decir las palabras.

—¿Por qué? —preguntó ella.

—Quería regresar a casa. Quería verte, pero había un buitre que me engañó y ahora yo…

—Dioni, no importa —respondió ella.

Ella apartó ligeramente la mano de él hacia un lado y lo abrazó. Lo sujetó cerca y sintió el calor de su cuerpo en el suyo. Ella sintió el latir del corazón de él. Alma apoyó su cabeza sobre el hombro de él para absorber totalmente cada aspecto de su ser. Dioni estaba vivo y en ese momento, nada más en el mundo importaba.

…

Mimidae daba golpecitos ligeros con su pata mientras nerviosamente fruncía el ceño frente a la pantalla grande del Centro de Control. Ella vio los dibujos animados de las tormentas gemelas, que se desplegaban en un ciclo repetitivo. Miró hacia los lados. Ni una sola estación de trabajo estaba vacía. Aunque las aves trabajaban sin descanso para desarmar la masiva amenaza sobre Centroamérica, no se habían hecho muchos avances.

—Perdona ¿Mim? —dijo Jackie—. ¿Puedo hablar contigo?

Mimidae volvió su atención a Jackie. Se dirigió hacia la paloma blanca junto con los dos colibríes que volaban a su lado.

—¿Cuál es la situación? —preguntó Mimidae.

—Malas noticias —respondió Jackie—. Estamos haciendo todo lo que podemos, pero Eliza no se rinde. No podemos detenerla sin crear una tormenta más grande en América del Sur. El huracán había avanzado demasiado dentro de la tierra al momento en que pudimos ingresar.

Mimidae se apartó de Jackie. Estaba molesta, no por los miles de pequeños pájaros que actuaban como Controladores interinos para detener la tormenta, sino por el único pájaro que la había creado. Si ella nunca se hubiera ido, nada de esto hubiera pasado.

—Ricky —dijo Mimidae a la otra paloma blanca que estaba a unos cuantos metros de distancia—. ¿Cuál es la situación con Elijah?

—Bajo control —respondió él—. Japón va a tener mucha lluvia y va a haber mucho viento inusual en Sudáfrica, pero es manejable. Lo agarramos a tiempo, aunque debo decir que no puedo estar lo suficientemente agradecido con los emperadores por lo que sea que hicieron para detener esta cosa. Ellos la contuvieron en su lugar lo suficiente para que nosotros pudiéramos entrar y desmantelarla.

—¿Cuáles son nuestras opciones? —preguntó Mimidae a Jackie.

Las dos colibríes junto a Jackie volaron rápidamente y se quedaron frente a Mimidae. Con una serie de gestos corporales, las dos pequeñas aves comunicaron su idea de la mejor opción y la más lógica para eliminar al imparable huracán.

—Esas son muchas partes movibles —respondió Mimidae—. ¿Se puede hacer?

—Se puede —dijo Jackie—. Lo calculamos siete veces y revisamos los simuladores. Deben debilitarlo y dispersar el viento. Podemos encargarnos de la lluvia desde aquí una vez que el viento esté bajo control.

—Pero estás diciendo que tenemos una diminuta ventana de oportunidad —se dirigió Mimidae a las colibríes—. Y la señal debe darla una sola fuente, así que no podemos transmitirla desde aquí, ¿correcto?

—Correcto —respondió Jackie—. Tiene que suceder en el momento exacto y preciso. Si enviamos la señal desde aquí, corremos el riesgo de que ellos reciban la orden en intervalos diferentes. Inclusive si ocurre el contraataque justo con unos segundos de diferencia, ellos sólo debilitarían la tormenta y perderíamos nuestra oportunidad.

—¿Y qué hay del Caribe? —preguntó Mimidae.

—Recibimos un mensaje de los emperadores diciendo que ellos pueden con eso. Ellos están trabajando con una especie de flota naval voluntaria, pero ellos no aclararon quiénes eran.

—Muy bien —dijo Mimidae—. Mientras esté bajo control. Bien. ¿Y cómo hacemos para dispersar la murmuración?

—Dioni ya está ahí —respondió Jackie—. Él puede ser el líder. Una vez que esté en el aire deberíamos ser capaces de recobrar su señal. Podemos enviarle la orden directamente.

Mimidae volvió su atención al mapa en la pantalla principal. La intensidad de Eliza crecía mientras la de su hermano desaparecía lentamente. Sin restricciones, la tormenta del Pacífico seguramente crearía un escenario mucho peor. El equilibrio estaba en peligro.

—Es una ventana pequeña, Mim —dijo Jackie—. Y solamente tenemos una oportunidad. Si el ojo avanza más lejos que Flores, hasta ahí llegamos… perdemos.

—Háganlo —dijo Mimidae—. Transmitan el mensaje a todas las aves en la formación sobre Guatemala. Que sepan que Dioni da la orden.

—Sí señora —dijo Jackie.

Jackie siguió de cerca a las dos colibríes mientras regresaban a sus estaciones de trabajo. Mimidae mantuvo su atención en la gran pantalla, principalmente en la fuente de la señal del triángulo que destellaba en el centro.

…

El viento incrementó su intensidad gradualmente mientras las nubes de lluvia regresaban sobre Flores. El breve momento de la luz del sol y cielo azul fue rápidamente reemplazado por el frío y la oscuridad mientras el ojo del huracán continuaba su camino hacia el este. El suelo se estremeció por la explosión del trueno.

Todos los pájaros que circulaban el perímetro del techo abierto miraron simultáneamente hacia arriba. Un mensaje urgente fue transmitido desde el Departamento. La señal llegó a la tierra; a todos los pájaros les dieron instrucciones sobre cómo neutralizar la anomalía. Dioni permanecía sin señal, por lo que no podía recibir el mensaje.

El quetzal verde gritó hacia la escena de abajo en un intento por captar la atención de Dioni. Dioni no vio hacia arriba; su mente y cuerpo estaban en paz, vivo en un momento precioso. El quetzal verde repitió su llamado, que fue escuchado por Alma. Ella miró hacia arriba para ver a los diversos pájaros alineados alrededor de la grieta.

—¿Ellos están contigo? —preguntó Alma.

Dioni miró a los pájaros.

—Sí. Nos están ayudando. Me dicen que debo irme —Dioni asintió, mirando al quetzal.

—¿Las aves pueden hablar? —preguntó Alma.

—No como tú y yo. Ellos tienen sus propios lenguajes y hablan con acentos, pero yo les entiendo porque tengo un *Pathfin*... —Dioni hizo una pausa. No había forma de que ella entendiera lo que él describía—. Las aves hacen mucho más... —él miró en sus ojos—. ¡Te lo mostraré! ¡Ven conmigo! —dijo él, emocionado.

—¿A dónde? —preguntó Alma. Bajó los brazos.

—A cualquier lugar... a donde sea. El mundo tiene tanto para que veamos y hagamos. ¡No tenemos que quedarnos aquí por el resto de nuestras vidas! Podemos ir a cualquier lugar, podemos...

—Dioni, no puedo —interrumpió Alma. Se volteó para ver a los demás en la iglesia, que la vieron de una forma peculiar. Ella sonrió a su hermano—. Este es mi hogar... nuestro hogar. Óscar está aquí, mi familia está aquí. No puedo dejarlos—. Miró a Dioni—. Esta es mi vida.

—¡Podemos hacer una vida en cualquier lugar que queramos! Puedo mostrarte...

—Dioni —empezó Alma—. Yo sabía que vendría el día en que tú te irías del orfanato y ya no te volvería a ver. Es lo que siempre quisiste y lo que yo siempre quise para ti. Y tú irías en aventuras increíbles y verías tantos lugares y conocerías a muchas personas... y yo no estaría ahí contigo.

—Alma, espera... puedes venir conmigo. No hay razón por la que no puedas...

–Mi vida está aquí, Dioni, y eso está bien –Alma colocó su mano sobre el pecho de Dioni. Puso los dedos de su mano libre sobre el pecho del pequeño pájaro que sujetaba–. Yo quiero hagas lo que te pida tu corazón. El diminuto y hermoso corazón de este pájaro –ella lo miró a los ojos–. Todo lo que yo esperaba era tener la oportunidad para despedirme.

El quetzal verde lo llamó de nuevo. Dioni miró hacia la grieta sobre él. La fuerza de la lluvia aumentaba y el viento regresaba gradualmente a una intensidad aún mayor que antes. Dioni bajó la cabeza. Miró al pájaro que descansaba apaciblemente en su mano, sus largas plumas de la cola estaban envueltas alrededor de su brazo. Cerró los ojos. Las aves que miraban desde arriba del techo se levantaron de sus posiciones y regresaron a la formación lejos sobre las nubes. El quetzal verde se quedó atrás y esperó un momento.

–Te veré de nuevo –le dijo él a Alma. Sus ojos se llenaron de lágrimas–. Yo *no* estoy diciendo adiós. Yo *volveré*. Te prometo que volveré. Nunca diré adiós.

Los ojos de Alma se llenaron lágrimas. Ella sonrió forzosamente, luego levantó la barbilla de Dioni con su mano. Miró profundamente dentro de sus ojos oscuros.

–Cuéntamelo algún día, ¿de acuerdo? –dijo ella. Su voz se rompía con cada sílaba–. Ve, Dioni.

Alma le abrazó, tan solo para sentir su abrazo por última vez. Dioni la sujetó fuerte. Él luchó contra sus emociones lo mejor que pudo. Alma soltó su abrazo, luego respiró hondo. Ella miró a Dioni una vez más. Sus ojos se llenaron de lágrimas. Ella puso su mano en cada lado de su rostro, luego suavemente le dio un beso. Ambos cerraron los ojos y se abrazaron con el amor expresado por su primer beso.

El quetzal verde alzó el vuelo. Él sabía que el momento compartido por Dioni y la joven mujer no era algo que él debía presenciar. El quetzal ascendió más alto en el cielo para unirse a la gigantesca murmuración que pacientemente circuló sobre el huracán. Desde una mayor altura, vio la devastación que Eliza dejaba a su paso. Como el primer representante de su territorio, su prioridad era reunirse con la formación y luchar por lo que quedaba de su tierra.

El ojo del huracán pasó sobre el pueblo de Flores y continuó su camino destructor. Eliza no era un huracán ordinario, sino más bien un ciclón súper-poderoso que improvisaba a medida que se movía. Tenía una mente propia, calculada con precisión y absoluta perfección. Era consciente de sí misma y sabía toda la extensión del poder que tenía sobre la tierra, sobre las aves, sobre el Departamento de Control del Clima Global… y se rehusaba a apartarse voluntariamente por el bien de aquellos que la habían creado.

El quetzal verde batalló contra el viento, la lluvia y el granizo, mientras luchaba contra una serie de nubarrones. Sentía la diferencia en el aire; estaba más frío, empujaba hacia abajo mientras simultáneamente levantaba grandes objetos del suelo, y silbaba en diversos tonos. El quetzal voló sobre las nubes pesadas y llegó al punto en el que vio y sintió la luz del sol.

Aves de todos tamaños, de todo tipo de habilidades y capacidades de vuelo, y en cantidades demasiado grandes para imaginarlas con presión, ascendieron en una formación apiñada mucho más arriba de la tierra. Ellas formaron una murmuración colosal, una vasta colección de aves que el mundo jamás había visto. Libres del caos de la furia de Eliza, las aves volaban conforme a su voluntad colectiva. Se desplazaban constantemente de lado a lado y se quedaban próximas unas a otras, sin tecnología que las guiara con respecto a cómo navegar exitosamente como entidades individuales, así como una totalidad más grande.

El quetzal verde se unió de nuevo a la gigantesca murmuración. Tocó a un aviador cercano, y en momentos, sus ojos oscuros se acristalaron, cubiertos totalmente por una oscuridad parecida únicamente a la de las galaxias más profundas del universo. Los ojos de cada ave en la formación se veían de la misma forma. Era su deber - una sumisión voluntaria a todos los seres vivos en la Tierra - para el cual ningún ave era demasiado pequeña, grande, vieja, joven, o demasiado importante para retirarse; ninguna de sus diferencias importaba en esta su gran hora de necesidad.

En su formación, el patrón de vuelo de la murmuración empezó a moverse. Las aves volaban al unísono y lentamente crearon un efecto como de ola al cambiar sus alas para elevarse o zambullirse en coordinación perfecta. Este era el patrón de vuelo conocido y reconocido por los quetzales resplandecientes, la técnica que realizaban y en la cual eran maestros desde hacía miles de años. Las ondas en el cielo lentamente crecieron en tamaño e intensidad. Las zambullidas eran más profundas, las elevaciones se hacían más altas; las aves establemente generaron un patrón de viento propio.

Eliza luchó de vuelta. Las grandes gotas de lluvia que castigaban el suelo debajo, se habían levantado de repente y apuntaban a dispersar la inmensa formación aviar. Las aves eran acribilladas por la lluvia, que surgía como proyectiles y golpeaba casi cada punto de sus cuerpos. Unidas, las aves permanecían inmutables ante el agua. El ataque sólo servía para unificar a la gran murmuración mientras progresaban con la segunda fase del ataque de represalia.

Las olas de aves se dispersaron para crear una vuelta colosal en el cielo, contraria a la dirección del movimiento circular de Eliza. Las olas crecieron más y más mientras la formación de vuelo iba cada vez más rápido. Las millones de millones de valientes aves dentro de la murmuración crearon un segundo patrón de viento ciclónico, un remolino, para contraatacar el poder implacable de Eliza.

Desde el Centro de Control, Mimidae vio la formación de aves y el impacto de su defensa unificada contra la última creación del Alfa. El principal despliegue de la pantalla mostraba la intensidad del huracán así como la fuerza total de la murmuración. En el mismo centro de todo, un pequeño triángulo negro destellaba repetidamente. No se movía.

—Mim —dijo Jackie desde una estación de trabajo cercana—. Están casi en el *max-Q*. Llegó el momento… nuestro única oportunidad…

Mimidae miró fijamente el triángulo en la pantalla. —Vamos, Dioni.

El contraataque estaba a su máxima intensidad, tanto en cuanto a altitud como a la presión del viento creada por las olas aéreas. El golpe final tenía que ocurrir en el momento exacto en que el enorme círculo llegara a una velocidad aérea a la que Eliza no tendría el poder para resistir.

Mientras la comunicación de la orden llegó a través de una transmisión masiva, como ordenó Mimidae desde el Centro de Control, la orden para millones y millones de aves para lanzar un ataque aéreo simultáneamente requería de la señal de un único aviador dentro de la murmuración. Si se dispersaban por inclusive una fracción de segundo, la gigantesca formación sería un fracaso colosal. Aunque seguramente lo debilitarían en diversos puntos, el huracán permanecería, e inmediatamente ganaría cualquier fuerza que había perdido para, en represalia, arremeter contra todas las formas de vida que osaran defenderse.

El viento, la lluvia, los rayos e inclusive el rugir del trueno no tenían el poder para penetrar la gigantesca formación de aves en el profundo cielo. La murmuración bajó su altitud y continuó su rotación para oponerse al ciclo del huracán. Tan fuerte era la potencia combinada de los pilotos aviadores, que un segundo ojo se desarrolló gradualmente, aunque no lo suficientemente fuerte para alterar la rotación natural de Eliza.

Desde el suelo, muy debajo de la formación de aves, una nube en forma de embudo, de un tamaño inimaginable, ascendió al cielo. Se movía a una velocidad increíble y en un movimiento circular, a una mayor fuerza que la fuente de donde provenía. Un ciclón de rabia creó una tormenta de viento que con facilidad levantaba objetos de un peso sustancial y los apuntaba a los aviadores de la murmuración. Una gran grieta en el centro del ciclón se hizo visible, como si se hubiese establecido por alguna razón conocida sólo para las aves.

Mimidae miró intensamente al despliegue principal del Centro de Control. El triángulo negro no se movía. Se volvió a Jackie.

—¿Qué está pasando? —preguntó Mimidae, ansiosa.

—Eliza se defiende —respondió Jackie—. Él programó este fenómeno natural para que luchara si la amenazaban —derrotada, Jackie miró a la pantalla, luego de nuevo a Mimidae—. Mim, ¿qué hacemos?

Mimidae puso las puntas de las alas sobre su cara. Cerró los ojos, muy brevemente, luego los abrió para volver toda su atención al triángulo negro en la pantalla.

—Jackie, ¡Envíale la señal! —ordenó Mimidae.

—¡Estamos intentando! —respondió Jackie—. ¡Nada le llegará hasta que él esté en el cielo!

La murmuración alcanzó la velocidad, fuerza y ubicación precisa para ejecutar exitosamente el contraataque. La ventana de oportunidad para el ataque se cerraría igual de rápido que como se había abierto; perder el momento oportuno resultaría en una catástrofe de proporciones épicas.

Desde cientos de metros debajo de la murmuración - debajo de la ira del ajuste de cuentas de Eliza, el dolor que infringía sobre todos los que estaban debajo de su furia, y desde el ciclón que ella formaba como un mecanismo de defensa - emergió un único pájaro. Con toda su fuerza, el ave ondeaba y esquivaba cada ataque del antipático huracán; los feroces vientos intentaron empujarlo en todas las direcciones, los relámpagos intentaron golpearlo con rayos tan poderosos como para vaporizarlo; el trueno intentó sacar al pájaro fuera del cielo con el vigor de su estruendo.

Entre las nubes de rabia surgió un quetzal resplandeciente, de color azul. Su pequeño cuerpo entero estaba lleno de luz, como si estuviera protegido por un aura de origen desconocido. Mientras el ave resplandeciente avanzaba más allá de las nubes - fuera del alcance de cualquier daño que Eliza era capaz de hacerle - vio la increíble formación de aves. Los ojos del quetzal se transformaron de su color oscuro natural a una profunda oscuridad que era igual a la mirada de cada ave en la murmuración. El quetzal azul se lanzó al epicentro de la titánica bandada, donde se quedó suspendido por un momento.

–¡Envía la señal! –le dijo Mimidae a Jackie, que de inmediato volvió a su estación de trabajo.

La paloma hizo una serie de movimientos físicos, luego aplaudió con las alas. El sonido emitido por las alas llegó a todo el Centro de Control. Todos los pájaros que llenaban las estaciones de trabajo inmediatamente dejaron de lado sus tareas para fijar su mirada en la pantalla principal.

El quetzal azul estiró las alas, sostenido en su estado actual por la energía invisible de cada pájaro para el que la Tierra era su hogar. Hizo una pausa. El quetzal tomó un momento para absorber totalmente la magnitud de lo que estaba por ocurrir. Sonrió.

–¡Ahora, Dioni! ¡Ahora! –gritó Mimidae.

La voz de ella penetró las paredes encerradas de todo el Departamento.

Dioni inhaló profundamente. Con las alas extendidas en alineamiento perfecto, las plumas de su cola apuntadas perfectamente hacia la tierra debajo y la cabeza levantada hacia los límites de la atmósfera más lejana de la Tierra, abrió el pico. Dioni gritó el llamado de miles de millones de aves; el sonido de su voz hizo eco a través del tiempo y el espacio.

El cielo sobre las nubes tembló en una explosión abrumadora de sonido creado por millones sobre millones de aves que simultáneamente se lanzaron en todas las direcciones. La repentina fuerza sobrenatural creó un estallido sónico, oído por las aves alrededor del mundo. Usando las alas como trampas de viento, cada ave dentro de la gigantesca murmuración llevó con ella una porción fraccionada de la energía de Eliza; luego, dividido por el incontable número de aves que ejecutaban la orden, el huracán quedó sin poder para sobreponerse a un contraataque tan abrumador.

En el suelo, una onda de energía invisible empujó hacia abajo, luego hizo erupción inmediatamente hacia el cielo. Las nubes oscuras, que momentos antes soltaron un tormento de viento, lluvia y granizo, desaparecieron por completo. El ciclón dentro del huracán instantáneamente cayó al suelo y se evaporó mientras la energía de los vientos se dispersaba en todas las direcciones posibles. Una neblina de humedad se quedó momentáneamente sobre el nivel de la superficie, que luego se levantó para revelar la apacible felicidad de un despejado cielo de atardecer.

Por la fuerza y unidad de miles de millones, las aves de la Tierra obtuvieron la victoria; celebraron mientras se lanzaban en cada dirección concebible, y cargaban los restos de un otrora poderoso adversario. Cantaban y hacían porras, sus sonidos eran replicados por los pájaros que no habían podido unirse al ataque aéreo. Los pingüinos y los delfines se alegraron mientras se lanzaban y saltaban fuera del océano y hacían carreras para retarse juguetonamente para determinar quién de ellos podía saltar más alto.

Las porras hacían eco y eran imitadas por las aves que permanecían a cargo del Departamento de Control del Clima Global. Mimidae, Jackie y Ricky gritaron, bailaron e hicieron porras con alegría y gratitud, mientras las colibríes usaban sus rápidos aleteos para crear una canción unificada con la que expresaban su alegría.

Mimidae se sintió abrumada por la emoción de lo ocurrido. Se tomó un momento para posarse en una percha cercana, donde lloró con lágrimas de alegría. Por primera vez en su vida, el ruiseñor no tenía palabras.

La tormenta se aclaró y todo lo que quedó fueron unas cuantas nubes que se escondían nerviosamente detrás de las montañas distantes. La luz del sol regresó a Flores, a toda Guatemala, y una vez más la tierra de la eterna primavera estuvo libre de la aniquilación total.

Alma fue la primera en salir de la iglesia, seguida de cerca por su hermano. Miró hacia arriba en el cielo, mientras caminaba en la calle empapada por la lluvia. Levantó los brazos, cerró los ojos y sonrió. Las monjas, los ancianos y los niños lentamente salieron de la iglesia. Miraron hacia arriba, al cielo, para presenciar lo imposible. El cielo sobre ellos era azul, con gradientes de amarillo y rojo en el punto donde el sol se volvía para descansar durante lo que quedaba del día. Óscar se acercó a su hermana, que alabó el cielo con un baile de gratitud.

—¿A qué le hablabas allá dentro? —preguntó Óscar a Alma—. Parecía que le hablabas a un pájaro.

El baile de Alma se calmó a unos cuantos saltos alegres. Era incapaz de contener su felicidad. Ella miró a su hermano y lo miró con la sonrisa más grande que pudo hacer.

—No le hablaba a nadie —respondió Alma. Se volvió y luego gritó hacia el cielo—¡UUUUUU!

Un pájaro descansaba elegantemente en la rama de un árbol cercano y observaba la escena de la joven dama mientras ella bailaba en la calle. El pájaro sonreía y reía mientras presenciaba qué tan mal bailaba, aunque lo hacía con mucho entusiasmo. Él estaba en paz, un sentimiento que se le había negado siempre.

—¡UUUUU! —gritó el pájaro, en respuesta a los gritos de felicidad que emitía la joven dama.

Él se volteó y vio a las personas de su pueblo salir lentamente de las casas y de todos los lugares donde se refugiaban de la tormenta.

El pájaro abrió las alas, saltó de la rama, luego levantó el cuerpo hacia delante para empujarse contra el viento y elevarse al cielo. Circuló sobre el pueblo y lentamente pasó sobre la iglesia. El pájaro circuló una vez más alrededor del orfanato, antes de batir sus alas resplandecientes y elevarse lejos del suelo.

Las largas plumas de la cola de Dioni se mecieron en el viento. Voló en un patrón como de onda mientras ganaba altitud, mientras miraba hacia abajo para observar lo que había sobrevivido, y mientras desaparecía entre las montañas de color azul, teñidas por la luz del atardecer guatemalteco.

Capítulo Treinta y Tres

«La vida humana, en y por sí misma, es una paradoja; semejante a ninguna otra forma de vida en términos de complejidad y de brillantez pura, pero un fracaso colosal en términos de su finalidad».

Un hombre de mediana edad se encontraba frente a una luz brillante, la mitad de su cara cubierta por la luminosidad de un proyector de pantalla, la otra mitad escondida en las sombras. Vestía un traje de negocios oscuro, perfectamente cosido para su físico viril, aunque anciano. Su piel era suave y pálida, sus ojos tan oscuros como la elegante corbata que pendía de su cuello, y su pelo color óxido, impecablemente peinado para el agrado de cada asistente administrativa que había conocido más temprano ese día.

—Entonces, ¿qué está diciendo? —preguntó un hombre mayor, cuyo cabello blanco y ralo contrastaba con el traje de negocios que vestía—. ¿Eliminar a la humanidad? ¿Eso no nos deja sin clientes?

—¿Qué? —respondió el hombre de mediana edad—. No, eso no es lo que sugiero, en absoluto.

—Entonces, ¿qué está sugiriendo? —preguntó otro caballero, que se sentaba al frente de una gran mesa de forma ovalada en el centro de una impresionante sala de reuniones.

La mirada de impaciencia del hombre mayor era evidente, aunque escuchaba cada palabra que decía el presentador en el lado opuesto de la mesa.

—Estoy sugiriendo que cortemos al intermediario –respondió–. Estoy diciendo que debemos mejorar la humanidad, caballeros. Estoy diciendo que todo lo que respire se vuelva un cliente nuestro, por decirlo de alguna forma.

—Eso es absurdo –intervino un tercer anciano, que estaba sentado cerca del centro y a un lado de la mesa ovalada–. Mire, Señor… cual sea el nombre que dijo… somos una empresa de ingeniería de mediano tamaño. Nuestros clientes esperan de nosotros productos y servicios de calidad; ese ha sido nuestro pan de cada día por décadas. Vendemos confianza y fiabilidad…

—No podría estar más de acuerdo con usted –interrumpió el hombre de mediana edad–. Y eso es lo que lo coloca en la posición única al frente de lo que quizá sea la pieza de innovación más grande que jamás se ha desarrollado. Están en el punto cero de la bombilla, caballeros, y yo les ofrezco un interruptor. Todo lo que les pido es que respondan una simple pregunta: ¿Qué pasa si?

El hombre se alejó de la luz del proyector y presionó un botón de un operador remoto. Las luces del techo se iluminaron para revelar una gran sala de reuniones, donde trece hombres mayores se sentaban alrededor de una mesa ovalada y hablaban entre ellos. La pantalla detrás del hombre se elevaba lentamente hacia una abertura en el techo, y la imagen proyectada redujo su potencia y se desvaneció.

El hombre caminó hacia una pared de grandes ventanas que estaban cubiertas por persianas automáticas, que se levantaban para iluminar la impresionante habitación aún más. Las ventanas revelaban una gran metrópolis, que el hombre observaba desde una gran altura. Colocó las manos detrás de su espalda. Se sintió cómodo en sus alrededores. El hombre miró la ciudad debajo de él; el sol irradiaba calor y luz, lo que le permitía a la gran ciudad de abajo disfrutar de un hermoso día. Un pájaro indistinguible voló rápidamente de un lado al otro, en el exterior; el hombre siguió su vuelo hasta que desapareció de su vista. Suspiró.

—Oh, Dioni, Dioni…Dioni…Dio…oh, oh ooooo… ¡Eso es perfecto! –se dijo el hombre, feliz. Volvió su atención a los hombres sentados en la gran mesa.

«Lo que estoy diciendo es que, si tenemos los medios y la tecnología para darles a las personas mejores opciones, *nuestras* opciones, en última instancia harán la vida mucho más fácil para todos. Solamente imaginen lo que les estoy diciendo - un sistema global interconectado que mejora la vida a un ritmo mayor que cualquier cosa que la raza humana jamás haya alcanzado. No sólo es vender confianza y fiabilidad, también vendemos a nuestros clientes tiempo y libertad, a través de cada sector, cada industria, cada mercado y cada sector demográfico de cada nación de la Tierra. Yo creo, caballeros, miembros de la junta, que ustedes son la puerta de entrada para cambiar el mundo».

El hombre a cargo de la mesa se inclinó más cerca. Colocó sus manos apretadas sobre su pecho.

–¿Cómo dijo que se llamaba? –preguntó.

El hombre de mediana edad miró hacia la punta de la mesa. Sonrió burlonamente soltando cada ápice de encanto que guardaba en su hipócrita cara.

–Víctor Setrysorcen, Consultoría Alfa.

...

–¿Entiendes lo que te digo, Dioni? –preguntó Mimidae.

Se posó en una percha ubicada en la dirección de la recién remodelada oficina ejecutiva. Colocada delante de ella había una gran pantalla, en la forma de un semicírculo que rodeaba su percha ejecutiva. Desde su perspectiva, Mimidae podía monitorear y rastrear cada territorio asignado del Departamento de Control del Clima Global.

–No –respondió el pájaro Omega, cuya cara era visible en la imagen proyectada de la pantalla de Mimidae–. Ni siquiera un poquito. ¿Puedes explicármelo de nuevo?

Mimidae suspiró.

–Bueno, te lo explicaré de otra forma –respondió Mimidae–. El protocolo de calor fue establecido en el tiempo en el que la Tierra estaba completamente congelada; encontramos esto bajo el protocolo llamado ECE nueve. En ese tiempo, el Alfa creó un nuevo programa en el que él podía ejecutar un calor que se elevaba lentamente para ayudar a descongelar el planeta y de esa forma restablecer la vida. Sin embargo, fue implementado en el tiempo cuando la aprobación del pájaro Omega no era necesaria. El Alfa creó e implementó el programa por sí mismo y estaba diseñado para que solamente él lo pudiera deshabilitar.

Dioni se veía perplejo.

—¿Entonces es el calor? ¿Eso es? Eso no parece gran cosa. Podemos traer el frío del ártico… no debería ser tan complicado. Tú dijiste que todavía teníamos el control de los territorios, ¿correcto? Entonces sólo cambiemos el viento de ciertas partes para…

—No funciona así, Dioni —interrumpió Jackie, que entró a la habitación al momento en que Dioni estaba hablando. Ella se colocó junto a Mimidae—. Es un elemento del calor que solamente él puede apagar. Las personas empezarán a sentirlo en los próximos años, pero no sabrán qué es lo que lo causa. Solamente lo verán como una serie de ocurrencias climáticas extrañas en diferentes partes del mundo.

—¿Y entonces qué es lo malo de que la Tierra sea un poco más cálida? —preguntó Dioni—. ¿Inviernos más cortos? ¿Veranos más largos?

—Destrucción mundial irreversible, Dioni —respondió Jackie—. Es lo que llamamos ECE diez.

—¿Destrucción con el *calor*? —preguntó Dioni, estupefacto por la respuesta de Jackie—. ¿Cómo?

—Piensa en ello como una respuesta biológica para combatir una infección —respondió Mimidae, que habló antes de que lo hiciera Jackie—. ¿Sabes cómo siguen cortando los bosques y cómo se está reuniendo todo ese plástico en el Pacífico y toda la polución en el aire? Bueno, la Tierra va a luchar de vuelta. Como cuando te enfermabas cuando eras pequeño y a tu cuerpo le daba fiebre, la Tierra está enferma y también va a tener fiebre hasta que destruya la infección. Entonces tendrá una infinita cantidad de tiempo para repararse sin las personas o las aves o cualquier criatura viviente. ECE 10.

Mimidae se volteó hacia Jackie.

—¿Ya identificamos la fuente del elemento que se está calentando? —preguntó ella.

—Carbono, señora —respondió Jackie—. De acuerdo al último registro hecho por el Alfa, la directiva de su protocolo fue entregada y aprobada como carbono. También averiguamos que esto se ejecutó hace años.

—Esto no puede estar pasando… —dijo Mimidae.

Mimidae se levantó y se alejó de su percha.

—¿Carbono? ¿Qué quiere decir eso? —preguntó Dioni.

—Quiere decir que la única pista que las personas van a tener es una serie de niveles inusuales de carbono en la atmósfera —respondió Jackie—. El dióxido de carbono. C-O-2. Lentamente acidificará el océano, lo que dificultará enormemente nuestro trabajo para controlar y mantener el equilibrio.

—¿Y ellos no sabrán eso hasta dentro de unos años? —preguntó Dioni.

—Si tienen suerte —dijo Jackie—. Verán señales, aunque: los veranos serán más cálidos, los inviernos más fríos, el hielo polar se va a deshacer, tifones, tornados, huracanes, terremotos, tsunamis gigantescos… lo peor de lo peor, Dioni.

—Yo… yo no lo creo. ¿Cómo pudo hacer eso? —preguntó Dioni—. ¿Lo podemos detener?

—No estamos totalmente seguros —dijo Jackie.

—De acuerdo, sigamos —dijo Mimidae, frustrada—. No vamos a resolver esto hoy —volvió su atención a la pantalla—. Dioni, ¿Qué más tienes?

—¿Cuáles son los resultados de los pruebas en las aves en los Estados Unidos de América y de India? —preguntó Dioni—. ¿Se sabemos la causa?

—Los resultados fueron inconclusos —respondió Mimidae—. Realizamos docenas de pruebas en el lugar e inclusive más pruebas con los cuerpos que nos trajeron aquí; la única cosa que averiguamos es que pasó de la misma forma en los dos lugares. Algo causó que entraran en pánico, y luego ellos se desplomaron. Eso es todo lo que sabemos.

—Las aves no se caen así por así del cielo —añadió Jackie—. Pero no podemos determinar por qué ocurrió.

—Entiendo —dijo Dioni, decepcionado por la respuesta—. Seguiremos monitoreando los territorios desde aquí y veremos si ocurre de nuevo.

—Suena bien —dijo Jackie.

—Dioni, una última cosa antes de que te vayas —intercedió Mimidae—. ¿Cómo va la recuperación en Guatemala?

—¿Después de seis semanas? Bueno, al menos los reporteros finalmente están hablando de algo más que los huracanes, pero todavía parece que no se ponen de acuerdo o no explican cómo ocurrió todo. La capital y algunas de las ciudades más grandes tienen señal de nuevo, pero hay mucho que limpiar, especialmente en los pueblos pequeños. Va a tomar unos cuantos meses más limpiar todo, así que apreciaríamos mucho si dejan las tormentas de lluvia lejos de aquí durante las próximas semanas. Al menos durante el día.

—De acuerdo —respondió Mimidae.

—Gracias, a las dos. Bien, me voy —dijo Dioni.

—Te hablaremos luego, Dioni —dijo Jackie. Se volteó y salió caminando de la oficina ejecutiva.

—Jackie… —Dioni inclinó la cabeza—. Señora Alfa —dijo él, inclinando la cabeza a Mimidae.

—Dioni, espera —dijo Mimidae. Miró para asegurarse de que Jackie hubiera salido de la oficina—. Sé que estás ocupado con los esfuerzos de reconstrucción, pero hay algo sobre lo que tú y yo debemos hablar. Es sobre el Alfa y el Omega. No creo que Ally te contó sobre un detalle crucial.

—¿Puede esperar? —preguntó Dioni.

—Sí, puede esperar —respondió Mimidae—. Cuando estés listo para regresar al Departamento, entonces hablaremos. Cuídate, Dioni.

—Seguro, Mim.

La imagen proyectada frente a Dioni se apagó. Él suspiró. Miró hacia arriba y vio a un quetzal hembra que circulaba a una distancia cercana, luego aterrizaba cerca de él.

—¿Cómo te fue? —preguntó la quetzal hembra.

—Yeimi, parece que tenemos mucho que hacer —respondió Dioni, con una mirada de decisión evidente en su expresión.

—Ah —respondió Yeimi. Se encogió de hombros—. Bueno, entonces, mejor empecemos, ¿no?

—Sí —dijo Dioni. Él sonrió.

Yeimi le sonrió. Ella abrió las alas y luego alzó el vuelo.

Una vez en el cielo, ella se dio la vuelta y vio al pájaro Omega mientras se postraba en el pico del Templo del Gran Jaguar. Todos los miembros de la ciudad maya sabían que ese era el lugar favorito de Dioni cuando estaba en su casa; a donde iba cuando tenía que decidir su siguiente paso.

Dioni miró hacia la plaza mientras absorbía las vistas y los sonidos del reino antiguo y la jungla que lo rodeaba. Abrió las alas y saltó hacia delante; se quedó suspendido por un momento antes de abalanzarse y levantarse hacia el cielo abierto. Circuló sobre Tikal - una tradición que lo llenaba de paz y de felicidad - luego ascendió muy por encima del suelo sagrado de su tierra natal. Las plumas de la cola azul de Dioni se mecieron en el cielo abierto. Desde arriba, sobre la tierra, flotó elegantemente.

Dioni desapareció al instante; un estallido sónico y una estela de ondas de aire señalaron la dirección hacia donde había ido, usando la velocidad de despegue.

El Mundo Desde El Cielo

El mundo desde el cielo…es un lugar absolutamente hermoso.

Desde donde he estado hasta lo que he visto y experimentado, sólo puedo llegar a la conclusión de que nuestra Tierra es como ningún otro planeta en el universo. Estamos rodeados de vida en cualquier y todo lugar al que vayamos, y hay tanta vitalidad y color en todo lo que constituye nuestro hogar.

Las aves hemos estado con ustedes desde que inició de la civilización. Nosotros los hemos guiado mientras ustedes se alejaron de las cuevas, colinas y montañas, y cuando construyeron las estructuras masivas que llegan más alto que las nubes. Fuimos testigos mientras crecían en números, hemos visto cómo evolucionaron como especie, y cómo hay tantos de ustedes que encuentran felicidad en todo lo que les brinda el equilibrio natural de la Tierra.

Hemos compartido la responsabilidad hacia nuestro hogar, y por primera vez desde que existe la vida en este planeta, venimos a pedirles que nos ayuden a restaurar aquello que ni ustedes ni nosotros podemos perder. Nuestro equilibrio natural puede ser restaurado; nuestro magnífico planeta puede proveer de nuevo para todos, pero solamente puede ocurrir si trabajamos juntos.

Nosotros siempre haremos nuestra parte y nunca faltaremos a nuestras responsabilidades. Aunque suframos pérdidas; aunque no vivamos para ver el resultado de nuestros sacrificios, por siempre sabremos que dimos todo lo que teníamos para que la Tierra del futuro pudiera dar generosamente; las vidas del mañana dan plenitud a las vidas de los que perdimos en el camino.

Estamos aquí con ustedes y siempre lo estaremos. Disfruten la vida al máximo, pero por favor ayúdennos al no causar más daño del que somos capaces de controlar. Las aves del mundo estarán por siempre agradecidas con aquellos de ustedes que trabajan sin descanso en beneficio de la vida - de toda la vida - que es el cimiento sobre el cual la Tierra natural se equilibra.

Y no olviden… las aves siempre están vigilando.

- Dioni

Sobre el Autor

La misión de Dennis Avelar de convertirse en escritor empezó mientras cursaba la escuela secundaria, cuando surgió su pasión por contar historias cautivadoras. El autor, nacido y criado en los suburbios de Chicago y sus alrededores, se inspiró en las personas, lugares, acontecimientos y experiencias que compartió con su familia y amigos.

Como graduado del programa de largometraje y video de Columbia College en Chicago, Dennis continuó desarrollando su pasión por contar historias al incorporar elementos de la cinematografía en los universos creados por su mente.

Su meta de toda la vida sigue siendo la misma, y espera que la oportunidad de ayudar a otros con sus palabras y obras escritas siga inspirando sus obras e historias futuras.

Dennis reside actualmente en Addison, Illinois.

Descubra más sobre el autor y sus otras obras creativas en
www.ElQuetzalAzul.com